odiscursoantilhano

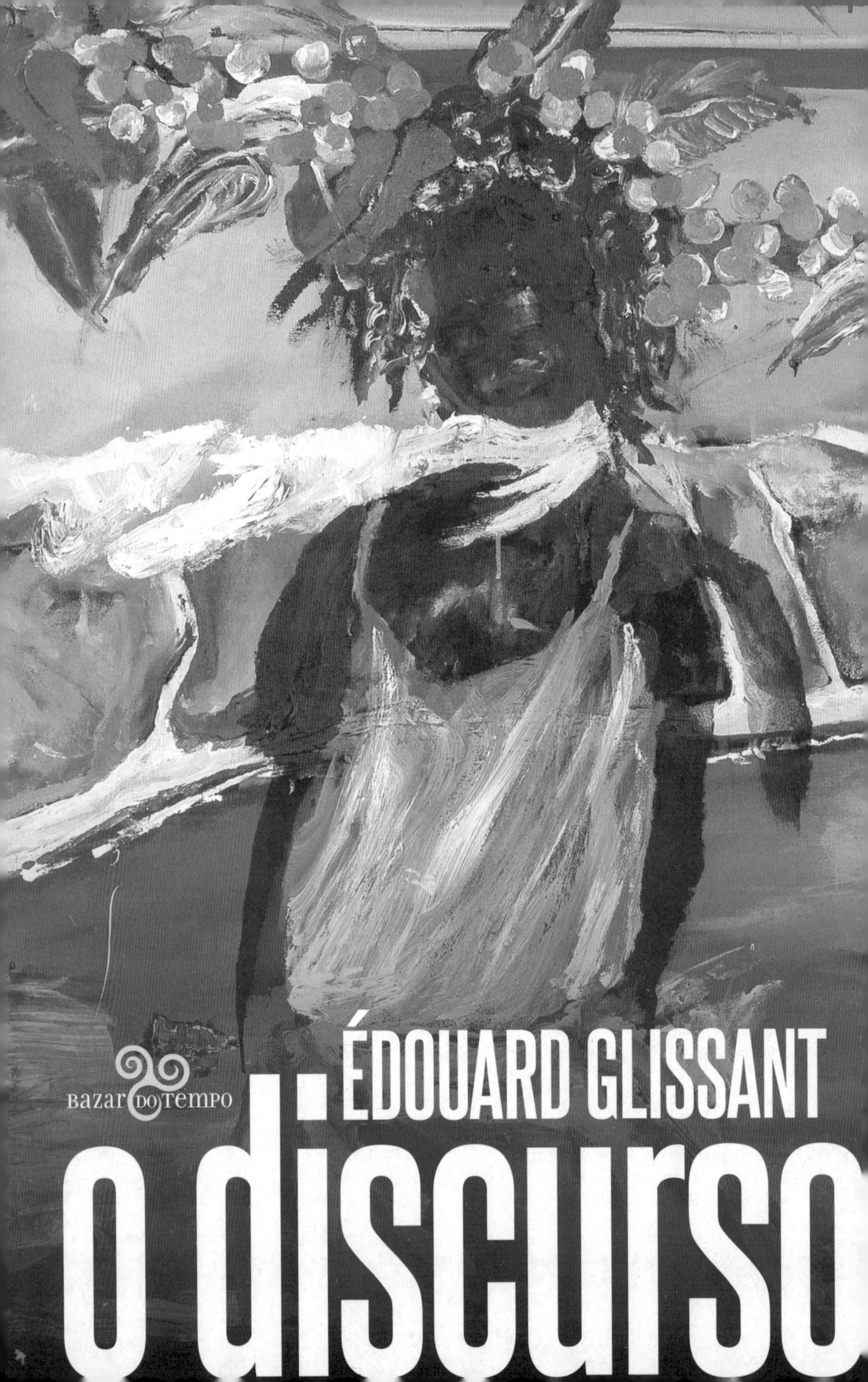

ÉDOUARD GLISSANT

o discurso

BAZAR DO TEMPO

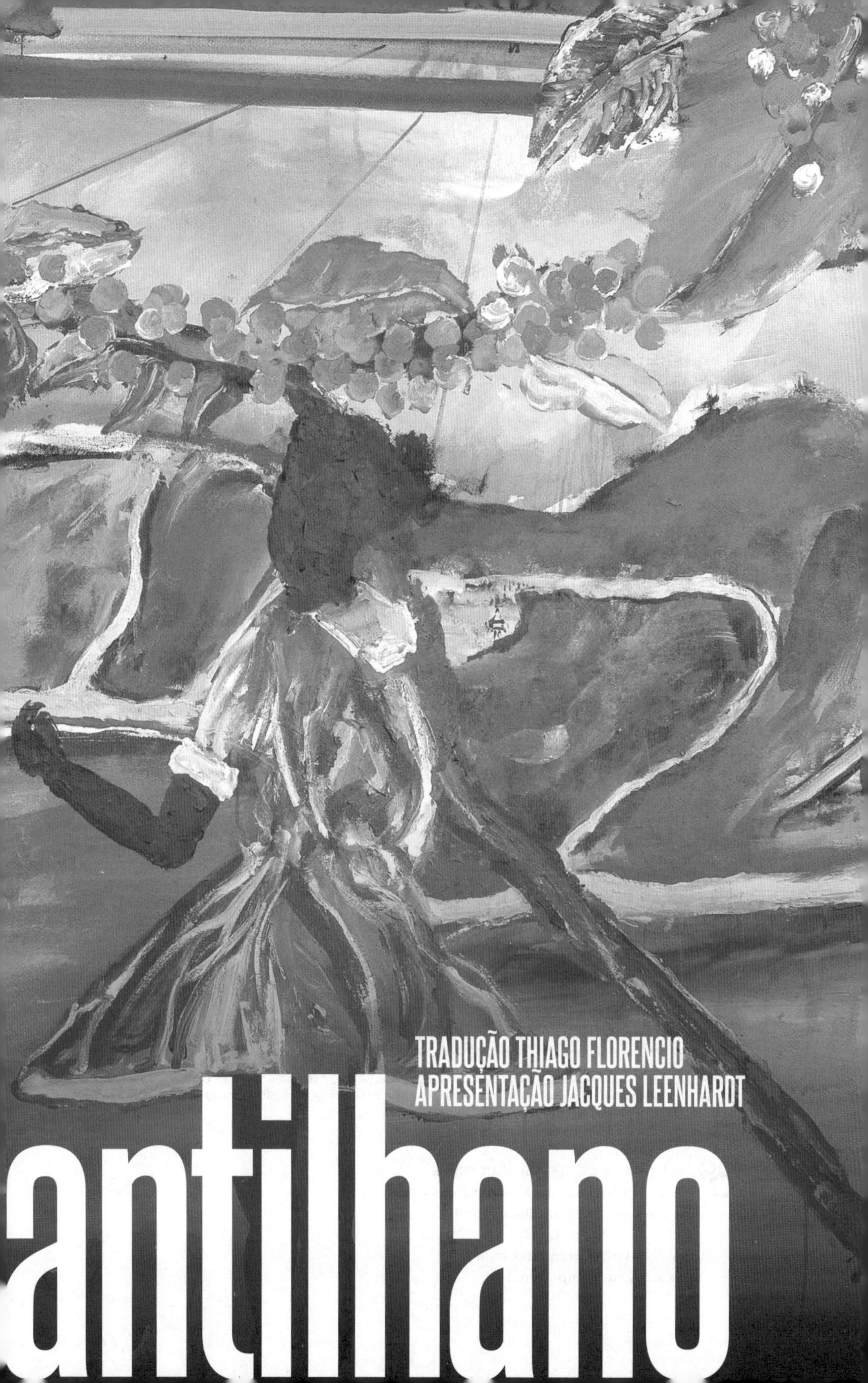

TRADUÇÃO THIAGO FLORENCIO
APRESENTAÇÃO JACQUES LEENHARDT

antilhano

Título original: *Le discours antillais*

Este livro foi revisado segundo o Acordo Ortográfico da Língua Portuguesa de 1990, em vigor no Brasil desde 2009.

EDIÇÃO
Ana Cecilia Impellizieri Martins

COORDENAÇÃO EDITORIAL
Cristiane de Andrade Reis

COORDENAÇÃO COLEÇÃO ÉDOUARD GLISSANT
Ana Kiffer

TRADUÇÃO
Thiago Florencio

APRESENTAÇÃO
Jacques Leenhardt

PREPARAÇÃO DE ORIGINAIS
Mirella Botaro

REVISÃO TÉCNICA
Luís Carlos Ferreira dos Santos

REVISÃO
Sávio Alencar
Elisabeth Lissovsky

CAPA E PROJETO GRÁFICO
Anderson Junqueira

DIAGRAMAÇÃO
Cumbuca Studio

Agradecemos ao artista Arjan Martins e à galeria A Gentil Carioca pela autorização de uso da imagem da capa.

AMBASSADE DE FRANCE AU BRÉSIL
Liberté Égalité Fraternité

INSTITUT FRANÇAIS

FRANÇA BRASIL 2025

Ce livre, publié dans le cadre du Programme de soutien à la publication 2024 Atlantique Noir de l'Ambassade de France au Brésil et de la Saison France-Brésil 2025, a bénéficié du soutien à la publication de l'Institut Français ainsi que du soutien du Ministère de l'Europe et des Affaires étrangères.

Este livro, publicado no âmbito do Programa de Apoio à Publicação 2024 Atlântico Negro da Embaixada da França no Brasil e da Temporada Brasil França 2025, contou com o apoio à publicação do Institut Français, assim como com o apoio do Ministério da Europa e das Relações Exteriores.

BAZAR DO TEMPO PRODUÇÕES E EMPREENDIMENTOS CULTURAIS LTDA.
Rua General Dionísio, 53, Humaitá
22271-050 – Rio de Janeiro – RJ
contato@bazardotempo.com.br
www.bazardotempo.com.br

Apresentação
Das Antilhas para o mundo

Jacques Leenhardt

Édouard Glissant (1928-2011) é hoje uma figura-chave das culturas caribenhas e dos estudos pós-coloniais. Nascido em 1928 na ilha da Martinica, ele estudou em Fort-de-France e em Paris, onde se formou em filosofia e etnologia. Leitor assíduo de Aimé Césaire e de Saint-John Perse, dois dos maiores poetas das Antilhas francófonas, Glissant expressa, em uma língua potente e inventiva, a busca de uma identidade propriamente antilhana. No momento em que a Martinica acaba de ser reincorporada à França ultramar como "departamento" (1947), a ideia de que uma cultura antilhana autônoma pudesse existir parece-lhe, mais do que nunca, utópica. Essa situação, desesperadora para o jovem escritor, vai orientar seu engajamento intelectual e político, que se expressa em seus primeiros poemas, publicados em 1948. *O discurso antilhano*[1] coroará, três décadas mais tarde, o esforço e as pesquisas que ele desenvolverá a serviço dessa exigência.

Durante seus anos de estudo, Glissant encontrou em Paris o movimento da *Negritude*, formado antes da guerra das lutas contra a política colonial francesa, por iniciativa dos escritores Aimé Césaire, Guy Tirolien, Léopold Sédar Senghor, Birago Diop e Léon-Gontran Damas, em torno do jornal *O Estudante Negro*. Após a reincorporação da Martinica à França, esse combate cultural, todavia, já parecia deslocado, senão obsoleto. A jovem geração dos intelectuais martinicanos, no seio da qual Édouard Glissant e Frantz Fanon seguiram trajetórias paralelas, sonhava com a independência, e isso exigia que se

1 Édouard Glissant, *Le Discours antillais*, Paris: Le Seuil, 1981.

começasse por dar fim à alienação cultural, responsável, a seus olhos, pelo voto favorável à lei de departamentalização.[2]

A dimensão psicológica da alienação assumia uma importância nova que se traduzirá em Fanon em sua tese sobre as *alterações mentais*[3] e numerosos escritos sobre os sofrimentos mentais específicos que acometem os colonizados. Glissant, por sua vez, empreende um trabalho sistemático sobre a origem da falsa consciência antilhana, desembocando em uma "etnologia de si mesmo", como ele diz em *Sol da consciência*.[4] Para levar adiante esse trabalho, ele cria, em 1967, o Instituto Martinicano de Estudos (IME).[5] Procura-se erguer, a partir desse local de pesquisa, de ensino e de encontro, um largo inventário dos escritos, dos gestos e das palavras que constituem a cultura e a memória dessas ilhas. Esse trabalho de reconstrução simbólica da consciência antilhana defronta-se, no entanto, com antigos acontecimentos que constituem bloqueios à maneira de um trauma originário: o tráfico escravista, esse trauma absoluto que Glissant nomeará *o transbordo*. O arrancamento da África parece ter determinado, de uma vez por todas, as relações possíveis com as outras culturas, impedindo a Martinica de inventar para si um lugar que lhe seja próprio no sistema globalizado das relações.

Essa tomada de consciência mostrava a que ponto a terra da Martinica – assim como a da Guadalupe e, por extensão, a de todos os países cuja história foi marcada pelo tráfico escravista – se vira na impossibili-

---

2 Ver também Albert Memmi, *Retrato do colonizado precedido de retrato do colonizador*, prefácio de Jean-Paul Sartre, tradução de Marcelo Jacques de Moraes, Rio de Janeiro: Civilização Brasileira, 2007. (Primeira edição em francês de 1957.)

3 Frantz Fanon, *Altérations mentales, modifications caractérielles, troubles psychiques et déficit intellectuel dans l'hérédo-dégénération spino-cérébelleuse. À propos d'un cas de maladie de Friedreich avec délire de possession*. Tese, Faculdade de Medicina e Farmácia de Lyon, Lyon, 29 nov. 1951, in F. Fanon, *Écrits sur l'alienation et la liberté*, Paris: Éditions de Découverte, 2015. [Também em inglês, *Alienation and freedom*, organização de Jean Khalfa e Robert Young, Londres: Bloomsbury, 2018. Ver ainda F. Fanon, *Alienação e liberdade: Escritos psiquiátricos*, São Paulo: UBU, 2020]. Pouco depois, Fanon irá se engajar politicamente, participando da Frente de Libertação Nacional (FLN) argelina.

4 E. Glissant, *Soleil de la conscience* (1956), reeditado em *Poétique I*, Paris: Gallimard, 1997.

5 O IME é uma escola de direito privado, fundada por Glissant no momento em que a escola pública francesa defendia a assimilação cultural. O teatro e as representações públicas, que interagiam com a audiência, ganharão uma importância singular em seu desenvolvimento cultural. Encontram-se rastros dessas experiências em *O discurso antilhano*.

dade de encontrar um substituto simbólico para a terra africana ausente. A ponto de sua paisagem – por mais singular e emocional que fosse – não passar, para seus habitantes, de um cenário plantado pelo colono.

Como diz Glissant: "Esse cenário não é um país"[6] e a consequência é que essa terra nunca pôde gerar qualquer mito ao qual sua população pudesse se vincular. Tampouco pôde criar um herói com o qual se identificar, como o foram, no Haiti, os atores da Revolução Haitiana: Toussaint Louverture e Jean-Jacques Dessalines. Ao longo de todas as análises que constituem *O discurso antilhano*, Glissant tenta reconstruir um tesouro memorial disperso na cultura sob diferentes formas linguageiras. Poemas, relatos, canções e discursos testemunham uma *atividade poética fundadora*, pela qual toda comunidade se reapropria de sua história. Essas tentativas, no entanto, às vezes fracassam. Glissant lembra a história de Beanzim, rei do Daomé, que lutara ao lado dos seus contra a dominação francesa na África. Exilado na Martinica com suas etnias e culturas, o renome desse rei nunca conseguiu transformá-lo em uma figura heroica em volta da qual a comunidade dos escravizados pudesse se reagrupar, pois lá chegou como um vencido. Por mais gloriosa que fosse sua epopeia, ela não logrou – contrariamente ao que fizera a Bíblia ou a *Ilíada* e a *Odisseia* – reassegurar aos negros africanos arrancados de sua terra sua "legitimidade no mundo".[7]

Confrontados com a amplidão e a complexidade dos acontecimentos que estão na origem da alienação cultural da Martinica, os pesquisadores do IME precisaram alargar seu campo de investigação para nele incluir a vasta região das plantações de cana-de-açúcar que se estende em torno da área caribenha, dos Estados Unidos ao Brasil.[8] Desde o século XVI, de fato, essa região havia sido atravessada pelos exércitos dos conquistadores europeus e, em seguida, varrida pelo mau vento do tráfico negreiro. Ela tinha sido o teatro das violências e constituía um tipo de "prefácio ao continente americano"[9] e à globalização da qual ela foi o primeiro berço.

---

6 E. Glissant, *Le Discours antillais*, p. 328.

7 Ibid., p. 247.

8 Esse alargamento levou também a considerarem-se os movimentos indígenas do continente latino-americano. A esse respeito, ver: *Négritude et Amérique latine, Colloque de Dakar, 7-12 janvier 1974*, Dakar-Abidjan: Les Nouvelles Éditions Africaines, 1978.

9 E. Glissant, *Introduction à une poétique du divers*, Paris: Gallimard, 1996, p. 12.

O arquipélago caribenho é um mosaico de línguas em que dominam o espanhol, o francês e o inglês, e em que cada ilha entretém relações singulares com as metrópoles coloniais. O Haiti expulsa o colono francês em 1803, Santo Domingo e Cuba liberam-se do jugo espanhol em dois momentos distintos no século XIX, a Jamaica obtém sua independência no quadro da *Commonwealth*, em 1962, depois de dois séculos de colonização britânica, e as Antilhas francesas tornam-se "departamentos ultramarinhos" em 1947.[10] Coletivamente marcada pela economia açucareira e o escravismo, essa diversidade de destinos engendrou relações diferenciadas com a África, a Europa e até mesmo com o continente indo-asiático, de onde são originárias numerosas populações hoje antilhanas.[11] Esse contexto multiétnico favoreceu também a eclosão de processos de sincretismo no campo religioso – a *santeria* cubana, por exemplo – e no domínio das línguas, tendo a *crioulização* criado sem cessar linguagens alternativas. Como diz Glissant: "as línguas em relação tramam a poética imprevisível da modernidade."[12]

O trabalho a respeito dessa área geográfica e cultural exigia, além disso, a atuação de várias ciências humanas, e foi com o apoio delas que se deu o esforço de reconstrução simbólica que Glissant expõe em *O discurso antilhano*. Tratava-se de reiniciar, restituindo-lhe a memória perdida, o processo coletivo de identificação que as condições sociais e políticas haviam tornado impossível.

É preciso lembrar que os povos e as culturas das Antilhas francesas, no início dos anos 1950, eram negligenciados e praticamente ausentes do campo dos estudos culturais. Eles não pertenciam, de fato, nem à etnologia, que se concentrava nas civilizações ditas "primitivas", nem à sociologia, que relutava em se dirigir a situações "exóticas". Nesse contexto de negação, o relatório que o etnólogo e escritor Michel Leiris[13] redigiu para a Organização das Nações Unidas para a

---

10 O caso das Antilhas holandesas é complexo: Curaçao, além do papiamento – um tipo de crioulo que domina essa sociedade poliglota –, fala todas as línguas da região mais o holandês. É um Estado autônomo desde 1954, no seio do Reino dos Países Baixos.

11 E. Glissant, *Mémoires des esclavages*, Paris: Gallimard La Documentation Française, 2007, p. 88.

12 E. Glissant, *Le Discours antillais*, p. 356.

13 Michel Leiris, *Contacts de civilisation en Martinique et en Guadeloupe*, Paris: Unesco, Gallimard, 1955.

Educação, a Ciência e a Cultura (Unesco), em 1955, serviu a Glissant como um tipo de autorização para levar adiante um trabalho etnográfico engajado em sua comunidade, para "inscrever-se no drama do mundo",[14] como disse. Como escritor, ele sentia melhor que ninguém a que ponto o francês falado nas Antilhas carregava uma história pesada de não ditos. Ele sabia que essa língua não tinha saído ilesa de séculos de dominação colonial, especialmente da exclusão da oralidade e da língua crioula.

O discurso antilhano como livro resulta dessas diferentes linhas de reflexão que Glissant acumula e justapõe, sem tentar fazer delas uma síntese que só poderia ser artificial. A história não cessa de se escrever - pensa ele - e a totalização do que ela oferece só pode ser concebida à maneira de um horizonte, uma meta distante e difícil de atingir.

Na sequência de sua obra, Glissant adotará uma estratégia um pouco diferente, relegando frequentemente a forma do ensaio em benefício de longos relatos que restituem a história de uma comunidade palpitante de uma vida imaginária. Assim serão *Mahagony* (1987), *Tout-Monde* (1993), *Sartorius: le roman des Batoutos* (1999). Esses romances, por meio da voz de personagens de ficção, recobram a história vibrante que *Mémoires des esclavages* (2007) retomará em forma de ensaio. De todos esses textos, qualquer que seja a forma literária, emana a ideia do *Todo-Mundo*, um mundo de destinos diversos que se encontraram no acaso dos arquipélagos, um mundo de todos e para todos, cuja lógica Glissant analisará em suas duas obras mais teóricas: *Traité du Tout-Monde* [Tratado do Todo-Mundo] (1997) e *Poética da Relação* (1999).

O discurso antilhano ocupa, de alguma forma, o meio, o ponto nodal do desenvolvimento de toda essa obra, ali onde o diverso da cultura antilhana é vivido em sua dispersão dolorosa e em suas fulgurações fragmentárias. À medida que ela assume um enfoque mais geral, a obra distancia-se progressivamente do espaço familiar da Martinica para abraçar o universo estendido da *plantação*.[15] É o que lhe permitirá considerar um enquadramento antropológico mais vasto, ao qual dará o nome de *Todo-Mundo*.

---

14 E. Glissant, *L'Intention poétique*, Paris: Le Seuil, 1969, p. 135.

15 De maneira genérica, o termo "plantação" designa as formas de organização social e da produção agrícola exportadora (açúcar ou café). "*Plantation*", em inglês, corresponde a latifúndio, engenho, em português, *ingenio*, em espanhol, e *habitation*, na Martinica. Glissant sublinha as diferenças de conotação ligadas a cada um desses termos.

Para compreender como se articulam essas fases e a lógica que as anima, examinarei quatro noções que se precisa ter em mente, para acompanhar esses desdobramentos na floresta virgem de *O discurso antilhano* e no conjunto da obra que se constrói antes e depois desse texto central.

A *crioulização*

Como bom poeta, Édouard Glissant está atento à escolha das palavras. A dinâmica das relações entre as populações, as línguas e as culturas, que chamamos geralmente *mestiçagem*, é um caso particular do que ele chama *Relação*, como veremos adiante. A própria forma da palavra *crioulização*, com seu sufixo *-ação*, indica que lidamos com uma ação em oposição a um estado. A *crioulização* define então um processo para o qual não se saberia supor um fim ou uma paragem. Por conseguinte:

> *Os resultados das mestiçagens e das crioulizações são levados em toda parte a se fundir, enquanto tais, em normalidades novas, só deixando no lugar o próprio processo, fonte de equívocos e de prazeres estéticos, em que a consideração do outro entra como um aroma em um elixir complexo.*[16]

O caráter imprevisível das *crioulizações*, sempre ricas de potencialidades imprevistas, afasta essa noção dos debates simplistas sobre a *mestiçagem*. Ele ajuda a superar as oposições binárias do tipo colonizador/colonizado, ao abrir para um terceiro espaço feito de reciprocidades, aquele que o etnólogo é o mais apto a perceber. *Casa-grande & senzala*, do sociólogo brasileiro Gilberto Freyre,[17] ilustrava essa linha de pensamento que Fernando Ortiz, antropólogo cubano, desenvolverá, por sua vez, com seu conceito de *transculturação*.[18] Glissant inscreve-se então em uma história cultural rica, que o sociólogo Stuart Hall vai ilustrar na geração seguinte, ao escrever:

---

16 E. Glissant, *Mémoires des esclavages*, p. 91.

17 Gilberto Freyre, *Casa-grande & senzala: formação da família brasileira sob o regime da economia patriarcal*, Rio de Janeiro: Livraria Schmidt Editora, 1933.

18 Fernando Ortiz, *Contrapunteo cubano del tabaco y el azúcar*, Havana: Jesús Montero Editor, 1940 [ed. orig.]. A segunda edição, bastante ampliada, foi publicada em Havana, pelo Consejo Nacional de Cultura, em 1963.

Eu argumentaria que o processo de crioulização, nesse sentido, é o que define a distinção das culturas caribenhas: seu caráter de 'mistura', sua vibração criativa, sua complexa, perturbada e inacabada relação com a história, a prevalência, em suas narrativas, dos temas da viagem, do exílio e do trauma irreparável da violenta expropriação e separação. Essas todas são, também, de diferentes maneiras, o que eu chamaria sociedades traduzidas - sujeitas à 'lógica' da tradução cultural.[19]

Realçar a existência dessas trocas e estudar os efeitos que produzem nas formas de comunicação e de sociabilidade não implica, de maneira alguma, que as relações de poder e de dominação se apaguem. Trata-se, na verdade, de compreender em quais contextos as violências são vividas e como são metabolizadas, em particular, em meio à variedade das expressões culturais.

O *Diverso*

O discurso antilhano acolhe o *Diverso* do mundo e o desdobra ao longo dos 96 capítulos que a obra compreende. Pode-se dizer que o *Diverso* é uma maneira de ver e de descrever o mundo sob o ângulo de uma emergência constante de novidades. O mundo aparece novo na medida em que o enxergamos como um sistema de Relações. Como toda *Relação* é germinativa, ela gera o novo e o imprevisto. O *Diverso* expressa então o que no mundo é vivo e não tem, por conseguinte, nenhum fim determinado.

A *Relação*

A velha metafísica ocidental olha para cada coisa sob o ângulo do Mesmo, da identidade ou do Ser. Desse modo, ela só apreende desse Ser aquilo que é permanente e imóvel. Glissant prefere apreender con-

---

19 Stuart Hall, "Créolité and the process of creolization", in *Creolizing Europe, Legacies and transformations*, edição de Encarnacion Gutiérrez Rodriguez e Shirley Anne Tate, Liverpool: Liverpool University Press, 2015, p. 16.

ceitualmente o *Diverso* – o qual também se poderia chamar "a complexidade do Ser" – relançando a rede de *Relações* que fazem com que tantos *Diversos* existam, que permitiram seu aparecimento e engendraram suas transformações.

A noção de *Relação* está então diretamente ligada à dialética do Mesmo e do Outro, que é o próprio movimento da vida. O esforço de Glissant em *O discurso antilhano* visa modificar o olhar que temos do mundo, a fim de liberá-lo da ilusão de imobilidade que o falseia. O *Diverso* resulta da potência germinativa do mundo, ele é o que caracteriza a humanidade, o que melhor a define. Por esse motivo, Glissant lhe dá o nome de *Todo-Mundo*.

O *Todo-Mundo*

O *Todo-Mundo* apresenta-se como um conceito, ainda que se trate, antes, do título de um romance, publicado em 1993, mais de dez anos depois de *O discurso antilhano*. Nessa ficção, Glissant narra as peripécias e as reflexões de alguns personagens ao longo de uma história que vai da tragédia do tráfico negreiro ao horizonte imaginário do *Todo-Mundo*. A humanidade existe em sua capacidade de forjar relatos pelos quais ela recupera sua memória e constrói seu percurso caótico no mundo. O *Todo-Mundo* é, assim, seu horizonte, a música da mistura e das mestiçagens, uma árvore genealógica que se assemelharia a uma mata inextrincável.

A alternância dos relatos e dos discursos de saber em *O discurso antilhano* ilustra o esforço de Glissant em ultrapassar a fixidez ontológica, a imobilidade do Ser. Contra aqueles que teimam em sonhar com um mundo de identidades permanentes, sejam elas procuradas na origem ou na finalidade, ele clama:

> *Vamos! Façam explodir essa rocha. Recolham os pedaços e distribuam-nos pela extensão. Nossas identidades se transmitem e isso basta para que essas hierarquias veladas recaiam em vãs pretensões. [...] Não consintam com essas manobras do idêntico... Abram no mundo o campo de sua identidade.*[20]

---

20 E. Glissant, *Tout-Monde*, Paris: Gallimard, 1993, p. 158.

Esse chamado à abertura é ainda mais potente na medida em que vem coroar uma pesquisa que se dedicou à consolidação de uma memória e de uma consciência de si antilhana oscilantes. Assim, convidando o leitor do *Todo-Mundo* (1993) a "recolher os pedaços" e a redistribuí-los, Glissant estabelece uma ponte com o poema que ele havia publicado em 1947:

De tanto pensar, explodo
e a terra é quando vocês recolhem os detritos
de meu cérebro espraiado
na lixeira do oceano novo.[21]

Ele ergue assim o *Todo-Mundo* como o horizonte de toda sua obra, envolvendo esse "oceano novo", que deve romper o ciclo antigo, aquele do oceano-abismo, onde pereceram os ancestrais africanos e onde se dispersou para sempre o sonho da identidade.

Ao fim do trabalho realizado a respeito da cultura antilhana, é no espaço aberto pela ficção que os conceitos passarão a dispor seus verdadeiros referentes. A efervescência desmesurada do tempo parirá então um presente que se inventará entre um passado tragado e um horizonte em construção.

***

Glissant soube encontrar para *O discurso antilhano* uma forma literária impressionantemente coerente com o programa que se anuncia por meio dessas quatro noções. A multiplicidade dos capítulos ecoa a realidade múltipla e emaranhada do mundo. Sua estrutura rizomática e a alternância constante dos gêneros discursivos, que combina ficção, ensaio e didascália, convidam os leitores a reencenarem sua própria história por meio de todos os registros possíveis. Sabendo que a unidade não pode ser atingida, o esforço de totalização é um ato de liberdade, sempre reposto em jogo no fluxo da história, pois a perspectiva adotada nos anos 1950 não saberia ser aquela que se perfilará no horizonte de 2025.

---

21 E. Glissant, *Terre à terre*, Paris: Les Temps Modernes, nº 36, set. 1948, p. 438.

Com a presente edição, *O discurso antilhano* chega, de forma integral, em língua portuguesa, como um convite para empreender na realidade brasileira o trabalho que Glissant dedicou a sua Martinica natal. Deveras consciente dos traumas acumulados em todas as culturas da área das plantações, Glissant procurou, com este livro, chamar à resiliência, evitando qualquer lamentação dolorista e vitimária do passado. Eis por que seu trabalho sobre a memória se abre para o horizonte do *Todo-Mundo*, cuja responsabilidade ele confia a cada um, a fim de que esse seja o mundo de todos.

odiscursoantilhano

Descrever é transformar.

*

Então Chaka gritou a eles: "Vocês me assassinam na esperança de tomar meu lugar quando eu morrer; vocês se enganam, não será assim, pois Oum'loungou (o homem branco) está chegando e é ele que os dominará, e vocês serão súditos dele."
Thomas Mofolo
Chaka, épopée *bantoue* [*Shaka*, epopeia bantu]

*

Entre a Europa e a América, eu só vejo poeira.
Frase atribuída a Charles de Gaulle, numa visita à Martinica

*

A linguagem mais expressiva é aquela em que o sinal diz tudo antes que se fale.
Jean-Jacques Rousseau
Ensaio sobre a origem das línguas

*

Acoma tonbé, toutt moun di sé boi pouri
[Se o acoma cai, todos dizem que é pau podre].
Provérbio martinicano

*

An neg sé an sièc [Um negro é um século].
Ditado martinicano

*

Uma tarefa colossal, o inventário do real. Acumulamos fatos, comentamos sobre eles, mas, a cada linha escrita, a cada frase enunciada, temos uma impressão de incompletude.
Frantz Fanon
Pele negra, máscaras brancas

sumário

INTRODUÇÕES 24

Os enunciados que se seguem foram proferidos ou publicados num intervalo de aproximadamente dez anos, durante o qual a intenção deste trabalho não cessou de se multiplicar. Ao fim deste livro, indico as ocasiões (colóquios universitários, encontros internacionais, ações culturais na Martinica, publicações etc.) que se inscrevem no quadro de um projeto global ainda em curso.

introduções

1. A partir de uma situação "bloqueada"

A Martinica não é uma ilha da Polinésia. As pessoas acreditam tanto nisso que, tendo em vista sua reputação, adorariam passar umas férias por lá. Conheço uma pessoa, desde sempre engajada na causa antilhana, que afirmava em tom de brincadeira que os antilhanos (ele se referia aos de língua francesa) chegaram a um estado limite de sub-humanidade. Um político martinicano imaginava, com amarga ironia, que no ano de 2100 os turistas seriam convidados por uma propaganda via satélite a visitar a ilha e a conhecer ao vivo "como era uma colônia nos séculos passados". Essas risadas amargas disfarçam um desespero geral: a impotência de sair do impasse atual. Em vez de nos deixarmos levar pelo desejo de rebater essas afirmações, mais vale procurar saber como essas construções se tornaram possíveis. Façamos um paralelo com o episódio seguinte. A um psiquiatra francês, que expressava sua preocupação diante dos estragos de desequilíbrio mental na Martinica, um prefeito não menos francês respondeu complacente: "Isso não tem importância. O essencial é que a miséria material recuou *visivelmente*. Já não vemos crianças raquíticas na beira da estrada. Os problemas que você coloca são quase irrelevantes."

Tais anedotas que parecem "girar" em torno do real delimitam, entretanto, o objeto de meu trabalho. Trata-se de rastrear à força os processos multiplicados, os vetores encadeados que, ao fim, teceram para um povo – o qual dispunha de tantos chefes e indivíduos "formados" – a tela vazia na qual se encontra capturado atualmente.

Esforço "intelectual", com seus surtos de repetição (a repetição é um ritmo), seus momentos contraditórios, suas imperfeições necessárias, suas exigências de uma formulação que beira a esquematização, quase sempre obscurecida por seu próprio objeto. Pois a tentativa de aproximar uma realidade tantas vezes ocultada não se organiza de imediato em torno de uma sequência de claridades. Nós reivindicamos o direito à opacidade. Por meio dele nosso esforço de existir plenamente alcança o drama planetário da Relação: a força dos povos aniquilados que hoje se opõem ao universal da transparência, imposto pelo Ocidente,[1] uma multiplicidade surda do Diverso. É um trabalho espetacular em qualquer lugar do mundo onde assassinatos, imperturbáveis genocídios e ataques de terror tratam de liquidar a preciosa resistência dos povos. Ele passa desapercebido quando se trata de comunidades destinadas a um desaparecimento relativamente cômodo.

É necessário estudar o discurso dessas comunidades (a trama obscura em que o silêncio se exprime) se desejamos compreender a fundo o drama em jogo na Relação mundial. Ainda que se considere que esse silêncio e essa falta sejam pouca coisa diante da assustadora e definitiva mudez dos povos minados e abatidos fisicamente pela fome e pela doença, pelo terror e pela devastação – coisas com que os países prósperos se conformam tão bem.

(Sim. A inquieta tranquilidade de nossas vidas, atadas ao tremor do mundo por tantas correntes. Quando paramos para pensar, algo se desprende em algum lugar, de um sofrimento, de um grito, e se deposita em nós. O sal da morte sobre os rebanhos exauridos no meio de um deserto nômade longe de ser liberdade. A devastação de povos inteiros. Aqueles que foram vendidos. Crianças cegadas por suas incompreensíveis agonias. Os torturados que enxergam a morte vagan-

1 O Ocidente não está no Oeste. Não é um lugar, é um projeto.

do ao longe. O cheiro de óleo sobre a areia na pele. O lamaçal que se amontoa. Estamos à margem e nos calamos.

Mas todo esse movimento faz um alarde de silêncios em nossa cabeça. O redemoinho sangrento do planeta nos deixa perplexos sem nos darmos conta. Supomos quantos povos no mundo, em alerta pelo mesmo choque, estão entregues a essa mesma condição.

É aqui que todo discurso converge. Não importa se não nos esgotamos como as matérias-primas, se as multinacionais não nos comem vivos, se a poluição ainda nos parece leve, se nossas multidões ainda não são fuziladas a torto e a direto e se sequer podemos imaginar as técnicas assustadoras a serviço aqui e ali do lucro e da morte – ainda assim, compartilhamos o desarranjo do mundo. A irracionalidade mórbida e a necessidade intensa nos tornam iguais no projeto global. A mesma bomba H é para todos.

O discurso dos povos dá ritmo e medida a essa dor lancinante; a Relação é, antes de tudo, uma consciência ignorada do que é relatado. O irracional pode ser intenso, e a necessidade, mórbida. Nos mostraram, por exemplo, o interesse dos grandes agrupamentos; e eu creio no futuro dos países pequenos. Em tais comunidades, os esquemas da Relação depuram-se em descompassos perceptíveis, e se estruturam em tentativas legíveis de libertação. A análise do discurso destaca o que, diante da imensa trituração planetária, surge pouco a pouco por obscuras evidências e que é possível preservar. O exemplo que damos aqui não fornece nenhuma arma concreta para a guerra econômica, guerra total, na qual os povos estão hoje implicados. Mas cada abordagem crítica do modo de contato entre povos e culturas permite vislumbrar que talvez um dia os homens se contenham, comovidos pela inteligência singular da Relação que fará parte deles – e então eles reconhecerão nossas incipientes premonições.)

2. A partir deste discurso sobre um discurso

A intenção deste trabalho foi a de *acumular em todos os níveis*. A acumulação é a técnica mais apropriada para revelar uma realidade que, por sua própria natureza, se dispersa. Seu desenrolar se assemelha à repetição de algumas obsessões que se *enraízam*, ligadas a evidências que *viajam*.

A trajetória intelectual é dedicada a um itinerário geográfico, em que o "pensamento" do Discurso explora seu espaço e nele se entrecruza.

As Antilhas, a outra América. Batucar sem descanso as ideias-forças que talvez desintegrem seu espaço em nós. A repetição dessas ideias não deixa a palavra mais clara; ao contrário, talvez a torne opaca. Precisamos dessas espessuras obstinadas em que as repetições tecem para nós um contínuo esconderijo, por meio do qual nos opomos.

Resumo de uma corrida, relato de uma viagem no universo americano, este discurso multiplicado carrega a marca da apresentação oral, concordando assim com um de seus tormentos mais desprendidos. Quando o oral confronta enfim o escrito, as misérias acumuladas em segredo de repente falam; o indivíduo sai do círculo estreito. Ele reencontra, para além de todo menosprezo vivido, um sentido coletivo, uma poética do universo, em que cada voz importa e cada vivência *explica*.

(Assim, o discurso antilhano não se oferece de uma vez. Mas o mundo, em sua unidade vibrante, não pede que cada qual se esforce em direção à reconhecida opacidade do outro? Essa é uma parte da nossa opacidade.)

Correr o risco Terra, ousar explorar seus ímpetos proibidos, ou desconhecidos. Assim, sustentamos nossa própria morada. As histórias dos povos são o ápice de nossa poética.

3. A partir da *Intenção poética*

Ajustando-nos ao impulso que vai hoje do Uno ao Diverso, meditar com firmeza o que é dito (decretado) por aqueles que deram o grito do mundo: os poetas. O Ocidente nos deu os poetas, talvez depois de tentar calar os *griôs* e os contadores de histórias. Mas o poema, em sua intenção realizada ou não, talvez provoque um desvio por meio do qual os "caminhos do mundo" possam ser novamente fechados. É preciso aplaudir a Intenção quando ela é exaltada (superada) pela letra do poema; é preciso desvendá-la quando ela autoriza esse desvio em que o poema ofusca *as vozes de outros lugares*.

Por que o desejo poético do mundo? Por que não o íntimo? No combate do Mesmo com o Diverso, a presença e o ato dos povos vêm hoje acusar o papel irremediável do Outro. A Relação, complexa, árdua, imprevisível, é o principal fogo das poéticas que estão por vir. O grito do mundo se transforma em palavra.

Para quem pensa nisso e segue esse impulso (essa passagem), só há caminho em sua terra, obscura e pesada. O universal abstrato nos desfigura. E, se essa terra, esse lugar, se encontram ameaçados, então que se martele a palavra voluntária. Daí a escuridão, a turbulência da linguagem. Mas o mundo seria claro? E não seria ele, em sua inédita e contestada totalidade, nosso sopro?

Eu também não deveria abandonar o decreto para encontrar minha palavra? Há falta e vazio de uma à outra? Seria a literatura essa armadilha que sempre nos apanha? Nós, as elites da escrita, teríamos perdido nossa voz?

4. A partir de *Malemort*[2]

Este livro tinha por grande ambição encontrar alguns aspectos de nosso desgaste coletivo e daí talvez colaborar para reduzir tal desgaste e contestar a renúncia.

Eu queria falar das turbulências, um tanto paralisantes, do desenraizamento antilhano. Considerar essa decadência imperceptível: a partida de um povo que certamente não desaparece, mas que aos poucos vai se desfazendo ao sol, sombra amarga e conformada.

Cantar a história: impenetrável, incompreendida.

Tentar também o jeito de uma linguagem: menosprezo sofrido e lugar difícil.

(Pois não há povo que se possa considerar hoje fora do tempo dos homens, e a história do mundo, ó poetas, se pode ler em toda parte.)

---

2 *Malemort* (1975) é um romance de Édouard Glissant que representa, sob forma mítica, o trauma histórico do Caribe. O nome designa um lugar simbólico – espaço da "má morte" colonial – onde o passado e o presente se entrelaçam. A obra antecipa a "poética da Relação" e a reflexão glissantiana sobre enraizamento, resistência e crioulização. (N.E.)

Mas a escrita se esgarça, tentando marcar de longe aquilo que aqui (ou ali) se desfaz sem trégua. Parece que, dia após dia, o movimento do apagamento para nós, martinicanos, se acelera. Não terminamos nunca de desaparecer, vítimas de um atrito de mundos. Aglomerados sobre a linha de emergência dos vulcões. Exemplo banal de liquidação pelo absurdo, no horrível sem horrores de uma colonização bem-sucedida. Que pode a escrita? Ela nunca alcança.

Porém, fora a ação necessária (o transtorno absoluto dessa banalidade da morte), resta-nos gritar o país em sua história verdadeira: homens e areias, desfiladeiros, ciclones e terremotos, vegetações ressecadas, bichos arrancados, crianças boquiabertas.

5. A partir de uma apresentação feita à distância, há algum tempo

Do mito persistente das "Ilhas" paradisíacas à falsa aparência dos Departamentos Ultramarinos, parecia que o destino das Antilhas de língua francesa era o de estar sempre em desajuste com *sua* realidade. Como se nunca fosse possível, para esses países, se reencontrar com sua verdadeira natureza, paralisados que estavam pela dispersão geográfica e também por uma das formas mais perniciosas da colonização: a *assimilação* de uma comunidade.

Nesse aspecto, muitas oportunidades foram perdidas pelos próprios antilhanos. A realidade brutal é que Guadalupe e Martinica suportaram uma longa leva de repressões, seguidas de revoltas incessantes desde o século XVII ou quase isso. Desse processo resultou uma renúncia cada vez mais marcada ao *impulso coletivo* e à vontade comum que permitem a sobrevivência de um povo como povo.

Daí a conformação geográfica. Parece que essa dispersão das ilhas no mar do Caribe, que constituiu uma verdadeira barreira natural para o contato entre elas (ainda que tenhamos notícia de que os povos aruaques e caribes cruzavam esse mar antes da chegada de Colombo), já não importa tanto num mundo aberto pelos meios modernos de comunicação. Mas, na verdade, a colonização dividiu em terras inglesas, francesas, holandesas, espanholas uma região povoada em grande parte por africanos: transformando em estrangeiros povos que não o são. O avanço da negritude entre os intelectuais antilhanos talvez respondesse à necessidade, por referência a uma linhagem comum, de reencontrar a unidade (o equilíbrio) para além da dispersão.

Ao mesmo tempo que se desenvolviam as relações de dominação econômica entre a metrópole e sua colônia, fortalecia-se uma dupla crença nas Antilhas de língua francesa: primeiramente, que esses países não podem subsistir por conta própria; em seguida, que seus habitantes são franceses de fato, ao contrário dos outros colonizados que continuam africanos ou indochineses. As Antilhas fornecem então chefes e subchefes para a colonização na África, onde são considerados brancos e, infelizmente, se comportam como tais. A política francesa é de favorecer a eclosão desses subchefes, daí a formação de uma pseudoelite convencida de que participa do Império colonial. Os grandes colonizadores (que chamamos aqui de *békés*)[3] compreenderão finalmente que esse sistema é a melhor garantia. Ao desistirem definitivamente a se inscrever em uma produção nacional martinicana, eles se tornarão os caixeiros-comerciantes do novo sistema, com lucros expressivos e uma verdadeira perda do poder de decisão econômica. A entrada das pequenas Antilhas francófonas no campo estéril da economia terciária tornava-se inevitável.

Faltou uma base nacional que permitisse a resistência orquestrada para fazer frente à despersonalização. Assim, via-se na Martinica e em Guadalupe um povo de descendência africana para quem a palavra "africano" ou "negro" representava geralmente um insulto. Enquanto a massa antilhana dançava o *laghia*,[4] tão manifestamente herdado dos africanos, os juízes antilhanos condenavam na África aqueles que eles ajudavam a colonizar. Quando um coletivo renega seu projeto, o resultado é apenas desequilíbrio e vaidade.

---

3 Termo utilizado nas Antilhas francesas para se referir às famílias descendentes dos primeiros colonos franceses que chegaram na região a partir do século XVII, a elite branca proprietária. (N.T.)

4 Laghia, ladja, danmyé ou Ag'Ya, é uma dança-luta, de origem africana, praticada no Caribe. Os participantes se dispõem em roda e dançam/lutam, uma dupla por vez, ao som de tambores. Prática análoga à capoeira no Brasil. (N.E.)

Mas todos os povos nascem um dia. Se os antilhanos não são os herdeiros de uma cultura *atávica*, tampouco são condenados a uma aculturação sem volta. Ao contrário. A vocação de síntese só pode constituir uma vantagem em um mundo voltado para a síntese e para o "contato de civilizações". O fundamental aqui é que os antilhanos não repassam ao outro a responsabilidade de construir sua cultura. E que essa vocação de síntese não se manifesta no humanismo em que as bestas se engalfinham.

Até o momento da guerra de libertação de Toussaint Louverture,[5] os povos da Martinica, Guadalupe e de São-Domingo (que veio a se tornar o Haiti) eram solidários em suas lutas. Tanto do lado dos colonos e dos escravizados em luta quanto dos homens livres (geralmente mestiços), os deslocamentos, por vezes limitados, não deixam de ser contínuos. A solidariedade também. Basta recordar Delgrès, de origem martinicana, que caiu junto a seus companheiros guadalupenses no Forte Matouba em Guadalupe, cujo exemplo foi tão importante nas lembranças de Dessalines, o tenente de Toussaint.

Haiti livre, mas isolado do mundo (a assistência internacional não existia, nem de países socialistas, nem de Estados do Terceiro Mundo, nem da ONU), o movimento de intercâmbios que as Antilhas poderiam ter criado definhou. A revolta dos escravizados, massacrada nas ilhas, foi reduzida a uma série de modestas revoltas camponesas sem apoio nem meios de implantação, de expansão, sem expressão ou extensão. Depois da "libertação" de 1848, a luta pela liberdade cede lugar nas Antilhas francesas à reivindicação da cidadania. Os colonos lançam seus próprios protegidos à vida política. A classe média, ávida por honrarias e respeitabilidade, presta-se de bom grado a esse jogo que lhe garante cargos e títulos. Até a lei de departamentalização de 1946, que constitui uma apoteose nesse sentido, os antilhanos são assim levados a negar a si mesmos como coletividade a fim de conquistar uma ilusória igualdade individual. A assimilação arrematou a balcanização.

O observador assustado identifica então entre as elites antilhanas uma pusilanimidade impressionante. A imitação é a regra

5 Principal líder da Revolução Haitiana (1791-1804), que conquistou a primeira abolição da escravização nas Américas e a primeira independência na América Latina. (N.E.)

(imitação do modelo vindo da França), e tudo que se afasta do tal modelo é tido como crime. É a época da literatura "das Ilhas" e seus sentimentalismos fanhosos. Data dessa época também, sem dúvida, o "você não é tão preto assim" (ou então "você é um dos nossos, não como os pretos") que nossas elites tantas vezes ouviram na cara e, digamos, tanto autorizaram. (Houve um "progresso" nesse assunto. Em 1979, o discurso francês na Martinica diz *explicitamente*: "no fundo, você é tão antilhano quanto eu", o que leva a diluição das elites ao seu ápice.)

Toda insurgência desse povo contra o destino que lhe havia sido reservado resultou numa repressão implacável, sempre seguida de uma dispersão e aprisionamento. É a longa teoria das oportunidades perdidas. A razão disso é que as elites jamais puderam propor (como seria sua função) uma perspectiva de luta às massas que resistiam nessas condições (estreiteza das ilhas, isolamento, ambiguidade cultural). Nesse sentido, o mimetismo político que desvirtuou esses países (encontramos exatamente os mesmos partidos da França, que nascem e desaparecem de acordo com as flutuações da política interna francesa) foi uma criação genial do colonato.

Hoje o antilhano já não renega a parte africana de seu ser; ele não reage mais preconizando-a como exclusiva. É necessário que ele a *reconheça*. Ele entende que *outra realidade* foi construída a partir de toda essa história (mesmo que a tenhamos vivido como uma não história). Ele já não é mais obrigado, por tática, a rejeitar os componentes ocidentais – ainda hoje alienantes –, pois sabe que pode escolher entre eles. Ele percebe que a alienação reside antes de tudo na impossibilidade da escolha, na imposição arbitrária dos valores, e talvez na própria noção de Valor. Ele compreende que a síntese não é uma operação degradante, como lhe era dito, mas uma prática fecunda por meio da qual os componentes se enriquecem. Ele *tornou-se* antilhano.

A ideia da unidade antilhana é uma reconquista cultural. Ela nos reinsere na verdade de nosso ser, ela milita por nossa emancipação. É uma ideia que não pode ser pensada *por nós, por meio de outros*: a unidade antilhana não pode ser teleguiada.

6. A partir dos rastros de ontem e de hoje, misturados

Esse povo, agora vocês já sabem, foi deportado da África a essas ilhas para o trabalho escravo. "Libertado" em 1848, viu-se prisioneiro na Martinica por uma dupla camisa de força: a impossibilidade de produzir para si e por si e a consequente impotência de afirmar *coletivamente* sua própria natureza. Os martinicanos revolvem sua existência entre um enorme *corte*, irreversível (com a terra original da África), e uma *ruptura* dolorosa, necessária e improvável (com a terra sonhada da França).

Nos litorais do Senegal, Goreé, a ilha aberta às águas, o primeiro passo para o delírio.

O mar em seguida, jamais visto dos fundos porões dos navios, repleto de afogados que semearam em suas profundezas os grilhões do invisível.

O engenho onde você desembarca, mais remendado que um farrapo, mais estéril que uma terra arrasada. Eleição da pilhagem.

As urnas, onde teu ventre vai pegando ranço. Economia de frustração. Caverna onde infla tua mendicidade.

Vaval, gigante do Carnaval, passeando por instinto: lá de cima. Nós o queimamos neste mar.

Behanzin, "rei de África", espelho dos exilados, sobre quem nos renegamos. Ele erra em nossos semblantes.

Os mangues de caranguejos, as plantações à flor da terra, os engenhos devorados pelas ervas: contração de terra, cactos, areias vendidas.

O facão, mais afogado que um cipó das entranhas.

7. A partir do grito

Veja os países. "Escute os países por trás da ilhota." Do ponto fixo daqui, teça essa geografia.

Do grito fixo daqui, desenrole uma palavra árida, difícil. Ofereça sua voz à duração do mundo. Saia da pele de seu grito. Entre na pele do mundo por seus poros. Sol em carne viva. Nós empilhamos salinas onde brilham tantas palavras. Nós caímos nas falésias pelos clamores do mar.

Palavra sem garantia. Um povo não sofre o suplício de seu transbordo simplesmente para afinar a voz. O sopro do mundo não se resume ao sotaque dos poetas. O sangue e os ossos sufocados na terra não gritam por sua garganta.

Palavra ameaçada. Pois nos acostumamos com o desvio onde a coisa dita se enrosca. Afiamos o sentido como um facão na rocha vulcânica. Estiramos o sentido a um mínimo filete de água que enlaça nossos sonhos. Quando vocês nos escutam, pensam que somos como o mangusto que *abre caminho* sob o canavial.

Mas palavra necessária. Rígida e quebrada. Saída do abismo com os ossos. E que se procura entre tantos rostos que nos agradaram. E que se ajusta, apesar de tudo, com essa enorme melopeia do mundo.

(Abandonar o grito, forjar a palavra. Não é renunciar ao imaginário, muito menos às potências subterrâneas, é armar uma *nova* duração, ancorada nas emergências dos povos.)

8. A partir de *Acoma*

A vontade de aprofundamento rende frutos apenas quando tem a lucidez de não se considerar totalidade suficiente, de transformar em ideologia o que poderíamos chamar de "estado de espera cultural".

No entanto, tal aprofundamento é inelutável. As convergências históricas, cujo nó precisa ser desatado, explicam – por meio do desenraizamento inicial, da ausência de referências coletivas, do desconhecimento de nosso passado sofrido, a exclusão das camadas populares, o isolamento paralisante do entorno caribenho e americano, a falta de confiança em nós mesmos e seu consequente desequilíbrio – que nossa situação no mundo como coletividade tenha se degradado por causa de nossas indecisões, de nossa errância. Mas que a degradação advém dessas convergências históricas, negativas enquanto não são "desenredadas", e não por conta de uma natureza reduzida por osmose, é o que trataremos de mostrar defendendo, e talvez também ilustrando, uma concepção precisamente mestiça das culturas. O campo dessa mestiçagem não abrange um humanismo vago, mas a desobstrução árdua dos povos que solidariamente nascem para suas liberdades. As Antilhas participam desse movimento.

E, se o aprofundamento se realiza apenas no ápice de uma ação, ele não torna inútil nossa ação, desde que esteja resguardada das ilusões de profetismo ou de vanguardismo.

9. A partir do trabalho solidário

Somos alguns poucos que consideram a criação, em nosso contexto, como um resultado que se aperfeiçoa aos poucos por meio de inúmeros *avanços*, não como o resultado repentino de um belo e misterioso desvio. Nós *todos* praticamos o desvio.

10. A partir da paisagem

Porque está recolhido em si mesmo e se eleva em dimensões legíveis. De uma só vez, a abertura de calor bloqueada pela chuva; mais fundo, essas fraturas que se notam quando a terra se abre.

Ao norte do país, o enlace de verdes escuros que as estradas ainda não cortaram. Foi onde os *marrons*[6] assentaram seus refúgios. Aquilo que você opõe à evidência da História. A noite em plena luz do dia, a peneira das sombras. O tronco e sua flor violeta. O labirinto de samambaias. A lama dos primeiros tempos, o impenetrável das origens. Sob as acomas desaparecidas, a retidão dos mognos sustentados por enseadas azuis em escala humana. O Norte e o Monte se casam. Escoaram essas populações da Índia que foram traficadas no século XIX (como se fosse para aperfeiçoar a totalidade da Relação) e que chamamos de *coolies*, em Guadalupe, *malabars*. Hoje as plantações rasteiras de abacaxis abrem brechas de aridez nessas verticalidades. Mas sua

6 "*Marrons*" é o termo utilizado nos países do Caribe para referir-se aos escravizados fugitivos - análogo aos quilombolas no contexto brasileiro. (N.E.)

terra plana e áspera é dominada pela sombra das grandes florestas. Os grevistas do Lorrain, *coolies* e negros, todos martinicanos, caíram na armadilha em 1976: *eles fenderam com facão o campo de folhas encharcadas de sangue.*

No Centro, as ondulações literais dos canaviais. O monte ameniza-se em colinas. As carcaças dos engenhos espalham-se como testemunhas da antiga ordem das Plantações. Na embocadura do sol poente, no limite entre as montanhas do Norte e as Planícies centrais, as ruínas do Castelo Dubuc, onde desembarcaram os escravizados (é o eco de Goreé, de onde saíram) e onde ainda podemos ver, em seus porões, os calabouços que os aprisionavam. O que chamamos de Planície é onde desaguava o rio Lézarde e onde os caranguejos desapareceram. O delta foi tomado por empresas de fachada e um aeródromo. As folhas caídas dos bananais escalonados, como cortina de espessa espuma verde entre nós e a terra. Nas paredes de uma casa do Lamentin, buracos de balas formando uma estrela, já nem sabemos mais em que ano, quando três trabalhadores grevistas dos canaviais foram abatidos pela polícia.

Enfim o Sul, onde os cabritos se dispersam. A emoção das areias, esquecida de tantos que treparam nos troncos de seus coqueiros. Em outros tempos esperavam encontrar Toussaint Louverture no Haiti. Eles morreram no sal do mar. Seus olhos reviraram em nosso sol. Empacamos, sem adivinhar o que está pesando esse incômodo inominável. Essas praias estão sendo leiloadas. Os turistas as disputam. Última fronteira, onde nossas errâncias de ontem e nossas perdições de hoje são visiveis.

Os tempos se dispersam assim sob nossas aparências, das montanhas ao mar, do norte ao sul, da floresta às praias. Marronagem[7] e recusa, ancoragem e resistência, o além e o sonho.

(Nossa paisagem é o próprio monumento: o rastro que ela faz significar é visível por debaixo. É tudo história.)

7 Marronagem (no original, "*marronage*") designa, originalmente, a fuga de pessoas escravizadas das plantações coloniais nas Américas e no Caribe. Esses fugitivos – *os marrons* – formavam comunidades autônomas nas florestas, montanhas e regiões de difícil acesso, frequentemente em aliança com povos indígenas locais. No Brasil, o termo é análogo ao aquilombamento, sendo os seus protagonistas, os quilombolas. (N.E.)

11. A partir da falta oral e do crioulo

Quando o aprendizado da leitura e do "conhecimento" é permitido a uma fração da comunidade de tradição oral (e isso pelo ensino elitista), os desequilíbrios resultantes não são unânimes. Uma parte dessa elite "delira" em sua ciência recém-constituída; o resto da comunidade preserva, por um tempo, e *ao lado* desse delírio, seu equilíbrio.

Se essa "instrução" se estende, sem se articular a uma prática autônoma de aquisição de técnicas apropriadas, o delírio da elite funde-se numa banalização também "ampliada", pela qual toda a comunidade vencida consente passivamente em se destituir de sua natureza, de suas possíveis funções, de sua cultura necessária.

Se tal operação ocorre numa comunidade cuja língua oral traz a marca secreta, impossível e irreparável (é o caso, como veremos, da língua crioula na Martinica), a despossessão pode ser mortal. Investigar essa despossessão é contribuir para lutar contra a dilapidação coletiva.

O empreendimento é tão necessário que, na Martinica (país em que a aparência é constantemente mais importante que a realidade), navegamos em ilusões renovadas do progresso social e econômico. Parece que o discurso do discurso (o retorno a si) chegou tarde demais e que perdemos o sentido de nossa voz enquanto comunidade.

Assim, como parece irrisório descrever em livros, esboçar por escrito aquilo que se dissipa em todas as direções.

O despertar oral e o esplendor do crioulo poderão preencher a falta? A revolução que os fecundará ainda é possível? O país que os *compreenderá* está aqui do nosso lado?

LIVRO I

o sabido,
o incerto

a despossessão

referências

O ENGANO CRONOLÓGICO

É possível reduzir nossa cronologia a um esqueleto de "fatos", qualquer um. Por exemplo:

1502 - "Descoberta" da Martinica por Colombo.
1635 - Ocupação pelos primeiros colonos franceses.
Início do extermínio dos caraíbas.
Início do tráfico de africanos.
1685 - Estabelecimento do Código negro por Colbert.
1763 - Louis XV cede o Canadá aos ingleses e preserva Guadalupe, Martinica e São Domingos (Haiti).
1789-97 - Ocupação da Martinica pelos ingleses.
1848 - Abolição da escravizacão.
1902 - Erupção do monte Pelée. Destruição de Saint-Pierre.
1946 - Departamentalização.
1975 - Doutrina da assimilação "econômica".

Uma vez realizada e completada essa cronologia, toda a história martinicana ainda precisa ser desobstruída. Tudo ainda precisa ser descoberto da história antilhana da Martinica.

12. O retorno e o desvio

I

Há uma diferença entre o deslocamento (por exílio ou dispersão) de um povo que se perpetua em outro lugar e o transbordo (o tráfico negreiro) de uma população que em outro lugar é transformada em outra coisa, num novo dado do mundo. É nessa mudança que precisamos tentar desvendar um dos segredos mais bem guardados da Relação. Por meio dessa mudança, compreendemos que histórias entrecruzadas estão em curso, são postas ao nosso conhecimento e produzem o ser. Nós renunciamos ao Ser. O que o pensamento etnográfico engendra de mais assustador é a vontade de encerrar o seu objeto de estudo num intervalo de tempo em que os enredos do vivido se apagam em favor de uma permanência pura. Por aí se afirmam séries conceituais generalizantes que ofuscam a rede de trocas reais.[1] A história de uma população transportada, mas que se torna, em outras terras, um outro povo, permite contradizer a noção geral e as neutralizações que ela impõe. A conexão (ao mesmo tempo relação e relato, ato e discurso) prevalece sobre aquilo que poderia aparentemente constituir o princípio, o "motor" que se diz universal.

A operação do tráfico negreiro (sobre a qual o pensamento ocidental, ao estudá-la como fenômeno histórico, sempre ficará silencioso como *signo de relação*) obriga a população assim traficada a questionar toda e qualquer ambição de um universal generalizante. E isso acontece de diversas formas.

Primeiro, o fato de ter que se transformar radicalmente obrigou essa população transladada a criticar (a dessacralizar), valendo-se do escárnio ou da aproximação, aquilo que na antiga ordem das coisas era o permanente, o ritual, a verdade de seu ser. Uma população que muda para outro lugar se vê tentada a abandonar a pura crença coletiva. Em seguida, o modo da mudança (a dominação de um Outro) favorece por vezes a prática de aproximação ou a tendência ao escár-

1 Naturalmente, a generalização permitiu sistematizar o conjunto de leis científicas, em que não é indiferente constatar um aprisionamento no universo ao mesmo tempo objetivo e "longínquo" da ciência ocidental.

nio, ao introduzir nessas novas conexões a insidiosa promessa de se constituir em Outro, a ilusão de uma mimese prevalece. Por meio dela, a pulsão unívoca de universal prevalecerá de forma vazia. Enfim, porque a dominação (favorecida pela dispersão e pelo transbordo) era o pior de seus avatares: ela produz ela mesma os modelos de resistência à apropriação que ela própria põe em prática, curto-circuitando assim a resistência enquanto a favorece. Desse modo, técnicas esvaziadas entreterão a ilusão de um universal transcendente. O povo transladado luta contra tudo isso.

O que faz a diferença, creio eu, entre um povo que se perpetua em outras terras, *que preserva o Ser*, e uma população que se transforma alhures *em outro povo* (sem que com isso sucumba às reduções do Outro) e que entra assim na variação que está sempre recomeçando da Relação (do relacional, do relativo) é que essa população não trouxe consigo nem perpetuou coletivamente as técnicas de existência ou de sobrevivência materiais e espirituais que ela havia praticado antes de seu transbordo. Essas técnicas subsistem como rastros,[2] ou sob forma de pulsões e impulsos. É isso que diferencia, além da perseguição de um lado e da escravização de outro, a diáspora judaica do tráfico dos negros. Uma vez transportada ao local de chegada e ancoragem, se essa população não encontra condições favoráveis para a invenção ou adoção "livre" de novas técnicas apropriadas, ela entra no marasmo muitas vezes imperceptível da irresponsabilidade global por um período relativamente longo. É provavelmente o que distingue de modo geral (e não por indivíduo) o martinicano de outro ser transladado, como o brasileiro, por exemplo. Tal disposição é tão determinante que a violência técnica (o afastamento crescente entre os níveis de manipulação e controle do real) se torna um fator primordial da Relação mundial. As duas atitudes provavelmente mais infundadas nessa circunstância seriam as de considerar, de um lado, o apoio técnico como fundamento para toda atividade humana e, por outro lado, rebaixar toda sistematização técnica à po-

---

2 No original "*trace*", dimensão fundadora da obra de Glissant, o rastro é vivido como processo memorial relacional diante da condição dos africanos escravizados, despossuídos de sua cultura material e espiritual. Assim, sua reconstituição nas Américas se dá pelos rastros da opacidade de sua memória, o que implica uma Relação. Aqui "vestígio", "rastro" e "traço" possuem o mesmo sentido de "*trace*". (N.T.)

sição de ideologia alienada ou degradante. A incapacidade técnica leva o colonizado a esses extremos. Qualquer que seja o pensamento em relação a tais opções, é necessário, de nosso lado, tomar a palavra "técnica" no sentido da mediação combinada de uma coletividade com seu entorno. O tráfico, que povoou parte das Américas, criou uma discriminação entre os desembarcados; a ausência de interesse técnico favoreceu nas pequenas Antilhas francófonas, mais do que em qualquer outro lugar da diáspora negra, o fascínio pela mimese e a tendência à aproximação (isto é, de fato, à difamação dos valores de origem).

Não existe aí apenas agonia e perdição, mas a ocasião de também afirmar um conjunto considerável de propriedades. Um exemplo é a de frequentar os "valores" não mais como uma referência absoluta, mas como modos agentes de uma Relação. (A renúncia aos valores puros de origem abre para um sentido inédito de conexões.) Outro é a de criticar mais naturalmente uma concepção do universal transparente e de reenviar essa ilusão ao arsenal das elites mimetizadas.

II

O primeiro impulso de uma população transplantada, que não tem certeza que vai preservar no local de seu transbordo a antiga ordem de seus valores, é o Retorno. O Retorno é a obsessão do Uno: não se deve transformar o ser. Voltar é consagrar a permanência, a não relação. O Retorno será preconizado pelos discípulos do Uno. (Mas o Retorno dos palestinos ao seu país não é um recurso estratégico, é um combate imediato. Expulsão e retorno são totalmente contemporâneos. Não se trata neste caso de um impulso compensatório, mas de uma urgência vital.) No século passado, os americanos brancos acreditaram exorcizar o problema negro por meio do financiamento do retorno dos negros para a África e da criação do Estado da Libéria. Estranha barbárie. Ainda que possamos nos sentir felizes ou satisfeitos porque dessa forma uma parte da população negra do Estados Unidos tenha conseguido escapar do destino terrível dos escravizados ou recém-libertos, não se pode ignorar o que tal processo carrega de frustração na *mise-en-scène* da Relação. A primeira característica da Relação é a consciência, ainda que obscura, que esses povos constroem da forma contemporânea da conexão entre os povos. As conexões anteriores não eram acompanhadas de uma consciência da consciência. Nas condições atuais, uma população que aciona o impulso do Retorno, e isso sem que ela tenha se constituído como povo, estaria destinada às amargas recordações de um *possível* (por exemplo, a emancipação dos negros nos Estados Unidos) para sempre perdido. A fuga dos judeus para fora da terra do Egito foi coletiva; eles preservaram sua judeidade, não se transformaram em *outra coisa*. O que pensar do destino dessas pessoas que regressam à África, ajudadas e empurradas pela filantropia calculista de seus senhores, *e que já não são africanos*? A realização do impulso *nesse momento* (já é tarde demais para isso) não é satisfatória. É possível que o Estado assim formado (um cômodo paliativo) não se torne uma nação. Por outro lado, seria possível imaginar que a existência de um Estado-nação de Israel terminaria por *extinguir* a judeidade, ao esgotar paulatinamente o impulso do Retorno (exigência do Uno)?[3]

---

3 A análise de qualquer discurso global torna inevitável a exposição sistemática de lugares-comuns (essas evidências impostas a todos), como o quadro das situações significativas nas relações entre os povos.

Uma população transladada que se torna um povo (Haiti), que se funde em outro povo (Peru), que entra na composição de um conjunto múltiplo (Brasil), que mantém sua identidade sem poder se "realizar" (negros dos Estados Unidos), que é um povo preso no impossível (Martinica), que retorna de forma fragmentada ao seu lugar de origem (Libéria), que mantém sua identidade participando de modo conflituoso da emergência de um povo (hindus das Antilhas).

Um povo dispersado que cria para si um impulso do retorno (Israel), que é expulso de sua terra (Palestina), um povo cuja expulsão é "interior" (negros da África do Sul).

Um povo que reconquista sua terra (Argélia), que desaparece por genocídio (armênios), que agoniza (melanésios), que é artificializado (micronésios).

As infinitas variantes das "independências" africanas (onde as fronteiras oficiais separam povos reais), os sobressaltos das minorias da Europa (bretões ou catalães, corsos ou ucranianos). A morte lenta dos aborígenes da Austrália.

Povos de tradição milenar e técnica conquistadora (os ingleses), de desejo universalizante (os franceses), atormentados pela negação (irlandeses), pela migração (Sicília), pela divisão (Chipre), pela riqueza fictícia (países árabes).

Povos que abandonaram muito cedo sua "expansão" ou sustentaram-na fragilmente (povos nórdicos, Itália), que tiveram suas terras invadidas (Polônia, Europa Central). Os próprios emigrados (argelinos, portugueses, antilhanos da França ou Inglaterra).

Povos invadidos e exterminados (indígenas dos Estados Unidos), neutralizados (indígenas andinos), capturados e massacrados (indígenas da Amazônia). Capturados e errantes (ciganos).

Mas já vimos que as populações transplantadas pelo tráfico negreiro não estavam em condições de sustentar por muito tempo o impulso do Retorno. Esse impulso vai cedendo à medida que a lembrança da terra ancestral se desfaz. Por toda parte (nas Américas) onde a medida técnica é preservada ou renovada por uma população transplantada, seja ela oprimida ou opressora, o impulso do Retorno vai aos poucos se apagando a partir da aceitação da terra nova. Ali onde essa aceitação será não apenas difícil, mas *obscurecida* (a população que se tornou povo, mas povo desamparado), vai aparecer a obsessão da imitação. Tal obsessão não é óbvia. Sem dizer que ela não é natural (é uma violência), é possível dizer que ela é impossível. Não apenas a própria imitação é impraticável, mas sua obsessão é bem real e insuportável. O impulso mimético é uma violência insidiosa. Um povo que está submisso a ele leva muito tempo para conceber o peso de forma coletiva e crítica, mas suporta rapidamente o traumatismo. Na Martinica, onde a população transplantada constituiu-se como povo sem que tal aceitação da terra nova tenha sido efetiva, a comunidade tentou exorcizar o Retorno impossível por aquilo que denomino de prática do Desvio.

Populações emigradas que constituem nação dominante (Estados Unidos), que se preservam num conjunto (Quebec), que se mantêm pela força (brancos da África do Sul).
Migrantes sistemáticos e fracionados (sírios, libaneses, chineses).
Migrantes periódicos, nascidos do próprio movimento da Relação (missionários, "Peace Corps", cooperadores) e cujo impacto é real.
Nações divididas pela língua ou pela religião (povo irlandês, nações belga e libanesa), isto é, pelo afrontamento econômico entre comunidades.
Equilíbrios federativos (Suíça).
Desequilíbrios endêmicos (povos da península indochinesa).
Antigas sociedades que se transformam pela aculturação com o Ocidente (China, Japão, Índia). Que se mantêm por insularidade (malgaxes).
Povos compósitos, mas "sem relação" (australianos) e ainda mais heterofóbicos.
Povos espalhados, condenados à "adaptação" (lapões, polinésios).
Esses quadros situacionais tornam-se inextricáveis pelo emaranhado de ideologias que se sobrepõem, pelos conflitos diglóssicos, pelas guerras de religião, pelos afrontamentos econômicos, pelas revoluções técnicas. O conjunto da Relação se transforma mais rápido do que o que pensamos sobre ela. Nenhuma teoria da Relação leva à generalização. Seu jogo é superativado pelo surgimento de minorias que assim se declaram, dentre as quais a mais determinante é, sem dúvida, o movimento feminista.

III

O Desvio não é uma recusa sistemática de *ver*. Não, não é um modo de cegueira voluntária nem uma prática deliberada de fuga diante das realidades. Em vez disso, diríamos que ele resulta, como de costume, de um emaranhado de negatividades assumidas como tais. Não existe desvio quando a nação se concretiza, isto é, cada vez que a responsabilidade global, ainda que alienada em proveito de uma parte da coletividade, coloca em prática as resoluções, provisórias mas autônomas, dos conflitos internos ou de classes. Não há desvio quando a comunidade enfrenta um inimigo declarado. O desvio é o recurso derradeiro de uma população cuja dominação por um Outro é ocultada: é necessário buscar *em outro lugar* o princípio de dominação, que não é claro, nem dentro do próprio país: porque o modo de dominação (a assimilação) é a melhor das camuflagens, porque a materialidade da dominação (que não é a exploração apenas, que não é a miséria apenas, que não é o subdesenvolvimento apenas, mas a erradicação global da entidade econômica) não é diretamente visível. O Desvio é a paralaxe dessa busca.

Então, sua astúcia nem sempre é calculada, assim como o *outro lugar* que ele frequenta pode ser "interior". É uma "atitude de recusa" (Marcuse) coletivizada.

A língua crioula é a primeira geografia do Desvio e somente no Haiti conseguiu escapar dessa finalidade originária. Confesso que as disputas sobre a origem e a constituição da língua (seria uma língua, seria uma transfiguração dos falares franceses etc.) me entediam; o que é sem dúvida um erro. Vejo na poética do crioulo principalmente um exercício permanente de deslocamento da transcendência implicada ali: aquela da matriz francesa. Michel Benamou sugeria a hipótese (retomada na Martinica em um artigo de Roland Suvélor) de um deboche sistematizado: o escravizado confisca a linguagem que o senhor lhe impôs, linguagem simplificada, apropriada às exigências de trabalho (o *petit-nègre*),[4] que chega ao extremo da simplificação. Você

4 O *petit-nègre* é um *pidgin* que começou a ser praticado a partir de meados do século XIX, quando o exército colonial francês, em seu avanço imperialista pelo continente africano, precisou facilitar e padronizar a comunicação com os africanos. Isso resultou na criação de manuais de "francês simplificado" no início do século XX, que sugeriam conjugar todos os verbos no infinitivo e suprimir as flexões de gênero e número. (N.T.)

quer me reduzir ao gaguejo, pois vou sistematizar o gaguejo, vamos ver se você vai entender. O crioulo seria assim a língua que, em suas estruturas e em sua poética, teria assumido completamente a natureza derrisória de sua formação. É a realização bem-sucedida de todos os *pidgins*, o imperador dos "dialetos", que coroou a si mesmo. Os linguistas repararam que a sintaxe crioula tradicional imita alegremente a linguagem da criança (emprego da repetição, por exemplo "*bel bel iche*" para dizer "criança muito bonita"). Uma prática de infantilismo que chega a esse ponto não é inocente. Consigo identificar nela, ao nível das estruturas que a língua dá a si mesma (e sem dúvida é pouco comum falar assim de uma língua como entidade voluntária que se estabelece por si própria), aquilo que dizemos que os negros dos Estados Unidos adotam como *atitude* linguística cada vez que estão na presença dos brancos: o cecear, a fala arrastada, a insensatez. A camuflagem. Essa é a encenação do Desvio. A língua crioula constituiu-se em torno dessa astúcia. Hoje, nenhum negro estadunidense precisa recorrer a essa encenação: suponho que sejam raros os brancos que ainda se deixem enganar; de modo similar, a língua crioula na Martinica ultrapassou o estado de estruturação pelo Desvio. Mas ela é marcada por ele. Ela desliza de trocadilho em trocadilho, de assonância em assonância, de equívoco em duplo sentido etc. Talvez seja por isso que o dito espirituoso, feito de paciência e surpresa contida, seja raro na língua, e sempre um pouco rudimentar. A ponta final de um discurso crioulo não desencadeia o sorriso simpatizante, mas o riso participante: ela realça a si própria e se aproxima desse modo de uma prática constante dos contadores de história de quase todos os países: os repentistas, griôs etc. O crioulo haitiano ultrapassou mais rapidamente o Desvio, por uma razão histórica simples: ele se tornou muito cedo a língua de responsabilidade produtiva da nação haitiana.

A vida das palavras, de Arsène Darmesteter, obra de "filosofia linguística" sobre a evolução do sentido das palavras na língua francesa, e em certos aspectos "pré-saussuriana", contém a seguinte observação: "Ainda é possível encontrar a ação do espírito popular quando ele deforma o sentido das palavras recebidas e consagradas em determinados usos. Vemos com surpresa palavras de formação erudita, tendo seu pleno e inteiro valor na língua científica, rebaixarem-se em empregos ridículos ou degradantes de uso popular... Uma ironia grosseira parece encontrar prazer em degradar essas palavras mal compreendidas e em vingar, pela língua dos letrados, a ignorância popular."[5] A surpresa do autor transformou-se certamente em horror diante das práticas do "*joual*"[6] entre os quebequenses, nas quais se observa também o deboche sistemático direcionado ao coração de uma língua (o francês), língua esta que, no entanto, se reivindica. Não causa surpresa que o *joual* tenha simbolizado um momento da resistência quebequense contra a dominação do Canadá anglófono, muito menos a tendência ao apagamento deste símbolo à medida que Quebec foi se concebendo e existindo como uma nação em formação.

O Desvio, portanto, *leva a algum lugar*, quando o impossível que ele contorna tende a se resolver em "positividades" concretas.[7]

Creio que o sincretismo religioso é também uma transfiguração ostensiva do Desvio. Há algo de excessivo na encenação desse sincretismo, seja nos rituais brasileiros, no vodu, nas práticas das zonas rurais martinicanas. A diferença é que, uma vez mais, o que se considerava astúcia constitui-se nesses lugares (Brasil, Haiti) em crença coletiva de conteúdo "positivo", e continua aqui (na Martinica) como rastro "negativo", que, portanto, precisa estar sempre se *atualizando* por desvios. O discurso da crença popular na Martinica é ainda hoje tratado por *orelha do Outro*.[8]

Encontramos, logicamente, uma das manifestações mais espetaculares dessa necessidade do Desvio para uma comunidade assim ameaçada no movimento migratório das populações antilhanas para a França (que constitui, como muito já se disse, uma rota da escra-

---

5 Arsène Darmesteter, *La Vie de mots: étudiée dans leurs significations*, Paris: Librairie Delagrave, 1918.

6 "*Joual*" é o nome dado ao francês popular falado em Quebec. (N.T.)

7 Nesta obra, "positivo" ou "positividade" são usados no sentido daquilo que faz com que uma situação se dinamize, em um modo contínuo ou não, "econômico" ou não, sob o impulso de uma resolução coletiva, seja pulsional, seja combinada. Desde então, o negativo (ou negatividade) não é um momento dialético dessa resolução, mas a ausência por meio da qual uma coletividade inata (isto é, cujas condições de existência são dadas) não se torna coletividade de fato (isto é, cujos modos de existência se reforçam ou se confessam).

8 Veja a esse respeito ("74. Sobre uma pesquisa prévia: o caso Suffrin", p. 438) as observações feitas sobre o discurso de Évrard Suffrin, fundador no Lamentin do *Dogma de Cam*.

vização ao revés encorajada pelo poder público) e nas ressonâncias psíquicas que ele desperta. É na França, o mais das vezes, que os antilhanos emigrados se descobrem *diferentes*, tomam consciência de sua antilhanidade; consciência tão dramática e insuportável que o indivíduo, assim invadido pelo sentimento de sua identidade, não será capaz de se reinserir em seu lugar de origem (para ele, a situação intolerável, e os seus compatriotas, irresponsáveis; ele será assimilado, embranquecido em seus costumes etc.) e terá então que *regressar*. Vivência extraordinária do Desvio. Isso ilustra a ocultação da alienação na própria Martinica: é preciso buscá-la *em outro lugar* para tomar consciência. O indivíduo entra então no universo da obsessão, não da consciência infeliz, mas, na verdade, da consciência torturada.

(Há certamente um esplendor do retorno, para aqueles que foram para o "Ocidente" (para o Leste) empenhados em se reenraizar. Não se trata mais da chegada desesperada de tempos atrás, depois de ser arrancado de sua terra-mãe africana e da viagem negreira. Dessa vez, é como descobrir finalmente o verdadeiro país onde se reenraizar. Diz-se que a Martinica é a terra dos retornados. Mas não se trata de um retorno, é o fim de um desvio.) Então, por não suportar mais viver em seu país, o tormento invade seu ser.

O Desvio *não leva a lugar algum* quando sua astúcia original não encontra as condições concretas de uma superação.

(Não devemos subestimar o mal-estar universal que leva os europeus, insatisfeitos com seu entorno, aos "países quentes" dos quais fogem aqueles que, desempregados mas submetidos a uma intolerável pressão de inexistência, buscam no Outro-Fora um recurso provisório.)

Enfim, os intelectuais antilhanos aproveitaram essa necessidade do Desvio para *ir a algum lugar*, ou seja, vincular, na circunstância, a solução possível do insolúvel a resoluções praticadas por outros povos. A primeira e mais magnífica dessas formas do Desvio talvez tenha sido o sonho africano de Marcus Garvey (Jamaica), encenado numa primeira "estação" que o incitou, nos Estados Unidos, a assumir a paixão dos negros americanos. A assunção universal do sofrimento negro na teoria (ou na poética) antilhana da Negritude representa também um aspecto sublimado do Desvio. Para os povos mestiços das pequenas Antilhas, a necessidade histórica de reivindicar a "parte africana" de seu ser, tão longamente desprezada, rejeitada, negada pela ideologia dominante, basta por si só para justificar o movimento antilhano da Negritude. No entanto, essa reivindicação é superada muito rapidamente, na assunção que mencionei, de modo que a obra cesariana da Negritude vai encontrar o movimento de libertação das culturas africanas, e o *Diário de um retorno ao país natal* será logo mais popular no Senegal do que na Martinica. Destino singular. O Desvio está aí: superação ideal, relação por cima. Nota-se que, se Aimé Césaire é o mais conhecido dos martinicanos, sua obra é ali menos estudada do que na África. O mesmo destino marcou a existência do trinitário George Padmore, inspirador do principal nome da independência de Gana, Kwame Nkrumah. Mas Padmore jamais regressou ao seu país natal, tendo sido o pai espiritual do pan-africanismo de Nkrumah. Essas formas de Desvio são, portanto, também variantes camufladas ou sublimadas do Retorno à África. A diferença mais evidente entre as formulações africana e antilhana da Negritude é que a africana *procede* de uma realidade múltipla de culturas ancestrais e ao mesmo tempo ameaçadas, e a antilhana *precede* a intervenção livre de novas culturas cuja expressão é subvertida pela desordem colonial. Foi necessário um intenso esforço de generalização para que as duas formulações se reencontrassem: essa generalização generosa ajuda a entender como a Negritude não levou em consideração as situações particulares. Inspiradora fundamental da emancipação africana, ela não interveio em nenhum momento nos episódios históricos dessa liberação. Ao contrário, ela é contestada como tal, primeiro no campo da África anglófona (por rejeitarem seu caráter generalizante), em seguida em regiões significativas da África combatente (talvez sob influência das ideologias revolucionárias).[9]

O exemplo mais significativo do Desvio continua sendo Frantz Fanon. Imenso e entusiasmante Desvio. Encontrei um poeta sul-americano que nunca se separa da tradução espanhola de *Os condenados da terra*. Qualquer estudante negro americano fica maravilhado quando

9 A cada vez que um debate acontecia num encontro internacional em torno da questão da Negritude, constatei que ao menos metade dos intelectuais africanos presentes se manifestava contra essa teoria, geralmente defendida pelos representantes franceses, sem dúvida porque eles encontram ali a generosidade e a ambiguidade das "teorias gerais" que gostam de defender. Assim, o *Diário*, cujo projeto é antilhano, estaria mais próximo dos africanos do que a teoria da Negritude, cujo projeto é generalizante.

descobre que sou do mesmo país que Fanon. Passam-se anos sem que ele seja (não falo nem da sua obra) citado na imprensa política ou cultural, revolucionária ou de esquerda, da Martinica. Uma avenida de Fort-de-France leva o seu nome. É basicamente só isso.

É difícil para um antilhano ser irmão, amigo ou simplesmente companheiro ou "compatriota" de Fanon. Porque, de todos os intelectuais antilhanos francófonos, ele é o único que verdadeiramente *foi para a ação* por meio de sua adesão à causa argelina, ainda que, mesmo depois dos episódios trágicos e contundentes do que podemos chamar, por direito, sua paixão argelina, o problema martinicano (que não era de sua responsabilidade, mas que ele teria sem dúvida enfrentado se o tivesse vivido) permaneça totalmente preservado em sua ambiguidade. É evidente aqui que *ir para a ação* não significa apenas debater-se, reivindicar, implantar a palavra contestadora, mas assumir profundamente o *corte radical*. O corte radical é a ponta extrema do Desvio.

A palavra poética de Césaire e o ato político de Fanon nos levaram a *algum lugar*, autorizando por desvio que voltássemos ao único lugar em que nossos problemas nos espreitam. Esse lugar é descrito no *Diário de um retorno ao país natal*, assim como em *Pele negra, máscaras brancas*: quero dizer que nem Césaire nem Fanon são pensadores abstratos. Os escritos da Negritude e da teoria revolucionária dos *Condenados* são, no entanto, generalizantes. Eles seguem o contorno histórico da última fase da descolonização no mundo. Eles ilustram e demonstram a paisagem de um *outro lugar* compartilhado. É preciso voltar ao lugar. O Desvio só é uma astúcia aproveitável se o Retorno o fecunda: não um retorno ao sonho de origem, ao Uno imóvel do Ser, mas um retorno ao ponto de encruzilhada, do qual nos havíamos afastado à força: é lá que, ao fim, precisamos fazer funcionar os componentes da Relação, ou perecer.[10]

---

10 Para nós martinicanos, esse lugar já é as Antilhas: mas nós não sabemos disso. Ao menos de forma coletiva. A prática do Desvio é a medida dessa existência-sem-saber. Assim se delimita um dos objetivos de nosso discurso: aproximar-se profundamente do que somos, de modo que o Desvio não se mantenha mais como técnica indispensável de existência, mas se realize talvez como modo de expressão.
A tangência do Desvio se torna, no estágio da expressão, conquista sobre o não-dito ou sobre o decreto (ou seja, sobre os dois principais modos da repressão), a partir do momento em que o Desvio, não mais imposto no real, continua em afinada compreensão de análise e de criação. A inserção convergente no Caribe esclarece esse processo e o autoriza.

referências
O TRABALHO

A atitude em geral dos martinicanos em relação às implicações sociais do trabalho fundamenta a declaração racista dos antigos defensores do sistema: "essa gente é preguiçosa."
O martinicano não está historicamente interessado em rendimentos nem em melhorias técnicas (instrumentos usuais, ferramentas, máquinas) pelo fato de não dominar nada em termos de produção coletiva (por sinal, hoje em declínio) em seu país.
Não existe o hábito de uma equivalência, ainda que alienada, entre trabalho e salário. Por tradição, o trabalho é "recompensado" a partir de um consenso afetivo senhor-escravizado. Sua avaliação "econômica" é recente e não determinante.
O sistema favoreceu o desaparecimento de profissões do tipo artesanal sem permitir que fossem substituídos por setores da industrialização.
Ele fez nascer e se desenvolver um reflexo generalizado de mendicância, pela aplicação do princípio de ajuda em substituição ao princípio de ação autônoma responsável.
Paradoxalmente, a atitude "irracional" dos martinicanos em relação aos problemas do trabalho é uma forma não combinada de resistência. Mas essa resistência se vale de "lugares" (desinteresse técnico etc.) que não são superáveis.

13. Fazer e criar

A crise de energia no mundo vai trazer dúvidas sobre o estatuto técnico-cultural da Martinica, que hoje se definiria da seguinte forma: um consumo que não se restringe ao nível do lazer ou da vida doméstica, insano do ponto de vista específico da utilização dos automóveis; um consumo totalmente sem garantia, já que a Martinica não dispõe de nenhum produto de troca válido no mercado mundial, nem de um meio de garantir de forma autônoma o transporte dos recursos energéticos; um consumo absolutamente passivo, não apenas porque aqui ele não "se transforma" em indústria, mas também porque depende da injeção de créditos públicos provenientes da metrópole francesa: enfim, um consumo alienado que permite, no campo do setor terciário, a reexportação de benefícios privados não controlados.

Os martinicanos vivem, assim, à margem de sua própria miséria, num sonho entre parênteses que nos faz acreditar que estamos numa pequena ilha de tranquilidade - preservada dos terríveis abalos que agitam a humanidade. É verdade que todo indivíduo que olhar ao seu redor em busca de um lugar de refúgio vai ficar espantado diante do estado do planeta. Talvez por isso ele procure essas ilhas de calmaria sem pensar que nesses enclaves estão esboçadas todas as condições e virtualidades do que podemos chamar de reserva: lugar onde, por menores que sejam as condições de agravamento ambiental, restará a todos apenas aguardar passivamente a extinção.

Consideremos essa crise. Como uma metrópole pode consentir em sustentar espaços (não produtivos) de consumo de energia, quando ela própria se vê perigosamente privada desta, é algo que nenhuma teoria de "solidariedade nacional" poderá justificar. O monocolonialismo instaurado na Martinica vai permanecer dessa forma enquanto persistir a prática de converter em benefícios privados os fundos públicos disponibilizados pelo orçamento francês; mas nenhum capitalismo, mesmo comercial, suportaria, em plena crise, transferir para outro lugar uma parte de sua reserva de energia disponível, mesmo que seja para continuar a obter lucros do setor terciário.[11] Foi então que as pequenas Anti-

11. Em 1979 foram criadas organizações, "no âmbito de decisões tomadas em nível nacional", para estudar as economias de energia e a exploração de turbinas eólicas e energia solar. Um coordenador virá de Paris para organizar tudo isso.

lhas francófonas se tornaram dançarinas caras demais para bancar. E a França não dispõe de nenhum meio que lhe permita passar essa responsabilidade à Comunidade Europeia. A médio e longo prazo, e em proporções mais ou menos cataclísmicas, as pequenas Antilhas terão que contar com elas mesmas. Sua independência está germinando na crise mundial.

Imaginemos esse despertar. Dois acontecimentos o prefiguram periodicamente: quando há crise de abastecimento aqui (não chegam nem navios, nem aviões de carga) e quando um ciclone ou uma tempestade tropical atravessa o país. Como estamos acostumados com os excessos das estações, a primeira circunstância nos parece mais catastrófica e suscita maior pânico. Assalto aos grandes centros de abastecimento, filas nos postos de gasolina, nervosismo insustentável de todos aqueles que são ou se reduziriam a meros clientes. Essas reações ocorrem porque sabemos muito bem que não somos mais capazes de enfrentar tais situações sozinhos. Desaprendemos os gestos coletivos da solidariedade, os gestos técnicos da sobrevivência. Nossas terras estão atravessadas por estradas estratégicas, repletas de alojamentos sociais. Nossas matas estão exauridas, nossos rios, secos. Os riachos onde eu mergulhava quando menino na roça entre Palmène e a montanha do Vauclin não preservam sequer a lembrança da umidade. As fumigações selvagens de inseticidas devastaram a fauna dos rios (os caranguejos enormes, os peixes pretos de cabeça chata), mataram os pássaros. Tem sido assim por toda parte mundo afora. Mas o mundo inventa suas defesas, seus paliativos. Nós pedimos socorro a quem está nos destruindo.

Imaginemos esse país numa crise mundial. Não poderíamos produzir nem arroz, nem tabaco, nem óleo, nem couro, embora as condições para essas produções estejam todas reunidas. Quanto desperdício antes que tenhamos reaprendido como organizar, prever e distribuir. Vemo-nos ao lado de nossos carros precários, percorrendo nossas estradas pouco a pouco degradadas e todo esse ar de bagunça e abandono típico de países cujos habitantes se deixam levar. A imagem está exagerada? Pode ser. Mas nos encontramos em situação parecida, como aconteceu com muitos países entre 1939 e 1945, no momento em que diversos povos sofriam os tormentos do extermínio, da devastação e desses horrores que só a Guerra do Vietnã superou desde então. Mas naqueles tempos conseguimos resistir porque o regime de Vichy nos negou absolutamente tudo. Nós também, "nunca fomos tão livres quanto durante a Ocupação". Com uma tropa de marinheiros franceses que dominavam o país, os martinicanos aprenderam tanto as práticas do mercado negro quanto os recursos da autoprodução. Eles *fabricaram* sal a partir das salinas do sul ou a partir da água do mar desidratada em bacias; fizeram couro com peles de bichos (essas mesmas peles que *hoje são descartadas* em todos os abatedouros da Martinica), óleo de cozinha com coco, copos com garrafas cortadas, cestos com ráfia e mandioca, legumes (fruta-pão, inhames, bananas verdes, que nunca chegavam a madurar - as frutas-pão eram *azuis* e as bananas, que em sua maioria vinham de Guadalupe, eram os *póyós*); pescávamos nos rios esses caranguejos que chamamos de "*zabitans*" e os guadalupenses de "*ouassous*"; as crianças fabricavam seus sapatos recortando as solas dos pneus velhos e as tiras das câmaras de ar inutilizadas, juntando tudo com pregos, mais escassos e valiosos que carne de boi, e elas inventavam seus brinquedos com caixas velhas e antigas bobinas de fios. Não estou aqui fazendo apologia do miserabilismo, pois é verdade que essas mesmas crianças também morriam de desnutrição, que as feridas se curavam com água fervida e que os mais velhos morriam silenciosamente. Mas o povo martinicano resistiu e conquistou, à época, uma unanimidade indubitavelmente perdida. Dlan, Silacier, Medellus, personagens de *Malemort* cuja saga procurei cantar, inventaram milhares de empregos irrisórios, que chamamos de "*djobs*" e que lhes garantiram a subsistência.

Recortar sandália de pneu velho
Fazer os corres para o senhor Hausse
Encher linguiça para amarrar cachorro
Fazer fila no mercado para Sinhá
Fabricar copo cortando garrafas de fundo azul
Catar caranguejos em Trafalgar.[12]

12 Este é um repertório dos ofícios de Dlan, entre 1940 e 1945. Fabricar sapatos (sandálias, espadrilhos) com pneus. Cuidar de carros antigos. Caçar vira-latas com salsichas envenenadas. Fazer fila no mercado para quem deseja passear. Fabricar copos a partir de garrafas. Pegar caranguejos despejando água nos buracos que eles fazem ou mijando neles.

No entanto, sob esses impulsos inventivos, acontecia a traição das elites. A unanimidade serviu para um desvio suntuoso expresso na lei de departamentalização de 1946, aclamada por todos, ou quase. Assim, é preciso compreender que hoje nos acostumamos com a irresponsabilidade passiva[13] e o quanto uma situação similar nos deixaria despossuídos e impotentes. Caímos na armadilha do insidioso e nossas conquistas individuais pagam o preço de uma renúncia coletiva tamanha que sequer podemos imaginar o impacto corrosivo.

O que é essa traição das elites? Ela vem de longe, sua análise nos permite perceber a equivalência, para um povo, do fazer e do criar, a relação entre produzir e imaginar.

Quando Julien Benda (ou então Georges Bernanos) fala da traição dos clérigos, ele queria dizer ou insinuar, sem dúvida, que esses clérigos não fizeram o que *deveriam* ter feito, embora tivessem meios para tanto. A tradição da burguesia ou da *intelligentsia* cria um sentido moral fundado no exercício de uma função de grupo. Não é a acepção que daríamos à traição das elites na Martinica. Não há aqui nenhuma obrigação moral subentendida, já que nenhuma tradição de grupo surgiu de uma função. Ao contrário, trata-se sempre, para nossa elite - negros livres, mestiços[14] e funcionários -, de assegurar a salvação pessoal, o que explica por que essa casta jamais formará uma classe funcional. A "traição" diz respeito a essa dispersão.

---

13 Mencionarei muitas vezes neste livro a irresponsabilidade coletiva e técnica. É um mecanismo a desmontar, que permite também interrogar por que o discurso colonialista qualifica tantas vezes o colonizado (não pela análise de um estado estrutural, mas pela afirmação de uma natureza imparável) de irresponsável. Esse discurso colonialista *ganha espaço* para camuflar a obra em que está trabalhando. "É claro que boa parte da retórica colonialista sempre girou em torno dessa mesma questão - a inferioridade moral dos povos colonizados, cuja subjugação era a principal consequência e cuja penalidade era claramente demonstrada em sua relutância em assumir papéis de responsabilidade. Há muito tempo, em 1910 (ou recentemente, dependendo da perspectiva histórica), o popular romancista inglês John Buchan escreveu um clássico colonialista, *Preste João*, no qual encontramos as palavras: 'Essa é a diferença entre branco e preto, o dom da responsabilidade.'" (Chinua Achebe, *Morning Yet on Creation Day*, Doubleday: Nova York, 1976.) Desmontar o mecanismo é lutar contra o discurso. Geralmente se suspeita que M. Senghor ("A razão é helênica...") tenha sucumbido a ela.

14 "*Mulâtres*" no original, cuja tradução direta é mulatos, termo que, no Brasil, ganhou caráter pejorativo que não expressa a intenção no uso feito pelo autor. (N.E.)

Ela não comporta, portanto, nenhuma responsabilidade global; pode-se dizer que as circunstâncias históricas a tornaram irrefutável. A necessidade de sair de qualquer jeito do buraco da condição servil, e por meios que só podiam ser individuais, criou o reflexo de salvação pessoal a partir do qual a elite viria a se constituir apenas como a coleção não solidária dos indivíduos que conheciam o mesmo destino. Tornou-se então irrisoriamente fácil sugerir a uma tal camada social "ideias" de pura *representação* que sua própria formação a incitava a adotar sem críticas. A traição da elite está no fato de ela *expressar* de forma vazia esse pseudoideal de "evolução". Em nenhum momento da história martinicana ela será capaz de pensar uma dimensão coletiva. Ela vai sempre fazer da referência ao outro e ao de fora a essência de seus modos de pensamento e ação, mesmo quando quiser lutar para assegurar suas próprias vantagens. Ela o fará ainda mais quando proclamar estar "defendendo o povo", ao adotar, sem questionar, os "universais" que lhe serão inculcados: o sufrágio universal, a representação republicana, a escola laica e obrigatória, e o arsenal ideológico dos Jules Ferry, Jules Grévy, entre outros colonizadores fundamentais. Assim, as práticas de sobrevivência dos trabalhadores agrícolas, que estudaremos mais adiante, não conheceram essas sistematizações das classes mais favorecidas, de modo que a ação da comunidade se transforma, enfim, em *resolução* técnica.

Desde então, as práticas de sobrevivência fragilizadas viriam a se perder numa série de atividades irrisórias, fragmentadas, sem relação com uma condução coletiva de subsistência. Essas práticas, ligadas à força da criação, trazem essa força em sua diluição. O extraordinário é que hoje, com a consolidação quase perfeita do processo de despossessão coletiva, até mesmo a condição fragmentada e irrisória das práticas de sobrevivência (os *djobs*) parecem proibidos para a coletividade martinicana. Os *djobs* são o resíduo da potência de criatividade. No seio da enorme "equalização" que o povo martinicano conhece e aguenta (pseudoinstrução pública, leis sociais perturbadoras, massa de desempregados mantidos por medidas pontuais de acomodação), esse resíduo desapareceu ou se desnaturalizou. Temos, assim, a impressão falaciosa de um progresso, desmentido pela recessão das antigas profissões acessíveis aos martinicanos, e que *não foram substituídas por nada* no plano da atividade coletiva responsável.

O desvio da assimilação decorre diretamente dessa desnaturalização. "Teorizada" pela elite, a pulsão mimética tende a substituir a implementação de um ato coletivo. O mimetismo é tanto mais completo quanto aparece como promoção transcendental, *a partir* da falta criadora coletiva. É notável que a potência criadora, ausente da coletividade, *se concentre* na atividade de indivíduos que aparecem desde então marginalizados. Suas obras tornam-se barrocas: elas se proliferam a partir de uma não necessidade na situação e percorrem os caminhos de uma originalidade aparentemente sem causas ou sequências. No entanto, elas ultrapassam as categorias do gênio faz-tudo ou do que chamamos de criação autodidata e encontram a vontade latente de resistência. Mas uma grande parte do povo martinicano adquire, aos poucos, o costume da não produção, se instala nessa passividade e compensa, por meio da persuasão mimética e da autonegação, o que há de lancinante nessa falta.

Duas convicções consistentes foram reforçadas. Em primeiro lugar, em continuidade com a economia servil, esse trabalho é escravizante, não dessa escravização que a teoria marxista chama de alienação da força de trabalho, mas de uma aniquilação ao mesmo tempo individual (a força de trabalho *dada* diretamente em troca de meios miseráveis de existência) e coletiva (impossibilidade de constituir os conflitos do trabalho em modos de resolução de uma dimensão nacional). O trabalho será assim considerado como uma atividade "em suspensão", o que não implica qualquer possível superação valorizadora, ainda que remota ou indireta. A criação, derivada da valorização do trabalho, é impensável. Em seguida, a estereotipia técnica, que se instala com o desmoronamento das práticas de sobrevivência e o desaparecimento das profissões tradicionais, leva a uma inércia técnica, de modo que o martinicano se convence de que não tem nada a inventar no seu país e que, aliás, nunca poderá fazê-lo. Ouvi dizer em quase todos os contextos, por volta dos anos 1960 e 1970, que era impossível criar na Martinica, escrever, pintar, fazer música, produzir objetos ou ideias. É por isso que qualquer criação, em tal ambiente, era vista como um escândalo estrutural e era imediatamente marginalizada na concepção ou na visão que se tinha dela, quando não se marginalizava a si própria, ao barroquizar sem necessidade (ou seja, isolando por redundância) seu projeto ou seus métodos.

O estabilizador evidente aqui é que a política oficial compensa a falta criadora coletiva com uma série de medidas efetivas: importamos o que não criamos ou fabricamos e deixamos de fabricar para importar (ir a grandes supermercados torna-se um reflexo); a noção de produção é substituída pela noção de serviços (forma-se uma classe ampla de funcionários que se beneficia de um adicional de "alto custo de vida" de 40% em relação ao resto da população, sendo esses 40% um privilégio paralisante no espectro econômico martinicano); são desenvolvidas medidas específicas de assistência pública (jovens formados em ofícios básicos recebem um subsídio de desemprego e mais nada); a força de trabalho é exportada (uma organização, a BUMIDOM, é responsável por facilitar a emigração para a França; desde 1979, já não é preciso insistir nessa incitação, tamanha é a força do impulso de partida nos diversos estratos da população atualmente).[15]

Entendemos que a falta de fazer e de criar só é "suportável" por causa dessas medidas que não têm a ver com o "bom coração" nem com a chamada solidariedade nacional, mas permitem uma parte do capitalismo mercantil francês operar uma frutífera mais-valia comercial na Martinica. Suponhamos agora que as condições dessa operação se alterem em razão de uma crise no mercado energético. A mais-valia comercial deixaria de ser rentável e as medidas de proteção e estabilização (baseadas no "desperdício" do excedente produzido na França e esbanjado aqui em fundos públicos) não poderiam ser mantidas. O interesse estratégico e as promessas ultramarinas talvez não bastassem para garantir a manutenção da "ajuda". Sem poder recorrer a uma responsabilidade fundada em uma estrutura coletiva autônoma inexistente, seríamos obrigados a reaprender os gestos de sobrevivência, a voltar aos *djobs*. Uma tal perspectiva apavora nossa comunidade, em especial a camada social acostumada a trocar seus serviços por produtos de consumo.

---

15 Ao voltar de uma viagem à França em junho de 1979, o arcebispo da Martinica fez uma declaração muito impactante, convidando o povo da Martinica a desistir dessa migração. O impulso de sair está ligado ao sistema de consumo que ajuda a manter um fenômeno estranho no país: o medo da *falta de estoque*. Essa assombração projeta o ser em uma *expectativa sempre renovada*, pontuada pelo movimento de navios e pelo pouso de aviões. Assim projetado, o homem acaba não vendo mais o país que o cerca e não o concebe mais.

Não lhe ocorre como classe (pois ela não é) a ideia de prever, menos ainda de impor, novas estruturas: ela só faz se queixar perante a insuficiência das medidas pontuais assumidas ou das somas designadas.[16] Porque, para prever, primeiro seria preciso arrancar a iniciativa política global, o que a descentralização ou a regionalização não permitem. O que nossa elite não pode querer. O que o povo da Martinica ainda não pode conceber, e vamos analisar o porquê.

Agora, poderemos voltar a esse romantismo dos *djobs*, a uma perpetuação anacrônica das técnicas de sobrevivência? As necessidades do mundo estão aí. Não devemos nos recusar a ver o que nos espera: a confortável tutela da França, com os riscos contínuos de uma desassistência imperceptível, com o abandono total do sentido coletivo entre os martinicanos e uma passividade assustadora (uma ausência) no concerto incipiente da civilização caribenha; por outro lado, a mudança radical das nossas mentalidades de assistidos, a tomada de controle de uma economia concebida globalmente como tal, a iniciativa criativa, a audácia, mas também a renúncia a todo o tipo de prazer e conforto passivos, o risco e a aposta no futuro. Não escaparemos desse dilema. Morrer ou arriscar. A criação deve deixar de ser um escândalo, deve se organizar como necessidade arriscada e fecunda. Mas essa necessidade não poderia ser imposta apenas com base no discurso da elite (as elites são hábeis em defender a evidência da necessidade *para os outros*): a responsabilidade martinicana não pode ser ensinada por alguns, deve ser conquistada por todos.

14. O começo

O documento que vamos ler é bem conhecido por aqueles que se interessam pela história da Martinica. É a proclamação que faz o delega-

16 Um projeto de empresa mista centralizada (capital público-privado) para a exploração da cana-de-açúcar foi apresentado por assessores gerais da Martinica ao governo francês, o qual (em junho de 1979) ainda não se pronunciou. As usinas de açúcar passaram, sem concentração compensatória, nem aumento absoluto no rendimento por unidade, de 156 (fim do século XIX) para 112 (1910), 17 (1945) e 1,5 (1979). O projeto em questão é original; pela primeira vez se criaria uma camada social de operários e funcionários, realizando de certa forma uma síntese de nossa história "socioeconômica". Teríamos uma combinação de produções e serviços. Esses são os truques da "classe" média para escapar do dilema.

do da República francesa aos agricultores escravizados da Martinica, em 31 de março de 1848. A República foi proclamada na França, o que, naturalmente, provoca transtornos na ordem colonial. A questão central é a abolição da escravização; Schoelcher[17] começa a prepará-la, mas os acontecimentos de Paris repercutem com grande atraso na Martinica. A massa de escravizados se agita; fica evidente que os colonos multiplicam as manobras de oposição ao decreto que está sendo preparado. É necessário, portanto, apaziguar a efervescência geral, garantir ou preservar a ordem pública, preparar as melhores condições de evolução. Esse é o objetivo dessa proclamação.

Destacamos anteriormente o caráter odioso, hipócrita, falacioso e realmente escravista (por exemplo, Aimé Césaire, em sua *Introdução às obras* de Victor Schoelcher).[18] Tenho a impressão que esse texto nunca foi considerado em sua integridade, e nem foram elucidadas suas implicações e desdobramentos. De fato, não é um texto que *fez* a história que se seguiu, ele é apenas a prefiguração expressa publicamente dessa história. Mas é certo que se tem aí a expressão pela primeira vez *legível* de uma vontade política cujo sentido estratégico será cada vez mais difícil avaliar. Já é uma razão para se interessar pelo texto.

Há outra razão, mais consternante. É que ele é o anúncio mal velado de nossas alienações, o esboço do que o povo martinicano irá sofrer, a prefiguração daquilo que o colonizador fará de nós e que para uma parte (ao menos aquela que chamamos de nossa elite) se concretizou. Assim considerado, o documento é um texto essencial, que desvela bem o que se esconde na "libertação" dos escravizados; com a ironia de constituir uma de nossas primeiras proclamações históricas, fornecida pelo outro e tão potente em seus efeitos subterrâneos.

A boa-nova! Esse será o princípio de nossa vida política e coletiva. Essa é a primeira teorização do *outro lugar*.

O navio a vapor. Para ir mais rápido. O transatlântico, o Latecoere, o boeing: as infinitas variedades do cordão umbilical.

O exército "associado" à vida social e política - (o general).

---

17 Victor Schœlcher foi político, jornalista e abolicionista francês, conhecido principalmente por ter redigido o decreto de abolição da escravidão nas colônias francesas em 1848. (N.E.)

18 Aimé Césaire, *Introduction* às *Oeuvres de Victor Schoelcher*, Paris: PUF, 1954.

A bondade do pai. Ele cuida das crianças; estas que se comportem bem para merecer sua atenção.

A intrusão da afetividade nas relações sociopolíticas. Os senhores são bons (existem alguns maus). Seus nomes estão por todo lado, inscritos, e me parece que ao menos um deles, sr. Perrinon, era um mestiço (homem de cor livre). Talvez o que deu nome a uma rua de Fort-de-France? Assim como sr. Reizet, nome de um bairro de Pointe-à-Pitre?

A afirmação do dogma que é na França as coisas mudam: quando a República substitui a monarquia, seu destino melhora subitamente. Tudo era culpa de Louis-Philippe.

A noção de reaquisição, que legitima o princípio da indenização (a história se repete). Então vocês eram a propriedade *legítima* de seus senhores.[19]

A equivalência entre o status daquele que traz a boa-nova e a importância desta. Quanto mais alto o posto do delegado, mais a novidade é verdadeira e proveitosa.

O costume de a decisão ser tomada em outro lugar. A lei *chega* (Paris "faz" a lei).

A concessão da liberdade. É raro que um país colonizador desenvolva assim uma teoria da "libertação".

O esboço da teoria dos prazos e das etapas: "Até o momento da promulgação da lei, continuem sendo o que são, escravizados."

A liberdade não é um presente, é o direito de trabalhar para os senhores ("para si mesmo"). É um direito a ser conquistado.

A doçura da vida sob os trópicos, em comparação com a dura realidade da França.

O francês é mais responsável: ele trabalha mais; ele é mais infeliz.

A organização elitista ("mandar não é para todo mundo"). O branco está destinado ao comando, obviamente.

A aparição do prefeito do município como substituto do senhor. O início da elite de representação.

O valor da República, sua virtude. Sua lei determina o real.

O prefeito como delegado dessa República. Vislumbra-se a urna.

---

19 Essa indenização proveitosa e massiva, na passagem do capitalismo escravista para o capitalismo "moderno", nos faz recordar em seu princípio as subvenções disfarçadas que permitem aos *békés*, ao abandonarem hoje qualquer projeto de produção, se reciclarem com alegria no setor terciário.

O prefeito como intermediário entre moradores e autoridades superiores de Fort-de-France. A "clientela" é anunciada.

A distância estabelecida entre Martinica e Guadalupe.

Os martinicanos serão mais inteligentes do que seus "camaradas" de Guadalupe. Eles compreendem melhor as necessidades.

A teoria dos homens livres preguiçosos. Recusar o sistema é um pecado.

O pároco como adjunto do prefeito. A religião para gerenciar a liberdade futura.

O casamento para estabilizar o corpo social.

Há uma humildade do nascimento, mas não se deve reclamar.

A paciência. Nem tudo vai bem hoje, mas os responsáveis trabalham para que tudo fique melhor amanhã.

A teoria das visitas oficiais. O delegado de alto escalão precisa *ver*.

O delegado de alto escalão precisa voltar para a França para tomar medidas (a lei) que vão *conferir* algo (a liberdade, o trabalho, a ajuda...).

O negro compreensivo.

O negro agradecido.

O negro dançarino e músico, fazendo serenata para o delegado de alto escalão.

A emoção do delegado de alto escalão diante das manifestações de reconhecimento.

Novamente o casamento, *que obrigará todos a trabalhar*.

Esses são os lugares estratégicos da alienação em 1848: a prefeitura, o presbitério, o hospício público, o hospital público, a casa-grande, as oficinas, a casa do capataz.

Desconheço texto mais completo, tratando-se dos modos de nossa despossessão. Do ponto de vista econômico, ele analisa perfeitamente a passagem do trabalho servil para o trabalho pseudoassalariado na Martinica. Do ponto de vista político, ele desenha perfeitamente as condições de "libertação". Sabemos que os escravizados de 1848 não caíram na armadilha dessas belas palavras, e que a proclamação de fim de março não impedirá as revoltas de maio, que levam à promulgação do decreto de Abolição *antes* que ele fosse devidamente assinado. A questão a se debater diz respeito à repercussão a longo prazo dessa estratégia. Não importa, por exemplo, que o delegado da

República tenha inventado ou embelezado o episódio dos negros dançarinos como sinal de gratidão. Se *em 1848* a maioria dos escravizados debochou, sem dúvida, desses decretos declamados pelos agentes do Estado, como não reconhecer que nosso povo foi afetado por essa insidiosa estratégia? Nós todos escutamos o sr. Husson, e aos poucos paramos de debochar.

Por isso compreenderemos que inúmeras revoltas populares em nosso país não resultaram em libertações radicais. Os escravizados combateram em 1848, mas a "libertação" que foi então proclamada não acionava nenhuma dimensão coletiva. O sr. Husson era um gênio tão medíocre quanto seu projeto, embora muito eficaz em seu propósito.

(Schoelcher escreve: "O cidadão Husson é um crioulo da Martinica, onde reside toda sua família e onde estão todos os seus interesses; ele se encontrava entre brancos e negros; ele podia julgar, portanto, o alcance de cada uma das suas palavras."[20] Mas o cidadão Husson está aqui como *delegado da República*: ele protege seus interesses e sabe opor aos colonos obtusos que o cercam *as primeiras insinuações de uma colonização que corrói ao mesmo tempo que oprime*. Antes de decidir em grupo por essa política, os *békés* terão que ser vencidos - de 1880 a 1946 - pelo capitalismo francês. Nessa última data, eles vão compreender que o sr. Husson trabalhava para eles.)

LOUIS THOMAS HUSSON

Diretor provisório do Interior para a República Francesa

AOS ESCRAVOS[21] DO CAMPO

Meus amigos,

Vocês todos tomaram conhecimento da boa notícia que acaba de chegar da França. Ela é verdadeira: foi o sr. general Rostoland e eu que a trouxemos. Nós pegamos o *navio a vapor* para chegar mais rápido.

---

20 Victor Schoelcher, *Esclavage et colonisation*, Paris: PUF, 1948, p. 162.

21 Aqui optamos por grafar o termo escravizados como "escravos" para manter o tom pejorativo do sr. Husson. (N.E.)

A liberdade vai chegar! Coragem, meus meninos, vocês a merecem. Foram bons senhores que a solicitaram para vocês: sr. Pécoul, sr. Bence, sr. Froidebond des Farges, sr. Lepelletier, St. Rémy, sr. Perrinon, sra. De Jabrun e Reizet da Guadalupe. Todos os senhores que se encontravam em Paris reuniram-se e encarregaram esses senhores de pedir sua liberdade ao Governo que a concedeu. Louis-Philippe não é mais rei! Era ele que freava sua libertação, porque ele desejava que cada um de vocês fosse comprado novamente, e a República, ao contrário, vai comprá-los todos de uma vez.
Mas é preciso que a República possa preparar os fundos da compra e promulgar a lei da liberdade. Portanto, por enquanto, nada mudou. Vocês permanecem escravos até a promulgação da lei. Em seguida, o governador Rostoland vai me encarregar de dizer a vocês: "A liberdade chegou, viva a República!" Até então, é necessário que trabalhem de acordo com as prescrições da lei em benefício dos senhores.
É preciso provar que vocês compreendem que a liberdade não é o direito de vagabundar, e sim o direito de trabalhar para si próprio. Na França, todas as pessoas livres trabalham ainda mais do que vocês que são escravos, e são bem mais infelizes que vocês, pois a vida lá é mais difícil do que aqui.
Meus amigos, sejam gentis com as ordens de seus senhores para mostrar que compreendem que mandar não é para todo mundo. Se vocês acharem que têm do que se queixar, dirijam-se particularmente aos seus senhores; e, se não conseguirem chegar a um acordo, e ainda assim julgarem ter razão, procurem o prefeito da comuna para que ele lhes explique tudo.
A República confiou essa missão ao sr. prefeito.
Por outro lado, se as autoridades superiores que residem em Fort-de-France (é assim que chamamos hoje o Fort-Royal) forem incomodadas a toda hora para ouvir suas reclamações, elas não terão tempo para preparar a lei, e o momento da liberdade será retardado.
Lembrem-se do que aconteceu em Guadalupe!

No tempo de seus pais, a República existia na França; ela proclamou a liberdade sem indenizar os senhores, sem organizar o trabalho. Ela pensava que os escravos compreenderiam que precisavam trabalhar e evitariam qualquer bagunça.
Então, os ingleses conquistaram a Martinica e seus avós não se tornaram livres.
Em Guadalupe, que escapou de seus inimigos, todo mundo ficou livre, mas os antigos escravos abandonaram o trabalho e se tornaram mais infelizes a cada dia. Após sete anos de liberdade, eles obrigaram a República a escravizá-los novamente. É por isso que seus camaradas da Guadalupe são escravos até hoje!
Estou convencido de que vocês mostrarão, meus amigos, mais inteligência, e não darão ouvidos a sujeitos maus: escutem apenas pessoas honestas.
Não ouçam principalmente os homens livres preguiçosos. Não se esqueçam de que, após conquistarem a liberdade, aqueles que temiam que vocês não quisessem mais trabalhar depois de livres diziam: "Vejam como de libertos se tornaram preguiçosos!"
Seus inimigos são os preguiçosos! Tenham para eles apenas uma palavra: "Vão trabalhar e deixem-nos merecer nossa liberdade..."
O sr. pároco está aqui para dizer que é preciso trabalhar e se casar para conseguir as recompensas da outra vida. Peçam conselho a ele quando tiverem alguma questão. Pensem que a religião foi a primeira a lutar pela liberdade no tempo em que os próprios brancos não eram livres.
Cristo nasceu num estábulo para ensinar aos camponeses que eles não devem reclamar da humildade de seu nascimento. Ele permitiu que o crucificassem (era o suplício do escravo da Judeia) para que os desgraçados vissem em seus padres apenas amigos destinados a bem guiá-los.
Vamos, meus amigos, tenham paciência e confiança! Se lhes escrevo, é porque não tenho tempo para ver cada um de vocês. Aliás, acabo de visitar St. Pierre, Prêcheur,

Macouba, Base-Pointe, e tenho pressa de voltar para casa e trabalhar na lei que lhes concederá a liberdade. Hoje estou tranquilo, pois vi seus camaradas; são pessoas corajosas que compreendem a liberdade. Assim como vocês, tenho certeza. Gostaria de que todos vocês estivessem comigo na casa do sr. De Courcy. Quando anunciei aos trabalhadores da propriedade que todos seriam livres, eles gritaram: Obrigado, senhor diretor! Viva o trabalho! Viva o senhor! Viva à sua senhora! E, à noite, fizeram uma serenata à sua senhora. Durante o jantar, me enviaram onze homens casados, que me apresentaram suas esposas e me pediram, em nome da oficina, para agradecer à República.

Meus amigos! Foi bonito de ver! Isso prova que haviam compreendido que, na sociedade, as pessoas casadas são as mais honradas para prometer à República que os escravos, de agora em diante, vão se casar para ter um um velho pai, uma mãe, uma esposa e crianças, irmãos e irmãs, toda uma família para alimentar e cuidar, porque assim todos serão obrigados a trabalhar quando forem livres.

Adeus, meus caros amigos, venho visitá-los todos. Quando quiserem manifestar sua alegria, gritem:

Viva o trabalho!

Viva o casamento!

Até que eu venha lhes dizer: "A lei chegou. Viva a liberdade!"

ESTA CIRCULAR SERÁ DIRIGIDA AOS PREFEITOS DAS COMUNAS PARA SER EXIBIDA NAS PORTAS DA PREFEITURA, DO PRESBITÉRIO E DAS INSTITUIÇÕES DE CARIDADE. SOB O CUIDADO DOS PREFEITOS, SERÃO TRANSMITIDOS EXEMPLARES A TODOS OS PROPRIETÁRIOS DA COMUNA, CONVIDANDO-OS A EXPÔ-LOS NOS LOCAIS MAIS VISÍVEIS DE SUAS PROPRIEDADES, COMO OS HOSPITAIS, AS CONSTRUÇÕES, AS PLANTAÇÕES, NA CASA DO CAPATAZ E EM SUAS PRÓPRIAS RESIDÊNCIAS.

Saint-Pierre, 31 de março de 1848

Assinado: HUSSON

O que mudou hoje?

A boa-nova sempre chega de outro lugar. Ela diz respeito hoje às cifras da *ajuda oficial*.

Os boeings, vapores aéreos, se põem a serviço para *mais, mais rápido, e mais frequente*.

O exército já não reprime; ele pacifica, educa.

A afetividade reina. "Ah, meus caros amigos. Que bonito seria." O sr. Dijoud, a respeito de incidentes racistas nas escolas, declara em 1979: "Somos todos franceses. Os franceses devem se amar." O que teria feito gargalhar qualquer auditório (de governo ou de oposição) da França.

É sempre na França que as coisas mudam: "se a esquerda ganhar, não haverá mais emprego", "se a esquerda ganhar, a autonomia será (finalmente) possível".

A teoria dos prazos e etapas, expressão do realismo político. Existem os prazos da direita e os prazos da esquerda.

(Estamos felizes por ter encontrado os franceses responsáveis por cuidar de nós. Todo o resto é *irrealista*.)

As eleições como chave dos problemas. "A maioria."

A distância preservada, a rivalidade entre Guadalupe e Martinica.

A pressão econômica (leis de segurança social) a favor do desenvolvimento das famílias nucleares "estabilizadoras".

(Reconhecemos que o papel da Igreja mudou de uns dez anos para cá. Os discursos contestatórios mais serenos e talvez mais radicais que ouvi esses dias (1979) foram pronunciados por padres. Existe aí uma sul-americanização incontestável do clero martinicano. Seja qual for nosso pensamento referente à alienação ou aos fanatismos religiosos, não se pode ignorar a energia, a organização de solidariedade, a ação em meios populares (mais ou menos afastadas das práticas políticas tradicionais) das Igrejas implantadas na Martinica - adventistas, protestantes, testemunhas de Jeová etc. - ainda que desconfiemos do poder corrosivo e anestesiante das seitas e que a implantação da maioria dessas igrejas seja inicialmente financiada pelos Estados-Unidos.)[22]

A promoção da delegação, da representação sem função.

---

22 Algumas universidades americanas, a exemplo de Bloomington em Indiana, abriram departamentos de língua crioula onde estudam os futuros pastores missionários no Haiti e em outras Antilhas crioulófonas.

Os grupos folclóricos em "serenatas" na prefeitura, nos hotéis de luxo ou nos navios de guerra que estão de passagem.

A valsa ininterrupta dos visitantes: ministros, delegações, comissões de estudos, relatores, executivos, secretários sindicais, líderes políticos (cada um tem o seu), ao infinito.

"Não posso ficar por muito tempo, preciso voltar a Paris para praticar o que pude ver e aprender aqui. Mas eu não os abandonarei. Com meus serviços continuarei a trabalhar para vocês." (Discurso de ministro.)

O discurso moroso: amanhã vai melhorar.

O negro compreensivo.

O negro agradecido.

O negro dócil. Os visitantes maravilhados.

Quase todas as instâncias do deboche estão germinando neste texto. Esses são hoje os locais estratégicos da alienação: a prefeitura, a previdência social, a administração da escola, a escola, a assistência pública, os estacionamentos, os supermercados, as associações, as assembleias políticas e administrativas, os estádios, os bancos. Como se vê, há progresso social. A casa-grande e a casa do capataz foram substituídas por diretorias, escritórios, agências.

Para coroar o caráter de "documento histórico" do texto do sr. Husson, o cartaz se apresenta de forma *bilíngue*. Em francês à esquerda e em crioulo à direita. Sim. Uma proclamação bilíngue. Como não se admirar? É algo "fundador", como o tratado de partilha do Império carolíngio. É curioso imaginar alguém declamando o texto crioulo para os habitantes da Martinica, tão pouco alfabetizados nessa língua quanto na francesa, e é igualmente curioso imaginar algum funcionário oficial responsável pela "tradução" crioula, maldizendo quem o obrigou a uma tarefa extra absolutamente sem sentido, e praticando o delirante *petit-nègre* que mais tarde será admirado. Aqui também o texto do sr. Husson é uma genial prefiguração. Ele insere uma transcrição tão indubitavelmente débil do falar crioulo que nada podemos fazer senão considerar esse falar como uma forma menor de dialeto. É o que vão querer que ele se torne. Esse é o último efeito histórico do documento, que vai fazer com que a perfeição do desamparo no uso da forma venha coroar a vontade de arrancar as raízes *até o fundo*.

Essa proclamação deveria ter sido estudada nas escolas martinicanas, comentada pelos partidos políticos, analisada pelas instâncias culturais. Esse texto do "passado" é de uma atualidade extenuante. Só escapamos do deboche se o encaramos de frente.[23]

23 Em 15 de julho de 1848, o comissário geral da Guiana, André Aimé Pariset, redigiu uma proclamação semelhante. Seu texto utiliza os mesmos argumentos, mas em um tom muito mais "sério", administrativo, menos "afetivo", mais "ideológico". Era um funcionário de carreira. Ele não tinha o porte imponente, o gênio do deboche, a afetação mímica do sr. Husson.

referências

O AFRANCESAMENTO

Nas estruturas sociais.
(Escola. Serviço público. Religião.)

Pelas mídias de massa.
(Jornais. Rádios e televisão. Livros.)

Nos ideais.
(Cidadania francesa. "Desenvolvimento". A Europa.)

Em objetos e mercadorias.
(Grandes lojas. Carros. Moda.)

Pelas demonstrações de prestígio.
(Festivais. Jogos de florais e corais. Congressos e conferências.)

Na linguagem.
(O desmoronamento do crioulo. A forma pela qual o francês o transforma em sintaxe.)

O afrancesamento artificial (ele não desencadeia uma participação criativa) leva à mudez neurótica do ser e à sua irresponsabilidade. Os conflitos raciais aumentam.

15. Acontecimento

As manifestações de maio de 1971 na Martinica foram a ocasião para o assassinato de um jovem estudante do ensino médio em Fort-de-France. Elas foram seguidas de uma greve muito longa de trabalhadores agrícolas em Guadalupe, liderada pela UTA [União dos Trabalhadores Agrícolas], e marcada, também lá, por uma repressão sangrenta. O testemunho a seguir, relativo à morte de um jovem da Martinica, parece-me significativo da situação real. Um caminhão militar passando, jovens na calçada, o som de uma detonação, fumaça e depois nada.

TESTEMUNHO

> Eu, abaixo assinado Desche Marie-Madeleine, farmacêutica, residente na rua de Blénac, número 20, certifico a autenticidade dos seguintes fatos:
> Quinta-feira, 13 de maio de 1971. Eram cerca de 17h45, eu estava caminhando da farmácia Victor Groussard para a loja Bata, onde compraria sapatos. Atravesso a rua da República, que estava perfeitamente calma; as pessoas estavam tocando suas vidas em paz. O trânsito estava normal. Eu cruzo com o grupo de jovens que, todas as quintas-feiras na mesma hora, estão sentados no parapeito da janela da farmácia Cherchel-Turiaf, ou em pé na calçada: são cerca de dez pessoas, número que costumo encontrar todas as quintas-feiras no mesmo horário. Eles são muito calmos, conversam como de costume sem fazer muito barulho. Eles são educados e me deixam passar educadamente. Não noto pedras, nem panfletos, nem nervosismo por parte deles.
> Volto a Bata pela entrada da loja na rua da República. Estou observando alguns sapatos quando ouço uma explosão. Eu me viro, saio para a rua e vejo dois carros da polícia; homens vestidos com uniforme cáqui. Ouço a segunda explosão e vejo o homem fardado localizado na parte traseira esquerda do caminhão (se orientando em relação ao sentido do veículo) recarregando seu fuzil lança-granadas cujo cano

está à altura de um homem: o caminhão passa em frente à loja Bata.

Pego rapidamente os sapatos comprados e sigo em direção à multidão que se formou. Neste momento, vejo o médico que havia sido chamado com urgência transportar, com outra pessoa, um jovem em estado de coma. Um segundo rosto ferido e ensanguentado está recebendo curativos na farmácia Cherchel-Turiaf.

Escrito em Fort-de-France, 17 de maio de 1971

DESCHE

Marie-Madeleine

Como tantos outros, esse caminhão desapareceu, assim como seus ocupantes, assim como seu atirador impassível, na densidade de nossas renúncias e na claridade pálida dos processos judiciais.

Quantas mortes em tantos países, quantas torturas, massacres, genocídios. O que chama a atenção nesse assassinato é seu caráter tranquilo, irrisório. Como se a situação das pequenas Antilhas "invocasse" esse tipo de zombaria pacífica e debochada da história. Em 1978, um jovem soldado francês matou, como se estive em um desfile, "não se sabe o porquê", um jovem martinicano. Ele foi condenado a nove anos de prisão. Ao mesmo tempo, os massacres perpetuam-se em toda parte do mundo. Somos um eco caricatural. Talvez seja por isso que nossa situação é típica de um dos modos de Relação. Esses assassinatos quase rituais acompanham uma forma muito particular de colonização, na qual o desamparo mental alia-se à irresponsabilidade consumista. Essas são as pontuações da zombaria. Desse ponto de vista, o depoimento acima traça um quadro "objetivo" da nossa situação: cheia de lojas, farmácias, uma vida urbana avançada, ela é atravessada por um fantasma assassino, que não expulsamos.

NOTA

Essa concepção do irrisório é expressamente formulada por uma instância política francesa em relação aos confrontos sangrentos na Córsega (jornal *Le Monde*, 12 de janeiro de 1980): "Em vista da violência que hoje ameaça o mundo, os eventos violentos de Ajaccio só podem ser considerados pelo que são: tragicamente irrisórios. Nossa única resposta está de acordo com o princípio da unidade nacional" (declaração do Partido Republicano).

Daí vemos que o irrisório é avaliado de fora de um modo bem diferente do que de dentro.

É irrisório aos olhos do Outro, isto é, fútil e sem consequências, aquilo que ele próprio ajudou a tornar fútil, mas cuja ameaça ainda não pesa sobre ele. Ele zomba do que tem pouco peso. Ele compara com outras pressões vindas de outros lugares: "a violência que hoje ameaça o mundo."

É irrisório o desespero de quem não tem nenhum peso em seu próprio curso. Esse irrisório não é trágico (ou seja, não há necessidade alguma de reforçá-lo com este epíteto): é a própria tragédia. Nós o colocamos em equilíbrio com o sofrimento experimentado em outros lugares, os extermínios de povos.

Conhecer o irrisório em que se vive é começar a recusar que o Outro o mantenha no irrisório.[24]

---

24 Uma das formas mais vivas de ocultar esse irrisório, ou seja, de se oferecer ao olhar do outro tal como ele o constitui, é pretender ter esclarecido pela "objetividade científica" a relação que se criou em nosso país. Em particular, os elementos da análise marxista mais convencional (e, para apreciação especial, as infras e superestruturas) desempenham plenamente no discurso o papel de telas tranquilizadoras. Se proponho que o que nos espera dá seu passo na aniquilação de toda produção, é preciso colocar desde já novos termos de reflexão: a tirania da noção de produtividade não deveria exceder na matéria? Certamente equilibrei minha pesquisa antilhana em torno da extirpação produtiva na Martinica. Mas não temos o direito de reivindicar outros padrões, outras possibilidades para um povo? Se eu não responder a essa questão aqui, afirmo que ela surgirá em qualquer elaboração de uma teoria não generalizante da Relação mundial.

referências

A "LÓGICA HISTÓRICA" DAS RELAÇÕES

Manter a produção de acordo com a exigência das necessidades da metrópole.
O comércio de escravizados e a prosperidade atlântica.
O saqueamento como princípio, a troca como sistema.
O béké, *senhor absoluto.*

Artificializar a produção.
A "determinação" da produção acontece em fim de circuito: "em outro lugar".
A cana-de-açúcar e a beterraba.
O béké, *senhor relativo.*

Artificializar as "classes sociais".
Proibir que elas exerçam uma função na produção.
Impossibilitar a acumulação.
Impossibilitar a resolução autônoma dos conflitos de classes, que teria fundado a Nação.

Criar uma elite de representação.
Sua representação não advém de uma função.
Ela não se representa.
Daí a teorização minuciosa do "universal".

A Martinica terra de passagem e de mudança.
A produção-pretexto e sua produção de migalhas.
O circuito entre créditos públicos injetados e benefícios privados exportados.
A consideração individual e o desprezo coletivo.
A ausência de uma linguagem autônoma.

16. A despossessão

I

Nenhuma coletividade suportaria conceber uma "despossessão", e é desanimador começar um exame da realidade por aí. Mas seria mortal ignorá-la, quando a despossessão camuflada nos corrói sem que tenhamos consciência dela.[25]

Tudo começa, evidentemente, com o primeiro africano raptado na Costa do Ouro. O oceano do tráfico negreiro foi nosso novo país. Então a terra do outro lado (nossa terra) apareceu para nós como um momento insuportável. Mas a população traficada se reconstituiu como povo sobre essa terra. Assim intervém a verdadeira despossessão, com a primeira panela e o primeiro arado, pagos por um colono em troca de especiarias, anil e tabaco. Nesse escambo, o país se extraviou.

O colono martinicano, contrariamente a seu congênere das Plantações da Luisiana e do Nordeste brasileiro, não dispõe de nenhum dos meios que favoreceriam sua independência em relação ao sistema mercantil do qual ele é o "representante" local.

Ele é tributário do tráfico negreiro para o abastecimento de madeira de ébano.[26] Não é ele que decide os preços ou as quantidades fornecidas. Ele não dispõe de moeda (o princípio do escambo é baseado no valor da libra de açúcar), ele não controla uma frota mercante, não manipula as flutuações do mercado dos produtos coloniais na zona de distribuição. O que lhe resta? O saque. Nenhuma possibilidade de acumulação, de previsão, de crescimento técnico. Ele vai tirando proveito no dia a dia.

As guerras de independência no Novo Mundo (Estados Unidos, México, Cuba, Brasil, América Latina) aconteceram onde os colonos

25 O melhor é o discurso dos lúcidos militantes franceses que, solidamente enraizados na terra antilhana, psiquiatras, psicólogos ou educadores querem provar, enquanto aguardam para publicar suas conclusões em revistas altamente especializadas que você é um derrotista da causa antilhana ou que sua reflexão não passa de modismo. A colonização fraternal é tão desenraizante quanto a paternal. A mimese está em toda parte.

26 No original, "*bois d'ébène*", metáfora comum nos séculos XVIII e XIX para designar os africanos escravizados. (N.E.)

puderam escapar da economia do escambo, pelo controle de uma moeda, de uma frota, de um mercado. A guerra de independência do Haiti é de outro gênero: a concentração de povos africanos, a tradição acumulada da marronagem, a vivacidade das crenças vodu, a densidade do povoamento são fatores decisivos. Essas duas ordens de determinações foram deficitárias em Guadalupe e na Martinica.

A economia do escambo foi reforçada pelo aparelho dos monopólios do Estado, a partir de Colbert. O que significa que a economia martinicana (produção e consumo), em seu sistema global, está globalmente integrada à economia francesa, sem alternativa. A organização do sistema de Plantações vai permitir uma tímida reação, rapidamente reprimida pela política dos produtores de beterraba franceses a partir de meados do século XIX. A economia do escambo vai se transformar sutilmente, primeiramente numa pseudoprodução (pseudo, porque não "autônoma"), depois numa produção-pretexto, até se tornar enfim num sistema de troca, tal qual vemos funcionar ainda hoje (troca de créditos públicos por benefícios privados no campo do setor terciário).

Quando exposta, essa história nos suscita uma certa simpatia pela causa dos *békés*. Jack Corzani, em sua *História da literatura antilhana*, sugere que eu estaria mais inclinado a uma "compreensão" em relação a eles. (Uma cena do romance *Le Quatrième Siècle* [O quarto século], entre um colono pouco ortodoxo e um escravizado *marron*, alimentou o equívoco. E é verdade que, segundo a ótica do romance, os dois personagens são marginalizados em relação à história cotidiana do país. O sentido geral dessa cena é, entretanto, *que não basta se marginalizar para ser eficiente.*) É um erro grave. O que quero expressar é, antes de tudo, que os *békés* jamais figuraram para a massa de escravizados e trabalhadores agrícolas como *o inimigo decisivo*: se não, o confronto entre essas duas camadas sociais teria resultado numa resolução autônoma que fundaria, seja de qual modo for, a nação martinicana. A astúcia colonial é de obliterar a real dominação global (invisível) sob a não menos real (e visível) exploração pelos *békés*. O princípio da departamentalização de 1946 é justamente o de que a inserção na nação francesa seria uma garantia contra a exploração dos *békés*. Mas os *békés*, vencidos, serão recuperados e promovidos pelo sistema em uma área não produtiva, livre de perigo, da economia terciária, que permite benefícios promissores, mas proíbe o surgimento da nação. Em seguida, será determinado que nenhuma política de produção possa ser decidida nem conduzida por essa camada social de exploradores. Por fim, que nenhuma responsabilidade técnica seja exercida por eles. O que faz muita falta.

O estatuto "econômico" da Martinica será fixado a partir deste processo: *escambo - pretexto - troca.*

A estagnação técnica, nascida da impossibilidade de fazer previsões a longo prazo, junta-se aqui ao esfacelamento (no meio popular) das práticas de sobrevivência. É verdade que as técnicas de base na transformação da cana-de-açúcar evoluíram muito pouco nos últimos dois séculos. Essa entropia técnica, reforçada pela indiferença das camadas populares, desencadeia uma estagnação dos dinamismos culturais. Automatismos técnicos, automatismos mentais.

O costume de não responsabilidade coletiva na produção econômica foi favorecido pelas decisões do poder central que, ao impedir de fato o surgimento de uma produção nacional, controlou por meio de subvenções ou ajudas pontuais o sustento do que chamo de produção-pretexto.

Daí decorrem naturalmente três características:

1. *A não solidariedade dos setores econômicos.* Sob a grande equalização nascida das medidas externas, é indiferente a um funcionário de Fort-de-France ou a um pescador de Sainte-Luce que a banana de Lorrain esteja em crise ou que os pequenos produtores de cana-de-açúcar estejam falindo. A solidariedade não se dá nesse nível. Na realidade, não existe uma economia martinicana.
2. *A futilidade dos planos setoriais.* Constituído periodicamente com o único objetivo de provar que existe vontade de mudança, sua finalidade real é manter o equilíbrio de um conjunto que não se destina a produzir. Manter o equilíbrio é, de fato, *não desenvolver.* Os planos setoriais são de natureza sávio: vf. Dar crédito ao setor terciário, injetar "ajudas" passivas para a produção-pretexto.
3. *A fraqueza das resistências setoriais.* Essas são mais fáceis de dominar porque jamais colocam em jogo uma dinâmica

do conjunto do corpo social martinicano.[27] É interessante constatar que, ao sair do período de 1939-1945, quando a Martinica solidária teve que encarar uma situação de agressão paupável, quando os martinicanos tiveram que inventar solidariamente uma defesa global, a unanimidade do povo foi extrema; embora se lamente que essa unanimidade tenha sido utilizada como força de pressão para "arrancar" a lei de assimilação de 1946 em direção à qual tudo (a lógica de nossa não história, o interesse da classe média, os objetivos do capitalismo mercantil francês renascente) empurrava detestavelmente nosso país.

Os economistas martinicanos caíram com frequência na armadilha das eruditas setorizações disfarçadas. Todas as suas análises da rentabilidade são acometidas, por exemplo, de um mesmo interdito, o da medida martinicana, que ninguém sabe ao certo como considerar.

Atualmente, o princípio original do escambo, que havia determinado o sistema de pilhagem, cedeu lugar ao princípio da transferência, que está no centro das relações do sistema de troca. Trata-se da mesma despossessão sob formas diferentes. Enquanto isso, uma produção real ganhou forma nos séculos XVIII e XIX, com o sistema de Plantações: ela nunca se desenvolveu como atividade organizada e coletiva. O princípio mesmo de produção (como projeto comum) viu-se obscurecido. Nós não passamos diretamente da produção não autônoma de antes para a produção aniquilada de hoje; conhecemos esse momento intermediário que qualifico da seguinte forma: uma má-produção.

Se tivéssemos então que resumir num esquema, uma vez mais, o processo de despossessão, faríamos talvez da seguinte forma:

---

27 Um exemplo típico é o caso dos graves conflitos que opõem (1977-1979) os estivadores do porto de Fort-de-France aos pequenos plantadores de bananas. Cada vez que os estivadores estão em greve contra seus patrões, os pequenos plantadores se manifestam, às vezes sob proteção da polícia, contra essa greve que ameaça seus interesses. Nenhum deles está consciente de que as condições draconianas (da qualidade do fruto) impostas aos plantadores e as condições dos estivadores dizem respeito a *uma mesma política*, cuja engrenagem precisa ser desmontada. O sistema (sua polícia, suas autoridades) aparece como árbitro válido entre zonas setorizadas, não solidárias, da atividade econômica do país. (Vale refletir, nesse aspecto, sobre o sentido da palavra "solidário": nenhuma superação é possível enquanto a globalização dos problemas não for encarada.)

Princípio do escambo (1º estágio)	Economia de pilhagem não organizada (produção fragmentada)	A libra do açúcar como moeda	Hesitações entre explorações "centrífugas" e "centrípetas"
Princípio do escambo (2º estágio)	Economia de pilhagem: o sistema de Plantações (monoprodução)	Moeda "local" dependente da moeda "nacional"	Contribuição massiva à balança comercial francesa
Princípio do pretexto	Economia de fachada; produção em declínio mantida artificialmente (má-produção)	Moeda "local" capturada pela moeda "nacional"	Vitória dos produtores de beterraba franceses
Princípio de troca	Economia aniquilada: medidas pontuais de ajuda (não produção)	Desaparecimento da moeda "local"	Assimilação; troca dos fundos públicos por benefícios privados reexportados

Encontramos hesitações em cada ponto-chave desse processo. Primeiro aquela que, na passagem do colonato selvagem para o sistema de Plantações, pondera uma exploração centrífuga (deixar os grandes colonos como senhores de suas táticas produtivas, com Richelieu) e uma exploração centrípeta (equalizar tudo isso sob a tábua de medição do centralismo financeiro, com Colbert). Em seguida, aquela que vai marcar a luta entre produtores de beterraba e colonos: açúcar continental ou açúcar tropical? A questão será resolvida em benefício do primeiro. Finalmente, na passagem da produção-pretexto para o sistema de troca (em torno dos anos 1960-1970), uma última hesitação: continuar a pilhar numa produção que, após a vitória dos produtores de beterraba, não tem mais razão de ser, ou equalizar o todo na conversão global ao setor terciário que vai fazer da Martinica uma colônia de consumo? Obviamente vai triunfar a segunda opção, e não é absurdo fazer o paralelo entre essa vitória e aquela do pensamento giscardiano[28] na França.

Essas hesitações não se dão em função dos martinicanos (colonos *békés*, classe média ou trabalhadores agrícolas), mas dos capitalistas franceses. Elas dependem de uma evolução econômica e de uma relação de forças na *própria França*, e é lá que as soluções são esboçadas. Apenas as repercussões são sentidas em nosso meio e, particularmente, as recaídas políticas que, sem a análise anterior, fica difícil perceber a lógica de seu mecanismo na Martinica. É nesse processo que encontramos o princípio de sobredeterminação, cujo elemento determinante segue sendo constantemente "invisível" no próprio país.

II

As consequências dentro do "sistema" econômico estão dadas quase desde o começo - a história martinicana conhece nesse sentido poucos reajustes:

1. A ausência global de investimento direto e autogerido.
2. O medo do excedente, ligado à incapacidade de controlar um mercado externo ou de organizar um mercado interno.[29]
3. A ausência de acumulação: de capital, de capacidades técnicas, de projetos dinâmicos.
4. O hábito de improdutividade, consequência da necessidade de pilhar. Os impactos daí provenientes serão, por sua vez, determinantes:
   a) Uma falta correspondente de acumulação nas aquisições culturais coletivas.
   b) A pulverização do universo cultural ligado ao sistema de Plantações.

28 O pensamento giscardiano designa a orientação liberal-tecnocrática que marcou a presidência de Valéry Giscard d'Estaing na França (1974-1981). Inspirado pelo centro-direita europeu, esse projeto defendia a modernização econômica, a integração europeia e uma sociedade de consumo regulada por valores meritocráticos. No plano cultural e simbólico, pretendia romper com o gaullismo, apresentando-se como uma "nova sociedade" racional, eficiente e desideologizada. (N.E.)

29 Gilbert Bazabas, economista martinicano, assinalou esse medo, ligado à dispersão produtiva e distributiva.

c) A ausência de uma dinâmica autônoma de resolução dos conflitos entre camadas sociais.
d) O surgimento de processos repetitivos de revoltas-estagnações, sem superações concebíveis.

Essas formas de despossessão culminam no atual sistema. O capitalismo mercantil francês achou escandaloso continuar subvencionando, apenas para manter a estabilidade social, uma produção que já não gerava lucro. Tanto que nenhuma camada da população parece capaz de ameaçar duradouramente essa estabilidade. A última hesitação foi então resolvida. O investimento em fundos públicos de uma pequena parte do excedente gerado na França e no mundo pela produção capitalista francesa permite a criação na Martinica de uma camada social generalizada de vendedores de serviços (funcionários), acrescida de uma migração de técnicos do setor terciário vindos da França; o desenvolvimento de um consumo passivo (os produtos finalizados de consumo importados para a Martinica e trocados "diretamente" por serviços); e a obtenção de significativos lucros privados no campo terciário. Assim, as subvenções públicas estarão cada vez menos direcionadas à manutenção das produções em vias de desaparecimento (exceto para favorecer a "transferência" ao setor terciário) e cada vez mais às infraestruturas e aos equipamentos comerciais (estradas, habitações, portos, aeroportos, circuitos de distribuição, organismos de crédito etc.) e de segurança (exército, forças policiais).

Essas subvenções de compensação e essa hipertrofia do setor terciário levam a um nível de vida superior àquele referente à produção, desencadeando consequentemente o isolamento do que resta das camadas sociais produtivas e confirmando o isolamento dos próprios setores de produção (a setorização). A consequência disso é, no plano coletivo, uma artificialização dessas camadas sociais cuja dinâmica é neutralizada *do exterior* e uma sistematização da representação vazia: um elitismo sem "função"; do ponto de vista individual, o desenvolvimento da mentalidade de assistidos, o que podemos chamar de "dependência da massa cinzenta" na parte "evoluída" do povo martinicano. O processo de erradicação global (a aniquilação de toda produção) exacerba o impulso mimético, impõe de forma irresistível uma identificação com o modelo proposto (modelo francês) de existência, de reflexão, e desperta uma recusa aterrorizante de duvidar desse modelo, cuja "transmissão" aparece como única garantia do "estatuto social".

III

Talvez não pareça digno de atenção, para a humanidade, identificar tais processos de despossessão. Mas sua análise esclarece de maneira útil as engrenagens, os modos dissimulados da Relação, as conexões que as fundam. Somos aqueles poucos que estimam (na Martinica) não haver talvez no mundo comunidade tão alienada quanto a nossa, tão ameaçada pela diluição. O impulso mimético talvez seja a violência mais extrema que se possa impor a um povo; ainda mais se ela supõe o consentimento (e mesmo o prazer) do mimetizado. Essa dialética abole de fato a forma da violência na forma do prazer. Essa ocultação merece ser investigada.[30] A redução mimética talvez seja ainda mais flagrante nessa parte do mundo que chamamos, de modo tão simbólico, de Micronésia. Destaquei e resumi com certo terror, na pesquisa de J.-P.

30 A atualidade nos traz o exemplo de uma violência igualmente radical: aquela da vontade brutal, no Irã, de um antimimetismo. O Islã para os aiatolás se confunde certamente com o anti-Ocidente. (Mas o Islã, fato cultural mediterrâneo, não seria parte constituinte do Ocidente? Como o pensamento judaico-cristão, ele admite o Uno. Eu sustentei essa tese, para surpresa do romancista argelino Rachid Boudjedra.) A extrema violência antimimética advém do mesmo avanço que impôs o estupro mimetizante. Por outro lado, a resistência mais segura ao apagamento mimético é a entrada em Relação. (Nesse sentido, e contrariamente ao que a ideologia oficial inculca diariamente aos martinicanos, mestiçagem e mimetismo são *absolutamente opostos*.) Não é indiferente constatar que a violência antimimética exacerbou-se ali onde uma potente reserva de recursos econômicos permitia tal reação. A erradicação econômica global é a primeira condição do avanço mimético. O meio mais seguro para um povo lutar contra ela é reconquistando a autonomia global de seu sistema de produção. Só é possível entrar em Relação (relativizar-se, renunciar ao Uno) se não estamos perdidos em uma pseudoprodução. Este é o círculo vicioso no qual nos debatemos. Porque a autonomia arrancada de um sistema de produção não resolve as opressões de classe no interior desse sistema. Porque a conquista absoluta dessa autonomia afasta de uma poética da Relação (do relativo). Aí estão as contradições pontuais da necessidade nacionalista.
Essas contradições são varridas quando a *densidade* econômica obriga a resolvê-las. Elas se exasperam quando a despossessão pulveriza o consenso da coletividade.

Dumas,[31] os pontos de interseção inegáveis entre as situações dessas ilhas do Pacífico sob domínio estadunidense e das ilhas francesas das Antilhas:[32]

A história escrita da Micronésia é a história de sua colonização. – A administração tutelar é o Ministério do Interior em Washington. – Há um espaço cada vez mais importante conquistado pelos micronesianos em cargos de responsabilidade dentro da administração. – Uma das características da Micronésia é a de ser superadministrada. – O dinheiro advém inteiramente dos Estados Unidos. – O congresso micronesiano tem um poder de recomendação que não é negligenciável. – O alto comissário estadunidense tem um poder de veto sobre todas as leis votadas pelo Congresso. – Washington se interessa principalmente pela envoltura global do orçamento e cuida para que ela não seja ultrapassada. – É o executivo, na Micronésia, que tem a autoridade final. – A administração estadunidense não se exime de ambiguidade e contradições. – O papel da Micronésia dentro da estratégia militar estadunidense. – Os micronesianos propuseram antes o estatuto de livre associação com os Estados Unidos. Eles só podem invocar o estatuto de independência como último recurso. – Grande número de micronesianos diz ter medo de uma independência. – Essa atitude se explica pela quantidade de ajuda estadunidense que sustenta artificialmente a economia do "Território". – As ilhas entram em conflito, cada uma querendo para si o montante maior de ajuda. – Tudo pode brotar nessas ilhas. – É mais comum comprar atum enlatado que peixe fresco. – É extremamente difícil encontrar bananas locais, legumes locais, cítricos, álcool de coco; por outro lado, é muito fácil encontrar, nos quatro supermercados da cidade de Saïpan, legumes congelados, toranjas e laranjas da Califórnia, cerveja, coca-cola, uísque etc. – A ajuda

---

31 Confira na revista *Temps Modernes*, nº 383, 1978.

32 O trabalho de Jean-Pierre Dumas não aborda o aspecto "cultural" do problema micronesiano: preservação da língua, persistência das tradições, vivacidade das resistências populares, desenraizamento psíquico e formas de traumatismo mental etc. O artigo é uma apresentação objetiva dos fatos; o estudo "cultural" impôs interpretações às quais o autor não se atreve dentro do escopo que propôs.

externa massiva mantém o subdesenvolvimento. - Ela teve não só um papel de certo enriquecimento da população, mas também de empobrecimento igualmente real do "Território". - Os salários são em média duas vezes mais elevados no setor público (a administração) do que no setor privado. - Daí a ausência de interesse dos micronesianos por atividades de produção real e sua dependência em relação ao modo de consumo estadunidense. - Esse fluxo de dinheiro público teve como efeito, sobre uma força limitada de trabalho, excluir todo esforço no setor produtivo tradicional. - Por que continuar a trabalhar duro na agricultura ou na pesca se podemos facilmente obter dinheiro no setor público? - As crianças na Micronésia não querem mais comer fruta-pão, sequer os frangos locais, apenas o *Kentucky Fried Chicken*. - Comprar com os salários os bens de consumo importados. - A população se acostumou a viver acima de seus meios e não quer voltar atrás. O custo a pagar é, evidentemente, a dependência. - O investimento é essencialmente voltado para infraestrutura. - O orçamento de investimento estadunidense é todo direcionado para o investimento não produtivo. - O setor privado investiu com a ajuda do capital japonês no setor mais imediatamente rentável: o turismo. - Atinge-se a saturação e os grandes hotéis ficam geralmente mais vazios que cheios. - Em resumo, a ajuda exterior tem como efeito: fornecer salários elevados no setor improdutivo; acostumar a população a um alto nível de despesas sociais gratuitas (educação, saúde); considerar o Estado como único empregador no país; orientar os investimentos para a infraestrutura em detrimento dos investimentos produtivos. - Em suma, temos uma economia de consumo sem produção real. - Se a essência do subdesenvolvimento é a dependência, a Micronésia é um país inteiramente dependente, dependência ainda mais traiçoeira, acompanhada de um nível de vida relativamente elevado. - O resultado desejado foi de fato alcançado: as populações envolvidas, quer queiram quer não, já não podem mais viver sem a presença estadunidense em dinheiro, bens, cultura, educação, saúde. A dominação é total. - A administração estadunidense atual, que não é pior do que outra, se preocupa mais em administrar, educar, do que propriamente desenvolver. - Não se trata mais de uma colonização ao estilo do século XIX, com exploração pura e simples do país, mas de algo mais sutil. – Mas o "laboratório micronesiano" mostra que não pode haver "desenvolvimento" real na dependência. – Pode haver, de fato, neocolonialismo com: uma democracia que não é insignificante, uma quantia importante de dinheiro injetada no país e uma promoção real dos nativos. – A dependência é produto de um sistema, não de indivíduos isolados. – O valor da Micronésia para os Estados Unidos não é econômico, mas estratégico. – O potencial do oceano que envolve essas ilhas pode ser grande em termos de recursos marítimos e minerais. – Mas os próprios micronesianos seriam contra essa dependência? É algo que não se pode assegurar. – Parece que ninguém quer voltar a uma economia do coco. – Se houver um referendo: "Você deseja ser independente, mesmo sabendo de suas consequências?", é pouco provável que os micronesianos votem, em sua maioria, pelo "sim". – E então?

A redução mimética tem suas raízes. Não é possível identificar uma "dinâmica" da situação na Martinica se não investigarmos essas *raízes*. Uma diferença visível entre a situação micronesiana e a antilhana é que o discurso francês produziu uma teoria mais refinada desse novo colonialismo: a paixão de convencer, de arrancar o consentimento do dominado, de desprezar pela sutileza (ali onde o anglo-saxão despreza pela realidade) é o signo e o substrato maior desse esforço, que só poderia ter sido aplicado em países pequenos.[33]

NOTA COMPLEMENTAR
Sobre o "migrante nu" e a responsabilidade técnica

Tenho uma obstinação, apesar dos sarcasmos ou reticências, em desenvolver mais profundamente as implicações que supõem os diversos estatutos dos migrantes no Caribe e na América Latina. O africano

33 Aimé Césaire assim conclui (certamente na euforia dos anos 1948) sua "Introdução" às *Obras escolhidas* de Victor Schoelcher: "Ele trouxe para os negros das Antilhas a liberdade política... criou uma contradição impactante que dificilmente não fará explodir a velha ordem das coisas: *aquela que faz do moderno colonizado ao mesmo tempo um cidadão total e um proletário integral.* Desde então, sobre os litorais dos mares do Caribe, o motor da História também ronca."

tratado como “migrante nu”. Ele não podia carregar suas ferramentas, as imagens de seus deuses, seus instrumentos usuais, nem mandar notícias aos seus vizinhos, nem esperar a vinda dos seus familiares, muito menos reconstituir no novo lugar de deportação sua antiga família. Evidentemente, o espírito ancestral não o abandonou; ele não perdeu o sentido do gesto ancestral. Mas serão necessários séculos de luta para que ele reconheça a legitimidade desse gesto. O outro migrante, despojado, conservou isso tudo; mas ele será italiano ou espanhol da América Latina, libanês ou chinês confinado no campo do setor terciário, incapaz de transformar em *pensamento tecnológico* as práticas técnicas que pôde conservar como herança. Esse privilégio será reservado no “novo mundo” aos WASP[34] descendentes do *Mayflower*. A única outra “entidade” tecnológica, a dos povos asteca e maia, será varrida ao longo da conquista. Sobre todo o continente americano, seja qual for o grau de evolução técnica dos povos, reina o pensamento tecnológico ocidental cuja matriz é reservada às classes sociais dominantes dos Estados Unidos e do Canadá. A questão é saber se a reflexão não deve se referir a uma urgência para integrar de fato, para além dos progressos técnicos parciais, o “espírito” dessa tecnologia; ou se é necessário desde agora preparar a adaptação desse espírito às culturas emergentes do Caribe e da América Latina. Do contrário, a dominação florescerá. Tal esforço global deve ser combatido, em pequenas comunidades intoxicadas pela assimilação colonizadora, a dependência total (que eu chamo de irresponsabilidade técnica) nascida da conjunção de dois fatores: a falta de uma tecnologia endógena (concebida como filosofia coletiva do gesto e do agir) e a adoção obrigatória do progresso técnico, importado de outro lugar.

17. A resistência

Cabe aqui estudar as formas de resistência que apareceram na paisagem martinicana para saber por que elas não resultaram no surgimento da comunidade como tal. Nós responderíamos assim aos sarcasmos

34 A sigla WASP se refere a “White, Anglo-Saxon and Protestant” (Branco, Anglo-Saxão e Protestante). (N.T.)

que fazemos a nós mesmos. Os martinicanos não são sub-humanos condenados à assistência. É preciso compreender que as formas possíveis de resistência, levadas a cabo, continham seus limites destrutivos, do ponto de vista da unanimidade. Analisar esses limites implícitos vai permitir combater nossa negligência generalizada.

A resistência popular é antes de tudo "tradicional": é a organização de uma economia de sobrevivência - e por vezes violenta -, é a marronagem.

A sobrevivência é a sistematização "cultural" do que os tratados chamam de economia de subsistência. Uma sistematização que certamente não é consciente, mas que funciona a partir de um conhecimento instintivo das possibilidades vitais. Todo povo acuado em uma economia de sobrevivência[35] é um povo astuto, conhecedor, deliberadamente paciente.

A economia de sobrevivência começa no período escravocrata com a prática exaustiva dos pequenos pedaços de terra (as roças) que o trabalhador escravizado cultiva para si (em suas horas de repouso) para continuar a viver. O costume vem de uma agricultura de pequena propriedade, familiar, implantada nos lugares difíceis ou inacessíveis e que, ao lado da massa de operários agrícolas e no mais das vezes confundida com ela, vai resultar na população dos pequenos agricultores.

Essa organização vai manter a unidade cultural, pois não se verá assim nenhum hiato (de costumes ou reações) entre operários agrícolas empregados nas Plantações e pequenos agricultores refugiados nas colinas. A sobrevivência exige as estruturas de troca e as regras de vizinhança. Ela depende também da organização de um mercado interno de setores não muito amplos (cada um em torno de uma vila ou de uma fazenda) e onde a unidade de produção é micropolivalente, tanto no campo alimentício quanto no abate doméstico (cabritos, porcos, bois).

A sobrevivência acrescenta à subsistência uma dimensão "cultural", feita de astúcia e de zombaria. Pois a sobrevivência, por ser familiar, não pode conceber uma solenidade do que é coletivo. A so-

35 O autor diferencia economia de subsistência (*subsistance*) e de sobrevivência (*survie*). (N.E.)

brevivência determina hábitos comuns, mas não os eleva à condição de tradição. Assim, a organização da economia de sobrevivência permite a resistência, mas não esse agrupamento de resistências que resulta na nação. A economia de sobrevivência tampouco conduz à sedimentação de práticas técnicas cuja partilha e cujo peso resultam em progressos coletivos. A função técnica é quase sempre saturada de gestos de superstição que compensam esse não controle coletivo e terminam por dividir bem mais do que agrupar. Quando um martinicano cultiva inhame, se ele for realmente bem informado sobre as coisas do campo, ele terá o cuidado de não fazê-lo de barriga vazia (o inhame perderia seu respiro), de não se sentar perto da plantação (o crescimento seria lento). Essas formas de superstição podem ser compartilhadas (e explicadas de um ponto de vista prático). Mas, se esse mesmo agricultor quiser proteger sua plantação da incursão dos vizinhos, ele terá que enterrar nos quatro cantos do terreno grãos de sal comprados em *três comunidades diferentes* etc. Entramos aqui nas práticas de separação e dispersão. O gesto mágico isola. Toda vida camponesa inclui certamente gestos mágicos. O que conheço da vida referente à economia de sobrevivência na Martinica me faz pensar que essas práticas, derivadas de crenças comuns, não dão coesão à comunidade. Nem as técnicas nem as superstições que os acompanham são de natureza que permita essa acumulação, essa transferência de uma geração a outra, que estruturam pouco a pouco uma comunidade.

A unidade cultural mantida não será, portanto, suficiente para levar a uma unidade simplesmente. Além disso, a organização dos mercados internos jamais permitirá uma exploração com lucros totais das roças de família. A obsessão pelo excedente é a marca fundamental da economia de sobrevivência. Ela é causa e medida da incapacidade comunitária. A economia de sobrevivência não provoca o surgimento de um corpo de tradições camponesas; sua organização não permite, por exemplo, essas manifestações convergentes que são, no Ocidente, as feiras e os mercados sazonais, onde se reforça o traço comum.

Essa classe social na Martinica continua dispersa. A subsistência e a sobrevivência, por definição, não transcendem em consenso de classe nem em chamado à nação.

A resistência violenta é a marronagem, fenômeno absolutamente generalizado na zona de civilização caribenha. A marronagem deslocou uma pequena parte dos escravizados das Plantações; o resultado é que os primeiros *marrons* foram de fato os primeiros pequenos agricultores, aqueles que se instalaram nos cumes. O limite das marronagens na Martinica é o limite da terra: a estreiteza do país não permitirá o desenvolvimento sistemático de comunidades. Portanto, as aquisições culturais não serão acumuladas, de modo que as futuras populações de camponeses de agricultura familiar não vão conhecer sua *raiz comum*. No Haiti, a classe camponesa terá, ao contrário, uma importância fundamental e será muito procurada pelos aspirantes ao poder (casta militar negra ou burguesia mestiça). O camponês haitiano acumula, preserva e sistematiza as tradições. Decorrem daí dois fatos culturais: o vodu e a eclosão popular da pintura haitiana.

Os operários agrícolas das Plantações na Martinica não vão conseguir tirar proveito da experiência dos *marrons*. O isolamento sistemático das unidades de produção (plantações) será preservado até o fim. Ainda em 1940, um operário agrícola demitido de uma fazenda era rapidamente denunciado ao maior número possível de fazendeiros e geralmente condenado ao desemprego. Os únicos itinerantes verdadeiros eram o grupo de gerentes, gestores e capatazes, grupo heterogêneo que contava com pequenos *békés* no nível mais alto (gerentes) e depois os filhos de operários agrícolas que haviam se beneficiado do ensino primário (gestores e capatazes: os gestores eram responsáveis pelas contas e asseguravam o pagamento dos trabalhadores; os capatazes dirigiam o trabalho nos campos e nos pastos de gado, essas duas funções muitas vezes se confundiam). Os deslocamentos dos gerentes, gestores e capatazes de uma fazenda a outra aconteciam por um consenso tácito entre proprietários. Trata-se, entretanto, de um fenômeno que diferencia esses gerentes dos fazendeiros da América Latina, ligados a uma única Plantação e geralmente odiados pelos trabalhadores agrícolas. Os capatazes na Martinica não costumavam ser alvo de uma sanção sistemática. Sendo os únicos a se deslocar, eles não constituíram uma verdadeira coesão social. Sua pequena casta não estava, entretanto, protegida das agitações profundas, como testemunha a história de Beauregard, capataz de uma fazenda que se tornou, após disputa com um pequeno *béké*, um verdadeiro negro *marron*, lendário, que resistiu às forças policiais do sul da Martinica entre os anos de 1942 e 1949, com apoio espontâneo ou forçado da população. Capturado por acaso, ele preferiu se matar em vez de se render. Mas esses casos constituem a teatralização de um fenômeno (a marronagem) que não deixou influências determinantes sobre os costumes populares, mas apenas rastros no inconsciente coletivo.

A marronagem intelectual vai demorar a aparecer na camada social que se desenvolve nas cidades. Essa "classe" média tem duas origens: os mestiços (descendentes de *békés* e de suas inúmeras concubinas, negras ou mestiças) que vão investir em profissões liberais de prestígio (médicos, advogados, professores, farmacêuticos) e serão os primeiros a ocupar funções e cargos municipais; os filhos de camponeses ou de moradores das cidades que tiveram acesso ao ensino primário (por vezes coroado por diplomas de ensino fundamental e médio) e que, no primeiro caso, vão ocupar os cargos das explorações agrícolas, no segundo, os de professores e pequenos funcionários. O limite referente às duas categorias dessa camada social é que elas não implicam nenhuma densidade econômica. A única possibilidade de ascensão passa pelo filtro da instrução não técnica. É uma categoria social dedicada às humanidades. O signo maior de sua capacidade é o "domínio" da língua francesa. Portanto, para garantir algumas possibilidades de emergência individual, ela será obrigada a adotar a ideologia que lhe foi passada pelo sistema de ensino. Ela vai logo se tornar o veículo do pensamento oficial. Essa camada social teria desaparecido como tal, haja vista sua vacância técnica e econômica, caso a administração central da Martinica não lhe houvesse oferecido, a partir de 1946, o refúgio generalizado do funcionalismo. Tal "classe" média só poderia se opor aos *békés* pedindo apoio ao sistema central que lhe permitiria se desenvolver. As lutas dos mestiços, desde o fim do século XIX, fazem apelo às ideias generalizantes (igualdade perante a lei, cidadania, escola laica e obrigatória, o direito de defender a pátria francesa etc.) nos conflitos que os opõem à oligarquia *béké*, geralmente sustentada pelos governadores e a magistratura local. Os episódios mais conhecidos dos martinicanos (caso Bissette em 1824) dão a impressão pungente de pessoas que se amarram a si mesmas, acreditando estarem lutando até a morte contra um sistema. Quando os tratamos como colonizados, eles acreditam até o fim que estão sendo oprimidos como cidadãos. O engano veio muito cedo.

A resistência dessa camada social não será estrutural. A partir do momento em que se radicalizar, será pelo acaso de escolhas individuais: o mesmo filtro que terá deixado passar indivíduos de um grupo social a outro permitirá também que indivíduos acessem (porque eles estarão em contato, mesmo na França, com filosofias revolucionárias ou com realidades da descolonização) uma visão crítica, mas sempre pessoal, de conjunto do sistema. Esse aspecto altamente individualizado (não global) da resistência na "classe" média (determinado pelo caráter economicamente "em suspensão" desse grupo social, pelas condições de ascensão elitista ao "conhecimento" e pela obrigação de consentir em grupo à ideologia veiculada por esse "conhecimento") vai reforçar a tendência à adoção carismática de líderes populares advindos dessa classe, irremovíveis e não controlados. Mas esses líderes são apenas eleitorais: a "classe" média só produz na superestrutura.

Enquanto a casta *béké* se beneficiou do sindicato dos grandes colonos de Santo Domingo e enquanto a produção colonial nas Antilhas teve um peso determinante no capitalismo francês, os *békés* martinicanos puderam opor um semblante de resistência (perpetuamente impactados pelas correntes centralizadoras da política francesa) aos armadores, aos traficantes, aos refinadores e aos mercadores de Bordeaux, Saint-Nazaire ou Paris. "Senhor, murmuram os cortesãos de Louis XVI, sua corte é crioula!" Mas o limite dessa resistência *béké* está inscrita desde o primeiro dia nas condições que estudamos: o escambo, a ausência de controle sobre um mercado, a ausência de controle sobre os meios de comunicação mercantil. Quando a beterraba se tornou industrial e a produção martinicana não foi mais "necessária", a "classe" *béké* foi vencida, não como grupo eterno de aproveitadores do sistema, mas como antiga classe de produção.

Assim, a resistência não faltou; mas seus prolongamentos foram necessariamente incertos: ela jamais permitiu a eclosão da nação. A massa de trabalhadores agrícolas foi antes vencida pela insuficiência de densidade da marronagem, pelo esfacelamento da cultura popular desenvolvida no sistema de Plantações, pela erradicação da produção e pelo isolamento que daí resultou para essa massa. A resistência dos *békés* aconteceu por meio dessa erradicação e pela possibilidade que lhes foi oferecida de uma conversão frutífera para o setor terciário; a resistência das camadas médias, por sua vez, deu-se pelo sucesso da ideologia assimilacionista e pelo investimento massivo no funcionalismo público.

Esses são, portanto, os limites da resistência. Eles se relacionam a dois fenômenos dialeticamente solidários. Antes de tudo, as resistências das "classes" não foram coordenadas, permitindo que o sistema colonial as reduzisse uma após a outra; em seguida, elas não se opuseram globalmente e de maneira autônoma entre si, impedindo que a nação martinicana aparecesse como lugar de resolução de seus conflitos. A dispersão para as massas camponesas, a alienação produtiva para os *békés*, a assimilação mental e "cultural" para a elite foram, portanto, *o que restou* do trabalho de oposição. E, se a resolução autônoma não apareceu como solução, o sistema colonial conseguiu *ao fim* uma grande equalização que se oferece como solução, embora neurotizante, dos antigos conflitos: os martinicanos são todos, de agora em diante, *clientes*.

Em 1977 afirmou-se claramente a vontade central de misturar em uma classe de comício as camadas sociais *béké* e mestiça, de suscitar seus interesses pela terceirização lucrativa. Em 1979, houve uma tentativa de diminuir os privilégios acordados à "classe" média (sobre a fiscalização, os feriados na metrópole, a indenização do custo de vida). Após ter vencido as três camadas sociais díspares, difusas e contraditórias que constituíam a sociedade martinicana, o sistema talvez tenha tentado equalizá-las, isto é, não mais considerar apenas os indivíduos ou os grupos de indivíduos que a servem, não mais fazer concessões a classes sociais como tais e concluir assim a sobredeterminação dessa sociedade. Tornou-se escandaloso para o pensamento oficial que o afluxo de dinheiro estrategicamente colocado em circulação a partir de prestações de serviços tenha ido em grande quantidade para os bolsos dos *békés*, sem que o Estado tenha conseguido recuperar uma boa parte; que os funcionários martinicanos continuem sendo privilegiados localmente, enquanto suas próprias existências já sejam um favor. É que o sistema pensa não precisar mais dessas camadas sociais como elas constituírem grupo. Seria esse um erro tático implantado a partir de uma apreciação estrategicamente justa da situação?

Os responsáveis sindicais da classe dos funcionários públicos, protestando com veemência contra essa tentativa de redução de seus privilégios, sustentam pateticamente (outubro de 1979) que há dez grandes famílias na Martinica e que o governo francês deveria concentrar nelas seu pretenso esforço de reajuste e de justiça social. Estranha cegueira. Isso é acreditar que a decisão central vai colocar na balaça o interesse dos trabalhadores martinicanos e aquele dos *békés*, e que em seguida ela vai escolher privilegiar os primeiros. Na verdade, a doutrina oficial, com ou sem razão, é que hoje o processo de aniquilamento econômico está concluído; a Martinica não pode mais voltar a ser um país de produção e, consequentemente, as resistências só podem ser pontuais e intermitentes. O pensamento oficial se dá sempre em termos de macroeconomia: talvez ele obrigue os martinicanos a se refugiarem em um novo sistema de sobrevivência que até agora acreditávamos ser impraticável. A sobrevivência é sempre uma forma de marronagem e contradiz particularmente os planos macroeconômicos. Mas a sobrevivência comporta também seu próprio limite: de ser um instinto de fracionamento. É verdade que todo projeto de edificar na Martinica uma estrutura parcial de sobrevivência será mais uma vez estéril e em vão (isto é, incapaz de conceber a comunidade), caso esse projeto não seja orientado por uma verdadeira teoria geral da sobrevivência como conjunto não parcelado de resistências convergentes. Esses responsáveis sindicais escutaram a proclamação de Husson. Eles acreditam ainda que a boa-nova vem de Paris. Eles não sabem que as resistências das classes sociais na Martinica sempre foram, *como resistências de classe*, insuficientes. Que é preciso ou arrancar o direito e os meios para uma classe finalmente poder alicerçar (até o fim) sua resistência e fortalecer assim sua vocação compacta pela direção de um país (a instauração, por exemplo, de uma burguesia opressora, ou de uma aristocracia com poder real, ou de um socialismo de produção) ou constituir o projeto nacional que vai permitir verdadeiramente que todos existam, para além de uma resistência por fim *contínua*.

Esse projeto nacional se tornou imperativo diante das insuficiências das soluções apenas colocadas entre parênteses. Uma burguesia elitista não pode dirigir uma coletividade, a não ser pelo estilo macútico.[36] Ela dispõe apenas de um poder sem poderes (o que seria suficiente para o colonizado, como me disse uma vez um jovem martinicano). Uma aristocracia *béké* deveria também conquistar uma autonomia de decisão e de gestão da qual é incapaz. Um socialismo de produção é aqui uma projeção abstrata e doutrinária, que não dá conta do esfacelamento das massas trabalhadoras. O projeto nacional deveria compreender essas impossibilidades, explicá-las, definir o estatuto original desse país, encontrar relações resolutivas entre essas "impossibilidades", abrir as soluções ao entorno caribenho, articular uma estratégia ao mesmo tempo radical e paciente, contínua e repentina. A paciência, que não é a demora, e que não supõe a inevitabilidade das "etapas", requer, portanto, que as soluções fundamentais sejam colocadas *desde o princípio*: a independência, mas sem a liderança de uma "classe" média; o controle popular, mas destituído do *macutismo* populista que é seu falso semblante; as formas socialistas do poder, uma vez elucidados os problemas da organização da produção e sua harmonização com as técnicas readaptadas de sobrevivência.

É possível que também aqui a estratégia colonialista tenha se adiantado em relação aos martinicanos: ao decidir, após tê-los vencido, colocar as três "classes" de nossa sociedade num conjunto de clientes, sob a condução de uma elite terceirizada.[37]

---

36 "Macútico" ou "macutismo" deriva de "*Tonton Macoute*", termo crioulo que pode ser traduzido por "bicho-papão", utilizado popularmente para se referir à força paramilitar de milicianos voluntários que atuavam em favor do regime ditatorial do haitiano François Duvalier, o Papa Doc. (N.T.)

37 O desenrolar histórico de autonegação da "camada média" na Martinica é impressionante. É ela que exige a aplicação do serviço militar obrigatório no país. É ela que solicita em 1914 o direito para os martinicanos de pagar o "imposto do sangue". Quando se trata de fundar em 1934 um partido comunista na Martinica, o Partido Comunista Francês propõe ajudar os comunistas martinicanos a estruturar seu próprio partido. Os futuros dirigentes desse partido protestam: eles estimam que há uma espécie de discriminação, talvez um perigo: eles reclamam o direito de pertencer a uma seção martinicana do Partido Comunista Francês (entrevista com Thélus Léro). Etc. Essa permanência da negação de si é assustadora, na maioria das vezes cuidadosamente disfarçada pelas aparências do progressismo ou, por vezes, do populismo.
No dia 23 de setembro de 1980, Paul Dijoud, secretário de Estado nos DOM-TOM [Departamentos e Territórios Ultramarinos da França], afirma que a terceirização é uma das oportunidades da Martinica e, quiçá, ela poderia promover a industrialização (entrevista na FR3 Martinica).

18. Emigrados, filhos de emigrantes

Agora, é preciso partir novamente, mas em direção à nova metrópole.

Estou atormentado por estas duas cenas que, no caso, poderíamos quase dizer que são primitivas. Primeiro, a partida dos grandes transatlânticos, tão lenta e dolorosa: toda a nostalgia de quem parte rumo ao desconhecido e, de tal modo que um canto tão alienado quanto o famoso "*Adieu foulards, adieu madras*", fazia todo mundo chorar. Aqueles que viam se afastar aos poucos o rosto dos parentes, o porto, o quebra-mar, o Forte Saint-Louis, e que se encontravam em pleno oceano, ínfimos no desaparecimento infinito das luzes engolidas por espessas nuvens. Esses realmente não sabiam quando voltariam. Pela primeira vez, o tempo os tomava pelo ventre, ainda maior que o espaço do mar. Seriam eles emigrantes? A terra da França para a qual navegavam sempre foi construída no imaginário da infância como o lugar supremo onde tudo se realiza. Para além desse desarraigar, tão majestosamente doloroso, eles não tinham a impressão de perder sua terra: uma terra que jamais souberam que lhes pertencia. O emigrante martinicano, desde os primeiros tempos, não carrega a pátria na sola dos sapatos. O que ele carrega consigo é uma vaga tristeza da paisagem abandonada, um lamento pungente dos amigos abandonados, não a saudade terrível de uma pátria perdida. Mas a serenidade aparente esconde um transtorno profundo.

Esse transtorno não se mede pelas hesitações nem pelos tormentos do indivíduo. Por volta de 1939 e bem depois do término da Segunda Guerra Mundial, o martinicano não manifestava dúvidas evidentes sobre seu pertencimento à nação francesa. Ele se distinguia em relação aos outros colonizados do Império. Mas o evidente encobre abismos.

O emigrante antilhano na França é ambíguo. Ele leva uma vida de emigrante, mas tem um estatuto de cidadão. Ele está apto a ser funcionário: enfermeiro ou faxineiro, carteiro ou bilheteiro do metrô, alfandegário em Orly ou agente policial. Ele se sente francês, mas sofre formas latentes ou declaradas de racismo, como um árabe ou português. Um dos grandes choques vivenciados pelos antilhanos na França é ser confundido nas ruas das cidades com os argelinos no tempo da guerra da Argélia. A polícia francesa não fazia distinção. O emigrante antilhano acreditava se beneficiar de um semblante de "participação antilhana" e de um estatuto de cidadão francês. No tempo do *Bal nègre*[38] em Paris e antes do advento das lutas anticoloniais na África e na Ásia, essa contradição era razoavelmente suportada. Quase nenhuma inquietação visível, apenas murmúrios surdos. De todo modo, uma única reação coletiva: a insolência barroca da linguagem.

O Barroco colonial (a superabundância e o sobrepujamento) me parece ser a resposta a uma falta sentida de modo inconsciente. Esse barroco é visível *localmente*, na América hispânica: o colonizador espanhol construiu de forma tão semelhante igrejas, praças públicas com seus bancos dispostos no entorno do quadrilátero (de Santiago de Cuba ao Panamá e alhures); barroco em que se efetivou a mistura cultural. Tanto que a América Latina não precisou emigrar em massa para a Espanha, onde, aliás, não havia nada a fazer. Era necessário confirmar a hispanidade *no próprio local*. A superabundância barroca visa fortalecer essa confirmação. O Barroco antilhano não está nas obras, mas na linguagem. A retórica da eloquência e da linguagem floreada confere ao assimilado a garantia de sua cidadania francesa. O processo é reforçado pela existência de uma língua recíproca (o crioulo), da qual se deseja distanciar ao máximo. O Barroco colonial nas Antilhas francesas é literário. Mas o que há de trágico nesse grande espetáculo mestiço é a sua falta de "criatividade". Ela é vazia. Portanto, o "grotesco crioulo" pode ser lá (na América Latina) uma força de reação e aqui (na Martinica, ou para os martinicanos vivendo na França) a extravagância de um vazio.

Rompe-se o equilíbrio precário durante o período agitado da descolonização. O emigrante antilhano vê sua diferença por toda parte. O Barroco verbal já não é suficiente. É a época em que se multiplicam as associações folclóricas: o comer, o beber e o dançar antilhanos se tornam exigências coletivas. Mas a emigração na França nunca assumiu o caráter de contestação massiva e de folclore agressivo, conforme se vê entre os antilhanos em Londres. É que a vontade de assimilação do colonizador aconteceu entre os franceses. Multiplicaram-se os casamentos mistos: as crianças nascidas desses casamentos estão fadadas

38 Famoso cabaré de jazz e música caribenha criado em 1924 pelo antilhano Jean Rézard des Wouves, frequentado inicialmente pelos emigrantes caribenhos e posteriormente pela elite intelectual e artística parisiense no período que se convencionou chamar de *negrofilia*. (N.T.)

a desaparecer no "corpo francês", deixando, não se sabe onde, uma parte delas mesmas da qual jamais se darão conta. Certamente isso não seria ruim, e haveria até um interesse individual nessa diluição caso ela não deixasse o indivíduo se tremendo todo diante de uma exigência indefinível e insatisfeita. A situação da segunda geração de antilhanos na França é ainda mais desconfortável. Visivelmente estrangeiras, as crianças dessa geração são definitivamente assimiladas à realidade francesa. Elas não poderiam viver na Martinica ou em Guadalupe, onde a situação se tornaria rapidamente insuportável, já que revelaria sua "diferença" em relação a um francês, mas sem integrá-las em meio a um Nós diferenciado.

Ao longo desse período, o recém-emigrado que tem a oportunidade de voltar à Martinica tem uma única atitude possível: os elogios sem moderação das condições em que vive na França, condições na maioria das vezes precárias, quando não miseráveis, mas que ele apresenta, entretanto, como paradisíacas. Já não se trata de uma experiência do desvio, mas de contornar a realidade para perpetuar as práticas de idealização do Outro lugar, para as quais o martinicano foi conformado desde seu nascimento.

Hoje, parece que a partilha ambígua do emigrante antilhano está a ponto de ser resolvida de duas formas. Ou ele se assimila definitivamente à paisagem francesa: considera com muita indulgência a realidade de seu país de origem, continua a consumir em família os chouriços, rum, legumes e pimentas das Antilhas, para onde vai de vez em quando (ou envia seus filhos) e volta de lá contente, ainda que um pouco estarrecido com o que julgou ter visto. Ele organiza associações Normandia-Antilhas ou Alsácia-Antilhas, "pela aproximação dos homens". Sua linguagem já não conhece o esplendor barroco advindo da recusa inconsciente do processo de assimilação. Esse é um dos sinais de que a comunidade martinicana pode *de fato* desaparecer como tal.

Ou então o emigrante foge dessa letargia; mas daí ele não tem, como o português ou o árabe, um sonho denso de pátria abandonada ao qual se apegar. Ele só pode se contentar com generalizações mais seguras: o internacionalismo do proletariado, os direitos das minorias, a revolução planetária. E, caso não tenha a generosidade de chegar aí, terá que se resolver com a agrura triste daqueles que presumem que não existe saída.

Em todos os casos, o esplendor barroco da linguagem de compensação se apagou. A gíria parisiense ou estudantil invade o campo onde antes se exercia a desmedida do francês reinventado. Resta então ao emigrante tornar-se um "verdadeiro" francês, o que lhe parece ser geralmente impossível, a não ser na segunda ou terceira geração. Ele sofre então uma "banalização" (já que é preciso diluir sua diferença, fazer-se o mais comum possível, tornar-se transparente), e tal diluição é certamente mais trágica e traumatizante do que os afastamentos, os impulsos ou os mergulhos barrocos da época "colonial".

Chega então o momento em que se deve viver a segunda das cenas que evoquei no início: não mais o exotismo lento e comovente do transatlântico, mas a precipitação e a aglomeração do boeing cotidiano. O impulso da partida, que é preciso satisfazer imediatamente. A banalização percorre assim o Atlântico e nos contamina em suas duas margens.

*

Admite-se que a independência da Martinica traria problemas para os antilhanos vivendo na França, justamente porque grande parte deles são funcionários públicos, geralmente subalternos. Sua reconversão seria certamente delicada, e apenas uma solução de compromisso entre a França e o futuro Estado martinicano poderia dar garantias a essa parte da população martinicana. Essa é uma das ameaças mais recorrentes daqueles que desejam a permanência do *status quo*. Penso, porém, que uma Martinica independente ajudaria muito essa emigração, pela referência de base que ela lhe destinaria, pela possibilidade que ofereceria de lutar contra a ambiguidade, a banalização, pelo sentimento da dignidade coletiva que ela conferiria; e talvez também pela oportunidade de repente aberta de, enfim, frequentar o verdadeiro país francês e não mais esse país fantasma que, mesmo no coração da Touraine ou da Provence, os antilhanos não cessam de remoer dentro deles como um desejo inalcançável.[39]

---

39 Infelizmente, há também a intolerância de certos antilhanos que, em matéria de política, tendem a negar aos emigrantes todo direito à "intervenção". O que é ainda mais lastimável, já que a atitude dos emigrantes seria sem dúvida um dos fatores determinantes para a possível resolução dos problemas. Será necessário avançar mais nessa questão.

NOTA I

À margem do "Barroco crioulo": sobre uma epopeia falida

Enorme, ingênuo, gracioso, insensato, surpreendente com agudeza, impossível, tenente de Garibaldi, quinhentos volumes, tantas amantes (o que dizia). Na noite do furacão, o velho trabalhador perguntou ao filho: "Você acredita que vai restar algo de minha obra?" Ora, a epopeia de Dumas, o que se pode chamar de "válida", foi comparada apenas, *guardadas as devidas proporções*, com a *Odisseia* ou o *Quixote*. É a precaução legítima de Clouard, ao fim do livro, que ele dedica ao autor.[40]

Saboreamos a doce facilidade das "reconstituições" históricas, ainda que fantasiosas, nas quais a obra se desenrola. Mas a questão que levanta as "devidas proporções guardadas" é sem dúvida a seguinte: Dumas tinha, afinal, uma concepção da história? Apesar do projeto de uma epopeia universal (desde Cristo até o "mundo tal qual ele será daqui a mil anos... – o último dia da terra, o primeiro dia do planeta que o sucederá"), parece ter-lhe faltado o sentido épico, isto é, essa necessidade histórica assumida por um herói e que estimula a vontade de todos em torno do mito. O mito proposto por Dumas (D'Artagnan ou Monte Cristo) conhece o prestígio popular na França, mas sempre fora de uma dimensão, seja em qual nível for, de comunhão ou de necessidade. Não basta satisfazer as sentimentalidades de um povo para, de repente, pretender exprimir o seu sentimento.

A epopeia exige também uma escolha de estilo, ao qual o prodígio Dumas não foi capaz de se limitar. A obra, em sua profusão e diversidade, entretém sua contradição: ser alimentada de história maliciosamente refundada e, no entanto, escapar tanto do poder quanto do esclarecimento ritualístico do histórico. A necessidade francesa, a única que Dumas teria podido "cantar" (exceto o esquema "universal" esboçado acima, mas que teria sido muito abstrato), encontrava-se parada, fixada, nem um pouco ameaçada: as duas condições alternativas do épico (o inacabamento ou o perigo) escapavam. O "bom gigante" desenraizado não se tornou o operário de epopeias que merecia ser.

---

40 Henri Clouard, *Alexandre Dumas*, Paris: Albin Michel, 1959.

NOTA II
Sobre um Barroco triunfante: o conde de Lautréamont

Mais adiante irei mostrar que as obras do que nomeamos Novo Mundo acumularam uma poética da duração que não passa pela fulguração rimbaudiana. De Lautréamont a Perse, de Whitman a Neruda, afirma-se aqui uma linhagem de poetas que pode equiparar-se não apenas a Rimbaud, mas a contemporâneos como René Char. Mas não se pode generalizar a fulguração rimbaudiana na Europa; nem a poética anglo-saxã, nem o Romantismo alemão seguiram seus caminhos. E quantas aventuras poéticas poderíamos repertoriar, de Mallarmé a Hopkins, de Novalis a Jouve, de Holderlin a Reverdy, em que as dimensões da metafísica, do cotidiano, da febre tramada da linguagem predominam, e não primariamente o estilhaço da revelação.

Há um encontro entre os poetas "americanos" citados. Nenhum deles escreve poemas "em si", mas livros de poesia; e, ainda que se estime que um poema só faz sentido em relação a outros poemas do mesmo autor, não se pode desconhecer tal particularidade. A duração poética e seu desenrolar. O poema rimbaudiano é um estilhaço, a obra ducassiana é um amontoado.

Lautréamont nos fascina porque adivinhamos que sua modernidade na poesia talvez seja simplesmente um cúmulo de literalidade. O Barroco triunfa aqui não por efeito de uma falta, mas por exasperação de uma relação. Na tangência cultural que ele vive, o poeta aplica à letra os tópicos de um universo (americano), a retórica (europeia) de seu discurso. A inscrição dessa retórica no campo europeu leva o exegeta a estufar a literalidade do texto (seu empenho em exagerar os tópicos) sob o aparelho das interpretações simbólicas, tão caras ao pensamento ocidental. Uma das consequências é que a obra de Lautréamont será expulsa do universo americano. Esse é um contrassenso generalizado.

A famosa "distância" revelada pela imagem poética entre dois elementos do real, e encenada por Reverdy e os surrealistas, é aqui uma convergência literal entre duas dimensões culturais forçadas a se juntar. O excesso não está no "motivo", mas na vontade de motivação extrema. O "literalmente e em todos os sentidos" aplica-se a uma relação de culturas. É esse literal em situação que nos captura. Isidore Ducasse nos faz esse convite: "Vão ver vocês mesmos, pois está escrito na própria superfície."

NOTA III

Sobre o Barroco "interiorizado": Jules Supervielle, *O corpo trágico*

Inicialmente, o encantamento ordena uma euforia de facilidade. Avançamos sem embates, sem choques, em um mundo transparente onde o esforço não tem custo, onde a arte é uma diversão natural. Considerem a obra de Supervielle: sem parecer, ela é regida por uma unidade de visões, uma intensidade teimosa, um estremecimento contínuo de nuances.

Cada livro trouxe aparentemente apenas uma nova espessura de poemas. Trata-se certamente de variações em torno dos mesmos temas: o desejo de "precipitar" sonhos esparsos, fugidios, solidários do universo intransmissível de um homem; a vontade de não desnaturalizar essa fragilidade íntima de existência em um discurso abstrato, mas, ao contrário, de o exercer com a "autoridade" das imagens poéticas; uma lógica subterrânea dessas imagens; o medo de manifestar aquele que traz consigo essa carga de verdade fugaz e tão frágil; a inocente obrigação de ordenar, de desordenar, em torno deste homem, um mundo alargado ("um cosmos"); enfim, florescendo as paisagens ou em suspensão no ar-cristal, a tentação do silêncio onde está o "modesto Supervielle".

O *corpo trágico* retoma tudo isso, acrescentando um toque de melancolia e de falsa resignação: sob a astúcia da ironia, Jules Supervielle aplicou-se na arte de ser um homem velho.

Então eu preciso intervir
Zelar por tudo sob a pele
Em meus órgãos redescobrir
Suas escuridões antigas...

Mas Supervielle consulta seu corpo apenas para imaginar universos secretos, outros lugares (um cosmos), sempre temperados pelo cotidiano. Passantes de Paris, vendedores de jornais, problemas familiares acompanham as primeiras manhãs do mundo, a mulher planetária, as iniciações polares, e essas lembranças que "inventam as nuvens". O que permanece funde-se naquilo que se esvai.

Recordamos a rugosidade, o abrupto, o impacto dos *Desembarcadouros* onde Supervielle antes construía sua visão da América Latina. O viajante deixou as extensões do Equador, seu barco já não afunda a proa na lama das terras abertas. A linguagem, cada vez mais concisa, renunciou a desabrochar, a elevar touros e trens em furor, cataratas e ambições nas planícies ancestrais. Supervielle não é mais o homem do verdejar violento. O estremecimento prevaleceu sobre a massa e a espessura. O fabulista antecipou-se em relação ao aprendiz gaúcho.

19. País

Lembro-me dos cheiros persistentes que enchiam o espaço da minha infância. Tenho a impressão de que toda a região ao redor era então rica daqueles perfumes sempre presentes: o éter das magnólias, a essência das tuberosas, a teimosia discreta das dálias, o sonho agudo dos gladíolos. Todas essas flores desapareceram, ou quase. Restam, ao longo das estradas, em matéria de aromas, apenas o manto subitamente adocicado das ameixas-moubins, em cujo cheiro nos perdemos; ou, em alguns lugares da *Route de la Trace*, o delicado chamado dos lírios silvestres. O país perdeu seus odores. Assim como em quase todos os outros lugares do mundo.

As flores que crescem hoje são cultivadas para exportação. Esculturais, nítidas, de uma precisão e de uma fineza que assombram. Mas são também pesadas, cheias, duráveis. Você pode mantê-las por quinze dias em um vaso. O arum, ou antúrio, cujos buquês são a decoração de nossos aeroportos. A rosa de porcelana, que não se quebra facilmente. A helicônia, muito comovente, que deixa estelas multiplicadas para sempre. O rei dos reis ou a alpínia púrpura, festoada de vermelho escuro em torno de seu próprio coração. Essas flores nos encantam. Mas elas não têm nenhum cheiro. São apenas forma e visibilidade.

Fico impressionado com o destino das flores. O perfume que cede à escultura. Como se o país tivesse renunciado à sua "essência" para concentrar tudo na aparência. Ele é visto e não é sentido. De todo modo, esse pensamento das flores não é apenas para lamentar um passado idílico de ilusão. Mas é verdade que a flor frágil e perfumada flor exigia o cuidado diário de uma coletividade disposta a si mesma. A flor inodora persiste hoje, preserva-se em sua aparência. Talvez seja este o sinal de nossa espera? Sonhamos com o que cultivaremos mais adiante e nos perguntamos vagamente com o que vai se parecer aquilo que já se recompõe para nós, pois, de qualquer maneira, não reencontraremos como já foram as magnólias de outrora.

a experiência vivida antilhana

referências

O DISCURSO DIGLÓSSICO

É um espetáculo divertido ver na Martinica nossas personalidades afiando a língua francesa na televisão. Tem aquele que a enrola em calorosos cachos. Sentimos que ele guarda, de reserva, um tesouro de citações e referências. Há quem a sussurre com a ponta dos lábios, para melhor saborear este delicado prato. Ao fazer o biquinho com a boca, todo o seu ser se eleva.

Tem aquele que não tem limites para o entusiasmo. Ele é o porta-voz da verdade. Ele gesticula com exagero e orgulho afetado. A verdade é universal e libertadora. Tem aquele que lapida seu objetivo; as cifras surgem como aparas perfeitas. A ciência é irrefutável. Tem quem acumule uma retórica cuja abundância acredita ser comunicativa. O valor da linguagem está em sua quantidade.

Outro fica surpreso por se encontrar ali. Ele quer dizer o máximo que puder no tempo permitido. Tenta em vão retomar o fio da meada de seu discurso. Mas a forma precipitada daquele outro é para provar sua facilidade em manejar a língua. Ele come as palavras e as cospe em rajadas. Ele diz "bjour" ao invés de "bonjour" e "damessieurs" em lugar de "mesdames et messieurs".[41] *Ele viveu em Paris.*

Como quem não quer nada, tem também aquele rapaz que sugere sentenças do pensamento oficial. A linguagem é elipse.

Assim, a entrevista torna-se reflexo, em que o uso da linguagem escolhida revela uma alienação comum. De qualquer lado que estejamos, resistimos mal à encenação. Em

---

41 O autor se refere a expressões francesas para "bom dia" e "senhoras e senhores", e suas abreviações no sotaque parisiense. (N.T.)

alguns momentos, o falante se esquece do que está falando, possuído que está por esse papel "linguístico". Imagino que, em muitos lugares do mundo, elites semelhantes, em situações diversas, mimetizem esse mesmo espetáculo, cujo significado se dá apenas por sua mudez. O discurso diglóssico é a medida da experiência vivida alienada.

20. Estruturas e tensões de grupo

A proposta de base desta comunicação é que toda comunidade vive um espaço-tempo que é *mais ou menos* mediado, e que essa proporção singulariza o comportamento de cada membro da comunidade, "por meio" dos episódios da história individual e das determinações fisiológicas. Em seguida, e em última análise, que uma comunidade geograficamente e mentalmente ilhada se comporta, por sua vez, como um indivíduo, e se seu espaço-tempo não for dominado (isto é, globalmente vivenciado como seguro), esse indivíduo-coletividade sofre formas específicas de desequilíbrio.[42]

Nossa segunda proposição é pensar as tensões de grupo: elas não são repentinamente "negativas". Se um indivíduo sofrer o trauma das tensões de grupo, ou se, ao contrário, for dinamizado por elas, é legítimo trazê-las de outra forma para esse indivíduo, para esse corpo coletivo que é a comunidade, e principalmente quando esta padece do isolamento e da frustração que apontei anteriormente.

Sintomas significativos de nossa coletividade, as tensões de grupo questionam nem tanto as estruturas observáveis dos subgrupos sociais, mas o processo histórico de formação, de "estruturação", por meio do qual esses subgrupos vieram a se agregar. Há aqui uma série de encontros que tentarei formular brevemente.

1. Quanto mais a estruturação histórica dos subgrupos sociais resulta do "trabalho livre" de uma comunidade sobre si mesma, e quanto mais esta se torna capaz de criar "distância" em relação àqueles grupos que a "constituem", mais esta se torna capaz, como coletividade, de escapar do jogo constrangedor de seus "sistemas" de conflitos.

---

42 Certos aspectos da relação espaço-comportamento foram desenvolvidos na Martinica pelo professor Sivadon, em uma comunicação na IV Conferência do Caribe sobre Saúde Mental (Fort-de-France, 1965). Ele desenvolveu a tese da necessária autonomia de seu espaço para todo animal vivo. Digamos que o homem associe essa autonomia a uma dimensão temporal: o espaço humano não é um dado, é um devir. Essas evidências obrigam a penetrar a alienação onde uma comunidade pode se sentir *murada*. Foi assim que, naquele dia, a plateia distinta do professor não se viu sequer por um momento tentada a aplicar essas noções de autonomia de um espaço à realidade da Martinica. A objetividade universalizante do "pensamento científico" permite tais impasses, tais "exageros".

2. Quanto mais a estruturação dos subgrupos sociais é o "fato" da própria comunidade, consequentemente, mais a coletividade se "difunde" em direções e opções diversas, e a relação dos indivíduos ou dos grupos com o espaço-tempo vivenciado pela comunidade torna-se ainda mais medida: seja pela produção (artesanato e depois industrialização), seja pela multiplicidade de agentes culturais assim criados, seja pela diversidade de produtos de consumo. Nesse caso, o choque do espaço-tempo não controlado é abafado, enfraquecido, em todo caso diferido.
3. Quanto mais a estruturação dos grupos é, ao contrário, imposta e dirigida por uma força "externa" à coletividade (consequentemente, mais esta se fecha em opções não diversificadas), mais se enfraquece a mediação entre a comunidade e seu espaço-tempo. Nesse caso, que é o de muitos países subdesenvolvidos, a relação de não controle com o espaço-tempo assume uma dimensão fundamental e cataclísmica.

No que diz respeito à Martinica, observam-se os seguintes encontros "negativos":

1. O espaço-tempo não controlado não é mediado aqui: a Martinica é realmente uma ilha, mental e geograficamente; também o sentimento inconsciente e coletivo de não adaptação ao espaço-tempo assume proporções traumáticas indeléveis.
2. A estruturação histórica dos subgrupos sociais tradicionalmente identificáveis não foi obra "intrínseca" da comunidade martinicana, mas resultou de uma história imposta, sofrida (não só por uma dominação, mas por uma não história).
3. Consequentemente, e esta será a terceira proposta desta comunicação, há um encontro, um vínculo dialético, entre esses vários dados da realidade martinicana: (a) o espaço-tempo não é experimentado coletivamente como fonte de segurança; (b) o impacto da falta de segurança é total, não é abafado, nem difundido, nem diferido; (c) enfim, os grupos sociais não são vividos ou aceitos como tais, não são sentidos em sua estruturação como resultantes de uma história intrínseca, vivida ou conhecida como tal.

O significado esclarecedor das tensões de grupo é assim aqui acentuado. O que está ligado à tensão de grupo na Martinica, por referência à falta de segurança no espaço-tempo coletivo, não é tanto o conflito "estruturado", externo ou interno aos grupos, e sim a rejeição inconsciente pela comunidade de subgrupos como resultado de uma estruturação imposta. As tensões aqui são sobretudo a marca desta recusa da estruturação historicamente imposta, e de uma busca negativa, inconsciente e traumática pela segurança na experiência vivida do espaço-tempo.

Quase não precisamos dizer que o espaço martinicano não é coletivamente vivido como seguro pelos martinicanos.

Não se trata de um espaço ancestral; o traumatismo do desenraizamento da matriz original (África) ainda ressoa surdamente. O sonho do retorno à África, que marcou as duas primeiras gerações importadas, certamente desapareceu da consciência coletiva, mas foi substituído na história pelo mito da cidadania francesa: esse mito contraria o enraizamento, harmonioso ou não, do homem martinicano em sua terra.

Além disso, se esse espaço não é o espaço ancestral, também não é um espaço possuído. A coletividade martinicana se equilibraria sabendo que, entre o ideal perdido de retorno à África e o ideal de promoção à cidadania francesa, uma dimensão real e densa foi suspensa ao longo da história sofrida, a da posse dolorosa da terra nova. A legitimidade dessa posse coletiva não é sequer esboçada. Não há posse da terra, nem cumplicidade com a terra, nem esperança na terra. O desapego (ou o aparente descuido) que os martinicanos pareciam demonstrar decorre desse sentimento sombrio de estar de passagem por sua terra. (O desapego, de forma mágica, *reduz a nada* as forças agressivas que presidem a distribuição "social" dos bens.)

O tempo martinicano não é mais internalizado pela comunidade. A necessidade inconsciente e obsessiva de se conhecer se perde na ausência de significado ou de dimensão histórica. Não apenas a história padeceu coletivamente, como também foi "rasurada". Essa falta de memória coletiva explica (em parte) a descontinuidade que caracterizou o povo da Martinica em suas obras. Por fim, assim como não há presença (ou sentido) da história, nem memória coletiva, não há o que constitui seu legítimo corolário, sua projeção no futuro. A falta de confiança no próprio futuro está aqui ligada à falta de densidade em sua própria terra: o espaço amarra-se no tempo numa exaustiva e estéril contrição.

Estas verdades óbvias rapidamente esboçadas trazem à tona o problema que exige nossa atenção, que é o das estruturas dos subgrupos sociais como sinalização e derivação da situação assim descrita.

Em geral, as estruturas são vividas como "ambíguas", não necessárias. Pior, ou melhor, o grupo ou subgrupo é inconscientemente recusado, como uma emanação concreta desse espaço-tempo alienado, dessa história sofrida.

Apesar do apego visceral à mãe (ou talvez por causa dele), considerada única catalisadora da organização e da função familiar (catalisadora tanto mais intensamente individualizada quanto mais acentuada a rejeição à família "conjugal"), só se pode constatar aqui a tradicional recusa das formas impostas, o recuo diante do documento da prefeitura, que é a extensão do documento de estado civil concedido depois da "libertação" de 1848. Apenas entre os meus conhecidos (1972), identifico três casos de homens e mulheres que vivem juntos há mais de vinte anos e que só pensaram em "regularizar" suas situações, como se diz, para usufruir das novas vantagens sociais. Em um dos casos, o casamento dos cônjuges e o batismo do décimo segundo filho foram celebrados ao mesmo tempo, e é preciso reconhecer que a segunda cerimônia prevaleceu sobre a primeira. Claro que não estou confundindo a realidade social da família com a realidade simbólica do documento que a formaliza, mas digo que justamente a recusa do símbolo significa a rejeição da coisa simbolizada *nessa* estrutura. É notável que a recusa da família como subgrupo consagrado (imposto) seja acompanhada pela extensão de um ritual e de deveres estritos no âmbito e para com uma rede de parentesco de complexidade improvável: tias, primas, *das*,[43] madrinhas.

A abundância extensa e quase tribal tende aqui a equilibrar a rejeição inconsciente da forma oficializada. É também notável que as vantagens sociais que mencionei, se por um lado contribuíram para acelerar a consagração oficial das famílias que existiam de fato, por outro elas foram absolutamente ineficazes para promover ou estimu-

43 Amas de leite. (N.T.)

lar um “elo familiar”. Não é raro ver essas vantagens confiscadas para usos totalmente diferentes, e assim se estabelece uma certa forma de comércio de benefícios sociais.[44] Tanto é verdade que as vantagens concedidas ou acordadas, por mais essenciais que sejam do ponto de vista material, não podem substituir com estabilidade o estado civil que uma comunidade cria livremente.

(Talvez fosse possível mostrar, após uma investigação, que a família nuclear se desenvolve especialmente (e concomitantemente) na camada da população da Martinica que melhor corresponde ao que é chamado de classe média, que “aceita” mais facilmente, pelo menos em aparência, as estruturas impostas. Por outro lado, teria sido interessante analisar os sinais dos casamentos burlescos do Carnaval martinicano, antes que esse último se degradasse, bem como sua evolução ou desaparecimento, à medida que essa degradação se confirmava.)

Não se pode compreender a organização do trabalho, nem a “falta de motivação”, nem a irresponsabilidade que denunciamos sem explicá-la, nem a ausência do sentimento da “dignidade do trabalho”, sem traçarmos primeiro as relações dialéticas entre senhor e escravizado, conforme emergem da longa e primordial experiência do trabalho servil. Citemos os inúmeros casos de serventes ou empregadas domésticas ou jardineiros que aceitam trabalhar mais e ganhar menos desde que seja “na casa de um branco”. Mencionemos também a obstinada recusa de muitos artesãos em estabelecer um preço fixo para um determinado trabalho, recusa esta que é simbolizada pela frase ritual: “*ba moin sa ou lé, patron*” (“dá-me o que quiseres, patrão”).

Citemos para tentar entender; porque a vontade insistente (onde não existe organização sindical) de manter toda a atividade em um ambiente servil obsoleto e a recusa em promover a atividade assalariada num exercício cada vez mais liberto da alienação estão aqui ligadas pela convicção inconsciente de que as formas e as condições de trabalho não se construíram numa história, num devir específico da comunidade, e por isso não merecem o esforço dignificante que se pretende dar a elas.

Poderíamos estender aqui essas recusas das estruturas de subgrupos a muitos outros “esquemas” sociais analisáveis, incluindo

44 A banalização da prática de benefícios sociais e algumas precauções tomadas tardiamente têm freado, senão acabado com esses costumes.

ao grupo, senão verdadeira classe de "funcionários públicos" cuja aparição prolifera e constitui uma das características atuais da sociedade martinicana. Esse grupo social, criado do zero e cumprindo uma função bem definida de válvula, de estabilizador, polarizou o que se hesita em chamar de ideal da população. Isso é bem normal, dadas as vantagens que oferece. Mas, se esse subgrupo real se firmou sem hesitação, em razão dos benefícios ou segurança imediata, e com adesão de todos, não devemos ignorar aqui o dilaceramento inconsciente que caracteriza o "funcionário público" (herdeiro do "faz-tudo" colonial) e que se manifesta seja na arrogância de suas relações com o público, seja na planejada morosidade que ostenta. Não podemos acreditar que a morosidade ou a incompetência crônica sejam inatas, ou filhas do clima: sabemos que são um resultado cultural, um dado negativo da história sofrida, e que, à sua maneira, elas significam alguma coisa.

Esse caráter ambíguo, duplo e conturbado da consciência coletiva explica porque as estruturas são muitas vezes contestadas apenas passivamente, no trauma e no desequilíbrio. A não responsabilidade, que aqui conduz à irresponsabilidade; a ausência do sentimento de solidariedade social, que se pode resumir no termo "se vira", mesmo quando a solidariedade "humana" é verdadeira; a propensão, aliás encorajada, à mendicância social organizada são alguns dos acompanhamentos negativos da recusa em viver a estrutura social como um dado relevante.

Seria interessante observar se as formas patológicas privilegiadas de desequilíbrio mental não estão ligadas à situação, e não testemunham a favor da "especificidade" dos transtornos mentais que sublinhei no início desta apresentação. Poderíamos nos perguntar, por exemplo, se a violência sem causa, os estados depressivos ou os delírios verbais não seriam aqui uma forma de "generalizar" os conflitos para melhor negá-los, se o estado depressivo não corresponderia a uma vontade de nunca levar a tensão para o exterior, para não lhe oferecer um outro, um inimigo a ser "derrotado" (é o que chamo de retração), e se o delírio verbal também não tenderia a "afogar" a tensão, quando é impossível não exteriorizá-la.

Um exemplo convincente (e ambivalente) da recusa das estruturas historicamente impostas diz respeito à vida política, que também é percebida como alienante. As tensões entre os grupos políticos são vividas de forma muito espetacular, periódica e semicarnavalesca (as eleições). Este seria um ritual propício para extravasar. Notemos a respeito desse exemplo, estendendo-o aos demais, que as características de deboche ou de "circo", de ambiguidade ou passividade que marcam a recusa das estruturas de grupo não significam que a intensidade das tensões não seja realmente dramática. O "circo" político que caracteriza as eleições na Martinica não nos pode fazer esquecer a agudeza dos problemas políticos que se colocam nesse país, nem que as eleições ali são muitas vezes sangrentas.

Voltamos à nossa proposta sobre o caráter necessário das tensões de grupo. Ao continuar a contestar a estrutura atual dos subgrupos sociais e ao tentar escapar do deboche dessa estrutura imposta historicamente, a coletividade manifesta a angústia de domesticar o seu espaço-tempo. É possível vislumbrar o quanto seria proveitoso se certas formas de tensão fossem levadas ao conflito real, ao desaparecimento do ambíguo, do ambivalente, do duplo e do turvo; enquanto outras formas de tensão deveriam ser absorvidas, ou seja, elucidadas, na terapêutica global e contínua do reajuste mental: o que caberia à ação cultural de base. Neste último caso, impõe-se outra forma de violência: a violência das ideias corrosivas em sua novidade, silenciosamente agressivas, profundamente constitutivas de uma "ordem" e consciência inéditas. O drama do intelectual martinicano, seja qual for a sua determinação, é que ele nunca avança para essa renovação fundamental. Isso significa que esse intelectual, na medida em que cristaliza um certo número de preocupações e desequilíbrios, e que os projeta, aliás, na consciência coletiva, experimenta dramaticamente tanto o desejo imediato de aclimatar seu espaço-tempo quanto a impossibilidade de inventariá-lo em profundidade. Nem o ornamento intelectual, que acompanha sempre um certo humanismo frívolo, nem a militância, tanto mais insensata quanto carente de orientação e de perspectivas, são capazes de substituir aqui a longa, paciente e por vezes penosa necessidade deste retorno a si.

Supomos que a forma particular de terapia que constitui a passagem para a ação violenta escapa à nossa presente reflexão. Ou participamos desse ato e pouco adianta explicar suas motivações; ou então explicamos a passagem, nesse caso é porque ela já aconteceu: dois casos que obviamente não se apresentam aqui e agora.

A historicização do problema: entendemos, a partir do conjunto de minha apresentação, que ela é primordial aqui.

É reinvestindo no próprio passado, em nossos lugares, que escapamos da ambiguidade traumática das recusas e rejeições inconscientes. A memória histórica, nesses países onde a história foi e continua sendo uma batalha sem testemunhas, arma a comunidade de uma nova decisão e lhe permite superar as rejeições inconscientes da estruturação imposta, precisamente por lhe autorizar a refletir de forma concreta sobre a necessidade das estruturas e a decidir suscitar novas.[45]

E o que é criar novas estruturas, para uma coletividade, senão se aclimatar, dominar seu espaço-tempo e nele atuar com liberdade? A ação, profundamente cultural, política em sua realidade, surgiria da responsabilidade coletiva, popular, e o intelectual, que necessariamente esteve no ponto de partida dessa terapia global, se veria, por sua vez, equilibrado ao encontrar, enfim, a vontade comum agora elucidada, e cuja ausência o atormentava como uma morte secreta.

Tudo o que sabemos sobre as tensões em geral, e as tensões de grupo em particular, mostra que aqui, dentro desse sistema que é a sociedade martinicana, nenhuma solução jamais será viável se não permitir aos martinicanos elucidar, em primeiro lugar e por si mesmos, seus sistemas de valores. Isto é muito difícil de explicar ou sustentar, dadas as acusações de xenofobia, mesquinhez, racismo etc., contra aquele que sustenta a imperiosa necessidade dessa retomada direta de si, sem ajuda, nem mediação, nem desvio de compreensão ou de humanismo.

Por exemplo, o que se chama de industrialização - e que na Martinica só pode ser definido até agora como uma multiplicação de produtos fabricados em outro lugar (a palavra "industrialização" implica um impacto e uma ressonância que vão muito além da realidade martinicana) - pode, no seu tempo, aparecer como partícipe da terapia global do desequilíbrio e da insatisfação.

Apontei, no início desta apresentação, que a industrialização introduz uma rede de mediações adicionais entre os indivíduos ou os grupos da coletividade e o espaço-tempo vivido. A industrialização

45 Essa memória é coletiva e operativa, isto é, política: quando o ministro do Ultramar reconhece aos martinicanos "o direito ao seu passado" (outubro de 1979), ele esquiva-se habilmente do problema colocado.

traz um novo e complexo conjunto de responsabilidades; ela abre e espalha o círculo de interesses, centros psicológicos ou de interesse obsessivo etc.[46]

Mas, assim como as terapias clínicas essenciais, o equipamento indispensável do país permaneceria letra morta se não fosse antes pensado pela comunidade, arrancando-se de seu trauma e nascendo de sua própria consciência. Uma política e uma poética da libertação só podem ser secretadas, nunca sugeridas. A primeira palavra coletiva dessa poética ainda está para ser pronunciada. E, apesar de tantas batalhas heroicas e obscuras travadas pelo povo martinicano, o ato inicial e iniciador dessa política ainda não foi realizado.

DISCUSSÃO[47]

(Reproduzo, em três ocasiões deste livro, resumos de discussões em torno das teses que defendo: um eco distante do trabalho realizado naqueles anos e uma saudação a algumas pessoas que por um certo tempo participaram.)

Marlène Hospice: Qual é de fato a diferença entre os termos "estrutura" e "estruturação"?

Édouard Glissant: A diferença é de ordem histórica, dinâmica. Toda sociedade é "estruturada"; a estruturação é dada aqui como o longo trabalho pelo qual a estrutura se tornou o que é. Exemplo: a família

---

46 O domínio técnico (a responsabilidade coletiva) é o fator dominante aqui. Um exemplo é o consumo na Martinica de livros ilustrados para crianças, onde abundam os super-heróis da era técnica: Homem-Aranha, Demolidor, Hulk, Thor e companhia. Os milagres tecnológicos a que estão acostumados certamente desencadeiam uma crença infantil universal no maravilhoso, um consentimento generalizado em relação à magia. Mas não é certo que esse universo mágico não seja vivido de forma diferente por uma criança que vive num país tecnicamente desenvolvido (uma criança que "sabe", por exemplo, que um jovem de dezessete anos *foi capaz neste contexto de construir efetivamente um foguete experimental*) e por uma criança cujo ambiente cultural é impotente nesse ponto e que, portanto, não consegue se imaginar participando, mas apenas acreditar aceitando. No primeiro caso, o pensamento mágico é instigante e criador; no segundo, ressoa vazio e desarma o ser, deixando-o passivo não tanto para o maravilhamento, mas para uma forma de estupefação que *imobiliza*.

47 Grupo de pesquisa do Instituto Martinicano de Estudos, 1972.

martinicana “parte” de um ponto zero (o tráfico negreiro) para chegar à sua estrutura atual (traumática), passando pelas uniões forçadas de escravizados, pelas famílias de escravizados toleradas pelo senhor em razão de serviços prestados, pela ação da Igreja Católica para impor o modelo ocidental de família, pelo reconhecimento oficial da família pelo estado civil em 1848, pela consagração “financeira” do Seguro Social por volta de 1950 etc. Em cada uma dessas “fases”, é possível identificar a imposição alienante de um modelo.

Roland Suvélor: A estruturação “dominou” a estrutura. Essa estruturação, imposta desde o início, tendeu a certa altura a desenvolver-se de forma autônoma, por via da aculturação.

Édouard Glissant: Sobre a recusa traumática da estruturação, observemos o seguinte: a dialética servo-senhor na Europa feudal encontrou sua resolução no aparecimento do burguês: existe aí um trabalho da sociedade sobre si mesma, a estruturação não é imposta (mesmo onde o servo é oprimido), mas resulta de um esforço autônomo da formação social.[48] Para a Martinica, ao contrário, essa “resolução” existe, por exemplo, de forma irrisória, apenas na organização da pequena burguesia sem função (senão representação), pois a estruturação se efetivou de acordo com modelos impostos.

Roland Suvélor: É preciso dizer que a sociedade ocidental tem uma vantagem sobre as Antilhas: a longa duração de sua estruturação; enquanto na Martinica há um curto-circuito temporal impedindo a autonomia do processo de estruturação, e freando o desenvolvimento autônomo das estruturas quando ele está prestes a começar.

Christian Louis-Joseph: As estruturas não seriam, entretanto, todas “vividas conscientemente”?

---

48 O aparecimento do burguês corresponde a uma diversificação real da produção, conduzindo a uma diversificação real dos níveis de conhecimento e a um controle real do acesso à cidadania. O burguês mestre de ofícios se opõe, assim, ao grande senhor proprietário de terras. Assim, Commynes conta em suas *Memórias* (livro II, cap. IV, Paris: Gallimard, 1978) como a liberdade de exibir os estandartes comerciais foi uma das questões na luta entre os duques da Borgonha e os burgueses de Gand.

Édouard Glissant: Vamos pegar o caso da família. Independentemente de qualquer devoção e qualquer apego familiar, os martinicanos tendem a recusar não tanto a família como um dado, mas o tipo de família que lhes foi imposta, a forma como ela se estruturou. Assim, o caráter tribal - a grande extensão - da família na Martinica é uma proteção (culturalmente africana) a essa recusa. O fato de ter consciência de "viver" a estrutura de um grupo é aqui diferente do fato de recusar obscuramente a estruturação desse grupo. A historicização proposta visaria transformar essa recusa inconsciente em uma escolha deliberada.[49]

Christian Louis-Joseph: Dado o corte global que a terapia proposta requer, a luta de classes não se revestiria de um caráter um pouco vão para realizar tal terapia e, nesse caso, quais seriam as formas concretas de acessá-la?

Édouard Glissant: Devemos distinguir a luta política (o ato pelo qual praticamos a ruptura) e o fato de que a historicização, no exame dos processos sociais, contribui para livrar a comunidade de sua recusa traumática da estruturação. Assim, esquematicamente, o conhecimento "histórico" dos martinicanos sobre a prática dos casamentos impostos pode contribuir para elevar a recusa traumática da família institucionalizada, ou para confirmar essa recusa fora de qualquer trauma debilitante. A pesquisa em ciências humanas na Martinica deve levar em conta essa dimensão histórica fundamental. Ela não pode substituir ou comandar a ação política. Ela é capaz de iluminá-la.

Roland Suvélor: Vou concordar com esse ponto de vista citando minha própria experiência: falando com meus alunos sobre o orgulho dos antilhanos em fazer filhos por toda parte, como uma espécie de símbolo de virilidade, fiz uma aproximação dessa prática com o período da escravização, como se ela fosse sua repetição analógica, quando o escravizado mais valorizado era o melhor reprodutor. Alguns dias

49 A margem da dinâmica inconsciente necessária a qualquer formação social não deve se bloquear em negatividade fechada, mas ser exercida a partir de um projeto, mesmo que isso signifique deportá-lo.

depois, alguns alunos, tendo tomado conhecimento dessa alienação, vieram me contar essa descoberta.

Também devemos vincular essa discussão ao problema da existência de uma classe burguesa "autêntica" na Martinica. Essa classe existe? Não, justamente porque a estruturação da sociedade foi imposta de fora. Não é uma classe burguesa "real", ela não se comporta como tal.

Édouard Glissant: Os burgueses da sociedade ocidental assumiram um papel positivo na superação dialética da contradição feudal de que falávamos há pouco; como resultado, eles tiveram e ainda têm, de uma forma ou de outra, um papel político efetivo a desempenhar. Na Martinica, ao contrário, aqueles que hoje desempenham esse papel "político" e pertencem à elite não possuem e nunca possuíram os meios de produção ou controlaram a produção. Aqui, a representação política antecedeu a apropriação dos meios de produção, o que a esvazia de seu sentido, por assim dizer, ao contrário do que aconteceu na França em 1789.

Os *békés*, que no passado desempenhavam esse papel político, também eram os donos dos meios de produção; mas sem controlá-los. E eles nunca constituíram uma burguesia "autônoma", na medida em que não estavam interessados em investimento ou acumulação "intrínseca"; sua política sempre foi de pilhagem falta de planejamento técnico e exportação de lucros. Eles continuaram prisioneiros de um sistema de troca.

A luta de classes ganha um colorido particular a partir desses dados.

Michel Giraud: Devemos esclarecer que a estruturação das sociedades nunca é obra do conjunto da comunidade nacional; em um país de Terceiro Mundo, ela é totalmente imposta de fora; nos países "desenvolvidos", é obra de uma minoria: da classe que possui os meios de produção e, portanto, determina a política do país. Ela só se torna realidade em países onde a propriedade privada dos meios de produção foi abolida.

Marlène Hospice: A historicização é necessária para entender qualquer sociedade super ou subdesenvolvida; o que vale aqui são as dominantes das quais essa estruturação se apropriam.

Édouard Glissant: Trata-se de explicar a recusa inconsciente das estruturas de grupo como elas existem atualmente. *Essas estruturas não existiam antes do ato colonial*: é por isso que a historicização é importante aqui. Na medida em que a historicização é levada em conta por uma sociedade, mesmo por meio de uma classe dominante, dialeticamente e ativamente em relação ao resto da sociedade, a coletividade não experimentará a recusa das estruturas existentes como um trauma, mas as recusará com lucidez por meio, por exemplo, da consciência de classe e de um partido operário; ao contrário do que acontece em certos países "subdesenvolvidos" em que a historicização não é levada em conta pela comunidade.

Marlène Hospice: A artificialidade da sociedade martinicana, nascida dessa estruturação imposta, está, de qualquer forma, atingindo um estágio de desenvolvimento autônomo.

Michel Giraud: A historicização, em seu objetivo terapêutico, tal como ela é aqui proposta, baseia-se no modelo metodológico da psicanálise: a tomada de consciência de um trauma anterior como catarse. A partir daí, basta dizer ao povo da Martinica: "aqui está o seu passado", ou então é necessário, como exige a experiência da transferência psicanalítica, que o povo martinicano reviva esse trauma antigo em uma ação presente, e qual seria essa ação?

Édouard Glissant: Tal preocupação justifica que a elucidação histórica aqui proposta nunca deixe de ser apenas dos martinicanos, e que não se limite a uma elaboração teórica, mas leve a uma prática. Não podemos decidir *a priori* sobre as modalidades dessa prática: estamos tentando aqui fazer uma elucidação.

Michel Giraud: Claro, mas a evolução pessoal que nos traz aqui já é uma promessa de resposta a esse tipo de questões e devemos, portanto, para isso, voltarmo-nos para nós próprios. A pesquisa em ciências humanas não deve ser orientada apenas para o objeto, para o exterior, mas também para o sujeito da pesquisa e, mais especificamente, para o vínculo que o une ao objeto de seu conhecimento.

21. Famílias desabrigadas?

A "família" na Martinica foi, antes de tudo, uma "antifamília". União de uma mulher com um homem em benefício de um senhor. Era a mulher que murmurava ou gritava: "*Manjé tè, pa fè yich pou lesclavaj*" - comer terra para não dar filhos à escravização; a terra para ser estéril, a terra para morrer. Assim, era a mulher que, muitas vezes, se recusava a carregar em seu ventre o lucro do senhor. A história da instituição familiar na Martinica está fundada nessa recusa. História de um imenso aborto primordial: a palavra entalada na garganta, junto ao primeiro grito.

Assim, um duplo movimento se desenha na origem da formação do "corpo familiar" martinicano. Primeiro, há o rastro das tradições africanas: o que restou do forte elo com a mãe (antes do período de iniciação, essa iniciação sendo então irrelevante na nova ordem escravagista). A tradição também da linhagem pelas mulheres, bem como a organização da família estendida (irmãs mais velhas, tias, madrinhas, avós) e, finalmente, o papel ativo das mulheres no mundo do trabalho (principalmente todas as comerciantes: de leite, de hortaliças, de alimentos; e também as trabalhadoras designadas para a manutenção de estradas ou o carregamento de navios; sem contar, é claro, aquelas que desde o início da colonização trabalham nos campos junto com os homens e as crianças). Esse rastro africano atende, assim, à vontade de "antifamília", nascida do desespero da escravização, e resiste a ela.

As condições para a formação da estrutura familiar (a "estruturação" da família) certamente não são as mais propícias. A organização da sobrevivência fragmentada não contribui para a manutenção de um verdadeiro campesinato que seria capaz de acumular relações tradicionais ou de se organizar em comunidades verdadeiramente apegadas a seus costumes. É necessário acrescentar, depois da "libertação" de 1848, a desconfiança para com os documentos oficiais: as famílias tendem a fazer-se e desfazer-se de acordo com as flutuações do concubinato. As únicas famílias "estáveis" são as dos *békés*, mas tão isoladas nas "casas-grandes" que parecem fantasmas.

Estamos diante de um corpo social que não se estrutura segundo "regras" atavicamente aceitas, mas que é dilacerado por correntes contraditórias, frutos da desordem colonialista.

No que se pode chamar de “grau zero”, grau que por uma vez situamos com precisão na história de uma sociedade, a família martinicana (dada aqui como exemplo de estruturação de um grupo social) apresenta, portanto, as seguintes características:

Família-investimento (em benefício do senhor).
Desejo de morte e assassinato da criança pela mãe.
Estatuto da mulher: progenitora.
Condição do homem: macho-reprodutor.
Condição familiar: a vida lá fora.

Num segundo momento, a família se apresenta ao mesmo tempo como uterina e tribal (ou melhor, estendida), mas também como não consentida e, em todo o caso, não formalizada. Lembremo-nos das exortações do sr. Husson (“Viva o trabalho! Viva o casamento!”) e notemos que todos os censos oficiais procuram sublinhar as progressões (insignificantes, por sinal) do número de batizados *e de casados*. Assim, pouco a pouco, a família martinicana evoluirá para um tipo ocidental de família nuclear. A tradição se manterá com as medidas oficiais que impõem essa evolução, sendo a mais recente o conjunto de leis da previdência social que incentivam a formalização. O resultado será uma nova contradição entre, por um lado, a relativa estabilidade institucional da organização familiar e, por outro, a impressionante instabilidade emocional que “envolve” a atual família martinicana.

A organização triangular pai-mãe-filho, imposta pela vontade estruturante do sistema, contraria claramente as tendências culturais herdadas de África. Essas tendências não foram fortes o suficiente para se impor em um processo de estruturação “autônomo”. O que resulta em uma ambiguidade tamanha na vivência familiar que, mesmo as desviâncias, consideradas de alguma forma “normais” (fugas de crianças, recusas generalizadas) não se apresentarão com clareza. Tudo o que restará será um mal-estar generalizado, sem uma causa aparentemente perceptível, e por isso, mais corrosivo. Os professores martinicanos têm assistido (hoje) a uma demissão generalizada dos pais (ainda que toda a energia das mães, entre 1850 e 1950, tenha sido dedicada, sempre que possível, à “ascenção pelo conhecimento” dos filhos, ou ao menos de um deles que se beneficiou do sacrifício dos outros). Essa demissão não é desencadeada, como em outras partes do mundo, pelos estragos da "modernidade"; ela é o resultado generalizado de um sentimento de irresponsabilidade na organização da estrutura familiar. Estamos aqui diante de uma sociedade verdadeiramente "sincopada" na sua formação.

Seria inútil, nesse contexto, relacionar os problemas surgidos na população escolar da Martinica aos efeitos do complexo de Édipo. A criança martinicana não vivencia as relações parentais como realmente conflituosas. A rivalidade pai-mãe não se inscreve propriamente nesse movimento contraditório que "compôs" a estrutura familiar. A energia tradicional das mulheres, as práticas de não responsabilização dos homens, a não necessidade "histórica" da estrutura familiar, sua vaga vivência: tudo isso significa que o complexo de Édipo deve ser abordado aqui com cautela, em todo caso com a vontade de não imprimir na realidade psíquica dos martinicanos estereótipos veiculados no Ocidente. Por outro lado, a tendência à esquizofrenia parece se desenvolver nos jovens (relação com a mãe).

Paradoxalmente, o reequilíbrio entre todos os fatores de distorção que apontei se encontra na renúncia. Renúncia a "valores" nunca claramente identificados na origem, nem dados pela memória histórica. Padronização e neutralização por meio da transparência. Aqui, novamente, o martinicano tenta fugir de contradições insuportáveis acomodando-se em um confortável "não-ser", estimulado pelo consumo passivo, ou seja, não acompanhado de uma atividade autônoma de produção. Mas é óbvio que essas soluções anestésicas não envolvem nenhuma "dinâmica" de superação. Esse é novamente um dos "caminhos" pelos quais a comunidade corre o risco de desaparecer.

Lemos esta história sincopada da instituição familiar na arquitetura da moradia martinicana. A cabana única, de um só cômodo envolvido pelo fogão da cozinha, é a residência do escravizado. Em seu lugar surge o que podemos chamar de cabana-tribo, com uma sala, o quarto dos pais e um quarto onde todas as crianças da família (filhos e filhas, sobrinhos e sobrinhas, filhos adotivos e vizinhos) dormem em um estrado comum. Essa cabana tradicional é, às vezes, acompanhada por uma pequena varanda e, em todos os casos, por uma cozinha exterior, quase sempre situada na parte dos fundos.[50] Ao mesmo tempo, multiplicam-se as casas coloniais, seguindo o modelo da "casa-grande" dos colonos *békés*. Elas são inteiramente delimitadas pela varanda, e um amplo corredor as separa ao meio. A casa colonial às vezes tem um andar, e sua cozinha externa geralmente está localizada na lateral, nos fundos. A casa urbana tem um ou dois andares e engloba um pequeno pátio interior que termina na cozinha. O apartamento atual imita, nem mais nem menos, as disposições dos conjuntos habitacionais populares da França.

Nas situações sociais não há impasses, nem problemas sem solução. Os conflitos que estão nascendo na formação social martinicana constituem o homem martinicano como um ser contraditório, isto é, fascinante e não monolítico. A passividade pontual não é a aniquilação definitiva. As aculturações se sucedem para constituir uma nova face. A verdadeira revolução pode vir de qualquer lugar. Dizer isso não é renunciar à mudança, nem mesmo a essa mutação que o Ocidente costuma chamar de revolução. Pelo contrário, é preparar a multirrelação para tudo o que for possível. É tornar possível essa multirrelação.

A "antifamília" original não é, portanto, a simples inversão de uma "família" ideal, cujo modelo teria sido ocidental. Aí estão os princípios de uma organização social verdadeira e original, dos quais os martinicanos ainda não tomaram consciência de forma coletiva.

22. Acontecimento

O que é um acontecimento para nós? Um fato que aconteceu em outro lugar, sem a nossa presença, e que ressoa, entretanto (e tanto), aqui e em nós. Por isso, o que se faz no mundo, tanto quanto o que não se faz aqui, nos afasta do mundo.

Não é por acaso que existe tanto entusiasmo pela "cultura" em nossos países. Todo mundo se envolve, recentemente. Distribui-se cultura. Podemos até discutir a cultura distribuída. Sugere-se que talvez ela não seja tão adequada assim? Decidem que ela deveria

50 A "sala de estar" é excêntrica.

ter uma "qualidade" maior. Nós nos ajustamos. Criticamos. Ah! Se fulano fosse mais capaz - e siclano mais honesto - e beltrano mais agradável. Mas "a cultura" não é dada, não é distribuída, não é planejada; a não ser para uma coletividade cujo único plano válido, quando a cultura não é livre, é o de sua libertação e capacidade de criação. Para um povo que não se expressa, para um povo mentalmente escravizado, não há acontecimentos, só há não história: ausência de qualquer decisão e de qualquer amadurecimento que lhe digam respeito.

Da mesma forma, proponha a essa coletividade peças de teatro (ou cantigas, sinfonias, marionetes ou partidos políticos), ou proponha, ao contrário, que essas peças, esses partidos ou essas cantigas não sejam "feitas para ela" (subentende-se: se você tivesse escolhido melhor, aí daria certo): é tudo a mesma coisa. A ação cultural não só deve ser protagonizada pelos caribenhos, mas deve ser dirigida contra um sistema: caso contrário, vence a alienação. "Cultura" é, antes de tudo, o significado adquirido dentro e por meio desse *contra*. Nenhuma elite pode bastar-se, exceto de forma demagógica. Qualquer crítica dentro do sistema fortalece o sistema. Isso é verdade em nível tanto cultural quanto político.

Este é o sentido do acontecimento. Procure reformar a cultura da cana-de-açúcar, ou combater o escândalo imobiliário, ou superar a "demografia desenfreada", ou produzir obras de arte: no sistema (ou seja: se *todo* o sistema não for desafiado por uma *teoria* que visa permitir que ele seja substituído positivamente), essas críticas, essas ações estão apenas treinando o sistema para que ele perdure. Um povo sem acontecimento, um povo apartado do mundo é um povo que não se *vê* e não se pensa: esta é a nossa calamidade mais certa.

Mas, se a abordagem cultural é importante em países onde a despersonalização e o genocídio cultural são processos de base, o problema das urgências se impõe: quando, e em que condições, o ato político deve sustentar ou substituir a prática da criação cultural? Duas atitudes extremas devem ser rejeitadas aqui: o "nacionalismo cultural", que se contenta com suas próprias opções e muitas vezes não compreende o aspecto socioeconômico fundamental dos problemas examinados; o internacionalismo *a priori*, que muitas vezes ignora análises "concretas" de uma dada situação e substitui afirmações por análises.[51]

23. Fundamentos do desequilíbrio

A situação na Martinica quase impõe a necessidade de abordar esse real sob o ângulo de uma espécie de psicanálise "global". Poderíamos propor aqui a ideia de uma "morbidez geral"[52] resultante do processo histórico de formação da coletividade, bem como das modalidades originárias de seu "sistema" econômico.

I

1. O povoamento, a partir do Tráfico de escravizados, determina algumas constâncias. O povo da Martinica constitui, como muitos outros povos da mesma região, uma espécie de "triagem" (os sobreviventes) daqueles que foram arrancados da África e trazidos para este país. Não se deve negligenciar que se trata de uma população de transplantados, vencidos e deportados, e que se tornam, isso é importante dizer, desenraizados. A triagem selecionou os mais resistentes, mas talvez também os mais passivos. Isso afetará a mentalidade geral por muito tempo.

2. Esses recém-chegados são colocados em contato com uma técnica que é "nova" para eles e da qual não participam em nada. A irresponsabilidade latente surge desse contato "desinteressado". O escravizado não pratica nenhum tipo de "relação pessoal" (com exceção da relação

51 Produzir ou criar "contra" um sistema é certamente uma prática limitante e às vezes frustrante. Mas os inconvenientes que daí advêm e que são inevitáveis por algum tempo não podem ser comparados com a atividade ilusória que consistiria em confia numa espécie de naturalidade imediata e ingênua. Em qualquer situação colonial, este é o fosso inequívoco entre uma poética do reajuste (uma contrapoética) e o advento futuro de uma poética *natural*, isto é, cuja parte de ingenuidade já não seria alienante, mas exprimiria uma riqueza coletiva.

52 Deixamos em aberto a questão de saber se se trataria de uma generalização da morbidez (ou "soma" de morbidezes individuais) ou de uma verdadeira morbidez do coletivo (orientada segundo uma "estrutura mórbida" do corpo social), qualquer exuberância que possa haver em falar de uma sociedade "doente" e de uma sociedade "normal".

de frustração com o facão, desejado como arma)[53] com as ferramentas que utiliza em seu trabalho. São distribuídas as ferramentas usuais da jornada de trabalho pela manhã e estas são recolhidas à noite. Há aí uma "distância" que certamente não corresponde, mesmo se levarmos em conta o fenômeno comum da alienação, ao fato de um trabalhador deixar sua máquina à noite para reencontrá-la inevitavelmente na manhã seguinte. Nem a manutenção dessas ferramentas, nem seu aperfeiçoamento requerem a atenção do escravizado. Por outro lado, o sistema escravocrata é tamanho que o recém-chegado não desenvolve nenhum tipo de interesse pela "produtividade". O servo ocidental da Idade Média, um verdadeiro escravizado, deve pagar dívidas ao senhor que o "protege": ele que se cuide caso a colheita não seja boa e não puder pagar sua "dívida". O senhor feudal, saqueador e guerreiro, raramente se interessa pela exploração da terra e pelos problemas que ela suscita. Ele se contenta em receber sua parte dos produtos do trabalho; cabe ao servo se virar para conseguir aumentar seus rendimentos. Os servos, em condições desumanas de trabalho, encontram como classe a oportunidade de um avanço técnico e de um lento reforço da responsabilidade. O escravizado de 1848 está, neste ponto, com o mesmo grau de irresponsabilidade daquele de 1700. Seu contato com máquinas, tanto quanto a manipulação de ferramentas comuns, o mantém, ele próprio, na categoria de "ferramenta animada".

3. A mediação com o meio, no que diz respeito aos instrumentos habituais da vida cotidiana, tampouco é mais eficaz. O escravizado é colocado diante de objetos, que ele aprende a manusear e que materializam para ele, todos os dias, a dimensão irremediável da deportação. Objetos

---

53 Houve uma tentativa, em 1970, na imprensa "oficial" de fazer com que o facão (ocasião de inúmeras rixas sangrentas) fosse considerado uma arma a ser proibida no campo. Sobre o "desinteresse técnico" do escravizado das Índias Ocidentais, citemos estas observações de Juan Bosch ("*Propuesta para poner un nombre*", Casa de las Americas, julho de 1979): "Isso explica por que o escravizado africano foi incorporado à produção americana como parte dos meios de produção, não como membro da classe que vendia sua força de trabalho aos capitalistas; e é isso que explica por que Marx descreveu os oligarcas escravistas americanos como capitalistas 'que existem como anomalias dentro de um mercado fundado no trabalho livre' (Sur les sociétés précapitalistes, Paris: CERM, 1970, p. 224) o que equivale a descrever como capitalismo anômalo aquele que era baseado na existência de uma oligarquia exploradora e de escravizados africanos explorados."

que não são feitos no próprio país e que, na maioria das vezes, estão apenas a serviço do senhor. Quanto aos objetos de uso pessoal, advindos do seu entorno, a "distância" não é menos dramática. Se tomarmos o exemplo do *guiro*, instrumento básico que serve de prato, copo, reservatório de água etc., e que se talha no fruto da cabaça, e se compararmos os modos desse instrumento na África e nas Antilhas, ficamos impressionados com a extrema pobreza da variedade de *guiros* antilhanos, que se reduzem a dois: o *guiro* aberto (a cabaça dividida em dois) e o *guiro* fechado (a cabaça simplesmente perfurada, com um furo na parte superior). O *guiro* não inova o uso da cabaça. Formas imutáveis: parece que o *guiro* foi voluntariamente "esquecido" e "reduzido" à sua função literal de instrumento cotidiano. De fato, ele é o próprio símbolo da miséria sem esperança. Não recebe nenhum tipo de decoração (a não ser, e isso é significativo, quando hoje é grosseiramente pintado com cenas típicas e pendurado nas paredes dos salões). Podemos opor esse quadro à extrema variedade (vitalidade) das formas de cabaça na África. Ela é popularmente (e familiarmente) decorada, talhada ou esculpida de todas as maneiras e, às vezes, o fruto na árvore é manipulado antes de seu amadurecimento (por enxerto ou tratamento). Esse paralelo ajuda a compreender a diferença entre as duas formas de se relacionar, do africano e do antilhano, com sua terra e seu entorno. O problema é, claro, substituir o *guiro* por panelas, copos e pratos, e o fogão a lenha por fontes modernas de calor e energia; em outras palavras, o que foi dito anteriormente não pretende sustentar uma visão romântica do *guiro*. O fato é que o instrumento cotidiano nunca constituiu para o antilhano um objeto digno de apego, de "idealização", que se possa embelezar ou "prolongar". Não é um produto adequado e não é uma mediação de equilíbrio com o meio.[54]

---

54 Durante a discussão que se seguiu a uma exibição na zona rural de Rivière-Pilote (tratava-se de um curta-metragem de Jean Laude sobre a arte negra), um trabalhador agrícola afirmou que os martinicanos eram muito "decadentes" para conceber e produzir objetos como os vistos na tela. Pressionado na conversa por outros assistentes, ele reconheceu que a "situação", e não uma decadência da natureza (e sua própria intervenção provava o contrário), era a responsável pela esterilidade que ele constatava. Pensando por outro lado, seria realmente necessário "psicanalisar" as "formas" dos móveis e joias da Martinica tradicional (colares de granulado *grosso*, ouro *maciço*, cama com colunas *grossas* etc.). O objeto de luxo (ou o instrumento usual que se tornou um objeto de luxo) é caracterizado por sua *evidência* como tal.

O que chamo de "morbidez geral" da situação já começaria a se esclarecer a partir dessa visão apressada da forma de povoamento nas Antilhas: desenraizamento de recém-chegados, irresponsabilidade técnica, ausência de mediação real com o meio.[55] As inúmeras revoltas populares, as únicas capazes de superar estes aspectos negativos, nunca terão conseguido, por várias razões (falta de perspectiva, exiguidade do país, traição das elites), mudar a situação.[56]
Dois casos espetaculares de perda de "funções" sócio-históricas confirmam essa percepção inicial: o dos "negros *marrons*" e o dos "quimbandeiros".

1. Entre as motivações da marronagem, historiadores, sociólogos e antropólogos (sr. Debbasch em particular) praticamente não consideraram em suas sistematizações um aspecto: a oposição cultural fundamental à nova ordem imposta ao escravizado. É certo que o caráter "disperso" da marronagem (exiguidade das ilhas, exceto no Haiti e na Jamaica, onde se formaram verdadeiras comunidades de quilombolas; aspecto muito individualizado dos *marrons*, principalmente pelas condições de isolamento entre as unidades de exploração que constituíam as Plantações ou as fazendas; desconfiança do *marron* em relação a possíveis companheiros) pode, à primeira vista, impedir que se apresente como um empreendimento coerente ou sistemático de contestação e permitir que ele seja reduzido à expressão espetacular do desespero, do pânico ou de uma espécie de angústia de viver. (Cabe lembrar o destino das comunidades de *marrons* na Jamaica: elas negociam com as autoridades, prometendo, como preço por sua segurança, entregar aos colonos os escravizados fugitivos, os novos *marrons*. E dizem que, por tradição, os policiais jamaicanos ainda hoje são recrutados, preferencialmente, entre grupos advindos dessas comunidades *marrons*.) O negro *marron* é o único verdadeiro herói popular das Antilhas, e as horríveis torturas que marcaram sua

55 Esta morbidez é facilmente refletida por meio de um estudo das atitudes de violência e compensação que apareceram na comunidade martinicana tomada em sua "globalidade": elite e massa de trabalhadores.

56 O caráter neurótico de certos motins é um pretexto para denunciar a "desordem" ou, na melhor das hipóteses, o "espontaneísmo", mas nunca para a elite ter uma oportunidade de pensar a situação real.

captura dão a medida de sua coragem e determinação. Existe aí um exemplo indiscutível de oposição sistemática, de recusa total.[57]

É significativo que, aos poucos, os colonos e a autoridade (ajudados pela Igreja) foram conseguindo impor à população a imagem do negro *marron* como um bandido vulgar, um assassino preocupado apenas em não trabalhar, a ponto de se tornar a representação popular do vilão bicho-papão que ameça as crianças. Examinaremos as causas de tal sucesso na intoxicação. Mais significativa ainda é a constatação de que o negro *marron* acaba sendo aquilo que se pretendia que ele fosse, e que, a partir de certo momento, passa a se comportar de fato como um bandido ordinário, por assim dizer. A tal ponto que os últimos *marrons* são bandidos e, posteriormente, qualquer infrator da lei em fuga passa a ser chamado de *marron*. Nossa história nos segue pelos *rastros*. A análise do processo socioeconômico a partir do qual se pode compreender tais perdas de "função" ou "opinião" deixa intacta a observação que nos é de primeira importância aqui: uma comunidade que foi despojada de seus "heróis" naturais, populares, e que, portanto, ao negá-los sob a pressão alienante da ação colonialista, negou a si mesma. O desequilíbrio é inevitável.

2. Ao longo do povoamento, eram quimbandeiros aqueles *marrons* que já exerciam na África funções socioculturais: encarregados da vida religiosa, dos cuidados médicos, do ritmo do trabalho etc. Dentro dessa contestação global que é a marronagem, o quimbandeiro é de certa forma o ideólogo, o sacerdote, o inspirador. Ele é, a princípio, o depositário de uma grande ideia, a de preservar a África e, consequentemente, também de uma grande esperança, a de voltar à África. O quimbandeiro cuida de suas práticas para que os africanos possam *voltar*; sua medicina é cultural. Mas, durante o povoamento na nova terra, o quimbandeiro se degenera, até cair no mais delirante charlatanismo (para satisfação das autoridades civilizadoras, que sempre o trataram dessa forma). Despojado de sua função cultural, o quimbandeiro não tem mais razão de ser. Para combater o perigo que ele representava, fizeram dele (a evolução social fez dele) o que se

57 Schoelcher distingue três tipos de *marrons*: o *marron* rebelde, o *marron* por sobressalto (ou de ocasião) e o *marron* por desespero.

desejava desde o início que ele fosse, o que anunciaram que ele era: um charlatão. Assim, pode-se então apresentá-lo na televisão, frente a frente com um respeitável convidado, o sr. Mességué, que triunfa facilmente sobre ele. Deixemos novamente de lado os fatores socioeconômicos (a "evolução") que precipitaram a "decadência" e vejamos suas consequências "mentais".

A relação da coletividade com o quimbandeiro se assemelha à relação corriqueira que surge do jogo de superstições, mas essa relação também está ligada a um desequilíbrio "profundo" do conjunto da população. A esperança desgastada de retorno à África não foi substituída (uma vez que esse retorno se revelou impossível) por um determinado enraizamento na nova terra, mas, sem descontinuidade ou quase, por outra miragem (também tão "distante"), aquela que vem do afrancesamento.[58] Em outras palavras: a manutenção da África poderia ter acon-

---

58 Não entendemos aqui por esse termo genérico de afrancesamento o jogo normal da miscigenação cultural, tal como uma comunidade pode livremente tomar para si (exemplo: as danças populares do campo martinicano apresentam frequentemente uma mistura de ritmo africano e de cerimonial (se não programação) europeu: quadrilha, polca, bel-air etc.), nem mesmo os fenômenos de repercussão geral, como se estendem por vários países numa mesma época (exemplo: engenhocas, modas, minissaia, o mítico universo criado por jornais infantis com circulação internacional etc.), mas sim o processo massivo, precipitado, pelo qual saturamos a sociedade martinicana com "formas", esquemas, necessidades e até mesmo reflexos literalmente e artificialmente impostos de fora (exemplo: plantamos em 1968 árvores de Natal, pinheiros importados, em certas praças públicas e, como esses pinheiros secaram e queimaram em pouco tempo sob a ação do sol, importamos em 1969 árvores de Natal de todos os tamanhos em material plástico verde, muito práticas, antes de trazer em 1970, cuidadosamente embaladas, verdadeiras pequenas árvores de Natal em legítimos pinheiros protegidos e garantidos). Eis um exemplo que certamente não se enquadra na mestiçagem cultural: trata-se de um convite para um baile à fantasia. O tema escolhido, Asterix e os gauleses, está ligado a um começo de moda (os quadrinhos de referência), mas essa escolha ("nossos ancestrais, os gauleses") não é inocente:

CARO PLIX*
(*) Caipira em gaulês!

Como o Tampax Vicks!...
Assim como no ano passado
O Clã Asterix organiza sua
GRANDE NOITE GAULESA em
Hauts Plateaux, num lugar chamado:
Auberge de la F.O.L. (Caminho de Didier)

tecido em um jogo de mestiçagem "normal" fundado "normalmente" no enraizamento determinado, o que teria ao mesmo tempo apagado ou equilibrado o trauma do impossível retorno à África. Mas a manutenção, por sua vez, impossível (porque barrada pelo afrancesamento), preserva-se (se assim se pode dizer) no nível do "anormal": do patológico, do traumático, aí sim envolvido, no que diz respeito ao quimbandeiro, pelo charlatanismo e pelas superstições básicas. Ou ainda: a função do quimbandeiro é carregada de sentido positivo, desde que duas opções orientem os impulsos coletivos: uma opção "renunciada" (o retorno à África) e uma opção não formulada (a tomada de posse da nova terra). Mas, a partir do momento em que uma terceira opção se impôs discretamente (o afrancesamento com o ideal de cidadania francesa a partir de meados do século XIX), a função do quimbandeiro carregou-se de "negatividade": porque a África impossível (por manutenção ou ruptura, por mestiçagem ou por retorno) é agora vivenciada como trauma, remorso, pura negação, veemência, noite – tanto no nível do povo quanto no da elite. O desequilíbrio é inevitável.

II

O que precede é a "visualização" de um fenômeno cujos termos, como talvez veremos mais adiante, serão determinados por uma análise socioeconômica. É assim que (a título de ilustração) podemos abordar uma história da cana-de-açúcar, uma história real do povo martinicano. A proposta que faço a esse respeito gira em torno dos seguintes pontos, que remetem ao tema central da apresentação:

1. A história da Martinica é uma história perdida: obliterada na consciência (a memória) coletiva pelo ato coordenado do colonizador.

Sábado, 8 de fevereiro de 69
e ordena que você vá para lá.
* Os Bardos da Orquestra Martinica vão animar a noite.
* Uma roupa gaulesa é altamente recomendada.
Diante da ameaça de invasão bárbara,
um Conselho de Segurostourix:
"Traga teu tributo antecipadamente"
Se não for o seu Quinhão de Gleba,
você não iria encontrar esse Asterix Zeperil!

2. A história da Martinica é a história do esquecimento da massa de trabalhadores agrícolas e da exibição de uma elite (consentida ou contestada, não importa) que sempre se situa no âmbito do sistema.
3. O possível padrão deste funcionamento, que foi muito progressivo e insidioso, "manifesta-se", no entanto, por meio de fragmentos reais da história, que podem ser identificados da seguinte forma:
   a) Para as duas primeiras gerações de escravizados deportados para as Américas, o retorno à África é a "ideologia" mais óbvia. A cultura da cana ainda é episódica, em todo caso artesanal. A adoção do Código Negro marca o fim desse período e abre a era da economia escravocrata e industrial da cana.
   b) A exploração da cana até 1848 (Abolição) determinará as características básicas da sociedade martinicana: renúncia à África: mas a nova terra não é vivida como propriedade de uma comunidade, ainda incapaz de se reconhecer como tal; organização do sistema de Plantações; repulsa à terra, cúmplice e propriedade do colono; formação progressiva de uma classe de mestiços, núcleo da "pequena burguesia", destinada pela "função histórica" a trair a massa do povo, fingindo (às vezes sinceramente) lutar por ela;[59] estabelecimento dos circuitos de apropriação colonial.
   c) De 1848 a 1946 (veremos [ou já vimos] por outro lado que esta data de 1848 não é o ponto-chave nacional que se acredita ser), é o século em que esse duplo movimento desencadeia, por um lado, os infortúnios cada vez mais decisivos da cana-de-açúcar em relação à beterraba da França e, por outro lado, o "sucesso" cada vez mais constante dos

59 Devemos observar que os *békés*, por vezes, favoreceram o acesso dos seus descendentes mestiços às funções de artesãos, depois às profissões liberais, mas nunca fizeram deles engenheiros ou técnicos. Ao contrário dos negros das enxadas, os negros talentosos eram os favorecidos pelo sistema escravocrata. Na linha de raciocínio do colonizador, o mestiço tenderá cada vez mais a ser uma espécie de negro talentoso sem talento (isto é, "libertado" da produção, mas apenas para se dedicar à "representação").

mestiços e depois da "classe média", que chamamos (e que se chama) de elite,[60] em sua representação política de fachada. O ideal de um retorno à África é substituído sem interrupção pelo ideal da cidadania francesa. A lei da departamentalização consagra a derrota dos *békés* ao mesmo tempo que institucionaliza a representação política "pequeno-burguesa". Contudo, até o fim (até o momento da reconversão da economia martinicana sob o impulso do capitalismo francês do setor terciário), e apesar do marasmo crescente da cana, a "vocação agrícola" da Martinica será afirmada. É o pretexto.

d) A partir de 1946, um movimento que mostra bem a ambivalência da elite tomou forma em favor dos poderes locais, mas na e com a França.[61] Transformação radical da economia: transição global do setor primário para o terciário. Bancos, Créditos, Alimentação, Automóvel etc. A cana morre. O afrancesamento é real.[62] Uma equipe "econômica" da elite, beneficiada com a nova orientação, logo assume a representação de fachada no país, sem que os "políticos" percebam. A "industrialização", uma reivindicação (então condenada) pelos autonomistas de 1960, tor-

60 Há, por exemplo, um cinema em Fort-de-France que indicava no subtítulo de sua propaganda: "a sala da elite" (1973).

61 As oposições nas nuances são enganosas aqui. Na verdade, a questão se joga economicamente e politicamente sobre a possível ruptura (desta vez, positiva): se essa questão da ruptura não for colocada, as nuances, assim como a explosão do vocabulário utilizado, são ilusórias.

62 Poderíamos estudar o fenômeno visível do afrancesamento desde 1946, por meio das "formas" da economia (produtos importados, desaparecimento dos mercados internos, criação de novos circuitos), vestuário, habitação, lazer e festas (Carnaval, Natal), meios de informação, aglomerações (Fort-de-France é cada vez mais uma pequena cidade provinciana francesa e cada vez menos uma cidade tropical), nomes (de empresas, bares, barcos) etc. O problema não é negar esse incontestável afrancesamento, fomentado e imposto por toda parte, mas saber (e estudar) se ele está ligado ao não menos indiscutível desequilíbrio geral, ao mal-estar social. Em outras palavras, para colocar claramente a questão: o afrancesamento imposto não seria uma fonte de confusão, mental e social? Esse afrancesamento visível desde 1946 está em funcionamento desde o episódio da Abolição de 1848.

na-se um programa oficial em 1970. Turismo e migração também.[63]

Parece que a história dos martinicanos conheceu apenas rupturas (negativas): ruptura dos africanos com seu continente, para além do oceano; ruptura com o sonho de retorno à África; ruptura com o novo e real país, em 1848, quando a oportunidade de se reivindicar a "propriedade" martinicana será perdida; ruptura de 1946, quando a assimilação, mais uma vez, afastará a possível retomada. Essas rupturas sucessivas, essa sequência também de oportunidades perdidas, levam a uma visão fragmentada da história que acredito ser legítima aqui.

Essa história não assumida, em que não se agrega nenhuma consciência coletiva decisiva, deixará apenas resíduos: no nível do inconsciente coletivo, um trauma da descontinuidade (os "fragmentos"), uma obsessão pelo impossível (o medo de si mesmo). Mas devemos ver, enfim, que tudo isso só é sustentável se analisarmos o processo econômico de caráter original que determina a formação da sociedade martinicana e das "classes" sociais que a constituem.

III

É preciso supor que a colonização francesa na Martinica corre o risco de logo atingir o "estágio supremo" de toda colonização, que é de despersonalizar completamente uma comunidade, "absorvê-la" em um corpo externo e que, nesse sentido, a colonização da Martinica se revelaria uma das raras colonizações "bem-sucedidas" na história moderna. Mas isso seria às custas não só da despersonalização, mas também (o que talvez dê no mesmo) do desequilíbrio geral do povo martinicano, tomado em sua totalidade. A estratégia política da colonização conjecturou aqui (e conseguiu) a formação de uma "classe" de pequena burguesia de fachada que, para buscar sua promoção, tendia a mascarar a manutenção do *status quo* no que diz respeito

63 Entre 1968 e 1970, numa paródia da reforma agrária, 1.250 hectares de terra foram redistribuídos, por via de um organismo oficial, a 250 pequenos agricultores que se beneficiaram de empréstimos de financiamento que cobriam até 85% do valor das parcelas, de três a seis hectares (adesão à pequena propriedade fundiária, e ao mesmo tempo "estabilização" do campo).

à exploração da população rural, dos trabalhadores agrícolas. Esta política encontrou uma feliz conclusão (para ela) nas transformações atuais da economia martinicana: fechamento das usinas de açúcar compensado por uma política de assistência social "adaptada" (daí uma redução do poder de impacto dos trabalhadores agrícolas);[64] desenvolvimento do setor terciário com um sistema de crédito que permite amordaçar a elite caso ela reclame; promoção progressiva de uma representação de fachada "econômica", responsável pela "mudança"; transformação, consequentemente, da Martinica em um campo de "gestão"; sutileza cada vez mais refinada dos aparelhos de pressão (exceto em caso de revolta popular ou juvenil, imediatamente reprimida) com a tentativa de mudar a relação entre as comunidades por meio da imigração (afluência de *Pieds-Noirs*)[65] etc. Nosso objetivo aqui não é fazer um balanço do ato colonial na Martinica, mas relacionar, ainda que num quadro sucinto da situação, duas ordens de fatos que, por sua vez, estão intimamente ligados: por um lado, o desequilíbrio geral, a miséria moral e mental, tão flagrante que não é capaz de se esconder por trás das aparentes e fragmentárias melhorias trazidas à miséria material e, por outro lado, o caráter artificial e "não funcional" das chamadas classes sociais na Martinica. Meu argumento é de que aqui a "morbidade" está ligada a essa "artificialidade", a essa "não funcionalidade".

Apesar da imprecisão inicial dos termos, pode-se falar da não autonomia do circuito econômico (produção-distribuição) martinicano como causa imediata do fenômeno (de "não funcionalidade") segundo o qual os martinicanos, como indivíduos e organizados em grupos sociais, não cumprem na vida social a função que acreditam cumprir. Há uma distorção entre a função real e a função "opinada". Examinaremos essa proposta em relação às "classes sociais" na Martinica, mas a noção de não autonomia do circuito econômico deve ser esclarecida. Claro, nenhum circuito econômico é absolutamente autônomo. Mas daí não podemos concluir, por exemplo, que o sistema capitalista francês se confunde com o sistema capitalista inglês: sob as interferências

64 Pergunta-se em 1970, de maneira oficial e benevolente, "por que os jovens estão abandonando a terra e fugindo da vocação agrícola".

65 Colonos de origem europeia que se instalaram nas colônias do norte da África até a época de suas independências. (N.T.)

ou solidariedades metodológicas ou materiais, intervêm entre esses dois "circuitos" interesses opostos ou divergências de perspectivas suficientes para que possamos falar de sua respectiva autonomia. Por outro lado, mesmo a dependência da economia francesa em relação à economia dos Estados Unidos não pode alienar uma relação autônoma na França entre o sistema de produção e a formação social. A análise das classes sociais na Martinica não produz nenhum dado realmente aplicável ao país se não partirmos do princípio que essas "classes" não resultam, em primeiro lugar, de um jogo de conflitos internos de um sistema (que nesse caso seria autônomo), mas, sobretudo, de um jogo de conflitos manipulados, orientados por uma sobredeterminação que decide o circuito sem entrar nele como "participante social": o capitalismo mercantil francês. Aqui, então, está uma sociedade "forjada" (nenhuma tradição aristocrática real, nenhum atavismo de classe, nenhuma burguesia nacional com poder econômico, nenhuma "chefia" etc.), cujas inúmeras "classes" só cumprem uma ("sua") função quando esta é decidida de fora.[66] Esse desequilíbrio entre "oficialidade" e "realidade" é dramaticamente vivenciado pelo indivíduo como tal e como membro de um grupo (ou de uma "classe") social.

Os *békés* detêm os meios de produção. Na realidade, basta que o poder tutelar determine em uma única ocasião a orientação da produção graças ao aparato político e legislativo para que se perceba que a propriedade dos meios de produção cede ao seu controle. A tutela de controle também decide sobre a distribuição (na outra ponta do "circuito") e, portanto, domina toda a produção; finalmente, a tutela orienta o circuito como um todo (organiza, por exemplo, a transição do setor primário para o terciário: é claro que um *béké* proprietário de

66 A importância dessa ausência de antecedentes sociais é óbvia aqui. A colonização na África não leva a uma "morbidade" ligada à estrutura social; ela reforça as contradições em germe na sociedade africana tradicional. Por exemplo, prepara efetivamente a liderança nacional da burguesia, na fase do neocolonialismo, e nas formas que vemos hoje: tiranias sangrentas, ditaduras espirituais, castas militares, governos étnicos, oligarquias de dinheiro – todas herdadas da ação colonial. A imprensa oficial da Martinica não perde a oportunidade de lamentar: "Pobre África." Ou seja: veja onde a independência os levou. O neocolonialismo se abre na África em uma nova e feroz luta (entre a burguesia e as massas), não em uma "morbidade". A não autonomia do circuito econômico não tem então as repercussões traumáticas que desencadeia em uma sociedade literalmente criada pelo próprio sistema. A não autonomia é para nós a erradicação aniquiladora, a forma suprema da exploração.

terras ou antigo industrial vai reinvestir em uma garagem ou em um supermercado; mas ele não decidiu sobre essa reorientação global, ela lhe é imposta e ele consegue tirar lucro). Assim, à imagem do *béké* arrogante, de botas e chicote, cheio de uma rude condescendência para com seus trabalhadores, sucede a do *béké* bisbilhoteiro e negociante, cujo rosto fechado traz a marca das contradições que vive: se aproveitar ao máximo do sistema que o autoriza, resistir como puder a esse mesmo sistema que o limita. Finalmente, os *békés* não podem, de forma alguma, ser considerados como parte de uma "burguesia nacional": sua política tradicional de exportação de lucros e sua indiferença ao aperfeiçoamento técnico (sua exploração foi por muito tempo semelhante a uma pilhagem) se opõem a ela. O *béké* como tal é um personagem cheio de equívocos e insuficiências. Enquanto constitui uma "classe" social e pela "força das coisas", ele tende a "desaparecer". Reaparece como beneficiário passivo do sistema.

Quanto à elite criada pela colonização, não podemos considerar que cumpre as funções de uma "classe" social: sua vocação é de "representação" desprovida de "conteúdo", seu papel e seu impacto no circuito da produção são nulos, mesmo quando é constituída, como é o caso hoje, de poder representativo de promoção: câmara de comércio, câmara econômica etc. Sua possível "vocação nacional" ancora-se (quando e onde se manifesta) apenas nos interesses parciais dos indivíduos que a compõem (por exemplo, um empresário martinicano reclamará das *vantagens concedidas* do seu setor às sociedades metropolitanas), não em uma "função", nem em uma dinâmica real de classe, ligada a um interesse global e de classe dentro do circuito econômico. O pequeno burguês (talvez este seja um termo impróprio) martinicano é um drama vivo. Tende por si só a "desistir", seja no afrancesamento, seja na ilusão de uma vocação nacional sem vocação (porque sem "função"). Seu maior sonho é se constituir como elemento indispensável ("funcional") de uma possível autonomia (do circuito). Mas ele sonha apenas porque o presente lhe escapa, não porque prepara o futuro. Manipulado econômica e ideologicamente, ele luta sem encontrar saída; pois nunca acredita no que "opina": ele é obrigado a opinar.[67]

67 Ele vai mostrar uma repugnância marcada pela "reflexão", pela "ideologia" e pelas "teorias", apoiando-se ora na "força" ou na "inspiração", ora, ao contrário, no "concreto", no "positivo". Suas reações são terrivelmente histéricas, quando ele simplesmente

A classe dos trabalhadores agrícolas é a única que se define tanto como exercendo função no circuito econômico (o que não é o caso da elite) quanto como tendo vocação nacional (o que não é o caso dos *békés*). (Também já vimos as razões pelas quais essa vocação nacional nunca foi concretizada.) O drama é que o colonizador, baseando-se na função social de fachada desempenhada pela elite (que se poderia chamar de "traição")[68] e na realidade da relação de forças que ele impunha por meio dos *békés*, neutralizava a vocação dessa classe. Revoltas brutalmente reprimidas ao longo da história, dispersão da moradia e do trabalho rurais, relativa permeabilidade da camada social atuando (por promoção e inserções individuais na elite) como um descompressor bastante eficaz, dificultado pela autorreferência (medo da ruptura), ausência de perspectivas próprias nas palavras de ordem de luta, o isolamento e finalmente a grandiosa e aparente definitiva despersonalização por leis progressistas e sociais (organização mendicante da Previdência Social) contribuíram e ainda estão trabalhando para desviar essa classe de sua função, para desconstituí-la como classe.

Podemos falar de distorção entre a função oficial (declarada ou pensada como tal) e a função real (muitas vezes ilusória quanto à sua densidade) dos grupos sociais,[69] e isto em relação à não autonomia do circuito econômico. É aqui que, em primeira instância, devemos buscar o fundamento da "morbidade": no sentimento inconsciente, vivenciado de forma passiva ou traumática, de uma inadequação entre o que se é e o que se é chamado a fazer em seu país. A descrição do tipo fenomenológico (o "romance") de tal morbidade informaria sobre os status individuais (ou, se preferir, sobre a "soma" das morbidades particulares) ao mesmo tempo que informaria mais detalhadamente sobre essa distorção entre vocação, função e "nomeação" das classes sociais (ou, se quiserem, do status coletivo).

---

indica que a elite não é de forma alguma aquilo que acredita (por exemplo, que ela não participa de forma alguma da dinâmica da cultura francesa).

68 Portanto, se a elite não cumpre nenhuma função no circuito de produção-distribuição, ela ainda produz o simulacro de ideologia indispensável à farsa de progresso que disfarça a exploração real.

69 Deve-se observar que aqui a função real não se camufla simplesmente atrás da função "opinada": há uma distorção real entre elas, e a segunda não é uma simples "superestrutura" da primeira; daí o afastamento dramático.

Uma análise das "classes sociais" na Martinica que não for feita segundo os esquemas pré-estabelecidos, mas que compreenda a situação real (e, portanto, leve em conta a difração função-denominação no leque das classes sociais, e o seu denominador comum: a não autonomia da estrutura do circuito econômico), deixaria claro que é inútil colocar problemas sociais neste país sem politizá-los (sem perguntar como reorientar todo o circuito) e que, ao contrário, também é vão esperar obter soluções sob uma reorientação global se essa reorientação aborda apenas superficialmente (isto é, desconsiderando uma "apreensão" e uma reivindicação minuciosa e esclarecida)[70] esse problema do circuito econômico. Em termos políticos: aqui uma "luta de classes" deveria colocar a questão nacional da independência do circuito econômico e uma reivindicação nacional deveria pôr em causa a organização social (por exemplo, a vocação sem função – a pretensão – da elite em se constituir como "liderança nacional" ou, por extensão populista, em uma "vanguarda" revolucionária) e, consequentemente, "abrir" a luta de classes. Parece que qualquer esboço de oposição ou discriminação entre essas duas necessidades pode significar apenas uma tentativa dramática de acomodar ou perpetuar (por uma rigidez ideológica a priori ou por uma carência voluntária de reflexão teórica) o estado de "morbidade".

NOTA

Há exemplos flagrantes de que o não domínio da vida cotidiana é hoje generalizado. O martinicano, por exemplo, não controla mais nenhum produto de uso cotidiano em seu ambiente: os mercados internos desapareceram quase completamente e um simples atraso na chegada de alguns barcos ganha ares catastróficos. Não há mais uma única mercadoria que os martinicanos produzam de forma totalmente autônoma para seu uso cotidiano.

A irresponsabilidade técnica se agrava. Para nos convencermos disso, basta compilar os anúncios recorrentes de pedidos de trabalho

70 Aliás, tal "apreensão" nunca é assunto, deve-se enfatizar, de "economistas", que estão na maioria das vezes, e muito "realisticamente", preocupados em demonstrar a impossibilidade de tal e tal solução: as opções dos economistas não são tão "técnicas" quanto parecem.

na imprensa local: "*Métro*[71] procura emprego de secretário", ou contador, ou trabalhador especializado etc. - ecoados por anúncios do seguinte tipo: "Procura-se emprego de servente, de preferência para *Métro*."

Está claro que (é, inclusive, um verdadeiro estado de emergência que assim se cria) o não domínio da vida cotidiana, a irresponsabilidade técnica, a mentalidade de fracasso só aumentam;[72] que estes só seriam realmente superados a partir do momento em que, como classe, os trabalhadores agrícolas (única a "corresponder" a uma função) se preocupassem com o problema e pudessem conhecê-lo para resolvê-lo. Mas o desenvolvimento preferencial do setor terciário e, consequentemente, a mudança global de rumo da economia martinicana já não seriam uma resposta efetiva a essa possível ação dos trabalhadores agrícolas?[73] Quais poderiam ser os caminhos dessa ação? Esta é uma questão mais especificamente política, para a qual não é nossa intenção dar aqui uma resposta programada.

DISCUSSÃO[74]

Christian Louis-Joseph: A maneira como as classes na Martinica são analisadas e a própria dificuldade de compreender a estratificação dessas classes sinalizam, para mim, pelo menos um problema.

Édouard Glissant: Todo o problema reside nesta questão: como falar de classes sociais no sentido pleno (grupo de indivíduos que cumprem a mesma função de produção, distribuição ou gestão em um

71 Todos os martinicanos sabem que o *Métro* não é um meio de transporte, mas um francês da França. A moda desses anúncios, que datam dos anos 1970-1975, diminuiu, sem dúvida porque nem precisamos mais fazê-los.

72 E certamente não basta perceber ou dizer para se considerar individualmente livre dele.

73 Por outro lado, essa mudança global determinou, já há alguns anos, a crescente importância das duas frações mais organizadas da classe trabalhadora "urbana", reduzida em termos de massa: os estivadores (limitados, por sua vez, pela automação portuária) e os operários da construção civil. Na mesma linha, em dezembro de 1970 percebeu-se que uma greve de bancários era um grande acontecimento na vida martinicana.

74 Grupo de pesquisa do Instituto Martinicano de Estudos, 1972.

determinado sistema socioeconômico) quando toda uma sociedade é globalmente alienada em seu circuito de produção? Em última análise, devemos falar apenas de grupos que possuem e de grupos despossuídos.

Christian Louis-Joseph: Houve tentativas dos *békés* para melhorar as técnicas. No entanto, essas tentativas falharam por causa da Metrópole (exemplo: fechamento e destruição de refinarias). Não estariam então os *békés* integrados à Martinica, diante da Metrópole?

Édouard Glissant: A "ambivalência" do *béké* talvez não tenha sido suficientemente estudada. Aproveitador imediato, visível e integral do sistema, ele é também a cortina de fumaça do poder distante (que, aliás, ele influencia forte e diretamente até 1946); a tutela o protege, mas, à medida que diminui o medo do campo, diminui também a importância do *béké* aos olhos do poder tutelar. Falo, naturalmente, de um fenômeno de classe, não do destino deste ou daquele indivíduo; falo do papel social, não do "mérito" individual. O "jogo" do *béké* é, em última análise, bastante limitado: ou ele domina o poder distante (o que tem acontecido com bastante frequência) ou então é submisso a ele; mas não pode viver sem ele. Por parte dos *békés*, as tentativas de independência serão raras e geralmente mal estruturadas ou mal apoiadas. E, quando ocorre o confronto com o poder central, os *békés* são obrigados a ceder. Essa é a longa história da luta entre o açúcar de beterraba e o açúcar tropical. As reações defensivas dos *békés* são vagas e não podem de forma alguma, na minha opinião, ser definidas como uma forma de reação "martinicana".

Marlène Hospice: Acredito que o importante não é apenas a despossessão do ser coletivo na sociedade martinicana (a distância entre oficialidade e realidade), porque me parece que podemos encontrar esse mesmo fenômeno de despossessão em todos os países. O importante é que essa despossessão não se resolve com nenhum conflito, ao contrário do caso haitiano. A morbidez não vem do ato original (o tráfico de escravizados), mas da continuidade dos fracassos históricos pelos quais se instala a mentalidade dos vencidos.

Michel Giraud: Assim, os negros estadunidenses parecem ter superado, pela ação (os Panteras Negras), uma certa forma de "morbidade", que Marcus Garvey e outros lutadores antirracistas começaram a elucidar.

Édouard Glissant: Reconhecidamente, o conflito facilita e acelera a "resolução" da morbidade. Mas não acredito que sejam a ausência de conflito ou a continuidade do fracasso que determinam a morbidade. Esta encontra seu fundamento na inadequação do processo de produção e, por exemplo, na ausência de uma relação dialética autônoma de conflito (por dentro e para além dos conflitos cotidianos) entre, por um lado, as "classes" de *béké* e da pequena burguesia e, por outro lado, a classe dos trabalhadores agrícolas.[75] O *béké* e o trabalhador agrícola são inimigos de classe na imediatez das alienações do trabalho, mas também e primeiramente pela vontade de poder de tutela: nunca estão sozinhos frente a frente. E a intervenção social, política, cultural, econômica do poder de tutela não pode absolutamente ser comparada, neste caso, à intervenção armada (a favor de uma burguesia "nacional") em um país recém-independente. Pois a ausência de uma relação dialética autônoma (do explorador "imediato" ao explorado) constitui, por sua vez, a forma global de uma alienação coletiva.[76]

24. Monocolonialismo 1973-1979

Esta não é uma análise de base da situação na Martinica (não estudamos nem a realidade do campo - desemprego crônico, deteriora-

75 Ao contrário do que queriam acreditar de minha proposta, a "morbidade" não leva aqui a resoluções clínicas; não é um convite à terapia de grupo, mas uma introdução à apreensão de um "impossível" que deve ser concebido e conquistado para não continuar andando em círculos.

76 Um pesquisador martinicano se pergunta como, por onde, nomear esse "inominável" da história martinicana, essa a-dialética onde não entram em jogo as séries solidárias, em última instância *lógicas*, determinadas por Hegel ou Marx. Acho que temos que voltar à *falta* de vínculo dialético entre os estratos sociais na Martinica (e a tudo que acompanha essa falta: setorização econômica, irresponsabilidade técnica, impossibilidade da nação, a-dialética da relação natureza-cultura etc.) para ter chance de definir o indefinível (nota de 1978).

ção moral, fragmentação humana, solidão angustiada dos trabalhadores agrícolas e dos pequenos produtores –, nem a formação de um subproletariado nas periferias das cidades, nem a organização minuciosa de uma Previdência Social *totalmente desvinculada de uma política trabalhista*, nem a pressão do sistema sobre o mercado de trabalho, nem a prática cada vez mais assimilada dos sindicatos, nem os impasses de uma educação que parece cada dia mais fora da realidade, nem os paliativos irrisórios da "formação profissional"), nem tampouco uma apreciação do que funciona e do que não funciona na sociedade martinicana (não contrapondo os programas do canal de televisão FR3 com os princípios de adjudicação das obras públicas, o número de escolas construídas com o número de técnicos formados, o número de engenheiros martinicanos desempregados com o número de franceses detentores do CEP,[77] que *imediatamente* encontram um emprego...). Esses textos se concentram em uma conjuntura de aparências: as superestruturas hiperbolizadas que corroem essa sociedade, onde a alienação se manifesta cada vez mais naquilo que escapa e se esquiva. Podemos pensar que o sistema colonial – que transformou a Martinica numa terra de trocas, de passagem e não mais de produção – nos ajuda a explicar que as considerações comuns sobre os sistemas de produção não se aplicam como tal a uma realidade tão "estilhaçada"?

As fábricas estão fechando (isso é um eufemismo: seria necessário, por exemplo, estudar o "apoio" das empresas francesas de beterraba às usinas na Martinica; isso as leva rapidamente a formalizar os fechamentos). (Acrescentemos que os *békés* não se queixam disso: com os subsídios obtidos ou com os bônus de liquidação, abrem cadeias alimentares, serviços de importação de automóveis etc.). De repente cultiva-se tabaco porque a Administração francesa, de súbito, está precisando, os produtos alimentares locais se desenvolvem apenas em decorrência a essa demanda limitada; qualquer política – de ensino, questões sociais, habitação, juventude, infraestrutura, saúde etc. – é pensada e decidida fora (ah! mas temos diretorias martinicanas); a "cultura" é importada, besteiróis do teatro, nomes

77 O Certificado de Estudos Primários (CEP) era um diploma que atestava a conclusão do ensino primário elementar na França. Ele foi oficialmente abolido em 1989. (N.T.)

de prestígio que ninguém conhece da música de câmara; qualquer cantor, palestrante, agente de esportes, diretor artístico carente de público encontra aqui *sua* plateia; proliferam-se mesas redondas e conferências sobre a "cultura"; a imprensa diversificada (há cerca de trinta anos, uma dezena de pequenos jornais formava uma opinião pública capaz, por exemplo, de proteger um acusado cuja inocência foi provada) foi substituída por uma imprensa monolítica, com função governamental, cujo desprezo manifesto pelos martinicanos transparece a cada página (1972); a crescente população de imigrantes franceses assume cada vez mais sua arrogância no país: "A Martinica francesa, os negros na África"; a previdência social é uma dádiva, amplamente apresentada como tal e cuidadosamente orientada para uma forma oficializada de mendicância; toda a criação é imediatamente condenada (suspeita de ser "política"): sim, *criar* é opor-se à vontade de lavagem cerebral do sistema; e cada qual se vira como pode, sempre há um jeitinho para se livrar do problema, é a opressão por migalhas assistencialistas, por conquistas pessoais, lotes de terra são distribuídos em terrenos irregulares, classifica-se, burocratiza-se, dividide-se a população martinicana, cada vez mais satisfeita e desequilibrada, cada vez mais amargurada e triste, não francesa, mas afrancesada; não precisamos de Rousseau para entender que aqui o "progresso" corrompe: é uma regra de método nascida de uma escolha estratégica de poder; o método e o impacto dos *benefícios* sociais são cuidadosamente calculados ("se a França sair, não haverá mais assistência familiar"); empresas financeiras e empreiteiras estão se estabelecendo de forma inacreditável; não há sequer 10% de líderes técnicos martinicanos em um dos "departamentos mais 'escolarizados' da França" e quase ninguém fala sobre essa questão da imigração (comparando com a emigração escandalosa), porque falar sobre isso seria praticar racismo (que beleza de alienação), enquanto metade dos pedidos de emprego em Fort-de-France, não faz muito tempo, trazia a menção: "*Métro*", ou "vindo da Metrópole", ou "tendo trabalhado na Metrópole" (e isso deixa sempre subentendido que é pessoa séria, estável e competente, com quem você pode contar); o Conselho Geral financia um campo de golfe de um bilhão de centavos onde alguns americanos ofegantes arrastam atrás de si um ou dois "*caddies*" indígenas (este é um dos "empregos" suscitados pelo tal investimento), e as organizações, manifestações e estruturas de prestígio (festivais, museus, congressos, exposições, shows e outras florálias) contribuem cada vez mais para a lavagem cerebral e os visitantes se aglomeram, tudo isso pela Martinica, pelo povo da Martinica. A Martinica também cada vez mais fisicamente deserta esterilizada (onde é uma piada cantar "*Madinina l'île aux fleurs*" [Madinina, a ilha das flores] quando percorremos dezenas de quilômetros sem ver uma flor – a não ser aquelas que se cultivam para exportação –, e sem encontrar ou ouvir, nem mesmo no meio do campo, um único pássaro) – não é preciso recorrer a Rousseau para saber que essa relação do homem com a natureza (com uma natureza que o martinicano não transforma com seu trabalho, já que as modificações que aqui ocorrem por meio da construção, das moradias, das culturas, das empresas, são determinadas em outro lugar) é o signo de sua alienação: o martinicano foi separado de sua terra, de seu meio, ele não dá a mínima, só lhe resta isso: não dar a mínima, perturbado, incerto de sua ordem, além disso, incapaz dessa desordem vital que ele poderia ter introduzido, e cego para o mundo ao seu redor.[78]

Dizemos "proletariado", mas parece ser pura retórica declamada diante de cinco ou seis fábricas em ruínas, mortes logo esquecidas; dizemos "classe trabalhadora", mas aqui tudo se constrói com equipes técnicas francesas e alguma mão de obra "local". Somos incapazes de encontrar o ponto de articulação do real, os meios de mudar o sistema de produção, simplesmente porque não há nenhum sistema de produção. Estamos um passo atrás da análise, então nos lançamos em denúncias mútuas, fofocas; com nossos estereótipos e frases repetidas, preparamos animados a cama e a mesa para uma classe média cuja intenção é apenas sentar-se em torno de um tapete verde com os representantes do poder – completando assim o processo de superestruturação dessa sociedade martinicana (e é verdade que todos gritarão que esta vitória da futura pequena burguesia dirigente será uma vitória do povo, assim como foi dito da terrível regressão que foi a assimilação).

78 Era de esperar, existe agora um incentivo oficial (organizações, folhetos, reservas naturais, entrevistas televisivas) para o "ambiente". Mas os passeios organizados não dão a sensação de um país.

E por que todo esse trabalho poderia funcionar, durar, se tornar mais forte? Nós sabemos: porque o circuito colonial chegou aqui à conclusão de seu projeto, ao longo do ano, os créditos públicos injetados reequilibram uma situação que permite a relação e a transferência (a imprensa do sistema defende a legitimidade dessa transferência) dos lucros privados, e é mesmo o cidadão francês que subsidia o sistema, mas o que ele subsidia é o capital francês, um capital pequeno diante dos monstros do mundo - temos os colonizadores que podemos ter. Mas esse capital organiza uma situação de satisfação no roubo: o cidadão francês subsidia em benefício do capital francês a exploração silenciosa dos martinicanos, e nós, martinicanos, incapazes de estabelecer a relação entre benefícios transferidos e créditos concedidos, nos persuadimos de que nunca nunca nunca saberemos viver sem o maná, e a Martinica se torna uma plataforma, um supermercado, um aeródromo,[79] tudo passa por aqui, nada e nem ninguém permanece aqui, nem sequer os martinicanos, tudo é aperfeiçoado, construído, previsto aqui, menos para o povo da Martinica: um desequilíbrio que permanecerá típico de uma espécie particular de relação entre um país e outro, algo que será mal representado nos tempos vindouros; e que só pode ser assim resumido: um povo forçado a viver no nível das superestruturas (das aparências satisfatórias) e que assim foi saciado e excluído. E nós. Nós. O que fazemos, o que dizemos, cada vez mais impotentes e estéreis?

Atiramo-nos à política-pulsão: isto é, cada qual crê que mais vale ficar preso a todo custo em sua própria análise, mas pelo menos *fazer alguma coisa*, para suportar a vida. (Ou então trabalhamos freneticamente, sem alcançar outro resultado que não seja o de devolver o anátema; ou batemos no sistema para tirar dele um pouco de proveito; ou vamos embora.) Ou vamos embora. Fisicamente ou mentalmente. Exilados ou doentes. Doente dessa ausência cujo signo é tão exaustível de estabelecer: uma condecoração do escárnio.

---

79 Em 7 de fevereiro de 1980, o sr. Dijoud, ministro dos Departamentos Ultramarinos, afirmou que estes logo se tornariam os "porta-aviões da economia francesa no Caribe e no oceano Índico".

25. Episódios do escárnio

A questão do acondicionamento das bananas (exigência legítima e intransigente dos importadores franceses sobre a qualidade da fruta ao sair da Martinica) permite invocar as peras maduras demais e as uvas quase podres que os consumidores martinicanos aceitam comprar (bem feito para eles) nas prateleiras de Fort-de-France.

*

Não há um visitante que não afirme ter sucumbido à beleza do país e ao encanto dos habitantes. O povo da Martinica é gentil por vocação.

*

Apostas em brigas de galos, competições de botes e remos, jogos de futebol, os rachas de carro ou moto improvisados à noite nas estradas de cinco quilômetros, ou de um município a outro (com apostas que chegam a um milhão de francos antigos): o circuito tradicional do subdesenvolvimento.

*

Em belos círculos brancos, no quadro novo, de volta às aulas: *É proibido falar crioulo na sala de aula e no pátio.*

*

A HISTÓRIA EM ABERTURAS

A antiga abertura do telejornal da ORTF-Martinique (1970) apresentava-se tanto como uma história abreviada quanto como uma análise estrutural. Víamos ali, no "impactante recorte" que a montagem permite, o Arco do Triunfo conectado de todas as maneiras (barco, trem e avião) a um abacaxizeiro, a um lavrador de cana-de-açúcar (que enxugava o suor da testa e levantava a cabeça, sem dúvida para ver passar o referido avião), a uma jovem martinicana, obviamente "à sombra *daqueles* abacaxis em flor", e finalmente a um litoral de rochedos.

História abreviada, pois aqui se expressa pela imagem a verdadeira trajetória martinicana, ainda que se possa estimar que, entre o abacaxi e as rochas, a objetividade deveria ter sugerido a imagem de um desses heróis a cavalo, de chicote na mão, que fizeram nosso país.

Análise estrutural também, pois aqui está simbolizada (mas nos dizem que uma estrutura nunca é um símbolo) a mecânica das emissões ORTF-Martinique, que em sua óbvia maioria simplesmente vêm (trazidas por esse mesmo avião, depois de algum tempo de reflexões ou de planejamentos) da televisão francesa.[80]

Que isso não nos traga amargura, mas a constatação admirada de que a forma se adequava ao conteúdo, e de que a honestidade era grande, levou os responsáveis a anunciarem suas verdadeiras intenções. No entanto, seria necessário, depois de concluída a transmissão (já que, sem dúvida, os materiais fílmicos, uma vez utilizados, são devolvidos aos seus proprietários), que a abertura fosse reprisada ao contrário ao fim deste jornal, e que a ponta dos rochedos, com tudo o que a antecedia (e que agora, portanto, a seguiria), fosse assim lançada (como se traçada por um avião que voasse de ré) até o Arco do Triunfo original.

A segunda abertura (1973) apresentava, em relação à anterior, a vantagem da mistura sistemática, sem dúvida para mostrar que a integração estava completa: a Croix-Mission substituiu a Place de la Concorde e o Bord-de-Mer substitui o Boul'Mich.[81] É bem verdade que, nas "grandes ocasiões", as notícias também são transmitidas aqui por satélite. Mas, que transparência, essas aberturas (repletas de rodovias, praias, mercadorias no cais, e onde vemos um pescador solitário e sobrecarregado sem dúvida fazendo o papel do antigo lavrador de cana-de-açúcar) findam na imagem de um majestoso cruzeiro transatlântico. Assim, as notícias do mundo, que só chegam ao país pelo canal da matriz (podendo cada um constatar que a Martinica é incapaz de criar sua própria imprensa independente), poderiam ter sido trazidas, em caso de interrupção temporária do circuito de alimentação das imagens (greves, falta de aviões, obstrução do satélite, medidas

80 Infelizmente, a intensa folclorização, a ausência de objetivos próprios, a mímica e a falta de imaginação fazem com que os raros programas produzidos no local sejam quase tão destrutivos quanto a pressão interminável do discurso importado.

81 O "Boul'Mich" é o apelido parisiense do boulevard Saint-Michel. Glissant fala das imagens de locais da Martinica que substituem símbolos de Paris. (N.E.)

punitivas, depurações etc.), pelas nossas ondas de turistas, munidos de seus *diários de bordo*.

A atual abertura da FR3 vai mais longe. Aqui saímos do simbolismo das imagens para entrar na equação pura das "abstrações". Como em qualquer região francesa, a notícia é anunciada aqui agora por um veloz hexágono geométrico. Estamos na França. Tudo está dito. E no *post-scriptum* a palavra "Martinica" às vezes é escrita abaixo da sigla FR3. Nada além de uma palavra decorativa.

*

(Nas paredes:)

PATENTEIE SUAS IDEIAS

*

(Propaganda de uma marca de tinta:)

O QUE É BOM PARA A EUROPA

É BOM PARA AS ANTILHAS

*

(Nas paredes:)

A ARTE NEGRA FOI REVELADA

NA FEIRA DE PARIS

*

(Em cartaz:)

PARA CONTINUAR

FRANCÊS

VOTE VALCIN

*

Aqui, todo visitante é um sábio.

Ele chega, maravilhado com seu público, pronuncia algumas palavras de improviso sobre questões básicas de seu estudo – depois cada um dos felizes ouvintes se convence de que experimentou um grande momento de aprendizagem.

*

(Do jornal "local" - não há necessidade de especificar a data:)

HIPISMO EM LAMENTIN

Última reunião da Temporada de Inverno

*

(Do jornal "local" - não há necessidade de especificar a data:)

HIPISMO EM LAMENTIN

Primeira reunião da "Primavera"

*

Desses textos e observações, coletados ou redigidos em 1973, nenhum hoje é obsoleto em significado ou alcance.

Assim, chegamos a 31 de março de 1973 - quando o noticiário anuncia (uma farsa do Dia da Mentira) que as Antilhas tendem (por causa da deriva continental) a se aproximar da Europa, enquanto o resto das Américas se afasta (o que provoca o comentário, sob a manchete "O tempo de um sonho", em um jornal do dia seguinte: "Devemos reconhecer: foi uma brincadeira... Em plena estiagem, quando nos sentimos afastados de tudo, quando a mente divaga, quando o monte Pelée volta ferozmente à tona, o aceno de uma varinha mágica pode nos arrancar de nossos pesadelos... O dia abençoado em que nossa ilha, tendo rompido seus laços com as Américas, atracaria na Metrópole, sem ponte aérea, sem qualquer tipo de ponte, todas as taxas portuárias abolidas, as coisas seriam diferentes para nós") - até 27 de setembro de 1980, quando FR3 faz o anúncio muito solene: "Nevou nas montanhas de Réunion!"

*

É assim que ainda ouvimos estudantes martinicanos falarem, sem nem pensar, nas "férias de primavera" e "férias de verão". Está nas instruções oficiais.[82]

---

82 Há coisa muito mais engraçada sobre o assunto. Por exemplo, os candidatos a um concurso administrativo (entrada na polícia, maio de 1979) realizavam suas provas às *três horas da manhã*, para "ser" no mesmo horário da França. Imaginemos o postulante que o desemprego empurra para essa provação noturna e que vai para lá beirando os muros de uma cidade fantasma, correndo o risco de ser preso por um policial às cinco

*

Em um escritório administrativo, em 21 de março de 1978, um simpático senhor de sessenta anos me chama alegremente: "Então, sr. Glissant, é primavera!"

*

(Em 4 de janeiro de 1979, ao vivo de Paris e com destino aos Departamentos Ultramarinos, a propósito de um encontro internacional em Guadalupe, o apresentador do canal de televisão FR3 traz esse detalhe: "O inverno de Guadalupe é muito ameno, entre 20 e 25 graus." Não havia ali nem humor, nem brincadeira.)

*

Podemos - isso é extraordinário - ouvir um agricultor martinicano entrevistado na televisão falar "nós, europeus".

*

Você pode ter certeza de que aquele que se surpreende com práticas tão desconcertantes, e ri ou se desespera por causa delas, é um intelectual complexado.

*

(Como não ver que uma comunidade assim acostumada com o uso de palavras que para ela, tão visivelmente, não correspondem a nenhuma realidade, se não projetadas em fantasmas, gradualmente se perde em um uso fora da realidade, e consequentemente irresponsável, das palavras?) Admiramos como aquilo que ontem era uma lacuna delirante, ou seja, medida inconsciente de uma falta, de um incômodo, seja hoje banalizado, neutralizado: agora enterrado na regra-padrão de uma vida padrão. Os estudos que fazíamos (em 1973) do delírio verbal serviriam hoje sobretudo para "serializar" a linguagem neutralizada dessa vida-padrão.

*

horas da manhã. Os professores candidatos ao seriíssimo concurso do CAPES são convocados às cinco horas da manhã. Etc.

Estimamos o surgimento de uma violência mais explícita: não mais apenas verbal (a lacuna verbal esterilizada em um grande pano de fundo de anulação), mas macútica:[83] "*Ou você é francês ou então tome cuidado*". Mas, ao mesmo tempo, essa própria violência é irreal, tão desgastados que estamos pela usura e pela banalização. (Na vida política oficial, os "violentos" dão lugar aos insidiosos, o que é novidade para nós.)

*

Mais do que nunca, as elites se preparam, cada uma a seu modo, para "controlar" alguma coisa. Ou então, o que dá no mesmo, para "educar" o povo. O apetite pelo poder (pois nem sempre se sabe o que fazer com ele) é ainda mais agudo à medida que as impotências sempre aumentam. Os *macutismos* são ainda mais fortalecidos.

*

Já podemos planejar um resort de inverno no alto do monte Pelée. É o sonho. Assimilar, pelo desvio, o inverno branco aqui recomposto em fantasma.

*

No sopé do monte Pelée. Uma escola primária de Saint-Pierre. Um mendigo irrompe gentilmente em uma das salas de aula. Ele está sujo, desalinhado, talvez embriagado. Mas ele é branco. Uma garotinha se levanta e instintivamente avisa a professora: "senhora, o senhor diretor."

26. País

Existe algum resto, algum rastro de crenças africanas no que sentimos sobre a morte? A tradição do velório, em que bebemos e contamos histórias, fazemos piada e imitamos a pessoa falecida, rindo dos seus defeitos enquanto dentro de casa a família vela por ela, mas cuidando para que nada falte aos que estão do lado de fora se divertindo – seria

---

83 Ver Livro I, nota 36, p.97. (N.T.)

esse costume revelador de um espírito africano? É certamente perturbador não acreditar em um lugar no além que seja, por assim dizer, seu. Talvez seja mais "normal" nos separarmos dos mortos que enviamos para outro mundo, se esse "outro mundo" nos chega por uma força de tradição, fazendo assim o elo entre todo nascimento e toda morte.

Assim como o martinicano parece simplesmente estar de passagem na sua terra, como um zumbi feliz, também nossos mortos nos parecem zumbis confirmados. Eu me refiro, naturalmente, ao traço cultural, não a sentimentos individuais. A adoção de um paraíso cristão satisfaz tal anseio? É preciso lembrar que as primeiras gerações de escravizados traficados às vezes desejaram a morte, "para voltar à África". O além confundia-se com o país perdido.

Talvez tenha chegado a hora de as comunidades humanas rejeitarem um além. Essa rejeição coletiva só é decisiva e "significativa" quando resulta *de um movimento da própria comunidade*. A morte também pode ser extrovertida.

Nós o sentimos na Martinica. Nossa atitude comum em relação à morte é ao mesmo tempo de morbilidade (somos fascinados por acidentes de trânsito, por exemplo), de escárnio (muitas vezes nos afastamos do vazio da morte rindo) e de uma cumplicidade familiar (com isso procuramos o país de outrora, o país perdido). Ainda hoje o sepultamento é uma "prática nacional" entre nós, e um dos programas mais ouvidos na rádio é o das notícias fúnebres, para quem quer prestar uma última homenagem aos seus conhecidos. Ouvi certa vez um jovem pastor negro dos Estados Unidos, muito dinâmico e "moderno", pregar num funeral adventista – e os não crentes presentes apreciavam, como espectadores atentos, essa maneira de abordar o além. Alguém me confidenciou na ocasião: "Realmente, eu ficaria feliz em me tornar um adventista, porque suas cerimônias de sepultamento são realmente as mais comoventes."

história, histórias

referências

A HISTÓRIA COMO ARMADILHA

O mais grave de nossa situação no mundo (nosso lugar na Relação) não tem a ver diretamente com os fuzilamentos (o extermínio bruto), mas com um desgaste lento, como uma extinção por omissão. Não temos o privilégio desse tipo de morte pálida, que corre o mundo.
É inútil acusar de pessimismo qualquer esforço de reflexão que vise explorar tal carência. Esse esforço parcial não é sedutor, ele tende a favorecer uma libertação concreta. As verdadeiras libertações serão atos coletivos.
Fanon diz que não quer ser escravo da escravização. Isso deixa subentendido para mim que não podemos nos conformar em simplesmente ignorar o fenômeno histórico da escravização; que não devemos sofrer seu trauma persistente de maneira pulsional. Ir além é uma exploração projetiva. O escravizado é, antes de tudo, aquele que não sabe. O escravo da escravização é aquele que não quer saber.
Seria perigoso projetar a Relação planetária numa sucessão lógica de conquistas, numa fatalidade de conquistas para um povo. Às vezes, ela leva ao desaparecimento coletivo. A Relação planetária não permite moral praticada. Qualquer teoria generalizante da história que subestime as formidáveis experiências do mundo e suas oscilações (seus possíveis impasses) pode constituir uma armadilha.

27. A querela com a História

A leitura do texto de Edward Baugh, "*The West Indian Writer and his Quarrel with History*"[84], me permite propor as ideias a seguir.

Se é incongruente afirmar que um povo "não tem história", podemos sustentar que, em certas situações contemporâneas - mesmo que um dos dados da expansão planetária seja a presença (e o peso) de uma consciência histórica cada vez mais generalizada - um povo é confrontado com o transtorno dessa consciência que ele intui ser "necessária", mas que é incapaz de "fazê-la emergir" ou de "integrá-la no cotidiano": porque os dados imediatos desse cotidiano não se inscrevem para ele em um *continuum*, isto é, seu contato com o entorno (o que chamaríamos sua natureza) está numa relação descontínua com o acúmulo de suas experiências (o que chamaríamos de sua cultura). Em tal contexto, a história, enquanto for uma disciplina e pretender esclarecer a realidade em que vive esse povo, sofrerá de uma carência epistemológica grave: ela não saberá onde retomar o fio da meada. O transtorno da consciência coletiva torna de fato necessária uma exploração criativa, pela qual os rigores indispensáveis para a esquematização histórica possam constituir, caso não sejam dominados, uma deficiência paralisante. As metodologias passivamente assimiladas, longe de reforçar a concepção coletiva ou de permitir restabelecer a dinâmica histórica para além de suas rupturas vivenciadas, contribuirão, por sua vez, para intensificar essa falta.

As Antilhas são o lugar de uma história feita de rupturas e cujo começo é uma extirpação brutal, o tráfico negreiro. Nossa consciência histórica não poderia se "sedimentar", por assim dizer, de forma progressiva e contínua, como entre os povos que engendraram uma filosofia totalitária da história, os povos europeus, mas que se agregava sob os auspícios do choque, da contração, da negação dolorosa e da

---

84 Artigo apresentado no Colóquio Carifesta (Kingston, Jamaica, 1976). A questão cultural e literária nas Antilhas anglófonas explora principalmente esses conceitos. O historiador como poeta (por exemplo, Braithwate), o romancista como historiador (por exemplo, Naipaul), a história como projeto (por exemplo, Lamming): a recorrência do termo é constante. Os cruzamentos entre as literaturas antilhanas (anglófona, francófona, hispanófona, crioula) não resultam de uma decisão de quem produziu esta escrita: são ainda vestígios ocultos de um mesmo movimento histórico, de um mesmo pertencimento cultural.

explosão. Esse descontínuo no contínuo, e a impossibilidade para a consciência coletiva de dar a volta, caracterizam o que chamo de uma não história.

O fator negativo dessa não história é, portanto, a rasura da memória coletiva. Quando o coronel Delgrès decidiu se sacrificar junto a seus trezentos homens explodindo o paiol do Forte Matouba em Guadalupe (1802), para não se render aos 6 mil soldados franceses que o cercavam, o estrondo dessa explosão não ressoou imediatamente na consciência dos martinicanos e dos guadalupenses. É que Delgrès foi vencido uma segunda vez, pela astúcia discreta de ideologia dominante, que conseguiu desfigurar por um tempo o sentido de seu ato heroico e apagá-lo da memória popular. Assim, a proclamação do governo francês aos escravizados da Martinica (março de 1848) afirma que os guadalupenses teriam *eles próprios exigido* o restabelecimento da escravização em 1802. E, quando os heróis antilhanos, Toussaint ou Martí, foram vitoriosos, isso foi apenas em seus respectivos países. O bloco ideológico funcionou tanto quanto os blocos econômicos de ontem para o Haiti, e de hoje para Cuba. Se Bolívar encontrou ajuda e repouso no Haiti, se a ideia de uma história antilhana global se concretizou por um tempo, esse tempo não durou muito. Hoje, portanto, entendemos o fracasso de Matouba. Para reencontrar o tempo de sua história, foi necessário que os países antilhanos quebrassem a carapaça que a trama colonial teceu ao longo de seus litorais.

Assim, nascidos do ato colonial, esses povos puderam, durante muito tempo, opor a este ato (principalmente nas pequenas Antilhas) apenas as bruscas rupturas de sua incessante revolta, e não a inesgotável emboscada que as nações africanas, por exemplo, puderam levantar contra ele. A comunidade atávica de língua, de religião, de sistema estatal, de valores tradicionais, em suma, de uma concepção do mundo, permitia a esses povos, cada um naquilo que lhe diz respeito, resistir mais continuamente. A paciência e a certeza, proporcionadas por semelhante estrutura cultural, nos foram vetadas por muito tempo.

Daí resultou que, conhecendo seu país, o povo antilhano não associou uma datação ainda que mitificada, desse país e, desse modo, natureza e cultura não formaram para ele o todo dialético do qual um povo tira o argumento de sua consciência. A essa altura, a história obscurecida reduziu-se para nós, com frequência, ao calendário dos acontecimentos naturais, restando apenas suas significações afetivas "fragmentadas". Dizíamos: "o ano do grande terremoto", ou: "o ano do ciclone que derrubou a casa do senhor Celeste", ou: "o ano do incêndio na Grande Rua". Esse é o recurso de toda comunidade desarmada de um ato coletivo e afastada da consciência de si. Sem dúvida, podemos observar datações parecidas nas comunidades camponesas de alguns países industrializados, por exemplo.

Não saberíamos condenar essa prática de um calendário "natural" como pura alienação. A etnopoética, transformada em modismo pelos excessos da desumanização industrial ou administrativa, nos ensina que existe aí mais razão do que se supunha. Mas a natureza, uma vez desvinculada de sua significação, é tão pobre (para o homem) e desarmada quanto a história vivida. A conjunção dinâmica natureza-cultura é indispensável para a base de uma comunidade.

Hoje entendemos o fracasso de Matouba, mas também o fuzilamento de Moncada.[85] Nossa história nos machuca com uma súbita violência atordoante. A emergência dessa unidade difratada (dessa conjunção desapercebida de histórias), que constitui as Antilhas nesse momento, nos surpreende, antes mesmo que tenhamos meditado sobre essa conjunção. Isso também significa que nossa história é uma presença no limite do suportável, presença que precisamos associar sem transição à trama complexa de nosso passado. O passado, nosso passado sofrido, que ainda não é história para nós está, no entanto, aqui, e nos atormenta. O papel do escritor é explorar esse tormento, "revelá-lo" de forma contínua no presente e na atualidade.[86] Essa exploração não significa, portanto, nem uma esquematização, nem um choro nostálgico. Trata-se de desembaraçar um sentido doloroso do tempo e projetá-lo constantemente em nosso futuro, sem recorrer a essas espécies de intervalos temporais das quais os povos ocidentais

---

85 Moncada refere-se ao Quartel Moncada, em Santiago de Cuba, alvo de um ataque liderado por Fidel Castro em 26 de julho de 1953, contra a ditadura de Fulgencio Batista. Embora militarmente fracassada, a ação marcou simbolicamente o início da Revolução Cubana. (N.E.)

86 Chegou a hora de se perguntar se o escritor é (nesse processo) o receptor da escrita ou o iniciador da fala? Se o processo de historicização não permite questionar o estatuto da escrita? Se o rastro escrito é "suficiente" para os arquivos da memória coletiva?

se beneficiaram, sem a ajuda dessa densidade coletiva dada como valor primário de uma cultura ancestral. É o que chamo de *uma visão profética do passado.*[87]

"Ali onde se encontram as histórias dos povos, ontem conhecidos como sem história, acaba a História." (Com H maiúsculo). A História é um fantasma altamente operado pelo Ocidente, contemporâneo justamente do tempo em que era o único a "fazer" a história do mundo. Se Hegel relegou os povos africanos ao a-histórico e os povos ameríndios ao pré-histórico, reservando a História somente aos povos europeus, não é pelo fato desses povos africanos ou americanos terem "entrado na História" que hoje podemos pensar que tal concepção hierarquizada da "marcha da História" tenha caducado. Por exemplo, os fatos impuseram ao pensamento marxista a ideia de que não é apenas nos países tecnicamente mais avançados, nem por meio dos proletariados mais organizados, que a revolução *triunfa primeiro.* O marxismo criticou, portanto, com base na realidade e a partir de seu próprio ponto de vista, a noção de uma História linear e hierarquizada. É esse processo de hierarquização que negamos na consciência nascente de nossa história, em suas rupturas, na sua súbita capacidade de se afirmar, na sua resistência à investigação.

Porque a memória histórica foi por muito tempo rasurada, o escritor antilhano deve "escavar" essa memória a partir de rastros por vezes latentes que ele vislumbrou no real.

Porque a consciência antilhana foi balizada por barreiras esterilizantes, o escritor deve conseguir expressar todas as ocasiões em que essas barreiras foram parcialmente quebradas.

Porque o tempo antilhano foi estabilizado no vazio de uma não história imposta, o escritor deve contribuir para restabeler sua cronologia atormentada, isto é, desvendar a vivacidade fecunda de uma dialética reativada entre natureza e cultura antilhanas.

Para o que nos interessa, a história como consciência em construção e a história como experiência não dizem respeito apenas aos historiadores. A literatura não deve se dividir em gêneros para nós, mas implicar todas as aproximações das ciências humanas. As categorias

87 Prefácio à primeira edição de Édouard Glissant, *Monsieur Toussaint*, Paris: Seuil, 1961.

herdadas não devem, nesse caso, bloquear a ousadia metodológica, ali onde ela responde às necessidades de nossa situação. Questionar a História talvez seja, segundo Dereck Walcott,[88] afirmar a urgência desse questionamento das categorias do pensamento analítico.

Uma realidade que, por muito tempo, não foi clara para si própria e que ganhou corpo, de certo modo, ao lado da consciência que os povos tinham dela remete tanto à questão exploratória quanto ao planejamento histórico. É essa implicação "literária" que orienta o brilho da reflexão histórica, da qual nenhum de nós pode pretender estar a salvo.[89]

NOTA I
Sobre a história como neurose

Seria irrisório ou odioso considerar nossa história vivida como o caminho para uma neurose? O tráfico negreiro como choque traumático, a instalação (no novo país) como fase de recalque, o período da escravização como latência, a "libertação" de 1848 como reativação, os delírios costumeiros como sintomas, e até a repugnância de "voltar a essas coisas do passado", que seria uma manifestação do retorno do recalcado? Seria sem dúvida útil e até mesmo convincente explorar a fundo tal paralelo. O *recalcado histórico* nos convence, entretanto, de que haja aí mais do que um mero jogo intelectual. Qual psiquiatra saberia problematizar esse paralelo? Nenhum. A história tem sua dimensão inexplorada, à beira da qual vagamos acordados.

NOTA II
Sobre a transversalidade

Mas nossas histórias diversificadas no Caribe produzem hoje outro desvelamento: aquele de sua convergência subterrânea. Assim sendo,

---

88 As obras do poeta de Sainte-Lucie, Derek Walcott, forneceram ao poeta jamaicano Edward Baugh o principal argumento para o texto que examino aqui: "A história é irrelevante no Caribe."

89 A ilusão cronológica e a simplicidade de uma evidente "periodização" são os escudos "culturais" contra o surgimento de um *anseio histórico*. Quanto mais essa pseudoperiodização parece "objetiva", mais sentimos sque esse *anseio* - tão subjetivo, tão obscuro e lancinante - foi vencido.

elas nos ensinam uma dimensão insuspeitável, porque demasiadamente evidente, do agir humano: a *transversalidade*. A implosão da história antilhana (histórias de nossos povos, convergentes) nos livra da visão linear e hierarquizada de *uma* História que seguia seu único curso. Não foi essa História que ecoou nas bordas do Caribe, mas certamente conjunções de nossas histórias que se construíram subterraneamente. A profundeza não é o abismo único de uma neurose, mas, antes de tudo, o lugar de caminhos multiplicados.

O poeta e historiador Brathwaite, ao esboçar na revista *Savacou* um retrospecto dos trabalhos efetuados no Caribe sobre nossa história (nossas histórias hoje e claramente solidárias), resume a terceira e última parte de seu estudo nessa única frase: "*The unity is submarine.*" [A unidade é submarina].

Quanto a mim, só consigo traduzir essa proposição evocando os inúmeros africanos acorrentados e jogados em alto-mar cada vez que um navio negreiro era perseguido por inimigos e estimava-se fraco demais para sustentar o combate. *Eles semearam nas profundezas as correntes do invisível.* Foi assim que aprendemos, não sobre a transcendência nem sobre o universal sublimado, mas sobre a transversalidade. Foi preciso muito tempo para sabê-lo. Nós somos as raízes da Relação.

Raízes submarinas: isto é, derivadas, não implantadas por um só mastro ou um só tronco, mas prolongadas em todas as direções de nosso universo por sua rede de ramos.

Nós vivemos, temos a sorte de viver, essa relativização que é participante, essa conjunção que afasta da uniformidade.

28. **Carifesta 1976**

A festa do Caribe foi organizada na Jamaica (1976) em torno dos heróis antilhanos: desta vez Toussaint Louverture, José Martí, Juarez, Bolívar, Marcus Garvey. A comunhão popular ali consagrou de forma espetacular e massiva o que havia sido até então apenas um sonho intelectual. Nesse sentido, a Carifesta trouxe para a consciência de todos os impulsos de alguns.

Uma publicação panfletária da Martinica (em 1979) censurava os "intelectuais separatistas" deste país por alimentarem um "complexo de Toussaint", isto é, por tentarem compensar, adotando heróis alheios, a ausência na própria Martinica de um grande herói popular. E é verdade que essa ausência contribui para inculcar numa comunidade um paralisante *frustrado desejo de vencer*. A mesma publicação, no mesmo artigo, se esforçou para exaltar o papel de Victor Schoelcher na libertação dos escravizados martinicanos em 1848. O que o editor do artigo fazia senão procurar um herói tutelar e vitorioso? Na verdade, o debate em torno de Schoelcher é um engano; o que está em causa não é a importância do seu papel, que foi inegável e eficaz, mas, antes de tudo, o contexto da sua ação (a passagem da economia escravocrata à economia de mercado, o peso crescente dos produtores de beterraba franceses, cujos cartazes em Paris proclamavam na época: "*Meu açúcar não está tingido de sangue negro*", a intervenção interessada dos abolicionistas ingleses) e depois o uso que temos feito dele: o schoelcherismo, que foi por muito tempo uma verdadeira ideologia. Para além do personagem de Schoelcher, podemos apenas observar que o modo, o clima, a tendência da "libertação" em 1848 carregam em si os germes da assimilação; o schoelcherismo é a forma simbólica desse movimento. Não se trata, como veremos adiante, de saber se essa libertação foi arrancada de maneira sangrenta pelos escravizados insurgentes. A história da Martinica está repleta de insurreições sem vitórias. Seria cômico desencadear uma *guerra de datas* a esse respeito: 27 de abril (declaração do projeto da Abolição), 22 de maio (insurreição de escravizados), por meio de sofismas de cronologias ou proclamações. Trata-se de uma ocultação mais profunda, contida no princípio e nos desdobramentos da Abolição: a ocultação da especificidade do povo da Martinica.

A falta de uma grande figura popular (de um herói) não se deve a uma lógica da derrota. É a particularidade de um povo seguro de sua identidade de transformar uma derrota real em uma vitória mítica; assim, a *Canção de Roland* ampliou em heroísmo simbólico o erro de estratégia e a derrota de Carlos Magno em Roncesvalles. Inclusive, podemos dizer que as derrotas dos heróis são necessárias para a unanimidade dos povos.

A legitimidade da adoção de heróis antilhanos, em todo o Caribe, incluindo a Martinica, ainda precisa ser demonstrada. Ela não poderia ser mais óbvia. Toussaint Louverture é um *marronneur* da mesma espécie, eu ia dizer da mesma raça, que o mais obscuro e desconhecido dos negros *marrons* de Fonds-Massacre na Martinica. Trata-se do *mesmo fenômeno histórico*. E como o povo da Martinica não mitificou as derrotas de seus negros *marrons*, mas as endossou pura e simplesmente, ainda hoje há motivos para discutirmos sobre Toussaint. Aqui é necessário *reconhecer* o fenômeno histórico.

Naquele dia, no estádio de Kingston, milhares de antilhanos vindos de toda parte aplaudiram os nomes que mencionei. Vencedores ou não, esses homens, que fizeram a verdadeira história das Antilhas, nasceram de uma vez por todas na consciência coletiva. Agora, seria a Martinica um cisto na zona de civilização antilhana? Seria Toussaint Louverture o herói dos outros, e Schoelcher nosso "verdadeiro" herói? O fato de a intelectualidade martinicana ainda debater tais problemas mostra, de forma consternante, a profundidade do seu desenraizamento. Seria ela capaz de reconhecer em Frantz Fanon um dos personagens que animaram (no sentido profundo do termo) os povos do mundo contemporâneo? Não, ela não seria. Os heróis dos outros não são nossos; e os nossos heróis, necessariamente, são primeiro os heróis dos outros.

29. História e Literatura

I

Não foi pela literatura que as aflições chegaram a mim, como se poderia esperar de todo escritor preocupado em conciliar seu trabalho e seu discurso; foi pela História, pelo excesso ou pela falta de relação com a experiência vivida e, como todo homem de hoje e como todo martinicano, não posso evitar o pressentimento de que ela me atinge também. Pois a História é para nós, de agora em diante, prazer ou infortúnio *como tal*. Após ter sido fábula, narração ou discurso, após ter sido relação, medida e verificação, após ter sido globalidade, sistema e imposição de um Todo, a história, enquanto for "refletida" por consciências coletivas, volta hoje às obscuridades plenas da experiência vivida. Ao longo dessa trajetória, cada concepção do histórico foi acompanhada de uma formulação da retórica. Gostaria de seguir os rastros desse acompanhamento para mostrar como a História (concebida como enunciado ou como experiência vivida) e a Literatura convergem para a mesma questão: registrar ou reconhecer a relação coletiva dos homens com o seu entorno, num espaço que muda em si mesmo e num tempo que segue se transformando.

O crítico Pierre Brodin analisa[90] uma obra da romancista estadunidense Joan Didion, *A Book of Common Prayer*. Esse é o retrato que ele faz da protagonista do livro: "Criança do Oeste americano, ela havia herdado de seus pais uma fé em certos valores da família, as virtudes de uma terra bem capinada e irrigada, de colheitas abundantes, da economia, da indústria, do sistema judiciário, do progresso, da instrução, da ascensão em espiral da Humanidade. Mas ela era imaculada da História, inocente da política. Ela sabia que havia sempre algo que acontecia no mundo, mas ela acreditava que tudo acabaria bem." Esse exemplo é esclarecedor: trata-se de um exemplar de humanidade confiante em si mesma, que acredita que a história é apenas uma sucessão de acontecimentos, e que haverá, portanto, sempre uma *saída*, e que não está longe de afirmar que os povos felizes não têm história. Mas hoje, e o texto do crítico assim sugere, tal crença é vista como uma forma de enfermidade. Podemos ficar doentes da História quando a vivemos passivamente - mesmo sem escapar de seu peso corrosivo. A História (assim como a Literatura) é capaz de nos revolver, como consciência e caminho para a consciência, como neurose (signo de uma falta) e como esgotamento do ser.

Em nosso contexto, a consciência histórica pode ser (ou ser vivida antes de tudo como) relação global de um homem-dentro-de-um-país com um Outro-Lugar que lhe seria apresentado como diferença ou transcendência. Não saberíamos ser historiador (inocentemente) nem trabalhar com a linguagem, abstraindo-se dessa dramática Relação que o poeta Segalen qualificou tão bem quando buscou opor o Diverso do mundo à dominação do Mesmo. Assim, meu propósito também será o de mostrar que, tanto na História quanto na Literatura, o pensamento ocidental (pois é ele que nos sobredetermina aqui) praticou essa dominação, e que ela não resistiu (apesar de tantas vantagens persistentes) aos assaltos que libertam do Diverso.

90 Numa crônica da revista Liberté, nº 114, Montreal, dez. 1997.

Antes de chegar ao projeto literário e ao objeto histórico das Antilhas, seria necessário nos determos em alguns vínculos contínuos entre História e Literatura.

Primeiro, o vínculo primordial entre uma percepção de história e uma ambição de literatura se esboça no Mito.

O Mito disfarça ao mesmo tempo que significa, afasta iluminando, obscurece tornando mais intenso e cativante *aquilo* que se estabelece num tempo e lugar entre os homens e seu entorno. Ele explora assim o desconhecido-conhecido.

O Mito é o primeiro dado da consciência histórica, ainda ingênua, e matéria-prima da obra literária.

Observemos que, nascendo de uma consciência histórica em formação, o Mito prefigura a história, ao mesmo tempo em que repete, de modo necessário, os acontecimentos que ele próprio transfigurou, isto é, ele se torna, por sua vez, produtor de história. É assim que, na véspera da batalha de Maratona, os guerreiros gregos cantam os feitos de Aquiles diante de Troia, do mesmo modo que, na véspera de vencerem os exércitos de Bonaparte em 1802, os haitianos contam as façanhas do negro *marron* Mackandal, do modo como foram idealizados em sua imaginação. (Tratam-se de mitos "claros".)

Mas geralmente o desvelar do Mito é subterrâneo, ele não se dá imediatamente. Por isso eu dizia que ele afasta esclarecendo. Como forma primeira do enunciado literário, o Mito *envolve* uma história em sua própria imagem: isto é, ele está tão afastado do realismo raso quanto da análise expandida ou minuciosa. (Foi preciso esperar um bom tempo para que um significado sistemático da história de Édipo fosse proposto.) Daí, podemos deduzir uma primeira equivalência, que arriscaremos da seguinte forma: no tempo expandido da cristalização do pensamento ocidental, a história e a literatura se encontram antes no mito, mas a primeira como pressentimento do passado, e a segunda como memória do futuro. Ambas indistintas e operatórias.[91]

---

91 Não sei se é a obrigação de *diferir* toda revelação (ao mesmo tempo que ela se realiza) que determina que no Mito (como na Tragédia, que para os gregos assim procedia geralmente) o advento de uma harmonia coletiva supõe o sacrifício ritual de um herói, ou ao menos seu fracasso aparente. Esse sacrifício é a cortina por trás da qual a revelação acontece; isto é, uma imagem-ilusão que subtrai o sentido do ato trágico ou místico, ao mesmo tempo que o professa. (Assim a vela da Santa Face seria o último simulacro do Mistério da Paixão de Cristo.) René Girard desenvolveu, em suas obras,

Não é surpreendente que o Mito tenha "alimentado" a preocupação religiosa. Primeiro porque o pensamento (a paixão) religioso foi a forma original mais adequada de descida aos abismos, justamente onde o Mito se comprazia em obscurecer aquilo que revelava. Em seguida, porque o pensamento religioso primitivo ordena uma gênese e um inventário[92] do mundo, isto é, elabora uma concepção. A gênese, que é a explicação fundamental, e o inventário que é a historicização ritual, antecipam o que o Ocidente virá a considerar tratar-se de Literatura (uma criação quase divina: o Verbo se fez carne) - isso é a Gênese - e também o que o Ocidente tenderá a fazer da sua consciência histórica (uma narrativa de povos eleitos) - isso é o Inventário.

Assim, no que nos diz respeito, a história oficial da Martinica (certamente mimética em todos os sentidos da ideologia ocidental) foi concebida a partir da lista de descobridores e governadores desse país, sem contar as soberanas - na ausência de soberanos - que ele gerou. (Esses são de fato capítulos-chave da história oficial. A elite martinicana só concebe a "grandeza" pela coxa. Imperatriz, sultana, favorita: a História aqui é apenas uma submissão de prazer, em que o macho domina; o macho é o Outro. O prazer histórico é se deixar possuir.)

Mas o encontro de uma gênese e de um inventário em quase todos os mitos primordiais, inclusive nas tradições africanas ou orientais, demonstra claramente que a magia da palavra e a adivinhação do

---

uma teoria do "vitimista" como fundamento da história (*La Violence et le Sacré: des choses cachées depuis la fondation du Monde*). Herman Gunkel escreve, a respeito de sua exegese do Antigo Testamento e em particular da Gênese (traduzido do alemão por Pierre Gilbert, *Une théorie de la Légende: Hermann Gunkel et les legendes de la Bible*, Paris: Flammarion, 1979): "Os *mitos* - que não recuemos diante dessa palavra - são *histórias dos deuses*, por oposição às lendas nas quais os atores são homens." O monoteísmo não permite no Antigo Testamento o surgimento de mitos "apagados", em decadência em relação a versões anteriores (orientais, por exemplo). A essas definições que permitem a Gunkel hierarquizar as relações mito-lenda-história na gênese do Antigo Testamento, talvez eu prefira a abordagem que compreende a lenda como expressão popular e poética de uma consciência coletiva e o mito como resumo (no mais das vezes malicioso, conhecedor de uma ciência não concebida) de um conteúdo consciente ou "emergente" da pulsão coletiva.

92 No original, "*dénombrement*", em alusão ao "Livro dos números" da Bíblia, onde se conta e ordena o povo eleito; o termo designa aqui o gesto simbólico de enumerar e hierarquizar o mundo. (N.E.)

tempo-lugar combinam-se para buscar elucidar um vínculo fundamental, aquele que conecta, ao mesmo tempo que opõe, natureza e cultura. Dominar a natureza, e sua própria natureza, por meio da cultura foi o sonho do homem ocidental, assim como alargar a própria cultura até as dimensões cósmicas da natureza, e da sua natureza, foi talvez o sonho do homem oriental. Daí vieram as diferenças de ser-no-mundo que já conhecemos. Para o homem do Ocidente, a partir da Gênese-natureza, do lodo primordial, do Jardim Eterno, vai se tratar, ainda que pelo preço de uma condenação (como Adão e Eva no mito, e Sócrates na realidade, correram grande risco), de empreender o conhecimento-inventário. História e Literatura concordam (com exceção de alguns episódios de entrelaçamentos, logo esgotados, como no tempo dos filósofos pré-socráticos) em separar o homem do mundo, em submeter a natureza à cultura. A linearidade da narrativa e a linearidade da cronologia desenham-se em tal contexto. O homem, eleito, conhece a si mesmo e conhece o mundo, não porque ele participa deste, mas porque o organiza em série e o mede pela sua própria idade, isto é, pela sua exclusiva *filiação*.

Tais concepções reforçam-se uma na outra. Para a História, após os inícios metodológicos do século XVIII, e que certamente também são conquistas do espírito científico, uma enorme crença vai ganhar força: a da objetividade do historiador. Para a Literatura, um pressuposto não menos gigantesco vai provocar, no mesmo período, os estragos da imitação, é a crença do Realismo que os discípulos cegos de Balzac lutarão em vão para praticá-lo. A relação estreita do Realismo literário corresponde ponto a ponto à pretensão de objetividade pura do historiador. E, ao mesmo tempo, os equívocos se instalam. Ao par Realismo-objetividade, julgou-se legítimo opor um outro: Romantismo-subjetividade. À pretensão de descrever *todo o real*, preferiu-se tentar *recompor o todo* (ou recriar) de uma parte desse real. Em todo caso, o homem, não como agente, mas como vontade, colocou-se no centro do Drama, histórico ou literário. A obra, na maioria das vezes, não ia além da aparência, nem mais fundo do que a expressão dessa vontade.

Cavar por baixo, desnudar as engrenagens, é o que vai tentar fazer a história recentemente chamada de sociológica, e convenhamos que tal ambição já havia sido anunciada pelo esforço de poetas ocidentais modernos que, com Rimbaud, Lautréamont e Baudelaire, trataram de revelar (após os românticos alemães) o que existe *sob as aparências*. Nessas novas concepções da história e da literatura, supôs-se que o homem não está mais no centro do que existe. A gênese-inventário cede lugar à exploração das profundezas, o homem não é mais o eleito de seu conhecimento; ele se torna pouco a pouco o objeto. O poder do Mito desmorona: trata-se agora de explicá-lo e classificá-lo. Já não é mais a cabeça que pesquisa o desconhecido-conhecido. A psicanálise, as teorias econômicas, as ciências humanas em geral destroem de maneira iluminadora a potência operadora do Mito. Assim, o humanismo (isto é, a eleição do homem) vai começar a ser desmontado e, o que nos interessa aqui, o homem ocidental terá aos poucos, e com grande pesar, deixado de acreditar que ele está no centro do que existe.

Mas, nesse meio-tempo, uma outra ambiguidade vai se instalar no centro desse processo. É que, antes de se aventurarem no *desvelamento*, História e Literatura haviam tentado organizar a Totalidade como sistema. Para muitos, Shakespeare estaria no movimento inaugural dessa tentativa.

Sabemos da importância do paralelo, na obra de Shakespeare, entre as grandes tragédias e as tragédias históricas. Os problemas da sucessão ao trono da Inglaterra, assim como da sucessão ao trono da Dinamarca, colocam a questão cosmometafísica da *legitimidade*. O que é essa legitimidade em Shakespeare, senão a sanção do equilíbrio natureza-cultura, pela qual o homem abandonaria as velhas alquimias unificantes da Idade Média e entraria na energia diversificada do que será chamado de Tempos Modernos? Grandiosa perspectiva, que nos dá uma das medidas da obra shakespeariana, mas infelizmente com algo que passa desapercebido: dentro do equilíbrio-totalidade instalou-se uma hierarquia, de Calibã a Próspero; e não é difícil ver que Calibã-natureza opõe-se *por baixo* a Próspero-cultura. Na *Tempestade*, a legitimidade de Próspero está assim ligada à sua superioridade, e se torna a legitimidade do Ocidente. A ambiguidade é, portanto, que Literatura e História se propuseram, no Ocidente, a *agir na Totalidade* (envolver a linearidade primitiva em globalidade), mas que, dentro dessa Totalidade postulada, inseriu-se a surpreendente ambição de animar o homem à imagem do Ocidental, com graus de elevação, de Calibã a Próspero.

Nesse momento, a história se escreve com um H maiúsculo. É uma totalidade que exclui as histórias não concomitantes àquela do Ocidente. Pode-se ver aí, possivelmente, a ligação entre Bossuet (a Providência) e Marx (a luta de classes): o princípio etnocêntrico aproxima o motor da História (o Deus cristão, o proletariado das nações industrializadas) do coração do Ocidente.[93] Essa hierarquização iniciada por Hegel (a-história, pré-história, História) corresponde bem à ideologia literária que lhe é contemporânea. A literatura se faz metaexistência, onipotência do signo sacralizado, pela qual os povos da escrita vão estimar como legítimo dominar e reger os povos de civilização oral. E a última tentativa ocidental de conceber uma História, a de Toynbee, vai organizar a Totalidade a partir de categorias discriminatórias (as grandes civilizações, os grandes Estados, as grandes religiões) indispensáveis para tal projeto.

É contra essa dupla pretensão de uma História com H maiúsculo e de uma literatura sacralizada no absoluto do signo escrito que se debateram, ao mesmo tempo que o faziam por comida e por liberdade, os povos que até agora habitavam o lado oculto da terra.

Apenas o domínio técnico (isto é, a capacidade adquirida de subjugar a natureza e, consequentemente, de intoxicar todas as possíveis culturas com o conhecimento nascido desse domínio que se adequa a ele) permite ainda ao Ocidente, que, por outro lado, conheceu as mazelas do questionamento de sua *legitimidade*, continuar exercendo uma soberania que já não é de direito, mas de fato. À medida que abandona o Direito pelo fato, o Ocidente desconstrói sua visão da História (com H maiúsculo) e sua concepção da Literatura sacralizada.

O pensamento polêmico nos faz concluir que essa reação intelectual (diante da nova situação criada no mundo) constitui justamente um avatar esclarecedor das relações entre história e literatura; que a distinção metodológica e fundadora entre diacronia e sincronia talvez

93 Ficamos impressionados com o trajeto geográfico ao longo do qual Marx "orienta" sua teoria dos modelos: asiático (distante), depois antigo (ou seja, mediterrâneo), depois feudal (ou seja,"europeu"), depois capitalista, no coração das cidades industriais da Europa. Existe aí uma espécie de marcha da História (até sua realização), que *converge*. As histórias dos povos em suas revoluções transformaram esse processo. A História *divergiu* em histórias.

correspondesse *também* a uma armadilha; que, não podendo mais reger a História do mundo, o Ocidente teria então escolhido afinar uma concepção em que as histórias particulares não teriam mais um peso tão determinante nas consciências e nas expressões.

No entanto, é mais simples considerar essa transformação não em termos de armadiha, mas em forma de lógica. Diante de uma História assim despedaçada, que mais ninguém pode pretender dominar, sequer conceber sua totalidade, era normal que a inteligência ocidental firmasse uma Literatura difratada, difundida em todas as direções, mas da qual ninguém mais poderia se proclamar mestre do sentido.

Ora, ao aperfeiçoar assim a lógica dos conceitos, podemos deixar "passar" o peso da experiência vivida. A literatura não é apenas difratada, ela passa agora a ser compartilhada. As histórias estão aí, assim como a voz dos povos. É necessário meditar sobre uma nova relação entre história e literatura. É necessário vivê-la de outro modo.[94]

NOTA INTERMEDIÁRIA
Sobre Borges: Inquisições

Ir além das informações demasiado óbvias da sua biografia (argentino, contemporâneo, onisciente etc.), percorrer tempo e espaço, procurar afinidades, segredos, revelações, na tentativa de saber quem é Borges (ousando assim, depois dele, fazer outra pesquisa). É porque o afastamento que ele se coloca, tão próximo e distante de seu vizinho mais próximo quanto de um letrado da China antiga, favorece seu

94 Dois escritores "americanos" assumiram essa experiência vivida de forma dramática. Saint-John Perse, por impossibilidade de *inscrição* no lugar de seu nascimento (as Antilhas), *se afasta* em sua errância (toda sua poética é de deambulação). Ele acaba por se instalar numa Ideia, aquela do Ocidente; e, não podendo supor as histórias, ele escolhe idealizar a História.
Borges, argentino, não tendo abandonado seu país nem sua cidade, mas vivendo um mal-estar com ao menos uma parte de seus compatriotas, recompõe uma *trama histórica* em que a conexão abstrata (e quase sempre ocultada) prevalece sobre as espessuras do aqui-agora. Ele tenta uma recusa do tempo, ele enrola a História em sua fonte. Aí estão duas paixões de escritores que confrontaram os caprichos quase sempre medíocres do Diverso, e escolheram transcendê-los no *universal absoluto*. Mas essa transcendência "por cima" exige a *teatralização* de uma solidão irremediável. Se toda escrita aparece como uma teatralização implícita, Saint-John Perse e Borges figuram para nós a imagem "final" do escritor (como Hegel, durante um tempo, figurou a do filósofo).

propósito de ser, antes de tudo, uma mente que "cresce" em todas as direções, ao encontro de outros espíritos. Borges rompe com as barreiras do tempo e do espaço.

Parece que não há nada de que ele não saiba, que não tenha estudado ou sonhado. Reconhecemos nele um gosto pelo conhecimento que sobrevoa e conecta, e não por aquele que se obstina em cavar sempre o mesmo solo. Mas ele não investiga literaturas, nem a francesa, nem a espanhola e nem a saxônica; ele recompõe uma única, que é a literatura de Borges. Quando aceitamos a máxima borgiana (e por que não aceitaríamos? "Todos os livros são escritos por um único espírito."[95]), vemos que os autores assim evocados operam todos um deslocamento de pensamento, de modo que se toca a cada vez em regiões limítrofes (incertas) da razão; onde a lógica de Borges amplia o indizível sem medida. Onde termina a literatura, onde começa o desconhecido? Borges diz que dedicou sua vida "à literatura e, às vezes, à perplexidade metafísica": ele tentou, assim, superando a si mesmo e ao mundo, alcançar seus pares pressentido além do tempo e do espaço. Mas "para nossa desgraça o mundo é real, e eu, para minha desgraça, sou Borges". Para nossa felicidade, ele testemunha esse fracasso. Se recusarmos a "perplexidade metafísica", resta o prazer literário.

Essa relação desencarnada (de letrado a erudito, de bibliotecário) tece uma das formas mais ousadas de apreensão-do-mundo. Do escriba ao mandarim , do copista probo (uma espécie rara) ao homem honesto, ao investigador culto, que sucessão subterrânea e ilimitada. A persistência do mundo aparece puramente ali; e, se ali falta substância, a vertigem aumenta. Desmentir o Todo em suas variações é atribuir-lhe uma unidade superior. É possível, portanto, que Borges sonhasse ser, "depois das Parollas de Shakespeare e de Swift", o terceiro eco desta famosa declaração: "Eu sou quem eu sou. Um único ser em uma única opacidade."

95 Aqui optamos por manter a frase tal qual Glissant menciona em seu original: "*Tous les livres sont écrits par un seul esprit.*" Em junho de 1978, em conferência ministrada na Universidade de Belgrano, Buenos Aires, Jorge Luis Borges menciona a frase, por ele creditada a Gerorge Bernard Shaw, da seguinte forma: "*Todo libro que vale la pena de ser releído ha sido escrito por el Espíritu.*" [Todo livro que vale a pena ser relido foi escrito pelo Espírito]. Ver: J. L. Borges, "O livro" em *Borges oral & Sete noites*, São Paulo: Companhia das Letras, 2017. (N.E.)

Mas é por sofrer assim enraizado no seu limo que Borges, apesar de si, irradia universalmente.

II

Parênteses sobre o pensamento trágico ocidental e o moderno

1. *Sobre a "legitimidade" em Shakespeare*

Tragédia é alegria, ardor de conhecimento. Jean Paris foi um dos primeiros a mostrar como o trágico shakespeariano é uma tentativa de resolver vários conflitos: entre os tempos antigos e o espírito moderno, a concepção "individualista" e a abordagem múltipla do homem no mundo, o caos sem forma e a nova justiça.[96] Os gregos conquistaram seus deuses proclamando a solidariedade da glória divina e do destino da cidade. (O homem, em seu infortúnio, venceu os deuses caprichosos.) Shakespeare vincula a solidariedade do homem ao universo. A ordem e a justiça nascem da reconciliação com o mundo, de sua compreensão e de seu canto.

Hamlet. Jean Paris não pretende fazer do herói o único pivô da peça, ele considera primeiro apenas as situações. A Tragédia não é um debate psicológico, como o do príncipe Hamlet; ela recupera aqui seu sentido de necessária aventura coletiva. Chamado a vingar o pai e restabelecer a ordem no reino da Dinamarca, Hamlet só terá sucesso na empreitada à custa de seu sacrifício e em benefício de Fortinbras da Noruega – pois a situação envolve uma dupla injustiça a ser reparada: de Cláudio em relação ao pai de Hamlet, mas também deste rei em relação ao pai de Fortinbras. Assim, o desenlace só acontece a partir da única restauração justa, de Fortinbras; pois somente ele tem o direito de reinar na Dinamarca. A legitimidade de Fortinbras é a única garantia do equilíbrio a ser conquistado. Daí a "misteriosa" incapacidade de Hamlet em matar Cláudio. Ele sabe obscuramente que este trono não é para ele; e, se ele deve vingar seu pai, deve também compensar o pai de Fortinbras. Há, nesta peça, "três pais a vingar": o de Fortinbras, o de Hamlet e o de Laerte. Mas o que inaugura a Tragédia é o assassinato cometido pelo pai de

---

96 Jean Paris, *Hamlet ou les personnages du fils*, Paris: Éditions du Seuil, 1953.

Hamlet: "Cláudio, Gertrude, Hamlet, Laerte estão comprometidos, de fato, com a expiação desse crime inicial."

Além disso, a Tragédia aparece como um momento privilegiado da História: aquele em que a lógica histórica, "nada além do próprio destino", se concretiza, a partir de uma situação confusa, "podre", injusta e, pelo sacrifício como ritual de quem dele participa, para criar uma situação de ordem, clareza, justiça e paz. A Tragédia é otimista: eis a lição que emerge do livro de Jean Paris. Ela contém potencialmente uma concepção da História: "Que a unidade renasça do conflito e, para além do dilaceramento e do terror, o homem reencontre, na justiça, sua plenitude universal."

2. *Sobre o aparecimento de um Trágico sem esperança no Ocidente*

Büchner é poeta: não um reflexo, receptáculo ou eco, mas difrator da sensibilidade de seu tempo, e com o poder de *desmontá-la*.

O seu "desnudar-se" não se esgota na análise meticulosa ou no decalque da realidade, ele se exerce na busca de correntes subterrâneas. Melhor que o monumento goethiano, o tríptico teatral desse gênio – que morreu aos 23 anos – marca o momento extremo em que o homem ocidental do século XIX escapa das "instituições eternas" e adentra, depois de quantos desvios dramáticos, no que ele chama de tempos modernos.[97]

O que é comum aos heróis de Büchner é a desordem (tédio, medo, loucura) que vivem neste momento de revolução total. À beira de uma transformação, insatisfeitos com a velha ordem das coisas, inseguros sobre o significado da ordem futura, Danton se entrega à guilhotina, Lenz à loucura, Léonce a um casamento de opereta. Mas aprendemos com Büchner a preferir o destino de Woyzeck ao de seu capitão, e as agitações da consciência à euforia das marionetes.

*

Os momentos que interessam tal poesia – tal teatro – são, portanto, situações extremas, que acontecem ao mesmo tempo: quando o ser não pode escapar à escolha, do mundo antigo ou do devir. O romantismo de Büchner é assim contundente, nele tudo se manifesta de forma pon-

97 Büchner, *Obras completas*, trad. Lou Bruder, Club français du livre, 1955.

tiaguda e cortante. Certamente não é a magnitude atormentada nem a clarividência telúrica (nem Kleist, nem Hölderlin), mas o brilho escuro e a espada exata no alvo. Ora, Büchner também conhecia esta condição do espírito: nada que o tentasse ou atormentasse deveria advir de forma direta. Nessas zonas conturbadas que explora, Büchner tem o cuidado de marcar as dobras. Ele constrói o dispositivo de um mundo complexo onde o herói de repente se vê preso, "pego na armadilha". Também a linguagem do poeta segue a complexidade desse "entorno". Trata-se de uma linguagem, digamos, preciosa. Uma constante lógica da metáfora que, como em um sistema de derivadas, revela no personagem - muito melhor do que a palavra literal o faria - o enorme peso da escolha.

Quando se quer "agarrar" a obra, é um entrave imediato. Porque, do contundente ao precioso, da fórmula lapidária à imagem que se desenvolve segundo sua lógica fervorosa, a distância é aparentemente grande demais para que possamos percorrê-la sem desconforto; ao menos até que um conhecimento geral da obra absorva, por assim dizer, essa distância. O mérito da tradução de Lou Bruder é, de fato, restaurar essa unidade que nos permite entender esses diversos aspectos um a um. Poderíamos ter visto em *La Mort de Danton* [A morte de Danton] apenas um imaginário da Revolução ou em *Léonce e Léna* apenas uma comédia feita para entreter. Essa é uma versão do texto que nos permite tocar, aqui e ali, numa obsessão pela morte, no mesmo medo do futuro, na mesma recusa; que nos explica Danton por meio de Léonce; e onde se justifica a metáfora mais retorcida, bem como a "palavra" mais contundente.

*

Ao mesmo tempo que invoca as convenções mais estabelecidas (em *Lenz*: "o ateísmo tomou posse dele da forma mais simples, direta, definitiva..."), Büchner leva o teatro a outros limites. Sombrio e épico com *Danton*, cético na magia com *Léonce e Léna*, ferozmente deslumbrante com *Woyzeck*; os elementos do teatro ocidental moderno estão aí (à exceção da esperança que, aliás, talvez esse mesmo teatro já tenha abandonado). Sim, Büchner coloca o palco naquelas regiões obscuras e deslumbrantes, onde o homem é contaminado pela própria luz do universo. Mas aqui "o universo é o caos". Mundo em gestação. As revoluções assumem a amplitude de fenômenos cósmicos, "uma grande chama rasga o céu, e algo desaba com o estrondo de trombetas". O homem perturbado questiona; nenhuma resposta lhe chega. "Algo nos falta, mas não tenho nome para o nomeá-lo." Aparecem então os recursos do suicídio, da loucura, da renúncia. Porque o mundo se recusa ao homem: "Ele se enterrou na imensidão – era uma embriaguez que lhe fazia mal..." "O Universo, do qual ele esperava uma ajuda, rachou de cima a baixo..." "A existência era um mal que era preciso aceitar pacientemente." E esta confissão: "Às vezes, tenho medo do que sou."

Büchner é o poeta do seu tempo que mais sofreu essa desintegração, essa difícil transição. Ele é também um daqueles que afrontaram, não os problemas psicológicos, mas essas forças que transportam o homem apanhado no turbilhão das revoluções. Suas personagens examinam a morte, que lhes parece doce: "Eu te amo como meu túmulo... Sua voz ressoa como a sentença de morte, e seu coração é meu caixão." Elas auscultam a natureza, que é hostil: "A terra, repleta de apreensões, enrodilhou-se como uma criança, e sobre o seu berço giram os fantasmas." Talvez seja apenas no momento da morte que a natureza se torna acolhedora, e Hérault diz a Desmoulins, na véspera de sua execução: "Alegra-te, Camille, a noite será bela..." Da mesma forma, em *Léonce e Léna*, a Natureza é objeto dos escárnios de Valério. Romântico em outro gênero, aquele que joga fora as quinquilharias do Romantismo, que exclama: "Oh! Amor, é na hora de morrer que você fica mais bonito", e que, voltado aos cruéis mistérios, só se dirige aos homens pela boca de um professor cínico: "Colocaram vocês no vento das cozinhas, de modo que, mais do que nunca, o assado vai passar pelo seu nariz", ou pelo do carcereiro zombando da próxima leva de decapitados: "Preparem-se, senhores! Suas carruagens estão chegando!"

Os elementos de paz e doçura, o amor de Lucile e Camille, a fidelidade de Julie a Danton, os sonhos de Léna são varridos pelo inexorável, surgido das profundezas. Aos poucos, de *Danton* a *Woyzeck*, o círculo se fecha novamente, a conduta do irremediável passa por caminhos mais sumários. A lembrança de Camille sendo guilhotinada trouxe o grito desesperado de Lucile: "Viva o Rei!", já Marie, assassinada pela faca de Woyzeck, nem seu próprio filho chorará por ela (ocupado que está brincando com seu cavalo de pau: "upa! upa!"). Há uma inflexão na obra, rumo ao mais sumário e ao mais ambíguo: porque se, como diz Bruder, *Woyzeck* é uma "notícia épica", é também a mais "metafísica" das criações de Büchner. Nela, a opacidade não é uma técnica de desvelamento, mas pertence ao que há de irredutível no próprio herói. O impulso fulgurante do trágico não inclui aqui a duração como riqueza, mas a elipse como fecundidade.

3. *Sobre a vacância trágica*

Entendemos que no Ocidente a força trágica tenha deixado a aventura coletiva para se concentrar na fulguração dos destinos individuais. É a opacidade do teatro da crueldade em Artaud (a face *espantada* que Victor Hugo vislumbrou na obra de Ésquilo) e o escárnio da vida cotidiana em Beckett. O Trágico não é mais destino histórico, mas desordem metafísica. T.S. Eliott e Paul Claudel, em nome de outra unanimidade, a do "católico", tentarão encontrar um Trágico do coletivo. Mas o peso histórico (*Assassinato na Catedral, Cristóvão Colombo*) cedeu demais à paixão religiosa para que seus prolongamentos na consciência ocidental contemporânea fossem decisivos. O Trágico permanece "suspenso" nos ares da época. Ele "se concentra" apenas no irremediável das solidões particulares.

Será que um Trágico "planetário" tomará o lugar, a partir das zonas de expressões não ocidentais e de uma concepção relativizadora das histórias dos povos, desse vazio?

Haverá, em germe em nossas errâncias modernas, um Trágico da Relação com o qual não uma nação, mas o planeta Terra venha a concordar? E isso não seria recomeçar o velho sonho do Uno? (O mesmo que anima, na ficção científica, uma Gênese sempre reiniciada do Futuro.)

III

A relação história-literatura oculta-se hoje no que chamo de *anseio histórico*. Não pertencem mais ao escritor a paixão nem o pavor da história como reserva de extração cômoda, já não se trata da construção de planos que deem garantias, mas da obsessão por um *rastro primordial* cujo esforço, por meio das elucidações, tem a particularidade (como foi antes com o Mito) de obscurecer e revelar simultaneamente.

Tal rastro primordial é, ao mesmo tempo, a explicação fundamental, o eco da Gênese, o que reorienta o tempo do drama coletivo. Mas o Mito mergulhava nas espessuras da experiência vivida; por isso é impossível que a obra atual de literatura venha a ocupar seu lugar. Altamente personalizada, ela abandona quase sempre essa experiência vivida para melhor significá-la. Ao fazê-lo, ela assombra a função exploratória e reveladora do Mito; o *anseio histórico* é a marca dessa assombração. Se ele quase sempre "abre" sobre (ou por) uma falha (o personagem romanesco não alcança, por exemplo, sua busca ou a alcança abolindo-se), talvez seja por fidelidade a uma das outras leis que regem o Mito (e consequentemente a Tragédia): a necessidade de assumir (de assegurar) a revelação pelo "sacrifício" de um herói expiatório em cuja morte a comunidade se reúne e se reconhece.[98]

Em *Absalão! Absalão!* de Faulkner, o *anseio histórico* diz respeito geralmente ao rastro primordial (a fundação) da família dos Stupen e, em particular, à origem do personagem chamado Bon. Pois, se este último é negro, sua pretensão em possuir Julie Stupen é calamitosa; mas descobriremos que ele talvez seja *também* o irmão (o meio-irmão mestiço) desta. O incesto primordial atua *em retorno*. Vê-se bem que se trata aí de um desejo (o conhecimento de uma origem, da origem) cujo esclarecimento será mortal. Assim, essa viagem à fonte do tempo vai se desenrolará numa espiral *em direção* a um aquém que é, na verdade, o contrário da luminosa ascensão em espiral invocada a respeito da heroína de Joan Didion. (Na verdade, como decidir se o que *nós* pressentimos (ou aprendemos) antes, se aquilo do que *nós* mais duvidamos é o fato de que Bon seja irmão, ou de que ele seja negro, ou de que ele seja ao mesmo tempo irmão e negro?) Esse retorno em espiral produz apenas vertigem. A literatura *prolonga* aí um dos aspectos do Mito: sua *espiral*. Mas o espiral mítico desembocava na filiação linear, o Inventário, quando, por exemplo, o espiral de *Absalão! Absalão!* diz respeito ao impossível de uma busca. A linearidade se perde. O anseio histórico e seu impossível se ligam então numa inextrincável rede de alianças, parentescos e procriações, cuja analogia repetitiva e vertiginosa constitui um dos princípios. É necessário lembrar que "Médésir, sobrinho da senhora Ada, cuja mãe, senhora Fifine, tinha dois outros descendentes com o senhor Philémon e

98 "O herói assume a força coletiva, e é de sua escavação que nasce a concórdia final" (*L'Intention poétique*, 1969). Essa constante da Tragédia no Ocidente a distingue, portanto, do Drama, que é sem enredo coletivo.

o primeiro dos dois havia dado dois filhos para a prima de Félicité Macali que era afilhada adotiva de senhora Ada que..." é o princípio proliferador da busca por parentesco na Martinica tradicional, e que esse mesmo princípio que rege o encadeamento do parentesco em Faulkner? Trata-se de uma *perversão da filiação original* (aquela do Inventário): o homem aqui se perde e volta ao seu rastro.[99] Como ele poderia se colocar no centro daquilo que é, enquanto sua legitimidade lhe parece incerta? Uma coletividade pode assim duvidar de si mesma, se perder em sua vertigem.

Saber o que aconteceu (por que, isto é, por quais razões "válidas", os brancos exterminaram os indígenas e reduziram os negros à escravização e se serão responsabilizados por isso) é a questão que *nós* (sim, que Faulkner) não podemos deixar de colocar. Uma pergunta que não tem resposta posta em prática. O importante, no entanto, não está na resposta, mas no questionamento. A morte ritual de Bon, o holocausto final, a tragédia de Thomas Stupen (que, de forma tão oportuna, vem do Haiti) não discriminam os heróis antagonistas; eles não têm nenhuma *legitimidade*. Esta é reservada, em Faulkner, para os "puros" (aos não mestiços) negros ou indígenas, cujo sofrimento atinge a todos e redime o erro original. O anseio histórico é, na repetição de uma história tantas vezes revivida, a negação da história como encontro e superação, mas também a presunção da história como paixão.[100]

---

99 Em *Sally Hemings*, um romance em que Barbara Chase-Riboud reconstrói a vida da escravizada concubina de Thomas Jefferson (Nova York: Viking Press, 1979), a autora cria um diálogo entre a heroína e seu irmão.

"Tão estranho ter sangue nas veias e não saber de onde vem..."

"Sim. Não é como a Bíblia, onde você pode dizer que ele era filho de... que era filho de... quem era o filho de... É isso que você quer dizer?"

"Sim, ela disse, sim, é isso que quero dizer. Se eu pudesse saber que o filho do filho do meu filho teria algum conhecimento de mim, teria algum... um retrato meu..."

Aí podemos apreender a diferença que se amplia entre a apropriação ocidental da história pela filiação e o anseio histórico, "desejo permanente".

100 Um romancista "sulista", Shelby Foote, constrói um de seus livros, *Jordan County* (1954, ed. fr.: *L'Enfant de la fièvre*, Paris: Gallimard, 1975), como um conjunto de histórias que vão do presente ao passado, a última tratando das circunstâncias dos primeiros contatos entre brancos e indígenas, e fornecendo a chave para a violência por vir, cujo curso foi seguido desde a primeira história. Esse é o caminho de volta a um passado comum: Shelby Foote fornece uma resposta direta à pergunta que Faulkner transformou em vertigem.

Conhecemos o argumento de *Os passos perdidos,* de Alejo Carpentier, segundo o qual subir até a nascente de um rio é também refazer o percurso do tempo em direção a uma idade primeira, ao longo das eras e dos espaços unidos ou sobrepostos. O anseio histórico aqui não é da ordem da legitimidade, como em Faulkner, mas da inocência; trata-se, porém, da mesma falta que perturba o ser. Sim, a história é desejo; e seu anseio, como se vê aqui, às vezes se faz ilusão. Pois a obsessão do herói de Carpentier advém do fato de que ele tocou uma vez no jardim primitivo (que se constituiu como "gênese"), e que essa visão (essa obsessão) é a ilusão que o faz derivar novamente num retorno impossível. Uma ilusão? Sim. Pois a consciência perverte o desconhecido-conhecido, aquilo mesmo que outrora o Mito tinha por função revelar, afastando. O "conhecimento" é mais do que difícil, é insuportável: ninguém consegue se sustentar nele. O herói volta às necessidades do "atual" (que não é o conhecido, mas o praticado), tendo, portanto, renunciado a dobrar a história sobre o seu começo. Essas formas de fracasso têm significado. O fracasso deixa rastro por onde outros irão passar. A obra literária, transcendendo assim o Mito, estabelece na atualidade a Relação.

Ao recompor a trajetória do herói de *Cem anos de solidão,* de García Márquez, notamos que o espiral penetra a fundo o processo histórico. É o último gesto de Aureliano que vai revelar a primeira palavra de sua história e que vai imediatamente aboli-la. A revelação é o desconhecido-conhecido em direção ao qual ele vai se esgotar. A morte de tudo está no conhecimento primordial, e a história é uma forma dolorosa de realizar o que é dito. Portanto, o anseio histórico é aqui seu próprio alimento e se enrola em seu próprio consumo. A dificuldade de conhecer a história (*sua* história) desencadeia a mais profunda das solidões. Ao contrário da *ascensão* em espiral da protagonista norte-americana, há aqui um *retorno* em espiral, contaminante e trágico, opaco e decisivo, pelo qual não apenas um herói eleito, mas todo um povo, desejarão retornar à fonte de seu tempo. Esse retorno contagiante é o que vincula Faulkner aos questionamentos da "outra América".

E notemos como, nesses universos, uma floresta primordial persiste e resiste. Stupen a desbrava em vão, Aureliano navega por ela (ele até avista a nave fundamental do tempo encalhada no alto das árvores), o narrador de *Os passos perdidos* "desce" simultaneamente às idades passadas. A floresta resiste participando, ela é o calor primitivo. Vencê-la é o *objetivo,* ser vencido por ela é a verdadeira questão. Não se trata do Jardim Eterno, mas da força localizada e datada, que furta seu lugar e sua data. A floresta é o último argumento do Mito em seu eco atual de literatura. De fato, em sua espessura, a história amadurece nosso desejo. A floresta da marronagem foi assim o primeiro obstáculo que o escravizado fugitivo opôs à *transparência* do colono. Não há caminho evidente, não há *linha*, nessa mata densa. Nela damos voltas sem transparência, até a primeira cepa. A formulação do anseio histórico, assim amarrada a sua impossibilidade, nos introduz às questões dos povos ainda hoje oprimidos pelas culturas dominantes.[101]

IV

É comum, como acontece na África às vezes, que o mito seja apresentado sob a forma de um conto oral. (As epopeias narradas ali desenham também mitos, sempre reforçando a memória coletiva.) Esse encontro não deve, contudo, nos fazer esquecer as distâncias que discriminam esses dois gêneros. O mito não é simbólico, sua estrutura não é "clara", seu projeto não se revela de uma vez. Por outro lado, por ser ativado no mundo real, seu prolongamento é determinado: no Ocidente, por exemplo, pela *filiação*, que o faz ingressar na História. Então, os dois "tempos" sucessivos do mito levam, quanto à sua formulação, a um "obscuro" que é necessário forçar; e, quanto ao seu eco, a um "esclarecimento" que produz história.

O trajeto do conto oral é inverso. O conto oral é transparente em suas estruturas e em seu projeto; seu simbolismo é claro. Não é uma exploração do desconhecido-conhecido, é uma leitura estilizada do real. Mas seu prolongamento é incerto; ele não intervém numa história da comunidade como fator decisivo nem patente.

101 O anseio histórico, obsessão de um rastro primordial, pode produzir caricatura: uma exibição pretensiosa de "antiguidade". Assim, Faulkner pôde sem dúvida ver esses castelos medievais europeus, que milionários americanos reconstruíram pedra por pedra no interior da Virgínia e do Texas. Em nossos países, a classe média baixa fez sua miserável imitação de *la Splendeur des Ambersons*. Tudo isso foi varrido pela corrida vertiginosa da modernidade.

Seus caminhos inversos levam a universos divergentes. O mito não somente prefigura a história e é por vezes produtor de história, mas parece preparar o advento da História, por generalização. O conto oral, ao contrário, só concebe histórias não generalizáveis; pode acontecer de o conto oral (antilhano, por exemplo) identificar uma falta histórica e a ratificar. É possível que a função do conto oral seja aqui a de combater a ação, por vezes paralisante, do anseio histórico, de nos salvar da crença de que a Historia é a primeira e fundamental dimensão do homem, crença herdada do Ocidente ou imposta por ele.

Igualmente, o mito consagra a palavra e a dedica, antecipadamente, ao ritual da escrita; nesse sentido, o conto oral procede por aproximações profanas. Assim, o que ele agride é, antes de tudo, o sagrado do signo escrito. O conto oral antilhano baliza uma história deportada pelo decreto e pela lei. É o antidecreto e a antilei, isto é, a antiescrita.

V

A natureza fragmentada do conto oral antilhano faz com que nenhuma datação seja possível, e que o tempo seja concebido como uma dimensão fundadora do homem. Sua medida mais frequente é o equilíbrio do dia e da noite. Durante a noite, Compadre Coelho organiza as artimanhas nas quais Compadre Tigre vai cair muito facilmente durante o dia. Assim, a noite é precursora do dia. O opaco leva à transparência. A cadência da noite e do dia é a única medida temporal para o escravizado, o camponês, o operário agrícola. Em muitos contos orais que ouvi quando criança, o contador diz ter recebido ao fim da história um chute em seu traseiro que o projetou no meio de seus espectadores.[102] Esse ritual final do conto oral revela não apenas sua lucidez (o contador de histórias não vale grande coisa, a história contada não é sagrada), mas também uma concepção descontínua do tempo. Ao contrário do mito, o conto oral não consagra a acumulação cultural e não a dinamiza.

Retomemos, portanto, sem medo de nos repetir.

---

102 Ver, a esse respeito, os contos bretões publicados por Jakez Hellias.

O Mito, que é obscuro, abre-se para todo o possível do desconhecido-conhecido que ele percorreu; o conto oral, que é claro, fecha-se aqui sobre uma falta.

O conto oral atravessou essa floresta primordial; mas ele não se abre para uma filiação, ele multiplica o obscuro da consciência atormentada. O conto oral antilhano reconhece nossa falta histórica: é o lugar da palavra que recalcada. E, no entanto, tudo ali é dito. Enquanto o Mito explora um desconhecido-conhecido e desemboca no absoluto da história pela filiação, o conto oral articula símbolos simples para avançar em seguida em aproximações, por desvios e retornos. O conto oral antilhano delimita uma paisagem não possuída: é a anti-História.

Suas características estão dadas numa aproximação desse tipo.

As bruscas mudanças de tom, a ruptura contínua da narrativa e seus "desvios", cuja acumulação constitui a medida não unívoca do conjunto.

A súbita irrupção psicológica, que é, na verdade, a ausência de qualquer descrição psicológica dada como tal. A "psicologia" é a medida de quem tem Tempo.

A economia de uma "moralidade": a extrema fineza que consiste em retomar cada vez o mesmo tipo de situação e evitar propor "resoluções" exemplares. A arte do Desvio. A desmedida, que significa primeiramente a liberdade absoluta em relação a todo temor paralisante do exercício tautológico. A arte da repetição é nova e fecunda. Voltar no texto é um gozo. A onomatopeia ou, mais a fundo, a melopeia dão voltas na embriaguez do real.

A relatividade do "vitimado", que não tem nada de solene. A vítima, Compadre Tigre, por exemplo, é sempre insignificante. Há, certamente, nessas relações com Compadre Coelho, o eco das aventuras de Isengrin, o Lobo, com Goupil, a Raposa. A diferença é que aqui nenhuma canção de feitos heroicos constitui o outro aspecto ("dignificante") do real.

Essa última especificidade nos permite compreender como podemos conviver com nossas histórias convergentes sem ceder ao fascínio de uma História idealizada.

O conto oral nos deu o Nós, ao expressar de maneira implícita que temos que conquistá-lo.

VI

Esse Nós, que é sujeito da fala, o falante fundamental, nos obriga a esboçar o panorama de suas relações com o Eu: de que modo uma comunidade implica os indivíduos que a compõem? Ou, inversamente, de que modo os indivíduos implicam a comunidade?

Quando o Nós ainda não permite ao Eu se distinguir, ficamos em presença daquilo que o pensamento ocidental (cuja referência é a dignidade da pessoa) chama de sociedades primitivas.

Cada vez que o Eu se opõe ao Nós para recriá-lo e lhe conferir uma nova dinâmica, assistimos (na "História") às revoluções do pensamento, seja Sócrates, seja Jesus Cristo, que ressaltam bem a alternância de seus recomeços.

Acontece que o Nós triunfante e desnaturado tiraniza o Eu e o reduz, depois que ele aparece. Trata-se de comunidades bastardas, cujos sistemas fascistas ou nacionalismos excessivos são o exemplo.

Outro caso de desviância do comunitário é ilustrado pelos pseudocoletivismos em que o Nós dilui o Eu: não se trata do embrutecimento fascista, mas da ilusão sublimadora do Nós como finalidade, que ofusca o Nós como realidade.

Mas esse é o Nós esgotado, impossível, que determina, consequentemente, o impossível do Eu. A pergunta a se fazer a um martinicano, por exemplo, não será: "Quem sou eu?", questão inoperante à primeira vista, mas sim: "Quem somos nós?"

Não está em germinação a unicidade de uma vocação para o Trágico. Não recomeçaremos o "milagre grego". É que toda Tragédia, no sentido ocidental, é discriminatória. Ela recompõe a legitimidade da filiação, ela não oferece a variedade infinita da Relação.

VII

Eu havia sonhado com essa nova Tragédia e me espantava como era árdua sua conquista. Havia projetado uma Tragédia da Relação que, entre outras coisas, não conceberia um sacrifício ritual do herói comunitário. Uma Tragédia de tantos Nós, de tantos Eus, implicados num só, ou dados por todos. Mas teria que haver, cada vez, a unicidade sublimante da História, um outro rapto, e o Mito de uma nova filiação.

Assim, a recusa do Trágico é para o Ocidente o signo evidente da renúncia a uma espécie ultrapassada de unanimidade. Mas a vitimização trágica também não é, para nós, uma fonte de satisfação. Nós sofremos a carência histórica do Trágico: por não ter feito do negro *marron*, por exemplo, nosso herói tutelar. Mas tampouco poderíamos nos encerrar novamente nessa unicidade que fez a força e o objeto da ascese trágica. Nossos contos talvez sejam também o anti-Trágico: a disrupção da história e a rejeição de toda legitimidade transcendental.

A história e a literatura, libertas de suas maiúsculas e contadas em nossos gestos, encontram-se novamente para propor, para além do desejo histórico, o romance da implicação do Eu no Nós, do Eu no Outro, do Nós no Nós. A Relação desenha, pelo conhecimento, o quadro desse novo episódio. Dizem que o romance do Nós é impossível de ser escrito, que sempre será necessária a encarnação dos devires particulares. É um belo risco a se correr.

referências

AS OPORTUNIDADES PERDIDAS

A marronagem. *Esvaziada de seu significado original (uma contestação cultural), ela é vivenciada pela comunidade como uma desviância passível de punição. A comunidade se priva, assim, desse catalisador que é o herói como referência comum.*

A "libertação" de 1848. *A luta dos escravizados é deslocada de seu significado pela ideologia dominante. O schoelcherismo é a expressão desse deslocamento. O registro de estado civil sendo outorgado sela uma nova limitação do ser.*

Os ideais inculcados. *A cidadania francesa (o ideal de cidadania em um país distante (França) alterna com o ideal de retornar a um país distante (África), e produz um curto-circuito com o país real). O ideal republicano ("a legalidade republicana"). A escola laica e obrigatória. A França eterna.*

A departamentalização de 1946. *A mais completa concretização do medo e da negação de si, ela marca o limite extremo da alienação, o limite também de sua expressão. Ao mesmo tempo, outras ex-colônias, que não se confundem com o Outro, trilham o árduo caminho da identidade, da independência. (O que não significa que os problemas do neocolonialismo estejam aí resolvidos.)*

Hoje, o discurso colonialista já nem precisa do apoio heroico da ideologia "de um ideal" (a Grande Pátria etc.). Contenta-se em gerenciar o consumo passivo e em mostrar sua inevitabilidade. Ele se permite teorizar a combinação do que chama de "fundo francês" e uma "especificidade local". Não há sequer uma oportunidade a perder.

30. Fragmentos e períodos

Insistir em categorizar a história da Martinica de acordo com o modelo da história francesa (séculos, guerras, reinados, crises etc.) é alinhar a primeira tão claramente à segunda, que na realidade acabamos camuflando o fato principal dessa história martinicana: sua sobredeterminação. As relações muito enfáticas com períodos da história francesa são uma armadilha criada por um modo de pensar assimilado, veiculado por "historiadores" martinicanos que não se preocupam em aprofundar os processos históricos. Tal ênfase oblitera exatamente aquilo que pretende demonstrar, pois, de tanto estabelecer-se como natural, evita meditar sobre a violência fundamental que supõe. Não se trata de uma simples relação de dominação colonial. Se assim fosse, seria correto considerar a história das pequenas Antilhas francesas como apenas resíduo desesperado da aventura colonial. Trata-se de algo sobre o qual ninguém refletiu seriamente: o colonizador francês, porque ele sabe que pôde colocar em prática (veremos como) seu gênio particular de assimilação; o martinicano colonizado, porque ele não aceita se ver tão belo nesse espelho. É isso que chamo de colonização bem-sucedida. De que adianta fazer referência ritual e semimágica às formas de descolonização do mundo: exército nacional, revolução total, frente de libertação, se o próprio processo desse sucesso não é empreendido? Trata-se, então, apenas de uma espécie de impulso verbal cuja única função é satisfazer os indivíduos assim possuídos pelos modos de proceder alheios e capazes de racionalizar, por força de ideologia, o que parece ser um impasse coletivo. Essa questão da periodização da história da Martinica deve ser reconsiderada mais profundamente.

Se, portanto, abandonamos o catálogo absurdo da história oficial (a Terceira República, o período entre guerras etc.) e tentamos ver o que realmente aconteceu nesse país, sinto que chegaremos facilmente a um acordo sobre os "períodos" da história martinicana.

O tráfico de escravizados, o povoamento.

O universo escravocrata.

O sistema de Plantações.

O surgimento da elite, das vilas.

A vitória da beterraba sobre a cana-de-açúcar. Assimilação legislada-legisladora.

A ameaça de aniquilação.

Isso não representa nenhuma dificuldade, nem nenhuma astúcia, no que diz respeito à metodologia. Os pesquisadores até estarão de acordo sobre as datas aproximadas (a aproximação como parte principal da hipótese) e o "conteúdo" desses períodos.

1. *O Tráfico de escravizados, o povoamento original (1640-1685).* Extermínio dos povos indígenas Karib. Introdução da cana-de-açúcar. Primeiros processos de refinamento. Diversidade de culturas. Tráfico de escravizados fragmentado. Economia de troca. Os africanos escravizados aspiram "voltar à África".

2. *O universo servil (1685-1840).* Promulgação do Código Negro. Tráfico negreiro sistemático. Implementação do sistema da Plantação. Desenvolvimento gradual da monocultura da cana-de-açúcar. Revoltas sem testemunhas. Circulação entre as ilhas.

3. *O sistema de Plantações (1800-1930).* Este período coincide com o anterior. Surgimento do açúcar de beterraba na França. "Libertação" de 1848. Balcanização interna (o sistema de Plantações propriamente dito) e externa (isolamento das pequenas Antilhas umas das outras). Tentativas fracassadas de resistência dos *békés*.

4. *O aparecimento da elite, das vilas (1865-1902).* Este período está, portanto, incluído no anterior! Industrialização do açúcar de beterraba. Desenvolvimento da classe de representação (mestiços, depois "classe" média). Representação parlamentar. Com a cidade de Saint-Pierre, desaparece uma das últimas possibilidades de "resolução autônoma dos conflitos de classe". Desenvolvimento de ideologias "republicanas".

5. *A vitória da beterraba (1902-1950).* Desaparecimento dos *békés* como produtores. Ascensão da elite representativa sem função, desenvolvimento das vilas e dos ofícios artesanais. Lei de assimilação em 1946. Escola de elite. Os antilhanos, funcionários subalternos na África.

6. *Assimilação (1950-1965).* Economia de pilhagem em um sistema que chega a seu fim. Pseudoprodução. Desaparecimento dos ofícios

artesanais. Desenvolvimento das infraestruturas. Escola quantitativa, para a formação "básica" da emigração para França. Doutrina oficial da assimilação "política". Mas também abertura às ideias de descolonização.

7. *Aniquilação?* Doutrina oficial da assimilação "econômica" Triunfo do sistema de trocas (fundos públicos-lucros privados) e produção-pretexto. *Békés* e mestiços agrupados como funcionários privilegiados do setor terciário. Portos e aeroportos. Mas também uma tensão insuportável e aparentemente sem "resolução".

Eis que o "historiador" martinicano, acostumado à exatidão de suas listas de governadores ou de suas cláusulas de tratados, cai na gargalhada e debocha. Concordo com ele que a formulação dessa periodização não nos permite proclamar que descobrimos outra América. Porém, invertemos a visão de nossa história: uma visão "interna" desta vez. Somos capazes, inclusive, de surpreender o princípio: em nenhuma ocasião, a resolução dos conflitos de classe foi aqui "autônoma", mas, ao contrário, sempre sobredeterminada.

Há, portanto, uma descontinuidade real sob a aparente continuidade de nossa história. A continuidade aparente é a periodização da história da França, a sucessão de governadores, a óbvia simplicidade dos conflitos de classe, os episódios, minuciosamente estudados por nossos "historiadores", de nossas revoltas incessantemente abortadas. A verdadeira descontinuidade reside no fato de que, em cada uma das articulações dos períodos que delimitamos, o elemento decisivo da mudança não é gerado pela própria situação, mas decretado de fora, segundo outra história. Torna-se então fácil obliterar essa dependência artificial afirmando, de modo progressista ou reacionário, a "comunidade de história" entre a Martinica e a França.

É o caráter exógeno dos fatores de mudança que me leva a falar, no que diz respeito a essas divisões históricas, em fragmentos e não em períodos. O fragmento de história diz respeito simplesmente aquilo a que a pessoa está sujeita, o período pressupõe um projeto global pelo qual a comunidade se empenha, mesmo quando a história desta comunidade a "faz", tanto quanto trabalha em sua própria história. A noção de "fragmento" da história é, portanto, operacional e metodológica. O fragmento volta a ser um período para o observador apenas quando a comunidade recompõe para si um projeto pelo qual reintegra seu passado histórico. Para nós, reconquistar o sentido de nossa história significa conhecer a descontinuidade real para não mais vivê-la passivamente. A "colonização bem-sucedida" é uma hipótese de trabalho, não a observação passiva de um destino.

31. História, tempo, identidade

Surge então uma nova contradição. As histórias dos povos colonizados pelo Ocidente nunca foram, *desde então*, unívocas. A sua aparente simplicidade, pelo menos a partir da intervenção ocidental, e ainda mais quando se trata de povos "compósitos", como é o caso dos antilhanos, oblitera séries complexas onde o exógeno e o endógeno se alienam e se obscurecem.

Os povos responderam a essa obliteração. A obstinação em considerar o tempo como uma experiência natural (estudamos o tempo como o esboço da relação natureza-cultura, e o fenômeno que privilegia, para nós, povos, o dado "natural" do tempo) reflete claramente uma reação instintiva global contra a pretensão de impor "um" tempo histórico, que seria aquele do Ocidente.

Mas, ao mesmo tempo, nossas elites concordaram com essa imposição. Elas intoxicaram pouco a pouco a mentalidade geral com essa crença na história única e na força (poder) daqueles que a fazem ou afirmam controlá-la. A contradição surge desse duplo movimento: a recusa vivida de uma história excessivamente "culta" e a crença ideal em uma história que é apenas a força e o poder de uma cultura (outra).

(Observemos como a concepção de um tempo-natureza está ligada à valorização de um espaço-subjetividade – nas comunidades que não são tomadas pelo desejo de descobrir, de ir além, de se impor ao outro. Pergunte o caminho para um camponês martinicano ou talvez das Cevenas francesas: as indicações que ele lhe dará não terão nada a ver com a objetividade precisa do espaço conquistado. Ele brinca com isso. Ele também não vai querer lhe impor "um" tempo específico. Ele marca a história dele *ao lado* da sua.)

A explicação da razão pela qual a busca por identidade se torna incerta e ambígua para alguns povos está na contradição entre uma experiência vivida pela qual a comunidade instintivamente recusa a unicidade usurpadora da História e um pensamento oficial pelo qual ela consente passivamente, por meio da ideologia "representada" por suas elites. A ambiguidade nem sempre é a marca de uma falha.

Mas a contradição, de não ser elucidada na consciência coletiva, ali onde a memória histórica não tem conseguido desempenhar seu papel de acumuladora, mantém um mecanismo de irracionalidade mórbida, pelo qual entendemos a infralógica que faz com que, do progresso histórico ao progresso social, nossa comunidade tenha "avançado" em direção ao consumo que hoje a ameaça.

Uma das consequências mais terríveis da colonização será, de fato, essa concepção unívoca da História e, portanto, do poder que o Ocidente impôs aos povos. As guerras pelo poder e as tiranias loucas que surgiram na América do Sul no século XIX e na África hoje (depois da descolonização) são o resultado disso. Começamos a perceber que, tanto quanto os episódios de luta de classes ou de nascimento das nações, a profunda mutação de mentalidades comanda, nesse sentido, uma possibilidade de mudança da ordem do mundo.

Lutar contra a História única, em favor da Relação das histórias, talvez seja, de fato, reencontrar seu verdadeiro tempo e sua identidade: apresentar, em termos inéditos, a questão do poder.

32. Rastros

Ele conseguia distinguir os perseguidores, cães e caçadores, ao longe, na mata onde havia se perdido. Ele havia seguido o rastro pelos barrancos, quando os demais o procuravam por cima dos montes. De baixo, às vezes parecia-lhe que era o caçador e morria de rir com isso. Ele havia traçado um caminho, de esconderijo em esconderijo, e andava em círculos: era sua única chance de escapar; estar sempre em movimento. Não o distinguiam dos galhos e da lama, da terra e dos tocos entre os quais poderiam tomá-lo por uma figueira maldita com os galhos-raízes cortados, mas que ainda parava em pé entre pedaços de cipós remendados. Lembrava-se dos dias em que o chamavam de Rasga-terra, e isso era tudo o que sabia da época e dos anos, além do fato de que não pudera esperar nem mais um passo, apesar dos rumores sobre a abolição sussurrados à noite nas senzalas. Arrancou pela raíz um feitor que havia descoberto seus planos e barrado seu caminho. Todas as noites, ele voltava à senzala onde as mulheres deixavam cozidos de mandioca e legumes nos cantos mais escondidos. Sentia na noite a vigília dos que estavam nas senzalas e reparou no silêncio que faziam quando se aproximava. Ele sentia que eles o apoiavam, o carregavam, ajudando a atravessar a noite. Ele não tinha futuro, não conseguiu chegar ao mar e roubar uma canoa. Ele morreria em breve. Mas ele corria em círculos sem parar, como um sol negro.

Ele havia perdido a conta dos dias e das noites desde aquela manhã em que se desfez de um gerente *béké* que, segundo lhe disseram, estava rondando sua esposa. Mas não tinha certeza se fora apenas um pretexto e se algo simplesmente havia se acumulado dentro dele, pedindo para explodir. Ele só sabia que ainda era a Grande Guerra e que os soldados não tinham nada melhor a fazer senão tentar prendê-lo. Eles estavam com muito medo dos alemães, ou dos estadunidenses, para ir embora daqui. Ele morria de rir. Ele ia de esconderijo em esconderijo, em um rastro que girava sem parar. Suas roupas eram apenas terra e pedaços de gravetos misturados. A noite aventurava-se ao lado da senzala, ele encontrava na soleira das portas as panelas de comida que as mulheres deixavam para ele comer. Às vezes uma vela queimava ao lado da panela, como se ele fosse uma divindade com a qual buscavam se conciliar. No entanto, ele sentia o medo crescente entre os habitantes. E, como havia falhado em sua tentativa de cruzar o Canal de Sainte-Lucie, sabia que, mais dia, menos dia, cairia em uma emboscada. Ele daria um tiro na própria cabeça em vez de se render, com o mais leve de seus dois fuzis.

Ele morria de rir. Ele não sabia por que estava rindo. Agora ele era um assassino rastreado. Ninguém entenderia sua vingança. Ele havia descido para o sul e tentado cruzar o mar em direção a Sainte-Lucie. Ele voltava, tentando encontrar os esconderijos que havia arranjado. Todas as forças policiais foram mobilizadas contra ele. "*Man san fouté*" [Eu não me importo], ele gritava em sua cabeça. Noite após noite, encontrava as panelas de peixe vermelho, bacalhau frito e fruta-pão que as mulheres colocavam no parapeito das janelas, a sua espera. Ele tinha que cuidar da roupa, porque queria voltar para a cidade. Ele não sabia quanto tempo mais aguentaria. Talvez até 1973, ou até 1975. Mas ele queria voltar para a cidade. Assim ele não seria pego. As pessoas iriam protegê-lo. Caso contrário, ele se defenderia até o fim. Ele não sabia que o cerco se fechava.[103]

103 E Dereck Walcott, em seu último livro de poemas: "História é mar."

referências

HISTORIZAÇÃO DO TEXTO

Na Martinica, o "problema" da língua crioula é indissociável de uma análise histórico-poética. (Poética: porque o essencial da história da Martinica, história rasurada, pode ser lida por hipóteses criativas.)

Os períodos (ou "fragmentos") da história se articulam não em um processo da sociedade martinicana, mas sobretudo em mudanças decididas de fora: pela política do sistema colonizador. Essa intervenção não constitui um simples elemento de interrelação; é um sobredeterminante absoluto.

A esses fragmentos históricos detectáveis correspondem "conjuntos textuais" definíveis. As variantes de nossos sistemas de discurso são predeterminadas em nossa história vivida. A conquista de um conjunto textual autônomo (a busca árdua por uma linguagem) é um dado importante no trabalho de libertação.

Restabelecer um continuum, *se não entre os sistemas de discurso, pelo menos na consciência que deles temos. Esse* continuum *não visa neutralizar os acidentes da experiência vivida (para prefigurar uma linhagem fixa) - e como poderia? -, mas combater o sentimento paralisante nascido do descontínuo tal como o vivenciamos sem saber.*

sociologias

referências

OS TRÊS DISCURSOS

Intricados no mesmo real, sucedendo-se e se superpondo, e dissociáveis por análise.

O discurso oral tradicional. *Em continuidade com o universo das Plantações. Expressa ainda hoje a força da visão, aguda, mas pessimista, do trabalhador agrícola martinicano. Esforça-se para suportar a agressão diglóssica. Atingido pela folclorização, ao mesmo tempo que se submete ao abandono generalizado de toda prática de produção no país. Discurso rachado.*

O discurso elitista, *atingido desde o início por seu desvio barroco, banalizou-se ao mesmo tempo que a elite se instalava em sua pouca realidade. Discurso de representação, que não se enraíza em função alguma. Arrasta consigo a própria angústia, que engorda por produzir apenas representação. Em seu horizonte, a obrigação macútica. Discurso vazio.*

O discurso delirante. *Ele nasce da esterilização do discurso oral tradicional e do escárnio do discurso elitista. Ele faz a relação entre essas duas expressões: carregado de sentido como o discurso tradicional, mas tão ameaçado quanto; angustiado como o discurso elitista, mas tão improdutivo quanto. Discurso trágico.*

(O discurso "literário" desloca-se dessa rachadura ao vazio e ao trágico, buscando praticar uma síntese que o ultrapasse. Acontece, na maioria das vezes, que ele herda daí apenas as faltas, sem que libere seus significados.)

33. Por uma sociologia cultural

I

De uma análise

A situação na Martinica é tão complexa que nenhuma análise pode lançar luz sobre suas coordenadas de uma só vez. Este texto não aborda o estudo detalhado dos elementos sociopolíticos da situação, mas busca abordar, de forma ampla e rápida, alguns aspectos "culturais".

Ares de trocas

A Martinica constitui-se cada vez mais como uma terra de trocas, onde o circuito bem conhecido (de fundos públicos transformados em lucros privados) atinge uma espécie de pureza exemplar. Por uma lógica deliberada deste sistema, a produção do país (cana, banana, abacaxi) entra progressivamente em colapso, em benefício do setor terciário que se sustenta de forma unilateral e forçada. Muitas vezes analisamos esse processo, mas sempre desistimos de tirar conclusões verdadeiras. Uma delas é que as chamadas superestruturas (e que aqui se referem ao aparato da ideologia dominante) se desenvolvem de forma autônoma e monstruosa. A atenção dada ao "cultural" deriva dessa proliferação.

Terra de trocas, a Martinica está se tornando cada vez mais uma terra de passagem. Passagem de fundos, passagem de turistas, passagem dos próprios martinicanos. A estrutura do país não lhes permite suportar tamanha desnaturalização. Um povo que dispõe de um "interior cultural" onde se esconder (costumes ancestrais, religião, língua, mitos etc.) pode resistir por muito tempo à não produtividade. A Martinica não pode. Não há nada a que se possa apegar para aguentar o baque. As estruturas da sociedade, seus reflexos, são aqui resultado do ato colonial e não estão enraizadas em um *antes* (exceto pelo *corte* do tráfico negreiro). Para um país que não tem certeza de seu passado, a não produtividade é uma deficiência irremediável. Ela invade o ser de esterilidade. Ela desencadeia uma não criatividade, reforçada neste caso pelo consumo passivo de "produtos culturais" externos.

Pior ainda, os valores culturais acumulados no âmbito do sistema de Plantações (tradições orais, contos, costumes, gestuais, folclore etc.) secaram ou desapareceram com o desmoronamento desse sistema. Um país que se dedica a receber turistas sem poder "opor" a esses turistas valores de "relação" é um país em abandono.

Propusemos a ideia de uma "sociedade mórbida", ou seja, uma sociedade cujos componentes estão envolvidos em linhas de força heterogêneas à própria formação social, isto é, determinadas e decididas em outro lugar. Esta morbidez do social é geralmente refletida numa "ambiguidade", amorfa ou ativista, que iremos escrutinar demoradamente, ela própria atravessada por grandes convulsões pulsionais, que são momentos de um reequilíbrio ao mesmo tempo "selvagem" e sazonal.

A busca de identidade

Entendemos que nessas condições, a "busca de identidade" do povo martinicano não apenas passa por incertezas e atrasos, mas também leva, em certos aspectos, à autoagressão. É que não há organização da produção, nem estrutura de trabalho autônomo, alienado ou não, a partir do qual é possível manifestar essa busca. Podemos resumir dizendo que, nessa situação, *absolutamente nada pode obrigar um martinicano a "se entender" com outro martinicano*. A disseminação coletiva se difunde em disseminações individuais. Não podendo concordar em nada, era "normal" (como mostrou Fanon) que os martinicanos tenham optado pela desunião entre eles.

O consumo passivo ou a adoção acrítica de produtos de fora (jornais, literatura alienante, teatro, programas de televisão e rádio, e até os costumes morais! Sem contar, obviamente, os produtos de consumo cotidiano: importamos literalmente tudo, açúcar refinado, iogurtes, ovos, salada, leite, *ad infinitum*) não significam, porém, uma abertura ao mundo exterior. Não apenas as notícias do mundo são aqui filtradas de todas as formas possíveis, como também podemos dizer que não há opinião pública na Martinica preocupada com o que se passa em Angola, no Sahel ou no Chile.[104] É porque o martinicano só

104 A vantagem bastante relativa é que o martinicano, se não for um intelectual que voltou da França, escapa da insistência obsessiva pela leitura dos jornais, que nos dão a falsa ilusão de que participamos do mundo. Desenvolve-se, aos poucos, no recém-chegado, um desapego do qual podemos nos perguntar se *ele não conduz a mesma coisa*, se

conhece no mundo esse imperativo-mercadoria que lhe é imposto. O mundo é aqui contabilizado em containers, ele é só isso, e talvez seja o melhor filtro possível. (A conteinerização é a equalização rigorosa do movimento do mundo em volumes idênticos, rastreáveis e infreáveis, sempre controlados por uma vontade equalizadora no nível mais baixo.)

Este não é um fenômeno que decorre do provincianismo, nem da insularidade. Há na insularidade ou no provincianismo uma força, ainda que negativa, de apego (ainda que desviado) a si mesmo que, no nível da consciência "clara", aqui faz falta. O provincianismo é tanto mais seguro de si (e mais pesado) quanto mais rígido ou reacionário ele for. Sentimos aqui, ao contrário, uma espécie de evanescência, de leveza fundamental mantida pela disposição astuta e silenciosa que descrevemos: a política declarada (e, ao que parece, doravante sem retorno) do sistema é atingir a assimilação econômica após a assimilação política e social: isto é, melhorar (na medida compatível com a realidade do lucro) a condição de base dos martinicanos, enquanto são definitivamente privados de qualquer possibilidade de intervir coletiva e responsavelmente na escolha e direção da sua vida econômica.

Em termos de poder, isso se traduz pela afirmação tecnocrática e imperativa de que a dignidade começa pelo número de dentistas ou farmacêuticos. Tal afirmação ignora sistematicamente este mistério: que os martinicanos, satisfeitos ou realizados, vivem, entretanto, num clima perpétuo de tensão, de ansiedade coletiva, de confronto racial, de pulsões descontroladas, que não são aqui atribuíveis nem aos excessos de um mundo industrializado nem às insatisfações de uma supermodernidade. Acontece que a dignidade passa também, digamos assim, pela "busca de identidade" (tão ridícula aos olhos interessados dos tecnocratas), cujo alcance requer o equilíbrio geral.

A questão "cultural"

Esboçamos as razões pelas quais os problemas culturais nos parecem exigir uma atenção permanente. Em primeiro lugar, em razão da hiperbolização das superestruturas (trata-se talvez de uma forma

---

não é uma defesa inconsciente. Esse desapego individual da "neurose de informação" é acompanhado de uma ausência coletiva de opinião pública. Isto é, a coletividade não escapa dessa outra insistência para a qual "evidentemente" acenam as mídias "locais".

inédita de sociedade onde, vale repetir, a superestrutura conseguiu ganhar da infraestrutura em curto-circuito uma espécie de autonomia "anormal"); depois, porque o "cultural" se torna, assim, um dos "caminhos" silenciosos da opressão; enfim, porque, de forma ambígua, o "cultural" se torna ao mesmo tempo um dos vetores da busca de identidade.

Mas, para responder ao tecnocrata, essa busca não é uma vaga e metafísica aspiração à "autenticidade". Trata-se da reivindicação de um equilíbrio entre a estrutura de um sistema de produção e a responsabilidade da comunidade no âmbito desse sistema. A dignidade começa com o poder de decisão. (E é, antes de tudo, porque na Martinica não há mais um processo determinante de produção, mas um plano camuflado de troca, que a ambiguidade domina essa angustiada "busca" de si.)

O governo francês, que parece sempre à frente de uma estratégia sobre os políticos martinicanos, organizou, aliás, um verdadeiro plano de erradicação cultural que certamente constitui, nesse âmbito, uma das formas mais perniciosas de opressão cultural e política. Ensina-se implicitamente que a "cultura" é "universal", e que a "cultura martinicana" (que eles defendem) dela participa sem problemas preocupantes. Como fazem isso? Com pianistas de Pont-à-Mousson, marionetes da Alsácia ou violinistas dos Pireneus. Todos aplaudidos e compreendidos. A cultura torna-se literalmente aquilo que resta quando tudo foi esquecido (sobre você e seu país).[105]

A ação cultural, como em qualquer lugar do mundo, torna-se assim uma questão política, uma manobra de lavagem cerebral ou uma introdução à mudança, mas aqui com a especificidade, por assim dizer, de sua ambiguidade, ligada ao ambíguo da sociedade martinicana.

A ambiguidade

A ambuiguidade surge aqui, portanto, da impossibilidade de "sustentar" sem prejuízo o impacto dos "elementos de cultura" externos, o prejuízo resultante do fato de que seu consumo acontece num contexto de não responsabilidade. (Nunca ouvi falar de um pianista francês

105 As previsões do Sétimo Plano dos DOM-TOM sublinham a "importância da política cultural para a paz social..." (1980).

em "turnê" por Fort-de-France considerado ruim pela plateia.) Nesse caso, a crítica popular é implícita e se manifesta na ausência: essas cerimônias são reservadas aos "burgueses". Mas a ambiguidade cresce porque a denúncia de tais práticas alienantes é comparada ao obscurantismo ("Como? Você está desdenhando das expressões da cultura universal? Estão oferecendo Mozart e você reclama de aculturação?")

Em outros lugares, a mesma ambiguidade distorce a vida sociopolítica. A reivindicação do alinhamento dos direitos sociais da massa dos trabalhadores martinicanos com a dos trabalhadores franceses é ao mesmo tempo legítima (como as organizações sindicais poderiam não lutar dia após dia para melhorar a condição dos trabalhadores contra os aproveitadores do regime?) e extremamente alienante (o poder contenta-se de bom grado com uma oposição que se mantenha dentro da divisão francesa esquerda-direita, bem como com as resoluções de conflitos que sancionam sua autoridade).

Da mesma forma, a aplicação das leis de previdência social na Martinica é certamente feita em um contexto geral em que essas leis (1º) são apresentadas, senão vividas, como uma dádiva da França e não como uma conquista dos trabalhadores martinicanos; (2º) não estão correlacionadas a nenhuma política trabalhista na Martinica; e (3º) consequentemente, desenvolvem na população uma mentalidade de mendicância organizada e oficializada, que constitui a pior forma de morte coletiva. Mas o primeiro partido político que vai afirmar sistematicamente essas verdades e tirar a conclusão - programada - de que o povo da Martinica ganharia em ser mais carente em um sistema no qual pudesse controlar a produção e discutir uma política trabalhista, ao invés de ficar meio satisfeitos com a irresponsabilidade (satisfações morosas e limitadas do ponto de vista da vida em coletividade) - esse partido perderia imediatamente toda a influência. Nenhuma formação política está disposta a desempenhar o papel de kamikaze ideológico desta forma. E qualquer indivíduo que apoie estas propostas recebe logo como resposta, e não sem razão, que é possível ver claramente que ele tem tudo aquilo de que precisa e que não necessita de programas de assistência familiar para viver. Feliz ambiguidade.

Ela rege também as manifestações do que chamam folclore. Extinto ao mesmo tempo em que o sistema de Plantações se desestruturava e a Martinica deixava de ser uma terra de produção, o folclore tem atualmente duas vocações: uma, pateticamente mantida pela propaganda oficial (rádio, televisão, jornais), convida a redescobrir a autenticidade e o dinamismo das tradições (Carnaval etc.; essas "redescobertas" provariam que o sistema atual é bom, que ele é viável); a outra, contestatória, utiliza os caminhos do folclore para denunciar, se não a lógica de desenraizamento desse sistema, ao menos suas injustiças mais flagrantes. Às vezes, essas duas vocações se encontram na mesma prática.

Mas o impulso atual de criação folclórica não é fruto de uma prática social: não diz mais respeito ao acompanhamento de um trabalho, nem ao rito de uma crença popular, nem ao ritmo de existência. O folclore que, ao contrário de outras formas de expressão, deve necessariamente resultar de uma atividade coletiva, já não canta aqui um Deus comum a todos, já não acompanha nascimentos e mortes, já não marca o ritmo de uma profissão. Portanto, por mais brilhante que pareça, ele hoje não é "funcional", encontra-se "em suspensão". Podemos manipulá-lo, até mesmo desviá-lo de seu significado, celebrá-lo em instâncias oficiais pela voz de renomados aculturadores. E ele até encontraria na contestação uma espécie de "função" inédita, de cuja ambiguidade, entretanto, ele não escapa. Sabemos que podemos, de fato, longe de qualquer criatividade responsável, conduzir um povo à prática exclusiva de um folclore espetaculoso, mesmo que às vezes de conteúdo controverso.

Tal é o poder pegajoso da ambiguidade, cujo axioma pode ser assim resumido: *não há nada (em contestação ou em oposição) que não possa ser recuperado aqui pelo sistema.* A ambiguidade alimenta assim uma confusão fundamental, em que indivíduos e organizações são chacoalhados, encontrando-se os mesmos homens a contestar, por um lado, e a consagrar, por outro, um sistema que é o único a pôr em ação uma estratégia uniforme, flutuante, paciente e, já faz algum tempo, deliberada.

A alternativa

Morbidade, ambiguidade, confusão. Porque a redução monstruosa à "superestrutura" (aniquilação pelo consumo sem produção) elimina a alternativa aparentemente sem saída que aqui se impõe aos martinicanos que querem questionar o estado das coisas:

(a) Organizar um processo de produção a fim de escapar dessa aniquilação, ou seja, enfim lançar (por meio das malhas do sistema) uma burguesia capitalista "local", para dar-lhe a chance de exercer uma função real para seu próprio benefício nessa eventual renovação da produção, ou seja, no fim das contas, para prorrogar (até hipotéticas contradições futuras) a suspensão do povo martinicano. Este é o caminho da reforma, da assimilação adaptada. Caminho impossível, já que essa burguesia nunca assumiu autonomamente uma função real (de capitalização, de orientação, de produção ou distribuição) e não tem nem os reflexos nem os meios para isso. Burguesia parasita do sistema. A coerência deste sistema relega constantemente os produtores aprendizes (ainda mais confinados ao setor terciário e que clamam pela industrialização há algum tempo) ao papel de aproveitadores e catadores de migalhas, sem poder de decisão.

(b) Desestruturar o sistema de produção, isto é, exasperar as contradições no processo de produção e trazê-las a um ponto de conflito tamanho que necessariamente leve a uma revolução socialista. Mas como exasperar as contradições de um sistema que não mais depende, e tampouco pretende depender, de um setor agrícola ou industrial, nem de qualquer forma de produção (a não ser sobre uma produção mínima como pretexto para manter um grupo de consumidores), senão a partir de um revezamento, de uma troca de dinheiro público em dinheiro privado, organizado de modo homogêneo e otimizado no campo alienado de um consumo?

Entre as garras (ou o pântano) desta alternativa, agitam-se propostas dilatórias que dizem respeito, todas elas, a uma eventual mudança de estatuto político, mudança projetada da maneira mais formal: descentralização, regionalização, autonomia. Propostas que, para escapar das garras, da impossível alternativa, postulam ou exigem que esse reajuste de estatuto seja acompanhado da manutenção de uma ajuda institucional do antigo país dominante. Mas, como disse o sr. Messmer, com a lógica mais realista: "Não há divórcio com pensão." Ele ecoou os pensamentos do general De Gaulle: "A Independência, veremos; a autonomia, jamais."

As pulsões

Diante de tal impasse, as elites intelectuais respondem todos os dias recitando fórmulas políticas inocentes aprendidas na França, herdadas do Ocidente, e das quais todos esperam o início de uma solução. Para melhor escapar da angústia da situação particular, temos, por exemplo, o "universal": o "universal" humanista dos valores franceses, o "universal" científico dos valores revolucionários. O universal domina assim a solução dos problemas do particular, em vez de resultar da sua resolução. As "vanguardas" políticas refazem seus credos dessa maneira e se excomungam mutuamente. Eles empregam energia e dedicação incansáveis para isso.

Disperso em seu habitat rural, sem se beneficiar de qualquer poder de concentração na organização do trabalho, vítima do desemprego, entregue às tentações da mendicância oficial (a que se chama aqui de "indispensável solidariedade nacional"), sem vislumbrar nenhuma perspectiva definida diante de si, o povo martinicano responde à alternativa com explosões de violência descontrolada, com uma regularidade quase metronômica, seguidas de longas passagens de prostração e consentimento passivo.

Uma teoria básica da situação martinicana deverá destacar a possibilidade de acumular experiência suficiente na memória coletiva da comunidade para que um dia as pulsões traumáticas transitórias possam ser transformadas ou continuadas em projetos políticos elucidados.

Pessoas do povo ou elites são tomadas por essas mesmas forças impulsivas, das quais ninguém aqui pode afirmar estar a salvo. A tensão social é ainda mais exacerbada pela distância entre a disseminação de bens de consumo e a disparidade do poder de compra. É de se surpreender também que o banditismo não cause maiores estragos, tendo em vista essa disparidade; mas é improvável que essa moderação se estenda por muito tempo.

A tensão racial está em toda parte, e não é de se surpreender. Conhecemos os problemas que tem um antilhano que vive na França, tendo em solo francês de 200 mil antilhanos geralmente relegados a tarefas subalternizadas. Imagine então a França habitada por 3 milhões de executivos e diretores antilhanos, privilegiados em relação ao resto da população e ainda mais arrogantes. Isso é o que representa para a Martinica os 20 mil ou 30 mil executivos franceses que ali se instalaram nos últimos quinze anos. Essa tensão racial, que é silenciosa e latente, se expande a cada dia, e todos podem ser afetados por ela.

Usar reflexos pulsionais sem conceber ou aceitar soluções básicas é reduzir uma comunidade a uma coleção de indivíduos cujos destinos não se solidarizam, de modo que ela não constitui mais um povo. Por trás da fachada dos benefícios sociais e das prosperidades crescentes, trata-se de fato de um genocídio cultural.

II
O estado das coisas

A língua

A primeira ferramenta cultural de uma comunidade é a língua. Derivada da irresponsabilidade coletiva e do esgotamento da criatividade, frutos da não produção, a prática de línguas na Martinica (a língua materna, o crioulo, e a língua oficial, o francês) constitui um bom termômetro da situação. Se o francês falado é cada vez mais um francês neutro, padrão (que tende a se tornar uma língua natural), em que naturalmente não se identifica mais a suntuosidade barroca dos literatos da época colonial (ao contrário, marca de uma distância, de uma diferença), note-se também que o crioulo, por ter deixado de ser uma língua de função, comércio ou produção, está se banalizando e tende a uma dialetação pela qual se pretendia marcá-lo para assim neutralizá-lo.

Com o desaparecimento do sistema de Plantações e depois dos ofícios tradicionais (tanoeiros, curtidores, sapateiros, carpinteiros, pequenos lojistas etc. – "pequenos ofícios" que não tiveram espaço no mundo industrial), com a eliminação dos trabalhos "de base" (a pesca, por exemplo, cuja reorganização e revitalização são prometidas periodicamente), com a padronização das empresas (construção, comércio, comunicações etc.), com a importação de todos os produtos naturais ou manufaturados, com a multiplicação de funcionários públicos, com a constituição de um grande grupo de residentes franceses, o crioulo de fato, na lógica do sistema, *não tem mais razão de existir*. Proibido ontem (porque "perigoso") nas escolas onde se forjava a assimilação, hoje parece que podemos ousar defendê-lo nos órgãos oficiais, na rádio ou mesmo na televisão.[106] Uma língua *na qual* não se fabrica

106 São os professores da Martinica ou Guadalupe os responsáveis por proibi-lo nas salas de aula.

mais nada (se podemos assim dizer) é uma língua ameaçada. Uma língua folclórica. É inútil discutir sobre os crioulismos que pontuam os textos das crianças nas escolas, sobre as expressões francesas que de maneira forçada invadem e esterilizam o crioulo, se não apresentarmos a dupla evidência a seguir: o uso "não responsável" do francês e o uso "esvaziado" do crioulo se unem na mesma perda, trágica e inconsciente, do falante martinicano. Vale dizer que é justamente quando o crioulo está mais ameaçado como ferramenta social, que ele encontra maior número de defensores triunfalistas para defender sua vitalidade, sendo esta talvez a consequência (ainda que cega) desse processo. Uma verdadeira defesa da língua crioula passa pela elucidação global das causas das agressões contra ela, não por uma prática folclórica. Acrescentemos que o crioulo, língua de comunicação, mas língua "vazia", está se tornando cada vez mais, no seu uso cotidiano, a língua dos delírios de substituição e de autoagressão.

A "vitrine"

A Martinica tornou-se uma "vitrine" no Caribe, mas que esconde exatamente o contrário de sua prosperidade real ou aparente.

Os Departamentos Ultramarinos das Antilhas-Guiana são provavelmente os mais avançados da região do Caribe e, de longe, os mais prósperos em termos de benefícios sociais, mas provavelmente também os países dessa região onde a demissão coletiva, o recurso exclusivo ao Outro, a permanência da mendicância oficial (ou seja, não visível na rua, mas instalada nos balcões e nas antecâmaras das administrações) são os mais irritantes e frustrantes. Um exemplo: a assistência médica gratuita que as prefeituras distribuem às pessoas, e que muitos beneficiários da previdência social preferem usar, em vez de recorrer aos seus próprios direitos.

Desenvolve-se uma infraestrutura de equipamentos muito calculada (áreas de desembarque de produtos fabricados em outros lugares, chamadas de "zonas industriais", estradas com vocação estratégica, porto e aeroporto, para os fretes e a movimentação da população – isso em frente a duas ou três fábricas em ruínas, em um país onde mais nenhum setor da produção tradicional controla de forma decisiva a vida e o equilíbrio do conjunto social), mas nunca a irresponsabilidade dos martinicanos foi tão longe, nunca sua ausência coletiva dessas empresas foi tão paralisante - ainda que os *békés*, derrotados pelos produtores de beterraba da França e tendo participado dessa derrota, tenham tido uma segunda chance numa reconversão ao setor terciário. Um exemplo recente: o aumento unilateral da taxa de frete da Compagnie Générale Transatlantique, empresa que detém o monopólio do porto de Fort-de-France, dois dias após a visita reconfortante do gerente geral dessa empresa na Martinica (1976).

Elogia-se globalmente e sem nuances o "rendimento per capita", em comparação com as outras pequenas ou grandes Antilhas; mas, se você viajar nos países mais carentes desta região, para além de qualquer miséria física ou fisiológica que encontrar, não vai se deparar com essa miséria mental, com esse desequilíbrio, com essa ausência de perspectivas, com esses delírios de substituição que perseguem ou atingem os martinicanos. Grandes centros comerciais e miséria moral. Uma ilustração: um homem, a quem se solicita que doe sangue para sua esposa em trabalho de parto, admite ao médico que está cansado e declara inocentemente que achava que o banco de sangue vinha da França. Lógica delirante e desnaturada!

Vemos aí se agitar uma "pequena burguesia" cada vez mais ouvida pelo sistema, mas incapaz de se defender ou de se desenvolver por si ou para si. Burguesia de representação e não de função que pretende "representar" ou defender o povo. Ela nunca questiona a política elitista que marcou a colonização na Martinica e que fez dela, *intelligentsia* martinicana - e o povo deixado de lado -, uma interlocutora privilegiada, mas irrisória, do poder. Todo mundo é o pequeno patrão de alguma coisa. Uma ilustração comum: a propaganda feita para apresentar as condecorações oficiais é muitas vezes acompanhada de agressivas declarações de fidelidade ao regime. Engenhocas e macutismo.[107]

Por fim, propõe-se a assimilação integral como único caminho possível para uma melhor condição de vida. Sem contar o que as gerações futuras vão pensar sobre a bárbárie do desejo de um povo de assimilar um outro, não devemos negligenciar o que essa assimilação exige para

---

107 Mais uma vez, constatamos uma evolução. Em 1978-1979, a propaganda em torno dessas cerimônias era rara. O discurso alienante não só se tornou banal, padronizado, como também se tornou (depois de um período de histeria sem dúvida ligado à passagem de uma crise) clandestino; como se ele não precisasse mais ser enunciado a toda hora para ser ouvido.

"conseguir" (o que talvez esteja em vias de acontecer): o desaparecimento da Martinica como coletividade, quando as pulsões vão acabar *desgastadas*, restando apenas indivíduos sem vontade comum. É o que percebemos ao ler textos oficiais que falam de um "departamento com vocação migratória". Essa vocação é o tempo todo mortal, e um povo sobre o qual podemos falar nesses termos é um povo verdadeiramente ameaçado de extinção. A história fornece alguns exemplos.

A perfeição do sistema

Portanto, o que há de perfeito nesse sistema é, antes de tudo, que ele funciona. Os oponentes se opõem, os apoiadores participam, cada um conhece seu papel e o executa. Discutem-se e votam-se orçamentos, implementam-se planos de urbanização, sucedem-se injeções de fundos públicos. Acreditamos trazer elementos que ajudam a compreender que, por detrás dos quarteirões das moradias populares, das estradas, das delegacias modelos, das escolas em alvenaria, dos gabinetes de assistência social, das reconversões da "indústria", dos equipamentos sociais, das exposições de flores e corais, das emissões "culturais" de rádio e televisão, dos empreendimentos portuários e dos planos de recuperação agrícola, o martinicano continua a se fissurar e a decair. Isto é talvez o que o sr. Césaire tentou dizer como humanista (Assembleia Nacional, 1976) ao sr. Stirn,[108] que lhe respondeu, em termos muito menos elaborados, que ele não sabia nada de economia. Ambos falavam de realidades diferentes. Mas não é porque os fundos europeus substituem parcialmente o dinheiro do contribuinte francês no financiamento global da operação que a natureza do processo instaurado na Martinica tenha mudado: fragmentação da produção, desenraizamento cultural, intensidade das trocas entre fundos públicos e benefícios privados.

Por que esse sistema funciona "tão bem"? Porque nenhuma teoria global da situação chegou aos opositores para oferecer- lhes uma perspectiva clara de resolução dos problemas; porque essa perspectiva não pode surgir de ações políticas pontuais que, ainda que extremas, se mostram incapazes de conter uma organização que *não se*

108 Jean-Pierre Stirn, então ministro francês do Ultramar (do DOM-TOM) entre 1974 e 1976, sob o governo de Valéry Giscard d'Estaing. (N.E.)

baseia em nada que possa ser contido em uma produção determinada; porque a própria natureza da sociedade martinicana (produto direto da colonização) não permite emboscadas culturais coletivas que lhe garantam *perdurar*, não ser *contaminada nem desgastada*; porque a própria natureza dessa colonização (formação de uma elite de representação sem função) autorizava que se colocasse em xeque toda uma produção em favor de uma operação mais rentável; porque a própria natureza dessa operação (um câmbio) *suspende* aqui o papel determinante de qualquer classe social: tanto da burguesia de representação quanto da classe trabalhadora, dispersa, reduzida, que não se proletariza nem como uma consciência de classe preparada para o ataque, nem como uma força de resistência nacional; porque as forças hoje capazes de conter o sistema ao seu nível (greves de bancários, de empregados da previdência social, construtores, funcionários públicos, comerciantes etc.) só podem se opor a ele em reivindicações setoriais *se o reconhecerem a fundo*.[109]

O que é ainda mais perfeito é que, assim, o sistema agora se reforça por si mesmo. Ele atinge uma densidade e até mesmo - ousaríamos dizer - uma dinâmica autônoma, independente da vontade de seus promotores ou dos sobressaltos de suas vítimas - o ideal, portanto, para uma organização sociopolítica. O irremediável estaria se realizando diante de nossos olhos? O ponto de não retorno, a partir do qual nada mais poderá ser corrigido? Tal é o peso intolerável que oprime todo martinicano e o lança, seja numa mania existencial, seja num ativismo minuciosamente motivado, porém geralmente inoperante, seja na loucura, seja na servidão neurótica, ou enfim num outro lugar tranquilizador - a tal "vocação migratória".

III
A ideia Martinica

O povo da Martinica

Se a situação é tão desgastante, se estamos presos a esse monocolonialismo (mono: redução de um povo à aparência caricatural de um

109 Na Martinica, um importante evento social e cultural foi, no entanto, o surgimento da primeira Central Sindical Martinica (CSTM), que fez da independência um de seus objetivos prioritários. O sr. Frantz Agasta é o líder.

outro, pela redução de um sistema de produção ao vazio monolítico de um espaço de consumo – aí está sem dúvida um tipo muito específico dessas relações entre povos que vão caracterizar um dos aspectos significativos do século xx), não vamos expor a constatação para, no fim de tudo, tirar conclusões.

Em primeiro lugar, porque o povo martinicano nunca deixou de lutar contra essa "lógica" histórica louca (articulada em torno da luta entre o açúcar da beterraba e o açúcar da cana) que levou o país da regulamentação colonial de produção açucareira à organização departamental do setor terciário, regendo assim, e em todos os casos, *a frustração-na-produção*. A história da Martinica é uma longa série do que chamamos de luta sem testemunhas: às revoltas dos escravizados sucederam sobressaltos impulsivos, alguns fadados ao fracasso pela falta de espaço físico de refúgio, outros marcados pela descontinuidade por carência de um interior cultural, pela falta de espaço interior cultural.

Em seguida, porque essa resistência, de formas e expressões mais ou menos "diferidas", continua. Isso quer dizer que as pulsões coletivas ainda não foram desgastadas pela não produção, nem desviadas pelo consumo passivo, ainda que não claramente elucidadas na consciência. A ideia-Martinica está na cabeça de todos, ou melhor dizendo, no inconsciente de todos. As teimosias populares, as explosões incontroláveis, as devoções militantes, as greves resistentes, as mortes anônimas ou rapidamente esquecidas comprovam essa resistência.

Assim, o objeto deste texto não era enterrar, com um pessimismo reconfortante ("não há mais nada a fazer") essa ideia-Martinica, mas alertar contra um triunfalismo de encomenda, em que proclamamos sem parar que a grande noite será amanhã, quando na verdade nosso país está se deteriorando e decaindo a cada dia. É provável, por exemplo, que um referendo organizado hoje esteja longe de dar vantagem aos partidários de uma mudança de estatuto. Isso significa que os martinicanos são franceses, ou melhor, que, num pequeno país há muito submetido a agressões culturais, o medo do futuro, o medo de ficar sozinho se desenvolveu como reflexo "estrutural"?

Soluções

Ora, nós acreditamos no futuro dos pequenos países. Uma teoria do conjunto da situação armaria a comunidade contra esse medo de ser dona de seu destino. Além disso, acreditamos ter demonstrado que o que falta no caso não é a combatividade, mas essa dinâmica contínua que vem de uma visão global do sistema (de uma teoria).[110]

Se as conclusões de tal teoria de base só podem ser políticas, o estado das coisas faz com que sua abordagem tome caminhos múltiplos. Em primeiro lugar, a análise econômica: não se trata do "conhecimento" técnico que permite saber, por exemplo, quais organizações europeias contactar para obter os fundos de subvenção mais interessantes, mas a reflexão estruturada que permite desmontar o funcionamento do sistema e propor medidas fundamentais de reestruturação. Em seguida, o estudo quase psiquiátrico: porque a cada dia enxergamos melhor o que essas engrenagens provocam em nós de desequilíbrio mental, demissão, loucura costumeira, autoagressão.

Teoria global, que deveria desencadear reflexão e ação cultural, ao mesmo tempo que abre perspectivas políticas. Perante a ambiguidade da situação, é certo que uma das muitas oportunidades perdidas que pontuam a história desse país, neste caso a existência de um partido ou de uma frente nacionalista, vai pouco a pouco se impor, para além dos sintomas angustiantes do mimetismo que desviam a vida política martinicana de seu real sentido.

Antilhanidade

A Martinica pode viver sozinha? Sim, no contexto antilhano. Os economistas morrem de rir. "Economias não complementares. Países subdesenvolvidos." O sr. Stirn julgou detectar a força dessa antilhanidade: levando consigo os políticos martinicanos às pressas, foi para Dominica e Santa Lúcia, como para afirmar sem retorno (aos que aqui chamamos de "os ingleses") a presença francesa no Caribe. Haveria, portanto, uma "França das Américas". Os países da ACP (África-Caribe-Pacífico) estão "batendo na porta da Europa", segundo a expressão dos nossos jornais; mas o fazem *como países*, cuja

---

110 Nenhuma teoria "conduz" o real, e o pulsional pode ser produtor de história. Mas é quando ele vem perturbar, por sua fecunda repentinidade, uma visão firme dessa realidade. Acessar essa visão não significa que a manteremos, mas que avançaremos a partir dela. Quando o pulsional intervém em um real que é em si neurotizante, ele se mostra redundante e tautológico.

união às vezes permite bater a porta na cara. "Estamos na Europa" - na condição de quem?[111]

E quando o sr. Stirn anunciou seu projeto de povoamento maciço da Guiana (30 mil colonos franceses de uma vez, com todas as vantagens que se possa imaginar, e antes *pieds-noirs* [pés-pretos] em busca de outra Argélia do que guianenses por vocação), os países do Caribe protestaram (1976-1977). O sr. Stirn teve que responder que não se tratava de uma tentativa de colonização, mas de uma busca pela geração de empregos para 10 mil habitantes da região (provavelmente trabalhadores domésticos dos referidos colonos?).

Isso porque a dualidade contida na expressão "departamentos franceses da América" não apresenta problema desde que esses departamentos sejam mantidos fechados ao seu entorno natural, ligados apenas à metrópole. Mas, cada vez que tentarmos nos abrir para esse entorno (e como não fazê-lo?),[112] nos chocaremos com a realidade de paradoxo sociológico e histórico, a impossibilidade cultural global que essa denominação coloca: como ser francês - na América?

34. Literatura e produção

Então, a resistência popular na Martinica se efetivou em três direções: a organização, como apontamos, de uma economia de sobrevivência; a marronagem; mas também a elaboração, na época das Plantações, de uma cultura popular viva, que passe inteiramente pela expressão crioula, e culmine na dança e no canto.

A cultura popular viva é a base de nossos reflexos, é o que fica de nossas errâncias, o que talvez precise ser superado, mas ainda guia nossas expressões. Produção natural de uma comunidade, ela sofreu porque essa comunidade deixou de ser produtiva. É uma cultura oral

111 O sr. Dijoud afirmou na Martinica, com força prudencial, em 1978: "Os departamentos franceses da América são departamentos franceses." E o sr. Giscard d'Estaing conseguiu, em janeiro de 1979, provar ao sr. Carter que a França estava realmente presente na região. Portanto, ele assumiu e comentou sobre esse nome. A francesidade é antes de tudo um elemento de estratégia. A francofonia é seu significante.

112 Comércio, lazer, atividades profissionais, organizações de pesquisa, eventos esportivos, solidariedade diante de desastres naturais, atividades universitárias: dia após dia, Guadalupe e Martinica são *forçados* a entrar na história do Caribe.

e, como tal, fragilizada pela constante pressão "civilizatória" do colonizador. Ela não se pensou como metacultura generalizante, mas seu rastro está ainda mais vivo em nós: lancinante.

É o florescimento dessa cultura popular da época do sistema de Plantações que hoje estabelece nossa "profundidade", o que estamos por descobrir. É a partir dela que persistimos. O humor da fala popular nos salvou da extinção. A sua malícia é a astúcia de povos desde sempre ameaçados, que colocaremos em paralelo com a trágica estupefação de povos subitamente agredidos e paralizados.

Ao mesmo tempo que essa expressão popular se organiza e define seu lugar (sem, contudo, descrevê-lo), uma literatura completamente esvaziada é produzida pela camada social dos *békés*. Ela conhece dois polos de atração: a descrição formal do país (isto é, sob a patente desta "forma" única, que supõe a ocultação da paisagem real ligada ao destino dos habitantes) e a excitação erótica (o tradicional transbordamento dos países quentes). Por que essa literatura permanece medíocre, incapaz de compreender o país de que trata? Porque ela não se compromete com ele, não aprofunda sua história, não surpreende sua poética. Foi preciso Saint-John Perse e sua errância para que a literatura antilhana conhecesse o brilho único de um texto que consagra o seu tormento - a recusa da raiz -, mas que, por sua qualidade singular, revela o vazio de todo esse sistema.

À medida que o sistema de Plantações desmorona, a cultura popular se desagrega. A produção de contos, canções, ditados, provérbios não desaparece de repente; ela é substituída, durante certo tempo, por um consumo beatificante que parece se satisfazer com esses mesmos contos e canções, pela folclorização. É então que surge uma pseudoelite capaz de se extasiar com o que antes era criação funcional e que agora parece já não criar problema. Ainda hoje, o estrato médio da população martinicana finge considerar as atuais obras do folclore (o que é "simples, direto") como as únicas manifestações "verdadeiras" da "nossa cultura". O "simples" é óbvio; assim podemos falar de "identidade antilhana" sem correr o risco de ver o radicalismo emergir de uma nação.

Por que a cultura popular ligada ao sistema de Platações não continuou em "outros modos" de expressão? Como já foi dito, porque o sistema de Plantações não dá origem a um novo sistema de produção, mas desmorona e dilui-se em uma não produção, acompanhada pela formação dessa pseudoclasse média que troca seus serviços por um consumo passivo. A concentração dos povos em vilas deu origem e assistiu ao desenvolvimento de ofícios básicos (curtumes, sapateiros, costureiras, marceneiros, carpinteiros etc.), mas que gradualmente vão desaparecer para dar lugar apenas ao comércio de importação. As profissões liberais e de prestígio serão massivamente incentivadas entre 1946 e 1960 e logo experimentarão uma saturação. Durante esse longo período, quando as vilas se justapõem pela primeira vez à Plantação (1850-1940) e, em seguida, deixam imperceptivelmente de desempenhar seu papel de sede de artesanato (hoje nós os encontramos aos montes pelas "estradas", como em qualquer lugar do mundo), os textos literários produzidos o são no campo do escrito e por meio dessa camada média. A oralidade da literatura tradicional é reprimida pela onda da escrita, *que não dá continuidade à anterior.* A lacuna é infinita, desde as características do conto até as volutas do poema neoparnasiano, por exemplo.

A literatura em suspensão, assim como a classe social que lhe dá expressão. Na história das literaturas, as produções de textos escritos estão, antes de tudo, *em continuidade* com as produções orais tradicionais. Em qualquer aparição de um corpus literário nacional, há a intervenção de um ou mais transcritores que recolhem os textos orais e trabalham a partir desse material. E, a partir desse trabalho, a tradição da escrita se constitui e se autonomiza pouco a pouco em relação às fontes orais. Na produção de textos escritos na Martinica, a continuidade não se faz com a tradição popular, mas com as modas literárias importadas da França de forma antiquada, passiva, na maioria das vezes tardia. Essa literatura se encanta ou se comove com a tradição oral, mas sempre na chave da folclorização (no sentido alienante da palavra). O atraso na adoção da moda literária francesa e a não necessidade dessa adoção aproximam a produção de textos da elite martinicana a toda literatura provinciana, ou seja, uma literatura conformista e que nunca se define.[113] Escrever não é uma necessidade, mas um

---

113 Sobre o que se chama de provincianismo, a seguinte nota de René Ménil (no *Bulletin de l'enseignement à la Martinique*, edição especial 1848-1948) permite esclarecer alguns pontos.
Três poemas de um vilarejo sem provincianismo
O caráter lamentável da poesia colonial não escapou a Baudelaire, que escreveu há um século: "Muitas vezes me perguntei, sem poder responder a mim mesmo, por que os crioulos não traziam, de forma geral, nas obras literárias, nenhuma originalidade,

lazer. A pretensão de dominar a língua envolve, às vezes, nessa morosa produção, certas curiosidades.

Digamos mais uma vez que o homem letrado martinicano finge de bom grado entregar-se a uma adoração do folclore que lhe permite rejeitar com desdém as "astúcias técnicas" daqueles que procuram se reconectar de uma outra forma com a força da expressão

---

nenhuma força de concepção ou expressão." E acrescentava: "Os melhores poetas negros e crioulos têm quase sempre, qualquer que seja a sua especificidade, um certo ar provinciano." A fraqueza e o mau gosto da poesia colonial são muito bem conhecidos por todos para que seja necessário insistir na correção desse julgamento.
De onde vem a feiura inerente a toda poesia colonial? Primeiro, do próprio fato dessa poesia ser colonial. Da mesma forma, aliás, a poesia que se diga camponesa, serrana ou urbana é feia. A expressão humana só alcança a poesia na condição de culminar no universal e no essencial. Cada vez que o acessório da geografia, dos ofícios e dos usos, enfim, *cada vez que a decoração da vida humana é dada como o essencial dessa vida, a arte é degradada e desqualificada*. No melhor dos casos, a poesia colonial só consegue esse exotismo que ninguém leva a sério, do qual nada se espera e que alimenta as almas prosaicas.
Mas há o próprio homem colonial. Ele parece atingido por uma verdadeira redução capital em razão das instituições políticas e sociais. Não atinge e não pode alcançar a esfera livre da verdadeira sociedade. A poesia - que é tom maior, livre fascínio, valor supremo - não pode surgir de tal insuficiência da vida humana.
Por fim, quem diz colonização diz modo de civilização baseado na economia camponesa. Ou seja, o provincianismo será o princípio da vida e a base das relações humanas. Nascida em tal ambiente, a poesia só pode ser feita com graças desajeitadas e visões tardias.
É bastante claro que nas colônias a poesia só pode existir por meio de uma vitória do intelecto sobre a mente colonial. Ela surge de uma denúncia preliminar dos avatares que constituem um certo tipo de vida e pensamento. Ela recoloca todo o sistema, que não é humano, em seu lugar, para atingir esse absoluto do humano de que se falou acima.
É nessa condição que nesta data, num remoto vilarejo das Antilhas, jovens poetas (*) podem escrever poemas sem igual, nesta mesma data, nas melhores revistas parisienses. Em um barco de uma pequena ilha, eles abriram uma janela. A vista é para o outro lado do vilarejo - o Universo. Penetra o ar. O ar respirável do homem.
Quantas razões não haveria para se opor a esse texto de René Ménil, que manifesta sobretudo no seu autor a alegria de descobrir "novos talentos", ainda que estejamos de acordo com o princípio da sua proposta? O camponês, o morador da montanha ou o morador da cidade não são "feios" em si mesmos. O acessório de geografia, ofícios ou usos não desqualificam a arte. Não há universal generalizado ou essencial. As melhores revistas parisienses não produzem necessariamente os melhores poemas etc. A crítica do provincianismo, às vezes, pode ceder ao que está denunciando.
(*) Grupo *Franc Jeu*, Lamentin, Martinica. Estes jovens poetas com idades compreendidas entre 20 e 25 anos publicaram, nesta data, seis fascículos (ensaios de prosa e poesia) de notável qualidade literária: poemas de Georges Guannel, Georges Desportes, Édouard Glissant.

coletiva. A folclorização da cultura popular permite de fato ocultar esta última.

A primeira reação sistemática contra o declínio da cultura popular será "geral", ao menos na Martinica. É a ascese negra, em que Sartre detectou a paixão do sacrifício vitimário: a Negritude condenada a abolir-se na negação sublimatória do proletariado mundial; assim como Faulkner fez do negro dos Estados Unidos a vítima expiatória exemplar da culpa do branco, o signo consequentemente visível do *rastro primordial*. Essa generalização constituiu a força e os limites da teoria da Negritude.

A segunda reação, derivada da primeira, concebe para todo o Caribe a convergência dos reenraizamentos em nosso verdadeiro lugar. É o que denominei teoria da antilhanidade.[114] Sua ambição é prosseguir e ampliar, simultaneamente, a dimensão africana - que aqui se transforma ao reencontrar-se - e a raiz da linguagem, que se reforça ao multiplicar-se. Derek Walcott perverte a língua inglesa tanto quanto Nicolás Guillén desfia a espanhola, tanto quanto V. S. Naipaul afirma, ao mesmo tempo que nega, o país que explora. Pouco importa que não falem crioulo; falamos, sob diferentes espécies, a mesma linguagem.

O que significam essas reações dos intelectuais? Que estamos tentando reencontrar, aqui na Martinica, para além da desintegração das produções e do declínio das produtividades, a força da cultura popular que está em nós e que tão visivelmente se esfacelou com o fim do sistema de Platações. Vivenciar essa força latente não significa ater-se a suas expressões ultrapassadas. Hoje nossa coletividade já não produz mais nada em termos coletivos. E, ainda que compreendamos que seja tirânico o fato de confiar profundamente em uma teoria restritiva das produtividades, não deixa de ser verdade que nossa consciência de tal carência nos constitui parcialmente.

Compreendemos - ou adivinhamos - que a cultura popular, que um dia já se expressou com tamanha força natural, permanece em

114 Foi numa conferência de Daniel Guérin, proferida aos alunos da Association Générale des étudiants martiniquais, em 1957 ou 1958. Daniel Guérin, que acabara de convocar uma Federação das Antilhas em seu livro *Antilles décolonisées*, surpreendeu-se, entretanto, com esse neologismo que supunha mais do que um "acordo" político entre os países antilhanos.

nós como uma dor insistente e uma esperança, mas também como consciência - ou loucura - dessa falta.[115]

Compreendemos - ou adivinhamos - que o destino da criação artística acontece ali onde o combate é travado para *toda independência da escolha produtiva global*. Não pode haver um grande debate de expressão fora de um desejo contínuo de libertação.

Cuidemos, porém, para que, se a literatura é hoje, aqui, a arte mais bem preparada para os desdobramentos dessa consciência ou dessa loucura da falta (pois como expressar a falta a partir de materiais não abstratos? como dá-la em formas, em cores, em volumes, em sons?) nós não temos com isso o privilégio de falar sempre, de sempre falar, sem sermos tocados pelo "elemento vibrante e vivo que oferece o mundo inesgotável", de que fala tão bem Elie Faure, o intelectual florentino do início do Renascimento italiano.

NOTA COMPLEMENTAR

A tabela a seguir tenta resumir uma visão já esboçada do processo de produção literária. Ela não dá conta das infinitas variedades ou dos acidentes, felizes ou consternantes, que ocorreram nesse processo.

Períodos	*Processo econômico*	*Situação das camadas sociais*	*Relação externa*	*Expressões orais*	*Produção escrita*	*Resistência cultural*
1640-1765	Desbravamento Economia parcelada	Grandes Brancos e pequenos brancos	Persistência do passado africano	Formação da língua crioula	Literatura dos missionários	Tentativas de manutenção do passado africano

115 Essa ruptura entre a cultura popular e a literatura dos estudiosos hoje justifica a "contrapoética ou "poética forçada" de que falarei mais adiante.

1765-1902	Economia da Plantação Produção real na monocultura Incapacidade de os *békés* saírem do sistema de troca	Maniqueísmo racista (brancos e negros) correspondem à dicotomia escravista As vilas e os mestiços	O feito africano como rastro vivaz O feito martinicano como expressão natural	Literaturas orais crioulas (ritmando a vida)	Literatura *béké* apagando o país real Literatura elitista "excêntrica"	Oral Dispersa Sem resolução
1902-1946	Redução dos *békés* como produtores	Processo de formação da elite Racismo "sábio": o leque de cores	Negação da dimensão africana Modos literários franceses importados tardiamente	Declínio da literatura oral	Apogeu da literatura mimética elitista	Literatura elitista de descrição
1946-1960	Equilíbrio entre pilhagem e troca	Crescimento da "classe" de funcionários públicos	Influências da descolonização africana e mundial	Folclorização da cultura popular oral	Esgotamento da literatura mimética	Literatura elitista de contestação (a Negritude) Literatura militante (Fanon)

1960-1980	Não produção Sistema de troca setor terciário	*Bekés* e camadas médias submissas ao sistema que as privilegia	Papel de desaculturação das mídias Contatos com o Caribe	Reações em defesa do crioulo	Generalização da produção escrita	Literatura elitista da relação (antilhanidade) Literatura do crioulo escrito
prospectiva	Aniquilação ou organização de uma economia martinicana	Massa hierarquizada de clientes ou resolução autônoma dos conflitos	Isolamento "francês" ou inserção no Caribe	Neutralização ou reativação dos conteúdos populares	Esterilização ou explosão criativa	Desaparecimento da coletividade ou aparecimento da Nação

LIVRO II

poética da relação

literaturas nacionais

referências
EM FORMA DE RESUMO

A história da Martinica nos parece uma "não história" sincopada a partir:
- de formas concretas visíveis de opressão: a escravização, a exploração dos operários agrícolas, a imigração de desempregados para a França;
- do aniquilamento econômico, que é a "forma invisível" generalizada dessas opressões;
- da criação de uma elite de representação vazia, desenvolvendo e trazendo para si uma ideologia de diluição no outro, com suas transfigurações extremas (assimilação) ou camufladas (schoelcherismo, ideal republicano, descentralização) ou incertas (autonomia).
Esses são derivados da relação global de alienação. Como explicar que essa despersonalização e essa diluição tenham sido possíveis na Martinica, quando outros povos conseguiram resistir?
A ausência de uma estrutura cultural preexistente (a necessidade de conquistar a unidade cultural a partir da negação escravista) e a ausência de uma estrutura física extensa (onde enraizar resistências radicais capazes de permitir uma acumulação) fragilizaram o trabalho de emergência da identidade do povo martinicano. A erradicação global dentro da ordem econômica completou o processo de fragilização. É contra isso que devemos lutar.

35. O Mesmo e o Diverso

I

Nós apreciamos os avatares da história contemporânea como episódios despercebidos de uma grande transformação civilizacional, que é passagem: da ordem transcendente do Mesmo, imposta de maneira fecunda pelo Ocidente, ao conjunto difratado do Diverso, conquistado de modo não menos fecundo pelos povos que hoje arrancaram o seu direito à presença no mundo.

O Mesmo, que não é o uniforme nem o estéril, pontua o esforço da mente humana em direção a essa transcendência de um humanismo universal que sublima as particularidades (nacionais). A conexão dialética entre oposição e transcendência, na história ocidental, *compreendeu* o nacional como obstáculo principal, que era necessário levar a cabo e, portanto, vencer. Nesse contexto, o indivíduo, considerado como veículo absoluto da transcendência, pôde afirmar de maneira subversiva seu direito de contestar o acidente particular, sem deixar de se apoiar nele. Mas, para nutrir sua pretensão ao universal, o Mesmo requisitou (por necessidade) a carne do mundo. O outro é sua tentação. Ainda não é o Outro como projeto de acordo, mas o outro como matéria a sublimar. Assim, os povos do mundo tornaram-se presas da voracidade ocidental, antes de virem a ser objeto das projeções afetivas ou sublimes do Ocidente.

O Diverso, que não é o caótico nem o estéril, significa o esforço da mente humana para uma relação transversal, sem transcendência universalista. O Diverso necessita da presença dos povos, não mais como objeto a sublimar, mas como projeto a ser posto em relação. O Mesmo requer o Ser, o Diverso estabelece a Relação. Como o Mesmo começou pela pilhagem expansionista do Ocidente, o Diverso se fez por meio da violência política e armada dos povos. O Mesmo se eleva *no* êxtase dos indivíduos, o Diverso se propaga *pelo* impulso das comunidades. Como o Outro é a tentação do Mesmo, o Todo é a exigência do Diverso. Não podemos nos autoproclamar trinitário ou quebequense sem sê-lo; mas é verdade que se Trindade ou Quebec não existissem como componentes aceitos do Diverso, faltaria algo à carne do mundo – e hoje nós conheceríamos essa falta. Dito de outra forma, se fosse permitido que o Mesmo se revelasse na solidão do Ser, o Diverso seria obrigado a "passar" pela totalidade dos povos e das comunidades. O Mesmo é a diferença sublimada; o Diverso é a diferença consentida.[1]

Se não retivermos os aspectos fundamentais dessa passagem (do Mesmo ao Diverso) que são a luta política, a sobrevivência econômica; não contabilizarmos os episódios centrais (destruição dos povos, migrações, deportações e talvez a mais grave das transformações, a assimilação); se nos ativermos a uma visão global, perceberemos que o Mesmo, imaginário do Ocidente, teve um enriquecimento progressivo, um estabelecimento harmonioso no mundo, de modo que pôde "passar" sem quase ter que se *confessar*, desde a ideia platônica até o foguete lunar. Os conflitos nacionais marcaram, desde o interior, o impulso do Ocidente em direção a uma única ambição, que era impor ao mundo, como valor universal, o conjunto de seus valores particulares. É assim que o slogan bem circunstancial da burguesia francesa de 1789, "Liberdade, Igualdade, Fraternidade", tendeu durante muito tempo a significar, de forma absoluta, um dos fundamentos do humanismo universal. O mais belo disso tudo é que ele realmente significou. Foi assim que o positivismo de Auguste Comte tornou-se, de fato, uma religião na América do Sul, para uma elite "descentrada".

O que chamamos um pouco em toda parte de aceleração da história, que advém da saturação do Mesmo, como uma água que transborda seu conteúdo, "desbloqueou" por toda parte a exigência do Diverso. Essa aceleração, advinda das lutas políticas, fez com que, repentinamente, os povos que até ontem ainda povoavam o lado escondido da terra (como existiu, por tanto tempo, um lado escondido da lua) se nomeassem no mundo totalizado. Se eles não se nomeiam, amputam o mundo de uma parte dele mesmo. Essa nominação ganha formas trágicas (guerras do Vietnã, destruição dos palestinos, massacres na África do Sul), mas também passa por expressões político-culturais:

---

1 Retomamos a questão em 1979, à luz da "atualidade": por exemplo, "o direito de ser diferente" não poderia ser localizado na repartição biológica – ver Louis Pauwels e a "nova direita" na França – que desembocasse imediatamente em uma hierarquia das naturezas. A Diversidade introduz a Relação: essa é a tendência moderna entre as culturas, em suas andanças, sua reivindicação "estrutural" de uma igualdade sem reservas.

preservação dos contos tradicionais africanos, poemas engajados dos militantes, literatura oral ("oralitura") do Haiti, consenso difícil dos intelectuais antilhanos, revolução tranquila no Quebec. (Sem contar as transformações insuportáveis: "impérios" africanos, "regimes" sul-americanos, autogenocídios na Ásia, que constituem, como poderíamos pensar, um "negativo" - imparável? - de tal movimento planetário.) Chamo de literatura nacional essa urgência de cada um em se nomear no mundo, isto é, essa necessidade de não desaparecer do palco do mundo e de, ao contrário, correr para sua expansão.

Consideremos a obra literária em sua dimensão mais ampla; pode-se dizer que ela satisfaz dois usos: ela tem a função de dessacralização, função de heresia, de análise intelectual, que é de demonstrar as engrenagens de um dado sistema, de desnudar os mecanismos escondidos, de desmitificar. Ela tem também uma função de sacralização, função de unificar a comunidade em torno de seus mitos, suas crenças, seu imaginário ou sua ideologia. Digamos, parodiando Hegel e seu discurso sobre o épico e a consciência comunitária, que a função de sacralização remete a uma consciência coletiva ainda ingênua, e a função de dessacralização, a um pensamento politizado. O problema contemporâneo das literaturas nacionais, tais quais as concebo aqui, é que elas devem aliar esse mito a essa desmitificação, essa inocência primeira a essa astúcia adquirida. E que, por exemplo, em Quebec, as chacotas sarcásticas de Jacques Godbout lhe são tão necessárias quanto os arrebatamentos inspirados de Gaston Miron. É que essas literaturas não têm o tempo de evoluir harmoniosamente, do lirismo coletivo de Homero às dissecações ásperas de Beckett. É preciso que elas assumam tudo de uma vez, o combate, a militância, o enraizamento, a lucidez, a desconfiança em relação a si mesmas, o amor absoluto, a forma da paisagem, a nudez das cidades, as transcendências e as teimosias. É o que chamo de nossa irrupção na modernidade.

Mas acontece hoje uma outra passagem contra a qual não podemos nada. É a passagem da escrita à oralidade.[2] Não exagero ao dizer que a escrita é o vestígio universalizante do Mesmo, ali onde o oral seria o gesto organizado do Diverso. Há, hoje, uma revanche de tantas

2 No momento em que nós, martinicanos, efetuamos a passagem, quase sempre alienada, da oralidade à escrita.

sociedades orais que, por causa da sua própria oralidade, isto é, por não se inscrever no campo da transcendência, foram submetidas ao assalto do Mesmo,[3] sem poder se defender. Hoje a oralidade pode se preservar ou se transmitir, mesmo de um povo a outro. Parece-nos que a escrita poderia se tornar cada vez mais a medida do arquivo, enquanto a escritura estaria reservada à arte esotérica e como alquimia de alguns. É o que se manifesta pela proliferação pululante de obras de livraria que já não são signo da escrita, mas a reserva sabiamente orientada da pseudoinformação.

O escritor não deve esconder sua face diante dessa constatação. Pois a única maneira, penso eu, de preservar a função da escrita (caso isso seja possível), isto é, de destituí-la de uma prática esotérica ou de uma banalização da informação, seria irrigá-la nas fontes da oralidade. Se a escrita já não se preserva das tentações transcendentais, por exemplo, inspirando-se em práticas orais e teorizando-as, se preciso for, acredito que ela vai desaparecer como necessidade cultural das sociedades por vir. Como o Mesmo será apagado nas vivacidades surpreendentes do Diverso, a escrita vai se encerrar dentro do universo fechado e sagrado do signo literário. Ali poderá se concretizar o sonho de Mallarmé, que é também aquele de M. Folch-Ribas, velho sonho do Mesmo, de se abrir ao Livro (com um L maiúsculo). Mas não será o livro do mundo.

Uma literatura nacional coloca todas essas questões. Ela deve significar a nominação de novos povos, o que chamamos seu enraizamento, e que hoje é sua luta. É sua função de sacralização, épica ou trágica. Ela deve significar - e, se ela não o faz (e apenas se ela não o faz), permanece regionalista, isto é, folclorizante e caduca - a relação de um povo com outro povo no Diverso e sua contribuição para a totalização. É sua função analítica e política, que não se cumpre se não questiona sua própria existência.

Vemos que, se as literaturas ocidentais não precisam mais solenizar sua presença no mundo, operação fútil após esse duro processo histórico do Ocidente, operação pela qual elas se demarcariam como

3 Essa vingança justificada não pode esconder a distância crescente que, na verdade, separa países ricos e pobres. Qualquer teoria dessa transição (do Mesmo para o Diverso, do escrito para o oral) seria ingênua, pois ocultaria, mesmo que em pequena escala, o terrível poder de alienação e dominação infligido pelos países ricos e seu representante maior: as multinacionais. É tolice dizer isso; tolice maior ainda seria esquecê-lo.

mediocramente nacionalistas, elas podem, *por outro lado*, meditar sobre essa nova relação no mundo, por onde assinalam não mais seu lugar preeminente no Mesmo, mas sua função compartilhada no Diverso. Foi o que entenderam alguns escritores franceses que, de forma caricatural a exemplo de Loti, trágica como Segalen, católica como Claudel, estética como Malraux, intuíram que, após caminharem tanto para o Oeste, precisavam enfim empreender o *Conhecimento do Leste*. Hoje, o Diverso abre os países. Quando examino a produção literária na França atual, fico surpreso com seu desconhecimento desse movimento, dessas novas relações com o mundo, ou seja, no fim das contas, com sua falta de generosidade.[4] Eu não estou longe de pensar que nos encontramos aqui na presença de uma espécie de periferia provisória do mundo.

Mas o Diverso é teimoso. Ele surge por toda parte. As literaturas ocidentais vão reencontrar essa função de inserção e se tornarão novamente, compartilhando o mundo, um signo das nações, isto é, um feixe do Relatado.

II

Comentei em outro lugar que a língua nacional é a língua na qual um povo produz. Além disso, podemos observar que as línguas maternas dos povos recém-surgidos à luz planetária são, por situação histórica, línguas orais.

Essas duas informações nos permitem esclarecer a intensa desordem das novas literaturas nacionais.

Ali onde não preexistia um interior cultural à investida do Mesmo, e onde a autonomização do circuito de produção teve início, o problema é relativamente "simples": será necessário recobrir a língua e a cultura nacionais, submetendo-as à crítica criadora do pensamento político. Suponho que isso possa ser feito na Argélia. A unanimidade (o sagrado) da nação não precisa ser criada, o pensamento crítico desmistifica uma ordem social, o multilinguismo (caso ele se preserve) já não é alienante.

4 A ingenuidade do discurso de certos representantes franceses nos encontros culturais internacionais é impressionante. Seu etnocentrismo não conhece nuances e se revela impermeável à ironia questionadora.

Ali onde uma estrutura cultural não existia antes da emergência do Mesmo, mas onde um sistema de produção permitiu "interiorizar" sem grave alienação a língua de importação, encontram-se apenas guerras culturais e políticas claras e fáceis. É o que vemos, penso eu, em Cuba, onde a língua espanhola é realmente a língua nacional cubana. A unanimidade da nação não encontra obstáculo, o monolinguismo não é redutor.

Ali onde uma alienação do sistema de produção se exerce contra uma comunidade que, no entanto, se apoia firmemente num interior cultural denso – seja porque essa densidade cultural preexistiu ao assalto colonizador (como nos países da África negra), seja porque pôde se recompor depois, como no Haiti –, o povo não se desagrega. Ele sofre a Relação (e talvez seus recursos naturais logo se esgotem, entregando-o à nudez das nações pobres), mas sua palavra permanece (ainda que através do multilinguismo, se for o caso) e seu combate continua. Acontece até que ele faça de sua língua ameaçada o instrumento de seu combate – como os porto-riquenhos com o espanhol contra o anglo-americano.

Ali onde a ausência de uma estrutura cultural preexistente não permite a um povo se emboscar frente a resistências culturais, e onde um sistema autônomo de produção tampouco se manteve, começa o drama. A língua materna oral é subjulgada ou destruída pela língua oficial, mesmo e principalmente quando esta tende a se tornar língua natural. Trata-se do que denomino comunidades "encurraladas".[5]

Nenhum povo suporta por muito tempo a simultânea alienação brutal ou insidiosa de sua estrutura cultural e uma redução sistemática de seu circuito de produção. Esse é um dos teoremas de base da Relação. A literatura nacional é, nesse caso, a evidência dessa dupla alteração. Pois, na ausência de produção nacional e na restrição cultural global, um povo volta-se contra si mesmo, por viver (sofrer) suas pulsões sem poder elucidá-las coletivamente. Para ele, o sagrado é inconcebível; e

5 Comunidades sustentadas pelas estruturas culturais de seus países, cujas economias são frequentemente de subsistência, não podem ser suprimidas (os curdos, apesar de estarem espalhados por cinco países), exceto por extermínio e dispersão (os armênios). Em outros lugares, as culturas ancestrais foram erradicadas pelo esquecimento no nível econômico, ali onde a sobrevivência (economia de subsistência) não foi "organizada" como uma forma de resistência global (certas comunidades da Oceania).

o sacrilégio o degrada. Sua força de comunhão leva, por exemplo, à prática supersticiosa, e sua força crítica, à mania de tagarelar. É o que se observa na Martinica, eu bem sei, onde o processo de assimilação a uma civilização (francesa) exógena desencadeia uma das formas mais ameaçadas, talvez a mais exemplar, de inserção no Diverso.

À margem dos combates políticos, o escritor tenta desmontar as engrenagens dessa inserção, mesmo que sua prática o conduza, por um tempo, a uma forma de desespero que não é desistência. Esgotar esse desespero - do qual, no cotidiano, já não se tem consciência - é reabrir a ferida e escapar das anestesias do Mesmo. Não existe nisso nenhum pessimismo, mas a reserva derradeira de quem escreve e quer combater em seu próprio campo.

NOTA I

A relativização do Mesmo é teorizada no Ocidente por um grande número de pensadores. McLuhan diagnosticou o desequilíbrio vivido pelo homem contemporâneo na passagem da tecnologia mecânica para a tecnologia elétrica. A tecnologia mecânica está ligada à escrita e à imprensa. Aí reencontramos o conflito entre o oral e o escrito, mas inscrito numa relação que tende a excluir, ou a obliterar, o peso das culturas orais no debate contemporâneo (*a Galáxia Gutemberg*).

Não é um consenso que a única evolução (ou mutação) tecnológica, inscrita em contínuo na história ocidental, tenha encerrado a nova questão estudada por McLuhan. Interveio *também* uma nova acumulação de tradições (nas zonas de civilizações orais) que foi colocada em contato com o Ocidente e influenciou seus valores. Esse desequilíbrio primordial talvez não advenha, para o ocidental, das próprias modalidades específicas da passagem, mas do fato de a passagem marcar o fim de uma preeminência de direito e a manutenção angustiada de uma só preeminência apenas de fato, isto é, vulnerável.

Ainda que ele considere todas as revoltas impossíveis, marginais, Herbert Marcuse generaliza a partir das "tendências libertadoras" que se produzem *no interior* das sociedades industriais avançadas. Sem dúvida consideramos que a potência tecnológica dos Estados Unidos ou da União Soviética é aqui determinante, que as armas postas à disposição de um Bokassa ou de um Somoza foram para favorecer, respectivamente, a própria França e os Estados Unidos, que foi o exército inglês que *ergueu* Amin Dada etc. e, consequentemente, concluímos que a análise desse *interior* das sociedades industriais é primordial. Mas existe uma contradição em não *relativizar* seu peso e seu impacto. Uma teoria da Relação contribuiria para iluminar os fatores inesperados, exógenos às civilizações industrializadas, e talvez para facilitar a reflexão sobre seu encontro com as "resistências interiores". Assim, Amin Dada foi um absoluto do horror bufão, mas não seria ele também, e para sempre, um retorno de imagem da ação ocidental, que a destrói ao caricaturá-la?

Igualmente, Kostas Axelos propõe uma totalidade que "não é a soma ou a síntese de tudo que é". Devemos entender que essa totalidade, que empurra o jogo do Ocidente para o jogo do mundo, "constitui-se ela própria como jogo do tempo" (*o Jogo do mundo*). É *a* "totalidade" em que se pode acentuar "o mesmo no outro, o outro no mesmo". Por mais apaixonante que pareça esse jogo, impossível não conhecer uma generalização que torne indiferenciado o outro do mesmo, que os supera e, ao mesmo tempo, os mantém. Para todo povo ameaçado de indistinção, tal jogo parece mortal. As séries não exclusivas, as diferenciações não transcendentais propostas por uma ciência da Relação, constituiriam a base logística necessária - capaz de superar a si mesma em dinâmica aberta - de toda totalidade do mundo. Mesmo hipoteticamente, a totalidade se torna facilmente totalitária quando ela se exime de quantificar os *entes*. Pois então ela favorece, ou legitima, a aparição de *uma política* planetária, cujos centros certamente estão em algum lugar: ali onde ninguém pode controlá-los. As grandes sociedades multinacionais são o Ser dessa totalidade.[6]

O pensamento rizomático de Gilles Deleuze e Félix Guattari relativiza por meio de sistemas. Não foi por acaso que um de seus primeiros objetivos tenha sido o livro (livro-raiz, livro-radícula, livro-rizoma) e *quantificar a escrita*. A relação escrita-oralidade rizomatiza ainda mais.[7] Apesar das comparações entre civilizações ou expressões

---

6 A acumulação do excedente capitalista é seu devir-ser; a guerra final, seu ser-nada.

7 Talvez estejamos experimentando por toda parte a mesma necessidade de expansão não conquistadora? "Quando eu digo árvore, e quando eu penso na árvore, jamais sinto a unidade, o tronco, os galhos que se juntam a outros para agrupar essa extensão cortada de luz que é a floresta... Que eu tente desenhar de forma desajeitada uma ár-

(mas sempre generalizantes: o Ocidente, o Oriente), essa rápida incursão dos dois autores na Relação (o relevo, o relativo, o relatado) ignora muitas *situações outras*. Existe aí também um a priori abstrato que nos faz desconfiar. Aquele que diz nomeia-se, resta-lhe nomear quem se cala, isto é, conceber sua existência espessa. Não para falar por ele, mas para aguardar sua palavra. Qualquer outra atitude leva a uma vacância que se confunde facilmente com liberdade. Assim, Deleuze e Guattari vão fazer a relação entre rizomático e nomadologia. Mas o nomadismo "ultrapassa" o esforço dos povos cujo tormento é enraizar-se. Dos três modos de nomadismo inventariados por Deleuze e Guattari, o dos Descobridores (ou dos Cruzados) desenraiza o Outro, ele tende a lhe confiscar a terra; o do Nômade é o mais sobredeterminado (de um olho d'água a outro, de território arruinado a território farto, de clima desfavorável a clima propício: é um pré-decalque do rizoma); e o "dos que não se mexem mais" corre o risco de *desaparecer* nos tormentos do "exílio interior". O rizoma não é nômade, ele se enraíza, até no ar (é por vezes uma epífita); mas o fato de não ser *uma raiz* lhe predispõe a "aceitar" o inconcebível do outro: o broto novo sempre possível, que está *ao lado*.

Todo sistema relativizante, qualquer que seja o ajuste de seu alcance, deve se inclinar ao inventário concreto da Relação: à justiça das opacidades.

NOTA II

A relativização da língua é um problema para os franceses. "O francês não é uma língua como as outras", afirma Michel Bruguière num artigo do jornal *Le Monde* ("*Demain la langue française*", 22 de março de 1979). O autor esboça uma política mundial da língua apoiada por uma citação de Giscard d'Estaing: "Existe um vínculo de interdependência entre a potência econômica de uma nação e o esplendor de sua cultura... Não somente a presença material de uma nação abre caminho para sua presença espiritual, mas esta última, graças principalmente ao veículo da língua, contribui para o dinamismo econômi-

vore: chegarei a um pedaço de vegetação onde o céu da página põe fim ao crescimento indeterminado. O único se perde nesse todo." (E. Glissant, *L'Intention poétique*, Paris: Éditions du Seuil, 1969.)

co no mercado internacional." Bruguière reconhece, entretanto, que é necessário nuançar a posição. Primeiro, "não adianta temer afirmações linguísticas legítimas, uma vez que elas não questionam nem o papel nacional, nem o papel internacional do francês. Nossa língua não corre risco algum ao se avizinhar com antigos falares locais, com as línguas vernaculares de África, com o crioulo ou o árabe". Em seguida, a diversificação linguística é um dever urgente. Enfim, "amanhã os satélites de difusão direta, os dicionários eletrônicos portáteis, a televisão portátil permitirão que cada um, onde quer que esteja, se familiarize com todas as vozes do mundo. Seria de um pessimismo absurdo acreditar que a língua francesa vai se perder". É difícil que haja algo "a se perder". Aí está o problema das línguas "constituídas", que eu apontava numa palestra em 1972, "Língua, multilinguismo", na conferência de Aupelf, no Quebec.

36. Técnicas

Dizem que existe literatura nacional quando uma comunidade contestada em sua existência coletiva tenta reunir as razões dessa existência.

A produção literária que participa de tal consciência coletiva em busca de si mesma não é apenas a exaltação da comunidade, mas também reflexão sobre (e preocupação com) sua expressão específica. O discurso não se contenta em dizer, mas expressa ao mesmo tempo por que ele diz dessa maneira e não de outra.

Assim como uma comunidade pode ser constituída em Estado independente e sofrer mesmo assim uma alienação cultural fundamental, um indivíduo também pode gritar que deseja reencontrar sua identidade e sofrer mesmo assim uma falta irremediável na própria forma pela qual ele articula seu grito.

A alienação cultural leva, portanto, para além das deliberações conscientes. E, nesse caso, a despersonalização tem a ver com as estruturas de produção "literária" colocadas em prática sem que se reflita realmente sobre elas.

Uma das primeiras dificuldades enfrentadas por um escritor diz respeito à maneira com a qual ele dá conta do real. Ora, o Realismo, teoria e técnica da reprodução literal ou "total", não se inscreve no reflexo cultural dos povos africanos ou americanos. Fico sempre incomodado com a leitura de obras que dão conta da realidade miserável de nossos países, porque fico com a impressão de me encontrar diante de uma continuidade, por sua vez miserável, de Balzac ou Zola. O Realismo ocidental não é uma técnica "rasa", sem profundidade, mas ele assim se torna quando adotado sem crítica por nossos escritores. A miséria de nossos países não é apenas presente, patente. Ela comporta uma dimensão histórica (história não evidente) que o Realismo por si só não dá conta. Por isso as obras que menciono se afundam muitas vezes numa folclorização simplificada que aniquila seus esforços de investigação. Jacques Stéphen Alexis compreendeu essa necessidade de não utilizar sem desvio as técnicas do Realismo ao desenvolver uma teoria do *Realismo mágico* na literatura haitiana, e García Márquez ilustrou essa superação do Realismo em *Cem anos de solidão*.

Uma consequência imediata de tal apreciação encontra-se na *função da paisagem*. A relação com a terra - relação tão ameaçada quanto a terra da comunidade é alienada - torna-se extremamente fundamental para o discurso, a paisagem na obra deixa de ser decoração ou confidência para se inscrever como constituinte do ser. Descrever a paisagem não basta. O indivíduo, a comunidade, o país são indissociáveis no episódio constitutivo de sua história. A paisagem é um personagem dessa história. É preciso compreendê-la em suas profundezas.

Essas observações estão ligadas ao problema da estrutura rítmica da obra literária. A cadência das estações talvez tenha influenciado, nas obras da literatura ocidental, na constituição de um movimento que se alterna entre zonas de escrita neutra que são periodicamente atravessadas por fulgurâncias, brilhos que transportam e "revelam". Um exemplo probatório dessa técnica é o soneto europeu, com sua ponta final que ao mesmo tempo resume e supera o conteúdo manifesto do poema. Ao que parece, as expressões das culturas negras não trazem essa alternância ardilosa entre momentos neutros e momentos fortes na estrutura de suas obras. A estação única (ausência de um ritmo das estações) nos introduz a uma monotonia, a um cantochão, cuja dor funda uma nova economia das estruturas de expressão.

Almejar momentos de brilho, de surpresas na escrita, "achados" talvez seja para o escritor de nossos países perpetrar no nível das técnicas de escrita, uma sujeição inconsciente e não justificada a tradições literárias que não nos dizem respeito. A vigilância técnica, aqui, não é uma argúcia.

Igualmente – e quantas vezes repeti em meu discurso –, nosso tempo poético ou romanesco[8] não abarca essa impressionante harmonia que, por exemplo, Proust reconstituiu. Muitos de nós jamais frequentamos nosso tempo histórico; apenas experimentamos. É o caso das comunidades antilhanas que somente hoje têm acesso a uma memória coletiva. Nossa busca pela dimensão temporal não será, portanto, harmoniosa nem linear. Ela vai caminhar numa polifonia de choques dramáticos, no nível do consciente e do inconsciente, entre dados, "tempos" disparatados, descontínuos, de ligadura obscura. A majestosa harmonia não prevalece aqui, mas sim (tanto é que, para nós, a história por fazer não encontrará o passado até aqui desconhecido) a pesquisa inquieta e quase sempre caótica.

Compreendemos que a literatura nessas condições pode não ser objeto de deleite ou de conforto. Ora, isso cria o problema de *para quem a obra é escrita*. Uma tendência generosa de nossas produções é de se colocar logo "ao alcance" de quem sofre alienação social ou cultural. Tendência legítima, na medida em que age concretamente nos dados dessa alienação. Mas a constatação quase elementar das carências, se ela é preciosa no combate cotidiano, pode também impedir que percebamos estruturas mais profundas de opressão, que devem, entretanto, ser reveladas. Essa atualização, paradoxalmente, não se faz sempre com evidência e claridade. É uma das dinâmicas do pensamento ocidental pretender que uma obra tenha sempre que *acontecer* sem hiatos, e eu conheço diversos contos de nossos países cuja potência de impacto sobre o auditório não se relaciona com a clareza de seu sentido. Acontece de haver obras que não tenham sido escritas *para alguém*, mas para desmontar mecanismos

8 Talvez coubesse confessar que essas dimensões (o poema, o romance) nos são manifestadas no círculo de uma intelectualidade (quando não exclusivamente para os intelectuais) *que ainda não encontrou a poética da coletividade*. São apenas sinais de orientação provável, e que sem dúvida se transformarão em sua eclosão. O romance e o poema são os nossos gêneros. Outra coisa talvez esteja por vir.

complexos da frustração e das infinitas variedades da opressão.[9] Exigir que, nesse caso, ela seja imediatamente apreensível é cometer o mesmo afastamento de tantos visitantes que, depois de passarem dois dias na Martinica, pretendem explicar aos martinicanos os problemas de seu país e as soluções a serem colocadas em prática.[10]

Enfim, não podemos esquecer que talvez possamos servir à conjunção complexa da escrita e da oralidade; trazer assim nossa parte para a expressão de um novo homem, liberado dos absolutos da escrita e conectado a uma nova audiência da voz.

(Mas é aqui que precisamos demarcar um dos "limites" da literatura. Num diálogo com o historiador haitiano Leslie Manigat, em 1979, notávamos como a intervenção dos rastafáris no Caribe [sujeira e drogas, orgulho na recusa do trabalho, radicalidade das recusas selvagens] correspondia a um momento em que sua "tomada de ação" consagra a obra da Negritude. Leslie Manigat opunha o que ele chamava então de necessária "invasão dos bárbaros" ao sonho intelectual dos letrados, que sempre vão se sentir incomodados [até mesmo hostilizados] diante desses extremos, paralelos de suas teorias. A invasão

9 Para revirar o caos da história vivida. Ali também as técnicas de expressão não são inocentes. Explorar esse caos da memória (ofuscada, alienada, ou reduzida a um repertório de referências naturais) não pode acontecer na "claridade" da exposição consecutiva. A produção de textos deve ser, por sua vez, produtora de história, não na medida em que desperta um acontecimento, mas para ressuscitar um segmento caído na consciência. A exploração não é analítica, mas criadora. A exposição está estremecida com essa criação, opaca desse conteúdo contraditório cuja convergência não aparece de uma vez.

10 Pode acontecer de uma obra ir direto ao seu objetivo, que nesse caso é esclarecer, no limite do esquemático, *para melhor fazer compreender*. É sem dúvida o que explica o impacto de *Roots*, de Alex Haley, cujo projeto era mostrar um *continuum* histórico obliterado. A simplicidade dos meios técnicos utilizados, que se aparentam à visão ampliada na televisão, é aqui preciosa. Qualquer que seja a crítica em relação a tal simplificação (eu penso, por exemplo, que o quadro convincente, mas muito calmo da *viagem* no navio negreiro não "confere" o caráter demente, suspenso, de tal universo *em que mais nenhum indivíduo é si mesmo*) ou sobre a tendência da obra que se aproxima muito da ideologia do autor (toda essa história termina com a emergência de uma família bem estável, dentro das normas, e que é vencedora), não poderíamos negar aqui a equivalência das técnicas simples utilizadas e do objetivo visado e atingido. Livrarias foram assaltadas pelos negros americanos com o único objetivo de obter exemplares de *Roots*. *O roubo como meio de cultura*: extraordinária lógica histórica de um livro no meio que ele se encarrega de retratar.

dos bárbaros é, no entanto, necessária, é por meio dela que o reequilíbrio dos valores se pratica: a afirmação no real da igual dignidade dos componentes de uma cultura. Mas o intelectual bem apresentado que teorizou a Negritude pode aceitar o rasta que impõe concretamente sua teoria? Podemos também ver nesse fenômeno um dos sintomas da passagem do escrito ao oral. O reggae no "audiovisual" corresponde aqui à "poesia". Poetas anglófonos como Braithwate [Barbados] ou Walcott [Santa Lúcia] talvez tentem conjurar essa oposição [a *drum-poetry*]. Tenho a impressão de que Braithwate retoma, trinta anos mais tarde, o discurso de Aimé Césaire, ele lhe confere, na realidade, um novo lugar: a concretização e a variedade de uma experiência vivida. Braithwate reencontra-se menos com a poética de Césaire e mais com os ritmos quebrados de Nicolás Guillén ou de Leon Gontran Damas. O escrito se oraliza. A "literatura" recupera uma espécie de "real" que parecia lhe constranger e limitar. O discurso antilhano se articula tanto pelo esplendor do grito original quanto pela paciência da paisagem reconhecida e pela imposição dos ritmos vividos.)

ações culturais, prática política

referências
EM FORMA DE PERGUNTA

A ausência de uma estrutura cultural pré-existente não seria uma vantagem? O pensamento não estaria assim liberto de toda dependência a "formas" passadas? Não escaparia assim de atavismos estanques? Um ativista político me disse: "Não sejamos herdeiros, sejamos fundadores." (A história começaria, então, conosco.)
A "disponibilidade" em relação à história só seria fecunda se esta história não tivesse deixado em nós rastros inconscientes. Mas acontece que quem quer ser fundador não passa, na realidade, de um herdeiro passivo e manipulado.
É que os mecanismos visíveis da opressão são aqui direcionados segundo processos de alienação não percebidos, e isso de forma inextricável; de modo que a história "aparente" seja, na realidade, a superestrutura de uma não-história sincopada em seções incontroláveis.
Reconectar-se com a história do povo martinicano é contribuir para acabar tanto com a opressão concreta quanto com a alienação "global" despercebida. As duas operações são, na verdade, uma só. Não se pode combater a opressão concreta sem dinamitar aqui a opressão "mental" e vice-versa. O nacionalismo (com o que tem de negativo a superar) é uma etapa imparável e abrange também a luta cultural.

37. Sobre o método

Se esboçarmos um balanço das pesquisas em ciências humanas sobre as Antilhas francófonas, fica claro que esse balanço permanece escasso, apesar da proliferação de "trabalhos" publicados. As teses que gozam de notoriedade já são antigas: a pesquisa intitulada *Contacts de civilisation en Martinique et en Guadalupe* [Contatos de civilização na Martinica e Guadalupe], do etnólogo Michel Leiris, foi publicada em 1955, as obras dos geógrafos Eugène Revert, sobre a Martinica, e Guy Lasserre, sobre Guadalupe, datam de 1949 e 1961, respectivamente. Os trabalhos de Alfred Métraux sobre o Haiti datam do mesmo período. Um fato ainda mais preocupante emerge dessa investigação: nenhum trabalho de pesquisa de certo alcance foi produzido por um caribenho.[11] É por isso que qualquer tentativa de constituição de um grupo de pesquisa sobre o tema nos parece estar no cerne dos objetos de pesquisa em ciências humanas nas Antilhas de expressão francesa: se os antilhanos decidirem por estudar a realidade de sua sociedade e de sua cultura, poderão sem dúvida lançar luz sobre um dos problemas que esta pesquisa deve elucidar, o da natureza das barreiras inerentes à estrutura da sociedade antilhana e à psicologia dos antilhanos, heranças de uma longa história colonial, que freiam o desenvolvimento do pensamento autônomo, criativo e audacioso. Aqui, o projeto do pesquisador é indissociável do próprio campo de estudo e essa relação exemplar com toda pesquisa dá sentido ao nosso esforço.

Um dia, ao acompanhar o economista trinitário Lloyd Best ao aeroporto de Lamentin, ele me recomendou que nós, martinicanos, tivéssemos a franqueza metodológica de sublinhar o *esforço infraestrutural* praticado pelos franceses na Martinica. Estávamos passando por áreas de estabelecimentos comerciais, em uma estrada bem pavimentada; Lloyd Best fez uma comparação com o que os ingleses colonizadores não haviam feito em Dominica ou

11 Um dia, seria necessário fazer um levantamento crítico sobre o que se acumula impunemente como "estudo" sobre as Antilhas, cuja autoria não é jamais de um antilhano. Porém, o trabalho mais fecundo nesse campo continua sendo o de Frantz Fanon, *Pele Negra, Máscaras Brancas*. É preciso abordar a realidade das Antilhas por meio de uma visão global que, envolvendo o observador, tornaria obsoletos esses "estudos".

Santa Lúcia, por exemplo. Eu retruquei citando o *dano psíquico* da qual os martinicanos foram vítimas por parte do gênio assimilador francês, e que os ingleses (provavelmente por um sentimento irrefutável de superioridade) não tentaram imprimi-lo a qualquer custo nas populações que colonizaram. (Assim, ouvimos dizer na Martinica, depois do furacão que assolou Dominica em setembro de 1979: "Se eles não tivessem expulsado os ingleses, eles os teriam ajudado. Que pena para eles.") É verdade que sempre vemos nosso colonizador em casa, que somos tentados a constituí-lo como o absoluto em desgraça, e tendemos a subestimar o do vizinho. Tínhamos concordado, Lloyd Best e eu, que a dimensão das Antilhas permitia a superação, historicamente fundada, dessas diferenças impostas.

O pragmatismo inglês (o horror manifesto a qualquer teorização generalizante, o gosto pelo concreto em seu detalhe suficiente) rege a atitude colonizadora dessa nação. À força de um desdém objetivo, o inglês *respeita* os povos que dominou. À força de uma "superação universal", o colonizador francês, cada vez que as circunstâncias o permitem, degrada pela assimilação o colonizado que governou. Sem dúvida, não devemos nos perder na insistência dessas várias condições, mas ir além delas em atos criadores coletivos; porém, primeiro é necessário fazer um balanço crítico.

Do ponto de vista metodológico, a *intelligentsia* martinicana deu origem a uma nova espécie: o positivista ansioso. Absolutamente capaz de manipulação técnica, o positivista ansioso é totalmente incapaz de superação metodológica. Isso porque ele fez da objetividade dada pela "ciência" uma religião; ele sente realmente que esta é uma das maiores garantias para atingir o universal, já que ele mesmo não pode suscitar o universal a partir de uma criação contínua de particulares. A objetividade como quadro geral, o universal como garantia do ser são, portanto, suas defesas naturais. Ele é meticuloso, obcecado pela precisão: não porque a precisão o ajude, por meio da criação, a ir além do que lhe foi dado; mas porque ela lhe dá garantias contra a inquietude de ser. Mas ele pressente que essa garantia é frágil. Ele também é muito inseguro quanto ao objeto de sua crença. Qualquer questionamento sobre a "objetividade científica" lhe parece um ataque pessoal. Ele desdenha dos sonhadores e dos "aventureiros da mente", mas tem medo deles. Ele explode frequentemente, principalmente contra as questões que vêm do lugar onde a "ciência" nunca deveria ter sido questionada: o Ocidente. Quanto às eventuais divagações de seus congêneres, ele as despreza sem titubear.

O positivista ansioso se encanta não tanto com as infinitas possibilidades da técnica, mas com sua precisão. A ordem do mundo o reconforta. Ele iguala sua quantidade de ser à sua quantidade de saber indubitável. Ele escapa assim da ambiguidade. Sempre haverá uma solução, pois o objetivo *está*.

E como esse positivista é hábil em manejar o irrefutável! Ele se destaca na serialização de dados básicos; ele só faz seriar. Trata-se então de um pragmático? Ele escapou da ideia geral? O gênio assimilador francês o poupou? Não. Nosso positivista codificou, por "superação universal", um absoluto do indubitável, que lhe dá segurança. Infelizmente, ele teorizou seu limite. Sua primeira reflexão será lhe contar sobre alguém que está tentando ir mais fundo ou mais longe: "Ele não é um especialista. Com que direito ele intervém aqui?" Pois a grande admiração do positivista ansioso é pelo especialista.[12]

Assim, o desafio de sua prática é esconder as motivações ligadas a uma desordem principal, o que faz com que qualquer metodologia operacional seja para ele apenas um quadro vazio. O respeito fetichista pelas formas de pensamento oficializado (especialidade, objetividade, tecnicidade em si) evita que ele lide com os conceitos sozinho. Ele se acalma, temendo encontrar outra coisa.[13]

O que o positivista ansioso faz? Ele coisifica: não apenas sua prática do mundo, mas, preservando sua ilusão de ser, a imagem quantificada que faz de si mesmo. Ele espera, assim, como nossos letrados de antigamente, congelar a realidade social e perpetuar

---

12 O positivista ansioso pressente que uma das formas de Relação do mundo é que ela envolva hoje dois "tempos": o do técnico, encerrado em sua especialidade, o do homem desmunido, aberto à sua especificidade - e que esta dualidade deve ser resolvida ali onde ele mesmo a aceita passivamente.

13 Ele diria que um discurso como este aqui não é científico, que não significa nada, que é sectário (que não se integra no campo do conhecimento universal). Ele fugirá dessas "teorias", sem saber que ele é vítima da mais frustrante das teorizações.

a imobilidade cultural que ele ajuda a sustentar. Como o camponês martinicano, *ele tem medo do excedente*. Para dele escapar, está pronto para essa forma de consumo passivo que consiste em se afinar na manipulação das técnicas, mas recusando qualquer possibilidade de invenção técnica, a qual supõe tanto a responsabilidade produtiva quanto a subversão metodológica que dela provém como liberdade.

38. Ação cultural

A relação entre o que se chama de prática cultural (produções, estruturas, ideologias) e a ação política só pode ser esclarecida aqui a partir de uma análise, ao menos de maneira geral, da situação do país. Duas questões surgem: por que priorizar em determinado momento a prática da produção cultural? Quando se deve sustentá-la ou substituí-la pela prática política?

Farei algumas propostas de análise da situação, propostas que visam apenas introduzir um debate mais aprofundado.

1. *A não autonomia das classes sociais*
Retomo temas que esbocei em um seminário anterior, abordando a natureza e a função das classes sociais na Martinica.

A sociedade martinicana não existe antes do ato colonial, ela é literalmente a sua criação. Não podemos dizer que nela observamos estruturas que a colonização perturbou, tradições que ela desenraizou, nem um processo que ela interrompeu. Uma sociedade tradicional vítima de uma colonização pode ser alienada, destruída ou transformada por essa colonização: mas, em todos esses casos, pode ser que essa sociedade encontre em si mesma os meios para resistir. Por exemplo, uma burguesia nacional será forjada a partir de uma tradição de casta - burguesia que travará uma luta contra o ocupante colonialista ou, pelo contrário, lhe servirá de anteparo, preparando sempre as condições do seu próprio enfrentamento das massas populares. Ainda podemos supor que modos sociais (organizações da vida camponesa, por exemplo) se transformem em estruturas de resistência. Ou que o conteúdo das tradições seja erigido em força ativa de contestação. Em todos os casos, há um confronto entre um processo social e uma potência de desordem (a colonização).

O que "determina" a sociedade martinicana é que ela se estruturou *dentro da própria* desordem colonialista.[14] Em particular, os grupos sociais na Martinica se discriminam, não diretamente em relação à função que exercem num processo de produção, mas em relação à vocação decidida para cada grupo por quem controla o modo de produção: os capitalistas franceses. Portanto, a alienação não é apenas funcional: ela é, nessa sociedade, tanto estrutural quanto distanciada. Existe uma distância entre a organização social e o ambiente: isto é, não é *o ambiente que secreta os modos decisivos da formação social.*

Essa alienação estrutural de uma sociedade poderia "evoluir" de forma "normal" para a criação de um tipo original de sociabilidade, ou suscitar fundamentos de resistência que se enraizem no próprio processo social, transformando-o? Não parece que uma resistência decisiva ao sistema possa ser organizada sem que a in-estrutura da sociedade seja, por sua vez, desestruturada. (Isso é o que explicaria em parte a esterilidade das revoltas populares que agitaram a história da Martinica; revoltas que, desviadas em benefício de outras camadas sociais, serviram para reforçar a in-estrutura alienante.)

Chamo de não autonomia das classes sociais esse fenômeno pelo qual um estrato social, diferenciado dos demais por seu status, não "corresponde", entretanto, à função que deveria ter cumprido na produção. É que esse estrato social não foi "determinado" por um esforço próprio, nem por um processo original: ele tomou forma a partir de uma decisão expressa ou implícita da estratégia colonial. Por exemplo, não é o esforço de capitalização nem o espírito empreendedor que dão origem ao que chamaríamos de classe média na Martinica, é uma vontade deliberada, uma política elitista do poder francês: essa classe média será também, principalmente, a dos funcionários públicos ou das profissões liberais (e não dos engenheiros ou chefes técni-

14 Essa desordem não é "falta" de estrutura, mas in-estrutura (estrutura imposta, *instruída*, incrustada à força). A verdadeira desordem de resolução introduziria uma re-estrutura autonomizada.

cos). Consequência: há total ausência de vínculos autônomos (de oposição ou conivência) entre os diversos grupos sociais; até mesmo seus confrontos são regidos por fora. Por exemplo, a assimilação é uma vitória da classe média da Martinica sobre os *békés*: mas essa vitória só foi possível porque já havia se formado na França um grupo de gestão que pretendia centralizar em benefício próprio a exploração das "colônias", e porque a política da beterraba implicava a redução da economia da cana.

Nesse contexto, o ato colonial não é apenas perturbador e alienante; ele priva ainda por cima o indivíduo ou o grupo social da possibilidade de "ampliar" perspectivas. Só vai lhes restar, portanto, um único recurso: o de vivenciar as contradições da situação de forma neurótica. Apenas um reajuste do status dos grupos sociais à sua função na produção, ou seja, em última análise, apenas uma reviravolta do sistema (ou do não sistema) de produção poderia combater a desordem estrutural da sociedade martinicana.[15]

Outra consequência é que, enquanto as análises sociopolíticas se contentarem com o esquema tradicional "burguesia – classe média – proletariado", sem tentar elucidar concretamente o caráter das "classes sociais" na Martinica, as lições fornecidas por essas análises serão pura retórica, incapazes de impulsionar uma verdadeira política de transformação.

2. *A política elitista do colonialismo*

Essa política é original. Não se trata aqui de se valer de uma camada privilegiada da população, apressadamente constituída como anteparo do imperialismo (repúblicas da África francófona), nem de suscitar algumas subordens burocráticas que permitam "administrar": a política colonial na Martinica sistematizou a prática de criação de uma elite, e vimos que essa criação está intimamente ligada à estrutura (à estruturação) da sociedade. O extremo sucesso dessa política é que a elite criada não tem nenhuma relação com o meio de produção (nenhum poder de decisão, nem na produção nem na distribuição) e que, consequentemente, ela será sempre incapaz de se voltar contra

15 O problema é a neurotização dessa desordem. A ambição de resolver não consiste em estabelecer uma ordem "normalizada", mas em combater primeiro a passividade neurótica.

seus criadores. Inclusive, ela foi exportada sem perigo algum (serviços prestados em África).

A existência dessa elite pressupõe uma ideologia e reflexos. Uma ideologia que, contrariamente àquela de uma classe média em uma sociedade com processo autônomo, não incluirá nenhuma dialética, sequer uma nuance: caricatural de ponta a ponta, essa ideologia também é importada. Ela não pode de fato resultar da ação (nem das interações) dessa classe média martinicana, nem com seu ambiente, uma vez que essa ação não existe. O principal dessa ideologia reside na aceitação, sem reserva ou controle, do que vem do poder central: cultura, leis, autoridades, costumes etc. Na valorização sem nuances desse legado global.

Mas, se o caso se apresentar de forma monolítica para esse trabalho de ideologia, o mesmo não acontece com os reflexos. Porque um estrato social não pode se formar como puro parasita de uma sociedade (ou seja, sem assumir qualquer função numa produção), sem que isso resulte em desequilíbrios. Por sinal, o governo francês entendeu isso, e é real o esforço para apoiar uma classe média comercial, visando substituir os que eram chamados de sírios, e até mesmo "empreender" - Câmara de Comércio, Jovem Câmara Econômica etc. O drama é que, mesmo nessa promoção um tanto artificial dos "responsáveis" pelo setor terciário, o poder de decisão está em outro lugar. É de um simbolismo cru, por exemplo, que o esforço obsessivo dessa classe comercial incida no desenvolvimento e na melhoria das instalações portuárias e aéreas - tidas como a condição e o motor de todo progresso econômico. Mesmo o investimento e o lucro são aqui escoados para fora. A pequena burguesia martinicana - que ainda não existe - terá tempo para se fortalecer e confiscar em seu próprio benefício o movimento de transformação da sociedade martinicana, antes que as classes trabalhadoras entrem em cena? Desequilíbrio, em todo caso, pois haverá aqui reflexo ideológico e reflexo, digamos, de "situação", um contra o outro. O mesmo indivíduo que votará "pela França" (reflexo ideológico) está pronto para maltratar um homem branco na rua diante do menor incidente (reflexo da "situação"). Uma pessoa imbuída de espírito religioso afirma que a cor preta é um castigo por nossos pecados (reflexo ideológico), e declara momentos depois que não gosta de brancos, e que, aliás, eles não tomam banho (reflexo de "situação").

3. *A miséria mental*

O terceiro aspecto importante para nossa discussão diz respeito à miséria mental. Pode parecer impróprio falar de miséria mental em um país onde a miséria persiste em todos os aspectos. O exame da situação mostra, no entanto, que desde 1945 houve uma recessão na miséria física (recessão relativa, ligada, por exemplo, ao aparecimento de certas vantagens sociais), mas um agravamento do sofrimento mental. O que eu disse das classes sociais e da produção aplica-se à miséria mental: a *desprodução*, a irresponsabilidade técnica, a desorganização da vida cotidiana e dos circuitos de produção privam a comunidade martinicana dos seus fatores evolutivos, amputando-a de uma consciência e de uma personalidade radicais. A resposta colonialista a essa análise é que a desapropriação é ainda mais aguda no ambiente industrial e que só nos resta nos calarmos. Mas as despossessões individuais em um país superdesenvolvido não equivalem, nem mesmo somadas, à incômoda falta que cresce da vacância coletiva em um país dominado. O que explica, em termos de existência nacional, a ausência aqui de perspectivas determinantes; ausência mantida pelo apagamento das massas martinicanas ao longo de nossa "história". Essas carências não são compensadas pela formação de uma consciência de classe: porque a proletarização (no sentido de consciência de classe) foi freiada pela ausência de concentração, tanto na moradia quanto na organização do trabalho, e por modos ultrapassados de produção. A análise do que chamo de miséria mental mostra que suas manifestações mais evidentes não se dão no plano patológico ou delirante, mas na própria textura da existência cotidiana, por ausência de referência a si mesmo. O "delírio" é uma forma de resistência à miséria mental.

Qualquer ação cultural na Martinica deveria levar em conta esses três fatores a serem combatidos: a dependência econômica global (que está na origem da desordem estrutural da sociedade martinicana), a formação de uma elite vazia, a miséria mental. É em torno desses pontos que proponho discutir as relações necessárias entre produção cultural e prática política.

DISCUSSÃO I[16]

Édouard Glissant: 1. Aqui está especificado um dos termos do nosso debate: o "cultural" é cada vez mais um campo onde o sistema organiza estrategicamente seu esforço. É certo que, num país como a Martinica, as possibilidades de manobra são favorecidas nesse aspecto: *(a)* pela repercussão alienante imediata das aparências (equipamento, manifestações de prestígio etc.); *(b)* pela ausência de uma densidade econômica ou de uma estrutura cultural, a partir da qual uma resistência se organiza coletiva e globalmente.

O "cultural" aparece como ponta de lança para as despersonalizações amarradas na alienação econômica. Acredita-se que a estratégia global do "cultural" pelo sistema repousa na certeza de que a alienação econômica é irreversível, a despersonalização completa, e que devemos agora "concluir" o processo.

2. Um outro eixo: contra a folclorização. O "folclore", cuidadosamente despojado de significação, apresenta uma dupla vantagem (sem falar no conforto "turístico") para o sistema: mantém o indivíduo na ilusão de que ele se representa, e o distrai de qualquer outra tentação de existência coletiva. (Ele permite, além disso, estigmatizar os intelectuais que denunciem a manobra de lavagem cerebral: eles são chamados de "distantes do povo".) Esse folclore é uma pálida contemplação do que não fazemos mais coletivamente, e não o ímpeto desarticulado do que se sonha em fazer, nem a soma ativa do que se fez. Devemos vomitar o "folclore" (um folclore convincente só se desenvolve a partir de uma mentalidade coletiva não alienada) e lhe opor formas articuladas de reflexão popular na ação cultural.

3. Um terceiro eixo é a oposição firme a qualquer ideologia de "cultura universal". A pretensão vazia de um "humanismo" é aqui a ração importada mais frequentemente oferecida aos assimilados. Elucidar formas concretas de existência cultural e sistematizá-las em prática consciente.

4. A acumulação teórica é talvez (neste contexto de adoção acrítica de todas as metodologias) o ponto mais importante no eixo do cultural.

16 Grupo de pesquisa do Instituto Martinicano de Estudos, 1972.

Em primeiro lugar, a elucidação do papel histórico das classes sociais na Martinica me parece fornecer a base essencial para qualquer prática. Em particular, a teoria marxista ganha aqui toda a sua densidade quando, longe de fórmulas *a priori*, é aplicada à análise da realidade sócio-histórica da Martinica. (Na maioria das vezes, nos contentamos em projetar um esquema supostamente marxista na realidade martinicana: capitalistas, classe média, proletariado. Portanto, essa análise sistemática está em falta. Sem intenção de condenar a necessária relação teoria-prática, podemos conjecturar que a dinamização política na Martinica sofre irreparavelmente de tal falta de acumulação teórica não formal.)

Marlène Hospice: A regressão e estagnação da economia colonizada, o extermínio cultural, a opressão e a dominação política bloquearam e congelaram os mecanismos e processos internos de enriquecimento da prática coletiva, a sedimentação de suas tradições, a construção de sua história.

Este vazio cultural é um trunfo importante das forças coloniais. Diante desse vazio, toda produção é questionada, pois, ao atuar sobre o real, organizando-o ou refletindo-o, se encaminha então para uma práxis. No campo dos meios de informação, o domínio do maior número de técnicas (imprensa, cinema, teatro etc.) é claramente um instrumento de combate político e cultural imediato. Uma ideologia revolucionária condenada a circular apenas por suportes materiais irrisórios (a indigência, a comodidade, a folclorização, que são aqui os mesmos aspectos de um não domínio muitas vezes compensado pela demagogia ideológica) ou estrangeiros à produção do país arruína suas possibilidades de se erguer como um contrapoder frente à opressão.

Na prática, esse objetivo técnico passa necessariamente por uma sistematização de acúmulos, etapas e estratos de um aprendizado que segue um longo emaranhado de experiências, tentativas, fracassos e resistências.

Aí vem o perigo da tecnologia em si, do risco da "virtude" tecnológica, da camuflagem. É inevitável que isso sirva de refúgio para reflexos conservadores. O "realismo político" (moderado, ordenado, e que se quer construtivo), face à chamada contestação desgrenhada (supostamente fonte de desordem), encontraria aí uma confortável apreciação dos seus aforismos sobre a resolução a longo prazo dos problemas do país. Mas esses efeitos de camuflagem só poderiam durar pouco. Porque o nível de produção tanto de obras quanto de técnicas é perfeitamente significativo da ativação dos conflitos econômicos e, consequentemente, dos conflitos de classes.

Hubert Fontaine: Outro eixo é que a ação cultural só pode ser concebida plenamente se for percebida como elemento (importante, claro) na totalidade.

Por exemplo, a função teatral (longe dos locais de representação conhecidos como privilegiados ou com público dito informado) deve primeiro remeter a um público martinicano capaz de repelir a alienação, uma audiência participante.

A ação cultural não pode ser um fim em si mesma.

Édouard Glissant: Isso coloca a relação cultura-política sob a luz fria do calendário: quando e em que condições a estratégia do "político" deve assumir ou substituir a contra estratégia oposta ao sistema no nível "cultural"? Porque o refúgio cultural é aqui tão tentador e nocivo quanto a pulsão política. Mas talvez seja importante responder a esta questão no âmbito de uma organização política.

DISCUSSÃO II

Marlène Hospice: Em um ponto da análise, noto uma particularidade no funcionamento dos fenômenos de alienação em relação a seu suporte original (as raízes econômicas da colonização): isto é, sua proliferação fora do suporte econômico até se tornar, a partir de um certo momento, um fenômeno em si não mais consequente, mas causal.

Num primeiro momento, eles permanecem na perspectiva para a qual foram criados: esconder uma relação de dominação e canalizar sua violência (assim, o dogma da inferioridade racial não é o instrumento pelo qual o escravizado é acorrentado. Sua força esvaziada, ele irrompe para tornar mais sutil, pelo plano do cultural, um estado cuja violência é por demais agressiva). Mas as relações de luta de classes são claras.

Em segundo lugar, é o marasmo econômico (a crise do açúcar do século XIX). A produção estagna e não pode se abrir a técnicas ou a uma acumulação que faça evoluir a sociedade. Por outro lado, o poder metropolitano assume as rédeas, mas sem estar fisicamente presente na balança de poder. Como muitas vezes repetimos, este último fator leva a uma separação antinatural entre o papel econômico e o papel político. E é de fato a raiz da hidra ideológica que virá parasitar as relações de classes até o atual estado de ocultação, de fragilização.

Somos assim trazidos de volta ao centro de nosso seminário de pesquisa, pelo interesse de revelar nas estruturas mentais o vestígio dessas alienações, de todos esses resíduos enquistados, por não terem sido dinamitados por meio de conflitos libertadores.

Édouard Glissant: Portanto, concordamos com esse dado de base: o fundamento econômico da alienação. Também numa "segunda fase": ocultação e fragilização das relações de classe e, consequentemente, da luta de classes.[17] Atentemos para as consequências que podem advir, quando se infere que essa ocultação desencadeia a "autonomização" progressiva dos fenômenos de alienação "sem o apoio econômico", desvinculada da crise da economia açucareira que tem início no século XIX. Essa posição significaria de fato:

a) que um capitalismo dinâmico e triunfante teria contribuído para um curto-circuito da alienação "global" na Martinica; poder-se-ia defender esta tese; ela supõe a formação histórica de uma burguesia nacional (*békés*, elite) que teria sido capaz de travar uma luta contra o poder metropolitano; mas essa é apenas uma hipótese, e pode-se pensar que a desordem original (estrutural) da sociedade martinicana teria tornado essa perspectiva impraticável em qualquer época; em outras palavras, a "raiz econômica" continua a determinar a alienação, a qual resistirá de forma maciça (ou melhor, adaptável) enquanto a estrutura original não for abalada;

17 Analisamos em outro trabalho a hiperbolização autônoma e "monstruosa" das superestruturas na sociedade martinicana.

b) que saberíamos agir por vias específicas sobre a alienação (já que ela teria alcançado uma certa "autonomia"): o que sugere que poderíamos ter resolvido as contradições alienantes *antes* de ter esclarecido o encobrimento das relações de classe. Eu não acredito. É pretensão ou vantagem da elite (de direita ou "de esquerda") considerar ou fazer acreditar que a alienação pode ser combatida sem ou antes que a natureza das relações de classe na Martinica seja esclarecida. De ponta a ponta (e ainda que de fato a alienação "se autonomize" em suas manifestações), é antes de tudo esse ocultamento que precisamos contribuir a enfatizar por meio de uma reflexão teórica mais profunda.

Marlène Hospice: Outro debate se aproxima aqui, que também desejamos abordar neste seminário, e cujo tema são as palavras de ordem de esquerda diante das nossas estruturas mentais. Em razão do *pathos* assimilacionista e depois regionalista que nos levou à palavra de ordem da autonomia - cujo peso de ambiguidade e sombra não foi feito para gerar conflitos -, poderíamos imaginar que a palavra de ordem da independência (não seria em razão dos apelos à virtualidade nacional que ela implica?) poderia ter uma força cultural e ideológica de desalienação?

Édouard Glissant: O que distingue as palavras de ordem da nossa "história" (departamentalização, autonomia, por exemplo) é que elas nunca recuperam o seu conteúdo manifesto. Isso vale para a palavra de ordem da independência.[18] Se esta independência não procede de um ato popular, mas de uma decisão das elites, o único meio de resolver as contradições que ela acarreta seria o macutismo. O macutismo é latente nas Antilhas, porque é o único recurso de uma pseudoburguesia ou pseudoclasse média, sem poder de decisão econômica, mas levada a representar ou liderar politicamente. Isso seria ainda mais verdadeiro para um estatuto de autonomia de natureza elitista, cujo exercício revelaria as mesmas contradições.

18 Podemos, aliás, imaginar um cenário negativo para uma comunidade que gasta seu tempo discutindo palavras de ordem ou estatutos, de forma mais ou menos apática.

Assim, da mesma forma que não basta afirmar a missão histórica do proletariado (proposta que é sempre reconfortante para quem a formula), se essa afirmação não for fundada na análise detalhada das condições sócio-históricas que iniciaram ou impediram essa missão na Martinica, da mesma forma, o surgimento da palavra de ordem da independência permanecerá inoperante, se não for acompanhado pela análise dinâmica do modo de adesão da Martinica a essa independência. A abordagem teorizada de uma estratégia de poder deve contribuir para liquidar aqui as pulsões de "potência".

NOTAS COMPLEMENTARES

Édouard Glissant: A análise do fenômeno do macutismo é inestimável para abordar essa questão das palavras de ordem. Percebemos que não é tanto uma questão da natureza da palavra de ordem (autonomia, independência), mas do curto-circuito que suas elites provocam nas massas antilhanas e da incapacidade dessas elites de gerenciar as contradições econômicas. Existem vários tipos de macutismo, que correspondem aos vários modos de relação das elites com as massas. Por exemplo, na tabela seguinte.

Cada vez que uma elite dos nossos países se sente incapaz de dominar os impasses econômicos, ela desagua no substituto macútico.

O macutismo não depende da "boa índole" deste ou daquele. É uma derivação inevitável da "representação sem função" da intelectualidade do Terceiro Mundo.[19]

19 A situação "global" favorece a formação de um lumpemproletariado, cujos membros estão, em grande parte, totalmente dispostos a considerar a atividade macútica como uma "profissão" genuinamente remunerada. Vimos, na Martinica, um prefeito se utilizar de semelhante análise para acusar, em relatório ao seu ministro, o partido do sr. Aimé Césaire como tendencioso ao recrutamento de mercenários, aproximando-o, na ocasião, tanto ao partido FLN da Argélia quanto ao tipo de regime duvalierista (abril de 1979)! Mas, na verdade, o macutismo é um substituto, ele acompanha sempre um poder oficial, mas sem conteúdo. Na Martinica, é o que acontece com aqueles a quem delegamos uma representação, mas que sentem que essa representação não responde a nenhuma "função". O macutismo é o avatar aterrorizante da má consciência, antes de ser o meio mais eficaz de manutenção de um pseudopoder.

Elite chamada pelo poder dominante para a representação política e econômica (assimilação) (regionalização)	A "densidade" econômica não é evocada A própria noção de poder econômico não é contemplada	Macutismo de direita (intimidações encorajadas pelo poder, nos países antilhanos dominados)
Elite chamada pelo poder dominante para a direção política (autonomia ou independência nominal)	Ausência de "densidade" e poder econômicos reais	Macutismo de direita ou de "esquerda" física e ideológica É o caso de muitos países africanos ou antilhanos
Elite que se impôs à força para a liderança política, com ajuda "externa" (independência nominal)	Ausência de poder econômico	Macutismo "nacionalista" pelo modo duvalierista ou sul-americano e, por vezes, africano

Voltando à questão das palavras de ordem que movem o campo político martinicano, vemos que a demarcação entre independência e autonomia passa por esse poder econômico que a elite é incapaz de assumir e que só pode ser uma conquista das camadas sociais populares sobre a estrutura do sistema. Então é verdade que uma independência pode ser elitista ou não: ilusória ou não; mas, na medida em que a autonomia (porque ela nunca põe em causa esta estrutura do sistema) não pode *de modo algum* desencadear esta conquista popular, nem dela resultar, podemos dizer que a autonomia cobra uma ideologia *necessariamente* elitista. Surge então a pergunta: onde está o poder de conquista das classes populares?

Hubert Fontaine: No que diz respeito à reflexão teórica aprofundada (acumulação teórica), deve-se observar que o esclarecimento teórico da relação de classes não pode ser separado da prática das lutas de classes. Talvez este seja realmente o elo fundamental entre a ação cultural e a prática política.

Édouard Glissant: Quanto à "autonomização" das superestruturas, podemos pensar (1979) que estamos diante de uma realização tão grande, que bastaria seguir seu "caminho".

A ideologia da sociedade martinicana é monolítica e unilateral porque não está diretamente ligada à *materialidade* dessa sociedade, mas antes de tudo às formas (desenhadas "no vácuo") da *relação global* de alienação dessa sociedade com o capitalismo mercantil francês. Por exemplo, uma forma material, mas visível em outro lugar, de nossa alienação é o desenvolvimento histórico e o embelezamento das cidades escravistas atlânticas da França: Nantes, Bordeaux ou La Rochelle. *Nunca os (o) vemos.* Levada assim ao "vazio" em sua "primeira" representação material direta, a ideologia *tem aqui uma história*, que ofusca nossa história (sofrida) em não história. Isto mostra:

a) que, de fato, a superestrutura se autonomiza de forma monstruosa, mas que hoje também está se tornando decisiva, no campo (não produtivo) do consumo passivo; ela agora nos manipula por *fora do processo* de nossas infraestruturas esvaziadas;

b) que a ocultação resultante se manifesta não antes sobre representações alienadas, mas sobre a alienação de uma alienação: porque tomamos nossa alienação específica (a erradicação global de uma produção) por uma alienação "normal" (o fato de confiscar *aqui e agora* a força de trabalho do povo martinicano) (essa força é confiscada, *mas para lá, lá longe*);

c) que, consequentemente, "a raiz econômica" permanece fundamental nisso: que é preciso *tornar visível aqui e agora a relação global* com o outro lugar, justamente por meio das determinações sem "continuidade" da superestrutura; que se deve *mostrar aqui* que a alienação *tem uma história* – nossa história vivida.[20]

20 Fanon fala de um "sobredeterminador externo". É necessário sublinhar aqui a contradição inerente à "autonomia" como sistema de governo: o Estado autônomo não se beneficia de fato do reequilíbrio orçamental concedido pela potência de tutela; ele deve negociá-lo ao preço de concessões mortais, ou renunciar a ele; por outro lado, o Estado autônomo não dispõe de nenhum meio (político, legislativo ou policial) que lhe permita opor-se à exportação de lucros privados. Preso nessa arapuca, ele não tem outro recurso senão o macutismo. A autonomia como ideologia foi o Desvio negativo da classe média da Martinica. Ela estava condenada à não prática. Ao que parece, os partidos políticos alinhados a essa ideologia, que por tanto tempo se empenharam em ofender o pensamento independentista e isolar seus militantes, se radicalizarão aos poucos; a pressão da situação e a emergência do Caribe estão acelerando esse processo.

paisagens, países

referências

AS ANGÚSTIAS DA ESCRITA

A escrita vinda de cima.
(A escrita é a lei. É também a sentença.)

O documento de estado civil.
(Ele desnatura o ser ao chamá-lo de autoridade.)

A escrita "grava" a representação hierarquizada.
(Ela é privilégio dos mestres e (em ressonância) da elite. É só privilégio.)

A escrita como transversalidade ilusória.
(Pela escrita, acreditamos estar nos transformando no Outro.)

A escrita como paixão pelo universal.
(Pela escrita, "superamos" a nós mesmos.)

A escrita como alienação.
(Pela escrita, nos esquecemos de nós mesmos.)

Esse "nós" é elitista. Ele é indiferenciado. Ele se anula ao se expressar.

(Mas o crescente papel do rádio e da televisão faz com que hoje a alienação pela escrita pareça um tanto ultrapassada. É então possível que a escrita se constitua como lugar de resistência, ineficaz e persistente.)

39. No coração das palavras

Isto é o que está em jogo para nós: uma voz que se escreve, uma língua que se esforça, uma medida a se aprofundar no coração da desmedida. Um ato, lá do fundo do apagamento.

Mas a arte de escrever não sustenta sozinha semelhante trabalho. Este responde talvez à mesma necessidade de fixação cujo tormento encontramos nos atuais avatares da língua crioula. É por isso que ele pode parecer mais operante do que outro, em nossa evanescência. O tambor bate, o tambor bate. O difícil é se deixar levar sem se apegar. Fixar pela palavra nos ajuda a ir embora, mas também permanecer, na força do tambor. Não somos, senhoras e senhores, seus dançarinos.

E, se acaso delirarmos, saberemos por nós mesmos encontrar a medida desse delírio. Partir e permanecer, ao mesmo tempo. Partir: aspirar ao universal no qual vocês nos envolvem. Permanecer: arriscar a clausura que nos é tão necessária.

Porém, só alcançamos realmente o universal quando não nos preocupamos com ele. O universal é a prova inesperada de quem, à força de aterrar suas florações ou ventanear suas raízes, é capaz de ilustrar qualquer busca. É o seu "prêmio de sedução". A preocupação com o universal é o reverso alienado da pretensão (totalmente ocidental) de governar universalmente. Quando alguém lhe diz que pretende ser universal, cuidado, ele está do outro lado de si mesmo e já desistiu de tentar se estabelecer. Dialoguem com ele, suas palavras vão ficar atravessadas. Cale a boca e observe. Talvez ele comece a seguir seu caminho, para enfim ficar melhor.

40. Músicas

A música é tão constitutiva (pelo ritmo) da nossa existência histórica e cotidiana, que corremos o risco coletivamente de não compreender a sua "seriedade": o ardor de trabalhar para aperfeiçoá-la. É possível que a "facilidade" seja uma das armadilhas da oralidade, assim como o "formalismo" pode ser, paralelamente, o da escrita. Mas este aspecto da questão é insignificante. Por outro lado, há uma história musical da Martinica, interessante de acompanhar.

Tentemos primeiro compará-la com a prestigiada história do jazz. Quando as grandes Plantações do sul dos Estados Unidos desmoronam, os negros começam a movimentação que os levará primeiro a Nova Orleans (bares, bordéis, barcos a vapor), depois às grandes cidades tentaculares: Chicago ou Nova York, onde experimentarão a proletarização e a lumpemproletarização, para finalmente confrontar o implacável universo industrializado americano. A cada uma das etapas desse processo que aqui destaco, a música negra experimenta uma renovação. Canções gospel e blues, estilo Nova Orleans, Chicago, grandes orquestras de estilo *Count Basie*, *be-bop*, *free jazz*. Essa música escreve progressivamente a história da comunidade, seu confronto com o real, as falhas por onde se insere, os muros em que bate muitas vezes. A universalização do jazz vem do fato de não ser, de forma alguma, uma música "no ar", mas a expressão de uma determinada situação.

A canção crioula, na Martinica, e o beguine, em Guadalupe, expressam primeiro o universo das Plantações. Quando o sistema entra em colapso, ele não é substituído por absolutamente nada. Nem urbanização massiva, nem industrialização frenética. Os martinicanos permanecem suspensos no tempo, antes que o atual sistema de trocas os constitua como um conjunto de clientes. A produção musical, desvinculada de uma necessidade existencial, é folclorizada (no mau sentido do termo). Ela não evolui para formas readaptadas.

A universalização do *beguine* foi real (é até possível que tenha tido uma influência mais profunda na Europa, por exemplo, do que a salsa ou o reggae hoje), mas essa música vai logo se esgotar.

Por volta de 1930, os músicos antilhanos descobrem uma prática e uma técnica que os aproximava em muitos aspectos dos músicos de jazz. As sonoridades da embocadura do clarinete ou do trombone unem-se então de forma marcante nestes dois universos musicais. Além disso, mesmo antes dessa época, todas as músicas caribenhas e sul-americanas convergem. Alguns estilos irão evoluir e se aprimorar. Outros, como o *beguine*, vão experimentar o destino das expressões ultrapassadas: tornar-se-ão desnecessários.

Não é justo considerar o *beguine*, em razão do uso folclórico que se faz hoje dele, uma expressão de alienação. O *beguine* é a voz das Plantações por meio da intensa vivacidade da cidade martinicana de Saint-Pierre. Mas, a partir de 1902 (e a partir de 1940 em Guadalupe), ele não se desenvolveu mais, deixando de se relacionar com uma comunidade, que por meio dele expressava sua relação com o mundo. Ele deixa justamente de ser coletivo e, se permanece popular, não é mais com uma função cotidiana.

Nas décadas de 1950 e 1960, a produção musical na Martinica foi reduzida a uma espécie de moagem automática, respondendo bem ao marasmo nascido do colapso de toda a produção e de toda a criatividade do país. A facilidade com que os martinicanos aceitam mansamente sua folclorização resulta desse vazio.

Os estilos musicais que surgem ou se afirmam são, de fato e necessariamente, produzidos em lugares onde comunidades inteiras lutam não tanto contra o aniquilamento suspensivo, mas contra a ameaça iminente e vital: favelas de Kingston onde o reggae aos poucos se forja, bairros periféricos de Nova York, onde a salsa estoura.

Quando a música haitiana começa a fazer sucesso na Martinica, seguida da música de Dominica, os profissionais reagem de forma xenófoba. Em pouco tempo, porém, sob a influência de ativistas políticos, um movimento vai ganhar forma na forma de cantos e danças rurais (na Martinica, a *bèllè*, imediatamente confiscada por grupos "folclóricos" para apresentações turísticas; em Guadalupe, de forma mais duradoura, o ressurgimento do *gros-ka*, o tambor camponês por excelência). Não se pode afirmar que tais iniciativas tenham obtido sucesso: elas exigiriam uma unanimidade, exercida em um trabalho comum, ou em uma luta que envolvia a todos.

Enquanto isso, um fenômeno está acontecendo, em que os músicos martinicanos, enfim desvencilhados de suas reações xenofóbicas, ganham espaço. Uma nova combinação inesperada de estilo antilhano, sob a influência do jazz, do reggae e da salsa. Essa mistura encontra o estilo das orquestras de salão africanas: dos dois lados do Atlântico, há uma troca favorizada pelo intercâmbio turístico e pela distribuição de discos. Naturalmente, ao nível das músicas de discoteca. Não é impossível, porém, que haja aqui a semente de um fecundo sincretismo - ou de uma banalização "equalizadora".

Assim, sua abertura ao Caribe levou a música martinicana a projetos de renovação. Ela certamente não substituirá a necessidade funcional de toda música coletiva e popular. Mas é possível que essa abertura autorize enriquecimentos e cumplicidades que permitam sustentar o não enraizamento, e se reerguer do atual quadro de aniquilação.

Mas a solução antilhana pode acabar sendo um tiro no pé. Você tem que "fazer coisas" no seu país, para poder cantá-lo. Caso contrário, a atividade musical torna-se uma prática neurótica anestésica, em que encontram-se as mesmas "facilidades" submergidas de que falamos no início desta apresentação.

NOTA COMPLEMENTAR
Sobre o tambor

A seguinte observação talvez não seja significativa. No entanto, fiquei impressionado com a diferença entre as técnicas de percussão na África e nas Antilhas. Em África, o tambor é uma linguagem que se organiza em discurso: existem orquestras de tambores onde cada instrumento tem a sua própria voz. O tambor é uma partilha. Nas Antilhas, ele costuma ser um solitário; ou um acompanhamento. As orquestras de tambores são raras e nunca tão completas. Comparado ao tambor africano, o tambor antilhano me dá a impressão de ser uma redinha. Seu ritmo é menos variável. Não concluo daí que tenha havido uma "decadência"; os ritmos caribenhos têm personalidade própria. Mas talvez uma desfuncionalização do instrumento, que não corresponde mais a momentos da existência coletiva, reunidos na comunhão da "orquestra".

41. Aceitar

Esse grupo de estudantes negros americanos com quem pudemos realizar uma entrevista amigável (abril de 1971) não constituía um bloco homogêneo ou uma ideologia unitária. Como estudantes da Lincoln University (Pensilvânia) e da Howard University (Washington, DC), eles também representavam um espectro social bastante diversificado. Portanto, tentamos averiguar a opinião "média" dos estudantes negros americanos; e é ainda mais impressionante perceber a lacuna que pode existir entre essa opinião média e a dos martinicanos. Parece haver lá uma radicalização, nascida da situação, que marca o discurso, fora das tomadas de posições políticas, mesmo quando estas estão ausentes (ou não são designadas). Essa radicalização "situacional" é, a nosso ver, a parte mais preciosa da experiência negra americana. Quando uma comunidade historicamente dominada arrebata o direito de aceitar ou recusar quem vem (ou pretende vir) a ela, ela conquista a única liberdade verdadeira: a de que aceitar não é mais alienar-se.

Ao fim da entrevista, perguntamos a eles:

- *Por que vocês vieram para a Martinica?*

- Queríamos saber qual é a situação dos negros na Martinica. Mas não conseguimos obter muitas informações.

- Sabemos qual é a nossa situação nos Estados Unidos e não gostamos de falar disso o tempo todo. Gostaríamos de saber qual é a situação em todas as Américas.

- Uma das razões da confusão em nossas mentes é a multiplicidade de aspectos e opiniões na Martinica. Falamos com você, falamos com um representante do governo francês. Você diz uma coisa, ele diz outra. É o mesmo fenômeno nos Estados Unidos, em relação a nós e a nossos governantes.

- A Martinica lhes parece à primeira vista um país negro?

- Não. Vemos que as pessoas têm pele negra, mas por dentro é outra questão.

42. Chile

Na pintura de Zañartu, os maciços dos Andes se amontoam em uma única ponta, mas se multiplicam em uma presença assombrosa. Esse vulcão sem crateras por vezes se divide: de repente surge a silhueta de um homem, recortado a meio corpo, com as pernas entrelaçadas por uma ausência de ar. O fogo nasce ali.

Desde muito tempo assim, nós que somos seus amigos espreitamos a paciência com que Zañartu granula, com um barro retorcido, os entrecortes de mundos. Eis que de repente o Chile grita para nós. Tudo o que toca esta terra tem outro significado.

(A Outra América nos toma. Agora somos obrigados a conhecer o que nos foi *apartado* por tanto tempo: o enorme emaranhado de mortos por onde caminha a obstinada esperança dos povos circundantes.)

Lembro-me (daqui, deste país de ilhas arrebatadas pelo mar) das sombras entrecortadas da noite, dos esquálidos esboços de humanidade, das florações rachadas que sempre tramam nas telas de Zañartu.

Talvez um devir sempre adiado; mas um desespero sempre questionado. Isso é o que a atualidade desta América nos joga no coração, e o reacende.

*

O extermínio dos indígenas Caraíba fez a diferença entre as Antilhas e a América do Sul. A dimensão do povo indígena define qualquer visão que se possa ter da Outra América. Não é exagero dizer que até hoje esse povo silencioso confere sua consistência ao continente, com exceção, talvez, do subcontinente brasileiro. Em todo caso, toda esta América tem três heranças: a indígena, a africana, a ocidental. Nas Antilhas, a herança indígena foi regulada pelos conquistadores. Pode até acontecer que essa herança (por ostentação pré-colombiana) seja usada para ofuscar sobrevivências africanas. No entanto, existe alguma continuidade, do arquipélago ao continente. Civilizações do milho, da mandioca, da batata-doce, da pimenta e do tabaco, culturas criadas a partir da colonização em torno do sistema de Plantações, terras destinadas a um sincretismo ativo, nossos países encontram-se a partir de três espaços comuns: no alto dos Andes, onde o mundo indígena perdura de maneira apaixonante; nas planícies e planaltos do centro, onde o ritmo da mestiçagem se acelera; no mar do Caribe, onde as ilhas profetizam.[21] Eu disse na introdução deste livro que a paisagem martinicana (as montanhas ao norte, as planícies ao meio,

21 O etnólogo Darcy Ribeiro desenvolveu uma tese que divide os povos americanos em povos testemunho, povos transplantados e povos novos. Guillermo Bonfil Battalla explica essa distribuição (Carifesta 79, Cuba): os povos testemunho sempre estiveram lá (astecas de Yucatán), os povos transplantados foram mantidos como são (Argentina, Chile), os povos novos nasceram da mestiçagem (Brasil). Rex Nettleford propõe (*Caribean Cultural Identity*, p. 149) a seguinte classificação: Plantação-América (Caribe, costa leste-americana), Meso-América (México, Peru, Guatemala), Euro-América (Argentina, Chile e também EUA e Canadá). Notemos como há equivalência entre os dois sistemas de classificação: Meso-América e povos testemunho, Euro-América e povos transplantados, Plantação-América e povos novos. Essa necessidade de organizar sistemas de classificação é uma prova da força contemporânea da Relação.

as areias ao sul) reproduz em miniatura esses espaços.

As transformações políticas também são uma evidência disso. Os horrores da despersonalização e assimilação são compartilhados em Porto Rico (associado aos Estados Unidos) e na Martinica (Departamento da França). A aparente fatalidade do macutismo e dos golpes de Estado é tão relevante para o Haiti quanto para os pequenos estados da América Latina, e já tentamos aqui explicar por quê. O macutismo desenvolve-se em variedades de fascismo, quase todos no mesmo modelo, nos grandes países da América (Brasil, Argentina, Chile) altamente europeizados e onde existe um capitalismo "de estrutura".

Já se acreditou, durante algum tempo, que a língua espanhola era a que melhor ligava Cuba, Porto Rico e a República Dominicana à América Latina. Mas o Haiti é uma cultura de base camponesa, assim como a Colômbia. A presença africana, há tanto tempo reprimida, forma uma franja ao redor do Caribe, do Brasil ao Panamá, em direção oeste (a costa), e da Venezuela a Cuba, em direção leste (as ilhas). Pode-se pensar que, nesta zona, o multilinguismo surge como uma necessidade existencial e que abarca *também* as línguas hoje ameaçadas, indígenas ou crioulas.

*

Essas evidências devem ser descobertas.

Um escritor da América do Sul apontou que, se Bolivar é celebrado como um libertador, ele ignorou singularmente a importância das massas populares, cuja resolução é inseparável do fato sul-americano. Isso é verdade?

Por outro lado, ouvi declararem que a língua espanhola seria "a" língua da revolução na América Latina. Diante disso, um cubano contestou dizendo que os comunistas dos Estados Unidos haviam feito as mesmas observações por volta dos anos 1930, mas em relação à língua inglesa; e que, se o exemplo deles tivesse sido seguido (mas como?), a Revolução Cubana certamente não teria sido o que foi. Nenhuma língua pode ser eleita ou promovida às custas de outra, a partir do momento em que essa outra é *falada* por um povo. Assim, relacionam-se e se opõem questões, perguntas, lugares, memórias dissolvidas e recompostas.

*

Dois pintores, de maneira complementar, testemunham essa relação. Em Wifredo Lam, a poética da paisagem americana (acumulação, dilatação, força do passado, conexão africana, presença de totens) é *desenhada*. Das densas camadas da selva aos espaços límpidos mal tocados pela cor, onde pousam inúmeros pássaros míticos. Pintura do enraizamento e do voo. Matta apresenta os intensos conflitos onde hoje se forja a psiquê dos homens. Pintura da multiplicidade e, ouso dizer, do multilinguismo. Sinto aí uma continuidade visível da relação fora-dentro, o deslumbramento do aqui e do outro lugar.

*

O que é essa outra América para nós? Quem somos nós para ela? Múltipla em sua densidade, ela parece nos reprimir por evaporação. Seríamos as gotas multiplicadas desse imenso rio, no momento em que se dispersa e fica mais lento? Ou seríamos a outra fonte, quero dizer, a parada obrigatória no caminho por onde esse rio se constitui? Em um sentido ou em outro, as Antilhas são o avanço da América. É o que escapa da massa do continente e, mesmo assim, contribui com o seu peso.

43. A paisagem cubana

Fico impressionado com a obstinação das propagandas oficiais em apresentarem o ressurgimento da história das Antilhas e sua atual conjunção como uma medida de sovietização e um avanço do comunismo internacional. No tabuleiro de xadrez das políticas mundiais, os dirigentes oficiais ou reais, visíveis ou escondidos, são incapazes de conceber esses movimentos civilizacionais, que escapam das implacáveis necessidades do lucro ou da concorrência internacional, embora sejam forçados a se submeter a elas. Os Estados Unidos da América decidiram mostrar suas armas na região, para prevenir a "desestabilização". Há também os episódios risíveis. Ao voltar do festival caribenha (a Carifesta) realizado em 1979 em Cuba, meu filho, com treze anos de idade, foi interpelado no aeroporto do Lamentin, na Martinica: a polícia pretendia apreender obras que ele havia adquirido em Havana (desenhos infantis, um número da revista da

Casa de Las Americas sobre as Antilhas) e que qualquer pessoa pode receber pelo correio.

Mas o que é importante na Carifesta não é que tenha ocorrido em Cuba em 1979; ela começou na Guiana, continuou na Jamaica e vai acontecer em Barbados em 1982. O importante da Carifesta é o movimento civilizacional. Nesse sentido, o problema que se coloca para os cubanos é o da emergência consentida de culturas africanas que, por tanto tempo, foram ocultadas neste país, embora constituam grande parte de sua expressão. Não é certo que medidas socialistas sejam suficientes, se não se manifesta o desejo de ser antilhano, ou seja, plurirrelacional. Tampouco se pode dizer que tais medidas fracassarão.

É o problema de Calibã, esse personagem insular que um príncipe continental quis civilizar. O tema de Calibã tocou de forma surpreendente os intelectuais antilhanos: Fanon, Lamming, Césaire, Retamar. É que Calibã, nesse lugar de encontros e conflitos, tornou-se um símbolo. Para além do canibal selvagem de Shakespeare, o que está em jogo, não apenas no Caribe, mas em muitos lugares do Terceiro Mundo, é uma dinâmica feita de encontros e conflitos entre essas três necessidades: a luta de classes, a emergência ou a construção da nação, a busca pela identidade coletiva. É raro que esses dados da vida social e cultural sejam combinados ou fortalecidos com harmonia. No Panamá, dizem que o movimento da Negritude reivindicado pelos panamenses de origem antilhana é contraproducente para o fortalecimento da nação panamenha. Em Trindade, afirmam que a resolução de problemas políticos ou econômicos passa ou não passa (de acordo com a ideologia do interlocutor) pela afirmação antagônica das identidades hindu e africana.[22] Em Cuba, sustentam que a solução para os problemas da desigualdade social vai ser concomitante à extinção do racismo. Tudo isso é a verdadeira questão antilhana. É por isso que Calibã é objeto de uma investigação tão apaixonada.

---

22 As rivalidades, quase sempre sangrentas, entre grupos étnicos são uma das constantes da herança colonial para muitas novas nações do Terceiro Mundo. Sua superação ainda não foi vislumbrada.

poéticas

referências

AS ASTÚCIAS DO *CRIOULO*

Por não poder decidir sobre as estruturas "patentes" de sua língua, ela própria dependente das estruturações alienadas do campo global martinicano, o locutor crioulo multiplicou as astúcias linguísticas para a sobrevivência dessa língua, que se escalona da seguinte forma:

- Crioulo funcional, geralmente ritual.
(Na relação com o comandante, o gerente etc.)

- Crioulo como reticência.
(Por hábito de simular a incompreensão do decreto.)

- Crioulo "padrão".
(Crioulo dos békés, *o mais "normal".)*

- Crioulo como paravento.
(A frase precipitada, engolida, na frente do sentido.)

- Crioulo como ornamento.
(O afrancesamento, na relação com superiores de classe.)

- Crioulo equívoco.
(Pela vontade de revelar e esconder alternadamente significações, por dentro e por trás da imagem.)

- Crioulo escândalo.
(Língua da autoagressão e do desvio.)

44. Poética natural, poética forçada

Chamo de poética livre, ou natural, qualquer tensão coletiva em direção a uma expressão, e que não se opõe a si mesma, nem quanto ao que deseja expressar nem quanto à linguagem que ela constrói.

(Chamo de linguagem uma prática comum, para uma dada coletividade, de confiança ou desconfiança em relação à língua ou às línguas que ela utiliza.)

Chamo de poética forçada, ou coagida, toda tensão coletiva em direção a uma expressão que, ao se afirmar, se opõe ao mesmo tempo à *falta* pela qual ela se torna impossível, não como tensão, sempre presente, mas como expressão, jamais realizada.

Poéticas naturais: quando até mesmo o destino da comunidade seria miserável, ou sua existência ameaçada, essas poéticas resultam diretamente de um *debate* do corpo social. As mais ousadas das experiências ou as mais artificiais, os questionamentos mais radicais da linguagem continuam, reformam, violentam uma mesma poética. É que aqui não se encontra nenhuma impossibilidade entre a tensão e a expressão. A mais violenta das contestações de uma ordem estabelecida pode proceder dessa poética natural, quando aí encontramos continuidade dessa ordem questionada pela desordem que o nega.

Poéticas forçadas: não se trata das tentativas (híbridas e "voluntárias") de expressão, pela qual experimentamos dentro da linguagem. Há poética forçada ali onde uma necessidade de expressão enfrenta uma impossibilidade de se expressar. Acontece que esse enfrentamento se dá em uma oposição entre o conteúdo exprimível e a língua sugerida ou imposta.

É o caso das pequenas Antilhas francófonas, em que a língua materna, o crioulo, e a língua oficial, o francês, suscitam entre os antilhanos um mesmo e insuspeito tormento.

Pois um antilhano francófono que não experimenta nenhuma rigidez ao manejar a língua francesa do momento em que esse rastro pesado de ser outro invade a consciência antilhana é como alguém que nada imóvel no ar sem suspeitar que poderia, com seus mesmos gestos, deslocar-se nas águas e talvez encontrar profundezas. É preciso abrir caminho com a língua em direção a uma linguagem, que talvez não esteja dentro da lógica interna dessa língua. A poética forçada nasce da consciência dessa oposição entre uma língua da qual nos servimos e uma linguagem de que necessitamos.

Ao mesmo tempo, o crioulo, que poderia ter brotado como poética natural (já que nele língua e linguagem se correspondem perfeitamente), se esgota. Ele se afrancesa em seu uso cotidiano; ele se banaliza na difícil passagem da língua falada à escrita. Entretanto, o crioulo não cessou de resistir a essas duas transformações. A poética forçada é resultante dessas transformações e dessa resistência.

Assim, a poética forçada não ocorre geralmente numa cultura tradicional, ainda que ameaçada. Em qualquer cultura tradicional, isto é, onde a língua, o meio de expressão e o que chamo aqui de linguagem (o modo de expressão, a atitude coletiva em relação à linguagem utilizada) coincidem e não se expõem a nenhuma *falta* fundamental, não há espaço para recorrer a esse desvio, a essa contrapoética que vou tentar analisar no que diz respeito a nossa língua crioula e a nosso uso da língua francesa.

A poética forçada, ou contrapoética, é praticada por uma coletividade cuja expressão não pode surgir diretamente, não pode proceder de um exercício autônomo do corpo social. A expressão, para marcar com força essa não autonomia, depara-se ela própria com uma espécie de não poder, de impossibilidade. Esse fenômeno é exasperante porque as coletividades das quais estou falando são sempre, antes de tudo, orais. A passagem do oral ao escrito, até aqui considerada no contexto da civilização ocidental como uma promoção impreterível, ainda incomoda. O crioulo, língua ainda não fixada, manifesta esse incômodo dentro e por meio de sua produção tradicional. É por isso que vou abordar primeiramente as bases do crioulo, isto é, as bases de sua oralidade.

A base da língua falada

1. A escrita supõe o não movimento: o corpo não acompanha o fluxo do dito. É preciso que o corpo descanse; então a mão que maneja a caneta (ou a máquina de escrever) não desenha um movimento do corpo, mas abre uma paragem (uma derivação) da página.

O oral, ao contrário, é inseparável do balançar do corpo. Ali o dito é inscrito não apenas na postura que o favorece (acocoramento da palavra partilhada entre anciões[23] por exemplo, ou o pisotear ritmado nas rodas na cadência da música), mas também nas evoluções quase semafóricas pelas quais o corpo supõe ou suporta o dito.[24] A vocalidade depende da postura e talvez se esgote nela.

O que assim se anuncia de forma geral talvez aqui seja reforçado por uma significação específica. É que o corpo alienado do escravizado, nos tempos da escravização, é de fato privado da palavra, como para esvaziá-lo inteiramente. Expressar-se é não somente proibido, mas quase impossível de ser vislumbrado. Até mesmo em sua função reprodutiva, o escravizado está fora de si. Ele reproduz, mas é para o senhor. Todo prazer é mudo, isto é, frustrado, alterado, negado. Em tal contexto, a expressão é precaução, reticência, cochicho, tramas miúdas tecidas na noite.

Quando o corpo se libera (quando amanhece), ele acompanha o grito, que é explosão. A oralidade antilhana é sempre exacerbada, ela ignora o tempo morto, a doçura, o sentimento. O corpo segue. Ele ignora a pausa, o langoroso, o contínuo. É sacudido.

Passar do oral ao escrito é imobilizar o corpo, é submetê-lo (possuí-lo). O ser despossuído de seu corpo não pode atingir a imobilidade em que a escrita se acumula. Ele se move a toda hora, ele grita apenas. Nesse universo mudo, a voz e o corpo são a busca de uma falta.

---

23 No original "*accrouplissement de la palabre*", em referência às reuniões ou assembleias nas sociedades tradicionais africanas em que as pessoas se sentavam geralmente em torno de uma árvore, para deliberações de caráter parlamentar ou judicial. (N.T.)

24 Sempre fui fascinado pela conhecida história italiana, provavelmente inventada pelos franceses, do aviso afixado em um ônibus: "Não fale com o motorista. Ele precisa das mãos para dirigir." Por outro lado, a imobilidade corporal no ato de escrever favoriza as "internalizações" neuróticas. A oralidade contemporânea às "regras da escrita" é a do *falar bem* (no século XVII francês), enraizado em um monolinguismo redutor. Stendhal diz sobre a Itália do século XIX (*Sobre o amor*, capítulo 49) que lá raramente se fala para "falar bem"; e também que "veneziano, napolitano, genovês, piemontês são línguas quase totalmente diferentes e faladas apenas por pessoas que concordavam em imprimir unicamente em uma língua comum, a falada em Roma". Acrescentemos, a título de comparação, que tal estratégia não seria possível hoje para o crioulo. Não se poderia decidir, por exemplo, optar por unanimidade pelo modelo transcritivo haitiano (provavelmente o mais elaborado). A liberdade de escrever é necessária para a língua crioula, acima e além das variantes dialetais.

Talvez possamos entrar, em breve, numa civilização do não escrito, em que essa passagem do oral ao escrito, caso aconteça, não seja mais marcada como promoção nem transcendência. Para hoje, grito e corpo ritmam para nós, na oralidade, um mesmo apelo para a falta. A palavra antilhana permanecerá como tal, na escrita, apenas a partir do lugar em que essa falta for enunciada.

2. Desde o início (isto é, desde o instante em que o crioulo é forjado como meio termo entre o escravizado e o mestre), o grito impõe ao escravizado sua sintaxe particular. Para o antilhano, a palavra é, antes de tudo, som. O barulho é fala. A baderna é discurso. É preciso compreender isso.

Parece que intenção e tonalidade foram conjugadas para o homem desenraizado, dentro do implacável universo mudo da servidão. É o volume do som que significa: a altura do som carrega o significado. O conceito fica entre parênteses. Nós nos entendemos pelo subentendido barulhento, no qual o senhor, tão hábil em outras situações para manejar o "crioulo de base", vai se perder. O crioulo do *béké* nunca é berrado a viva voz. Já que é proibido falar, trata-se de camuflar a palavra sob a provocação paroxística do grito. Ninguém dirá que esse grito tão claro possa produzir significado. Vão supor que ele seja tão somente o chamado de um bicho.[25] É assim que o homem despossuído vai organizar sua palavra, tramando-a na aparente insignificância do barulho extremo.

Desenvolveu-se desde então um sistema particular desse significado-insignificante. O crioulo organiza a frase em rajada.

Seria essa prática recorrente nas línguas ameaçadas, nos dialetos moribundos, nos falares que sofrem por não produzirem nada? Mas no uso popular do crioulo martinicano é uma constante. Não somente no soletrar dos contos orais e das canções, mas também e quase sempre no falar cotidiano. Um dado é assim trazido para a frase crioula: a velocidade. Não tanto a velocidade, mas o choque precipitado. Talvez também o embaralhar contínuo que faz da frase uma só palavra indivisível. Se o volume do som carrega assim o significado da palavra, o

25 A língua crioula vai chamar um barulho, uma desordem; chegando assim ao extremo da ambiguidade.

precipitar ou o embaralhar dos sons organiza quase sempre o sentido do discurso. Aqui, mais uma vez, há uma especificidade no emprego: os senhores *békés*, que conhecem o crioulo bem melhor que os mestiços, não acessam, porém, esse uso "desregrado" da língua.

No fluxo da fala crioula, reencontramos até mesmo a marcação do ritmo batucado. Não é a estrutura semântica da frase que ajuda a escandir a palavra, é a respiração do locutor que comanda essa escansão: atitude e medidas poéticas por excelência.

Assim, o sentido da frase parece ser, por vezes, furtado nesse não sentido acelerado onde berram os sons. Mas esse não sentido acarreta o sentido verdadeiro, que é subtraído à orelha do senhor. O crioulo é, em suas origens, uma espécie de pacto, secreto sob a própria publicidade de seu grito. Por exemplo, se o crioulo é cochichado (pois o cochicho é o grito circunscrito à altura da noite), ele é pouco murmurado. O cochichar é determinado por uma circunstância exterior, o murmúrio é *decidido* pelo locutor. O murmúrio leva a um sentido *confiado*, não a essa forma sem sentido que furtaria e revelaria ao mesmo tempo um sentido *oculto*.

Mas, se o crioulo contém assim, originalmente, uma espécie de pacto num sentido oculto, é preciso saber que essa função iniciática desaparece aos poucos. Aliás, ela está fadada a desaparecer para que o grito do pacto continue em língua aberta. Uma língua não supõe iniciação, mas aprendizagem; ela deve ser acessível a todos. Toda língua secreta (que contém um segredo de utilização) torna inútil a prática de uma sintaxe constitutiva e a substitui por uma sintaxe "substituída". Assim, ter acesso ao estatuto da língua é, para um falar, se ver livre do pacto secreto como sintaxe "substituída" e se abrir às normas de uma sintaxe constitutiva suficiente. Nas civilizações tradicionais, essa passagem é lenta, medida, de um pacto secreto a uma comunicação permitida a todos, mesmo ao "estrangeiro". Assim, o ato de falar pouco a pouco torna-se língua. Nenhuma poética forçada é praticada, pois essa língua nova, com sua sintaxe constituída, é também linguagem, sintaxe consentida.

O drama martinicano do crioulo é que o pacto se apaga nele, mas a língua (como abertura) não aparece. A função da comunidade secreta se esgota, a função de comunidade oferecida não é decidida.

3. Como toda literatura popular oral, o texto crioulo tradicional, conto ou canção, chama atenção primeiramente pela força imagética. É a isso que as pessoas eruditas se referem quando falam de línguas concretas submetidas a línguas conceituais. Queremos dizer com isso que haveria uma severa transcendência do conceito, à qual acessaríamos uma vez deixadas (ultrapassadas) as imanências sensuais da imagem.

Ora, o imagético, no que chamamos de expressões da sabedoria popular, é uma astúcia, isto é, antes de tudo a referência de uma dis-posição. Toda língua imagética ("concreta") mostra que ela concebeu implicitamente o conceito e renunciou tacitamente a seu "desenrolar". A imagética é, para uma língua dita concreta, a precipitação deliberada (ainda que coletivamente inconsciente) da possibilidade linguística num dado momento. Operação tão completa, tão fina, tão bem-acabada quanto um traçado conceitual, a imagética é um segredo na noite de um povo. O conceito é conhecido por ter sido meditado por um deus ou um gênio particular, no crepúsculo comentado por Hegel, por exemplo.

Mas a língua crioula, além disso, comporta o francês, isto é, o tormento da escrita como transcendência *interna*. Nas condições históricas de aparição do crioulo, identificamos uma poética forçada que é ao mesmo tempo consciência da presença repressora do francês como pano de fundo linguístico e vontade deliberada de renunciar ao francês, isto é, ao sistema do conceito como lugar de expressão. Desde então, o imagético – isto é, o "concreto" e todos os seus derivados metafóricos – não é um dado ordinário na língua crioula. É um desvio forçado. Não é uma malícia implícita, é uma astúcia articulada. Existe algo de patético no desvio imagético da sabedoria popular crioula. Como o selo da fixidez.

Poderíamos conceber – é aliás um movimento que se desenha um pouco por toda parte – uma espécie de revanche das línguas orais sobre as línguas escritas, no contexto de uma civilização planetária do não escrito. A escrita parece ligada a uma filosofia transcendental do Ser, que hoje seria investida e transmitida por um problema da Relação. Nesse contexto, talvez apareçam sistemas globais do desvio imagético, arquiteturas não conceitualizantes, línguas que se sobressairiam e brilhariam em vez de simplesmente "refletirem". Seja lá o que possamos pensar de tal eventualidade, é necessário estudar desde agora as condições que a língua crioula deveria satisfazer para estar presente nesse encontro.

4. Nas Ilhas, o crioulo foi a língua do sistema de Plantações, que erigiu a cultura da cana-de-açúcar. O sistema desapareceu, mas na Martinica ele não foi substituído por outro modo de produção, ele desmoronou em circuito de troca. A Martinica é um país onde se trocam produtos fabricados fora. É, portanto, uma terra propensa a se tornar cada vez mais um lugar de passagem. Nesse país, cuja organização atual visa a abolir qualquer produção, o sistema da língua materna, privado de uma estrutura cultural dinâmica, não está consolidado. O crioulo não pode ser a língua dos grandes centros comerciais, nem dos hotéis de luxo. A cana, a banana, o abacaxi são os últimos fantasmas do exército crioulo. Junto deles vai desaparecer a língua, caso ela não conquiste uma outra funcionalidade.

Assim como deixou de ser linguagem do pacto secreto sem conquistar sua norma para se manter como língua "aberta", a língua crioula deixa de suscitar, pouco a pouco, o desvio imagético pelo qual, no universo das Plantações, ela manifestava ativamente sua finalidade, embora não pudesse evoluir como sistema de conceitos. Essa é uma condição de estagnação que faz do crioulo uma língua dramaticamente ameaçada.

O que o crioulo transmitia, no universo das Plantações, era antes de tudo uma recusa. Poderíamos, a partir daí, definir um novo modo da estruturação linguística que seria "negativa" ou "reativa", diferente da estruturação "natural" das línguas tradicionais. Nisso, a língua crioula aparece como organicamente ligada à experiência mundial da Relação. Ela é literalmente uma consequência da conexão entre diferentes culturas e não preexistiu a tais conexões. Não é uma língua do Ser, é uma língua do Relatado.

Enquanto o sistema de produção, tão iníquo para boa parte da população, manteve-se como exercício "autônomo", ele permitiu uma atividade emblemática, espécie de cimento da coletividade, com que a classe *determinante*, aquela dos escravizados e depois a dos operários agrícolas, impôs sua expressão: no falar, na crença, no costume, que não são aqui a escrita, a religião, a lei, impostas por uma classe *dominante*.

O conto crioulo é o desvio emblemático pelo qual, no universo das Plantações, a massa dos martinicanos desenvolvia uma poética forçada (que chamaremos também de contrapoética), na qual se manifestavam ao mesmo tempo uma impotência para se liberar globalmente e um empenho em tentar fazê-lo.

Se o sistema de Plantações tivesse sido substituído por outro sistema de produção, é provável que a língua crioula tivesse se "estruturado" logo, enfrentado a experiência da escrita, passado "naturalmente" do pacto secreto à sintaxe "suficiente" e, talvez, do desvio do imagético para a fluidez conceitual.

Em vez disso, vemos que na Martinica, e ainda hoje, uma das consequências mais radicais de irresponsabilidade social é essa forma de delírio verbal que chamo de costumeiro, para distingui-lo do delírio patológico, e que revela que aqui nenhuma passagem "natural" pôde *esticar* a língua num tempo histórico. O delírio verbal como aresta da comunicação é um dos produtos mais frequentes da contrapoética ativada pelo crioulo. Improvisos, batuques, acelerações, repetições enérgicas, sílabas balbuciadas, contrassensos do significante, alegorias e sentidos ocultos, há na forma desse delírio verbal costumeiro, em densidade, todas as fases da história dessa língua dramática. Aliás, podemos afirmar, observando a não funcionalidade que esvazia o crioulo, que essa língua, em seu uso cotidiano, torna-se cada vez mais uma língua da neurose. A língua gritada mistura-se à língua incômoda, em língua da frustração. Tampouco podemos nos perguntar se tais utilizações delirantes não contribuíram para a manutenção do crioulo, apesar das condições absolutamente desfavoráveis de seu exercício. Sabemos que as práticas delirantes são técnicas de sobrevivência.

Mas é no próprio conto que precisamos surpreender a patética lucidez do locutor crioulo, esse eco da Plantação. A análise do conto mostra como as *faltas* que a comunidade sofre (ausência de uma estrutura cultural, perda de responsabilidade técnica, isolamento no entorno caribenho etc.) são superdeterminadas na imagética popular. O que chama atenção aqui é que essa superdeterminação é sempre elíptica, rápida, camuflada de escárnio. É o que vamos observar no conto. Assim, este provém realmente de uma poética forçada: é uma tensão que, tramando a falta que a acomete, dedica-se a jamais aperfeiçoar a expressão, para assim melhor negar os critérios da transcendência escritural. O conto crioulo inclui o ritual participante, mas exclui cuidadosamente a sacralização. Ele instala a língua no escárnio militante.

Crioulo e paisagem

1. Meu objetivo não é estudar o conto crioulo como enunciado de um sistema, nem isolar seus significantes. Síntese de bestiários (africano e europeu), relicário de contos transplantados, olhar agudo do escravizado sobre o universo do senhor, recusa do "valor" trabalho, ciclo do medo, da fome e da miséria, receptáculo da esperança continuamente desenraizada; o conto crioulo tem sido muito estudado. Meu objetivo, mais modesto, é estabelecer seu vínculo com o entorno.

O que chama atenção é a *acuidade* vazia da paisagem no conto crioulo: nele a paisagem é depurada, um mapa de lugares sucessivos que atravessamos; a floresta e sua noite, a savana e seu sol, a montanha e seu cansaço. Lugares de passagem, precisamente. A importância do caminhar é surpreendente. "Caminhei tanto", diz mais ou menos assim o conto, "que me cansei e meus pés ficaram só a sola." O caminho é reversível. Vegetações povoam, naturalmente, esses itinerários, faunas os balizam. Mas é importante saber que, embora o local seja indicado, *ele nunca é descrito*. A descrição da paisagem não é um momento do conto. Não estão em jogo nem o prazer nem o gozo da descrição. É que a paisagem não está destinada a ser habitada no conto: lugar de passagem, ela ainda não é um país.

2. Assim essa terra não é possuída: ela quase nunca é objeto de uma real reivindicação. Há dois personagens que predominam no conto crioulo: o Rei (símbolo do europeu, como já disseram, ou do *béké*?) e Compadre Tigre (símbolo do colono *béké*, ou apenas do chefe negro?), este último sempre enganado, geralmente apanha de um personagem determinante, Compadre Coelho (símbolo da astúcia popular).[26]

---

26 É preciso notar que esse simbolismo é em si ambíguo. O Rei, o Deus, o Leão. Onde está, de fato, o colonizador? Onde está o administrador? O coelho é o ideal popular, mas ele é duro com os pobres; talvez ele seja "mestiço" etc. O ideal proposto é moldado desde o início por uma negação dos "valores" populares. Só podemos escapar deixando de ser nós mesmos, enquanto tentamos permanecer sendo quem somos. O personagem

Mas as legitimidades dominantes, quanto à posse da terra, jamais são questionadas. O simbolismo do conto crioulo nunca leva a essa erradicação do direito colonial, sua moral nunca comporta o apelo final para a supressão desse direito. Não vejo aí demissão, mas essa astúcia extrema que mencionei, essa fixidez patética, na escolha dos temas, numa palavra: esse desvio rígido por meio do qual o conto crioulo assinala que ele *verificou* bem o sistema e sua estrutura.

Num tal entorno, o homem (o animal que o simboliza) mantém com as coisas e as árvores, as bestas e as pessoas apenas relações intermitentes. O extremo "ofegar" do conto crioulo não deixa espaço para nenhum repouso suave. Ninguém tem tempo de *pousar* seu olhar sobre as coisas. A relação com o entorno é constantemente dramática, interrogadora. O conto é ofegante, mas é porque ele optou por não *se demorar*. Ao mesmo tempo que ele não descreve, tampouco aprecia. Nada de sombra fresca nem momentos de doce languidez. É preciso correr sem descanso, de um passado desconhecido a um agora irrisório. A terra sofrida ainda não é a terra oferecida, aberta. A consciência nacional está germinando no conto, ela não floresce nele.

Outra constante é a medida do inventário das "riquezas" que o homem aqui reconhece como suas. Quer se trate do prazer de viver ou da alegria de possuir, o conto crioulo conhece apenas duas medidas: a carência ou o excesso. Patética lucidez. As riquezas são irrisórias, ou desmedidas. Excessivas na quantidade, quando o conto estabelece por exemplo a lista das guloseimas; excessivas em sua qualificação, quando o conto estima a medida barroca de um valor ou de um bem. Um "castelo" é descrito de repente (prosperidade, luxo, conforto, prestígio) quando se diz de um sopro, e sem outra descrição, que ele possui 201 salas. Riquezas irrisórias, pois as "verdadeiras riquezas" estão ausentes do mundo fechado das Plantações. O excesso e a falta se completam para enfatizar um mesmo impossível. O conto planta assim seu cenário num não país, que é todo excesso ou vazio, que excede o país real e nele fixa, porém, a mais exata estrutura.

---

de Compadre Coelho é, portanto, também a projeção dessa malandragem individual que é sancionada por uma ausência coletiva. "Bastardização da raça. Esse é o grande feito. As soluções individuais substituem as coletivas. As soluções baseadas na astúcia substituem soluções baseadas na força." Aimé Césaire e René Ménil, *Tropiques*, nº 4, jan. 1942.

Igualmente, observa-se que não existe, no conto crioulo, nenhuma ênfase sobre as técnicas cotidianas de trabalho ou de criação. Aqui, a ferramenta está "distante" da experiência vivida. A ferramenta, instrumento do homem em sua relação com a natureza, é um concreto impossível. Assim como os aparelhos e as maquinarias que aparecem no conto são sempre relacionados a um proprietário cujo prestígio, isto é, o afastamento, é implícito. Trata-se do "caminhão do sr. Untel" ou do "moinho do sr. Untel". A ferramenta é sempre reconhecida como sendo do outro; a técnica não é apropriada. O homem não empreende (ele não pode) a transformação da paisagem. Ele sequer possui momentos de lazer para poder cantar sua beleza, que talvez lhe soe irrisória.

CONVERGÊNCIAS

1. Onde se situa então o esforço de "durar"? Qual é a medida de uma tal poética "forçada", de uma tal contrapoética, que não brota em plantação viva sobre um terreno fértil "ancestral", mas, ao contrário, acumula contra o impossível (o desperdício, a negação, a redução) sua "muralha de gravetos"?

a) Essa contrapoética é, portanto, dedicada à síntese de elementos culturais diversificados, por vezes opostos.
b) Ao menos uma parte desses elementos não existe antes da função sintetizante, o que torna sua combinação ainda mais necessária, mas também ainda mais ameaçada.
c) Esse caráter restrito faz toda a força (o áspero, o dramático) de tal poética forçada.
d) Essa poética forçada vai se esgotar se não se desenvolver numa poética natural, livre, aberta, relacional.

Portanto, o esforço dessa contrapoética está associado, em primeiro lugar, ao desvio. Ao saber insconsciente por onde a consciência popular afirma ao mesmo tempo sua errância e sua densidade. Porém, é necessário passar do saber inconsciente para a ciência deliberada de si.

É aqui que talvez se imponham algumas considerações finais sobre a relação dessa situação com o que hoje chamamos de etnopoética.

2. Primeiramente, do ponto de vista do debate entre essas duas línguas, o crioulo e o francês, em que uma foi submetida à transcendência da ou-

tra, podemos afirmar que a única prática possível é torná-las *opacas* uma à outra. Desenvolver por toda parte, contra um humanismo universalista e redutor, a teoria das opacidades particulares. No mundo da Relação, que sucede ao sistema unificante do Ser, aceitar a opacidade, isto é, a densidade irredutível do outro, é realizar verdadeiramente, por meio do diverso, o humano. O humano talvez não seja a "imagem do homem", mas a trama hoje sempre recomeçada dessas opacidades consentidas.

Em seguida, a poética não saberia estar separada da funcionalidade da língua. Esforçar-se para falar ou escrever o crioulo não será suficiente para salvar essa língua. É necessário reconstituir as condições de produção, ativando dessa forma os fatores de responsabilidade global e técnica do martinicano em seu país, para que a língua se desenvolva realmente. Dito de outro modo, toda etnopoética, em algum momento, confronta o político.

Enfim, a exposição que fiz mostra claramente que, se certas comunidades, oprimidas pelo peso histórico de ideologias dominantes, aspiram a desestruturar sua fala num grito, reencontrando assim a inocência num ato étnico primitivo, para nós trata-se principalmente de desenvolver um grito (que nós demos) numa palavra que lhe dê continuidade, descobrindo assim a prática, talvez intelectual, de uma poética enfim libertada. Acredito que o etnopoético possa conciliar esses exercícios tão contrários.

A contrapoética praticada pelos martinicanos (nas obras escritas em francês, na prática da língua crioula, no refúgio do delírio verbal) repertoria, portanto, e ao mesmo tempo, uma necessidade de expressão coletiva e uma atual impossibilidade de se expressar verdadeiramente. É provável que essa contradição venha a cair quando a comunidade martinicana puder realmente se afirmar, isto é, escolher a si própria. Toda etnopoética é do futuro.

45. Poética da Relação

A epopeia do imperador zulu Chaka, tal qual ela é contada por Thomas Mofolo,[27] me parece ser um exemplo de uma poética africana. Os encon-

27 Thomas Mofolo, *Chaka*, Paris: Gallimard, 1939.

tros com formas épicas ocidentais certamente não faltam: expressão de um sentimento tirânico (a ambição), implicação da comunidade zulu no drama do herói, sua ascensão e queda. Não poderíamos considerar a dimensão mágica (origem do guerreiro, importância dos curandeiros, práticas e ritos) como particular a uma temática africana. Todas as epopeias que narram o impulso dos povos apelam à força divina. A oralidade aqui também não é específica; afinal de contas, os poemas de Homero eram concebidos para serem cantados, declamados ou dançados.

Duas particularidades justificam o principal interesse de *Chaka*. É uma epopeia que, colocando em cena de maneira "universal" a paixão e o destino de um homem, não diz respeito à *origem* de um povo nem à sua história inicial. Tal epopeia não comporta, portanto, um mito fundador. Ao contrário, ela se refere a um momento muito mais perigoso para o povo em questão, o da sua *iminente relação* com os conquistadores vindos do Norte. Ficamos impressionados com a semelhança dos destinos desses grandes e fugitivos reis africanos que, a partir de uma aldeia ou de uma etnia, construíram impérios consideráveis e terminaram todos presos, exilados ou dependentes. (A história deles se repete de forma caricatural na prática desses pseudoconquistadores que surgiram dos movimentos da pós-colonização, antigos suboficiais ou oficiais dos exércitos colonialistas, criados pelo Ocidente que, os tendo autorizado e preservado no poder, agora os ridiculariza ou se mostra indignado com eles.) Todos os grandes conquistadores africanos dos séculos XVIII e XIX foram assim assombrados pelo contato com o homem branco. É a ele que se refere Chaka, no momento em que é assassinado por seus familiares. Parece que sua vida, suas ações e sua obra são como uma última barreira que ele tenta construir contra esse contato, do qual ele é o único a possuir o segredo. Os poetas africanos serão assombrados por esses destinos, cujos percursos são cantados nas crônicas orais. Na Martinica, fomos vítimas desse assombro quando o rei de Daomé, Behanzin, foi deportado para cá. A epopeia desses conquistadores derrotados, que também foi a de suas etnias, ou de seus povos, por vezes de suas crenças, não pretende assim, quando contada, garantir a legitimidade de uma comunidade no mundo. Não se trata de epopeias fundadoras, de grandes "livros" iniciáticos, como a *Ilíada* e a *Odisseia*, o Antigo Testamento, as sagas ou canções de gesta. São memórias da Relação, o que se reúnem da unanimidade de um povo antes que a grande dispersão da colonização interviesse. Portanto, não se vê aqui aquela "consciência *naïf*", de que Hegel diz ser o momento popular do épico, mas sim uma consciência amordaçada que vai sustentar a existência dos povos africanos durante todo o período colonial.[28]

(Do que eu pude ler das transcrições de epopeias africanas (aquelas do império de Segou no país bambara, por exemplo, recolhidas e traduzidas por pesquisadores africanos e por Lylian Kesteloot), me sensibilizei com essa "suspensão" da narrativa: como se, fabricando o discurso, o poeta se colocasse à *espera de qualquer coisa* que ele sabe incontrolável. A sucessão dos reis não determina (nem é fundada sobre) uma teoria da legitimidade. A epopeia é disruptiva. A história é curta. A memória se faz secreta, é preciso forçá-la para que seja publicada. O homem branco, no fim, força para entrar e obriga a falar alto. O fogo secreto da palavra comunitária se dispersa no vento público. A sabedoria da epopeia é saber desde sempre que essa Relação *aconteceria*. Essa previsão do ato de colocar em relação foi interpretada por O. Mannoni como um complexo de dependência: "Por quase toda parte onde os europeus fundaram colônias como as que estão "em questão" atualmente, podemos dizer que elas eram esperadas, até mesmo desejadas no inconsciente de seus sujeitos."[29] Frantz Fanon denunciou (*Pele negra, máscaras brancas*) essa interpretação. Agentes agressivos da Relação, os povos europeus não podiam conceber ali a poética, que lhes parecia fraqueza e renúncia.[30] Mannoni teorizou essa cegueira.)

A outra particularidade possui um caráter fundamental da narrativa épica, que desapareceu quase completamente da literatura ocidental: eu o chamo de *poética da duração*. Em nenhum momento do épico africano, a palavra pretende seduzir, surpreender ou deslumbrar. Ela não ofende o receptor, ela o chama, investe nele, ela o conduz pelas espessuras acumuladas onde, pouco a pouco, se desenha o

---

28 Uma coleção popular faz reviver hoje essas figuras históricas da África. Praticamente cada um dos volumes insiste nesse encontro entre os chefes africanos e o inevitável colonizador, que aparece como a própria encarnação de seu destino. (Coleção *Les Grandes Figures Africaines*.)

29 Octave Mannoni, *Psychologie de la colonisation*, Paris: Éditions du Seuil, 1950.

30 O Ocidente continua sendo hoje o agente mais dinâmico da Relação, pela assustadora superioridade tecnológica que lhe permite controlar os sistemas de comunicação planetária e administrar as riquezas do mundo. Porém, ele está começando a perceber a grandeza dessa poética e, nesse sentido, a superar Mannoni.

projeto. Creio que a divisão em gêneros literários distintos favoreceu nas literaturas ocidentais o abandono de tal poética. A existência do romance e sua especificidade fizeram com que, pouco a pouco, toda exploração de uma duração, e toda técnica que a ela se refere, fossem reservadas para esse gênero. O poema, igualmente, se encarregava do *indizível*: o que se contrai em lampejos fulgurantes, o brilho das revelações, a ponta extrema de uma vidência. Uma *poética do instante*. Mas discriminar assim os gêneros e impor-lhes poéticas tão fundamentalmente opostas significa neutralizar essas poéticas umas pelas outras, desde então sujeitas ao seu objeto, em vez de agir sobre ele.

Na poética do texto oral africano, *tudo é dizível*. A massa de mistério que envolve o personagem de Chaka não vem do que o texto épico nos esconde, mas do que o acúmulo diz.

No Ocidente, o indizível poético me parece destinado ao que chamamos de dignidade da pessoa humana, ela própria transcendida a partir da aparição histórica da propriedade privada. Essa conclusão precipitada permite supor que a paixão poética, como exigência de um eu, exige antes que a comunidade tenha se desgarrado de seu direito fundamental de estabelecer e tenha se organizado em torno de direitos privados. O indizível poético é a economia suprema do direito de propriedade. Por paradoxo, ele é transparência e não opacidade.

Frequentemente tenho oposto a esse sentido agudo da pessoa humana o sentimento igualmente intenso do consentimento à dignidade comum, tal qual ele me pareceu se afirmar em muitas civilizações não ocidentais. Ao longo do trajeto, propriedade privada - dignidade da pessoa - indizível poético, eu colocaria um outro que me parecia igualmente fundador: indivisibilidade da terra - dignidade da comunidade - explicitação do canto. Tal oposição civilizacional permitiu também compreender as rupturas dentro da civilização antilhana, em que a herança africana (do sentimento da dignidade comum) se debatia com um impossível (a não posse coletiva da terra), em que a explicitação do canto (a cultura oral tradicional) era barrada pela educação ocidental (a iniciação ao indizível poético). Nós conhecemos a fascinação desse indizível, cuja renúncia é longa e dolorosa: Rimbaud não fez apenas traficar na Abissínia. E quantos jovens poetas antilhanos eu conheci, desesperados por não poder se acomodar nesse indizível e que, entretanto, fascinados pelo sucesso de Aimé Césaire nesse aspecto, se exauriam ao atravessar seus lampejos fulgurantes sem saber que eles possuíam em si mesmos os meios de estabelecer *uma outra economia da palavra*. Esterilizados, debilitados por esse sonho da fulguração poética, não escutavam dentro de si o batimento dessa duração a ser conquistada.

Mas esse tipo de oposição em paralelo, ainda que embasado, é muitas vezes alienante. Acredito, por exemplo, que, a partir da distinção entre posse coletiva da terra (na África) e propriedade privada (no Ocidente), foi possível construir a teoria de um socialismo africano, que soaria como mais natural (e portanto mais "humano"), lá onde o socialismo ocidental teria sido no fim das contas apenas uma *reação* contra o sentido adquirido da propriedade privada. Essas teorias que privilegiam (o natural sendo certamente mais acolhedor que uma reação) são muito mais reconfortantes. Sabemos dos danos surpreendentes, tanto físicos quanto ideológicos, desse socialismo africano, nos países em que ele pôde se estabelecer como princípio ou realidade.[31]

Afirmo, apesar de tudo, que é profunda a relação entre a poética do instante, o sentimento privilegiado da dignidade da pessoa humana e a base primordial da propriedade privada. Esse conjunto de dados contém a limitação implícita do interesse individual. É difícil separar, por meio da projeção, a dignidade do indivíduo desse real perturbador que é a propriedade privada. Aqui, a sublimação é necessária. É por isso que os filósofos e as ideologias ocidentais se voltam todos para o *universal generalizante*. (Ainda hoje, o que os pensamentos oficiais do Ocidente reconhecerão com a maior alegria nas concepções de Leopold Senghor será a ideia generalizante de uma civilização do universal.) O universal generalizante é a pretensão arrogante que permite sublimar a dignidade da pessoa a partir da realidade da propriedade privada. É também a arma mais efetiva

31 Essas variações étnicas do socialismo não são projetos a serem desprezados ou rejeitados categoricamente. Em seu estudo sobre a indianidade (*indianidad*), o antropólogo mexicano Guillermo Bonfil Batalla ("*La nueva presencia politica de los Indios*", *Casa de las Americas*, Havana, out. 1979) distingue quatro ideologias em sua visão do futuro da América do Sul: restauração do passado pela exclusão da civilização ocidental; a posição reformista, por adaptação ao sistema existente; o socialismo indígena, que aplica o modelo das sociedades indígenas readaptadas pelos elementos universais fornecidos pelo Ocidente; e, finalmente, por transformação revolucionária do modo de produção capitalista.

no processo de despersonalização de um povo desmunido. Contra o universal generalizante, o primeiro recurso é a vontade áspera de *ficar no lugar*. Mas o lugar, para nós, não é apenas a terra de onde nosso povo foi deportado, é também a história que ele compartilhou (e viveu como não história) com outras comunidades, cuja convergência se faz clara hoje. Nosso lugar são as Antilhas.

A antilhanidade, sonhada pelos intelectuais, ao mesmo tempo que era vivida de maneira subterrânea por nossos povos, nos tira do intolerável próprio aos nacionalismos necessários, e nos introduz na Relação, que hoje os modera sem aliená-los.

O que são, de fato, as Antilhas? Uma multirrelação. Todos nós a sentimos, a expressamos sob todas as formas ocultas ou caricaturais, ou a negamos com veemência. Mas nós percebemos que esse mar está aqui em nós com sua carga de ilhas enfim descobertas.

O mar das Antilhas não é o lago dos Estados Unidos. É o estuário das Américas.

Nesse contexto, a insularidade ganha outro sentido. Em geral, a palavra "insularidade" remete a uma ideia de isolamento, como uma neurose de espaço. No Caribe, entretanto, cada ilha é uma abertura. A dialética Fora-Dentro encontra o embate Terra-Mar. A insularidade constitui uma prisão[32] apenas para quem está amarrado ao continente europeu. O imaginário das Antilhas nos salva do sufocamento.

Fica evidente que, na civilização antilhana, nós fizemos uso na Martinica, e por razões "históricas", apenas da palavra. Temos tantas palavras entaladas na garganta, e tão poucas "matérias-primas" para exercitar nosso gesto.

Talvez seja por isso que eu tenha ficado tão impressionado quando conheci a retórica do discurso norte-americano. Lembro-me de ter escutado, na Universidade de Tufts (Boston), uma palestra sobre literatura afro-americana e de ter descoberto, com muita surpresa e emoção, o espetáculo da plateia que, balançando-se em cadência, retomava em melopeia o texto do conferencista. Também vi o filme televisionado sobre Martin Luther King e descobri esse duplo, esse eco que fica por trás do orador para retomar e amplificar seu discurso.

32 Seja de direita ou de esquerda, estes vão fingir que nós "vegetamos" nessas ilhas e vão buscar, de preferência em Paris, uma vida intelectual.

Como no texto trágico, a repetição aqui não é tautológica. Existe aí uma nova economia da palavra.

Assim como eu acredito que a fulguração poética é o apogeu da exaltação do eu, posso também conjeturar que a repetição do discurso é a medida de um Nós. Mas esse Nós não se dá como transcendência. Podemos inclusive afirmar que ele supõe, por natureza, esse dado primeiro da Relação que é a mestiçagem.

Se falamos em culturas mestiças (como a antilhana, por exemplo), não é para definir uma categoria em si, que se opõe a outras categorias (de culturas "puras"), mas para afirmar que hoje se abre na mentalidade humana uma abordagem infinita da Relação, como consciência e projeto: como teoria e realidade.

A mestiçagem como proposição não é, antes de tudo, a exaltação da formação híbrida de um povo: nenhum povo foi de fato preservado dos cruzamentos raciais. A mestiçagem como proposta enfatiza que, de agora em diante, é ineficaz glorificar uma origem "única", mantida e continuada pela raça. Nas tradições ocidentais, a filiação garante essa unidade, assim como a Gênese legitima a filiação. Afirmar que os povos são mestiços, que a mestiçagem é um valor, é desconstruir assim uma categoria "mestiço", que seria intermediária como tal entre dois extremos "puros". Apenas nos países barbarizados pela exploração (África do Sul, por exemplo) essa categoria intermediária pôde ser oficializada. É sem dúvida o que experimentava aquele poeta antilhano que, respondendo a minhas reflexões sobre nossas culturas antilhanas mestiças, me dizia: "Eu entendo a coisa, é a palavra que não me agrada." A mestiçagem como proposta supõe a negação da mestiçagem como categoria, consagrando de fato uma mestiçagem que o imaginário humano sempre quis (na tradição ocidental) negar ou disfarçar.[33] As análises dos fenômenos de aculturação e de deculturação são, portanto, estéreis como tais. Toda sociedade é aculturada. Toda deculturação está sujeita a ser transformada em prol de uma nova cultura. Importa aqui ressaltar nem tanto os mecanismos de aculturação e deculturação, mas as dinâmicas capazes de paralisá-los ou ultrapassá-los.

---

33 A "mestiçagem cultural" se tornou também um argumento de propaganda para a política da assimilação. Aos jovens martinicanos em 1980 era dito: "A época é de mestiçagem" – que subentende: "Não se percam em intransigências ultrapassadas etc."

Compreendemos que povos "abertamente" compósitos tenham realizado a economia de uma Gênese. É que o "fim" de toda Gênese é o início dessa filiação por onde nos convencemos da unidade preservada. Povos compósitos, isto é, que não saberiam negar nem disfarçar sua composição, tampouco sublimá-la num Uno imaginário, não "precisam" de uma Gênese, porque não precisam de uma filiação. (Os únicos vestígios de "gênese" que identificamos no conto antilhano são satíricos e sarcásticos. Deus retirou rapidamente do forno da Criação o branco (pálido) e tarde demais o negro (queimado); o que nos levaria a acreditar nessa versão que o mestiço - com quem o antilhano gostaria, portanto, de ser confundido - é o único que foi cozido ao ponto. Mas outra versão sobre essas três fornadas diz que a primeira estava de fato muito pálida, a segunda não muito cozida (os mestiços) e a terceira no ponto (negros). A consciência martinicana está sempre atormentada por possíveis contraditórios. Essas paródias de gênese não pretendem, em todo caso, dar uma explicação das origens; elas supõem toda Gênese transcendental determinada como sátira.) A poética da mestiçagem é a mesma da Relação: não linear e não profética, tecida pela paciência árdua, de derivas incompreensíveis.

A teoria da Relação também não saberia constituir-se como ciência, isto é, generalizar papéis discriminados por meio de estatutos e definições. Não é possível sabê-la; apenas conhecê-la.

Nem o texto parmenidiano, "o Ser é", nem sua aposição por Heráclito, "Tudo muda", pela qual as metafísicas do Ocidente foram concebidas, mas uma transfísica cujo enunciado se resumiria assim: que o sendo (o que existe por totalidade) se transforme.

O que existe por totalidade relativizada.

Não é certo que, no Ocidente, o materialismo não se apresente por vezes como uma complementaridade metafísica do idealismo. Ainda que "histórico", ele pode sustentar intolerâncias transcendentais.

Toda transfísica da Relação contribui para desmontar essa solidariedade surda.

Isso significa que a Relação e o Tempo não saberiam se conjugar para nós no pensamento do Uno nem se expressar por sua poética.

Porque a poética da Relação é dada num labor de evidências cuja força é a conjunção - e num campo de desapercebidos de que somos a base agitada.

Acúmulo de lugares-comuns e esclarecimento de obscuridades relatadas, a Relação é sempre um processo incessante de transformação.

NOTA COMPLEMENTAR I
Sobre uma Poética do Uno
Milosz: Os Arquétipos

Milosz trazia consigo, desde o início, um desejo de conhecimento que o levou a buscar por muito tempo humildes tesouros. Por gosto e vocação, ele buscou o conhecimento nas modestas eflorescências da terra. Foi companheiro das ervas musgosas, da chuva velha, fungos, urtiga e beladona, a "inimiga da infância". "Eles sabem, eles sabem." Essa humildade, que estava nas profundezas de sua natureza e fazia com que ele se prosternasse diante de seu deus, o conduziu e o iniciou ao detalhe secreto da Criatura. Ele acreditava que esse detalhe fertilizava a verdade: nisso ele é poeta, revelador do concreto. Assim, ele explora o barroco, reservado apenas aos visionários irrequietos.

Nele também crescia uma luz: a do crente. Depois da Revelação, quando se apartou do peso da terra, como por uma mutação, para cantar os "profundos, sábios e castos arquétipos", ele não pôde, entretanto, renunciar à massa poética das substâncias que ele havia aprendido a tocar.

"Então essa mulher que estava em mim morreu. Eu lhe dei como túmulo todo o seu reino, a natureza. Eu a sepultei no que há de mais secreto no jardim de ilusões, lá onde o olhar da lua, eterna promessa, se divide entre as folhagens e desce nas dormideiras pelos mil graus de suavidade."

Como não concordar que essa mulher é a poesia, pelo menos como Milosz a conhecera até então? Nesse mesmo *Cântico do Conhecimento*, ele diz: "Como todos os poetas da natureza, eu estava mergulhado em profunda ignorância. Porque pensava amar as lindas flores, as belas distâncias e também os belos rostos apenas por sua beleza." Preciosa ignorância. Nós devemos a ele essas "dormideiras" e esses "mil graus de suavidade", que no próprio Reino dos Arquétipos nos levam ao ápice da beleza do mundo. O jardim é de ilusões apenas para quem se esforça em reduzir sua diversidade, ou para quem se limita a descrevê-lo sem mergulhar em suas variações infinitas. O Arquétipo, assim como o Aparente, está fora da poesia: o Uno da natureza existe na relação com essa diversidade.

Respeitamos o que Milosz escreveu no fim: "Quero dormir e descansar." Ele havia alcançado a luz de seu deus. No entanto, o que nos comove é a ascensão; o que nos diz respeito é o caminho até lá, não a felicidade final. É na sede desprezível que conhecemos o poeta, não na saciedade.

NOTA COMPLEMENTAR II
Sobre uma pseudorrelação

Esse exemplo de não relação é dado pelo conto *Music for Chameleons* [Música para Camaleões], de Truman Capote, totalmente dedicado a uma visão da Martinica e publicado na *The New Yorker* em 17 de setembro de 1979. O autor relata sua visita a uma velha aristocrata (*béké*?) em Fort-de-France, e o texto oferece um apanhado de muitos lugares-comuns (pertinentes ou falsos) sobre a Martinica pela perspectiva de um turista (T) e um colonialista (C).

"Toda a ilha flutua na estranheza. Esta casa é mesmo assombrada" (C).

"A Martinica é a única ilha do Caribe que não é assombrada por mosquitos" (T).

"Minha avó paterna era de Nova Orleans" (C).

"As pessoas da Martinica parecem tão preocupadas. Como os russos" (T).

"A Martinica é muito cara" (T).

"A Martinica não poderia existir sem os subsídios da França" (C).

"Os baderneiros e sua independência" (C).

"As mulheres. Flexíveis, suaves e maravilhosamente lindas" (T).

"Os homens não são atraentes; parecem sem caráter" (T).

"Pertencia a Gauguin. Aquele era o seu espelho negro" (C).

"Seus restaurantes são melhores do que outros no Caribe. Mas muito caros" (T).

"As senhoras estrangeiras não vestem nada em cima e muito pouco em baixo. Eles permitem isso em seu país?" (C).

"Normalmente, saio da ilha durante o Carnaval" (C).

"Tão espontâneo e vívido como uma explosão numa fábrica de fogo de artifício" (T).

"Não somos um povo violento" (*bis*) (C).

"A senhora está brincando com a mesma melodia. Um mosaico mozartiano" (T).

A não relação resulta do fato de que nenhum leitor poderia imaginar a verdadeira Martinica sob essa Martinica fantasmagórica; de que esse fantasma não apresenta nenhum valor (artístico ou etnológico): ele está à beira da palavra. Em outras palavras: nem o pensamento, nem a "matéria" oferecida pelo escritor são relativizadas. Ele está de um lado, e o assunto de sua história está na outra margem.

46. "O Romance das Américas"

Tentarei mostrar alguns temas recorrentes nas pesquisas de quem chamamos aqui de romancistas americanos. Referindo-me ao meu trabalho, às minhas preocupações, pretendo dizer em torno de quais dados a obra do romancista parece se articular facilmente nas Américas.

Uma obsessão essencial que eu resumo assim: a crispação do tempo.

Creio que a assombração do passado (ideia que já mencionamos inúmeras vezes) é um dos referentes essenciais da produção literária nas Américas. O que "acontece" de fato é que se trata de esclarecer uma cronologia que ficou enevoada, quando não totalmente apagada por várias razões, principalmente coloniais. O romancista americano, seja qual for a zona cultural a que pertence, não está em busca do tempo perdido, mas se encontra, se debate num tempo alucinado. E, de Faulkner a Carpentier, estamos diante de espécies de fragmentos de duração que são devorados em acumulações ou vertigens.

Vimos que a poética do continente americano, que eu caracterizo como sendo de uma busca pela duração, opõe-se em particular às poéticas europeias, que se caracterizariam pela inspiração e explosão do instante. Parece também que, em relação a essa crispação do tempo, os escritores americanos estão à mercê de uma espécie de memória do futuro. Quero dizer com isso que é quase certo que somos escritores virtuais, cujo público está por vir. Além disso, que esse tempo estourado, sofrido, está ligado a espaços "transportados". Tenho em mente tanto os espaços africanos quanto um espaço bretão, cujas "lembranças" se jogam sobre a realidade espacial que vivemos, uns e outros. Portanto, enfrentar o tempo é, aqui, negar a linearidade. Toda cronologia é muito imediatamente evidente, e, na obra do romancista americano, é preciso lutar contra o tempo para a reconstituição de um passado, mesmo no que diz respeito às regiões da América onde a memória histórica não foi apagada. Como consequência disso, o romancista americano, preso às vertigens do tempo, o dramatiza para melhor negá-lo ou "refazê-lo"; eu diria, a esse respeito, que estamos todos quebrando as pedras do tempo. Nós não o vemos estirar-se em nosso passado (nos levar tranquilamente para o futuro), mas irromper dentro de nós por blocos, arrastados em zonas de ausência onde é preciso recompor tudo dolorosamente, com dificuldade, se desejarmos nos juntar e nos expressar.

Para nós, o elemento formalmente *determinante* na produção literária é o que chamaria de palavra da paisagem. Podemos dizer que a Europa literária se constituiu em torno do tópico das fontes e pradarias. É o que explica Ernst Curtius em seu livro sobre a *Literatura europeia e a Idade Média latina.*

A paisagem da literatura europeia é primeiramente intimista. Dela provém uma convenção estilística por muito tempo voltada para o minucioso, a exposição "consecutiva", o enfoque na harmonia (as exceções ou os excessos constituem *reações* a essa regra). O espaço do romance americano, ao contrário (mas não tanto no sentido físico) me parece aberto, explosivo, "*irrué*".[34]

Existe algo de violento nesse espaço literário americano. O tópico não seria das fontes e pradarias, mas do vento que surge e que produz sombra como uma árvore grande. É por isso que o Realismo, isto é, a relação lógica e consecutiva com o visível, mais do que em qualquer outro lugar, trairia aqui a coisa significada. Como se diz de um pintor sobre o motivo que vê mudar a luz de seu tema de acordo com o

---

34 Glissant assim explica o uso desse neologismo: "Toda vez que eu volto às Américas, seja em uma pequena ilha como a Martinica, que é o país onde nasci, ou no continente americano, impressiona-me a abertura dessa paisagem. Digo que se trata de uma paisagem "*irrué*" – é uma palavra que eu fabriquei evidentemente –, ela contém irrupção e ímpeto, também erupção, talvez muita realidade e muita irrealidade." Édouard Glissant, *Introdução a uma poética da diversidade*, Juiz de Fora: UFJF, 2005, p. 14-15. (N.T.)

movimento do sol, tenho a impressão, no que me diz respeito, que minhas paisagens se transformam em mim; provavelmente porque elas se transformam comigo.

Eu não poderia dizer, com Valéry: "Belo céu, verdadeiro céu, olhe para mim que estou mudando." Existe uma palavra da paisagem. Qual seria ela para nós? Certamente não a da imobilidade do Ser, justaposto a um relativo que seria eu, e confrontado a uma verdade absoluta à qual eu tenderia. A palavra e a letra próprias do romance americano estão entroncadas numa textura, numa estrutura móvel de suas paisagens. E a palavra de minha paisagem é antes floresta, que se prolifera sem cessar. Não pratico a economia da pradaria, não compartilho a tranquilidade da fonte.

Mas o que temos em comum é a *irrupção na modernidade*.

Não temos tradição literária que amadureceu lentamente: nós nascemos com brutalidade, acredito que isso seja uma vantagem e não uma carência. A matiz cultural me exaspera quando não está fundada numa passagem lenta do tempo. O matiz cultural, quando não resulta, assim, de uma tradição ou de um agir, torna-se provincianismo vazio. (Essa é a enfermidade de nossos letrados.) Não temos tempo, precisamos trazer por toda parte a audácia da modernidade. O provincianismo é confortável a quem não constituiu sua capital em si, e me parece que é preciso erguer nossas metrópoles em nós mesmos. A irrupção na modernidade, a irrupção fora da tradição, fora da "continuidade" literária, me parece ser uma marca específica do escritor americano quando ele quer significar a realidade de seu entorno.

Compartilhamos assim uma mesma linguagem. E não cessarei de opor a noção de língua à de linguagem.[35]

Acredito que, para além das línguas utilizadas, há uma linguagem do romance americano[36] que é feita, ao mesmo tempo, de uma reação

35 "Ah ah, disse a condessa em português e para si mesma, pois falava essas duas línguas...": essa passagem de uma história contada na França me fascina por sua significativa ambiguidade (sua opacidade). Existe uma língua interna que ultrapassa qualquer língua adquirida (o monólogo interior é *indizível*. Só tem sentido na opacidade: a de Benjy, no início do romance *O som e a fúria*).

36 Percebo que estou me referindo agora ao romance da "Outra América" (Antilhas e América do Sul) e não tanto àquele que se ancora (por falas e gestos) no mundo urbano e industrial do norte dos Estados Unidos. Também tento relacionar o trabalho de Faulkner (o mais distante dessa América do Norte no que diz respeito a suas ideias)

de confiança nas palavras, uma forma de cumplicidade com a palavra, de uma concepção operatória da duração (consequentemente da duração sintáxica) e, finalmente, de uma conexão muito atormentada entre escrita e oralidade.

Umas das primeiras derivações de meu trabalho de produção em literatura gira em torno da seguinte preocupação: sou de um país onde acontece a passagem de uma literatura oral tradicional, constrita, a uma literatura escrita, não tradicional, igualmente constrita. Minha linguagem busca constituir-se no limite entre o escrever e o falar; marcando essa passagem - o que é certamente bem trabalhoso em qualquer abordagem literária. Não me refiro ao escrito nem ao oral no sentido que observamos um romancista reproduzir o uso da linguagem cotidiana, em que ele pratica um estilo ao "grau zero da escrita". Evoco aqui uma síntese, síntese da sintaxe escrita e da rítmica falada, do "adquirido" na escrita e do "reflexo" oral, da solidão da escrita e da participação no cantar comum - síntese que me parece interessante experimentar.

É que estamos no auge da luta dos povos. Talvez esse pudesse ser o primeiro de nossos "eixos".

Trata-se (por meio das transformações das lutas particulares que acontecem em quase toda parte das Américas) da aparição de um novo homem que eu definiria, por conta de sua "ilustração" literária, como um homem capaz de viver o relativo após ter sofrido o absoluto. Chamo de relativo o Diverso, a necessidade opaca de consentir à diferença do outro; e chamo de absoluto a busca dramática de imposição de uma verdade ao Outro. Parece-me que o homem da Outra América "contribui" para esse novo homem, vivendo o relativo; e que as lutas dos povos que tentam sobreviver no continente americano testemunham esse nascimento.

A articulação das lutas de classes foi, por vezes, "amortecida" pela existência de zonas de aniquilação tão intensas que a mera perspectiva de uma luta de classes pôde parecer utópica ou insólita (indígenas do Peru, povos da Amazônia). Em outros lugares, a despersonalização foi tão sistematizada que a simples sobrevivência de uma cultura autóctone foi contestada (Martinica). O "romance das Américas"

---

com esse conjunto, cometendo nesse sentido um aparente contrassenso que precisa ser explicitado. Tentei explicar isso quando falei do *anseio histórico* na literatura e do *retorno trágico*, que Faulkner tem em comum conosco.

toma um caminho alegórico que vai da extrema evidência do símbolo (romances camponeses da América do Sul, ou, por exemplo, *Gouverneurs de la rosée* [Governadores do orvalho], de J. Roumain) às grandes máquinas de descrição (Gallegos ou Asturias), às obras mais complexas que aliam investigação das alienações à tentativa de definição de uma linguagem própria (García Márquez). Talvez falte uma abordagem dessas zonas de cultura mais ameaçadas (pela desapropriação total como para os quéchuas do Peru, pela despersonalização lenta como para os martinicanos), consequentemente mais "exemplares", onde o jogo do Diverso acontece numa cadência desapercebida, confortavelmente ou desesperadamente mortal.

Resumo o que expus muito brevemente – é interessante não fazer discursos seguidos, mas tentar propor pontos de discussão – formulando uma noção talvez suspeita de complacência. (Para quem? Não sei.)

Pretendo abordar a noção de modernidade vivida que, em vez de se sobrepor, se conecta diretamente à noção de modernidade madura. Portanto, não oponho uma espécie de "primitivismo" a uma espécie de "intelectualismo", mas duas formas de frequentar as mutações do mundo contemporâneo. "Madura" significa aqui "desenvolvida por meio dos espaços históricos estendidos", "vivida" significa "que se impõe arduamente". Quando observo à distância o trabalho tão interessante elaborado de forma teórica no Ocidente, parece-me que existem aí duas dimensões: experimento ao mesmo tempo um sentimento do irrisório e um sentimento da extrema importância dessas reflexões. Por exemplo, no que diz respeito ao questionamento do texto e de "seu" autor.

O texto é questionado (na modernidade madura do Ocidente) na medida em que é desmitificado, em que buscamos definir o sistema que o gerou. O autor é desmitificado na medida em que fazemos dele, digamos, o lugar de encontro desses sistemas geradores, e não o gênio soberano criador que ele acreditava ser. Se digo que isso me parece irrisório, é porque de fato (em nossa modernidade vivida) essas questões não têm "relevância". Precisamos desenvolver uma poética do "sujeito", pelo fato mesmo de que já fomos demasiadamente "objetivados", ou melhor, "objetados". E, se eu digo que isso me parece importante, é porque esses questionamentos constituem nossas preocupações mais gritantes. O texto deve ser aqui (em nosso vivido) questionado, porque ele deve ser compartilhado, e talvez seja assim que iremos encontrar de fato as propostas que se destacaram em outro lugar. O autor precisa ser desmitificado, porque ele deve ser incluído em uma decisão coletiva. O Nós torna-se lugar do sistema gerador, e o verdadeiro sujeito. Nossa crítica do ato e do dado literários não tem a ver, portanto, com uma "reação" a teorias que nos propõem, mas a uma necessidade fulgurante de *intervenção*.

O que eu sugiro como propósito de nossa discussão é procurar demonstrar, se possível (o que eu não creio, em todo caso, ter demonstrado), que a literatura "americana" se apresenta num sistema de modernidade repentina e não consecutiva, tampouco "evoluída". Por exemplo, o drama dos escritores americanos da "geração perdida" não teria sido o de *continuar* na literatura o sonho europeu (tão "bostoniano") de Henry James? Os Estados Unidos enredaram, assim, duas alienações a muitas de suas reações: a de querer educadamente continuar uma tradição europeia, da qual esse país pretendia ser o herdeiro mais elevado; a de querer selvagemente controlar o mundo em nome dessa elevação. O enraizamento de Faulkner no *deep South* o arranca desse sonho de europeidade. É a sua real modernidade em relação a Fitzgerald, por exemplo, ou a Hemingway, apesar dos temas "contemporâneos" desse último. No entanto, a questão é que essa modernidade, vivida totalmente nos "novos mundos", reencontra eixos de modernidade "madura" em outras zonas de cultura e reflexão. Creio assim que a "problemática" é uma forte condição de nossas literaturas. (A problemática é a marca dilatada desse "vivido".) E, como escritor americano, creio que toda concepção dogmática do literário (como cúmulo do "amadurecido") iria ao encontro dessa condição.[37]

---

37 Os críticos ocidentais certamente concordariam que deveríamos permanecer no nível da "vivência" instintiva (seríamos criadores instintivos) e cantar nossos louvores, desde que eles pudessem se reservar à dimensão do "pensado" (eles seriam o olhar que organiza e aprecia). Somos empurrados, por exemplo, para a "arte bruta", que só pode ter sentido no contexto de uma civilização que desenvolveu uma tradição de "arte elaborada". Parabenizando A. Césaire pelo discurso que proferiu em uma conferência realizada em Fort-de-France, em junho de 1979, um jornalista do grupo Hersan declarou seu orgulho por ter como compatriota este "francês das Antilhas", ficou fascinado por seus "floreios encantatórios", pela forma impecável de sua fala, e depois revelou que nenhuma das ideias do orador merecia ser retida, mesmo que esse orador seja mais latino e cartesiano do que ele acredita, e não mais martinicano que um antigo jornalista do *Le Figaro*.

NOTA COMPLEMENTAR

Sobre dois pintores dos Estados Unidos e sobre o *possível* da paisagem americana

Hultberg perturba uma "realidade" que queria se impor sobre nós por sua coerência, sua unidade enganosa. Ele nos apresenta o drama dos contrários que, em segredo, balbuciam seu próprio mundo. Tento me posicionar em uma dessas janelas que, na casa dele, demarcam mais do que um limite: um obstáculo intolerável entre dois espaços dedicados, porém, ao mesmo bombardeio. No interior, mais além, a ameaça de uma mesma explosão. Da soleira da casa, é necessário compreender o que o morador está observando. O mundo de Hultberg é como uma casa cheia de possibilidades que a todo momento se põe em ruínas.

É assim, pois, que o pintor enxerga os Estados Unidos. É certo que há, nas arquiteturas orgulhosas e ascéticas, a voz da sucata, do desperdício. Nas elevações impecáveis dos edifícios, na presença secreta dos campos decompostos. Nova York, tão envolvente de acordo com os viajantes, não estaria exalando, nessa dualidade, o fogo de sua presença? Hultberg abre a ordem e a aparência para suas possibilidades inexploradas.

Não é toda a América que ele exprime. Mas ele vê a decadência herdada dos combates e da causa dos combates atravessar o sul dos Estados Unidos. Paisagens povoadas por esqueletos de árvores e folhagens de humanidade, sobre os quais tremula às vezes uma bandeira negra, essa é a *história* deste país: a qual ele não escapa, que vagueia em suas profundezas. É a grande assombração que inclinou Faulkner sobre a folha de papel. Esse longo estremecimento, escondido sob tanta extravagância, que nasceu na *ruptura primordial.*

Hultberg poderia aproximar, em seus espaços, o silêncio absoluto de Chirico, as erupções agitadas de Matta. Mas o silêncio nele não é claro, sentimos o ferro se oxidar. A erupção não está fora dos limites, não abraça tudo: é a montagem paciente de móveis desconhecidos.

Sobre a noção de modernidade. É uma noção contestada. Não seria toda época "moderna" em relação à anterior? Parece que pelo menos um dos componentes de "nossa" modernidade é a generalização da consciência que temos dela. A consciência de nossa consciência (o duplo, o segundo grau) é nossa riqueza e nosso tormento.

Não há germinação universal, mas a madeira explode e o homem a remodela sem cessar.

Visão de um mundo em movimento, do edifício à ruína, do desconforto interior à irrupção das profundezas siderais. Diz-se que esses dois espaços, da paisagem aberta e das tentações herdadas, um dia vão entrar em acordo; suas núpcias estão inscritas na revelação a seguir.

*

A pintura de Petlin tem seu princípio no "interior distante": nessa mais secreta morada, onde o movimento de nossos monstros nos seduz e nos alucina. Felinidade que agarra: a violência tem sua graça, o brilho e o abandono não excluem o rigor e a necessidade. Vemos que Petlin não distingue esse universo que os artistas povoam com seus fantasmas da realidade mais estremecedora. O pintor sabe prever os sonhos mais distantes do homem e descrever seus infortúnios mais imediatos. Do reino dos possíveis ao âmbito mais cotidiano, uma consciência ganha vida. Nas primeiras telas de Petlin, víamos o homem se arrancar do lodo, sair da terra, não como uma árvore sozinha, nem como morto ressuscitando, mas como a força que sem pausa nasce de seu esforço único.

Hoje nós estamos diante da mesma alquimia cruel, do mesmo nascimento e da mesma corrida do ser. Mas os monstros inconcebíveis são agora cães policiais; é a caça, o linchamento que, além do sofrimento, dão o significado do homem para si mesmo; o poço de onde talvez ele se desgarre, o esgoto da injustiça e da negação. No "ardente setembro" de 1964, a humanidade, de acordo com Petlin, funde nessa vítima, o negro dos Estados Unidos, um dos dramas da atualidade. Existem outros espaços, tantas tragédias irremediáveis: Petlin admite-os. Seus atores estão inscritos em sua pintura, esperando que ele os nomeie. Ele é, como nós, contemporâneo de seu martírio: esperando que nos aceitem.

Também não há ruptura entre seu projeto primordial e seu tema "engajado" da atualidade. Quero como prova apenas essas lamas que se agarram aos pés dos personagens, como para lembrar o musgo original de onde eles tiram sem dúvida sua força, seu poder de resistir. As pernas, entravadas por cães ferozes, levam o ser até seu possível chamado, enraízando-o na terra-mãe. O homem não é um frágil bastão de cana pensante, mas sim, segundo Shakespeare, uma floresta que caminha.

*

O que me interessa em primeiro lugar nesses pintores é a leitura de uma paisagem em que posso encontrar a minha. O possível ameaçado (ofuscado) que chama atenção para outra dimensão. Um de meus amigos afirma que, assim que chega em qualquer país americano, ele se sente em casa. Ele consegue distinguir uma abertura, um movimento para frente, um outro lugar que, paradoxalmente, o enraízam. As árvores são maiores, o espaço entre elas é dilatado. Fico encantado como um martinicano, entregue a um espaço tão medido, a um tal sentido de abertura de uma paisagem. Isso é um fato. Qualquer paisagem americana, por mais limitada que seja, ilumina uma vertigem aprazível de infinito. É claro que não é por "essência", mas talvez porque essa paisagem não tenha sido devastada pela História, ainda que ela tenha seus próprios lugares relevantes.

*

O homem moderno redescobriu suas paisagens. Ele sentiu a ameaça mortal e denunciou a poluição. Obviamente, ao proteger a natureza, ele se preserva. Todavia, ao desflorestarem o Vietnã, os americanos queriam mesmo era reduzir os vietnamitas. Não obstante, o interesse físico tem o selo de uma poética. Não se trata do sentimentalismo evanescente da água que goteja, do sol que faz ninar, do vento que queima (por que não esse sentimentalismo também?), mas antes a rigorosa presença e o devaneio infinito de uma *forma* do entorno em nossa voz.[38]

*

No entanto, há pessoas que continuam mudando seus próprios horizontes. Elas têm vocação de descobridores. Não suportam não saber o que está por trás da linha. Sua voz vibra com todas as paisagens possíveis. Por que chamá-las de desenraizadas? Frequentar o local não implica se manter nele por força e rigor - contra si mesmo. Existem pessoas assim, cuja paisagem é toda a terra. Talvez elas sejam, nôma-

---

38 Há, é claro, usos "reacionários (como "retorno à terra") da noção de paisagem.

des e peregrinas, as últimas a quererem deixar a terra para se lançar em direção a outros planetas. Dizem que alguns dos pioneiros do Oeste Americano que na Califórnia se depararam com o Pacífico cometeram suicídio por desespero de não poder ir mais longe - sem dúvida houve alguma razão econômica para esse desespero. Descobrir a terra constitui o país real de certas pessoas. Mas vejo que, de uma maneira ou de outra (por força, sugestão, amizade, substituição), eles despojam outras pessoas de suas paisagens. O descobridor, raça talvez extinta diante da redução dos espaços que se diziam virgens, é um temível precursor do pensamento generalizante. Contra isso, a variedade justa das poéticas das paisagens, onde estamos.

*

O possível de uma paisagem é o que nos faz nos opormos à generalização neutralizante. Em outras palavras, o que eu percebo que ela colocou em mim é o que me permite sair do rumo sem me perder. É também é o que mereço descobrir dela, quando me encontro nela. Na floresta de Balata onde o ar é azulado, várias vezes fui confundido com as samambaias, na solidão sem fundo, mas nunca irremediável, onde a chuva cobre todos os devaneios.

47. Montreal

A *poética* da paisagem, fonte de energia criadora, não se confunde diretamente com a natureza *física* do país. A paisagem guarda a memória de seus tempos passados. Seu espaço é aberto ou fechado aos significados.

Contra o imperialismo monolíngue herdado do Ocidente, propor acabar com a equação: “Um povo, uma língua.” Um povo também pode ser a impossibilidade dramática de uma língua. O potencial ameaçado de uma paisagem.

Eu sou de uma comunidade que foi reduzida ao seu folclore; a quem todas as produções, exceto as folclóricas, são proibidas. A literatura não pode “funcionar” como um simples retorno às fontes orais do folclore.

Mas nós, escritores dessa América das Antilhas, sentimos que temos simultaneamente reflexos em nossa expressão que vêm da oralidade (as formas orais de dar conta da realidade) e reflexos sintáticos "herdados" da língua em que escrevemos.

Não vivemos uma história "contínua", uma passagem do oral ao escrito, por acúmulos e transformações. Estamos diante de uma tarefa impossível.

Um de meus amigos de Trindade conta que seus pais falavam em crioulo quando não queriam que os filhos ouvissem a conversa. Hoje esse amigo não consegue entender nossa língua. Uma situação semelhante existe em quase todo o mundo, tanto entre os migrantes quanto entre aqueles que vivenciam o exílio interno. Os falares locais desaparecem sob pressão das línguas veiculares. "A diversidade está perdendo terreno" (V. Segalen). Mas não importa se aqui ou ali no Caribe a língua oral tenha perdido espaço. Praticamos o mesmo projeto de uma escrita e de uma oralidade que se enfrentam.

O impossível se encontra na brutalidade desse confronto. Estamos domesticando o impossível.

(Na Idade Média ocidental, a escrita é indissociável da oralidade. O texto escrito deve ser *declamado*. Sua cadência é profundamente marcada por isso. Mas trata-se, em todos os casos e antes de tudo, de uma escrita que se conforma a modos orais. Na tradição africana, o texto está *fora da escrita*. A força restritiva da escritura cria no Ocidente uma poética do instante, contra a qual lutaram alguns poetas. Com a necessidade de ritmar a voz, surge nas literaturas orais uma poética da duração: o retorno e o desvio são encenados.)

Encontrei em Montreal dois tipos de escritor completamente opostos. Eu os ouço num primeiro momento. Primeiro os discursos, depois os escritos. Jacques Ferron lança-se em sutis ironias, em confissões de ceticismo e até em ingênuas agressões, apenas para manter uma distância de homem letrado que teme ser visto como tal. Há um certo pudor nessa provocação que ele encena. É uma prática contínua do desvio. O esplendor público é o último recurso, como um guarda-chuva ritual. Gaston Miron foi direto ao assunto, feito uma bola que se lança num jogo de boliche. Ele é tomado pelo seu assunto, sua matéria (o Quebec), ele não larga o osso. Não ouve nada. Por mais alto que você fale, ele falará, tranquilamente, ainda mais alto. Sim. Ferron encena as humanidades; Miron, as selvagerias. Eles se encontram. Essas são duas formas de desvio. Tática e obrigação de ser, ao mesmo tempo. Estou falando deles por razões contraditórias. Antes de tudo, reconheci neles dois tipos de voz (uma fluida, outra trovejante) com a mesma força aqui, mas que encontram maior eco no espaço do Quebec. Também nos movemos da fluidez de uma proposição à tenuidade das nuances. Além disso, porque sinto que um povo se confunde em sua língua, que neste caso é a língua quebequense. O fato é que a diglossia em confronto no Quebec mantém essas duas línguas separadas para sempre. "*Speak white*", dizem os canadenses anglófonos. O que não torna os quebequenses mais negros ou mais vermelhos. (Os militantes culturais no Quebec foram, inclusive, criticados por ignorar as minorias indígenas de lá.) A disparidade econômica estabeleceu apenas um tipo de distância, que é linguística. Francês e inglês não combinam para criar uma cultura multilíngue. Essas duas línguas se enfrentam. A diglossia participativa e integrativa na Martinica *deixa* ali o crioulo, como objeto do folclore, tolera-o, *compreende-o*. A única forma de resistir a esse processo de digestão é *entrar na diglossia* e enfrentar seu princípio e sua resolução, ambos derivados de um real multilinguismo como superação.

Ali onde as línguas maternas e veiculares não estão em contato (na África, onde o suaíli, por exemplo, nada tem a ver, de perto ou de longe, com o inglês ou o francês), o uso da língua veicular por um escritor certamente implica um perigo muito menor de diluição. Talvez também seja menos emocionante, por causa da natureza muito estranha da língua adotada?

O que quero dizer ainda sobre esses escritores quebequenses é que, paradoxalmente, qualquer que seja a natureza de seu discurso e o que quer que pensem da relação aqui esboçada, *eles estão do mesmo lado que nós quanto à escrita*. A ruralização e a *joualização*[39] tiveram o mesmo efeito que a Plantação e o crioulo sobre nós.

Nossas paisagens não são *de escritas*, mas contadas em nossa prática específica de escrita.

48. Poetas daqui

Jan Carew escreveu um artigo sobre "o poeta antilhano e o exílio", e conhecemos o livro de George Lamming sobre *Os prazeres do exílio*. Não é insignificante que o primeiro grito da negritude antilhana tenha sido o de um *Retorno*. A verdade é que o exílio está dentro de nós desde o primeiro dia, e é tanto mais corrosivo por ainda não termos aprendido a arrancá-lo de nossas frágeis seguranças, nem a contê-lo de uma vez. Toda a poesia antilhana testemunha isso.

De que modo ela enfrentou essa falta?

Com o grito original. Com o impulso de nascimento que talvez não articulasse os detalhes do país real, mas o *compreendia* naquele grito único. É por isso que Césaire, em seu *Caderno* [*Caderno de um retorno ao país natal*], sem jamais descrevê-los, mostrava o espaço e o tempo martinicanos enfim recompostos para nós. Essa "função" da poesia é inevitável ao nascimento dos povos.

Com a paciência da paisagem reconhecida. Já disse que essa paisagem é mais desmedida em nossa literatura do que permite supor a conformidade física dos nossos países. O fato é que essa paisagem não está saturada de uma única História, mas efervescente de histórias misturadas, espalhadas, apressadas para se fundirem sem se aniquilar ou reduzir. Vemos isso em Roumain, Naipaul ou Carpentier.

Com a imposição de ritmos vivenciados. É a oralidade finalmente reconhecida como densidade, a ponto de se tornar o centro nevrálgico da escrita de Damas ou Guillén, dando origem ao movimento que sustentaria o grande impulso da escrita em língua crioula.

---

39 De "*joual*", que é a forma de se referir ao falar popular dos quebequenses. (N.T.)

Terminamos a luta contra o exílio. Nossa tarefa hoje é a inserção. Não a generalidade prodigiosa do grito, mas o ingrato recenseamento do detalhe do país. E também essa convergência de histórias que hoje devemos reconhecer no Caribe. Enfim, o difícil dever de considerar a função das línguas, a trama da linguagem. Em particular, a economia do tempo e dos meios que nos obriga a não simplesmente ignorar em nós o balanço do crioulo, mas a fazer, de todas as formas possíveis, a *nossa* pergunta: como adaptar às técnicas da escrita uma língua oral que rejeita a escrita? Como conciliar, nessa dimensão da linguagem, a prática de diversas línguas a serem "dominadas"?

Mais do que na declaração de princípios, acredito na produção de textos "opacos". A opacidade se dá e não se justifica. Definitivamente, ela combate as alienações da transparência. Volto a pensar na encenação teatral realizada em Fort-de-France pelos haitianos (exilados) da companhia Kouidor. Sem dúvida, não foi possível acompanhar uma parte significativa do texto em crioulo haitiano (tão "teatral", tão medido ao mesmo tempo que necessário e apaixonado). Mas essa mesma opacidade nos fazia sentir que aquele era o *nosso* teatro. Existem maneiras inéditas de entender; o público martinicano teve uma experiência profícua naquela noite.

49. A noitada haitiana

Compartilhei com meus amigos haitianos, em uma noite, as canções do exílio. Foi em Montreal, e o inverno já estava chegando. (Em uma ocasião anterior no Quebec, eu vira o espanto, carregado de interesse e uma espera congelada, de quem dizia: "Aqui há duas estações: o inverno e dia 15 de julho." Mesmo quando se sabe que é uma piada, ela impressiona). Jadotte, o diretor da revista *Nouvelle Optique,* e Frank Fouché foram me encontrar na casa do poeta Gaston Miron, que nos tinha impressionado com sua palestra fulminante e com seu jeito furioso de falar: carregado de palavras e lampejos. Frank Fouché, que viria a falecer pouco tempo depois, deixando-nos seus textos em crioulo que eu consulto como se fossem profecias: é assim a cada vez que leio o crioulo haitiano. Nós nos encontramos naquele apartamento quase sem mobília; ou assim me pareceu, pois estávamos todos sentados no chão, reunidos e separados. Acho que bebemos bastante; o exilado costuma beber o álcool de seu país como que para se agarrar a ele com asas imperceptíveis. E, como em qualquer reunião de exilados, o que se conversava oscilava entre o fútil e o importante. Talvez estivéssemos comparando os méritos do velho rum Barbancourt do Haiti e do rum branco da Martinica, que os haitianos chamam, com um tanto de condescendência, de *clairin*; essa é uma briga agradável e obrigatória toda vez que os antilhanos se encontram. Eles adotam a causa do "seu" rum, mesmo sabendo o que isso representa em termos de alienação e opressão.

Havia ali também membros da trupe teatral Kouidor, que o município de Fort-de-France havia convidado para seu festival naquele mesmo ano. Todos poetas e músicos. Eles diziam que ter estado na Martinica os aproximara calorosamente da alma do Haiti. Eles não sabiam que o fato de estarmos juntos durante aquela apresentação nos aproximara de nós mesmos. O espetáculo deles se chamava, se me lembro bem, *Palavra das profundezas*. Descoberta impressionante do rigor do texto crioulo. E, naquela noite, estávamos conversando sobre Morisseau-Léroy, que havia encenado, vinte anos antes, sua Antígona crioula. (Morisseau me enviaria, de Dakar, em 1979, seu *Roi Kreyon*, com uma dedicatória em que me dizia que, na sua opinião, desde o nosso último encontro na representação de *Antigón an Kreyol* no Théâtre des Nations, em Paris, nenhum de nós havia mudado.)[40] O denso trabalho da língua crioula. É disso que mais me lembro. Talvez também falássemos das dificuldades do exílio. Há um exílio interno, menos opressivo, mas igualmente dilacerante. Não terminamos de combatê-lo. Digo às vezes que vencemos essa luta.

---

40 Isso foi o que me escreveu Morisseau-Leroy:

Daka, 1 de janeiro de 1980

Edoua monchè,

Matin prémyé Janvyé saa sé pou lèt m-ap ékri ou, you lèt pou m-souété-ou bonané, you lèt pou m souété-ou tou sa m-souété tèt-mouin : raché péyi-nou-yo nan machoua tout rékin, blan ak nèg Kap manjé byin ak nanm pèp-nou-yo.

Sa fè vin tan dépi nou pas ouè, vin tan nou té kontré Apari apré ou té vin oué Antigón an kréyòl-nan téat Sara Bèna-a. Vin tan apré, m-ékri Roua Kréon. You ouè m-pa chanjé. Vin tan apré, m-li bèl atik ou t-ékri nan « Le Monde » ; m-ouè ou pa chanjé.

Toutan non pa chanjé sé pa grav, magré légzil, magré lanmó. Si n-té chanjé, sétagrav.

M-profité pasaj kanmarad Roger Robinel Daka pou m-vouvé you liv ba-ou, you liv ki pas minm fini, min ki jin tout espoua pèp karayib ladan-I. Fóh Roua Kréon, tout Roua Kréon mouri pou pèp-la réspiré.

Moriso-le-Roua

50. Argumentos

Os argumentos preferidos dos que defendem o sistema nas Antilhas de língua francesa se baseiam no exame complacente das misérias do Haiti: "É isso que dá a independência!"[41] A análise histórica do esforço desse povo, destacando as condições inimagináveis de surgimento da nação haitiana, permite compreender os aspectos reais do problema.

Alguns exemplos: a heroica e exaurível guerra de libertação (1790-1802); a formação de uma aristocracia guerreira, negra e mestiça, que rapidamente se tornou parasita; o inconcebível e monstruoso dízimo pago à França de Carlos x; a solidão deste único Estado negro, literalmente sitiado ao longo desses séculos capitalistas e racistas, que foram o XIX e o XX; as intervenções massacrantes dos imperialismos; a recessão generalizada de uma educação ferozmente elitista e muitas vezes obscurantista, administrada pela Igreja; a ajuda concedida aos regimes macúticos pelas grandes potências; a pilhagem internacional dos recursos haitianos. O extraordinário é que o povo haitiano soube resistir a tantas afrontas. Resistiu e ainda resiste.

51. A caça

(Nos muros de Fort-de-France:)

CUIDADO COM O

MASSACRE

ORGANIZADO

DAS AVES

DO HAITI

Sabemos que a pequena burguesia das Antilhas francófonas encontrou ali um *inexpugnável terreno de caça*. Não resistiremos ao prazer de contar a aventura (1976) de um desses caçadores que se camuflou como paraquedista para perseguir um pato selvagem. Retido por

41 A mesma observação é feita para o restante do Caribe. Seria necessário estudar em detalhes o desprezo negligente com que o discurso francês atribui aos martinicanos verdades que nem sequer se dão ao trabalho de justificar; as formas oficiais desse discurso só se encontram aqui, com uma complacência descarada.

uma patrulha do governo no interior do Haiti, tido como guerrilheiro, ele quase foi baleado na hora. O que teria sido o cúmulo da lógica irrisória para um martinicano. (Também vi fotos insustentáveis desses caçadores literalmente montados em cima de camponeses haitianos que, com água até o pescoço, os carregavam na travessia dos pântanos.)

52. Para um "arco-íris"

De modo encantatório e, por que não, mágico (o texto é colocado sob o signo do sete: as sete vozes, os sete heróis), e de qualquer forma combatente, Depestre eleva, diante de Alabama e Joanesburgo, dentro e fora dos lugares da barbárie ocidental, a história e o grito misturados a essa paixão: a deportação dos homens e deuses da África ao universo americano. Aqui, Toussaint é inseparável de Malcom X, assim como Vertières de Playa Giron. As histórias (a história) são uma única e mesma luta, para onde a bomba H aponta sua mira, como o finito por onde a barbárie buscará se efetivar.

Os símbolos são óbvios, a voz clara, a poética direta: à imagem dessas representações (os *vèvès*, ou pontos riscados) onde Ogum, Legba e os lwas do vodu militante se juntam.

Sete vezes o apocalipse do poema
bem atado aos sete nascimentos
que Depestre esculpiu como uma árvore-santuário
e a voz do mais distante brotou
do fundo da seiva germinada armada amante.

Voz de Depestre enquadrando o poema alterado
em sua nudez mastigada de claridade,
e que, em primeiro lugar, os lwas não são
somente os deuses das vésperas, mas também
os combatentes do longo mar,
que, em segundo lugar, o árduo trabalho da poesia fez
de nós, de cada um de nós, este aprendiz na
iniciação, um boçal;

que enfim as histórias, em sua repetição iníqua,
não impedem a mesma veemência de correr por toda parte
tecer a claridade áspera de uma conjunta
vegetação-humanidade.

53. Sobre a pintura haitiana

O signo pintado é contemporâneo ao oral. É a trama da oralidade que introduz a (e é fundamento da) pintura haitiana. A língua crioula no Haiti não ecoa a ambiguidade dramática selada pela escrita, por tê-la confrontado desde muito cedo, opondo-lhe uma "estrutura cultural" densa. O crioulo haitiano está praticamente a salvo da *passagem*. O signo pintado é sua casa.

É assim que qualquer obra pintada neste estilo é também uma escrita. Ela acontece, por exemplo, na terra em frente às casas, como fazem as mulheres hindus nas cerimônias que dão ritmo à vida; com produtos naturais (amido, anil, farinha); em materiais perecíveis, ou como arquivos nas peles de couro em que os indígenas da América do Norte recolhiam suas crônicas; ou no corpo humano, para prepará-lo às cerimônias ou provas rituais. Esta é uma pintura que duplica a realidade esquematizando-a: o início de qualquer pictografia. Uma pintura que significa a matéria da memória ao simbolizá-la: o essencial de uma espécie de historiografia que tem na comunidade o seu objeto.

Mas essa escrita não é transcendência. E não é literalidade. Ela é a letra do pouco que se vê do real. É transferência e transporte daqueles que não escrevem. Ela manifesta, com seu signo, as distâncias da oralidade. Toda pintura dita *naïf* age por simplificação, em que o insucesso técnico é parte do sucesso. Quando um pastor dos Landes ou um camponês iugoslavo produzem pinturas, trata-se do mesmo procedimento: nenhuma astúcia na perspectiva, nenhuma pose nas silhuetas, nenhum degradê nas tonalidades. A pintura haitiana faz a mesma coisa. Mas ela vem de repente. Ela acumula em grande medida.

Primeiro o encantamento. Essa capacidade de se maravilhar com um real, ainda que difícil ou mesmo miserável, está na raiz do que J. S. Alexis chamou de Realismo maravilhoso do povo haitiano. Parece-me que a literatura haitiana de língua francesa penou mais para traduzir esse maravilhoso, por sua vez imediatamente transmitido na pintura. É que a língua francesa muitas vezes deforma (mesmo nos desvios crioulizantes de Roumain ou Alexis) e, com uma certa ingenuidade fingida, o que há de imediato (de abrupto) nesse maravilhoso. O encantamento é antes de tudo oral. O humor antilhano, que é uma de suas dimensões, é dificilmente transportável para a escrita. Vamos reiterar esse fato: a pintura haitiana é de uma intensidade marcante.

Depois, a ampliação. O fato de o real ser expresso numa "escala ampliada" permite substituir as artimanhas da perspectiva pelas ingenuidades (o Desvio) da evidência. Quanto às crianças que carregam o peso de frutas tão grandes quanto elas, trata-se de fato da maneira comum de transportar dos camponeses haitianos. Essa visão não é nem idealizada, nem condescendente, nem "realista".

O discurso pictórico haitiano age, assim, por acúmulo de evidências. Constato em que medida ele é capaz de representar multidões, aglomerações, profusões. *Mercados* de Félix ou Wilmino Domond, *Festas crioulas* de Casimir Laurent, *Paraísos* de Wilson Bigaud ou Gabriel Levêque, *Plantações de arroz* de Bien-Aimé Sylvain. A acumulação é a ostentação jubilosa da totalidade. Em contraste, certos interiores (como aqueles retratados pelos pintores da família Obin: a casa do pintor em *O famoso artista pintor Philomé Obin recebendo alguns clientes estrangeiros*, *O ateliê do artista de* Antoine Obin e, do mesmo pintor, *Antoine Obin visita seu tio*, ou como *Caricatura de George Nader em sua galeria* de Gervais Emmanuel Ducasse) articulam o vazio como uma plenitude.

Esse vazio nunca é "metafísico". Ele é inclusive "ampliado", assim como as mulheres pintadas por Hector Hyppolite (*Mulher reclinada*; *Nua com pássaros*; *O anjo azul*). Sentimos ali que a planicidade do espaço é, ao mesmo tempo, astúcia e ingenuidade. Na verdade, esse "*naïf*" é necessário. Porque ele dá suporte e traz à tona um fato fundamental: a redundância. Há uma arte da repetição própria ao texto oral e ao signo pintado dito *naïf*.

Assim, esse discurso deve ser muitas vezes repetido, assim como o conto é recitado noite após noite. Cada um dos "grandes" desta arte pictórica tem "alunos" que reproduzem seu estilo à perfeição. O turismo fez crescer a produção, que se esquematizou sem se tornar industrial. O discurso se reproduz por si mesmo, mas sua banalização (as inúmeras "pinturas" oferecidas à ingenuidade dos turistas) não discrimina as telas "válidas" de um conjunto indiferenciado de objetos turísticos. Reconhecemos de longe as cidades suspensas de Préfette-Duffaut, mesmo quando suas construções são obra de algum discípulo. A pintura haitiana recusa a magia da "autenticidade" das obras. É o signo da comunidade. A palavra de todo um povo. A medida de sua energia. Assim concluímos essa Poética da Relação que tentamos aqui esboçar.

LIVRO III

um discurso disperso

inconsciente, identidade, métodos

referências[1]

1 Aqui só é possível uma página em branco.

54. Poética e inconsciente

A ideia central desta comunicação é que o martinicano como tal está constrito a uma poética que não *realiza* um saber coletivo "secularmente" estabelecido. Ao contrário, essa poética trama, à força, uma espécie de não saber por meio do qual se empenha o esforço de negar a posse totalizadora e corrosiva do Outro. Anti (ou contra) poética. Uma conclusão é que a posição assim criada é insustentável, e que ser insustentável a constitui, em dado exemplar, em dado de exemplo, dentro do drama moderno da Relação.

Do ponto de vista do método, essa apresentação talvez seja marcada pela paixão e afetividade, que me parecem ser parte constitutiva do problema. É possível que ela pareça obscura, o que talvez não me desagrade, se por outro lado vocês aceitarem ser meus cúmplices nessa escuridão.

Em que "lugar" e como se articula essa poética?

Espaço, terra, paisagem

O espaço martinicano é um antiespaço, limitado a ponto de corroer o ser, mas diverso a ponto de multiplicá-lo infinitamente. Ambiguidade. Uma ilha que é como uma antologia das paisagens que chamamos tropicais. Mas vale retomar aqui a constatação de que o martinicano jamais tem o pressentimento ou o estremecimento inconsciente de dominar esse espaço. Toda coletividade que experimenta a dura impossibilidade de dominar seu entorno é uma coletividade ameaçada.

A terra machucada e abandonada. Ainda não é a terra amada. O escravizado liberto prefere os entornos das cidades, onde sua margem é reduzida ao trabalho "para si" da terra. A terra é do outro. A poética da terra não pode ser, portanto, uma poética da poupança, da desobstrução paciente, da previsão. É uma poética da desmedida, em que é necessário gastar tudo de uma vez. É o que queríamos demonstrar quando dizíamos, não faz muito tempo, que somos crianças adultas. Nós sabemos que se trata de esgotar a cadência da terra e de abrir as paisagens até essas espécies de loucura que eles fazem flutuar dentro de nós.
Aliás, esse senso da desmedida da paisagem é verdadeiro para todas as poéticas do Novo Mundo. Se as Américas são caracterizadas pela desmedida, isso se deve menos ao infinito da paisagem e mais ao

fato de que nenhuma poética da contenção ainda germinou na sua atualidade. As sólidas virtudes da paciência camponesa são adquiridas talvez rapidamente, mas deixam mais lentamente seus rastros. O monstro industrial talvez tenha aí (fora) manchado a relação com a terra, ou então é a despossessão que (aqui, em minha casa) a obliterou. Mas tudo o que grita é desmedido. Nossa terra é desmedida. Eu bem sei, eu que com poucos passos farei uma volta nela, mas sem jamais poder esgotá-la.

A relação com o entorno

Em tal contexto, parece que, para nós, borbulham coisas inevitáveis, que não compõem necessariamente nosso inconsciente coletivo, mas certamente o orientam. É possível perceber algumas delas, advindas de nossa história, e todas provocam a contrapoética que eu identificava.

Primeiro o tráfico negreiro, como desenraizamento da matriz original. A viagem que injetou em todos nós esse tormento da África contra a qual, paradoxalmente, precisamos lutar hoje para simplesmente nos ancorar em nosso solo. A terra-mãe é também para nós a terra inacessível.

A escravização como combate sem testemunha, de onde talvez nos venha o gosto dessa repetição das palavras que recompõe os sussurros rasgados no fundo da garganta, nos barracos do universo mudo e implacável da servidão.

A perda da memória coletiva, a rasura minuciosa do passado, que faz com que nosso calendário esteja sempre na medida dos desastres naturais, que não suponha linearidade alguma e, assim, o tempo se volte em nós.

A "libertação" dos escravizados que fez crescer outro trauma, o que vem da armadilha do estado civil concedido, quer dizer, acordado, quer dizer, imposto.

A única clareza, enfim, que foi essa da presença transcendente do Outro, de sua evidência - colono ou administrador -, de sua transparência mortalmente proposta como modelo, que talvez tenha feito nascer em nós um gosto pelo obscuro, e para mim como uma necessidade, que é a de provocar o opaco, o não evidente, de reivindicar para cada coletividade o direito à opacidade mutualmente consentida.

Outros motivos se acrescentam, justificáveis ou não.

A estação única, por exemplo, esse canto monótono do ritmo pelo qual ignoramos a preparação às mudanças das estações, tão benéficas para as civilizações ocidentais, nos permite viver não apenas outra cadência, mas outra medida de tempo.

A armadilha folclórica, tentação em que costumamos cair alegremente, aliviados por não ter que pensar o vivido folclórico com consciência dolorosa.

Em último lugar, e não menos importante nessa contrapoética, uma vivência da história, a que nos introduziram a luta sem testemunhas, a impossibilidade da datação, mesmo inconsciente, consequência da rasura da memória em todos. Pois a história não é apenas uma ausência para nós, ela é uma vertigem. Esse tempo que jamais tivemos, precisamos reconquistá-lo. "Nós não o vemos estirar-se em nosso passado e nos levar tranquilos para o amanhã, ele irrompe em blocos dentro de nós, carregados em zonas de ausência onde devemos, a duras penas, dolorosamente, *recompor* tudo."

As línguas

Podemos ver o que o grão do inconsciente atordoado coloca na trama da linguagem. A desmedida, que é preciso aclimatar. A palavra como incerteza, a palavra como sussurro, barulho, reserva sonora contra a noite do silêncio imposto. O ritmo, eternamente refeito a partir de uma única duração. O tempo, que é preciso desdatar. A opacidade como valor contra qualquer tentativa pseudo-humanista de reduzir os homens à escala de um modelo universal. A feliz opacidade, pela qual o outro me escapa, me compele à vigilância de sempre caminhar em direção a ele. Seria necessário desestruturar a língua francesa para compeli-la a tantos usos. Será necessário estruturar a língua crioula para abri-la a esses usos.

Mas como "utilizamos" essas línguas? Qual é, em nosso contexto, a relação com a alteridade (relação de vizinhança) que solidifica a comunidade e autoriza a relação com o outro? Essa relação com a alteridade é também incerta, ameaçada. A linguagem da comunicação sofre junto.

Temos percebido o quanto o martinicano fala por antífrase. Parece que o sujeito martinicano tem medo de uma linguagem positiva e "quadrada" em suas conclusões. Vejo nisso, particularmente, uma das explicações possíveis para o que chamo de fenômeno de imediatismo, que significa o seguinte: a relação com o entorno nunca é mediada pela prática técnica. Por não saber manejar as ferramentas, o martinicano desaprende a considerar a linguagem como ferramenta. Então ele a manipula como mediação fundamental, fazendo dela um *desvio*. Podemos compreender por aí como um povo tão "pequeno" possui tantas elites competentes em se expressar. É por aí que somos obrigados a começar. Enfeitamos a expressão e a contornamos (técnica do desvio) para melhor medir sua impotência em relação a nossa situação. A poética da língua crioula coloca em prática essa astúcia do desvio: para clarificar. As elites antilhanas aplicam-na na língua francesa: para camuflar. É preciso dominar a palavra. Mas esse domínio será superficial se não se atrelar a um ato coletivo resolutório – ato político.

A contrapoética a que me referia, e da qual na verdade não deixamos de falar um só momento, não surge espontânea e inocentemente da linguagem cotidiana de comunicação. Ela é literalmente sua cadência inconsciente. Por isso a chamo de contrapoética. Ela marca a negação instintiva, que ainda não se organizou em recusa coletiva consciente.

Em vez de discorrer infinitamente a seu respeito, o que seria um método agradável, mas pouco praticado aqui, prefiro ilustrar essa contrapoética com o exemplo de um pequeno estudo que fiz sobre as deformações de um adesivo que se coloca nos automóveis. Trago para vocês alguns de seus aspectos, como escritor que se aventura e não como especialista que argumenta. Vou tentar resumir alguns pontos desse estudo.

Crioulização

Trata-se do conselho (impresso em um adesivo): "NE ROULEZ PAS TROP PRÈS" [Mantenha distância entre os veículos], distribuído pelos serviços de segurança rodoviária. A estatística mostra (desconfiemos das estatísticas) que aproximadamente 20% dos motoristas martinicanos colocaram esses adesivos em seus carros, que são distribuídos nos estacionamentos dos clientes que buscam seus carros. Aproximadamente 20% destes transformam essa frase "NE ROULEZ PAS TROP PRÈS" com a ajuda de uma tesoura, e a crioulizam.

O interessante é o número e o significado das variantes na escrita dessa frase, sua relação. Acrescento que os motoristas dispõem de um material de referência que é a frase em francês, e que, consequentemente, as variações são extremamente significativas. Vejam algumas delas: (1) "PAS ROULEZ TROP PRÈS". Observem que, no crioulo martinicano, deveríamos poder escrever: "PA ROULE TRO PRE." A importância da economia do "s" de "*pas*", do "z" de "*roulez*", do "p" de "*trop*", e do "s" de "*près*" é grande e não se deve somente ao problema da escrita fonética, mas à própria estrutura do crioulo. Assim, encontramos um certo número de exemplos, dez sobre um total de 25, com "PAS ROULEZ TROP PRÈS". E também: (2) "PAS ROULES TROP PRÉ"; (3) "PAS ROULÉ TROP PRÈS"; (4) "PAS ROULÉ TROP PRÉ"; (5) "ROULEZ PAS TROP PRÈS". Essa última forma é extremamente crioula (ela afirma a ação e a recomenda, antes de corrigi-la pela limitação negativa), e aí é uma manipulação da frase muito mais significativa do que o simples fato de trocar as letras.

Há também verdadeiras encenações. É o caso daqueles que cortam um ou vários adesivos e se divertem extraindo combinações. Assim, encontramos: (6) "OU TROP PRÉ." O que já não é um conselho, mas uma constatação repressiva. Eu já vi: (7) "PAS OULE TROP PRE", onde o "r" de "*roulez*" desapareceu. Comentarei essa formulação mais tarde. Encontramos, por fim: (8) "ROULEZ", o que é o contrário do conselho original. E um desses adesivos dizia: (9) "ROULEZ PAPA!".

Esse exemplo de contrapoética é precioso. Primeiro, notemos que se trata de pessoas que dispõem de carros, não são camponeses destituídos. Quanto à significação dessas variantes, não podemos interpretá-la como insuficiência de "formação". Segundo, o crioulo aparece literalmente como decupagem do francês. Terceiro, manifesta-se aí uma vontade cultural de oposição, se não contra a ordem estabelecida, ao menos contra uma ordem dada. Quarto, a variedade das fórmulas é marcada, com uma frequência muito maior da expressão "PAS ROULES TROP PRÈS", sem mudança da ortografia francesa. A fórmula "PA OULE TRO PRE" me intrigou. Foi na saída do Monoprix. Tratava-se de um casal inter-racial, um jovem francês recém-chegado à Martinica e que se casou (ou vivia com) uma martinicana. Disseram-lhe (ou ele constatou) que os martinicanos não pronunciam o "r", ele recortou o adesivo em "PA OULE TRO PRE". É um exemplo extremamente interessante não apenas de afrancesamento, mas de perturbação pelo afrancesamento. Acreditar que seja necessário retirar o "r" porque os martinicanos não o pronunciam é um erro divertido. Os militantes do crioulo seguiram, entretanto, a mesma inclinação; em muitos casos eles tiram o "r" e o substituem, por exemplo, por um "w". Assim, eles escrevem *pawol* como equivalente da palavra francesa "parole". Mesmo que esse "w" pareça precioso (quase todos os redatores colocam "*mwin*" para "*moin*" – eu), ele introduz uma dificuldade suplementar de leitura que não parece justificar-se.

Resumimos as conclusões dessa pesquisa mais que selvagem. Trata-se aqui de uma contrapoética: operação irrisória; tentativa de escapar, por variações não coordenadas, não concordantes, à contrição da língua francesa; impossibilidade de encontrar um lugar gráfico comum; desvio de um sentido primeiro; resistência a uma "ordem" vinda de fora; formação de uma "contraordem".

Antilhanidade

O que revelam essas práticas? Obviamente, a ambiguidade das relações entre francês e crioulo, que voltaremos a abordar em breve. Mas também, para a população, a capacidade de antever essa ambiguidade, a existência de um problema a ser resolvido. E, se o martinicano tem a capacidade de antever a ambiguidade de sua relação com o francês e de sua relação com o crioulo –, uma: língua imposta, outra: língua não posta –, talvez seja porque ele tem o obscuro pressentimento de que lhe falta em seu espaço-tempo real uma dimensão fundamental, que é a relação antilhana. Contra a ligação unilateral a uma metrópole, a multirrelação à diversidade antilhana. Contra a contrição de uma língua, a propagação de uma linguagem.

As ilhas do Caribe, por mais utópica que pareça hoje tal afirmação, não chegam, no universo das Américas, a constituir uma entidade, ameaçadas antes de nascer, sua concepção só é notada pelos intelectuais e ainda não é sequer considerada pelos povos. E, no entanto, elas têm a armadura, o reforço que talvez permitam que o incerto e o ambíguo sejam dominados. O que nos interessa aqui é a proposta para os antilhanos – sejam eles creolizantes, francófonos, anglófonos ou hispanófonos – de uma mesma operação que, para além das línguas utilizadas, diga respeito à linguagem. Vejamos, portanto, essa questão da linguagem.

A linguagem

Não existe, como vimos, nenhum uso da língua ou das línguas na Martinica, nem do crioulo, nem do francês, que tenha "naturalmente" amadurecido, por nós e para nós martinicanos, no exercício de uma responsabilidade coletiva, proclamada, negada ou arrancada. A sociedade martinicana aparece assim, em todos os níveis, como não responsabilizada. A língua oficial, o francês, não é a língua do povo. Talvez seja por isso que nós, da elite, falemos tão corretamente. A língua do povo, o crioulo, não é a língua da coletividade. Eu não quero dizer somente que o crioulo é restrito pelas condições de seu exercício, mas também que, por causa disso, o crioulo não pôde refletir sobre si até agora – nem em sabedoria popular, muito menos em decisões elitistas; que o crioulo é ausente de si próprio; que, por exemplo, na massa de provérbios e ditados que ele veicula, ao menos na Martinica, não haja nenhum que provoque esse tipo de volta da língua sobre seu eco, essa zombaria ou essa crítica de seu glossário ou de sua sintaxe, fazendo com que uma língua, literalmente por reflexão, se constitua em linguagem.[2] É que o crioulo é também uma concessão que o Outro fez a si próprio em sua relação com a nossa existência. Confiscamos essa concessão para fazer nosso uso dela, e também sofremos essa terra minúscula para dela fazer não nossa propriedade, mas nossa única vantagem possível em nosso vínculo com o Outro – mas não chegamos a constituir o uso na linguagem nem a continuar a vantagem como nação.

Disseram que não existe bilinguismo real nas pequenas Antilhas francófonas, já que a língua crioula seria uma transformação do francês. O drama é sobretudo porque identificamos a ausência ao mesmo tempo de um uso responsável das línguas e de uma prática coletiva de uma linguagem. O que chamamos de diglossia recebe aqui uma ilustração muito especial. Nós somos coletivamente fala-

2 *Por outro lado*, muitas vezes ridicularizamos com gosto nosso uso da língua francesa. Como neste refrão popular (em 1977) nos salões de dança, quando uma mulher dançando tango sussurra: "*Quand je danse la tango/ je me sens tourdir/ j'ai envie de vome/ ma pié me font mal/ j'ai lasse.*" [Quando danço o tango/ me sinto aturdida/ me dá náusea/ me doem os pés/ me canso.] Esse discurso sobre o discurso não é fornecido no texto crioulo. No máximo, ele se vale da crioulização do texto francês para produzir seus sarcasmos e diglossias. A metalinguística (na medida em que é uma análise da gramática etc.) não poderia compensar tal deficiência, mas, ao contrário, precisá-la. A autorreflexão emerge, antes de mais nada, da espessura das práticas responsáveis. Talvez seja político antes de ser "linguístico".

dos por nossas palavras, muito mais do que as praticamos, que essas palavras sejam francesas ou crioulas, e que cada um por si as maneje à perfeição, ou não.[3]

Nosso problema não é, portanto, fazer ressurgir à consciência um fato linguístico patente - o crioulo - que teria antecedido o ato artificial do afrancesamento e que esperaria o momento de seu renascimento. O crioulo não foi, numa anterioridade edênica, e não é ainda nossa língua nacional. Achar que o crioulo foi nossa língua nacional em todos os tempos é obscurecer um pouco mais, em tom ufanista, o questionamento lancinante onde brota nosso mal-estar, mas também onde se enraíza nossa presença. Sabemos que, para que o crioulo tenha chance de se tornar a língua nacional dos martinicanos, é preciso antes de tudo abalar as estruturas, de modo que seria pueril tratá-lo no âmbito desta comunicação. Sabemos também que tal promoção do crioulo não resultaria de uma decisão elitista. Sabemos, enfim, que a ambiguidade da relação crioulo-francês cairia assim que cada martinicano estivesse em condições iguais, isto é, tivesse os meios socioculturais de utilizar a língua francesa sem ser alienado a ela, e de falar a língua crioula sem sofrer as suas limitações.

Por outro lado - a palavra é essa -, a definição de uma linguagem a ser compartilhada para além das línguas empregadas, em relação à verdade de uma antilhanidade plurilíngue, me parece poder estar, desde já, sustentada por uma espécie de escolha intelectual e necessariamente elitista.

A revolução popular certamente faria da Martinica um constituinte das Antilhas e, liberando-nos da antipoética, levaria o povo martinicano a escolher entre uma ou outra das duas línguas utilizadas, ou as duas, integrando-as a uma poética de sua linguagem. Mas, num contexto mais constrito, a contestação por meio de uma antipoética, modelando uma linguagem voluntária, de função mais limitada, não aberta, não liberada, permitiria retomar, a partir de hoje, a aventura da expressão e preparar o futuro.

Nossa perspectiva é a de forjar, por um ou outro desses caminhos não contraditórios, e a partir dos usos debilitados de duas línguas

---

3 Por isso, um dos nossos procedimentos retóricos mais frequentes é o da consecução: a palavra desencadeia, por assonância ou infralógica, uma série de outras palavras e assim sucessivamente.

cujo controle jamais foi conquistado coletivamente, uma linguagem pela qual apresentaríamos voluntariamente o ambíguo e enraizaríamos definitivamente o incerto de nossa palavra.

Porém, é necessário tirar dessa alternativa que interroga a história o uso atual do crioulo nas reivindicações populares. Esse uso liberta, de fato, a língua crioula da irresponsabilidade, constituindo-a em arma de seu próprio combate. Mas o mundo vive a história muito rapidamente: não temos tempo de "refletir" devagar sobre o crioulo. Povo unânime ou grupo elitista, poética liberada ou antipoética contestadora, será necessário constituir uma linguagem à força, por não termos tempo de vê-la amadurecer ao longo de um percurso tranquilo. Talvez aqui não possamos aguardar os linguistas imprescindíveis. Quando eles nos encontrarem, caso isso aconteça, talvez seja apenas para explorar vestígios.

Planeta desconhecido, essa linguagem acena para nós. Para aqueles que nunca experimentaram a floração das palavras, a primeira articulação é ingrata e pesada. A segunda será ousada e seletiva. Se não, desapareceremos em nossa voz. Quero dizer que o arrebatamento nos preservaria de uma preocupação com detalhes - necessária, mas facilmente contornável - que talvez nos permitisse "estudar" a língua crioula, mas destituindo-a de sua própria economia. A linguística em sistemas pode "mutilar" inutilmente uma língua ameaçada.

Identidade

É isso que chamo de identidade cultural. Uma identidade questionadora, em que a relação com o outro determina o ser sem paralisá-lo com um peso tirânico. É o que vemos por toda parte no mundo: cada qual quer nomear-se a si mesmo.

O Lugar, a Poética

Haverá um lugar no mundo onde essas perdas que o mundo não tem tempo de verificar estejam consignadas? Não os grandes desastres, que são como os monumentos inevitáveis da história planetária, mas os acúmulos obscuros da tragédia, a usura desconhecida dos povos trancafiados, os desaparecimentos insensíveis, a lenta perda de identidade, o sofrimento sem ecos?

Se dissermos que, definitivamente, o eixo dessas mortes coletivas e silenciosas deva ser deslocado do campo econômico, se afirmarmos que sua única resolução só possa ser política, parece-nos também que a poética, ciência implícita ou explícita da linguagem, seja ao mesmo tempo o único recurso memorial contra tais desperdícios e o único lugar verdadeiro onde esclarecê-los, tanto de uma consciência de nosso espaço planetário quanto de uma meditação sobre a relação necessária e não alienada com o outro. Nomear-se a si mesmo é escrever o mundo.

Se, portanto, entrando em nossa história, adotarmos (nós antilhanos) as diversas línguas europeias e as adaptarmos, ninguém nos vai ensiná-las. Seremos nós, talvez, a ensiná-los uma nova prática e, abandonando a poética do não saber (a contrapoética), iniciaremos um novo capítulo da história dos homens. De fato, talvez sejamos nós (à exceção da hipótese de que alguma língua monolítica repentinamente pese e se alastre por nossos países)[4] que incitaremos esses idiomas, um em direção ao outro, por nossas poéticas conjuntas, e longe do universalismo abstrato, na difícil e fecunda relação da opacidade consentida.

55. Polos e propostas

A tese aqui esboçada é a de que se forma (ou se "é formado"), para toda coletividade humana, um "inconsciente coletivo" do qual a comunidade, de um lado, e os indivíduos implicados cada qual em sua história, de outro, estão mais ou menos à mercê.

Na medida em que formos chamados para falar do inconsciente coletivo, em se tratando de povos de países desenvolvidos, é preciso acrescentar que esse inconsciente é muito *mediatizado* no meio (isto é, o vínculo técnico entre a coletividade e seu entorno é demasiado incomensurável e detalhado) para causar um impacto real no indivíduo dessa maneira global. O inconsciente coletivo não dificulta nesse nível, a comunidade não está *desabastecida*, são os indivíduos que se

4 Por exemplo, um "inglês universal": a francofonia expressa *em outro lugar* (isto é, fora de nossas preocupações) a assombração dessa dominação. Os imperialismos linguísticos do Ocidente continuam a se enfrentar pelo controle *por meio de nós*.

desrealizam numa solidão tanto mais angustiante quanto o entorno estiver "obstruído".

Para os povos do Terceiro Mundo que lutam e que, portanto, *continuam uma história*, enumeramos e classificamos repercussões irrealizáveis e que afetam "diretamente" os indivíduos (por exemplo, os combatentes traumatizados pela guerra), mas a força de uma perspectiva comum, a grande esperança de uma abertura e de um possível a ser compartilhado recusam a restrição paralisante de um inconsciente coletivo, aniquilam-na propondo um objetivo.

Não pretendemos fazer aqui uma ilustração do ponto de vista junguiano, e não defendemos a existência determinante de arquétipos universais. Mas acreditamos na repercussão dos dados sócio-históricos não apenas sobre as crenças, os costumes, as ideologias (o que chamamos de superestruturas), mas também, *em certas condições*, sobre a formação de um campo de pulsões "comuns" que poderíamos então chamar de inconsciente de uma coletividade. As observações anteriores mostram que as condições em que esse campo pulsional repercutiu diretamente sobre o indivíduo são de dois tipos: condições de *imediatismo*, quando a relação com o entorno não é mediada, entre outras, pela parte técnica; condições de *passividade*, quando há bloqueio de um ato coletivo resolutório, por exemplo, de ordem política. Não seria vago aproximar a situação na Martinica da análise de um conjunto de faltas (ou desvios) às quais associamos essas pulsões "generalizadas".

I
Polos

Estudamos alguns dos "polos" em torno dos quais pode-se articular o estudo dessa noção de inconsciente, tratando-se dos martinicanos. Busco aqui um resumo não exaustivo, em que classifico, de forma talvez um tanto espetacular, cada um dos elementos sob a autoridade de um termo genérico.

O nome

É provável que a implantação do nome (o enraizamento patronímico num passado, a aparição progressiva de séries nominais) reforce o equilíbrio de uma comunidade.[5] E talvez haja trauma em reagrupar o conjunto dos patronímicos a *uma* circunstância (para nós, a cerimônia de atribuição de um estado civil, em 1848), principalmente quando o nome é *outorgado*. Os negros americanos experimentaram a necessidade de exorcizar esse trauma (Malcolm x). Para uma comunidade, não ter nomeado a si próprio é certamente uma limitação.

A mãe

Minha proposta, que gerou controvérsia ao longo de uma conversa sobre Édipo,[6] é que a relação edipiana com a mãe não suscitou problema por aqui (ou, como se diz geralmente, que o Édipo problemático é uma criação do Ocidente), tanto que a sociedade martinicana não foi obrigada a realmente adotar o modelo ocidental (triangular) de

5 Um crítico francês, ao fazer a análise "literal" da representação no romance *Malemort*, insiste sobre a obsessão do Nome, interpretado como Nome-do-Pai (Jacques André, "*Le narcisisme phallique: discours et figures*", *Caré*, n. 4, Bourg Abîmes, Guadalupe, jun.1979). Creio que existe aí uma projeção das categorias ocidentais (o que nem sempre é ruim). O Nome para nós é antes coletivo, não é o signo de um Eu, mas de um Nós. Ele pode ser indiferenciado (x), sua força provém do fato de ser escolhido e não imposto. Não é o nome parental, é o nome conquistado. Não importa que eu me chame x ou Glissant: o importante é que eu não sofra com meu nome, que eu o assuma com e na comunidade. A busca da responsabilidade no Nome não vem de um desejo de *filiação*, que mostramos não ser atávico em nossas culturas. Quanto ao narcisismo fálico, podemos nos perguntar, por outro lado, se não existe aí uma encenação do fantasma ocidental diante dos negros. Michel Cournot, já em seu livro *Martinique*, expressa esse pavor: "A espada do Negro é uma espada. Quando ele passou tua mulher em seu fio, ela sentiu algo..." etc. – preconceito denunciado primeiro por Etiemble ("*Sur le* Martinique *de M. Michel Cournot*", *Les Temps Modernes*, fev. 1950), em seguida por Frantz Fanon (*Peau Noire, Masques Blancs*, Paris: Éditions du Seuil, 1952, p. 168). "O branco... precisa se defender diante desse 'diferente dele' (o negro). Isto é, caracterizar o 'Outro'. O Outro será o suporte de suas preocupações e de seus desejos." O "narcisismo fálico" corresponde aqui talvez a uma "construção" que não nos diz respeito culturalmente, mas assegura o "Outro". Na mesma linha das interessantes observações feitas por André, existe a de que os romances que escrevo nunca opõem *diretamente* o senhor e ao escravizado, o que o analista parece reprovar. Confirmo a observação e recuso a reprovação; pois o essencial da relação construída por esses romances é precisamente mostrar que a oposição senhor-escravizado na Martinica é sempre *superdeterminada*, e que seria ilusório tomá-la como determinante. É a tática do sistema: apresentar a intervenção metropolitana como uma alternativa ou uma arbitrariedade, como resoluções dessa oposição, enquanto ela é, na verdade, o motor principal.

6 Grupo de pesquisa sobre a psiquiatria na Martinica, Instituto Martinicano de Estudos, 1973.

organização da família. Na família extensa, a relação edipiana não é um "problema". Mas na família nuclear imposta, que contraria os reflexos culturais coletivos, a reação edipiana "artificializada" hoje deve ser estudada minuciosamente. O pai e a mãe estariam em conflito real dentro da família martinicana? Conclusão possível dessa hipótese: quanto mais a sociedade martinicana é assimilada a um modelo francês não integrado, mais os desequilíbrios situacionais ficam incontroláveis.

A ferramenta

A ferramenta, instrumento mediador, vínculo necessário com o meio, não tem "realidade" na Martinica. Dito de outro modo, o martinicano não dispôs historicamente de nenhuma possibilidade coletiva de controlar o uso nem o aperfeiçoamento da ferramenta da qual se serve em seu meio. A irresponsabilidade técnica que daí resulta repercute antes nas atitudes comuns, depois nas escolhas individuais. Não importa que o pensamento dominante nos considere e nos trate como "irresponsáveis". Nós podemos lutar contra isso. Não é porque tal pensamento dominante transforma em espetáculo daquilo que ele promoveu de maneira insidiosa que devemos fechar os olhos em relação a nossa real condição coletiva. A conquista da responsabilidade técnica global é uma necessidade. Afirmar essa ideia já é uma vitória sobre o desamparo.

A festa

As festas martinicanas eram tradicionalmente de contestação: por muito tempo elas foram proibidas. É possível que o ímpeto extremo das festas durante o período que vai de 1848 a 1939 se explique por seu funcionamento exploratório: tratava-se de provocar uma convenção, em vez de celebrar uma tradição. A decadência das grandes festas populares na Martinica talvez esteja ligada ao fracasso dessa busca por uma convenção comum, capaz de se tornar tradição. As festas coletivas se tornaram desfiles (hiatos entre atores de alta patente e público passivo), mantidos por sugestão e imposição oficiais. Nenhuma coletividade pode se equilibrar (isto é, encontrar em si própria, por ordem ou desordem, as razões de seu devir) sem se festejar. O impasse sobre a festa coletiva só é concebível no contexto de uma sociedade em que a densidade do vínculo técnico com o entorno *aconteça* (sobre um mundo alienado ou não) como consenso.

A linguagem

A língua crioula está encurralada, pela pressão do sistema, numa fórmula vazia ligada a sua não funcionalidade produtiva: ela não pode desenvolver uma sequência sintáxica. O uso da língua francesa termina não sendo responsabilizado: imóvel em um "respeito" e em um não questionamento paralisantes da língua. A origem dessa obsessão é econômica; e, consequentemente, seu trabalho é político. Os extremos de tal alienação são patentes: uma rejeição sistemática do fato crioulo, uma afirmação não menos sistemática de uma crioulidade exclusiva que só faz emprestar a via do monolinguismo imperialista ocidental, sucumbindo assim ao que ela deseja combater.

O espaço-tempo

O impacto pode ocorrer em duas direções.

Do ponto de vista do espaço: *sonhar com outro lugar*. O curto-circuito do país real transporta o ser "em suspensão" (por falta de responsabilidades econômicas globais em seu entorno) num sonho projetado que o desnatura dentro de uma geografia fantasmagórica.

Do ponto de vista do tempo: *não se datar*. A ausência de memória coletiva reduz a dimensão temporal a uma sucessão de dados naturais que não se transcendem. Podemos negar o tempo? Podemos resgatar o tempo a um calendário de fatos naturais? O princípio aqui defendido é de que a resposta coletiva a tal problema exige que a comunidade concilie natureza e cultura numa prática coletiva libertada – o que ainda não é nosso caso.

O ato

Privadas de um eixo de acordo coletivo, as lutas populares serviram muitas vezes para reforçar os privilégios "superestruturais" de uma elite sem função. Os "pensadores" martinicanos se encontraram de certo modo engajados em campos de batalha externas, mas jamais, como tais, no campo de batalha da história martinicana. O agir martinicano sempre foi historicamente esvaziado de seu sentido. Desenvolveu-se uma incapacidade coletiva de inscrever qualquer ação possível numa continuidade.

O papel
A distorção entre status e funções de classes sociais na Martinica, distorção provocada pela alienação global do sistema de produção, privilegia a importância da aparência e do "papel" (por oposição a uma função reais) nessa sociedade. Esse "papel" permite apreciar as discussões estéreis e atormentadas do racismo tal qual ele se desenvolveu em todas as camadas da população. (As infinitas nuances da coloração determinam status escalonados, do negro de base ao branco transcendental.) As camadas sociais não estabelecem entre elas relações dialéticas autônomas. Elas são determinadas, dominadas e orientadas por fatores externos, dos quais não podem conceber a dimensão estrangeira. Elas não correspondem a seu status.

II
Negatividades

O que chamo de inconsciente coletivo dos martinicanos não é, assim, "constituído" pelo vestígio de arquétipos universais, mas resulta negativamente de experiências comuns não acabadas e, consequentemente, de relações deterioradas com o entorno. (Sem tradição terrena, sem meditação técnica, sem violência coletiva resolutiva, sem transcendência política.) Podemos investigar algumas dessas negações.

O martinicano é um americano real, mas contrariado (como se fala dos esquerdistas). Isso subentende o desconhecimento global de uma comunidade em seu espaço-tempo e o apoio compulsivo desse desconhecimento por uma espécie de paraideologia compensatória, mas desequilibrada.

O martinicano é um europeu impossível, mas satisfeito. Essa europeização se aperfeiçoa no modo passivo do consumo não crítico, da dependência não contestada, da ideologia oficial adotada sem nuances, mas não sem prejuízos.

O martinicano é um antilhano cego sobre sua verdadeira antilhanidade. Ele sequer enxerga Santa Lúcia e a República Dominicana que, no entanto, cortam o horizonte ao sul e ao norte do país. Ele vê com outros olhos além dos seus. "*Zié béké brilé zié nèg.*" O dito popular ("os olhos do *béké* queimaram os olhos do negro") não pretende salientar uma simples superioridade social ou racial.

A irresponsabilidade global do martinicano não impede que, no estágio individual ou mesmo de grupo, ele esteja convencido de que está agindo. Mas ele só faz perseguir seus objetivos (ou o que toma o lugar de) definidos por outros.

Reconhecemos geralmente que o martinicano é "evoluído". Mas essa é uma vocação decidida por ele, não o resultado de uma ação histórica global: assim o quisemos.

O que chamamos de inconsciente coletivo é, portanto, uma série de modos relacionais à situação inicial, e ao Outro – mas não ao próximo (vizinho). Cada vez que uma resposta pertinente a tal situação for impossível, serão desenvolvidas uma série de respostas coletivas de ordem compulsiva e não resolutiva. Poderíamos, assim, distinguir, em teoria, pulsões de ativação (ou pertinentes) e pulsões de morbidade, cujo papel e o resultado final são apenas de *preservar* o costume da situação.

III
Sobre uma tipologia

A adoção de um método sistemático de abordagem do quadro psiquiátrico na Martinica não remete a um capricho "anticientífico". A investigação só pode ser, num primeiro momento, indutiva: trata-se de identificar ao mesmo tempo sintomas, significações *e relações*. A proposta totalmente parcial que faço aqui é de tentar, por exemplo, saber se na Martinica não se pode falar:

a) de *neuroses de desamparo* mais (ou mais frequentemente) do que de *neuroses de saturação*. O que nomeio neurose de saturação parece-me estar ligado ao funcionamento de uma sociedade em que, assim como o consumo, a infinidade de modos técnicos de relação com o entorno é o que "carrega" a personalidade. A passagem de ônibus, a catraca do metrô, o relógio de ponto, a programação de televisão são outros tantos elementos dessa repercussão. Pode ser que – na ocasião de um sistema de consumo "igual" em densidade àquele de uma sociedade industrializada, mas organizado numa sociedade muito pobre em recursos técnicos – não se determinem neuroses do mesmo tipo que no contexto industrializado, mas neuroses que estariam, ao contrário, enredadas num desamparo (pela vivência de um vínculo "pobre" e incerto com o entorno), o consumo apenas revelando essa pobreza de vínculo;

b) de *neuroses de paralisia* que se distinguem do que chamaríamos, desde agora, de *neuroses de agressão*. Ainda que a expressão "neurose de paralisia" seja muito imperfeita (poderíamos confundi-la dentro da definição clássica de autofobia), ela significa que o martinicano *se retira* em sua impossibilidade de ser, que ele não se conecta com a existência do próximo (do vizinho).[7] Parece que, numa sociedade desenvolvida, ao contrário, a neurose de agressão (a relação interiorizada com o próximo) seja mais generalizada. Isso é tanto mais provável que a relação cotidiana com o outro é na Martinica saturada de violências de ação (autoagressão delirante) que tornam pouco "rentável" a prática neurótica da agressão interiorizada. Assim, podemos compreender a distinção entre a neurose autofóbica, no sentido clássico ocidental, e a neurose de paralisia. Projeção ali, dobra aqui. Dobra imposta pelo Outro. E é precisamente esse sobredeterminado que é o

7 É surpreendente como essa ausência aparece na nossa "história". Os cronistas do século XVII aconselham os senhores de escravos a desconfiarem dos ibos: "Desconfiem dos ibos." Eles decidem de repente não se mover: nada vai tirá-los daí. (É engraçado encontrar tais observações numa obra contemporânea: "é um dom que os negros têm de poder se transformar de repente em matéria inanimada" – Karen Blixen, *La Ferme africaine*, Paris: Gallimard, 1978.) Quanto aos negros minas, os mesmos cronistas relatam que muitos se suicidam esperando assim voltar à África. O pensamento dominante "coisifica" sempre o comportamento do dominado.
Conheci em minha infância um bom número de casos de pessoas que de repente paravam de se mover e se *deixavam levar*. Parece que essa patologia espetacular tenha voltado dessa forma; podemos ver que a "função primeira" do suicídio (o retorno) há muito deixou de ser determinante. Podemos estudar na Martinica os modos da "depressão" afásica ou as variantes do suicídio fora dessas aproximações "culturais"?
Tudo isso resulta de uma *negatividade* fundamental, que é a ignorância ou a negação que para os martinicanos se opõe à realidade negra de sua cultura. É um afro-americano que *se ignora e se recusa*.

Outro (do qual não podemos nos livrar, mas que não podemos violentar) que ofusca a relação com o próximo.

Quando a relação com o real se tornou impraticável, mesmo no modo neurótico, e que decidimos pela *escolha psicótica*, podemos nos perguntar se, num país industrializado, não temos principalmente relações despersonalizadas (a recusa da relação com o próximo), eleitas na loucura do campo situacional; enquanto, num país como a Martinica, podemos supor que se trata de um conjunto de relações desestruturadas (a não relação com a situação), escolhidas para funcionar assim. Certamente, relações despersonalizadas se inserem numa relação com determinada situação e formas de "viver" as estruturas. Mas nós propomos aqui que, em nossos países, a relação com a situação desencadeia *diretamente* modos "autônomos" de reação ou de resposta, em que a relação com o próximo passa raspando.[8]

E, assim, às *psicoses de complexão* ("des-relatando indivíduos"), em princípio mais frequentes em meio tecnicista, podemos contrapor as *psicoses de conexão* (de des-relação direta com a situação), ainda mais apropriadas para sociedades como a nossa.

Esse é apenas um exemplo possível de orientação na determinação das abordagens e métodos que articulei por meio da dualidade *próximo-Outro*.[9] Poderíamos trabalhar também a partir das referências *memória coletiva-memória individual*, ou do eixo *abismo do passado-medo do futuro* etc. Resta então contrapor essas abordagens à experiência real do terapeuta.

---

8 Supomos então que, dentro da terapêutica, a investigação de ordem "psicológica" vai dar lugar à exploração dos impossíveis "culturais". E, numa ordem paralela de ideias, vamos avaliar – exceto a tradição africana, sem dúvida continuada por nós – por que a tolerância tradicional em relação à doença mental está tão evoluída. Como se a comunidade pressentisse que o doente mental não se relaciona antes com o próximo (seu vizinho), mas com a situação, quer dizer, com o Outro. E que não há por que contrapor "sua doença" a uma "normalidade" da realidade social. A "tolerância", inclusive, diminui, na medida em que a assimilação ganha força.

9 A distinção situacional entre Outro e próximo (a maiúscula marca aqui a transcendência implicada) designa, por acaso, uma carência? Outro e próximo poderiam se confundir num real "autônomo". A necessidade de os distinguir para poder, enfim, apreender a situação de dominação e combatê-la não poderia introduzir uma dissociação da personalidade? Vimos que o Outro é (aqui, para nós) antes de tudo o Outro-Fora. Assim, o que Freud designou como um *Isso* funciona para nós como um *Isso-lá*.

IV
Violência, identidade, prática política

A pesquisa de identidade baseada na "reflexão" supõe um artifício que exclui violentamente o indivíduo de seu contexto. É que toda busca de identidade deveria ser "natural", não voluntarista, dada por acumulação, num ato comum. É a própria impossibilidade desse "natural" e a alienação global da sociedade que tornam indispensável o artifício violento da reflexão e da teoria.

A vantagem decisiva do ato político é que ele alia esse artifício violento da reflexão à violência da inclusão na vivência.

A violência ideológica da reflexão proibe que o ato político contribua apenas para alimentar o campo das condutas compulsivas (quando esse ato prolonga uma alienação global que ele é então incapaz de resolver).

Mas só o ato político reinsere o ser dentro de uma vivência que deve ser constituída por esse mesmo ato, como "natural".

A esse respeito, não podemos evitar de recensear e estudar as formas, manifestas ou latentes, da violência na sociedade martinicana.

A violência encoberta e estratégica do sistema. (Mesmo se constatamos que essa estratégia foi afinada "dentro" de ocasiões históricas e não predeterminadas por uma vontade conjunta.)

A violência global da erradicação econômica, que sabemos agora ser o motor negativo de nossa formação social.

A autoviolência alienada: o retorno contra si mesmo, que vimos se exercer cruelmente no âmbito das relações de vizinhança, e que evita a si mesmo ter que voltar à neurose autofóbica.

A violência necessária da reflexão teórica, cujo limite é não encontrar nenhuma tradição de acumulação e correr o risco, por causa disso, de se isolar numa lucidez vazia.

A violência lúcida, ou, ao contrário, compulsiva, da prática política, cuja dificuldade é justamente separar a lucidez desse impulso.

Essas formas da violência manifesta (mesmo quando camufladas) devem ser colocadas em paralelo às formas da violência latente (mesmo quando manifestadas).

A violência neurótica da recusa das realidades, que não deve ser confundida com a recusa do real. Podemos certamente falar aqui de astúcias da consciência.

A violência desejante do discurso. Nós vemos bem que se trata do desejo de ser Outro (em que o próximo é alienado) e do desejo de estar Fora (onde o país é rasurado).

A violência dilacerante da recusa desse desejo. Pois o homem não renuncia na consciência nem no instinto ao poder de meditar ou orientar sua relação com o entorno.

A violência psicótica da escolha radical dentro da "loucura".

Demarcar a lucidez política do impulso político é antes relacionar essas duas categorias da violência (manifesta, latente) e esclarecê-las (transcendê-las) uma pela outra.

Não se trata de dizer que a psiquiatria (orientada pela psicanálise) tem a chave dos problemas políticos, ou que uma Martinica desalienada ficaria logo livre do "inconsciente", menos ainda supor a grosso modo um inconsciente coletivo que seria uma "ausência de consciência". Trata-se de classificar os problemas, em qualquer lugar onde os mecanismos de alienação e de opressão não são tão visíveis quanto pensamos; ali onde, consequentemente, o recurso mecânico a categorias conceituais preestabelecidas (tanto na política quanto nas "ciências humanas") reforça a alienação e serve definitivamente ao sistema. O pensamento teórico deve, por exemplo, dar continuidade à investigação dos motivos "individuais" e, ao mesmo tempo, à elucidação das alienações "econômicas" globais. Isso se tornou necessário pelo esforço original do colonialismo na Martinica. Erradicar a responsabilidade econômica da comunidade exigiu aqui (para o colonizador) adotar medidas estratégicas (mesmo que, por outro lado, a linha geral do sistema tenha variado com as circunstâncias) que foram aperfeiçoadas com base no modelo dos processos de "desconscientização" cultural.[10] A identifica-

10 Por exemplo, as distorsões do conceito de produção nacional (que permitem manter uma produção pretexto e ativar o *câmbio*) assemelham-se à agonia prolongada da cultura coletiva: fazemos os martinicanos acreditarem que eles "produzem", assim como os fazemos acreditar que eles "criam". A produção-pretexto cumpre o mesmo papel (e segundo os mesmos vetores) que a cultura da paródia.

ção dos modos individuais de ruptura com as realidades ou com o real será, portanto, essencial para compreender e melhor combater os modos coercitivos de manipulação oficial desse mesmo real, e inversamente.[11]

Se não pretendermos dar conta desses tipos de correlações, cuja especificidade é mais *imediata* em nosso meio, se, por exemplo, dissermos que o reforço da consciência coletiva depende de técnicas e práticas políticas "universais", tais quais elas foram exercidas fora ou teorizadas fora, direcionamos uma vez mais essa consciência balbuciante para uma alteração renovada.

56. Prazer e gozo: a vivência martinicana

O pesquisador que tenta lançar luz sobre as complexidades da formação social e dos comportamentos na Martinica certamente não pode deixar de destacar o impacto muito forte das condições históricas do surgimento do povo martinicano, mas na medida em que os indivíduos e a coletividade sofreram com essas condições sem poder realmente refletir sobre elas e, consequentemente, sem poder controlá-las em qualquer nível que seja. Um dos aspectos marcantes da vida martinicana é, de fato, essa força de impacto, mas sempre inconscientemente sofrida, do dado histórico sobre a mentalidade geral. Os elementos não acumulados na memória coletiva, e não criticados, da história comum ressoam intensamente como vestígios, tanto mais difíceis de decifrar quanto hábeis em camuflar sua intensidade, assim como o seu sentido.

Assim, não podemos refletir sobre a atitude sexual geral dos martinicanos, nem mesmo determinar se existe uma atitude específica, se não nos referirmos a um ponto zero, que é justamente o da vida sexual no primeiro período da formação do povo da Martinica. Esta operação é tão mais difícil porque muitas resistências têm surgido, pois ninguém pode aceitar nem sequer conjecturar a possibilidade de sua

11 As modalidades da doença mental nos círculos dos *békés* são muito ocultadas para serem bem-vistas. O Père Labat reflete a esse respeito (capítulo v da sexta parte do *Nouveau Voyage aux Isles de l'Amérique*, Paris, 1742) do "número extraordinário de loucos na Martinica". Trata-se dos brancos, obviamente.

atividade sexual ter qualquer relação com a existência de um ancestral escravizado, que obviamente não é reconhecido como ancestral. Essas resistências levam a um inventário mais detalhado da dita relação.

Devemos primeiro examinar uma hipótese que distinguiria os traços culturais africanos a esse respeito. Mas a deportação dos africanos ocorreu em condições tais que é preciso considerar a viagem do tráfico negreiro como um imenso apagamento tendendo a liquidar as generalidades dos comportamentos sexuais, aliás diferenciados conforme as regiões de procedência dos deportados e, consequentemente, deixando os indivíduos singularmente livres – ou seja, desamparados de uma tradição exprimível – diante da nova situação. Nesse sentido, o comportamento sexual como traço cultural não pode ser assimilado, por exemplo, aos "resíduos" do comportamento religioso ou aos automatismos socioculturais desencadeados pela origem comum. Ele faz parte daquilo que, na pessoa transplantada, desaparece como tradição, reflexo coletivo ou atavismo.

No âmbito do regime servil, o que o homem antilhano, submetido à implacável coerção do sistema, conhece primeiro como gozo para si, ele rouba da atenção do senhor, ele subtrai do seu poder. Sabemos que a esse respeito as preocupações com a relação e a mais-valia determinam a prática, senão a política, dos colonos proprietários de escravizados. Esta é uma constante em toda a extensão da diáspora negra nas Américas. O senhor entende que o escravizado lhe pertence, mesmo na função de reprodução. Nem o prazer, nem o gozo do escravizado poderiam ser levados em conta, da mesma forma que acontece com os cavalos reprodutores. Sua margem de manobra sexual é limitada à margem de lucro do senhor. Portanto, seu gozo nunca é uma descoberta, um impulso, muito menos o apetitè pelo novo – ele é, a cada vez que ele o vivencia fora da permissão do senhor, o que literalmente é subtraído do poder deste. O gozo não é uma aquisição, não é um projeto, é um furto. Não é um prolongamento de si; é o que se deduz do Outro, o Outro sempre presente, um voyeur invisível e repressor.

A atividade sexual é então organizada em encontros desviados, arrancados, no acaso dos canaviais, o que se reflete em um provérbio crioulo registrado no fim do século passado por Lafcadio Hearn, em sua coletânea *Gombo Zheb*, cujos comentários nunca foram traduzidos para o francês: "*Si sa-vann' té ka pale, nous sé con-net trop' sicré.*"[12] O furto do gozo determina então um apetite ou uma obsessão pelo gozo, uma necessidade violenta e incontrolável de partir imediatamente para a impunidade resolutiva do ato, que resume e aniquila o prazer do gozo. Estabelece-se assim um curto-circuito em que vemos que o apetite do gozo torna absolutamente obsoleto o prazer no gozo, e por onde as duas dimensões do prazer e do gozo não se opõem (o que seria uma forma de se entender), mas se ignoram e se excluem. É certo, no entanto, que o furto do gozo também fecha o indivíduo no resumo de sua busca, de seu roubo, e o torna ainda mais insensível ao prazer ou ao gozo de um parceiro. Impermeável, mas não indiferente, porque o homem martinicano exigirá o testemunho do gozo da mulher, não porque pertence à mulher, mas porque sanciona a legitimidade do seu próprio roubo. Assim, o roubo do poder do senhor se conjuga ao estupro da mulher, estupro latente, mas permanente; grande parte da atitude sexual dos martinicanos vem desse condicionamento original, obviamente não percebido como tal e não elucidado.

Esse curto-circuito entre apetite do gozo e lucro do prazer nada mais é do que um curto-circuito temporal. Por ser tacitamente reconhecido como algo indevido, como algo descontínuo, roubado do senhor, o gozo do escravizado, abrupto nesse instante ameaçado, se contrapõe a um caminho de prazer que suporia a continuidade, o em-si e a duração. O gozo é, portanto, apenas uma compensação final, compensação da irresponsabilidade nos processos econômicos de produção, compensação da irresponsabilidade no processo fisiológico de reprodução. O lucro do prazer é daí evacuado. O tempo do lucro é o tempo do senhor. Nesse ponto, como em muitos outros, os martinicanos, dramaticamente, *não têm tempo*.

É surpreendente como a linguagem ilustra o tempo todo essa obsessão pelo momento roubado, esse apetite de gozo que precipitam o ser para fora de qualquer processo de realização. "*Avan i cho i tchuit*",[13] afirma um ditado crioulo, marcando claramente a pressão do impul-

---

12 "Se as savanas falassem, elas nos diriam tantos segredos."

13 "Quase quente é cozido." É notável como esse curto-circuito se une ao que o europeu sempre disse sobre o negro: que é bruto, sem maneiras, sem consideração pelas mulheres e incapaz de entender os requintes civilizados do prazer.

so coletivo, que pretende arrebatar o resultado antes de sequer ter implementado os meios. Aliás, essa obsessão pelo gozo imediato ofusca quase todos os campos de atividade. Um cliente deseja uma mercadoria de maneira imediata e absoluta, ele não terá paciência para verificar a adequação ao uso; um comerciante recém-instalado deseja de maneira absoluta e imediata recuperar seu investimento: ele não terá paciência para articular suas técnicas de vendas e assim distribuir o lucro, embora entenda que sua clientela aumenta de modo proporcional à essa distribuição calculada. Existe aí um apelo irresistível, que faz com que o martinicano *não perca tempo*. Em outras palavras, ele não se permite nenhum prazer.

Se me contestarem dizendo que essas considerações estão bastante ultrapassadas, que minha análise não considera a evolução da sociedade martinicana, que nas categorias sociais que aos poucos foram surgindo – anteriormente de mestiços, hoje de membros da elite – tais dimensões não seriam detectadas com pertinência, eu respondo que ignoramos totalmente o caráter global da alienação do corpo social martinicano. O curto-circuito temporário que mencionamos anteriormente é resultado de uma privação técnica – tendo em vista o prazer inocente dos martinicanos em manipular máquinas ou engenhocas – e, não obstante, trata-se de uma constante negativa de nossa história. E, se me disserem que superamos tudo isso, peço que avaliemos o tempo que nos separa da anedota a seguir, inventada ou não, isso não importa (ela seria ainda mais significativa se inventada): um jovem antilhano faz amor com uma francesa e, na hora de gozar, exclama: "Viva Schoelcher!", ou esse garoto bem real que beijava uma jovem branca em um metrô parisiense brandindo o punho como um militante dos Panteras Negras! Essas histórias não são antigas, elas testemunham a presença atual do grande Voyeur, invisível e repressor, que era o senhor. Elas indicam que, ao estabelecer ingenuamente uma relação entre um suposto poder sexual e uma suposta libertação política, o antilhano consagra inconscientemente, dessa forma ridícula e miserável, a conexão implacável e persistente entre a economia da responsabilidade global e a economia própria à atividade sexual. Examinaremos adiante as implicações atuais de tal conexão.

Também convém dizer, em relação a essas histórias, que o curto-circuito do gozo-prazer, que tem a natureza de precipitar o ser na fugacidade sempre recomeçada do irresponsável, é reforçado aqui pelo encontro com a ausência de memória coletiva. Assim como o martinicano se precipita em qualquer conclusão aparentemente favorável, seja lá qual for o assunto, sem prever os caminhos que pretende ou vai trilhar (é o esquema do desinteresse técnico), ele se precipita em possuir qualquer vitória aparente, sem se perguntar quais derrotas reais estão cavando seus abismos. Assim caminha a história de nossa comunidade, que de progresso em progresso avançou rumo à pálida agonia que reconhecemos hoje como comunidade, para além dos sucessos confortáveis de nosso gozo particular ou das misérias silenciosas de nossas irresponsabilidades.

Agora gostaria de me redimir por algumas aproximações indevidas. Não podemos deduzir, do curto-circuito *apetite de gozo-não proveito do prazer*, um axioma segundo o qual o martinicano se parece funcionalmente a um ejaculador precoce. Já entendemos que o confinamento no descontínuo e o furto do gozo não têm nada a ver com uma cadência temporal relacionada a determinada norma, mas, pelo contrário, desencadeia uma não consideração do tempo. O ejaculador precoce é infeliz, ciente de seu infortúnio. O mínimo que se pode dizer usualmente do martinicano é que dificilmente ele questiona o infortúnio sobre seu gozo.

Da mesma forma, não saberíamos considerar as dimensões do prazer e do gozo por meio de normas estritamente somáticas, pelas quais se poderia afirmar que prazer e gozo se confundem com o ardor fisiológico da juventude. A conexão globalizante que apontei anteriormente faz com que, nessas circunstâncias, a juventude seja a mais ameaçada das faixas etárias da formação social martinicana. Com a desordem do curto-circuito, ela ainda não aprendeu a se contrapor ao cinismo eficaz, nem às artimanhas deliberadas. E a irresponsabilidade coletiva repercute profundamente nos meninos de hoje, muito mais imaturos, conforme testemunham educadores ou terapeutas, do que as meninas.

Talvez seja a hora de nos perguntarmos como a mulher antilhana reagiu a essa história. No universo absolutamente insano do navio negreiro, ali onde os homens deportados são fisicamente aniquilados, a mulher africana sofre a maior das agressões, que é o estupro cotidiano e repetido de uma tripulação de marinheiros enlouquecidos pelo exercício da profissão; depois disso, ao desembarcar na nova terra, a mulher tem uma vantagem inestimável sobre o homem: ela já conhece o senhor. (Assim, não há martinicano que não tenha pelo menos uma mulher estuprada entre seus ancestrais.)

É ela que, amaldiçoando sua fertilidade, elabora a famosa receita: "*Manjé tè, pa fè ich pou lesclavaj.*"[14] É ela que tem que aguentar, sob o regime escravista, as irritações dos colonos brancos, rompantes que deram origem a uma curiosa literatura libertina no século XVIII, e pouco marcaram a mentalidade coletiva do país; e é ela quem sustenta o apetite de gozo dos homens escravizados. Mestiça bem preservada, ela se acostumou com sua relação com o Outro. Com uma precocidade alucinante, e que se explica pelas condições miseráveis do subdesenvolvimento, antes dos trinta anos ela já entrava no estado de indiferença sexual, que é a forma padronizada da miséria sexual. Após a suposta libertação dos escravizados, enquanto o homem martinicano que se considera livre elege a reprodução fisiológica como substituto dramático e compensatório da não produção econômica, a mulher cristaliza tudo em seus filhos, em particular no mais velho, adotando de forma praticamente vingativa o apetite de gozo do ex-escravizado e transferindo-o a esse filho: "*Çok moin derô mare poul zot'.*"[15] Digo que, nesse cenário geral, a mulher martinicana é a maior vítima, ainda que camufle esse estado exibindo um poder matriarcal. Entendo que não sejam as formas patológicas mais espetaculares da sexualidade feminina, como o vaginismo ou a frigidez, que melhor explicam essa miséria histórica, mas sim a forma mais banalizada, a mais cotidiana de todas, que é a indiferença sexual. Nesse sentido, é essa sexualidade aparentemente "normal", com todas as aspas que se queira dar, que me parece aqui significar o desvio da situação. O costumeiro pode dizer mais do que o patológico manifesto, ele orienta sua investigação.

Não é de estranhar que as mulheres na Martinica tenham resistido melhor aos processos de não maturação, nem que tenham aproveitado mais as possibilidades oferecidas pelas aberturas modernas e mudanças de mentalidade. Na melhor das hipóteses, elas investiram em determinados empregos e desenvolveram atitudes de responsabi-

---

14 "Coma terra, não faça filhos para a escravização."

15 "Meu galo fugiu, prendam suas galinhas."

lidade que lhes permitem o que ainda chamamos de desvios ou singularidades (homossexualidade, condição de solteira, atitudes comunitárias), que contribuem para libertá-las do machismo ambiente. À medida que essa libertação se dá em intensos conflitos psíquicos, a indiferença sexual das mulheres martinicanas tem sido hoje substituída por formas mais espetacularmente agudas de patologia sexual.

Esse machismo antilhano, que vamos discutir se é persistente ou hoje está em regressão, tem um caráter muito particular. Parece-me que todo machismo baseado numa dominação social real, autogerida pelos homens de uma comunidade, é ainda mais hábil em desenvolver a fachada de uma transcendência do feminino. É, por exemplo, a imagem da irmã virgem, cuja honra deve ser preservada à custa de sua vida, da vida dela, é claro, e sem que ninguém peça sua opinião. O machista responsável sempre faz da mulher uma deusa inacessível. O machismo antilhano, que não se ancorava na autogestão da dominação masculina, mas que se apoiava em simulacros que davam ao homem antilhano uma ilusão de poder, não poderia ter desenvolvido tais transcendências. É um machismo sem sublimação, com exceção daquela da mãe protetora. Além disso, ele propaga uma incrível brutalidade de maneiras. Seria necessário estudar, em comparação com outras línguas, o leque de expressões agressivas com que a língua crioula permitia a um homem se vangloriar por ter feito amor com uma mulher: "*Coupé famm'la, batt famm' la*", "*raché famm' la*" ("cortar a mulher", "bater na mulher", "talhar a mulher"): a transitividade mutiladora desses verbos proíbe qualquer prática hipócrita de transcendência na visão do feminino.

Da mesma forma, as técnicas de abordagem tradicionais. Certamente, não foi um conto antilhano que imaginou um noivado de cem anos, santificado por um beijo que desperta castamente. "Tudo que se arrasta se suja", dizem ao invés disso. E parece que aqui a mulher martinicana - seja por real indiferença, seja por maior maturidade, seja pelo desejo de achar um ponto de encontro com o homem - concordou em relativizar as relações intersexuais do aparato, na maioria das vezes hipócritas, com que as culturas ocidentais as cercaram. Costumamos contar, das formas mais variadas possíveis, a história da menina que interrompe o jovem que poetizava, intimando-o a ir direto ao ato. Cabe ressaltar que havia, em torno da Floresta em Fort-de-France e, sem dúvida, em algumas alamedas dos vilarejos, uma tradição de desfiles amorosos entre os jovens, na maioria das vezes ligada ao surgimento e desenvolvimento de uma pequena elite mais flexível em sua imitação dos costumes europeus. É verdade que tudo isso foi padronizado pelos usos modernos do flerte, que são universais. Aponto, no entanto, como um bom exemplo de curto-circuito temporal, a prática generalizada do *charroi*:[16] uma palavra ao mesmo tempo viva e fluida.

Há uma ocasião na Martinica em que homens e mulheres concordam em dar uma representação semelhante de seus relacionamentos: isso acontece nos casamentos burlescos do Carnaval, que é uma crítica à estrutura familiar. O homem faz o papel de esposa (na maioria das vezes grávida) e a mulher, o de marido; um adulto desempenha o papel de uma criança no berço. Temos aqui todos os sinais de uma ciência aguda de relacionamentos verdadeiros. Bruno Bettelheim escreve em *Les Blessures symboliques* [As feridas simbólicas]: "Quase não precisamos mostrar que os homens ficam aterrorizados com o poder de procriação das mulheres, de que eles desejam participar..." Poderíamos acrescentar que não precisamos provar que, nesse caso, esse terror do homem, que ele tenta afastar se fantasiando de mulher, é corroborado pela percepção inconsciente dos papéis efetivos na sociedade martinicana. A reação do homem à feminilidade encontra aqui a reação da mulher ao machismo. Não é de se estranhar que o casamento burlesco seja uma das raras formas ainda vivas desse grande questionamento popular e coletivo que já foi e não pode mais ser o Carnaval martinicano.

Eu comecei, portanto, pela distorção entre o apetite ou a obsessão pelo gozo, e a prática ou lucro do prazer nos homens martinicanos. E tentei mostrar como a mulher martinicana reagiu primeiro pela indiferença sexual, depois (hoje) com um aumento do consentimento ao machismo e (nas classes favorecidas pela edu-

16 A prática de levar uma parceira de carro, ao sair de um baile ou de uma noitada (com retorno e possível saída em outra companhia). Não é certo que o macho seja o elemento determinante da manobra. O *charroi* é semelhante aos costumes descritos nos filmes americanos da década de 1950. Exige uma certa "tecnicidade". Podemos dizer que esse nível técnico (o carro ou a moto) infantiliza as relações? Que ele os simplifica? Ou ele os libera?

cação e cultura), ao mesmo tempo, por uma reação viva e responsável a esse mesmo machismo. Para terminar, gostaria de indicar como o eixo dessa reflexão discrimina a sensibilidade martinicana da libido ocidental, tanto em seu conteúdo quanto nas formas adotadas.

Ali onde, no Ocidente, o erotismo como prática da busca do prazer era sobretudo (e em Sade particularmente) uma excitação ao gozo difícil ou impossível, entendemos que durante muito tempo na Martinica a obsessão pelo gozo (realizado ou não) tornou inútil a prática do prazer, compartilhado ou não. É isso que explica a pouca relevância do erotismo no passado, os poucos casos de "desviância" tradicional nas práticas sexuais e, para ilustrar, o número relativamente baixo de escândalos sexuais ou ações judiciais por delitos sexuais.

Podemos dizer que o erotismo como técnica foi evacuado da vida sexual, que foi esvaziada de sua responsabilidade por vocação e substituída, por exemplo, por práticas mais passivas, como o recurso a fórmulas mágicas, a situações substitutivas (*dorliss*), a expedientes irracionais (a ponte) e a receitas miraculosas cuja generalidade é aqui patente.[17]

Resta a trágica ilusão sexista do martinicano. Esta comunicação não pretende propor terapias ou receitas, mas abrir um debate. Mais do que concluir sentenças, prefiro submeter à consideração de vocês a observação de dois fenômenos bem atuais.

Primeiro, o número relativamente frequente, pelo menos que eu saiba, de estupros ou tentativas de estupro por jovens em bairros populares e conjuntos habitacionais. Tudo parece acontecer como se, incapaz de impor a falsa visão de sua potência (ela própria substi-

---

17 *Dar uma ponte* em uma mulher é introduzi-la no sexo, com seu consentimento ou não, uma mistura com função supostamente mágica e que desencadeará, caso ela faça sexo com outro homem, prejuízos consideráveis entre os dois parceiros, podendo levar à morte. Esse incrível fantasma de posse ainda é bastante comum.
O *dorllis*: ele tem o corpo brilhante de óleo, satisfaz os desejos das mulheres sem deixar lembrança (senão no cansaço do corpo), ele pode adentrar as casas pelo buraco da fechadura ou por baixo das portas, ele é invisível aos maridos, ele é estéril. As mulheres se protegem dele vestindo calcinhas pretas para dormir e colocando um par de tesouras abertas embaixo da cama. A crença no dorliss é comum. Fantasma de impunidade e de castração. Não se conhece caso de *dorliss* homossexual.

tuta de uma potência impossível), o estuprador latente do passado não tivesse outra saída senão tornar-se um estuprador declarado. A concentração do fenômeno em bairros populares ou conjuntos habitacionais leva à interpretação de uma "exposição de bens", comparável ao que ocorre, para consumo, nos grandes supermercados. É de propósito que uso essa linguagem comercial, que se relaciona com a minha segunda observação.

Trata-se, na minha opinião, de um enorme fantasma coletivo de substituição. O povo da Martinica se convenceu de que turistas do sexo feminino vêm aqui em massa para consumo sexual.[18] O que quer que se possa pensar sobre os verdadeiros fundamentos de tal afirmação, é de se assustar a rapidez com que ela se ancorou coletivamente e, sobretudo, a intensa satisfação que provoca, sem contar, é claro, as "caçadas", bem-sucedidas ou não, que ela desencadeia. Proponho pensarmos juntos se não existe aqui um incrível fenômeno de autocoisificação, em que alguém se oferece e se vangloria como mercadoria consumível. A obrigação de ter que ganhar a vida não me parece determinante nesse caso. O que está em jogo é a conexão que mencionei - e que surge de novo ao fim do processo - entre uma irresponsabilidade global em seu próprio país e a tentação irrisória de se valorizar num mercado de recuperação. Não estou longe de pensar que tais fantasmas coletivos também sinalizam, por sua atividade substitutiva, que o homem martinicano percebe de repente que a mulher martinicana olha para ele e o considera pouco consistente.

A coletivização e a publicidade da reflexão certamente contribuem para evacuar do campo da sexualidade um conteúdo mágico e fantasmagórico ligado à história *sofrida* da comunidade. Mas é preciso tomar cuidado para que, nessa questão, a "sexologia" não se torne um objeto de consumo tanto quanto uvas e iogurtes importados. Parece

18 É assim que, por exemplo, a Air-Canada é chamada de *Air-Coucoune*, nome crioulo para se referir ao sexo da mulher. Observemos que essa imagem fálica do antilhano ou do negro é mantida complacentemente pela mentalidade ocidental. Enquanto se reconhece no antilhano um poder nesse âmbito, lhe é negado, por outro lado, qualquer possibilidade de poder. De modo inverso, a reputação amorosa universal do francês não é sobre poder, mas sobre *savoir faire*, a técnica ("amor à francesa"). E as mulheres antilhanas tendem geralmente a acreditar que os franceses são mais "carinhosos". Há uma continuação do privilégio operacional do antigo senhor.

que as terapias indispensáveis terão de ser aqui antecedidas pelo esforço coletivo de elucidação, e que os especialistas revisem seus métodos para ouvir a voz pluridisciplinar e as hipóteses sintetizadoras dos pesquisadores.

Será que temos a certeza de não estar trazendo de volta, novamente e coletivamente, todo um conteúdo mágico para as cabeças de nossos amigos especialistas, porque eles vêm de fora e são investidos de um poder absoluto de conhecimento? Infelizmente, é a tentação mais comum dos martinicanos, mesmo nos ambientes aparentemente mais "técnicos". Não estaríamos esperando, mais uma vez passivamente, receitas, soluções, remédios, milagres que o Outro tem para nos oferecer? Tal atitude da nossa parte ofenderia o conhecimento real e a moral epistemológica dos convidados deste colóquio, que não poderiam contentar-se com isso. Depois de ter vivido o Outro como o Grande Voyeur Repressor, não o constituamos agora, contra sua vontade, em um Grande Guru Curador. Ajude-se e o especialista irá ajudá-lo. Assuma os seus problemas, você traz dentro de ti a solução *concertada*, que aqui deve orientar as pesquisas terapêuticas do equilíbrio individual.

57. Poeiras

Ouvi a transmissão pelo rádio da reportagem de um discurso do sr. Valéry Giscard d'Estaing em Saint-Pierre da Martinica. Ele fez a seguinte pergunta à multidão: "Então, se vocês não são franceses, eu pergunto de verdade, vocês são o quê?" E a multidão, de fato composta de velhos e crianças em idade escolar, como ocorre neste tipo de circunstâncias, *aclamava*.

Ouvi um candidato martinicano nas eleições municipais exclamar: "Porque um martinicano que vive aqui pode ter a impressão de que vive num grande país. Mas o general De Gaulle disse que a Martinica é uma poeira, *e precisamos acreditar no general De Gaulle*."

Essas observações presidenciais podem ser comparadas com a exclamação menos literária de Henry Kissinger sobre os micronésios: "Eles são 150 mil. Ninguém se importa com eles." Elas correspondem a uma concepção recebida de poder.

Isso é o que deve ser desenraizado da mentalidade contemporânea: que o poder justifica o direito, que o caminho certo é o da força e do poder. Quantos comportamentos miméticos dos líderes do Terceiro Mundo poderiam assim ser evitados?

O impressionante é que tais discursos ressoam com muita força em povos que tremem com sua "pequenez". O Isso freudiano cai num abismo diante de tais crenças. E, se não devemos ser ingênuos de pensar que estamos protegidos dos ataques das potências internacionais, também não devemos *perder a visão do mundo* (o sentido da Relação) nesse tremor contínuo.

58. País

De um artigo do sr. S. Honoré, publicado em um diário de Fort-de-France:

> *A lenda contada pelas mães crioulas diz que um Encantador de serpentes, Apóstrofo que engole sombras, já bastante envelhecido nos rincões da zona rural e sem exercer sua profissão há alguns anos, foi surpreendido em uma noite de lua cheia em sua cabana de palha pela grande serpente com dois chifres e olhos de cristal.*
>
> *O Rei-Serpente tinha vindo discutir sob o clarão do luar com Apóstrofo, o discípulo da Seita da Serpente, mas, tão logo o homem esmagou sua cabeça com a lamparina de querosene, uma legião de serpentes vingativas atacou o pobre velho Apóstrofo, que lutou e pôs em prática sua ciência de grande feiticeiro contra os répteis que se enrolaram em seu corpo com tanta força que ele perdeu toda a aparência humana. Aos poucos, o homem que engolia sombras assumiu a aparência de uma serpente e se tornou o próprio Rei-Serpente, durante a noite.*
>
> *Esta história aconteceu em 13 de julho de 1777, e parece que, em todas as noites de sexta-feira 13 inundada pelos raios do luar, o grande rei-serpente-que-engole-sombras, com cabeça e cauda de serpente e braços de homem coberto de escamas, rasteja pelas florestas de Morne Gommier longe das casas, soltando uivos diabólicos e risadas sinistras que ecoam ao longe.*

É impressionante, numa época em que se pode devastar povos inteiros, encontrar esses personagens vivendo um sonho que não se sabe se é apenas ingênuo ou se responde a questões profundas. Um deles, um africano que conheci no passado em Paris, proclamou coisas deste tipo: "Se os americanos lançarem sua bomba atômica sobre nós, vamos saber redirecioná-la em suas cabeças." E em seu delírio ele disse esta frase da qual ainda me lembro: "Vocês martinicanos estão esquecendo e negando a Grande Serpente Primordial, e ela não cessa de se vingar."

59. O olhar do outro

Vamos agora abordar um elemento intrigante da existência martinicana: como o olhar do outro sobre o martinicano chega a determinar, de um modo insidioso e quase sem resistência, a maneira pela qual este *se vê* e finalmente se realiza.[19]

Nós nos interessamos de maneira necessariamente seletiva pelo estudo de três "visões" do martinicano sobre o "outro".

- O olhar de Lafcadio Hearn sobre os Trópicos (1865).
- A análise feita por Maud Mannoni de um martinicano num centro psiquiátrico da França (1968).
- A recapitulação por Jack Corzani da história literária das Antilhas francófonas (1978).

Trata-se de três pontos de vista marcados por uma simpatia evidente. Nossa hipótese de trabalho é que essa simpatia original transmite, apesar dela, uma agressão real contra o martinicano.

Nosso trabalho, ainda em fase inicial, pretende indicar:

- onde se articula essa agressão;
- de que modo ela repercute;
- como o próprio martinicano a tornou possível e "legítima".

19 Eu havia escolhido essa formulação ("O olhar do outro") como título de capítulo de uma antologia da literatura antilhana que estamos preparando na Martinica. Ela foi proposta como tema em um seminário no Instituto Martinicano de Estudos. Nós a encontramos em propagandas nos muros de Fort-de-France, anunciando a criação de um teatro popular coletivo. Fanon já havia feito dela um dos temas de sua reflexão, em diálogo com Hegel e Sartre.

1. A hipótese de trabalho que justifica a escolha dos exemplos propostos é a de que o olhar do outro "transcende" o martinicano (como se ele fosse transparente), isto é, que esse olhar nega os "problemas" que todo martinicano precisa enfrentar em sua "busca identitária".

- Os problemas de identidade são "ignorados". A existência do martinicano *como tal* não é sequer considerada. É a redução por "elisão". A simpatia folclorizante. (Caso de Lafcadio Hearn.)

- Os problemas foram "vencidos". O olhar do outro os "identifica", mas eles são associados a uma questão mais abrangente, psicanalítica, por exemplo, em que eles são diluídos. É a redução por universalização. A simpatia é generalizante. (Caso de Maud Mannoni.)

- Os problemas são "quantificados". O olhar do outro os enumera, mas se recusa a qualificá-los, isto é, a situá-los na perspectiva de uma resolução dinâmica. Em suma, ele se recusa a "escolher". É a redução por objetivação. A simpatia é "tecnicizante". (É o caso de Jack Corzani.)

Assim, esse olhar do outro pretende abolir o martinicano, seja rasurando-o por exotização, apagando-o por transparência ou coisificando-o numa minúcia totalizante.[20]

2. A questão é saber por que esse olhar do outro se revela tão corrosivo. Pois um vietnamita ou um catalão, por exemplo, não se deixam reduzir dessa forma.

A proposta deste trabalho, depois do estudo dos exemplos colocados, é relacionar essa repercussão não com uma "natureza" do martinicano, certamente que não, mas com as particularidades da situação na Martinica. Sumariamente:

- A ausência de densidade econômica. Particularmente, a ausência de um sistema de produção nacional, substituída ao longo da história martinicana e sucessivamente por economias "parceladas" de troca, de intercâmbio, de transferência (no nível do sistema) ou simplesmente de sobrevivência (no nível do povo martinicano).

- A ausência de um projeto coletivo ligada a essa carência do sistema de produção e encorajada pelos dados históricos: transplantação, deculturação etc.

---

20 Assim, Jack Corzani, em seu estudo, lista até mesmo um soneto parnasiano escrito por um padre nomeado para a Martinica. É deixar subentendido que uma boa abordagem da "literatura antilhana" precisa dessas totalizações.

- As consequências causadas por isso, tanto no plano coletivo quanto no nível do indivíduo: incerteza quanto ao seu próprio poder, medo de estar só, medo do futuro, necessidade de um tutor, irresponsabilidade técnica etc.

As conclusões (provisórias) talvez esclareçam a situação atual e o devir de comunidades ameaçadas, que parecem estar imobilizadas; e, em consequência, contribuam (a nível modesto) para um desbloqueio cuja urgência política é, por sinal, evidente.

Essa abordagem diz respeito à análise feita por Maud Mannoni em sua obra: *O psiquiatra, seu "louco" e a psicanálise.*

MAUD MANNONI E GEORGES PAYOTE

I
Introdução

Não se trata, obviamente, de fazer uma *contra-análise*, que aliás está além dos meios, em todos os sentidos do termo.

Não se trata de sustentar uma disputa no campo psicanalítico. Aliás, é preciso dizer novamente que o olhar de M. Mannoni, por definição, só pode ser simpático. Portanto, nem a psicanalista, nem seus métodos estão em questão.

Dispomos do texto de M. Mannoni resumindo suas sessões com Georges Payote e propomos uma *leitura coletiva*.

Nosso trabalho consiste em estudar, *naquilo que ela percebeu e notou*, o que nos parece significativo do ponto de vista "situacional" (ou seja, do ponto de vista da origem martinicana de Georges Payote) e tentar determinar:

- se esse significativo foi percebido pela psicanalista;
- se esse significativo, percebido, foi levado em consideração pela psicanalista;
- se é possível dizer que uma *não percepção* da psicanalista foi sensível ao seu paciente. Portanto, esse trabalho só teria um sentido pleno após uma "exploração" dos cenários, exploração realizada junto a própria M. Mannoni.

Na falta disso, partiremos das seguintes hipóteses (formuladas após um estudo inicial do texto), que será necessário sustentar ou invalidar:

1.Georges Payote fornece algumas informações sobre sua "dificuldade de ser martinicano".

2. M. Mannoni percebe essas informações; mas as considera a partir de um esquema psicanalítico "universalizante".

3. Com isso, ela desgasta e "banaliza" o problema de Georges Payote (o martinicano como tal é objeto de uma técnica de análise generalizada como qualquer outro).

4. Podemos dizer que, a partir daí, o "contato" entre psicanalista e paciente se torna "impossível"?

Estes são, portanto, os eixos propostos para discussão; e eles constituem apenas um primeiro ponto de partida.

Os elementos de análise identificados no texto estão provisoriamente organizados da seguinte forma:

- elementos fornecidos por Georges Payote, do ponto de vista do seu "ser martinicano";
- interpretações destes elementos por M. Mannoni;
- interferências.

As conclusões gerais vão emergir da discussão e permitir sintetizar essa leitura coletiva.

Nota entre parênteses

Vamos primeiro repetir que não se trata de um processo tolo de "corrigir" M. Mannoni. Trata-se de "ler" o que ela nos oferece como texto e "ver" "o martinicano" tal qual Georges Payote o viu, e tal qual M. Mannoni o percebeu, ou não o percebeu.

M. Mannoni diz: "Gostaria de manter a abertura da narrativa, restituir a dinâmica de uma situação, em vez de arriscar reduzi-la pela análise de um discurso tirado do contexto." Se, por nossa vez, arriscamos extrair momentos significativos desse discurso, é para lançar a discussão sobre o texto. Estamos cientes das deficiências e dos perigos desse método.

Enfim, as observações que poderemos fazer na conclusão de nosso trabalho não visam de forma alguma "substituir" a análise do psicanalista por terapias falsamente "abrangentes", de ordem política, por exemplo. Estamos simplesmente tentando "rastrear" o momento em que um martinicano, de forma patética e patológica, "se revela", *e onde não o vemos.*

Então talvez possamos dizer que o olhar do outro, aqui, aniquila pela universalização do esquema? Esta é a *pergunta* que fazemos.

II

1. *Elementos fornecidos por Georges Payote sobre o fato de ser da Martinica (primeira aproximação)*

1ª sessão

"Eu vim para a França quando tinha oito anos. Minha situação é perigosa, sempre foi."

"Minha verdadeira tutora era minha avó da Martinica."

"Parece covardia (*aceitar vir para França*). Quando deixei minha avó, ela continuou me chamando. Ela morreu aos oitenta anos."

"Tudo começou em 1957. Nasci na Martinica. Havia o problema argelino – aquilo me desorientou, os árabes vendo meu cérebro, estabeleceram uma linha política. Eles me utilizaram como cérebro deles, isso me prejudicou."

(... Segue imediatamente a fantasia sexual.)

2ª sessão

(... Pretensão de estabelecer as coisas *cientificamente*:)

"Fiquei doente com o problema argelino. Eu tinha feito a mesma estupidez que eles (prazer sexual). Eles me adotaram como irmão de raça. Eu tenho sangue mongol. Os argelinos se opuseram a mim em tudo que conquistei. Eu tive ideias racistas. Correram boatos sobre mim na região de Paris, quando me senti perseguido.

"Meu nome é Payote. Eu sou da dinastia dos gauleses. Por isso, tenho valor de nobreza. Eu quis reproduzir na Martinica. Na Martinica, fui recolhido pelos mongóis e amamentado com leite pago, o que me permitiu viver."

3ª sessão

"Sempre sonhei com haréns de mulheres. Gostaria de voltar ao meu país por motivos de costumes e aclimatação. Um garotinho como eu não consegue se acostumar com as quatro estações. De onde venho, só existem duas."

(... Afirmação de estar envergonhado diante de M. Mannoni.)

4ª sessão

"Quero ficar livre e voltar ao meu país. Aqui, somos vistos como pessoas danificadas."

"Quero ficar à toa no meu país. Estou em busca de prazer."

"Não quero ofendê-la nem incomodá-la, mas, quando você é natural de um país como o meu, a tradição é procriar. Meu tio corria atrás das mulheres. Ele morreu arruinado com quarenta crianças para criar. Sim, no meu tipo sanguíneo existe uma origem árabe, não é nenhuma vergonha ser norte-africano."

10ª sessão

"Depois do meu gozo, perdi minha beleza, perdi meu nariz negroide. Cheguei em casa completamente louco. No caminho tive medo de ser linchado pelos negros. Cheguei atordoado em casa, e encontrei meus primos brancos."

"... Ah! Senhora, eu e você poderíamos nos entender muito bem se fôssemos da mesma pele, se fôssemos um."

11ª sessão

"Sou um menino de cor, não vejo por que não teria direito à minha parte. Ninguém se importa com meu rosto. A França deveria ajudar a Martinica."

"Um homem branco me bateu, eu preciso dizer não."

15ª sessão

"Meu nome é de origem corsa. Seu nome é Mannoni, nascemos para nos encontrar. Vamos deixar para lá meu nome corsa, estarei com um harém de mulheres. Que escolham meu nome, que o escolham cientificamente, e então poderei criar um harém."[21]

---

21 Estudaremos a "cadência" e a intensidade dessas referências à "situação martinicana", da 1ª a 16ª sessões. Dentro desssas referências, tentaremos catalogar os "temas" e suas relações.

2. *Interpretação desses elementos por Maud Mannoni*
"Em relação aos acontecimentos de maio de 1968, ele só se lembrou depois dos efeitos do *apartheid*; ele estava preocupado com a ideia de ser vítima de uma política racista, preocupado com a ideia de que seu nome pudesse ser revelado pelo médico-chefe na polícia."

"... Temores que ele então nutria em relação às perseguições exercidas pelo governo contra estrangeiros."

"(É a partir do vazio do pai, a partir de um nome, que ele deseja 'ver determinado cientificamente', que ele cria no plano imaginário uma relação delirante. O que ele busca é o acesso, que lhe é impossibilitado, a uma verdade simbólica.)"

"Georges nunca fala sobre seu tio que é *branco*, nem sobre os filhos brancos que sua tia teve com esse tio quando o próprio tinha catorze anos."

"... Georges evoca uma situação de *cena primitiva*; após a relação sexual, ele perde o gozo, o nariz negroide; ameaçado pelos negros, ele encontra os primos brancos e pensa consigo mesmo: 'eu não te amo' (o grande ausente aqui é o tio)."

"O tema *eu não te amo* (dirigido a um homem) volta na forma de uma queixa persecutória (um branco me bateu)."

"Também vimos o pedido de Georges para que um nome fosse dado a ele."

"Nessa busca ele procura um objeto idêntico a ele (teríamos que ser da mesma pele, ele diz)."

"Foi aos catorze anos (sobre o casamento da tia com um homem branco) que pela primeira vez surgiu para Georges a pergunta que ficara sem resposta: o que é ser pai? (foram os filhos brancos dessa união que ganharam importância para Georges; os filhos negros da união anterior não existiam para ele)."

"Desde o instante em que Georges me catalogou como mulher, ele recebeu em retorno uma consciência sobre sua pobreza, sua decadência, sua miséria moral e material, sua negritude."

"Sua condição de colonizado excluía qualquer possibilidade de contrato e, portanto, qualquer possibilidade de ingresso na instituição psicanalítica."

"Não é sem dúvida indiferente que que este problema tenha sido posto sobre um homem negro."[22]

3. *Interferências*

Não pretendemos dizer, depois dessas citações, que a sra. Mannoni não viu que Georges Payote era um martinicano, mas diremos que ela não o viu como martinicano, e que talvez tenha sido essa sua principal demanda.

Pode-se perguntar se a extrema brevidade das alusões da sra. Mannoni a tudo o que diz respeito à identidade, aos problemas de identidade, martinicana de Georges Payote (quanto ao desenvolvimento da análise no plano psicanalítico) corresponde a um desejo de não entrar em um terreno que ela sente que deve respeitar, ou simplesmente significa que ela pensa poder entender esse "particular" em exegeses "gerais". Exemplos da inclusão do particular no geral: Georges Payote procura, a partir do seu "nome", um acesso impossível a uma "verdade simbólica"; a perda de seu nariz negroide simboliza o medo da castração.[23]

Percebi no texto (p. 105-107) a insistência com que a sra. Mannoni desenvolve a noção de "quadro" - o quadro de suas relações, o quadro de suas entrevistas, o quadro no qual Georges Payote se situa - e me pergunto se essa noção privilegiada não permite fazer a economia de um "conteúdo" inalcançável: o da identidade.

Essa observação é corroborada pela ausência de qualquer princípio de relação "cultural" (troca ou discussão) entre os protagonistas. Por exemplo, a sra. Mannoni nada diz sobre as tentativas de Georges Payote em *descrever seu país* (a ideia que tem dele, as conclusões que tira dele).

Da mesma forma, o episódio dos argelinos não é comentado no texto publicado pela sra. Mannoni. Porém, do ponto de vista da identidade, parece crucial.

---

22 Foi preciso estudar a maneira com a qual a interpretação desses elementos "situacionais" é associada por M. Mannoni (e integrada) ao seu estudo e a sua técnica psicanalíticas.

23 O que está assim escondido: a assombração do enraizamento nominal, a paixão da Negritude impossível.

4. *Discussão*

Essas observações tinham apenas como objetivo introduzir uma discussão (Instituto Martinicano de Estudos) durante a qual desenvolvi os seguintes pontos:

- A tentativa obstinada de mostrar o país martinicano que Georges Payote ainda concebe ou vive.
- A fartura de informações fornecidas (sobre o assunto) nas primeiras sessões e que, no decorrer das sessões, foram se esgotando. Como se Payote, ao fim, se desesperasse por ser ouvido como um martinicano.
- O episódio argelino que remete irresistivelmente a Fanon. A relação com o problema argelino é aqui um "fixador". Payote experimentou o que muitos antilhanos viveram na mesma época na França. Traumatizados ao ver tamanha determinação em colonizados que, em geral, em sua ingênua vivência da assimilação, eram considerados "inferiores" a eles (sendo que, geralmente, eram confundidos com os argelinos na rua), os antilhanos fugiram dessa "imagem de si". Este é um verdadeiro "espelho": Georges Payote resolveu, pela dissociação, o que Fanon realizou pela ação. Eles vivem de forma diferente o mesmo problema.
- A escolha do termo "mongol", que é fascinante. É a tentativa de resolução por sublimação. O mongol é aquele que mais se aproximaria do "ser negro", mas também é, segundo um imaginário ingênuo, *aquele que é poderoso*. Duas qualificações aparentemente inconciliáveis para Georges Payote na realidade. O sangue mongol reconcilia nele esses inconciliáveis.
- O reforço dessa sublimação pela observação que virá mais adiante: *Temos, portanto, um chefe Caraíba*. O ancestral caraíba (de preferência, de uma realeza) é outro substituto de prestígio para o impossível "ser negro".

5. *Observações gerais*

Tal visão geral não permite concluir, mesmo de forma muito provisória, que uma espécie de psicanálise "transcultural" pudesse aqui abrir caminhos. Também nos omitimos sistematicamente de saber se o *despercebido* da psicanalista sobre a identidade martinicana de Georges Payote repercutiu sobre ele. Que meios teríamos para realizar essa pesquisa? Porém, acreditamos que há algo despercebido: ou que a sra. Mannoni sentiu que não poderia explorá-lo, ou que pensou que poderia "superá-lo".

60. Violência sem causa

A expressão "violência sem causa" dá conta do processo, já estudado por Fanon, pelo qual o homem colonizado usa contra ele mesmo a ferramenta transformada em arma impossível de ser usada contra o opressor. Acredita-se que se trata de uma visão da mente, de uma construção de analista. A vivência martinicana confirma dramaticamente a verdade da afirmação. Não é uma violência sem causa pontual: mas sem causa justificável ou conhecida.

A análise das notícias de *fait divers* nos jornais, por qualquer período relativamente neutro (tirando a época de festas, por exemplo, em que as violências se multiplicam), mostra a impressionante porcentagem de rixas sangrentas entre vizinhos ou conhecidos. Embora a morte seja frequentemente o resultado dessas brigas, pode ocorrer, de modo geral, que um ferimento ou uma mutilação de um dos protagonistas ponha fim, ainda que temporário, ao conflito. Como se não se tratasse de acabar com o adversário, mas de diminuí-lo. De se diminuir por meio dele. De se punir com um impossível que tortura.

Estou impressionado também pela extrema rapidez com que o rancor cresce, a raiva se intensifica. Estamos longe da acumulação implacável e paciente do ódio da zona rural típico da literatura regionalista francesa.

Começamos em grupo uma apuração sistemática e um estudo de casos colhidos aleatoriamente nos jornais durante um mês. Fizemos o recenseamento, mas abandonamos a análise. Não podemos olhar tão friamente quanto pensamos a imagem de nossa própria errância.

línguas, linguagem

referências

CRIOULO E PRODUÇÃO

A Martinica representa um caso de país "constituído" a partir do próprio ato colonizador (os Caraíbas tendo sido todos aniquilados, assim como sua cultura).

Em termos de tradições, organização social, costumes ou crenças, não há aqui nenhuma instituição que tenha antecedido a colonização ou que "por natureza" lhe tenha resistido.

O mesmo vale para a língua falada pela massa dos martinicanos: o crioulo. Língua moldada pelo ato da colonização, mantida em condição inferior, forçada à estagnação, contaminada pela prática prestigiada da língua francesa e, em última análise, ameaçada de extinção. É que neste país travou-se uma luta intensa (muitas vezes despercebida), sancionada pela vitória dos produtores de beterraba franceses sobre a cana-de-açúcar. Se acrescentarmos que esta se desenvolveu em monocultura, compreendemos que a Martinica tenha se tornado uma terra de trocas, onde não se produz mais nada.

Terra sem produção, a Martinica torna-se cada vez mais incapaz de determinar o seu devir. Em particular, a língua crioula continua incapaz de se desenvolver funcionalmente e se aproxima do estado de um dialeto afrancesado.

(Se o eventual desaparecimento do crioulo correspondesse a uma evolução "natural" e não a uma espoliação tão brutal quanto insidiosa, esse desaparecimento não seria problema algum.)

Os vários "períodos" da história martinicana parecem desencadear "episódios linguísticos" em que percebemos em detalhes essa luta entre o francês e o crioulo.

61. Língua, multilinguismo

Nenhum povo no mundo moderno está isento de existir como nação, sob risco de desaparecer como coletividade. A obrigação contemporânea de se conhecer, de assumir uma consciência de si, precipita cada comunidade a essa “nacionalidade”. Hoje não é mais possível que uma nação se forme “de fato”, isto é, que se desenvolva lenta e harmoniosamente de acordo com um ritmo praticamente desapercebido, uma existência coletiva implícita e progressivamente significativa. O mundo exigirá que ela logo se nomeie, ou que se extinga. Tomarei como exemplo desse peso inelutável o fato de que, quando refletimos sobre a escrita, que por direito pertence ao indivíduo, embora, claro, seja sustentada por seu entorno, ela nos convoca antes para um encontro, o encontro dos povos que irromperam no grande palco do mundo.

Nesse caso, propor as equivalências contrastadas “povo, linguagem falada”, “indivíduo, língua escrita” equivale a impor a esses povos um obstáculo temível, já que a passagem das literaturas orais para as literaturas escritas permanece sendo o desafio angustiante e o trauma significativo desse nascimento no mundo. Um povo reduzido apenas à prática oral de sua língua seria *hoje* (a despeito do que pensemos do *ilegítimo* dessa fatalidade) um povo condenado à morte cultural, a qual não passa de um pálido reflexo de uma agonia bem real. Todas as seduções do folclorismo ingênuo nada podem contra esse tipo de lei.

Tratando-se da expressão dos povos, sabendo ao certo que a expressão mais bem acabada de uma coletividade está antes em sua ação-no-mundo, eu examinarei a escrita antes da língua falada, escrita da nação que se afirma, não do indivíduo que se confessa. Não pretendo assim, de forma alguma, que o escritor, o produtor principal e sistemático de escritos, seja a voz de seu povo, a medida de sua potência criadora - essa é uma pretensão demasiado marcada pela ilusão elitista; suponho simplesmente - e essa é a primeira hipótese de minha exposição - que, para nós, a prática moderna da escrita resulta diretamente da história (padecida) dos povos que ontem se afirmaram no mundo, que esse resultado não é vago, mas minuciosamente perceptível por técnicas aprofundadas de análise, acumulação e comparação.[24]

Minha segunda hipótese é uma constatação. Se por um lado é fecundo frequentar esse nascimento das novas literaturas, por outro é necessário explicar uma diminuição, nesses últimos anos, de sua produção. Para ficar na língua francesa, fico impressionado com o fato de que, nas Antilhas francófonas, após a explosão que resultou na geração dos escritores da "Negritude", uma espécie de tremor, de hesitação vertiginosa, atinja hoje jovens autores ou pesquisadores que deveriam garantir uma produção escrita. Creio que a mesma constatação possa ser aplicada, certamente com prudência, aos diversos países africanos, sejam quais forem seus status. Porque alguns povos ficam assim hesitantes, à margem e à frente de si mesmos, diante da prática da expressão escrita?

A resposta a essa pergunta é óbvia: se um povo não se expressa, é porque ele não está livre para fazê-lo. Eu não desenvolverei aqui as necessárias variáveis políticas dessa afirmação indiscutível. A literatura é o desafio dos povos. Sendo assim, ao menos as literaturas de contestação, as literaturas combativas, deveriam continuar a atualizar ou ativar, de forma radical ou fundamental, as lutas tradicionais ou novas desses povos para sua emergência. Ora, parece-me que aqui, a escrita, que é no fim das contas nosso lugar comum, a nós escritores ou professores, faliu, pelo menos até o momento.

Enquanto o Ocidente experimenta uma imensa crise da escrita, as literaturas das nações novas parecem sofrer, se não com uma impotência, ao menos com uma reticência da produção escrita, mesmo elitista.

Continuemos: será porque os povos não "se expressam" verdadeiramente nas produções dos escritores que estes não os reconhecem de fato, abandonando então os caminhos de sua história? Tal hipótese pode ser verificada aqui e ali. Somos quase sempre nós, intelectuais

24 Nossa prática da escrita é dura ou respeitosa, ingênua ou delirante, exploratória ou tautológica, a depender do impacto global dessa história (padecida) nas nossas comunidades. É também o que nos reúne: eu escrevo, de fato, a língua francesa "como um professor de Fort-Lamy". A fluidez atávica me é estrangeira. É a nova condição para a própria língua. A fluidez atávica é apenas um dos modos de expressão da língua. Ela não resume o "segredo".

dos países recentemente surgidos, que, por espírito da autonegação, forjamos assim nosso silêncio. De tanto acreditar que estamos distanciados do mundo, de nos considerarmos periferia do universo, terminamos por nos afastar de nós mesmos. A audácia de expressão é o signo da audácia histórica.

Essa resposta não é indiferente, mas não satisfaz inteiramente, pois qualquer grupo de intelectuais que pesasse dessa forma no sentido contrário da história logo conheceria as angústias de ser questionado pelos seus: questionamento que não vejo se esboçar nas novas gerações de nossos escritores, nem na mentalidade geral, para se opor ao padrão literário, estagnado na indiferença confortável do elitismo institucional.

Na verdade, duas ordens de causalidade me parecem indicar campos talvez mais frutíferos de reflexão. Primeiro, que a impotência ou a reticência em escrever sejam talvez "históricas", isto é, que a escrita talvez seja aqui questionada e organize seu drama antes de desaparecer como modo de expressão, hipótese tão temida, e por isso peço desculpas por trazer um assunto pesado nessa assembleia. A crise da escrita seria a crise da consciência moderna, o incômodo universal diante de um modo ultrapassado, logo destinado aos fanatismos obscuros das capelas. O incômodo seria simplesmente maior, mais restritivo, para aqueles que mal começararam a se expressar no espaço do mundo, para aquelas nações constituídas na modernidade, que não se conectam à escrita, tendo vocação para entrarem novas, numa nova ordem do universal.

O que quer que esse desenvolvimento possa parecer – que de fato carrega muitos preconceitos referentes à preponderância do escrito sobre o audiovisual, sobre a civilização da imagem etc.[25] –, ele dá mar-

25 Mas como saber hoje se o costume de contar histórias (e a História) na televisão ou no rádio não vai sugerir, nos países desenvolvidos, depois de um tempo de decantação, novas economias da produção de textos? Por exemplo, se a tautologia ou a redundância, longe de aparecer como *faltas*, não vão se impor como vetores da eficácia? (Penso, no que diz respeito à França, nos programas de televisão de Bellemare, Bombard, Decaux – o primeiro aparecendo geralmente só com o busto, o segundo em pé, o terceiro sentado, o que poderia também ter uma influência na elaboração de suas falas.) Mas nada impede de se projetar e imaginar, deixando de lado a questão, um tempo em que a própria oralidade se reduzisse a um sistema de pictogramas sonoros sob a pressão da tecnicidade. O audiovisual destruiria não somente o "gosto de escrever", mas também

gem para alimentar o seguinte sonho, de certa forma metodológico e histórico: seria um belo destino para determinados povos virem ao mundo, nascerem pela história que fazemos e não a que sofremos, isto é, pela clara consciência de si, cedo o suficiente para saber fazer uso da escrita, tarde o suficiente para não ter tido que se modelar (ou padecer) com a ideologia universalizante. Pois a escrita, convenhamos, contribuiu para uma concepção muito dogmática e autoritária do universal, na medida em que, no campo indo-europeu, ela foi frequentemente considerada a marcha final, o último degrau, por onde entrar no absoluto. Talvez não tenhamos tido o devido cuidado com o fato de que, no ato de escrever, há necessariamente uma renúncia, confessada ou dramaticamente negada, ao absoluto. Todo escritor que se instaura em uma obra desnaturaliza e ao mesmo tempo renega um absoluto com o qual ele sonhou. Essa condição da escrita não impediu que ela fosse dignificada até os extremos da intolerância. Contra o universal que ela resultou, universal de qualidade totalizadora, precisamos defender hoje uma quantidade relativizante, isto é, em que absolutamente nada do mundo, nem de seu sabor, possa ficar omisso, num mundo total, mas destituído da escala do absoluto. A renúncia a essa forma de universal julgado *a priori*, abstrato e intolerante, a entrada em Relação, contribuirá ao mesmo tempo para relativizar a escrita e corrigi-la de um "não absoluto", pela qual ela cessaria de ser cúmplice ou serva desse universal agora negado. Seria belo para um povo chegar a esse relativo antes de ter sofrido ou imposto esse absoluto. Assumir, assim, esse incômodo da não escrita, dentro e por meio da reticência, antes de entrar na evidente superação da escrita transcendental.

Mas a segunda das ordens da causalidade que eu havia previsto talvez me permita suavizar uma constatação tão brutal. Trata-se – superando as noções do falado ou do escrito, ou melhor, integrando-as uma na outra num contexto futuro – de pensar os problemas da expressão dos povos no âmbito do multilinguismo. A esse respeito, gostaria de estabelecer, de forma declaradamente muito pouco ortodoxa

a "arte de dizer". Seitas se reuniriam não mais para adorar um deus ou consumir droga, muito menos para recitar ou contemplar um livro, mas para *bem falar*. Os fulgurantes poetas da oralidade em pictograma zombariam então desses estetas decadentes. A ficção linguística pode ir até o infinito.

para as mentes eruditas aqui reunidas, uma distinção que me é cara entre língua e linguagem.

Primeiro, seria preciso, ou é preciso um dia, apurar a verdadeira história do multilinguismo, história que esquematizo aqui de forma um tanto caricatural. No Ocidente, desde a constituição dos primeiros conjuntos nacionais, a simples prática a nível individual de duas ou mais línguas foi tida como suspeita, insubmissa. A intolerância nacional, necessária à construção dialética do Ocidente, impõe esses interditos. Mais tarde, ao contrário, essa prática multilinguística será generalizada, mas para benefício único da aristocracia. Será muito significativo para as elites europeias se expressarem com ostentação numa língua estrangeira em seu meio natural, por meio de um circuito onde a língua francesa, de forma geral, irá prevalecer. Ela será falada, por exemplo, na Idade Média, na corte dos reis da Inglaterra e, no século XIX, na aristocracia russa. Esse cosmopolitismo da aristocracia nos parece, visto à distância, tão significativo quanto as intolerâncias desenvolvidas ao longo dessa história do Ocidente; o monolinguismo é então uma pulsão "histórica" natural, uma necessidade dada do ser coletivo: a aristocracia afirma seu direito e sua liberdade, posa e promove sua transcendência, escapando da pulsão. Nação e língua coincidem então numa unicidade exclusiva. Isso é tão verdadeiro que poderíamos facilmente destacar, nas literaturas europeias do século XIX, uma boa parte de uma familiar condecendência em relação às nações que, como a Suíça e a Bélgica, conheceram e praticaram na época, de forma institucional ou "atávica", o multilinguismo.

A história do multilinguismo é abundante em inversões desse tipo; aqui é proveitoso para alguns, ali é sentido como modo de opressão para outros. Em todo caso, é um dos dados fundamentais da modernidade que se pode dizer "orgânico".

Agora, o que interessa: não é indiferente o fato de que um dos pais da linguística contemporânea tenha sido suíço, nem, por outro lado, que os núcleos mais expressivos de estudos linguísticos tenham se desenvolvido no início do século em pequenos países da Europa, a Tchecoslováquia, por exemplo, ou os países escandinavos. Há uma disposição linguística que pode ser reduzida, no indivíduo, pelo imperialismo da língua que ele fala, se essa língua (em seu "país") tem reputação de grande densidade "universal". Invertendo essa premissa possível para um corolário igualmente especulativo, eu diria que qualquer idioma excessivamente funcional, qualquer grande língua de comunicação, deve ser, nesse aspecto, e ganha a ser, relativizada.

Nós sabemos, no entanto, que a última transfiguração histórica do multilinguismo está relacionada à opressão sentida, vivida por pessoas oriundas de certos países multilíngues, quanto ao uso e ao destino de sua língua tradicional. Quaisquer que sejam os acompanhamentos reais, econômicos ou políticos de tal debate, ele supõe a prática combinada de um multilinguismo como riqueza e de uma expressão nacional como verdade, esta resistindo a ser esmagada por aquele.

Assim, no próprio momento em que o multilinguismo recebe, "de fora", a consagração moderna da necessidade histórica, no momento, por exemplo, em que não é mais possível considerá-lo como defeito original dos países que o institucionalizaram, ele levanta, de dentro, problemas árduos de inter-relação e dominação. Guerra das línguas na Bélgica atual, dominação no Canadá. Ora, me parece - na perspectiva limitada que me é hoje permitida, isto é, sem ter a pretensão de tentar pensar os problemas dos outros em seu lugar, uso intolerável e, lamentavelmente, muito frequente - que as "superações" supõem o estudo contrastivo da língua e da linguagem.[26]

Consideremos a língua francesa, cuja prática e ensino nos reuniram aqui. Ela é a língua materna dos franceses, eu entendo por isso que ela não suscita, em atração ou repulsão, nenhum problema grave a nível existencial coletivo; ela é a língua natural, geralmente vivida como ameaçada, dos quebequenses ou dos valões; ela é a língua "dividida" entre os suíços, entendo por isso que eles a inscreveram oficialmente num comércio legal, aparentemente não dramático, com o alemão e o italiano; ela é a língua opcional ou folclórica de algumas comunidades, como na Louisiana; ela é a língua historicamente imposta a povos sem tradição nacional anterior, como nas Antilhas, ou de tradição milenar como na África. Trata-se, em todos esses casos, da

---

26 Essa distinção não é uma maneira cômoda e idealista de camuflar as condições socioeconômicas precisas que acompanham, em toda diglossia, o limite concreto entre duas línguas . Ela não é clara para todos. No dia em que me abrir, confiante e ingênuo, para um escritor sul-americano, esse vai me dizer sem preâmbulos: "Você sabe, senhor, eu me conformo com a língua de Cervantes."

mesma língua? Trata-se da mesma língua, mas, a cada vez, podemos analisar que se cria uma linguagem diferente. Qual seria então essa acepção incomum do termo "linguagem"? Chamo aqui de linguagem uma série estruturada e consciente de atitudes para com (de relações ou cumplicidades com, de reações ao encontro de) a língua que uma coletividade pratica, que essa língua seja materna, no sentido que mencionei, ameaçada ou dividida, opcional ou imposta. A língua cria a relação, a linguagem cria a diferença, ambas igualmente valiosas. Falamos do tópico da fonte e da pradaria que surgem na origem das literaturas europeias, um autor francês contemporâneo afirma que certas obras são obras-clareiras, que carregam a potência de impregnação das cenas de Watteau; um outro escreveu que existem livros que sussurram selvas. Clareiras, pradarias, altos platôs da *Anabase*, solidão das imensidões, concentrações penetrantes dos pequenos países antilhanos, "fogueiras da fraternidade" ou "novembro de névoas", toda expressão é assim, e também, e talvez antes de tudo, uma relação estrutural com uma paisagem, por onde esta aliena ou enraíza. Nem a estilística, nem a rígida linguística não podem mais desconhecer essas densas restrições. Chamo isso tudo de linguagem.

E minha última hipótese de trabalho será para afirmar como possível e legítimo, tanto em termos de recenseamento linguístico quanto de análise e teoria literárias, o estudo cada vez mais objetivo dessa relação múltipla de uma comunidade com a língua que ela usa, no país onde ela vive, na história que ela faz, e no que chamo, de forma talvez indevida, de uma linguagem.

Parece-me então que os diversos problemas levantados são de tal forma esclarecidos que, mesmo que não surjam soluções miraculosas de imediato, ao menos algumas resoluções podem ser fortalecidas.

Primeira contribuição. Na relação língua nacional-necessidade multilíngue, presente tanto no Quebec quanto nas Antilhas, existem inversões que é preciso levar em conta. No Quebec, a língua francesa é reivindicada; nas Antilhas, ela foi imposta. Não se sabe com certeza se os jovens antilhanos não hesitam diante de uma obra a ser produzida, simplesmente porque o uso do francês lhes deixa na garganta um gosto de necessidade insatisfeita. Aqui e lá, apenas uma verdade única e absoluta: para que uma língua se torne linguagem, ela precisa ser sentida, vivida pela coletividade como *sua* língua, não mais como a de um outro, por mais fraternal que ele possa ser. Para que um multilinguismo não seja devastador, é preciso que ele seja consentido e vivido, para além de sua institucionalidade, pela consciência livre da comunidade.

Segunda resposta possível. A linguagem, por exemplo, para um escritor francês herdeiro de uma história pesada, talvez seja o debate acirrado, violento, vital, sobre a possível não necessidade da escrita, ou sobre sua desestrutura, por onde uma relação dramática, mas não existencial com a língua se exerceria.[27] Posso assistir com sangue frio a esse questionamento, ele não me interessa a fundo, pois a escrita me serve para outra coisa: tentar articular meu grito em palavra no campo do mundo. Ambas as atitudes são legítimas. Necessárias para a Relação.

Outra "resolução": a oposição hierarquizada entre linguagem falada e língua escrita não faz mais sentido para mim; pois a língua crioula, que me é natural, vem a todo momento irrigar minha prática escrita do francês, e minha linguagem provem dessa simbiose, sem dúvida estranha às astúcias da mistura, mas desejada e dirigida por mim. E, se aqui sucumbo a uma ilusão, posso pelo menos esperar que outros a denunciem para ir mais longe. Pois, se a alienação cresce nesse sentido, apenas a ação dos povos pode denunciá-la. Trata-se, entre outras coisas, de tirar da escrita seu mandato de soberania em relação à oralidade.

Tal dimensão nos deveria ser comum. A língua francesa deveria se despojar dos velhos trajes da abstração universalizante para se encorar em espessas realidades.

Enfim, parece agora que apenas a prática livre e consciente das línguas pelos povos – isto é, para eles a justaposição "essencial" da língua e da linguagem, a liberdade de escolher, a liberdade apenas – pode vencer a reticência em escrever constatada anteriormente.

Relativizar a língua francesa é isso. Ela pode ser ou se tornar linguagem para este, "componente" para aquele, língua de apoio para outro. Ela entra, assim, na relação múltipla com o mundo. Aceitar essa relação, ensiná-la, é abrir o possível sem impor a imobilidade tirânica.

---

27 A prática "existencial" da língua não *suscita questões*, já que ela modifica *realmente* a língua.

Quantos povos nascidos no mundo ainda não decidiram sobre seus cantos, suas palavras! A "pressa" da história criou para eles tarefas mais urgentes. Enquanto esses povos não se expressam, fertilizando e perpetuando o próprio ato que permitiria sua expressão, e para talvez contribuir com essa expressão, por menores que sejam nossos esforços, aceitem que, ao aplicar ao meu discurso o solene "tu" dos grandes diálogos da história, eu me dirija a cada um aqui presente, dizendo, para terminar, ou melhor, para inaugurar nosso novo diálogo: "Eu falo com você na sua língua, e é na minha linguagem que eu te compreendo."

NOTA

A opinião pública na França começa a ficar alerta com a situação da língua francesa no mundo. É sempre em termos de densidade do prestígio ou de capacidade operatória. Sem dúvida, essa é uma maneira realista de abordar o problema. Porém, eu acho que uma certa fluidez das línguas veiculares impostas pelo Ocidente (o francês, o espanhol, o português) irá discriminar aquelas que melhor poderão se adaptar a esses usos diversos e assim confrontar o anglo-americano que, em seu uso planetário, é apenas operatório.

É interessante constatar que os elementos do discurso levantado em favor da língua crioula se encontrem geralmente na defesa da língua francesa contra o anglo-americano. Jürgen Olbert, "de nacionalidade alemã, presidente da Federação Internacional dos Professores de Francês", fez uma conferência no Instituto das Ciências da Saúde sobre este último tema (texto retomado no terceiro volume da revista *Cultura francesa*, outono de 1979).

> ... Eu gostaria de me dedicar... ao argumento que levou a uma concepção unilíngue de comunicação. Eu a chamei de ideologia universalista, outros a chamaram, de maneira um pouco maldosa, de "obsessão de universalismo". Segundo seus adeptos, a humanidade estaria caminhando a passos largos em direção a uma espécie de supracultura, síntese de todas as culturas regionais, onde suas diferenças seriam estancadas. Eles se referem, portanto, à mundialização das relações ao declarar que os povos devem

se fundir em grandes conjuntos econômicos, políticos, culturais e linguísticos. Trata-se aí da ideia do suposto "*melting pot*" que não aceita reconhecer o direito à diferença. Trata-se perfeitamente de uma ideologia. Pois seus defensores pretendem constituir a "sociedade de ponta", formar a asa dianteira da humanidade, deter o único modelo destinado a se universalizar, a se impor no mundo pela assimilação ou eliminação de todos os outros, tidos como arcaicos ou inferiores.

Sr. Olbert protesta contra essa uniformização da qual a língua anglo-americana seria precursora.

Quanto aos defensores do monolinguismo, é preciso observar que quem se encerra num único sistema linguístico torna-se ainda mais prisioneiro do que imagina. Mesmo quando ele se volta para outras culturas e acredita se abrir a elas, ele percebe apenas a reinterpretação dessas culturas em seu próprio sistema linguístico, que filtra precisamente o desconhecido e o torna surdo ao que não lhe é familiar. No momento em que acredita voltar-se para elas, ele apenas as força a se virarem para ele.

Ao longo de sua argumentação, sr. Olbert cita os seguintes autores, que deveriam entrar na bibliografia de nosso tema: *Rapport Piket sur les langues vivantes en Europe* (Conselho da Europa, Comissão da Cultura e da Educação, 1977); "*L'avenir de l'anglais comme langue mondiale*", artigo de David Dungworth, universidade de Manchester; a obra de Henri Gobard: *La Alienation linguistique, analyse tetraglossique* (sr. Olbert se interessa pelas quatro dimensões da língua delimitadas pelo sr. Gobard: as linguagens vernaculares, veiculares, referenciais, míticas); sr. Albert Tevoedjre: conferência na Assembleia geral da AUPELF, Bordeaux, 1978; Philippe Gaby: "*Gérer l'État*"; Michel Bruguière: "*Pitié pour Babel*"; Paul Ricoeur: texto na revista *Esprit* (out. 1961: "tudo acontece como se a humanidade, ao acessar em massa uma primeira cultura de consumo, também paralisasse em massa no nível da subcultura"); Teilhard de Chardin: o "polo superior da consciência", onde cada elemento de cultura entra em contato com todos os outros; Leopold Senghor: a diferença entre "humanismo universal" e "humanismo do universal"; Jacques-Yvon Morin: discurso na IV Conferência das Comunidades Étnicas de Língua Francesa, Quebec, 1978; Jean-Marc Léger: *idem*; Edgar Quinet (citado por sr. Aimé Césaire no *Discours sur le colonialisme*, referência retomada por sr. Albert Tevoedjre em seu livro *Pauvreté, richesse des peuples* a respeito da ruína da civilização antiga. Esse é o fim da citação de Quinet: "Esse edifício social era sustentado pelas nacionalidades, assim como por tantas colunas diferentes de mármore ou de pórfiro. Quando cada uma dessas colunas vivas foi destruída pelos aplausos dos sábios do tempo, o edifício caiu por terra e os sábios de nossos dias ainda procuram saber como foi possível fazer, em um dado momento, essas enormes ruínas").

Sr. Olbert, em sua defesa da língua francesa, preconiza então as nacionalidades, as diferenças, a "fraternidade linguística", a luta contra o universalismo, a luta contra o monolinguismo etc. Ele o faz opondo-se ao anglo-americano. Todos esses argumentos se aplicam à dominação da língua francesa sobre a língua crioula.[28]

28 Sr. François-Poncet, ministro francês das Relações Exteriores, confirma essa defesa do "plurilinguismo" (conferência junto a União Internacional dos Jornalistas e da Imprensa de Língua Francesa, 14 de março de 1980; conforme matéria do jornal *Le Monde* de 17 de março), que ele parece conceber como uma troca bem calculada de bons procedimentos entre línguas veiculares, somado a um esforço de concertação com as diversas ramificações do francês. François-Poncet fala expressamente do "unilinguismo imperialista". A partir disso, a única forma de continuar a dominação da língua francesa sobre o crioulo seria tentar provar que o criolo "não é uma língua".

referências

O MULTILINGUISMO

As consequências de um possível desaparecimento do crioulo como língua na Martinica. A valorização do crioulo como premissa para o multilinguismo.

A noção de língua standard *é um barbarismo cultural quando aplicada de maneira normativa a uma sociedade. Crioulo* standard *e francês* standard: *pretensas modalidades de sua constituição.*

As contaminações de uma língua por outra são negativas apenas no contexto da não responsabiliade e da não criação.

O dado fundamental do multilinguismo deveria ser a liberação do locutor em relação a toda sujeição linguística possível. (Como consequência: "igualdade" entre as línguas em relação.) Quase nunca é o caso: a diglossia é a tentação de todo multilinguismo de fato.

É preciso combater essa tentação por toda parte. A primeira regra nesse sentido é que toda língua falada por uma comunidade, quaisquer que sejam as condições de realização, deve ser eleita em sua inteira dignidade.

A segunda é que toda língua deve ser promovida a ferramenta de produção. Ou melhor: que toda produção numa comunidade deve operar nas línguas dessa comunidade (sem exclusivismo ou privilégio).

Enfim, não se deve confundir, por exemplo, bilinguismo e prática de duas línguas (das quais uma teria sido aprendida na escola). O bilinguismo real é a relação existencial e comprometedora de duas línguas numa comunidade que as controla. (Por isso a diglossia é sua tentação.) (Por isso sua relação é política.) Por isso a resolução desse compromisso pode fundar uma poética.

62. Sobre o ensino das literaturas

Estamos lidando, neste caso, com literaturas de expressão francesa fora da França. Ensiná-las é um problema, especialmente no nível universitário. É grande a tentação de colocá-las em paralelo com a literatura francesa e tirar conclusões geralmente limitadas. Já me aconteceu de protestar contra algumas afirmações, curiosamente sustentadas por aqueles cuja missão deveria ter sido lutar por essas literaturas. Aqui listo algumas delas.

- Não são literaturas que permitem a um ser humano se compreender e ser ele mesmo.

- Senhor, este não é o objetivo "humanista" dessas literaturas. Se você entende "compreender a si mesmo" como encontrar as "razões" de estar no mundo, essas obras literárias certamente darão sua contribuição. Nós optamos sim pelo deleite individual. Ele é permitida apenas para quem se possui e não está alienado de si.

- O professor descreve como clássicos textos que não o são.

- A noção de "clássico", pertinente no contexto das literaturas europeias, remete a uma noção "cumulativa" de culturas no contexto do ensino. O questionamento dos povos é um assunto igualmente fascinante para ser investigado. Os ensaios e erros serão valorizados mais tarde.

Estamos usando um instrumento (a língua veicular) que não corresponde totalmente a quem somos.

- A ideia é dignificar a língua para além de sua necessidade. Em nossa paisagem contemporânea, a equivalência ser-língua é um abuso que disfarça a realidade de dominação. Vamos desafiá-la com a arma da linguagem: nossa relação com a língua, ou com as línguas que usamos.

- O homem (de nossos países) está dolorosamente dividido entre duas culturas.

- Nós recusamos essa dor. Em nosso meio, ela só atinge aqueles que, por se manterem sob tutela, são incapazes de conceber a nova

Relação e, de qualquer forma, estão de fato impedidos de entrar nela. Repetimos agora para vocês: não existe aculturação que nos mantenha, por essência, divididos, nem desculturação da qual não possamos escapar.

– *Nós esperamos da África (ou das Antilhas) um Montaigne, um Pascal.*

– Se vocês querem dizer: um grande escritor, ele o será segundo uma ordem de grandeza que ninguém, exceto o povo africano (ou o povo antilhano), poderá avaliar em primeiro lugar.

*

Mas aqui talvez seja o lugar-comum ideológico de tantos contornos: formulada em uma assembleia internacional, a ideia de que "a francidade é a voz plural da França". Quando você se encontra nesse plural aí, você fica, de fato, dividido, sem conseguir compreender ou ser você mesmo.[29]

29 Jacques Berque, que foi o primeiro a propor essa noção de francidade, certamente não a definiu de forma tão firmemente operatória quanto aqueles que dela se serviram depois.

referências

O FRANCÊS DAS ILHAS

O francês, língua-eco.
(A língua aqui evolui mais devagar que em seu lugar de origem. Ela só evolui em função de seu uso no lugar de origem.)

Língua de complacência.
(O colono planta aí sua "decoração". Essa decoração não é país.)

Língua imposta.
(Do senhor, da administração, do padre, do cuidador...)

Língua da promoção.
(Toda ausência que não se deseja denunciar se paralisa em solenidade. Essa língua é também imperceptível: não se saberia analisá-la de fato.)

Língua da alienação.
(O uso aqui não modifica em nada os conteúdos ideológicos veiculados. As modificações de uso deixam intacto o fundo imutável de alienações.)

Língua do delírio.
(Do desejo. Do desejo-ser outro, do desejo-ser fora.)

63. Quebec

É legítimo introduzir na visão das paisagens antilhanas, montanhas e mares, planícies de areia, colinas contorcidas, a mesma vertigem do país do Quebec. Dizem que em certos lugares do norte de Quebec, como sem dúvida nas estepes da Rússia, perdemos o sentido de direção e não percebemos para onde vamos. Tenho curiosidade sobre essa poética; como a criança que deseja: "quero ferver como a água, para saber o que ela sente", penso comigo mesmo: "gostaria pelo menos uma vez de me sentir parte de uma imensidão tão monótona, para entender que ritmo de vida se leva ali." Que ritmo de palavras brota em você.

Além disso, o Quebec é uma terra de asilo para os haitianos: asilo que me dizem ser mais ou menos confortável. Quando estive lá, um grupo de jovens queria lutar contra uma nova lei que aparentemente proibia a entrada de analfabetos no país. Eles planejavam criar centros de alfabetização para os que já estavam lá. Existem subdiásporas na diáspora antilhana.

Um escritor de Quebec me disse um dia – estávamos conversando sobre o antigo problema da língua: "Basicamente, tudo o que você precisa fazer nas Antilhas é se deixar colonizar pelo Quebec." Ao que respondi: "Na prática, os colonizadores que fingem expulsar uns aos outros na verdade se revezam e, quando precisam, se ajudam. Muitos ricos de Montreal adquiriram propriedades para os lados de Anse-Mitan e de Anse-à-l'Âne na Martinica, e não foram os martinicanos que lhes deram as possibilidades administrativas."

Estávamos naquele momento bem distantes das poéticas contrastivas.

referências

FRAGMENTOS VISÍVEIS E INVISÍVEIS

Aos "períodos textuais" identificáveis correspondem, portanto, "períodos linguísticos".

- A formação do crioulo.
(O rabisco de um dialeto.)

- Crioulo funcional e clandestino.
(A ousadia de um dialeto.)

- Crioulo de festa e de música
(A poética de uma língua.)

- Crioulo proibido na vida cotidiana.
(A alienação de um falar.)

- A imposição do francês.
(Desestruturação de uma linguagem e diglossia.)

- Escrita-crioula e bilinguismo.
(De uma resistência patética.)

- A dupla alienação da não linguagem.
(De uma assimilação neurótica.)

Aqui estamos novamente com o texto "histórico" do sr. Husson. Cada vez o redescobrimos com um novo espanto. Ele estava enterrado não apenas na mais obscura das bibliotecas, mas também na parte mais secreta de nós mesmos. E essa é a versão "crioula".

Afirmo que há aí uma certa perversidade por parte do tradutor. De modo muito manifesto, o título é infantil. Em nenhum lugar, em qualquer ocasião que seja, a língua crioula, uma língua de compromisso de fato, balbuciou a tal ponto seu referente francês.

O objetivo estratégico de tal composição era, portanto, afirmar que *o crioulo só pode se dizer a partir de um modelo que ele só faz parodiar*. A dependência linguística por debilitação é aqui a garantia e o coroamento da dependência em si. Seria um exercício proveitoso retraduzir a proclamação. Mas seu conteúdo paternalista é tão solidário à sua forma infantil que basta reproduzir a carta aqui para que o leitor aprecie, após dar boas gargalhadas, a extraordinária estupidez.

Mes amis[30]

Zautes toutes tenne yon bon nouvelle qui sorti rivé du France. - Ça bien vrai; c'est Monsieur général Rostolond et pi moin qui poté bon nouvelle-là ba zautes. Nous prenne la vapeur pour rivé plus vite. La Liberté callé vini. Courage, mes enfans, Zautes té mérité çà. - C'est des bons maîtres qui mandé ça pou zautes: M. Pecoul, M. Bence, M. Froidefonds des Farges, M. Lepelletier. St-Remy, M. Perrinon; MM. Jabrun, et Reizet, de la Guadeloupe - Toutes maîtres qui té en France assemblés, voyé yo mande ça pou zautes, Gouvernement consenti; passé cé yon autre. Gouvernement qui là à présent; Louis-Philippe pas le Roi encor; c'était li qui ps té soucié fait zautes libres yon foi. Li té vlé chaque moune gagné corps yo yo même, tandis que la République cé lé payé pour toute moune yon foi. Mais li faut que la République pranne temps li pour préparé l'argent, pour fait la Loi.

30 Ver a tradução nas páginas 66-69. (N.E.)

Jus actuellement, arien p'encore changé, Zautes toujours esclaves jusque temps la Loi rivé. Alors général Rostoland va voyé moin di zautes: La Liberté rivé, vive la République !...

Jusque-là, il faut travaille selon la loi, pour compte maîtres zautes. Il faut prouvé zaute save la liberté c'est pas le droit de faire le fainéant, c'est le droit de travaille pour ou même. En France toutes gens libres ça travaille plus passé zautes qui es-claves, et yo bien moins heureux, parce la vie plus dure passé ici.

Il faut couté maîtres zautes, pour montrer zautes save toute moune peut pas commander. Supposé quelque chose pas bien, il faut aller dire ça au maître yonne par yonne, et supposé zautes pas tombé d'accord avec monsieur zautes, alors si zautes croire tini raison toujours, c'est Monsieur le Maire il faut aller trouver pour li dire qui tini raison. Monsieur le maire chargé de ça par la République.

Autrement, si il faut que les autorités de Fort-de-France (c'est nom Fort-Royal à présent) déranger à tout moment pour entendre des plaintes yo pa callé tini temps pour préparer la loi, et la liberté va river plus tard.

Ainsi, voulà sort zaute dans la main zautes !

Songez bien ça qui riva la Guapeloupe !

Dans temps grand papa zautes, té tini la République en France; la République té voyé la liberté tout partout sans payé les maîtres, sans fait la loi, sans recommander le travail ! – Li té croi que les esclaves serait comprendre faut que travaille, faut pas faire désordre. Les Anglais prenne la Martinique, empêché grands papas zautes libres ici.

En Guadeloupe, s'Anglais pas réussi, la li berté commencé, mais les anciens esclaves travaille de moins en moins, yo vini malheureux, malheureux, au bout de sept ans la République té forcé memetté yo esclaves. C'est pour ça camarades zautes la Guadeloupe trouvé yo esclaves ajourd'hui ! Moin bien sûr pas callé si sottes fois tala, et qu'au lieu de couté les mauvais sujets zaute va parlé ennique épi bon moune.

Pas couté gens libres qui fainéans surtout; zaute save les moune qui te peur zaute pas serait travaillé té ça dit pour motifs : gardé combien gens yo faire libres qui deveni fainéans !

Ainsi c'est fáinéant qui les ennemis zautes; dis yo ennique yon parole: Allez travaille, quittez nos gagner liberté nous !

M. le Curé là pour dire zautes faut travaille, faut marier pour gagner Paradis. Mandé li conseil, quand zautes pas callé tini confiance en quelque chose. Songez bien c'est la religion qui commencé mandé la liberté dans temps Béqué même pas té libre. Jésus-Christ né dans yîn étable pour montrer faut pás gens habitàtion plaindre si yo pas né dans yon belle maison, li quitté yo fait li mort lassus yon croix (c'était la potence des esclaves dans pays-là), pour montrer les esclaves doit considérer les prêtres comme des amis bon Dieu quitté assou la terre pour conseiller yo. Allons, mes amis, patience et confiance ! – Moin ca écrit zaute parce moin pas tini temps allé voir zaute toutes à la fois; moin sorti voir les gens St-Pierre, Prêcheur, Macouba, Basse-Pointe; il faut que moin rentré dans bureau moin pour faire la loi.

Moin bien tranquille a présent parce que moin voi camarades zautes; c'est des bons enfants qui ca comprendre la liberté. Alors zautes toutes doit être la même chose.

Moin serait voudré zautes toutes serait télà pour voir ça l'atelier M. Courcy faire. Quand yo tanne yo callé libre, yo crié.: merci, M. le Directeur ! Vive les travail-leurs ! Vive Monsieur ! Vive Madame ! Yo voyé deux violonneurs baille Madame yon sérénade. Yo save moin te rété dîner lassus l'habita-tion : alors yo voyé onze hommes mariés présenté moin femmes yo et remercier la République au nom de tout l'atelier.

Ca té bien belle, mes amis ! car ça montré l'atelier té comprenne c'est les gens mariés qui les plus honorables dans la société, c'est yo qui les plus dignes de promettre à la République que toutes les esclaves qua là marier, parce que chacun Eyant à soigner yon mari, yon femme, des enfants, yon papa, yon maman, des frères, des sœurs légitimes, toute moune sera obligé de travaille quand toute moune sera libre. Adieu, mes bons amis, moin va aller voir zautes temps en temps. Quand zautes va v'lé crier en signe de joie, criez:

Vive les Travailleurs !

Vive le mariage !

Jusqu'à temps moin même vini di zautes : mi la loi rivé, vive la liberté.

Depois disso, só nos resta concluir que existe uma forma de bestialidade (no mínimo, de infantilismo) daqueles a quem somos obrigados a nos dirigir nesses termos.[31] Imaginemos o gozo satisfeito dos funcionários imbecis e egocêntricos que foram os autores dessa proeza. Não é de se estranhar que os martinicanos considerem ainda hoje a prática da língua crioula como uma atividade diminuída, e que a única promoção realizável passe pelo "domínio" da eloquência francesa, a mais floreada possível. A estratégia colonial se faz aqui sutil e paciente. Será necessário muito tempo, quantas revoltas, quantos altos e baixos em nossa história, para que essa estratégia seja enfraquecida.

31 Essas práticas de discriminação do crioulo "escrito" não eram isoladas. Em São Domingos, por exemplo, Moreau de Saint-Méry atacou um viajante, Girod de Chanttrans, que, em sua obra *Voyage d'un Suisse dans différentes colonies d'Amérique* [Viagem de um suíço em diferentes colônias da América], havia "transcrito" para o crioulo um pequeno texto francês, para melhor mostrar o caráter infantil desta língua crioula. Moreau escreve: "É verdade que adotamos um método muito seguro para condená-lo, é fazer o *crioulo-suíço* e concluir que esse idioma é miserável". (Ver a edição de Girod, apresentada por Pierre Pluchon, Tallandiér, 1980.) Na verdade, Girod de Chanttrans, um homem de boa vontade, um liberal que escapou da censura fingindo ser suíço, transcrevia o crioulo *da forma como o ouvia*, ou seja, sem poder penetrar em sua poética.

referências

LINGUAGEM E IDENTIDADE

Existem verdades a elucidar quando examinamos os problemas de linguagem dos jovens martinicanos escolarizados.

- A "falta" não está no desconhecimento de uma língua (francês), mas no não domínio de uma linguagem apropriada (em crioulo ou em francês). A intervenção autoritária e prestigiosa da língua francesa apenas reforça os processos da falta.

- Reivindicar esta linguagem apropriada envolve, portanto, uma revisão crítica do uso da língua francesa na Martinica.

- Essa revisão poderia fazer parte do que chamaríamos de anti-humanismo, na medida em que a domesticação pela língua francesa é exercida em uma mecânica do "humanismo".

O aluno martinicano, como qualquer aluno de qualquer lugar, pratica espontaneamente esse anti-humanismo, com o inconveniente de padecê-lo sem poder elucidá-lo, e a desvantagem irremediável de incorporá-lo a uma irresponsabilidade que setoriza o saber ("o que isso tudo tem a ver conosco?").

Assim, o jovem martinicano renuncia a um poder de síntese cuja ausência não é compensada por uma explosão de especificidades. O pensamento fica congelado em lugares-comuns reducionistas e em facilidades complacentes que, no entanto, deixam viva a pulsão de resistência, a partir de então neurotizada. Mas essa pulsão é em si uma "tendência libertadora", marginalizada.

65. Pedagogia, demagogia

I

Esta apresentação tenta se abrir às condições possíveis de um ensino apropriado na Martinica, sem propor aqui soluções prontas, mas permitindo, se possível, uma discussão concreta do problema. A ideia principal é que qualquer reforma parcial será impotente para realizar tal apropriação e que as reformas pontuais dependem inevitavelmente de uma reviravolta da estrutura social e mental na Martinica: esse é o preço do sucesso.

Abordaremos essa reflexão a partir de dois aspectos de toda a pedagogia: o desenvolvimento técnico do indivíduo, ou seja, como ele é preparado para desempenhar um papel na sociedade que, em termos práticos, é nada mais, nada menos do que um investimento a longo prazo; a formação geral do indivíduo, ou seja, o equilíbrio cultural, afetivo e intelectual sem o qual nenhum ser humano pode existir e "desempenhar um papel" na sociedade, e sem o qual, ademais, não há sociedade para planejar seus objetivos ou realizá-los de uma forma ou de outra. O fato de que, na vida real, essas divisões excessivamente funcionais nunca são totalmente satisfeitas, e que na maioria das vezes o indivíduo é esmagado pelas forças dominantes da sociedade, não impede que tenhamos que enfrentar nossos problemas a esse respeito.

Iniciaremos com aspectos do contexto histórico, tomando a grosso modo como ponto de partida a data de 1946, primeiro porque ela inaugura o início do pós-guerra e a difusão de novas ideias, as revoluções técnicas (ensinadas ou passivamente recebidas), a emergência de povos que se expressam, de novas relações entre os povos da terra e, em segundo lugar, também porque essa data, com a lei de assimilação da Martinica a um departamento ultramarino francês, corresponde a uma profunda mudança na forma como os martinicanos se veem e concebem sua relação com o outro.

Assim se organiza então a discussão:

I. A formação "técnica" do martinicano (a) antes de 1946, na chamada era colonial, e (b) no presente.

II. Sua formação "cultural" (a) antes de 1946, e (b) no presente.

I. Do ponto de vista da formação "técnica"

a) Da "libertação" de 1848 à assimilação de 1946

Estamos aqui diante de uma sociedade agrícola, de monocultura e organizada em um sistema de Plantação, cada vez mais ameaçada pela concorrência com o açúcar de beterraba. É urgente a necessidade de formação de uma elite capaz de "representar" este sistema. A escola responsável por isso é:

- explicitamente elitista (com o filtro da atribuição de bolsas de estudo);
- uma pirâmide muito acentuada (proporção de escolarizados e diplomados);
- baseada no sucesso individual (mérito e sorte);
- intensiva (treinamento intenso dos alunos);
- não técnica (as "humanidades", como na França).

Esse sistema funciona muito bem. Ele cria duas categorias de indivíduos:

1. Os membros das profissões liberais ou funcionários (professores, acadêmicos, médicos, advogados etc.) geralmente tranquilos em sua alienação, ou seja, que não se questionam (exceto de modo inconsciente) sobre o ensino que lhes foi oferecido e que eles, por sua vez, retransmitem. (Falar francês. Eloquência solene e vibrante. Controle da representação política por essas elites.)
2. Um pequeno número de indivíduos que, "por meio das malhas do sistema", e de forma mais ou menos lúcida, começam a questioná-lo.

E ele deixa de lado uma massa de pessoas que, após uma passagem mais ou menos formal no ensino fundamental, retorna ao estágio de analfabetismo crônico.

Este analfabetismo se confirma, primeiro pelo isolamento do país, depois pela ausência de qualquer tipo de estrutura cultural que acolha e estimule a curiosidade e a paixão pelo conhecimento em seu aspecto cotidiano. A cultura do povo não é uma cultura de elaboração ou de superação (tanto de conceitos quanto de técnicas), é uma cultura de sobrevivência, paralela à economia de sobrevivência estabelecida pelos martinicanos *ao lado* da organização das Plantações. Uma cultura de sobrevivência, apesar da intensidade de suas possíveis expressões, que não é capaz de "continuar" como cultura nacional, exceto por meio de uma revolução. Essa possibilidade estava claramente fora de cogitação na sociedade martinicana durante o período considerado.

Portanto, esse sistema funciona bem: porque ele forma as pessoas necessárias para as funções definidas *de fora*, que eles aceitam sem questionar. Existem usinas, mas não precisamos de engenheiros martinicanos. Precisamos de uma classe média sem vínculo com uma produção econômica, que ela seria incapaz de dirigir ou controlar. Chegamos a exportar, para África, indivíduos formados para essas modestas necessidades elitistas, o que oferece a vantagem de aumentar o campo de atuação desta elite. Porque os que são assim formados, salvo uma pequena minoria que mencionei, se "sentem bem" com essa formação. Seu questionamento passa inconscientemente, como dissemos, pela veemência caricatural do comportamento mimético e pelo barroco redundante da expressão. Enfim, porque esse sistema opera dentro de uma estrutura social de base relativamente estável, embora conturbada por revoltas populares ineficazes. No fundo, criou-se o hábito de reprimi-las e adquiriram-se os meios de fazê-lo regularmente.

b) A partir de 1946

O sistema de Plantação entra definitivamente em colapso. Ele não foi substituído nem por uma industrialização, nem por uma reestruturação global da economia. Do ponto de vista das reflexões coletivas, o esvaziamento do campo não foi seguido pelo monstruoso desenvolvimento de um lumpemproletariado insustentável, nem pelo surgimento de uma burguesia que teria controlado, em seu próprio benefício, a dinâmica social e econômica. Em vez disso, assistimos a três mudanças significativas na estrutura social:

- A criação de uma camada indeterminada, sem estatuto ou vocação "profissionais" definidos, herdeira dos chamados *djobeurs*, e que se aglomeram em torno das cidades e vilas.

- Uma camada de funcionários muitas vezes incapaz de alcançar cargos-chave nos diversos ramos do setor público, camada que é a ampliação (necessária para legistar sobre a assimilação) da antiga elite.

- A camada mais flexível de jovens em profissões de artesanato, destinada a trabalhar no âmbito da migração para a França.

A educação na Martinica foi adaptada a essas necessidades.

1. Sob a pressão da assimilação, esse sistema de educação tornou--se extensivo. A matrícula das crianças com uma idade cada vez maior tornou indispensável (como na França) a criação de pseudoclasses (de recuperação ou adaptação) que só podem fornecer esse grupo social de *djobeurs* que já mencionamos.

2. As escolas de ensino fundamental e médio têm cumprido sua função: alimentar o segundo grupo (funcionários públicos, correios, previdência social etc.). Da mesma forma, os empregados dos bancos e do setor terciário também foram fornecidos por elas, de forma extensiva. A filtragem elitista declarada de antes cedeu lugar a uma triagem que funciona a partir de privilégios ou credenciais de "classe".

(As profissões liberais como um todo chegaram hoje ao ponto de saturação. O que faz com que os martinicanos digam que seu país não é subdesenvolvido! Será cada vez mais difícil encontrar um emprego como professor, advogado, dentista, farmacêutico ou médico. Especialmente porque outra consequência da lei de assimilação, e da possível integração da Martinica na estrutura do Mercado Comum Europeu, é abrir cada vez mais a Martinica aos cidadãos franceses e, em breve, aos de outros países europeus, ao mesmo tempo que será possível, conforme dizem, que qualquer martinicano vá morar nos Pirineus e, em breve, em Milão ou Bruxelas!)

3. Resta a formação técnica de base, reforçada pela formação artesanal adquirida durante o serviço militar adaptado que, como vimos, alimentava principalmente o grupo de pessoas ocupando cargos ditos de base, de nível modesto, na França. Naturalmente, não levo em consideração aqueles que migram sem sequer receber essa formação.

Podemos notar também que, assim como no antigo sistema elitista em que alguns indivíduos superavam a imitação para questionar o sistema, surgem aqui também novas perspectivas pedagógicas, abrindo oportunidades para além da formação básica, de adquirir, por exemplo, uma competência elevada em áreas técnicas. Há engenheiros, mas a maioria não está na Martinica. No período anterior havia fábricas, mas sem engenheiros martinicanos; hoje existem engenheiros martinicanos, mas não há fábricas.

Esse sistema está, portanto, bem adaptado à reestruturação social da Martinica de hoje, mas, como veremos, é por isso que não funciona bem. Aqui está a explicação.

II. Do ponto de vista da formação geral, ou "cultural"

a) Período "colonial"

Examinemos esse paradoxo: por que um professor completamente alienado dos anos 1930 ou 1940 - que faz seus alunos cantarem, como fizeram comigo, os louvores de seus ancestrais, os gauleses: "*Allobroges vaillants*" - conseguia lhes dar uma formação consistente, enquanto o professor mais sério, mais lúcido, mais corajoso de hoje se sente desanimado por sua incapacidade de superar os atrasos escolares e motivar seus alunos?

No período anterior, o sistema educacional lidava com uma comunidade que ainda não havia experimentado o impacto massivo dos acontecimentos mundiais que, desde então, marcaram essa comunidade, sem que ela tenha tomado consciência disso. A elite politicamente ingênua da Martinica ria dos *fellagas,*[32] mas a guerra da Argélia mudou alguma coisa por aqui. Os martinicanos continuam chamando os moradores de Santa Lúcia de ingleses - isto é, de estrangeiros -, mas foram profundamente afetados pelos movimentos de libertação na África, pela luta dos negros americanos, que lhes sugeriram a existência de outras maneiras de conceber o mundo ou vivê-lo para além da imitação. Continuamos a aprovar tacitamente a expulsão dos trabalhadores haitianos do território martinicano, justamente onde qualquer europeu pode exercer sua atividade sem nenhum entrave, e com inúmeros privilégios; mas temos cada vez mais vergonha dessa nossa cumplicidade. Está ficando difícil chegar a um consentimento coletivo. A cumplicidade da elite do passado, que aparentemente não era perturbado pelas ocasionais revoltas populares, desencadeava reações individuais, insuspeitas de compensações: a preciosidade "literária" e as suntuosidades do Barroco crioulo sempre me pareceram, repito, determinadas por esse sentimento inconsciente e individual

32 "*Fellaga*" ou "*fellagha*" é um termo usado para designar os combatentes argelinos que lutaram pela independência de seu país em 1952, quando a Argélia ainda era colônia francesa. (N.T.)

de *ser outro diferente do que acreditávamos ser*. O Barroco colonial seria aqui um festim (involuntário) do ser, um acréscimo do impossível. Acrescentamos para melhor nos convencermos. Hoje, essa consciência inconsciente da alienação não é só sentida pelas elites; ela está por toda a parte. Também foi banalizada. Ela exclui a ostentação barroca e manifesta-se numa angústia de mau gosto, o marasmo cotidiano. Já não há os barrocos ridículos e extravagantes que faziam parte do universo dos nossos professores em 1939. Só nos restam consciências morosas daquilo que transmitem. É difícil ser barroco, mas é exaustivo ser medíocre. Hoje, essa cumplicidade aparentemente generalizada desencadeia reações coletivas compensatórias de dois tipos: a indiferença cotidiana e as pulsões periódicas descontroladas.

b) O marasmo atual

O verdadeiro drama hoje para o martinicano, quando se trata do sistema educacional, é:

1. Ele presente que essa educação já não é um meio de escapar, mesmo a nível individual, de uma situação que já não permite sobrevivências pessoais e coloca todos indiscriminadamente no mesmo barco. O filho de um advogado ou de um médico tem muito mais chances de obter seu diploma escolar do que o filho de um *djobeur*. Mas em que estado ele vai chegar a esse fim e qual será o seu proveito?

2. Ele percebe inconscientemente que essa educação lhe permite confrontar suas próprias contradições.

Os problemas identificados em nossa análise do atraso escolar podem ser relacionados, de maneira geral, à falta de densidade do martinicano em sua própria terra, à angústia que resultante disso no aluno, à obsessão lancinante de saber que não há outro futuro senão no funcionalismo público (que se tornou, aliás, um verdadeiro ideal de promoção), nas áreas pseudotécnicas instáveis e, ao mesmo tempo, sempre ameaçadas, ou no cotidiano inseguro de quem sobrevive à custa da sua esperteza.

Sabemos sem dúvida que esses problemas também fazem parte do descontentamento geral dos jovens em todo o mundo (quer dizer, onde eles não são pura e simplesmente esmagados pela extrema pobreza fisiológica) diante das condições da vida moderna. Mas esse processo é acelerado na Martinica pela impossibilidade frustrante de encontrar o ponto de partida para algum tipo de responsabilidade *coletiva* em seu próprio país. Ele é exacerbado pela ausência de qualquer prática cultural global: a cultura oral já não se baseia nos ritmos reais da existência; a cultura escrita está fora de seu alcance, psíquica e materialmente. A transição para a escrita é uma "forma" dada no real, com um "conteúdo" impossível. Há uma poeira de cansaço em nossos olhos, dos professores e dos estudantes. Ano após ano, assistimos a essa erosão do ser.

II

Acreditamos ter demonstrado, com esta discussão simplificada:

1. Que as melhorias parciais do sistema de ensino na Martinica certamente serão bem-vindas: não se trata de cruzar os braços e esperar que as coisas melhorem; mas os martinicanos como um todo devem saber que:

a) Se a coletividade não criar por si só uma novo política global de trabalho, o sistema de ensino "apodrecerá" em seus objetivos atuais. O que chamamos de política global de trabalho não é a solução ocasional do desemprego em um setor ou outro, mas a criação de um programa coletivo de produção, de modo que a sociedade martinicana possa escapar da fatalidade do *djobage*, da subformação técnica ou das "oportunidades" já saturadas no funcionalismo público de base.

b) Se a comunidade não prestar atenção no seu próprio perfil psicológico e social, repensando lucidamente as contradições que a atormentam e tentando resolvê-las - ou seja, entrando coletivamente no mundo da responsabilidade cultural -, a renovação do dinamismo da juventude não poderá acontecer. Não chamo de "renovação do dinamismo" uma aceitação do que já existe, ou de alguma ordem futura, mas, para os jovens, a atividade que, se preciso for, será agressiva e não ordenada, de uma faixa etária que, como tal, *compreende* o que está acontecendo em seu país.

2. Consequentemente, se continuarmos a insistir no problema fora desse contexto "estrutural", teremos simplesmente contribuído

para reforçar o processo de despersonalização de nossa comunidade.

3. A esse respeito, nenhum dirigente, nenhum professor, por mais competente e habilidoso que seja, saberia remediar com suas ações a falta de um consenso, nem o benefício decisivo de uma revolução nas mentalidades e estruturas.

III

Só vamos dar início a nossa discussão sobre os problemas da educação na Martinica, pelo menos é o que eu sugiro, quando examinarmos os problemas estruturais que emergem dessa abordagem abrangente:

– Em que tipo de sociedade desejamos ou esperamos viver? (Não me refiro às eternas escolhas da sociedade com que somos importunados: liberalismo, autogestão, socialismo? Refiro-me às opções concretas que nos são apresentadas: teremos ou não uma sociedade de autossuficiência, organização dos serviços públicos, orientação e formação dos artesanatos, relações ou não com o Caribe, desenvolvimento e orientação de profissionais técnicos especializados: projetos de inserção e organização dos martinicanos de acordo com essas escolhas.)

– Em que medida essas questões – que *a priori* não poderia responder de forma pessoal – dependem de nossas escolhas políticas? Existe ou não uma vontade coletiva de orientar ou simplesmente promover uma decisão para todos?

66. O crioulo

Os preconceitos compartilhados por pais e professores martinicanos quanto ao problema do ensino do crioulo e do ensino em língua crioula talvez constituam um dos nós da questão. Parece que as potências da deculturação não precisam mais insistir nesses tipos de preconceitos. Nós o fazemos para com todos.

Como o crioulo não é carregado de conhecimentos pontuais, os pais temem (e em partes eles têm razão) que uma criança que fale crioulo *em sua formação* seja desfavorecida em relação a outra que só fale francês, a língua do saber. A formação de professores acostumados com uma prática pedagógica que não conseguem controlar totalmente também determina uma atitude de passividade, de pânico diante da necessária ousadia criativa. Assim, prolifera espontaneamente a restrição a partir de uma situação criada.

Nos manuais tradicionais, o crioulo é um dialeto incapaz de acessar a abstração e, em consequência, de veicular um "saber". Digamos que, pensada nesse sentido (um privilégio exclusivo das línguas *superiores*), a abstração é uma presunção do pensamento ocidental, presunção fundada no domínio das técnicas e dos meios de dominar a natureza. Não há apenas um meio de organizar o conhecimento, como se este estivesse necessariamente ligado a um poder único de abstração e dominação técnica. O conhecimento tem sido questionado em toda parte do mundo atual.

O surgimento de novos métodos de formação baseados no multilinguismo suscita questões originais de relacionamento linguístico. A partir disso, avista-se uma síntese metodológica que autoriza as superações talvez fecundas da unicidade abstrativa.[33] No ensino multilíngue, a criança aprende, ao mesmo tempo que sua língua materna, uma ou várias línguas ditas veiculares (contendo um potencial técnico que não é dado na língua materna). Mas não existe aí superioridade em jogo. A língua que tem potencial e veicula um "material técnico" não é tida como superior a outra. Por exemplo, não se estima que a língua inglesa seja "superior" à língua francesa e, no entanto, o material técnico veiculado no mundo ou originado por essa língua é incomparavelmente superior àquele que propõe ou subentende a língua francesa.

Se, supostamente, as línguas veiculares atuais são necessárias aos aprendizados das técnicas - ainda que possamos observar, por exemplo, as devastações causadas na África pela adoção não crítica das técnicas agrícolas ocidentais -, está provado que a língua materna é indispensável, em todos os casos, ao equilíbrio psíquico, intelectual e afetivo dos membros de uma comunidade. Se continuarmos forçando a criança martinicana a se submeter a uma vida em francês na escola e a levar uma vida em crioulo em seu entorno, reforçaremos

33 Sobre o tema da universalidade linguística da "abstração". A abstração, nas línguas indo-europeias, foi pouco a pouco dada não como método, mas como resultado final. Hoje, a mídia audiovisual solapa gravemente qualquer pretensão transcendental. Toda língua "abstrai", mas essa operação não é a maior conquista da língua.

o processo de irresponsabilidade coletiva que atinge a comunidade martinicana. O princípio do multilinguismo acelera as faculdades da criança, porque afasta essa dissociação, que se projeta em inibições, complexos, atrasos, abrindo muitas vezes o campo do desequilíbrio mental. No contexto dessa dissociação mantida e dessa irresponsabilidade coletiva, toda busca por diplomas continuará sendo uma tarefa impossível, porque vã e sem objetivo.

Um reitor universitário afirmou publicamente nas Antilhas, com a arrogância etnocêntrica típica do pensamento dominante, que o crioulo não é uma língua. É quase insuportável instruir um processo como esse, tamanha sua motivação é ideológica e repleta de interesses. Os linguistas, em geral, já refutaram declarações semelhantes. Observamos, contudo, orientações opostas quanto à apreciação da natureza dessa língua. É assim que, no Haiti, duas correntes divergem: a primeira, tradicionalista, representada pelo sr. Jules Faine, autor, entre outras, de uma obra intitulada *Philologie créole* (obra coroada pela Academia Francesa) que sustenta que a língua crioula é um recorte da língua francesa (antes que esta tenha conquistado sua unidade); a outra, representada pelo sr. Pradel-Pompilius, ilustra a tese da suficiência da língua crioula. Abaixo os dados positivos da questão, no que diz respeito ao crioulo "francófono", tendo em vista que o *fato cultural crioulo* poderia associar este a outros crioulos (anglófonos, lusófonos).

Zonas de expansão	*Número de locutores*
Antilhas crioulófonas francófonas (incluso Haiti)	6.900.000
Antilhas crioulófonas anglófonas (inclusa a imigração em Trindade e na Jamaica)	500.0000
Antilhanos crioulófonos vivendo na Europa (França e Inglaterra)	600.000
Outros antilhanos imigrados na América e África (inclusos os haitianos)	500.000
Crioulófonos do oceano Índico	1.500.000
	10.000.000

Este quadro não considera os crioulos marginais (Louisiana etc.). As variantes dialetais (haitiana, martinicana, guadalupense etc.) da língua crioula e suas variedades autorizam a tentar definir leis de formação geral ou regras de fixação localizadas.
O crescimento criativo da língua crioula escrita não esperou por essas generalizações normativas: peças de teatro, obras de poesia, romances.[34] *Os haitianos Morisseau-Leroy, Franketienne, Frank Fouché, Paul Larraque, o grupo do Louidor, o guadalupense Sony Rupaire e o precursor, o martinicano Gilbert Gratiant.*

Na maioria dos países, as línguas que são ensinadas numa relação multilíngue não são "isomorfas": o risco de equívoco sintáxico é mínimo. É patente que o crioulo seja "francófono", isto é, que seu léxico derive essencialmente do vocabulário francês na maioria dos casos. Essa situação, somada às restrições da língua crioula, foram decisivas para a guerra das "gêneses": seria uma língua articulada a partir de uma sintaxe própria (particularmente de origem africana), ou seria uma deformação do dialeto dos falares franceses do século XVIII (os falares dos marinheiros bretões e normandos, por exemplo)?[35]

Em um colóquio em Milwaukee sobre as possíveis bases de toda etnopoética (em 1975), propus que a única prática viável, no ensino de duas línguas assíntotas uma em relação a outra, é tornar ambas *opacas* entre si. Essa opacidade, que me é cara, não deveria passar por astúcias de transcrição, de modo que a língua crioula escrita aparecesse, no fim das contas, como uma espécie de derivado do grego ou do polonês. Não

34 Os primeiros romances publicados em crioulo, até onde sei, são: *Desafi*, de Franketienne (Port-au-Prince: Fardm, 1975) e *Lanmou pa jin barye*, de Emile Célestm-Mégie (Port-au-Prince: Fardin, 1975). Sr. Raphaël Confiant publica na Martinica romances datilografados e encadernados, entre os quais uma versão crioula de *L'Étranger*, de Albert Camus (transformado em crioulo), com o título: *Mun andéwo-a*. Um operário da ilha de Reunião publicou uma narrativa bilíngue de suas aventuras na França: *Zistoir Christian* (Paris: Maspero, 1977).

35 O exemplo de Santa Lúcia confirma que o crioulo nem sempre é tratado como simples dialeto do francês, apesar da sua proximidade fonética. O crioulo é a língua materna amplamente usada entre os habitantes de Santa Lúcia e da República Dominicana. Eles não falam francês e são incapazes de "retirá-lo" de seu suposto dialeto. Ao explicar ao canal de televisão francesa FR3, no dia da independência de Santa Lúcia, por que a Martinica deveria ser o "instrumento" do empresariado francês neste novo país, Stirn (em 22 de fevereiro de 1979) declarou que as duas ilhas falavam línguas diferentes (inglês e francês), mas o mesmo dialeto (crioulo). Stirn parecia estar em seu juízo perfeito, sério e sorridente.

é querendo se afastar a qualquer custo do modelo de transcrição do francês que vamos preservar da melhor forma a especificidade linguística do crioulo. A reflexão sobre uma poética própria deveria prevalecer aqui sobre uma tendência para a originalidade escritural.

Aliás, a fixação da língua aponta para diversos problemas de pertinência. Por acaso as civilizações modernas não se oralizam? As abordagens contemporâneas de educação tendem a diminuir, em favor do oral, uma dominação imperativa, quiçá imperialista, da escrita.[36] As línguas orais não ficariam mais à vontade (por sua própria elasticidade) nesse novo clima civilizacional? Alguns linguistas haitianos afirmaram que *a priori* querer fixar a língua crioula poderia contribuir para sua esterilização. Esclarecer aos estudantes as relações reais entre o oral e o escrito talvez fosse mais proveitoso do que encerrá-los na redoma comparativa entre dois sistemas gramaticais, em que um estaria em plena gestação, ou de dois léxicos, em que um seria a demarcação mais longínqua possível do outro. A necessária escolarização em crioulo e em francês não implica uma aprendizagem sintáxica laboriosa, mas um enfrentamento criativo de duas poéticas do mundo.

Toda poética implica uma política global. É por isso que digo que, pais de alunos e professores, nós compartilhamos aqui uma mesma irresponsabilidade. Nossos preconceitos reforçam os da criança martinicana. Nós o acostumamos em sala de aula com o mundo da seriedade, do trabalho, das relações hierarquizadas, aos quais ela associa naturalmente a língua francesa. Assim que vai para o recreio, ela retoma o uso do crioulo, que associa à brincadeira, à liberdade, à ausência de controle. O que seria totalmente legítimo e bom, se ela não relacionasse o crioulo com irresponsabilidade. Nós contribuímos para facilitar essa associação.

A fonte principal de nosso preconceito é que, de fato, é muito claro na Martinica de hoje que a língua crioula é uma língua na qual não produzimos mais nada. E uma língua na qual o povo não produz é uma língua que agoniza. O crioulo se empobrece porque seus termos desaparecem, termos referentes aos ofícios, à vegetação, às espécies

36 Sr. Pompidou havia instituído comissões de estudos visando simplificar a ortografia (*l'ortograf*) francesa, o que significa de fato "oralizar" a língua, que resistiu.

animais, e também uma série de locuções ligadas a formas de responsabilidade coletiva no país, que desapareceram junto com suas responsabilidades. O estudo sociolinguístico dos termos que caíram em desuso e não foram substituídos por mais nada mostra que isso acontece porque os martinicanos como tais não fazem mais nada em seu país. A consequente dialetação repercute então sobre a continuidade sintáxica da língua: ela empobrece. Assim, pouco a pouco, passamos dos bloqueios na educação da criança ao desaparecimento da Martinica como coletividade - encontramos no lugar apenas uma coleção de indivíduos sem vínculos com sua terra e com sua história, que dirá consigo mesmo.

É por isso que toda reforma que visa introduzir de forma tecnocrática um programa crioulo no ensino seria tanto mais vã quanto ambígua caso não seja concebida, discutida e decidida pelos próprios martinicanos.

NOTA COMPLEMENTAR

- O objeto dessa reunião (pais de alunos do Lamentin) era de lançar ideias-forças e debatê-las. O impacto escandaloso dessas afirmações em nosso contexto é um dos elementos do problema.

- Os haitianos inventaram o neologismo *oralitura* para substituir o termo *literatura*, marcando assim sua determinação em permanecer no campo oral.[37] Basta observar que, no mínimo, a estratégia de

37 Costumo usar a expressão "literatura oral", como se diz, no mesmo estado de espírito, sabendo que ela contém uma contradição de termos. Ela tem a vantagem de sinalizar que podemos produzir um texto escrito destinado antes de mais nada a ser *dito* em voz alta, nos beneficiando das técnicas de expressão oral. Tal oralização caracterizou, por exemplo, o discurso poético de escritores americanos da geração *Beat* (Kerouac e Ginsberg). Nesses textos, o grito passa a ser palavra escrita sem deixar de ser grito, ou mesmo berro. Da mesma forma, a literatura oral não deixará de refletir a qualidade específica da linguagem falada, mesmo quando transcrita. Quanto à fixação da língua, ver o que Rousseau diz em seu *Ensaio sobre a origem das línguas*: "A escrita, que parece ser o método de fixar uma língua, é precisamente o que a altera; ela não muda as palavras, mas o espírito; substitui a expressão pela precisão." Ele acrescenta, é verdade: "Você transmite sentimentos quando fala e ideias quando escreve." Poderíamos nos perguntar hoje se a principal preocupação de qualquer texto crioulo não deveria ser (contra a sentimentalidade folclórica) transmitir ideias? Encontro essa distinção rousseauniana (a divisão entre expressão de sentimento e expressão de ideias) em uma

consolidar uma língua "oral" no contexto moderno não é algo evidente, nem acontece de modo definitivo.

- Esclarecer a abordagem de um método contrastivo de ensino, ensino de uma língua escrita (o francês) e de uma língua oral (o crioulo): esta é, por enquanto, a tarefa compartilhada entre linguistas e professores.

- Não basta denunciar os crioulismos, que tornam os martinicanos "culpados" quando usam a língua francesa, nem as deformações do crioulo pelo uso descontrolado do francês. Devemos reconhecer que, em ambos os casos, o martinicano é um falante passivo que não contribui em nada para a evolução dessas línguas que ele consome simplesmente, sem capacidade de intervenção. (Neste contexto, a contaminação recíproca dessas línguas não constitui um fator de evolução dinâmica ou de "superação".) Em outras palavras, o martinicano não tem linguagem.

(Dizem, por exemplo, que o francês é a segunda língua dos martinicanos, em relação ao crioulo, que é a língua materna. Suspeito que a situação linguística se complica pelo fato de esta segunda língua ter se tornado a língua natural, mas sem primeiro ter sido ativamente assimilada pela comunidade, depois "passando" pelas restrições da língua materna. O conflito dramático e desestabilizador aumenta a partir da oposição entre esse fato natural e a realidade da não assimilação.)

- A carência de uma linguagem autônoma nos permite questionar, sob um novo ângulo, o papel e a função do escritor, que força a linguagem. Particularmente para responder à pergunta: "Por que não produzir imediatamente e sem reserva em crioulo?"

1. A prática escrita do crioulo, enquanto não resultar de um consenso coletivo, corre o risco de se perder nas fatalidades de um folclorismo

---

declaração de Aimé Césaire: "Pois, para mim, cada discurso é uma questão de reflexão, é um exercício conceitual e, portanto, deve ser feito em francês. Veja, o crioulo é a língua do imediato, a língua do folclore, dos sentimentos, da intensidade" (entrevista com Jacqueline Leiner, na introdução à reedição da revista *Tropiques*, 1978). As ideias de Senghor (a emoção e a razão) não são muito diferentes. E esta talvez também seja uma declaração que contradiz o que Césaire dirá mais tarde: "Para mim, a imagem é rica, e o conceito, pobre." Porque a imagética crioula ainda não foi explorada.

tanto mais ingênuo quanto reconfortante para a consciência.[38] Isso não exclui a necessidade de dotar o crioulo de uma série de obras que lhe darão a legitimidade de que precisa. Essas obras não precisam ser necessariamente "literárias".

2. A presente defesa do crioulo talvez seja principalmente assumida por professores, militantes políticos, sociólogos, linguistas e por sua realização na consciência popular. É preciso saber antes de tudo por que o crioulo está em declínio na Martinica. Qual seria o seu papel em um sistema de produtividade renovada? Como solidificá-lo sem neutralizá-lo? Como integrá-lo ao sistema escolar? Todas essas questões têm menos a ver com a produção literária do que com a análise sociolinguística, a política educacional, a agenda política.

3. Diante da neutralidade esterelizante da expressão imposta aos martinicanos, o trabalho do escritor talvez seja o de "provocar" uma linguagem-choque, uma linguagem-antídoto, não neutra, por meio da qual os problemas da comunidade pudessem ser expressados novamente. Esse trabalho pode exigir que o escritor "desconstrua" a língua francesa que ele usa (e esse é um dos aspectos fundamentais da situação); primeiro como meio de desmistificação em relação a qualquer utilização fetichizada dessa língua, depois como ferramenta para localizar as principais diretrizes, os projetos culturais que de dentro da própria língua francesa poderão facilitar (esclarecendo-as) as práticas futuras de um crioulo (escrito ou) revitalizado.

(Eu defendo, neste sentido, que nossas obras atuais sejam um "prefácio de uma literatura do futuro". Um acadêmico martinicano afirma que se trata realmente de textos "arqueológicos": mortos e desatualizados. Essa é uma análise deveras pretensiosa, que desconhece os vínculos necessários, dinâmicos, que se estendem da nossa poética atual, reprimida, forçada, até a qualquer poética "liberada" das Antilhas de amanhã. Ninguém pode decidir hoje o que será essa poética (por exemplo, monolíngue ou multilíngue) nem designar, consequentemente, onde estará a ruína ilegível, o monumento decifrável.)

---

38 Como a prática da língua francesa corre o risco de carregar consigo os caprichos da universalidade. Talvez nós tenhamos mais medo do primeiro risco, que seria mais decisivo e catastrófico para nós?

4. Não se trata de crioulizar o francês, mas de explorar o uso responsável (o exercício criativo) que os martinicanos podem fazer dele.

5. A função do escritor, neste contexto, função de pesquisador e explorador, muitas vezes o isola da linguagem "atual" e, consequentemente, de um leitor "cotidiano". Uma condição lamentável, mas necessária, à qual às vezes ele precisa se resignar se quiser que seu trabalho seja realizado com técnica; sem se imaginar, em tom messiânico, porta-voz de quem quer que seja.

referências

MODOS DO REAL E ESTRUTURAS LITERÁRIAS

O povoamento e *as nominações.*
(O hiato originário do Tráfico negreiro, que nenhuma "lógica" situacional poderá preencher. Viver e dizer "profundamente" essa falta. Combatê-la pela conjuntura caribenha.)

A Plantação, *o Conto oral.*
(Um único período de produção compreende toda a literatura da Martinica: contos orais, canções, provérbios.)

O burgo, *o texto sem contexto.*
(O surgimento de uma pseudoclasse-média coincide com o desmoronamento das estruturas tradicionais da linguagem.)

O navio, *a cidadania, o Parnaso.*
(O ideal do "fora" e as formas fixas derivadas ao longe da literatura francesa. A esperança de imobilizar o real em sua aparência.)

A guerra mundial, *a palavra escrita.*
(A reação dos letrados faz surgir obras de contestação, mas não mais e não ainda uma literatura: não existe relação das obras com um público.)

O avião, *a assimilação dia após dia.*
(Trata-se, definitivamente, de um ir-se que retoma a demolição das estruturas antigas.)

67. *Pa roule tro pre*

Foi um momento inesquecível em minha aula aberta, em que tentei fazer o público se interessar pelas manipulações crioulizantes do adesivo NE ROULEZ PAS DE TROP PRÈS!, geralmente colado nos vidros traseiros de alguns carros. Uma parte do público ria nervosamente, outra exigia maiores informações estatísticas antes de se precipitar em conclusões, outra não dava importância ao fenômeno. Foi, aliás, a partir dessa aula que se destacou, entre o público numeroso, a dúzia de alunos que colaborou com o curso do início ao fim.

O que eu tentava mostrar aos meus ouvintes aparecia em suas reações.

Primeiro, o nervosismo: o medo de descobrir o balbuciar da língua (dezesseis transcrições diferentes) ou o que acreditamos ser isso.

A reivindicação estatística. Mas está claro que ela já revelou o essencial, mas nós recusamos. A saber: que a versão "crioula" mais próxima possível do francês – PAS ROULEZ TROP PRÈS! – era de longe a mais usada.

A recusa global, enfim. Há certamente coisa mais importante a fazer num país subdesenvolvido além de estudar palavras em adesivos de carro. Mas acontece que estamos diante de um país realmente subdesenvolvido, com uma enorme profusão de carros particulares. O fenômeno é bastante específico para fazer do carro um elemento importante a ser analisado, principalmente quando ele *fala* desse modo. O que ele diz é uma resistência cultural não orquestrada, que se manifesta pelos mesmos caminhos aos quais se opõe, e que está fadado ao efêmero das reações impulsivas.

(Um professor martinicano pediu, sem fazer nenhum comentário, aos alunos de uma turma de primeiro ano do ensino médio que traduzissem a frase em crioulo. O resultado foi o inverso. Nove dos 23 alunos deram a versão PA ROULE TRO PRE. Oito escreveram o texto em uma, duas ou três das quatro palavras com a escrita francesa. Apenas um traduziu por PAS ROULEZ TROP PRÈS. Enfim, cinco "acrescentaram" ao texto: FAUT PAS OU ROULE TRO PRE (Não se aproxime demais), PAS ROULE TRO PRE YON DEYE LOT (Não aproxime demais atrás do outro), PAS MACHE DERRIÈRE MOIN (Não ande atrás de mim), PA ROULE AN PIE MOIN (Não ande nos meus pés), PAS ROULE TROP PRE LA TOLE MOIN (Não se aproxime demais de minha placa). Poderíamos deduzir, provisoriamente, que a aprendizagem da língua francesa permite se afastar das confusões linguísticas? Ou que, definitivamente, seja qual for o meio, a prática crioula "enfeita" qualquer texto dado?

Post-scriptum

Esse é um caso significativo de aculturação "ao revés". Eu vi, em janeiro de 1979, no vidro traseiro de um carro dirigido por um francês (chamado de metropolitano, ou *metro*), quando o costume de recortar adesivos já não estava em alta há algum tempo, a seguinte frase, obtida pelos mesmos métodos de encenação gráfica: PAS SI PRÈS! [Não tão perto].[39]

Observemos que foi necessário certo empenho da parte do usuário para obter esse enunciado, já que a fórmula original NE ROULEZ PAS TROP PRÈS! não comporta a letra "i" do texto final. É engraçado ver como um francês sucumbiu a essa moda (manipulação de enunciados) tão "local". Não sei se essa prática sistemática existe na França.

Não podemos deixar de pensar que, nesse caso, o proprietário desse carro desejava "contrariar", com um procedimento idêntico, as práticas de crioulização que ele talvez tivesse lido com certo incômodo. O texto final se refere, assim, às fórmulas crioulas anteriores, negando-as implicitamente; além disso, existe algo de imperativo no tom, que nos dá a entender, de maneira debochada, que se deseja restabelecer uma autoridade cultural de fato, contestada pelos ditos formulados.

O usuário desse carro estava certamente atento às manifestações latentes do real martinicano. Certamente ele era um colonialista refinado ou, melhor dizendo, "bem-sucedido".

Esse é o quadro dessas manipulações, em que vamos identificar:

- o enunciado puramente demarcado do francês (1).
- as variáveis de adaptação (2, 3, 4, 5, 11, 12).
- as encenações gráficas (6, 7, 10).
- os acréscimos (10, 13).
- as contraordens (14, 15, 16).

---

39 Tive o cuidado de verificar que esse motorista havia assim reconstituído o texto de outro adesivo que, aliás, é fornecido "de uma só vez". Era uma forma exasperada de "entregar o carro ao legítimo proprietário".

– a fórmula crioula típica com inversão da negativa (8).

– a manipulação OU TROP PRE, que valeria comentar do ponto de vista das relações de vizinhança (9).

No fim de 1979, os adesivos crioulizados desapareceram completamente, tendo restado somente alguns dos originais em francês. A prática da crioulização era mesmo um sobressalto "cultural", uma pulsão que não se "prolongou" na consciência coletiva: uma encenação da falta.

Texto original: NE ROULEZ PAS TROP PRÈS		
Crioulização "provável": PA ROULE TRO PRE		
Número de ordem no texto	*Textos das crioulizações praticadas*	Número de casos
1	PAS ROULEZ TROP PRÈS!	10
2	PAS ROULEZ TROP PRE	1
3	PAS ROULE TROP PRÈS	1
4	ROULEZ PAS TROP PRÈS	2
5	PAS ROULE TROP PRE	2
6	PAS ROULEZ PRÈS TROP	1
7	ROULE (!) PAS TRO PRE	2
8	ROULE PAS TROP PRE	1
9	OU TROP PRE	2
10	OU TROP PRE! TI PAPA	1
11	PA ROULE TROP PRE!	2
12	PA OULE TRO PRE	1
13	SI OU ROULE TROP PRE SE PO	1
14	ROULEZ	1
15	ROULEZ PRÈS!	1
16	ROULEZ PAPA	1

68. *Man gin-yin an zin*

Com esse título genérico, que retoma uma frase crioula que imagino ter sido muito utilizada pelos pescadores da Martinica no tempo do que eu chamo de crioulo "funcional, pretendo compartilhar minha reflexão sobre as possíveis perdas de uma língua.

Man gin-yin an zin. Comprei um anzol. Dois aspectos do crioulo são aqui representados aqui. O verbo francês "*gagner*" [ganhar], usado no sentido de "*acheter*" [comprar]. É bem possível que seja uma herança do francês antigo; isso não importa: sua apropriação pela língua crioula foi total. A palavra "*zin*" é usada para a palavra "*hameçon*" [anzol] e não me interessa aqui o processo de substituição ou adaptação: se, por exemplo, ela tem origem na palavra francesa "*zinc*" e se, consequentemente, o material (ou algo parecido) destina-se a representar o objeto.

O que me interessa é que a frase alcançou, ao mesmo tempo que a língua em sua totalidade, uma autonomia tal que ela só é ouvida a partir dessa especificidade. Também é verdade que esta expressão é, tanto para a comunidade como para um grupo de pescadores, uma expressão de solidariedade. Qual é o "contexto" dessa frase? Não é a situação ideal de um pescador feliz, ganhando bem o seu sustento, sem ser explorado. Mas, no mínimo, a de um pescador que ainda é dono de sua tecnologia, capaz de transformá-la, encontrando alguém a quem transmiti-la. Pescar seu peixe "em crioulo" e comprar seu *zin* da mesma maneira: quero dizer que a língua não serve só ao tempo da pesca, mas ao que acontece antes e depois.

"Eu comprei um anzol." Como um pescador de hoje diz isso, saindo de um daqueles modernos supermercados ou daquelas lojas "especializadas", onde as ferramentas de seu ofício se misturam com o cordame necessário aos turistas para seus veleiros fretados ou aos amantes de solitárias travessias do Atlântico? Ele diz: *Man acheté an amson*. Por quê? Porque o anzol não é mais, para ele, um *zin*; porque o vendedor se dirige a ele (ou ele se dirige ao vendedor) em francês; porque a própria tradição de seu ofício lhe escapa. Há algo de "errado" nisso? Uma comunidade não poderia se aculturar em benefício próprio, fazer a transição de uma língua materna oral para uma língua escrita de prestígio sem se perder? Claro que poderia, se essa transição fosse feita *por meio de um movimento autônomo da sociedade sobre si mesma*.

Mas o pescador martinicano diz: *Man acheté an amson* porque não tem mais controle algum sobre os aspectos técnicos de seu ofício. Ao mesmo tempo que a língua de prestígio estabeleceu seus valores na comunidade mais ampla, ela se impôs ao pescador em seu ofício. Ela o literalizou, integrando-se como estrutura de língua a uma linguagem que deixa então de ser linguagem.

É dessa degradação que falamos às vezes quando apontamos que algumas línguas como o crioulo "perderam o trem da revolução industrial". Existem, aparentemente, grandes línguas veiculares, historicamente destinadas a se desenvolver, porque elas "fornecem" as máquinas (para contar, medir, construir, escrever), e há outras, já fadadas à extinção, porque "não servem" para nada.

Não concordo com esse ponto de vista. Não se sabe ao certo se o futuro da humanidade depende totalmente do domínio de técnicas superdesenvolvidas. Sem retroceder a uma visão extática desse futuro, e sem nos imaginar num cenário comendo fruta lavada em água de nascente e cavalgando em mulas, é legítimo vislumbrar, nos países onde isso é possível, o retorno de um equilíbrio entre a ação do homem sobre a natureza e sua vivência da natureza, um reequilíbrio que pressupõe, naturalmente, a vitória das lutas populares sobre as injustiças e as desigualdades dominantes, a da consciência comum sobre a decisão elitista. Nesse quadro possível, o uso da língua corresponderia à relação com o entorno, sem se alienar pela relação com uma cultura distante.

Não é o que acontece com o crioulo hoje. Ele deixa de ser língua funcional: seu dialeto está sendo minado por uma língua dominante. O *petit-nègre*[40] do sr. Husson se vislumbra no horizonte. Não da forma como sr. Husson o usava, mas agora "integrado", normal, despercebido. Tudo o que a língua crioula conquistou: a superacão do compromisso linguístico, a sublimação das práticas infantis, a arte do desvio imagético, a camuflagem rítmica - tudo isso corre o risco de se perder nesse processo de banalização, que surge tanto da faltra de produção quanto da falta de criação.

Daí, os limites de qualquer tentativa de padronizar o crioulo são mais do que óbvias. Não importa se você escolhe escrever *Man acheté en hameçon* ou *Man acheté en lanmson*, ou *Méi éiste éi amson*: por mais diferente que seja da transcrição francesa, o método de transcrição

40 Ver Livro I, nota 4, p. 48. (N.E.)

usado não vai impedir que o dialeto seja incorporado na frase. Devemos começar por surpreender a poética da língua: os mecanismos que ela usa para evitar o perigo latente do compromisso linguístico. É a partir dessa poética e do exercício de criação que dela provém que, pouco a pouco, vão surgindo as futuras formas de escrita em crioulo. Esse é um trabalho de contador de histórias, de ator da linguagem - mas que só será levado em consideração quando o desejo comum lançar mão das condições econômicas, sociais e políticas em favor do desenvolvimento da língua. Enquanto isso, o trabalho dos linguistas nos oferece preciosas orientações. Ele deve ser entendido pelo que é: uma preparação para as futuras germinações, não qualquer necessidade essencial e intolerante de algum estudo pseudocientífico da dinâmica linguística.

69. Crioulo compartilhado

O ato de padronizar a língua será um dos primeiros fatores formais de aproximação entre os dialetos haitiano, guadalupense, santa-luciense, martinicano etc. É sem dúvida indiferente a um morador de Santa Lúcia escrever PAS ROULEZ TROP PRÈS, porque ele não tem ideia da ortografia francesa e, ao escrever PA ROULE TRO PRE, não terá a impressão de ter se afastado de um gerador-abolidor da língua crioula, e que seria a língua francesa. O bilinguismo dos falantes de Santa Lúcia, Dominica e de outros países das Antilhas de língua inglesa é "total": não há nenhum ponto de contato ameaçador. Os inúmeros programas de rádio em crioulo desses países podem felizmente "anglicizar" a língua: isso só vai acontecer com um acréscimo de vocabulário que talvez faça desse crioulo um "crioglês", equivalente ao "franglês" do sr. Etiemble, mas que não constitui uma ameaça de diluição do dialeto.

(Notemos, no entanto, como a gramática crioula em muitos aspectos é mais parecida com o inglês do que com o francês. Podemos facilmente dar exemplos disso: a indistinção de gênero e número para os qualificativos, a indistinção dos vocativos "tu" e "vós", a elisão do pronome relativo complemento do objeto direto: "*the man I love*", "*nonm lan man inmin na*", "*l'homme que j'aime*" [o homem que amo]. Tais similitudes não são ameaçadoras.

A padronização não terá função de discriminação (em relação à língua francesa), mas de concertação entre os dialetos hoje "isolados", sem que isso impeça o livre desenvolvimento de cada um deles. Os linguistas são aprendizes de feiticeiros a esse respeito, quando não camuflam intenções ideológicas de hegemonia (da língua francesa).

A poética comum a esses dialetos pode ser facilmente abordada. Posso dar aqui alguns exemplos avulsos.

– *O uso frequente da palavra composta. An béni commess* (Haiti e Martinica), um comércio feliz, um casamento que oficializa a concubinagem. *Plési lan mori* (Haiti), prazer do bacalhau, uma variedade de batata-doce. *An grajé jounou* (Martinica), uma ralação de joelhos, é um pequeno salão de baile abarrotado. A generalização do mecanismo não permite que ele seja simplesmente assimilado aos métodos de fabricação que em francês dão origem ao "*faire-valoir*" ou ao "*baise-en-ville*".

– *A substantificação do infinitivo.* Tão cara aos poetas (penso, por exemplo, no "*boire d'amour*" [beber de amor] com que Aragon designa, em *De l'exactitude historique en poésie* [Da precisão histórica na poesia], a poção mágica de Tristão e Isolda), mas comum na língua crioula. *I mété yan pléré té,* literalmente: ele colocou um chorar no chão.

– *A variação do significado com o tom. An* (tom médio) *zoel*, uma brincadeira de esconde-esconde. *An* (tom elevado) *zoel*, uma baita brincadeira de esconde-esconde. O processo de padronização deveria se preocupar em marcar essa variação com um sinal especial (por exemplo: *àn*)? O crioulo martinicano usa *an* e *yan* de forma intercambiável neste caso, sempre com a variação de tom.

– *A matéria pelo objeto. An cui*, um cinto; *an lin-n*, um cobertor; *cò-moin* (Martinica), *tet a'm* (Haiti), eu. (O concreto para o abstrato, ou ainda, por uma operação inversa, como no exemplo citado acima (*plesi lan mori*), a qualidade para o qualificado.) Essa prática dificulta, para quem não domina plenamente o crioulo, o discurso "abstrato". É patético e muitas vezes insuportável ouvir ativistas discutirem, por exemplo, na ocasião de reuniões políticas, tentando encenar conceitualmente uma linguagem que, *nesse ponto, eles não percebem.*

– *A economia específica da língua.* Em particular, as noções de repetição ou tautologia como possíveis imperfeições são estranhas ao princípio crioulo. Além disso, a generalização do processo de composição de *mots-valises*[41] faz com que a fulgurante revelação tão cara aos poetas franceses modernos ("o orvalho com cabeça de gato" de André Breton) se reduza aqui a um processo comum, que apenas indica ao invés de revelar por iluminação. A imagética crioula é muito usual para que tal processo (reunião inédita de dois elementos ordinariamente distantes da realidade) seja aqui revelador.

– *A prática do desvio*, muito mais difícil de apreender no discurso crioulo. Porque nunca se sabe se esse discurso, ao mesmo tempo que entrega um significado, não se desenvolve justamente para esconder outro. Pelo menos em situações particulares em que o falante se sente desafiado ou ameaçado pela relação de locução. Ou seja, nunca se sabe se se trata de um discurso-mensagem ou, ao mesmo tempo, de um discurso-tela.

NOTA
Sobre a linguagem específica dos insultos na Martinica

A análise dessa linguagem tenderia a levar à conclusão de um "encolhimento" da língua.

O campo do insulto cotidiano abrange a agressão da mãe do insultado, por referência aos seus órgãos sexuais.

Somado a isso, encontra-se o material autodepreciativo, baseado em uma hierarquia social e racial.

O insulto é pouco diversificado, fora desse contexto.

Particularmente, ele quase nunca questiona a competência de quem é insultado. O tipo de apóstrofe ligado a uma avaliação ofensiva de natureza técnica está praticamente ausente da linguagem dos insultos na Martinica.

Assim centrada na função sexual (com uma constante encenação e evocação do incesto) e na abnegação racial de si, a linguagem ofensiva revela, melhor do que qualquer outra, a margem estreita da livre relação com a realidade, que é prerrogativa dos martinicanos.

41 Trata-se de uma palavra reduzida de uma sequência de palavras, que retém a parte inicial da primeira palavra e a parte final da última, por exemplo "*alicament*", formada por "*ali[ment]*" e "*[medi]cament*". (N.T.)

referências

MULTILINGUISMO: A MODERNIDADE

Uma nação não é mais consubstancial à sua língua. Fim dos "monolinguismos" imperialistas.
O multilinguismo é um dos eixos da Relação, e que por isso se opõe ao universal generalizante. Hoje é impraticável (e acaba em conflitos diglóssicos) ali onde a História impôs esta generalização transcendental.
O multilinguismo é um dado do Caribe. É um dos eixos da mestiçagem cultural. Ele é permitido e acontece na Relação, na qual as histórias dos povos abriram os campos de expressão.
O apelo ao multilinguismo como hipótese de superação não deve ser confundido com uma "corrida para a frente" com a qual pretendemos camuflar os limites diglóssicos existentes. Tal perspectiva multilíngue não pode ser imposta ou teleguiada; ela deve, por exemplo, resultar de um livre exercício da "socialidade" martinicana.
O multilinguismo "dispersa" o texto escrito numa diversidade concreta cujos acessos desconhecidos devem, desde agora, ser explorados.
Essa prática elucida o caráter reacionário dos esperantistas de reduzir e unificar. É possível terminar a Torre de Babel. O esperanto é apenas o avatar definitivo da História. As línguas em relação tecem a poética imprevisível da modernidade.
Nem a língua universal de Leibniz, nem a língua auxiliar de apoio proposta pelos bahá'ís. *A transparência deve ser combatida em todos os lugares.*

70. A linguagem da nação

A linguagem da nação é a linguagem na qual a nação *produz*.

Se a nação é forçada a não produzir, sua linguagem fica alienada. Ela torna-se então uma aspiração dolorosa, uma busca de não se sabe o quê.

Se a nação produz em formas opressoras, sua linguagem se torna reinvindicação, motor ativo de uma libertação, exigência emboscada nas densas florestas culturais.

Se a nação produz em formas liberadas, sua linguagem se torna de fato seu equivalente, mesmo que se articule a partir de uma língua imposta.

Esses axiomas da Relação supõem infinitas variedades de aplicações no real. Eles dizem respeito aos povos recém-conhecidos na cena do mundo, ainda que sejam povos de civilizações antigas. É a situação criada para os povos e a consciência que temos dela que determinam os modos da relação linguagem-produção. As línguas europeias, já constituídas quando os temas da Relação começam a se desenvolver no século XIX cristão, escaparam do conjunto desses axiomas. As línguas africanas e todas as línguas da oralidade, assim como as variedades de línguas de compromisso, sofreram com as limitações axiomáticas definidas acima.

A particularidade das Antilhas francófonas é que sua língua oficial é uma língua *de consumo*. A situação que daí resulta é de que o falante é deportado entre (e por) essas duas impossibilidades: o caráter "em suspensão" de uma língua que não serve para produzir nem para criar o que quer que seja (o crioulo), o caráter de "irresponsabilidade" de uma língua que só serve para consumir (o francês).

Nenhuma consideração sobre as vantagens sociais, que beneficiam passivamente os martinicanos, irá impedir que se associe essa situação ao mesmo tempo política, econômica e linguística à condição de um colonizado.

71. E é verdade

E é verdade, mesmo assim, que se adoece pela história que não se faz, que se pode adoecer de uma língua; sofrer com a falta dela, mesmo quando a praticamos e pensamos frequentá-la sem problemas. Essa me parece ser a situação de qualquer língua de compromisso. Não sei se os vários dialetos das regiões francesas antecederam, acompanharam ou seguiram a formação da língua francesa. Não parece que o bilinguismo resultante seja perturbador. O bilinguismo se torna um problema quando a língua francesa enfrenta outra língua, o bretão, o occitano ou o corso. O mesmo vale para o crioulo. É por isso que nos esforçamos para provar que ele era (apenas) um dialeto.

A língua de compromisso apresenta com o dialeto a diferença fundamental *da coisa expressa*. É patente que a língua de compromisso está aí *para substituir* em determinada situação duas línguas impraticáveis no dia a dia. Quando a língua de compromisso hesita em sua especificidade (quando a situação não permite que ela a supere), ela se desintegra em quem a usa, e fica de fato semelhante a um dialeto.

O dialeto não é um problema para quem o utiliza no cotidiano ao mesmo tempo que a língua veicular. Mas uma língua de compromisso que se "faz dialeto" manifesta implicitamente a situação perigosa (a ameaça de ficar imperceptível) de seus falantes.[42]

42 É verdade que os linguistas reduziram consideravelmente a noção de dialeto. Mas essa noção persiste, num uso estratégico de inferiorização. Portanto, temos que levá-la em conta, sobretudo porque o processo de "se fazer dialeto" se inscreve sempre perigosamente em nossa realidade.

o delírio verbal

referências

SOBRE AS FORMAS DE DELÍRIO

O chamado delírio patológico, em geral e qualquer que seja seu campo, pode ser definido como:
- significado pela situação (objetivado)
- solitário em sua tensão
- constituindo uma resposta
- realizando um ato
- substituindo-se a qualquer discurso possível.

O delírio costumeiro, no campo martinicano, se apresenta como:
- significante da situação (subjetivando o campo)
- coletivo em sua pulsão
- constituindo um questionamento
- substituindo-se a qualquer ato concebível
- codificando um discurso.

A contradição interna própria a essas duas formas de delírio é, pois, que a objetivação constitui ato, e que a subjetivação diferencia o ato. Estamos diante, no primeiro caso, de um composto passivo-ativo; no segundo caso, de um ativo-passivo.
O passivo-ativo (quando é uma resposta psicótica) só é relevante para a situação se optarmos por afastá-lo. O ativo-passivo (quando é delírio costumeiro) só é relevante para a situação no modo da pulsão de morbidez (não resolutiva).

72. (Encruzilhadas)

Todas as sociedades coloniais conhecem essa forma particular de expressão: quando um indivíduo "delira" sobre sua situação ou sobre a de seus vizinhos, puxando (como por contaminação) um assunto sem lógica, num ritmo vertiginoso.

Quantos errantes contamos nós, que nos cruzamentos moem assim o trágico de nossos desenraizamentos. Seus braços talham o ar, seus gritos se cravam no calor do tempo. Estão ébrios da própria velocidade

Fingimos ignorá-los: não sabemos que falamos a mesma língua que eles: o mesmo impossível e verdadeiro tormento de uma produção verdadeira.

Igualmente, quantas recepções da "elite" não se acabam aqui, no brilho estilhaçado dessas discussões em que ninguém mais escuta e todos gritam: gritam sua angústia de não ser o que essa elite acredita ser, e ao mesmo tempo seu medo de descobri-lo, e ao mesmo tempo a impotência de deixar de *buscar* tal descoberta.

Na ambiguidade dramática de uma sociedade colonial *que não apresenta mais as formas exteriores extremas e bem divididas da dominação*, o delírio verbal não é a "doença" de alguns, é a tentação de todos.

73. Sobre o delírio verbal "costumeiro"

1. *Intricações teóricas*

Consideramos como delírio verbal[43] certas manifestações desviantes - em referência a uma norma que deveria ser logo definida - que se limitariam à prática da linguagem (escrita ou falada). Concluir que essas manifestações são significativas da situação significa: primeiro, que essa situação poderia ser em si geralmente "desviante" em relação a uma norma cuja referência também deveria ser estudada;

43 Talvez fosse mais adequado falar de um desregramento do que de um delírio verbal. Parece-me, no entanto, que a noção de delírio é carregada de uma maior "autonomia" ou responsabilidade. É por isso que proponho utilizar o termo, apesar das confusões que ele pode causar: particularmente entre esse delírio "costumeiro" e qualquer delírio patológico.

segundo, que haveria um paralelismo, ele próprio significante, entre essa possível "desviância" geral da situação e a desviância particular do delírio verbal estudado; terceiro, que aqui as verificações não serão jamais feitas por acumulação estatística, mas quase sempre por referência comparativa.

a) O que pode significar a noção de "desviância" para uma sociedade e, consequentemente, a noção de "norma", tendo em vista essa sociedade num momento delimitado? Se consentimos que essa "norma" global se desenha a partir de uma *lei de maior costume*, admitimos ao mesmo tempo que não haveria anormalidade para uma sociedade, o anormal qualificaria estritamente o comportamento dos indivíduos ou dos grupos que não seguem a lei de maior costume. (O anormal é a desviância, a desviância anormal. Se não fosse assim, um indivíduo ou um grupo - que podem sempre *transformar* uma sociedade - poderiam pretender definir neles e por eles a "norma" geral para uma dada sociedade.)

b) Nenhum delírio verbal poderia, portanto, ser tomado como significante de uma situação (isto é, da "desviância" geral de uma situação) no sentido estrito, ele seria apenas retido como significante de uma desviância particular em relação a essa dada situação que comportaria em si sua "normalidade" (toda situação, seja ela qual for, sendo, como tal, "normal").

c) Pois, se a situação em si é capaz de ser "anormal", como poderíamos, a partir dela, extrair "normas" em função das quais um comportamento verbal poderia ser tido como "delirante"? Dito de outra forma, como uma situação poderia ser ao mesmo tempo referência (que permitiria especificar a anormalidade de um "delírio") e referida (cuja significância anormal seria dada nesse delírio)?

Essas são as principais intricações - embora existam muitas outras - que se mostram problemáticas quando pretendemos estudar as manifestações de delírio verbal costumeiro como significantes de uma situação considerada em seu conjunto.

2. *Observação da realidade martinicana*

A hipótese que não deixarei de expor, tratando-se da situação martinicana, é a de que nós nos encontramos em presença de uma sociedade a tal ponto alienada que: a) talvez estejamos diante da única colonização extrema (ou bem-sucedida) da história moderna; b) a ameaça se aprofunda num desaparecimento puro e simples da coletividade martinicana como complexo original - deixando no lugar apenas uma coleção de indivíduos dominados, que só manteriam essa relação de dependência pelo outro, sem compartilhar nem um modo apropriado de relação com o mundo, e muito menos qualquer reflexão sobre essa relação.

A tese defendida é de que essa alienação é "vivida" de maneira direta no nível das motivações (agregado de uma ideologia de assimilação ao Outro) e de maneira traumática no nível do comportamento instintivo (por tentativa de resolução das contradições, jamais resolvidas, entre o que somos e o que acreditamos ser); que a oposição entre a ideologia confidenciada e a reação instintiva não se superou em ação ou lucidez políticas; que o delírio verbal "costumeiro"[44] é uma das tentativas "anormais" - quer dizer, aqui e provisoriamente: não lúcidas e não orquestradas - para resolver essas contradições; enfim, que a importância histórica da fala como modo de relação (tendo em vista as artes plásticas ou domésticas, por exemplo) justifica aqui essa abordagem prioritária das formas verbais do delírio.[45]

3. *Tentativa de observação das intricações teóricas*

A tentativa passa por recitar o ABC do sociólogo, a respeito principalmente das noções de socialização, norma, variação e desviância, tais quais são elencadas nos manuais. Assim, ficou convencionado que existem:

a) modelos (cabe ao indivíduo assimilá-los e fazer com eles "regras de vida pessoais");
b) normas (que não têm nenhum "valor absoluto" para o sociólogo: não existem normas boas ou ruins);

44 A expressão *"delírio verbal 'costumeiro'"* tende a expressar a ideia de que se trata "diretamente" de reações despertadas pela dinâmica (ou inércia) social. Em seguida, que esse desregramento quase nunca é sentido como anormal.

45 Ou seja, é significativo que a linguagem e a fala sejam privilegiadas como formas ou veículos do desregramento. Lembremos, do ponto de vista histórico, a importância da comunicação cochichada ou cantada no implacável universo mudo da escravização, e a função mágica das fórmulas declamadas, provavelmente herdadas do passado africano, que sobreviveram (nos contos), mesmo que seu sentido tenha se perdido por aqueles que a utilizavam.

c) "fatores da potência de persuasão dos modelos": as sanções, a socialização;

d) mutações bruscas nos modelos.

Tomo emprestado esse pequeno formulário da obra de Guy Robert, *Introduction à la sociologie générale*,[46] de onde tiro também as duas propostas a seguir:

> Em toda coletividade, cada membro é, ao mesmo tempo, objeto de uma imposição exercida pelos outros, agente da imposição que se exerce sobre os outros e sujeito da imposição que ele impõe a si mesmo.

E:

> É graças à integração dos elementos socioculturais na personalidade que o peso do controle social, dos imperativos e das exigências do meio social é definitivamente pouco sentido, ao menos conscientemente, por cada ator social. Ele não tem consciência de obedecer, a todo instante, à pressão de uma autoridade externa.

Podemos supor que esses princípios de sociologia geral talvez não se apliquem à realidade martinicana. A alienação global dessa sociedade desencadeia fenômenos de certa forma suplementares, cuja abordagem poderia revelar que:

a) Há aqui uma *supernorma* (a crença na preeminência de outra sociedade) que faz com que toda norma social seja aqui *explicitamente* proposta como norma.

b) As sanções, com as quais o indivíduo integra normalmente os modelos e "os assimila" - ativo -, são aqui encobertas por uma *supersanção* (o medo de não ser assimilado - passivo - ao outro), o que faz com que toda sanção vise aqui "normalmente" *modelar* o indivíduo, e não permitir que ele interiorize os modelos. Uma forma particular e inédita de "sanção" será então o desequilíbrio que resulta da contradição vivida entre, de um lado, a

46 Guy Robert, *Introduction à la sociologie générale*, Paris: Éditions du Seuil, col. "Points".

imposição consentida do supermodelo e, de outro, a impossibilidade histórico-social de ser assimilado a ele.

c) A questão que se coloca agora é de saber se o martinicano, objeto e agente de uma imposição social, é também "sujeito da imposição que ele se impõe a si mesmo"? - Ele é, *mas de modo traumático*.

d) Esse tipo de desviância global (que poderíamos estudar minuciosamente em seu eixo: os modelos, as sanções e as normas não contribuem para a formação de uma personalidade integrada a uma cultura autônoma, mas são explicitamente impostas de acordo com uma ideologia fictícia) faz com que as formas particulares de desviâncias (mendigos ou prostitutas, por exemplo) não estejam muito presentes. O que não significa que elas não existam, mas apenas que elas são muito pouco vividas como manifestações expressas de desviância. Parece que o conjunto social é tão pouco ligado a (ou seguro de) suas normas, que ele não pode "conceber" com densidade possíveis desviâncias, mesmo quando essas *existem*.

Então parece que existem dois campos da vivência martinicana, ao menos essa é minha hipótese:

- um campo *manifesto*, em que normas não assimiladas, mas realmente assimiladoras, contribuem para o agregado caótico de uma ideologia, mas não podem propor ao indivíduo regras de vida pessoal; por exemplo, sua adaptação ao meio é falsa e ele jamais terá acesso à compreensão ou à concepção de um Nós que não seja caricatural;

- um campo *latente* (campo inconsciente?), em que as não resoluções do conjunto social se ativam e se exasperam em desequilíbrios, cujo delírio verbal costumeiro constitui uma das formas mais "usuais", mas compensatória.

4. *O que seria o anormal para uma sociedade?*

Na hipótese atual, o anormal para uma sociedade seria ela ter ido (ou ter sido levada para) tão longe na aceitação passiva de modelos e de normas importadas, que não coincidem com sua realidade sócio-histórica, que essa sociedade se depara com uma dupla impossibilidade: a dos indivíduos integrarem essas normas e modelos, e a da coletividade questionar esses mesmos modelos impostos. Haveria, portanto, desequilíbrios coletivos que significariam o anormal sem necessariamente passar pelo patológico.[47]

Dito de outra forma: quando os elementos socioculturais aos quais o indivíduo é "integrado" (e que ele não interioriza) não são elementos *do meio*,[48] a mistura cultural desencadeia um desequilíbrio. O que nós resumimos do seguinte modo: se podemos conceber um martinicano que opte por ser francês, a coletividade martinicana só pode considerar-se francesa a custo de um desregramento cujo delírio verbal costumeiro pode, por exemplo, ser considerado como uma manifestação de "compensação".

Portanto, não é uma norma "finalista" que desejo fundar quando digo que uma sociedade pode "desviar" em relação a si mesma (isto é, em relação ao jogo dos *elementos de seu meio*). Prefiro falar de uma *virtualidade não realizável*, cujo mecanismo tentarei expor a seguir.

5. *A virtualidade não realizável*

É preciso um esforço para que o espírito mais aventureiro se atreva a aplicar, em um discurso contínuo, tal noção de virtualidade à análise de uma sociedade. No entanto, é no âmago do ato humano, nas relações de produção, que se forma essa virtualidade não realizável.

Quando, numa sociedade, as relações de produção e de troca (que "determinam" relações de classes) são *dominadas* por um fator externo, as relações de classes, por sua vez, são obscurecidas por ele, tornando-se fictícias *em relação ao laço social*, isto é, a sociedade em questão se vê incapaz de encontrar em si mesma os "motivos" de sua evolução. Refiro-me a uma sociedade em que a distorção das relações de produção e das relações de classes não é elucidada pela prática política (a tese é de que, até agora, essa prática não foi considerada e, consequentemente, não foi eficaz no contexto martinicano). As rela-

47 O que deixa subentendido que haveria desequilíbrios de ordem patológica, "inalcançáveis" fora do conhecimento desses desequilíbrios coletivos.

48 Não há espaço para confirmar aqui, por meio de exemplos, essas duas proposições: que os modelos e as normas não correspondem à realidade sócio-histórica na Martinica e que os elementos socioculturais (que contribuem para a formação da personalidade) *não são do meio*. Tais confirmações ficam pendentes no longo do discurso sobre o Discurso.

ções de classes não elucidadas são então vividas de modo traumático – no campo do *latente*.

O delírio verbal costumeiro se aparenta a um dos signos dessa não resolução crítica das relações de classes. Ele é, portanto, o signo manifesto de uma não história. Mas, porque essa não história (a inadequação de *formas sociais* e de um *dinamismo social*) é nossa história (nossa realidade, imposta por um processo que não tem e não é uma *dinâmica*), o delírio verbal costumeiro aparece também como o ato significante de indivíduos não determinados por formas globais de individualidade, e sofre com essa não determinação. Poderíamos assim dizer que um pequeno-burguês martinicano não é, de fato, nem pequeno-burguês (ele não tem objetivos autodeterminados), nem martinicano (ele não se determina).

A elucidação das formas e dos esquemas desse delírio verbal costumeiro contribuiria para esclarecer as obscuridades nas relações de classes, ou seja, para acelerar a passagem da não história para a história – sabendo que essa passagem não resultará da reflexão teórica, mas deverá se abrir a partir da prática política. A tese que defendo aqui é de que a prática política obscurecida pela não autonomia das relações de classes (e, portanto, incapaz de "resolvê-las") receberá, por sua vez, um novo embasamento teórico, se as camadas populares envolvidas assumirem essa elucidação teórica.

A virtualidade não realizável é, assim, de fato e positivamente, essa não resolução da dependência total do circuito de produção em relação a uma dominação externa. É uma virtualidade, pois, em todo sistema de produção, a autonomia do circuito está sempre para ser conquistada. É uma virtualidade não realizável porque, aqui, tal autonomia jamais sequer conheceu esses esboços dialéticos que permitiriam ao menos afirmar que existe virtualidade (a ser conquistada). Tentei mostrar, por outro lado, que a natureza "confusa" das "classes sociais" na Martinica (à medida que elas têm, ou deveriam ter, uma função na produção) deriva dessa dependência global. Portanto, a noção de virtualidade não realizável não implica uma espécie de finalidade histórica, isto é, uma história ideal (dinamizando um desenvolvimento ideal) em relação à qual existiriam *histórias desviantes*. Se eu digo que a história da Martinica é uma não história, não é porque ela desvia de um esquema teórico geral, que indicaria o ideal, mas porque ela está inscrita no contexto de uma alienação global que não encontra, nas circunstâncias concretas da situação, as condições de sua superação. É nessa não superação que precisamos buscar o significado do delírio verbal costumeiro. Então esse delírio vai assumir duas formas principais.

6. *O delírio verbal costumeiro como resíduo sintomático*
Haverá uma função de desapropriação com o objetivo de confirmar de modo obsessivo e seguro, e por uma série de afirmações limitantes, a alienação ideológica geral; uma função de reapropriação, quando for para a coletividade exteriorizar de forma não resolutiva as contradições vividas (o sentido obscuro da virtualidade não realizável). No primeiro caso, por exemplo, afirmaremos de forma violenta ou patética que somos franceses; no segundo caso, desenvolveremos uma linguagem "contraditória" que tenderia a constituir, por sua vez, uma resposta às contradições assim vividas. Parece que podemos afirmar que a primeira forma de delírio verbal é sobretudo elitista, e a segunda, popular.

Se a análise do delírio verbal remete, pois, ao anormal da situação, e se em troca a situação permite mesmo assim produzir uma "norma" em relação à qual capturamos esse desregramento, propusemos que isso se deva ao fato de que tanto o desregramento específico quanto o anormal da situação decorrem (ou derivam) dessa virtualidade irrealizável, produto da distorção entre relações de produção e relações de classes.

Por outro lado, numa sociedade em que as formas de desviância não são tradicionalmente sentidas como tais (nós vimos por quais razões), o delírio verbal quase nunca é considerado como um entrave para o funcionamento social: ele é *costumeiro*.

O que nos leva, tratando-se das relações entre esse delírio verbal costumeiro e o delírio patológico, a fazer as seguintes perguntas: o que faz com que um indivíduo, nessa sociedade, não "delire" (ou: por quais razões ele escapa mais do que outra pessoa a essa pressão)? Qual é a influência das disposições individuais nesse jogo global? Qual é o limite entre delírio costumeiro e delírio patológico (ou: quando afirmar que um delírio é de ordem costumeira e não patológica)? Podemos analisar as relações entre essas diversas formas de anormal?... Quaisquer que sejam as respostas dadas a essas perguntas (seja porque negamos o caráter intrínseco do delírio costumeiro, seja porque fazemos dessas duas formas de delírio os resultados da situação, ou até mesmo porque negamos a anormalidade ou a realidade patológica de todo delírio etc.), e que não constituem o assunto da presente análise, parece que podemos estabelecer a seguinte diferença conjuntural: o delírio verbal costumeiro, como tal, pode encontrar, em *primeiro grau*, sua resolução na prática política (pelas mesmas razões que fazem com que aqui a prática política degenere com frequência em manifestações de delírio verbal) - dito de outra forma: a passagem (pelo ato político) da não história para a história tornaria inútil essa resposta irrisória às contradições do que seria delírio costumeiro -, o que não é verdade para o delírio patológico. Ao contrário deste último, que resume o ser em sua solidão, o delírio costumeiro é geralmente participante: é um vínculo social "ocasional" numa sociedade cujos vínculos sociais "autônomos" não são estruturados. A conquista política desses vínculos autônomos tornaria caduca a manifestação traumática do "vínculo" alienado que é o delírio verbal costumeiro.[49]

7. *Análise*

Se nossa hipótese de trabalho estiver correta, ela supõe que, quaisquer que sejam as diferenças entre as formas de delírio verbal costumeiro, estas mantêm por fora, entre elas, uma rede firme de solidariedades, correspondendo às intricações alienantes da sociedade martinicana: poderíamos, assim, estabelecer uma "grade" das formas solidárias do delírio costumeiro.

A convicção da possibilidade legítima de estabelecer um tipo de quadro do sistema verbal delirante me levou a inventariar sem preconceitos as modalidades repetidas desse delírio e, num segundo momento, a tentar sistematizá-las em formas distintas e funcionais.

49 Certamente não foi estudado em que medida as resoluções políticas para uma situação de dominação (por exemplo, o socialismo) poderiam ou não, em segundo grau, fazer recuar as manifestações de delírio patológico. Já sabemos que em certos países algumas posições políticas podem ser assimiladas a esse delírio e ser "cuidadas" como tais.

Apresento aqui algumas dessas modalidades, sem ordem nem hierarquia.[50]

- *O procedimento acumulativo*: trata-se de um sistema de repetições cujo papel não é de convencer por meio de uma progressão, mas de envolver ou intimidar com um ritmo e uma reiteração obsessiva de ordem quase mágica. Esse procedimento se baseia algumas vezes na assonância. A crença elitista na virtude da acumulação está quase sempre ligada à ilusão de que assim recorremos a um procedimento da retórica francesa. A quase permanência do procedimento torna difícil uma escolha de exemplos. Esse é um deles: "O racismo varia segundo os indivíduos, segundo sua evolução física, educativa, moral, espiritual, técnica e científica. É uma desconfiança, um desconforto, uma dúvida, um mal-estar, uma inquietação do homem diante de um fato novo que o atordoa, espanta, impressiona."[51] Veremos que a acumulação, tautológica na linguagem elitista, torna-se criativa em sua utilização popular.

- *A fórmula*: ela também tem uma dupla dimensão. Simbólica e vigorosa na linguagem popular, falsamente erudita na elite. No primeiro caso, ela resume um processo da imaginação popular, de acordo com mecanismos que podemos encontrar em todas as retóricas das linguagens locais; no segundo caso, ela é repetitiva de um conjunto ("aprendido") de fórmulas "universais" que o formulador acredita

---

50 No início, meu campo de pesquisa tratou das manifestações escritas. Faço referência em particular ao livro *L'Antillaitisme*, Paris: Éditions Louis Soulanges, 1970, de Apollon Hélène, médico-chefe de dermatovenerologia, conselheiro geral e deputado de Guadalupe. É verdade que Hélène é guadalupense e eu me refiro ao delírio verbal costumeiro na Martinica; mas esse livro é uma antologia do gênero. Utilizo também os textos publicados na forma de folhetos por Evrard Suffrin, fundador no Lamentin (Martinica), do *Dogma de Cam*, cujos impulsos nacionalistas se misturam com afirmações de ordem místico-mágica. (Nos dois casos, um estudo aprofundado dos textos seria indispensável.) As observações que fiz foram, em seguida, aplicadas a episódios da linguagem falada (registros do sr. Suffrin, conversas de rua, inúmeras citações de professores que os estudantes martinicanos transmitem uns aos outros e que marcam, para além do senso comum das mitologias estudantis, a importância da alienação retórica na formação da elite etc.). A maioria dos exemplos não foi registrada aqui, a fim de tornar o texto, que fica assim suntuosamente hipotético, mais leve.

51 Apollon Heléne, *op. cit.*, p. 15.

dotadas de saber e cultura. A fórmula torna-se então a arte de nada dizer. Um exemplo de fórmula dupla: na “definição” do racismo, outra fórmula apareceu - de “humanista”: “O racismo - coisa do mundo mais bem compartilhada - nasceu de pulsões mais ou menos violentas e conscientes que se manifestam em razão das diferenças significantes entre os homens.”[52] Esse é um caso extremo, em que a paixão da fórmula leva ao incongruente: “Em resumo, o antilhano prefigura o homem de amanhã. ‘Amemo-nos uns aos outros’, ‘transemos uns com os outros’ são as expressões da sua vida espiritual e carnal.”[53] Enfim, um capítulo da mesma obra termina assim: “B + N + Am = An.” É preciso ler nessa transcrição algébrica da fórmula que o antilhano é um composto transcendente de brancos, negros e amarelos.

- *A evidência*: a evidência é a forma extrema do vazio de fórmulas. É, de certa forma, seu aspecto ideológico. Ela afirma em nome do “bom senso”, e, portanto, será valiosa para observar quando será preciso esclarecer os vetores da alienação. A seguir uma série de evidências de ordem “histórica”:

> A França conhece os homens de cor por tê-los frequentado, administrado, dominado, explorado no passado, defendido no presente. No plano econômico, social, intelectual, biológico, humano, espiritual, ideológico, ela ajuda e vai ajudar a libertá-los no futuro. Isso não é surpresa: ela tem a experiência mais longa das instituições republicanas. A despeito das ditaduras, o país dos reis e dos príncipes é uma das repúblicas mais antigas. Uma série de Estados (reinos ou repúblicas recentemente saídas de um regime ditatorial) a envolve. A Rússia acaba de celebrar o quinquagésimo segundo aniversário da Revolução de Outubro; a Alemanha e a Itália ainda são marcadas pelo fascismo; a ditadura reina na Espanha; a Inglaterra, a Bélgica e Luxemburgo constituem realezas mais ou menos sólidas. Aos olhos dos antilhanos, a França é uma grande república da Europa, a única

52 *Ibid.*

53 *Ibid.*, p. 191.

nação que se esforça para compreendê-los em sua diversidade, em seu devir, em seu significado.[54]

– *A sequência de exposições*: mas o "mecanismo" mais sintomático do delírio verbal costumeiro talvez seja o que chamo de *sequência de exposições*. Seja qual for a característica do delírio popular ou elitista, a análise mostra que o discurso não é *seguido*, mas proliferado a partir de si mesmo: isso significa que uma ideia ou uma palavra ou até mesmo uma assonância fazem surgir uma outra ideia ou uma outra palavra que relançam o discurso. Este prossegue por *vínculos disruptivos*. O que caracteriza essas sucessões, que não se assemelham a divagações, é que elas não são premeditadas; não se trata de um procedimento de retórica, mas de um modo da alienação. Voltarei a analisar esse fenômeno, sobre o qual, porém, é necessário se perguntar se, sob a aparente incoerência, ele não responde a formas de uma infralógica, ou melhor, de uma *outra lógica* (e qual seria ela?).

Apresento aqui, como um parêntese, a ilustração *contundente* da proposta de Hélène, publicada no jornal *Le Monde*, na ocasião de um encontro internacional em Guadalupe – 8 de janeiro de 1979 – e sob a forma de publicidade financiada por seu autor.

BOAS VINDAS AOS GRANDES ESTADISTAS!

GOSIER, cidade de 16 mil habitantes de Guadalupe, "berço do turismo das Antilhas", possui grandes hotéis, bangalôs, chalés, apartamentos para alugar. Encontramos também ali restaurantes crioulos, franceses, chineses, indianos, assim como *night-clubs*. No plano histórico e cultural, existem antigos fortes e fortins, equipamentos esportivos, um centro de equitação... Em breve haverá um velódromo e uma zona artesanal. Mas sua grande atração é uma marina, "a Marina de GOSIER", que acaba de receber os competidores da Rota do Rum.

O prefeito e o município de GOSIER saúdam todos OS GRANDES ESTADISTAS que, em sua próxima estadia, vão homenagear Guadalupe com sua presença. Assim, nosso Departamento se torna um símbo-

54 *Ibid.*, p. 24-25.

lo de Paz no Caribe e no mundo! As previsões matemáticas de Paz anunciadas no "*ANTILLAITISME*" foram confirmadas. Nosso turismo de participação, praticado por todas as etnias que compõem nossa comunidade, vai conhecer um florescimento no plano econômico e, principalmente, no plano das relações humanas.

Que os europeus, americanos, asiáticos e africanos venham para nosso país, "para seu país", para ver como vivem fraternalmente e solidariamente os negros, brancos, amarelos, libaneses, judeus e árabes. Pois nós formamos uma comunidade multirracial que prefigura o mundo de amanhã! Que o turismo seja descoberto no país, mas ainda mais os Homens!

O Homem antilhano reconhecido pelo ministro DIJOUD, enaltecido pelo ministro SOISSON, deve fazer tudo pelo "conhecimento", para reservar uma recepção calorosa e fraternal aos jornalistas, aos colaboradores, às mulheres e crianças que vêm nos visitar. Fazemos um pedido aos "Grandes GOUSIERS" para que seu canto seja um canto de paz, de fraternidade, de solidariedade entre todos os povos! Que nossos libaneses solicitem de todos esses Grandes Homens, representantes de países ricos e poderosos, sua colaboração para a paz no Oriente Médio! Que Deus os inspire! Que os homens, as mulheres e as crianças lhes deem coragem em sua difícil e grandiosa tarefa!

SAUDEMOS a boa vontade de nosso presidente GISCARD, que está à frente dos negócios franceses por sua livre e espotânea iniciativa! Nada poderia ser feito de grandioso, no plano humano e cultural, sem a França. A fatalidade da História ou um feliz acaso fizeram de nós franceses, americanos, europeus, negros, indianos, árabes, cristãos, hindus, muçulmanos, em suma, ANTILHANOS, Homens multidimensionais.

Que nossa dimensão humana se faça presente por meio de nosso sentido inato de acolhimento, nossa inteligência das relações humanas, para a Paz no Mundo!

Dr. HÉLENE Léopold
Prefeito, Conselho Geral de GOSIER
Ex-Deputado de Guadalupe

Essas "propriedades técnicas" se encontram na trama de um tecido "ideológico" cujos aspectos pensei ser capaz de delimitar:

- *A visão do outro*: o outro é o transcendente, aceito como tal por quem se expressa. Acumulam-se então todos os clichês, da missão civilizadora da França à exaltação de Schoelcher como libertador, da "pátria de Chateaubriand, Hugo, Lamartine, Vigny, Valéry"[55] à "grande marcha para a conquista de técnicas eficientes, lucrativas, produtivas e competitivas".[56]

- *A visão de si*: ela está subordinada à concepção que se tem do outro. Alguns exemplos, com significados diversos: "É normal que um pensador, segundo sua predominância epidérmica, possa reivindicar sua Negritude enquanto sua cultura intelectual é fundamentalmente europeia." "Queríamos fazer o negro acreditar que ele era um bicho; graças a Victor Schoelcher, grande abolicionista, ele conseguiu impor-se pacificamente." "Preocupação do europeu vestido, culto, convencional, civilizado para com o africano instintivo, nu, primitivo, sorridente, mais próximo da natureza." Os exemplos são abundantes na imprensa e na literatura martinicanas. O lugar-comum dessa visão de si é a autodepreciação, muitas vezes escondida sob uma supervalorização. (Assim, o livro examinado, *L'Antillaitisme* [O antilhanismo], tem o subtítulo: *Prefiguração do mundo de amanhã*.)[57]

- *A visão da visão de si pelo outro*: ela assume todo o seu sentido de ilusão patética. "Para os brancos, o antilhano é um negro como todos os outros negros, ou um homem como todos os outros homens." "Naquela época, o homem branco percebeu que o homem negro havia resolvido, com toda a simplicidade, os problemas metafísicos e espirituais." Essa visão irônica desenvolve a referência inconsciente, o desejo inconsciente e dramático de se ver "reconhecido", a ilusão perfeita na observação desse reconhecimento.

---

55 *Ibid.*, p. 9.

56 *Ibid.*, p. 116.

57 O "*antilhanismo*" do sr. Apollon Hélène é assim como um reverso caricatural da necessária antilhanidade. (Achei desnecessário comentar o documento completo fornecido pelo texto publicado no *Le Monde*, que vemos claramente ter aparecido após a discussão pública da presente exposição.) Tais contratempos ilustram a ambiguidade da situação. Somos Apolos mais ou menos desenhados.

- *O humanismo*: esse patético do ilusório se reafirma em um humanismo cheio de fórmulas, que tem como expressão favorita o universalismo mais vago. Qualquer membro da elite que se expressa na Martinica, oralmente ou por escrito, começará por afirmar que o faz para atingir o (ou em nome do) "humano". É que com o "humano" e o "universal" temos o duplo privilégio de escapar, e de escapar *por cima*, da obsessão dos problemas reais.

- *A concepção da história*: este é o nó do tecido ideológico. Porque a não história impõe tanto a recusa da história ("de que adianta voltar nessas questões de escravização?") quanto a busca de uma pseudo-história reconfortante ("fomos reconhecidos como homens"). A ausência de memória histórica favorece a projeção dessas pseudo-histórias de ordem elitista na consciência popular.

8. *Das diversas formas do delírio verbal costumeiro*

Essas modalidades "técnicas" ou "ideológicas" me pareceram, quando examinadas, organizadas em quatro formas, que isolei e nomeei de modo talvez esquemático: delírio da comunicação, da teatralização, da representação, da persuasão, e que eu proponho como elementos de tipologia no início dessa investigação.

a) *O delírio de comunicação*: é a manifestação de um poder inovador da linguagem, partindo do insulto e, consequentemente, de modo agressivo nas relações cotidianas. Essa forma de agressão pela linguagem não me pareceu comparável ao que se observa em outros ambientes populares (penso, por exemplo, nos insultos que ficaram famosos no cinema italiano). Achei que poderia definir esse comportamento verbal como delirante, pelo seguinte: nós detectamos nele uma verdadeira autofobia ligada a uma autonecessidade (uma busca ansiosa por si mesmo impulsionada por uma tendência irreprimível de se destruir). Algumas características: a visão de si não é ofuscada por nenhum "humanismo", mas padece da ausência de memória coletiva. A linguagem não se fixa em fórmulas, mas age em uma invenção cujos mecanismos também poderiam ser estudados. Encontramos a sequência de exposição, a acumulação, a definição pictórica, com a nuance que elas não têm aqui uma função de intimidação elitista, mas de clara violência. A autofobia e a autonecessidade se articulam não tanto na relação com o outro (que é percebido apenas pela projeção da ideologia elitista), mas na relação com a alteridade (a vizinhança é privilegiada nos conflitos: é a *violência sem causa* mencionada por Fanon).

b) *O delírio de teatralização*: chamei assim uma forma "encenada" de prática verbal, que tem a característica de interessar um indivíduo (ou talvez um grupo homogêneo) e que, não obstante, é significativa de uma pulsão comum. Esse indivíduo é então um *ator no palco*, para toda a comunidade que se encontra ao mesmo tempo espectadora (ela tenta decifrar a atuação desse ator) e participante (tenta realizar-se nesse ator). A ingenuidade epistemológica que consiste em pretender aqui uma multiplicação "estatística" (uma percentagem de casos a partir da qual o fenômeno seria considerado significativo) demonstra possuir um domínio metodológico insuficiente. A estatística serve aqui de álibi *para não ver*. Pois a unicidade dispersada dos casos está necessariamente ligada à função da teatralidade.

A teatralização é uma forma popular de desregramento verbal, mas que muitas vezes usa o arsenal da linguagem elitista. Aqui, a evidência é secreta. Reencontramos os mecanismos: acumulação, sequência de exposições, fórmula. A visão de si é muito estruturada, ligada a uma busca de personalidade e também a uma ampla consciência histórica, mas carregada de alienações culturais. Voltarei mais adiante (ver a "pesquisa prévia") à extrema importância desse desregramento e ao seu significado. Eu o faço em relação a Évrard Suffrin, fundador do *Dogma de Cam*, sobre o qual direi que, em vários pontos, os militantes martinicanos, numa discussão *não encenada*, poderiam concordar com ele (busca de independência política e econômica, pluralismo cultural etc.), para além das formulações místicas alienantes.

Contrapondo essas formas de desregramento verbal, populares, dinâmicas, representadas ou encenadas, duas formas elitistas limitam-se à representação falsamente simbólica, ao fixo, ao passivo.

c) *O delírio da representação* é, por excelência, o desregramento da cultura paródica. Eu disse que as histórias que os alunos martinicanos contam há quarenta anos dizem respeito às distorções típicas impostas por membros da elite a um "conteúdo cultural" que eles acreditam dominar. Exclamação de um letrado, dirigindo-se a um "subalterno" que tenta se colocar entre ele e um adversário: "Ei, safado! Vai buscar uma bengala para eu dar logo umas pauladas nele!" Claro, a história diz respeito ao período 1939-1945, e é verdade que ninguém mais hoje se expressaria dessa maneira (a cultura da paródia vai mais a fundo, se ousamos dizer, e nem sempre se manifesta numa linguagem caricatural), e é possível que o texto tenha sido embelezado, mas basta-me que esta história tenha sido continuamente contada, com centenas de outras que se juntam às atitudes mais constantes da elite e apresentam as mesmas características: alienação total para com uma cultura que acredita *possuir*, lugar-comum, humanismo-fórmula etc. Essa forma de delírio verbal pode ser comparada à vocação das elites criadas pelo colonialismo, para perceber a permanência da exploração sob a camuflagem de uma pretensa evolução: trata-se, sim, de um delírio de *representação*, cujo estudo levaria diretamente à apreciação da alienação global na Martinica.

d) *O delírio de persuasão*, por fim, se apresenta como a ideologia da representação. Ele floresce em declarações políticas, nos jornais, e tem por objetivo convencer o martinicano de que *ele é o que dizem que é*. Trata-se sempre, para além de afirmações veementes, de racionalizar uma preocupação. A literatura acumulada sobre mudança de estatuto é uma área de pesquisa muito importante sobre esse assunto.

O "normal" (o que poderia ser mais normal do que o artigo de um jornal "autorizado"?) transfigura aqui uma pulsão, que não deve se fixar em uma obsessão, mas se *manifesta* de forma evidente: na maioria das vezes de forma interrogativa, a interrogação sempre introduziu aqui o "bom senso". Exemplo: "será que falar eternamente do tráfico de escravizados e da escravização não significa querer permanecer nesse estado de escravização? Os europeus ficam sempre se lembrando de que são descendentes de servos? Não deveríamos superar tudo isso?" O bom senso *evidente* camufla aqui uma forma de delírio verbal, de uso das palavras para obliterar justamente aquilo que se pretende abordar com simplicidade e serenidade: a recusa deliberada de sua própria história, o pânico de ter que se encontrar, mas não *como dizem que somos* – o que corrobora no mesmo discurso, por exemplo, uma apologia delirante de Schoelcher, aquele *que nos liberou*. (Assim, a escravização é um assunto tabu, mas Schoelcher é um assunto de predileção.) Da mesma forma, em *todas* as comunidades da Martinica, encontramos a inscrição (inconcebível em Morbihan): "Nenhuma terra francesa deve abrigar escravizados." Mas não devemos "remoer esses assuntos"!

Além do "bom senso" e das "evidências", um dos truques do delírio da persuasão será a "ciência dos fatos": números serão sempre citados, de forma espetacular. Se esse delírio de persuasão tem o mesmo fundamento do da representação (visão do outro, visão de si, ilusão da visão de si pelo outro), ele tem em comum com o delírio da teatralização a projeção no futuro: mas ali onde o futuro teatralizado é cheio de esperanças, o futuro persuasivo é cheio de promessas; é a mudança do amanhã, como resumido na fórmula: "Até agora nem tudo foi para o melhor, mas vamos começar, e você verá que amanhã as coisas vão mudar."

9. *Tentativa de síntese*

Podemos, portanto, vislumbrar uma rede de solidariedades, contradições ou convergências entre essas formas do delírio verbal costumeiro na Martinica.

– Este, mais do que uma desviância no sentido sociológico, é uma revelação: da não adequação da sociedade martinicana ao seu ambiente.

– Os procedimentos "técnicos" encontram-se geralmente confundidos, com conteúdos diversos.

– Há pontos de "nodulação" (partida): no delírio de comunicação, a visão de si e a visão do outro estão na origem da criação verbal; no delírio de teatralização, é o fascínio pela fórmula que desencadeia o processo etc.; e pontos de bloqueio ("chegada") por contradições mal resolvidas: no delírio de representação, há uma contradição entre o conteúdo manifesto das ideologias e os reflexos "situacionais" do autor verbal; no delírio de teatralização, o ponto de ruptura surge da contradição entre a visão desalienada de si e a visão alienante do outro. Assim, o sr. Suffrin exige a libertação da raça negra, ainda que suas referências sejam o Papa, o presidente Pompidou, mas também Tschombé e Cassius Clay etc.

– Os paralelos entre as diversas linguagens delirantes são frequentes. Assim, (a) as formas lexicais e sintáticas dos delírios de representação e persuasão advêm do fato de que o ser está *bloqueado* por sua alienação cultural: haverá imobilidade nas *fórmulas* que compõem uma estilística paródica; (b) as formas lexicais e sintáticas dos delírios de comunicação[58] e de teatralização advêm do fato de que o ser é *perturbado* pela necessidade de uma cultura que lhe seja própria: haverá proliferação (sempre criativa) do *não formulado* estilístico.

10. *A forma verbal como des-apropriação*

De acordo com observações sumárias coletadas junto a praticantes, parece que no nível patológico o delírio verbal seria proporcionalmente menos frequente do que o comportamento delirante: recusa de contato, fuga, isolamento, violência. (É verdade que esse comportamento poderia ser antecedido por um delírio verbal; mas "os outros" só começam a se preocupar – a não tolerar o delírio – quando ele incide sobre o comportamento.) O que confirma a opinião segundo a qual no delírio patológico a verbalização é sentida como inapropriada (a pressão foi a mais forte), ao passo que, no delírio costumeiro, ela intervém como "desafogo" dessa pressão. O delírio costumeiro também pode ser considerado como imediatamente significativo da situação, enquanto o delírio patológico só pode ser considerado aqui sob o ângulo da recusa total dessa situação (que só pode tornar-se significativa na perspectiva estatística).

Mas é hora de perceber que o significado do delírio verbal costumeiro é dialético. De fato, a conduta verbal, implementada de forma deliberada e alegre nas formas populares, é na verdade uma conduta de autorrepressão nas formas elitistas. Se acrescentarmos que no delírio popular da comunicação a agressividade é quase sempre a regra, chegamos à conclusão provisória de que a conduta verbal no delírio costumeiro é quase uniformemente

58 Deixo propositalmente de lado a questão do uso do crioulo, de sua relação funcional com o francês: não podemos abordar apenas parcialmente um assunto tão importante.

vivida como desapropriação, exceto no caso do delírio de teatralização.

É, portanto, por meio dessa desapropriação significativa que o delirante costumeiro tenta viver a situação. Assim, não é apenas porque o delirante patológico está *além do real* que seu delírio não é imediatamente significativo da situação: porque, para ele, a desapropriação cessou, e o comportamento patológico é de certa forma uma reapropriação, pelo que se pode concluir que aqui "os loucos são os primeiros a reagir totalmente à situação".

Na medida em que o delírio da teatralização é também e antes de tudo - e apenas ele entre as outras formas de delírio costumeiro - uma tentativa de reapropriação, ele apresenta esse caráter de ser visto e aceito pelos "outros" como signo manifesto de uma loucura, mas de uma loucura que só se pode aceitar. Em outras palavras, o delírio de teatralização é ao mesmo tempo conhecido como delírio - o que não ocorre com as três outras formas identificadas: na comunicação, a expressão delirante é sentida como normal (necessária para a agressão); na representação, como necessária para o prestígio; na persuasão, como necessária para a ideologia - e reconhecido como valor. Isso porque o delírio de teatralização é um *tormento da história*, ali onde os demais delírios costumeiros sinalizam a ausência da história ou sua recusa. O delirante de teatralização tenta dramaticamente reapropriar-se pelo verbo (reconectar-se com uma história que cumpriria a virtualidade irrealizável). Por isso, a comunidade o vê como um louco (ele a obriga a se olhar verdadeiramente), mas como um louco espetacular e importante (porque ela precisa desse olhar).

11. *Resumo em forma de esquema*

Tudo isso está resumido na tabela a seguir, na qual tentei recordar as características contraditórias ou convergentes das quatro formas de delírio costumeiro.

Este quadro traz à tona a ambiguidade da teatralização, a identidade funcional dos delírios de representação e de persuasão.

O delírio verbal costumeiro é favorecido pela concepção do saber como ter: o "ter" do outro é sentido como transcendente em relação ao próprio. Essa concepção indica como o delírio da representação assumiu a forma de "imobilidade formular", numa época em que o intelectual mantinha a cultura em estratos de saber que equivaliam a "estratos de seres": havia seres superiores correspondentes a saberes superiores.

Características	*Comunicação*	*Teatralização*	*Representação*	*Persuasão*
em crioulo		+	-	-
em francês	-	+	+	+
significante	+	+	+	+
dinâmico		+	-	-
popular	+	+	-	-
elitista	+	-	+	+
participante	-	+	-	-
simbolizante	+	+	+	+
não formulativo	-	+ -	-	-
imobilizado em fórmulas	+	-	+	+
				+
desapropriante	-	-	+	-
reapropriante	+	+	-	
ressentido	-	+	-	-
como anormal	-	+	-	-
como patológico	-			

O delírio da representação adota cada vez menos essas formas caricaturais. Ele tornou-se um tanto ideologizado, aproximando-se do delírio da persuasão a ponto de as duas formas serem confundidas atualmente.[59] Na realidade, assistimos a uma banalização, hoje mais trágica do que os desvios delirantes de ontem: a alienação está se tornando a norma.

Essa alienação (perda da personalidade, consumo cultural não acompanhado de criatividade, substitutos irrisórios: folclore desvita-

59 O estudo da evolução das formas de delírio costumeiro, realizado em conjunto com o estudo das mudanças ocorridas na sociedade martinicana, forneceria detalhes sobre as variações da alienação global.

lizado etc.) e, consequentemente, a preservação de uma *representação* visando convencer de que há formação e vida culturais são reforçadas pelo fato de que o conhecimento não é aqui considerado como uma abertura metodológica a ser superada, mas como algo a ser capitalizado. Quando o homem chega a esta concepção mesquinha e estanque do saber, quando capitaliza assim o saber sem possibilidade de orientá-lo (que é também o processo da economia martinicana, em que a posse dos meios de produção não supõe automaticamente o seu controle), ele "entra" na cultura paródica.

Tal perda é exasperada, aqui como em outros lugares, sem dúvida, pelos jogos de rádio ou televisão (na maioria das vezes completamente importados da França um ou dois meses depois de exibidos), em que os participantes não martinicanos convencem o público martinicano de que o conhecimento pode ser reificado e desafogado em fórmulas-respostas. O efeito cataclísmico de tais práticas é mais avassalador aqui, onde a falta de infraestruturas culturais diversificadas não permite ao indivíduo resistir com a mínima chance de sucesso.

12. *Sobre a eloquência*

Essas relações convergentes ou contraditórias entre as formas de delírio verbal costumeiro também explicam o fascínio dos martinicanos pela eloquência. A fórmula, o procedimento alienam o conteúdo. "Falar francês" é mais importante do que dizer algo.[60] Talvez tenhamos que nos perguntar que confiança depositar nas palavras, sobretudo na língua do outro, ou pelo menos por que meios abordá-las, neste desmantelo generalizado; por onde as técnicas da escrita convergem com as angústias da fala. Como me interesso pelas palavras, acredito ter assim delirado bastante sobre o delírio: é o que o ABC do sociólogo chamaria de método participante.[61]

60 Diziam de um músico particularmente talentoso que ele fazia seu clarinete "falar francês" ("*I ka fè clarinet-là palé fransé*").

61 Não devemos pensar que estamos a salvo das pulsões do delírio verbal. Tanto gozo em manejar uma linguagem "especializada", tanta ingenuidade diante de novos campos metodológicos, tão inocente aplicação de conceitos elementares (do Surrealismo, marxismo ou estruturalismo, por exemplo): as possibilidades de alienação latente ou manifesta são inúmeras nessa área, mesmo entre aqueles (incluindo todos nós) que dizem ter escapado dela.

13. *Sobre o método*

a) Vale repetir que o que importa aqui não é tanto a estatística (a porcentagem de casos), mas a identificação comparativa, vinculada à tese da *alienação global da sociedade martinicana*, é claro que essa alienação leva, segundo as camadas sociais que ela afeta, a formas diversificadas que correspondem aqui à diversidade (solidária) das manifestações de delírio costumeiro.

b) Confundir a problemática do delírio costumeiro com o campo do patológico seria abdicar da questão (contrariar a alienação depois de tê-la identificado) nas mãos de especialistas do desequilíbrio mental, o que não seria justo nem no plano do método (uma sociedade "fora de seu ambiente" é questão de prática política), nem no plano epistemológico (a abertura das ciências humanas em nossos países se dá com a inserção dessas disciplinas no processo histórico, e aqui um especialista "exógeno", ou seja, que seria apenas um especialista, correria o risco de cometer um erro profundo).

c) A evolução das formas de relacionamento agressivo (autofobia e autonecessidade) nas camadas populares está, sem dúvida, ligada à intensidade da agressão desculturação neste ambiente. É possível, por exemplo, que essas formas sejam menos agudas nas comunidades rurais do norte do país do que nos centros urbanos ou em zonas rurais mais "integradas". A hipótese aqui é que a agressão assimilacionista e seu *sucesso* precipitam ou intensificam a relação delirante (autoagressão). Sem dúvida, também seria esclarecedor comparar essa variável nos ambientes martinicano e guadalupense.[62]

---

62 Há algo ainda mais pungente: as provas ou trabalhos de casa dos alunos das novas gerações na Martinica. Encontramos exemplos disso na obra do sr. Michel Giraud, *Races et Classes en Martinique*. A autodepreciação e o fantasma de um outro lugar se encontram ali em abundância. Acho que a Martinica não é tão bonita quanto a França etc. Fanon começou a identificar esses absurdos inculcados por todo um sistema. Geralmente eles não são estudados, passando camuflados na citação reconfortante dos "ancestrais gauleses". Mas a questão é mais complexa e mais angustiante. Trata-se de fato de uma forma de delírio, ou seja, de um sair de si, regulado, banalizado, cotidiano.

74. Sobre uma pesquisa prévia: o caso Suffrin

Fiz, no texto anterior, referência ao sr. Suffrin como possível exemplo de delírio de teatralização. O material consultado é o seguinte: textos de Suffrin na maioria das vezes escritos na forma de folhetos, gravações de conversas com ele, inscrições do ritual *chamista*.[63] Evoco brevemente o que propus sobre o delírio da teatralização: ele não tem forma elitista, corresponde a uma tentativa de reapropriação, integra uma visão da história, manifesta-se teatralmente como fim comum assegurado ao nível do espetáculo por um indivíduo ou um grupo homogêneo. A pesquisa prévia concentrou-se nos seguintes pontos:

1. *A força da fórmula*

Este é o ponto de partida do exercício verbal na teatralização. A fórmula deve ser obscura (suposição de uma força a ser preservada); no delírio de representação, ela é falsamente letrada. A teatralização confere à fórmula um pressuposto científico. Enfim, a fórmula é realmente simbólica, ao passo que no delírio elitista da representação ela é simplesmente oca. Entre as fórmulas que me impressionaram, Suffrin se coloca justamente como um "edificador de simbolismos". Ele tem, em seu templo, uma lixeira real e um cesto com as respectivas etiquetas: "lixeira histórica do nascimento"[64] e "cama de nascimento histórico".

2. *A evidência secreta*

O estudo mostra que a gênese da fórmula conhece pelo menos duas etapas:

a) No início da afirmação do camismo (início dos anos 1950), duas características dos textos: eles se apresentam como uma orquestra de palavras ou de fórmulas, sem vínculo aparente ou sintáxico real; eles irradiam uma espécie de evidência secreta (longe

63 O sr. Évariste Suffrin é um trabalhador agrícola que fundou uma seita místico-religiosa em Le Lamentin, com o nome de *Dogma de Cam*.

64 Destaco que, com rara lucidez, o sr. Suffrin denunciava assim (a lixeira estaria cheia de fetos negros) uma política sistemática de decréscimo da natalidade, contra a qual, quinze anos depois, a Assembleia da Ordem dos Médicos da Martinica protestaria publicamente.

da evidência oca dos estudiosos antilhanos). É aqui que estamos mais próximos do que se poderia chamar de delírio verbal. Um único exemplo entre dezenas de outros: um dos textos dessa época, um texto perfeitamente ideológico, termina com a fórmula: "Amor por isso, nunca!... ela me havia dito", que supõe (com toda a *certeza*) um episódio pessoal e, ao mesmo tempo, um substrato esotérico.

b) Segunda etapa: a evidência secreta tende a desaparecer à medida que a ideologia se afirma. Os discursos dos anos 1960 e 1970 são iluminados por fórmulas como "campo revolucionário da liberdade", que tendem a substituir, ou pelo menos acompanhar, as proposições do tipo: "autodidata da oniromancia." Ao mesmo tempo, a simples orquestra de palavras, indicada sobretudo nos primeiros textos por uma elisão de artigos quase total (exemplo: "Tribu Cam incarna Negrismo", é assim na estrofe de uma canção), dá lugar a uma organização sintática mais complexa, como se a pura irradiação das palavras cedesse à organização de um sentido "agrupado".

3. *O conhecimento universal*

Mas o conteúdo quase mágico das palavras se mantém, quando se trata de afirmar um conhecimento pelo qual se igualaria o *Outro*. Para o "artista da mitologia", existe um vocabulário dignificante. Ele vai falar de "autoridade religiosa dos essênios" para designar as Igrejas, e de "material humano heteromórfico" para designar a raça negra. A proporção de termos eruditos é extremamente forte no discurso, e veremos que existe um método quase generalizado de usar esses termos.

4. *A sequência de exposição*

Este método é a sequência de exposição, que propus como um dos polos da análise metodológica do delírio verbal. Essa sequência é exercida no nível das palavras, no nível do significado e até no nível dos símbolos.

– No nível da palavra, o uso de palavras eruditas é sempre, digamos, binário. É assim que o termo "poligamia" sempre "desencadeia" no discurso o termo "poliandria" (a poligamia também é quase sempre acompanhada pelo termo adultério), a evolução desencadeia a involução etc.

– No nível dos significados, ou melhor, do sentido, a sequência de exposição faz com que um significado não seja logicamente desencadeado a partir de um significado anterior no discurso, mas que ele surja repentinamente de um acidente do discurso, que pode ser um significado, mas também uma palavra, uma interrupção ou mesmo um som se o discurso for falado. Há certamente aí uma impaciência em dizer tudo, principalmente por parte de quem quer convencer. Mas a sequência de exposição é muito geral no delírio verbal na Martinica para que não tentemos, por outro lado, estudar seu mecanismo e alcance.

– No discurso de Suffrin, há o que chamo de sequência no nível dos simbolismos. Trata-se vulgarmente da arte da parábola para iluminar uma parábola. Isso é especialmente notável no discurso falado, após um pedido de esclarecimento.

5. *O procedimento acumulativo*

Este é, segundo minha hipótese, outro processo básico do delírio verbal. Aqui, a acumulação será extremamente ritmada, quase encantatória, e muito raramente a repetição será monótona ou tautológica como no discurso de representação da elite. Suffrin sempre fala e escreve assim: "Em testemunho e em lembrança de minha ação e minha exclusão e excomunhão..." etc. Vemos ali que a assonância desempenha um papel importante no processo acumulativo.

6. *Ideologia*

Há uma ideologia *manifesta*: uma reivindicação nacional, mas impotente para se racionalizar, porque veremos que sua contradição é que ela está ao mesmo tempo ansiosa por se reconhecer e ansiosa por ser reconhecida pelo outro. E uma ideologia *latente*, que está na base de permissões e proibições de natureza religiosa. Apenas uma investigação com Suffrin sobre como era *para ele* a permissão e a proibição nos ajudaria a elucidar essa latência. Notemos enfim que a incapacidade da ideologia manifesta de se racionalizar cria outro campo latente, em que as contradições (ver mais adiante) dominam. Um ponto fundamental é a relação francês-crioulo no discurso. Este é quase sempre em francês *quando encenado*, sempre em crioulo em uma conversa improvisada não pública (por ocasião de um encontro casual): neste último caso, o discurso torna-se particularmente direto e preciso.

7. *A visão histórica*

Já disse que, a meu ver, estamos aqui diante da única forma de desregramento verbal em que a presença da história se *faz sentir*. A visão histórica é inegável, ou melhor, necessária. É o sentimento de frustração histórica que dá origem ao impulso nacionalista. E se, ao nível da exposição teatralizada, assistimos a uma renúncia da visão política (os simbolismos são demasiado potentes na exposição), sentimos sempre ali uma preocupação que se manifesta claramente durante as discussões improvisadas. Suffrin diz, no discurso teatralizado: "A raça negra tem seu criador na eternidade visível e invisível, seus profetas e seus eleitos, seus fenômenos de evolução e involução em si mesma." Em uma conversa informal, ele simplesmente dirá: "Eles querem nos impedir de decidir por nós mesmos." E sabemos que ele foi preso por causa de suas ideias.

De modo que há presença, ou ao menos obsessão pela história (obsessão, porque não elucidada), ali onde, ao nível do delírio popular da comunicação, há uma ausência quase total de memória histórica, enquanto os delírios elitistas se esforçam por uma *deformação* da história que passa por uma *recusa em pensar no passado*. Essa presença difusa na história é o valor do delírio verbal da teatralização e está na origem de seu processo.

8. *A missão*

Este é o aspecto menos estruturado, e vimos que por meio dele a teatralização se vincula a certos aspectos dos delírios da elite – "amanhã será melhor". As formulações místicas transmitem esse ponto de vista: "Amados amigos, agora e no futuro..." De fato, todo o peso da formulação mística parece aqui querer levar para o futuro as soluções que hoje são impossíveis.

9. *Humanismo universal*

A palavra "humano" está sempre aqui acompanhada da palavra "universal". Esse é mais um ponto de encontro com a linguagem de representação em que a vaga aspiração ao universal serve de fuga dos problemas que não se quer enfrentar. Mas, como sempre, o encontro é favorável à teatralização. A "renovação universal e eterna" aqui em questão não é um raciocínio erudito, mas um esforço desesperado, embora muitas vezes alienado, em direção ao que se poderia chamar de síntese da humanidade. No templo de Suffrin, sob o altar, em um berço de papelão, estão expostas lado a lado uma boneca negra e uma boneca branca. "O bem-estar da civilização e da humanidade" é uma preocupação permanente. (Estudar as variações de sua expressão no discurso.)

10. *A visão de si*
Ela é muito "estruturada", pois o sentimento da raça está na origem do *Dogma de Cam.*

> *A bandeira negra incorpora o camismo*
> *Símbolo de amor à vida e à liberdade.*

Ficamos surpresos, para além do dogma, em descobrir o quanto esse sentimento se articula nas realidades. Há em Suffrin uma verdadeira reivindicação cultural, um apelo à originalidade e à liberdade de criação e, além disso, uma energia criativa que se manifesta não apenas no nível da linguagem, mas na manipulação do concreto (criação de trajes cerimoniais, coleção de objetos insólitos, quinquilharias nas quais o metal enferrujado se mistura com a vegetação que circunda a casa, inúmeros panfletos e cartazes etc.). Porém, essa visão de si não está isenta de alienação. Quando Suffrin diz: "Louvado seja Deus em nossas danças", não se sabe se a "dança" corresponde aqui a uma visão original de meios "culturais", ou a uma simples aceitação da visão de si pelo outro (o negro, dançarino e instintivo).

11. *A visão do outro*
A mesma ambiguidade se encontra ao nível da visão do outro. Fiquei impressionado, por exemplo, com a posição de Suffrin, que considera o controle de natalidade um meio de diminuir a raça negra (daí seu programa de "adúlteros polígamos"), posição que, o que quer que se pense, testemunha uma visão bastante direta da ação do outro, do branco em particular. Para Suffrin, a lata de lixo histórica está cheia de fetos negros. Mas, por outro lado, a *imitação* descontrolada do outro prolifera. Há uma igreja ou templo do dogma, com um "banho de renovação", que é uma variante do batismo; uma ONU da raça negra; sessões de interpretação de sonhos (oniromancia) etc. Todas ativida-

des imitativas, sem muita originalidade na forma ou no conteúdo. Suffrin é capaz de afirmar friamente que "azul, vermelho e branco [as cores da bandeira francesa] simbolizam a raça negra".

12. *Contradições*
Portanto, o estudo aponta para contradições que uma investigação detalhada revelaria ainda mais cruamente. Vimos que a principal contradição decorre dessa relação de si com o Outro. Pretendo resumir o jogo dessa contradição da seguinte forma:

- *Consigo mesmo, contra si mesmo*: o discurso quer afirmar um Nós, ele é um ato em direção a esse Nós, mas quase nunca toma esse Nós como referência no plano da *consagração*. É assim que Suffrin escreve a todos os grandes homens deste mundo, para explicar sua doutrina; e aquilo do que mais se orgulha são as visitas oficiais que recebeu.

- *Contra o Outro, pelo Outro*: porque, a este intenso desejo de ser "reconhecido", vimos que se acrescenta uma compilação de "recursos culturais" que são, quase todos, pura e nem sempre simplesmente, herdados ou incutidos.

Parece quase certo que o desregramento verbal surge desse impulso de contradições, da impossibilidade de o pensamento disperso encontrar um terreno favorável para sua elucidação.

13. *Conclusão, do ponto de vista da prática política*
Além disso, o único meio de resolver tal forma de desregramento parece ser a resolução política da situação. Na medida em que o delírio de teatralização nasce de uma contradição não resolvida, é um esforço trágico e espetacular de reapropriação, um sofrimento de história, pode-se pensar que o esclarecimento político da situação (uma comunidade responsável, reconectada com a memória histórica, que reconquistou estruturas produtivas adequadas, estabeleceu novos vínculos com seu ambiente e entre as individualidades que a compõem, e dona de seu futuro) *tornaria inútil a teatralização* (o objetivo trágico) e precipitaria a energia hoje dedicada a isso em tarefas concretas.

14. *Tolerância*
É o que é sentido, de maneira mais ou menos clara, por quem conhece ou encontra Suffrin. Se suas teorias e seu dogma são imediatamen-

te "vividos" como formas delirantes, é raro que nas camadas populares a zombaria supere a atenção dirigida a ele. Podemos certamente atribuir essa atitude, em parte, a uma cota de tolerância muito séria na massa do povo martinicano em relação às formas anormais ou desviantes de existência. Aliás, já apontei a baixa "incidência" das formas desviantes na Martinica. (Assim, os mendigos que se encontram na Martinica são brancos – o que é um dos paradoxos da situação, mas fácil de ser explicado. O homem branco *pode tudo*, até mesmo ser mendigo. O martinicano se autocensura coletivamente: as desviâncias não fazem sentido para ele.) Mas há também, na atitude geral em relação a Suffrin, a aceitação de seu comportamento como significativo: é o teatro da comunidade.

Essa atitude contrasta intensamente com a da "elite", e pelas mesmas razões: a elite sente que há aqui um questionamento dramático da situação e, em vez de tentar analisar criticamente esse questionamento, prefere fugir da questão zombando de si mesma: "Cam 1º ou o delírio em liberdade", "Cam 1º usa e abusa das palavras e enche o saco do público". "Bobagem de profeta de meia tigela." E então a elite recai em outra forma de delírio, o da persuasão. Ela se convence prontamente de que não há problemas. Mas os problemas persistem. E, afinal de contas, os oradores políticos martinicanos vão ao delírio com a palavra, mas certamente com menos grandeza trágica do que o sr. Suffrin.

15. *Segunda conclusão, do ponto de vista de uma abordagem metodológica geral*

Agora eu poderia tentar resumir os pontos de convergência e divergência entre as quatro formas de delírio verbal costumeiro que propus listar.

Consideremos os mecanismos: acumulação, fórmula, sequência de exposição e definição. Para o delírio de comunicação, podemos traçar o seguinte esquema: uma acumulação-força, baseada na recusa de fórmulas, e desenvolvendo, com uma sequência-criação, definições por imagens. Por outro lado, no delírio verbal de representação, encontramos uma acumulação-repetição (tautológica), que se esbarra em fórmulas fixas e que, por meio de uma sequência-desvio (isto é, simplesmente discursiva e sem sentido fecundo), envolve definições-

-resumos. Poderíamos, assim, estudar todo um *sistema fechado de expressões*, apenas a partir desses quatro elementos.

Da mesma forma, no nível da ideologia, pode-se conceber um estudo sistemático dos movimentos que se organizariam em torno de um *sistema aberto de "orientações"*. Poderíamos ler assim o cenário: para o delírio da teatralização, por exemplo, uma história sonhada (uma obsessão pela história) que leva a uma busca de si vinculada paradoxalmente à necessidade de ser reconhecido pelo outro – e que ao mesmo tempo alimenta um humanismo-síntese inseparável de uma ausência real de si mesmo. Para o delírio da persuasão, uma história alienada que leva, por um lado, a uma autonegação ligada paradoxalmente a uma obsessão de ser e que, ao mesmo tempo, nutre um humanismo-desejo inseparável da presença alienante do outro.

Devemos afirmar que tais esquemas de análise oferecem desde o início a possibilidade (mesmo que posteriormente eles sejam abandonados ou em partes contestados por serem muito sistemáticos) de apreender melhor os encontros de alienação comum, as diferenças de função, as nuances de oposição que, em última análise, só podem se relacionar às camadas sociais na medida em que "funcionam" (ou não funcionam) na formação martinicana. Ainda que, por exemplo, o delírio verbal da representação e o delírio da persuasão tendam hoje a se uniformizar no discurso da elite (que é, portanto, o discurso-padrão de uma existência uniformizada por baixo), sua diferenciação de princípio é valiosa para a compreensão da gênese e do real significado do discurso.[65]

Em 1972, filmamos a casa do sr. Suffrin e seus arredores. Ela se encontrava no meio de um emaranhado de vegetação e objetos fantásticos, feitos de madeira velha ou cortados em chapas de metal, erguidos como totens. Do outro lado da estrada, uma área de floresta sustentava algumas tábuas gastas que se destacavam no fundo trágico do céu: era

65 Como outras formas de delírio costumeiro, a dramatização também pode se tornar lugar-comum. Em particular, por meio de um mecanismo de "elitização". Por exemplo, verdadeiros "colunistas" teatrais podem aparecer no sistema de mídia. Seus leitores não estão tão interessados no conteúdo de suas produções quanto em uma certa *tonalidade* que excita e permite a liberação. A banalização está ligada tanto a essa indistinção quanto à importância do conteúdo. A teatralização elitista, por meio da escrita periódica, pode ser de "direita" ou de "esquerda"; seu papel permanece o mesmo em todos os casos: permitir uma "saída", uma acomodação à situação.

o Templo da fraternidade universal, no qual se podia entrar por todos os lados, e cujo esqueleto irrisório me deixou impressionado. Hoje, esses fantasmas de tábuas, o tubo de água que representava a fonte do batismo e a barraca que era a ONU das Nações foram varridos por escavadeiras. Nesta encosta da estrada agora pavimentada, foi preciso construir uma cidade, mas tão tragicamente banal perante o sonho do sr. Suffrin, que suas casas cobertas por telhas com cocô de ganso parecem, à imagem do palácio do Conselho Geral da Martinica, os absurdos mausoléus dos falsos novos ricos que somos.

Este salto que nos desloca da sobrevivência miserável e tão ricamente imaginativa para o conforto medíocre e sempre mortífero está agora imóvel neste cruzamento, no que hoje sobrou dele, e que assombra nossa memória de maneira invisível. Na paisagem tropical, você pensa encontrar de repente um conjunto habitacional de Asnières ou de algum subúrbio: a monotonia do concreto é universal. Mas, sob a mediocridade da aparência, talvez você não seja dominado por essa emoção do sonho de ontem que ainda paira. A própria casa do Dogma de Cam é quase invisível. A implacável equidade afastou-a de nossa visão possível. A história morreu nesta encruzilhada. Devemos adivinhar a grandeza trágica que ajuda a combater o vazio de nossas vidas e, talvez, recomeçar.

75. (Nota sobre a ideologia da representação)[66]

Foi estabelecido que o delírio de persuasão é uma forma evolutiva do delírio de representação, e que atua ideologizando os comportamentos e as respostas dadas aos conflitos que presidem a formação da personalidade básica do martinicano. Estes conflitos foram sentidos de forma abrupta, num primeiro momento que abarca os comportamentos caricaturais que reunimos na rubrica “delírios de representação”.

Mas, além de uma evolução em uma manifestação social não implicar o desaparecimento completo da velha forma, é importante notar os rastros de um fenômeno em vias de desaparecer e que, além disso, se dissolve em uma nova forma de manifestação. Faremos três observações sobre o delírio de representação.

66 Pelos membros do grupo de pesquisa do Instituto Martinicano de Estudos.

1. Esta forma de liberação verbal é realmente representativa da elite e da classe média da Martinica. Funcionários públicos, trabalhadores autônomos, professores e, de maneira geral, a função pública representavam na época uma aspiração de emancipação em relações aos potentados coloniais cujo poder estava então em seu ápice. Na verdade, essa aspiração será drenada pela metrópole e seus interesses de controle total (incluindo a subserviência dos próprios colonos). Ela será manipulada, nesse sentido, em favor da constituição de classes tapa-buracos, enfraquecidas em sua base pela intervenção artificial nas relações de produção (assim, o número de professores e, consequentemente, a ausência de analfabetismo no ensino básico nas zonas rurais da Martinica não são o produto do desenvolvimento e enriquecimento dessas zonas) e pela servidão incondicional ao poder que as elege suas criaturas exclusivas.

2. Segundo seu próprio princípio, ela é o signo de uma paródia do poder: há uma desproporção entre o poder econômico e o papel que nos é atribuído, o "dever" político e a função subjacente (cujo papel na produção é, de qualquer modo, insignificante). A permanência do estado de subdesenvolvimento, agravada pela herança servil que trouxe desprezo e descrédito ao trabalho agrícola (e, por extensão, ao trabalho braçal), junta-se à ausência de acumulação de técnicas e experiências artesanais. Diante disso, já podemos justificar a hipertrofia das funções de prestígio. Mas, no fundo, elas alimentam-se de uma dupla alienação. Desde o fim do século XIX, a supremacia no exercício do poder colonial da metrópole sobre os próprios colonos (política cuja perspectiva nunca foi a eliminação dos colonos, mas sua integração) é um fator determinante na evolução martinicana. Mas, localmente, os colonos permaneceram como os únicos símbolos do poder, e a política metropolitana apareceu como uma vontade de arbitragem (que se pretendia neutra) entre os interesses dos colonos, de um lado, e os interesses do povo, de outro. Este é precisamente o principal fator de alienação na história da Martinica: o obscurecimento da relação de dominação. O distanciamento da potência dominadora dilui a relação de dominação e a distorce. Podemos ver também a partir da departamentalização (ponto máximo deste objetivo político), por meio do contato físico com esta metrópole, pela multiplicação

dos serviços públicos que fazem o contato, uma inversão desta visão e um desvelamento da sua realidade.

O segundo lado dessa alienação afeta de perto as relações de classe na Martinica. A classe média só poderia representar os interesses das classes populares e ser sua porta-voz em um contexto de luta nacional ou social. Ela teria que se engajar, ainda que passivamente, e com uma neutralidade ambígua, ao lado dessas camadas populares. Sobre esses dois pontos, as respostas dadas pela nossa história são negativas. A vocação nacional só avançou no inconsciente e no neurótico. Quanto à luta social, sua agressividade sempre foi limitada pela intervenção da metrópole que distribuía "brindes" sociais e resolvia os conflitos trabalhistas por meio de uma política de desprezo baseada em reais relações de poder. Assim, os trabalhadores martinicanos têm a sensação de receber presentes, por exemplo, da Previdência Social, por benefícios sociais ou pelas horas de trabalho por semana. Este estado de coisas se explica pela presença de um fator exógeno no jogo normal dos conflitos laborais e na sua regulação. Em última instância, foi sempre o contexto político metropolitano que possibilitou ou não o sucesso de uma luta empreendida. Enfim, o sentimento de hostilidade da classe média para com o povo está enraizado em inúmeros complexos e neuroses (principalmente a neurose racial) para não deixar a menor dúvida sobre sua escolha em uma luta aberta com o poder.

3. Esse delírio sempre aparece como uma paródia do saber. Essa aparência é tão importante que a tomamos quase como exclusiva. O conhecimento é, por razões óbvias, a posse do instrumento de identificação e de integração à metrópole, ou seja, a cultura, a língua, a história, as tradições. Mas essa vontade é anormal, pois pressupõe uma repressão para negar a própria cultura. Daí a forma paródica desse conhecimento: fórmulas, lugares-comuns, declamações ostensivas em uma linguagem sofisticada. A posse da outra cultura começa por uma neurose e uma deterioração da imagem da personalidade original. Ela apresenta a dificuldade de ser uma conquista de um universo estrangeiro em um tempo de aquisição reduzido. Ora, uma cultura não pode ser detalhada para uma vulgarização acelerada. A cultura não é cultura própria. Isso explica a

necessidade de citar fontes e, consequentemente, o caráter sempre ostensivo, grandiloquente e gratuito do discurso.

76. *África, África*

Da África surge a voz de um griô. Aos poucos ela se liberta; enfim podemos ouvi-la. Distinguimos agora sua presença em nossa voz. Escutamos a explicação das origens, a peregrinação dos ancestrais, a separação dos elementos. E, em seguida, esse barulho de mar que bate nas palavras. A cadência irremediável do barco. Mas esse riso até sobre o cheiro do barco. Esse riso que não puderam afogar.

Por todos os lados surge a voz. Não falta sequer a faceta caricatural: tantos curandeiros com títulos pomposos, que tentam competir com nossos quimbandeiros e ficam sempre para trás. Pois os recém-chegados têm a vantagem de vir da *própria fonte*. Eles moram em palácios luxuosos e lucram de forma descarada. Até serem presos por falcatruas. Depois, começam tudo de novo no país vizinho, com enormes anúncios publicitários nos jornais.

Mas nós ouvimos essa voz. A voz do griô cego. Por quatro vezes respondemos: "an-han". Compreendendo de repente de onde veio essa astúcia, essa maneira de se colocar ao lado do que incomoda e pressiona. Essa paciência que vasculhamos sem poder mais.[67]

A voz está conosco. A voz do griô cego. Mas, às vezes, nossos olhos estão abertos, mas não enxergamos.

67 Bernard Teyssèdre se perguntou se meu discurso às vezes não abre caminho para um fetiche da "africanidade". É verdade que, assim como o "Oriente", a África foi objeto de fascinação, ao menos enquanto era vista como fantasma (fantasma ambíguo) do outro na Relação mundial. Os movimentos revolucionários na África, o enorme esforço dos povos, as devastações que visam derrubá-los impuseram uma imagem menos "maleável" do fato africano. A África que está sendo feita nos obriga a abandonar as projeções fantasmáticas para que sejamos nós mesmos.

teatro, consciência do povo

77. (Na rua)

E, assim, fazemos esse teatro, no palco de nossas errâncias, e pode parecer irrisório recomendar a nós mesmos essa forma de autoanálise que é a atividade teatral.

Mas a simples "cena de rua" não permite aqui o desvio informando a tomada de consciência; a energia se exalta no simples delírio costumeiro. A cena de rua, em regra geral, não *agrega* a consciência, mas a reforça e contribui para estruturá-la ali onde ela já é exercida, isto é, na comunidade que já está segura de sua história e de sua tradição.

Ou então é a atividade também costumeira de *teatralização*, que na rua requer nossas forças pulsionais. A teatralização das pulsões torna inútil a atividade teatral. Fazer teatro "na vida" dispensa ter que fazer teatro dentro do círculo eleito de uma representação.

O teatro da comunidade, ao contrário, desvia a energia para longe da prática individual do delírio ou do costume coletivo de teatralização, para orientá-lo em direção à consciência em formação.

Mas o delírio individual e a teatralização coletiva, como forças de resistência, são os primeiros "condutores" dessa consciência.

(Vale dizer também que a prática teatral se satisfaz muitas vezes com a *repetição* complacente da cena de rua; trocou-se a pulsão pela ilusão do re-dito: é a banalização folclórica.)

78. Teatro, consciência do povo

A. TEATRO E NAÇÃO

Sobre algumas propostas dispersas, consensuais a partir de Hegel

(Sobre o perigo de interpretar o papel do negro greco-latino)

Mas uma perspectiva histórica, por mais fugaz que seja - e em todo caso ela se concentrará apenas na História (a letra maiúscula deixa subentendido: é criação do Ocidente), deixando de fora a nossa história - é rica de ensinamentos: de forma negativa, por contraste.

Aí reside uma visão impressionante do nascimento de um povo, para um povo que está tomando consciência de si. Por estarmos envolvidos em um processo de libertação, tendemos a acreditar que todo povo, em seu início, foi uma espécie de povo negro. O nascimento de um povo (para si mesmo) é um espetáculo fascinante. O teatro que o acompanha nos emociona.

1. *Quando um povo está se constituindo, ele desenvolve uma expressão teatral que "duplica" sua história (dá-lhe significado) e fornece um inventário.*

   a) O teatro é o ato pelo qual a consciência coletiva vê a si mesma e, consequentemente, se supera. No início, não há nação sem teatro.

   b) O teatro supõe superar a experiência vivida (o tempo teatral nos tira do comum para que possamos compreender melhor o comum, o cotidiano). Essa superação só pode ser exercida pela consciência coletiva. Em sua origem, não há teatro sem nação.

Essa expressão criativa, antes de ser folclore e depois superação do folclore, é provavelmente, em sua origem, o rastro de uma intenção (de um devir) cujas articulações (estado, religião, língua) se organizam em torno de um objetivo comum. O que "cria" esse objetivo não é imediatamente (na História) reconhecido como tal. O folclore "manifesta" e o teatro "reflete" esse objetivo. Eles são os circuitos originais do conhecimento, que não podem moldá-lo nem delimitá-lo.

2. *Essa forma de expressão teatral é particularmente vibrante, fértil, livre quando a consciência coletiva está "se formando".*

   a) A pulsão coletiva é sentida em toda a sua urgência, não simplesmente vivida como dada.

   b) Ela é ameaçada, não alienada: tem que ser expressa.

   c) Ela é dinâmica, não técnica; não está sujeita à pressão das regras, ainda que essas possam ser benéficas mais tarde.

   d) Ela se expressa, portanto, "totalmente".

Uma necessidade "total", mas ameaçada: essa é a tragédia essencial de nossa situação no Caribe. No entanto, há uma deficiência em "nosso" teatro. Que necessidade é essa que não se expressa, essa ameaça que fica invisível, essa totalidade que se fragmenta? Nosso trágico não está resolvido. As razões da deficiência se acumulam: condições traumáticas de povoamento das Antilhas, estruturas (de essência proibitiva) do mundo escravo, a autorrepressão provocada pela despersonalização etc. Mas o fato de o martinicano ter sido amputado de sua capacidade de ser ele mesmo, de se representar, impõe de maneira ainda mais urgente a abertura e o acesso ao teatro, por meio do qual ele poderia se encontrar consigo mesmo.

3. A expressão teatral se estabiliza a partir da expressão de um fundo folclórico comum, que deixa então de ser vivido para ser representado, ou seja, pensado.

a) Este fundo folclórico é representado, mas também "representa a si mesmo".
b) O efeito, sensível e conceitual, retorna à consciência coletiva, que critica essa representação.

Daí resultam duas modas - a sagrada e a profana - que se tornam uma, ou melhor, o uno (a unidade). (Não é impossível pensar que duas das formas de atividade teatral ocidental - tragédia e comédia - sejam as primeiras a responder a essa dupla necessidade.)

Trata-se de um folclore resistente. Ir além da experiência vivida é ir além do folclore que, por ser resistente, só pode ser superado se fornecer os meios de sua transcendência. Esse folclore - resistente - está na origem (do teatro).

O pano de fundo folclórico representado, pensado, transformado em impulso cultural, retorna à consciência, moldando-a, fortalecido pela própria ação de reforçar a consciência, e critica a si mesmo como uma consciência em sua nova "forma" de "cultura". A cultura nunca é dada ou importada.

Representar-se a si mesmo, pensar sobre si mesmo: essas duas coisas formam o próprio ato da unidade.

4. *Essa expressão teatral se torna a da comunidade (total) porque ela supera o fundo folclórico, confirmando-o. (A ágora e o anfiteatro são Lugares equivalentes onde o drama grego é encenado, onde Sócrates é condendoa* por ver, *e onde Édipo cego desafia os deuses caprichosos.)*

Quando Sócrates bebe cicuta e quando Édipo arranca os olhos - o primeiro numa verdadeira prisão, o segundo no palco da tragédia -, o folclore é deixado para trás. A encenação do julgamento de Sócrates se aproxima do bacanal elítico em Elêusis, a fim de constituir, para além do espetáculo (para além da acusação e do decreto dos deuses), os traços comuns da consciência.

Um povo politizado se desfolcloriza.

5. *O que o teatro expressa em seus estágios iniciais não é a psicologia de um povo, é seu destino comum: por meio da investigação de suas ações e da evolução de seu dinamismo.*[68] *Em outras palavras, seu lugar no mundo e não tanto as modalidades (afastamento, separação) de sua existência.*

Naturalmente, esse papel tangencia essas modalidades. Mas ele estabelece prioridades na forma como as elucida. Entender-se com o mundo (encontrar ou reivindicar nele o seu lugar) era certamente primordial naquele período em que o homem quase sempre confundia o mundo com aquilo que dele sabia. A História foi o resultado dessa confusão.

Portanto, "origem" tem a ver historicamente com a criação de qualquer povo. O início teatral não é tanto o estágio inicial da forma dramática (que no limite seria em si irreconhecível), mas as origens de um povo (do qual o teatro seria uma das cadências).

6. *A análise psicológica, o mecanismo técnico do "drama", a força modeladora das regras são indicações progressivas de que uma consciência coletiva foi criada, dando origem à "especialização". Nesse ponto, a nação está presente - isto é, ela tem um passado que assume plenamente.*

Essa nostalgia impacta qualquer povo: aquele momento frágil em que a nação, já constituída, ainda não se consolidou. A lembrança desse tremor, dessa esperança, orienta as distorções e os excessos do nacionalismo. No entanto, a ausência desse momento conturbado é algo igualmente pernicioso para uma comunidade. Aqui não temos passado; consequentemente, não podemos superá-lo (nos superar). Que regras nos limitariam, uma vez que não podemos sequer definir nossa identidade "específica"? Assim, qualquer especialização é para nós absurda (mas) indispensável. Ela deve ser regida (isto é, aqui e no momento, constantemente pressuposta). A "objetividade" (os fingimentos de outro método científico) é uma das principais razões de nossa tragédia.

---

68 Este desdobramento é uma continuação do que foi dito sobre o desenrolar do mito.

7. *Enfim, essa forma de expressão teatral de um povo, em sua fase inicial, é "harmoniosa" no que diz respeito aos povos formados antes dos tempos modernos: o processo de transição da experiência vivida à reflexão consciente não é "forçado".*

Isso significa que não há voluntarismo na forma de expressão coletiva assumida por um ou vários poetas, que podem ser elogiados ou difamados. Consequentemente, os vínculos (por exemplo, entre massa e elite) são "autônomos", isto é, não estão sujeitos à imposição de uma força externa à determinada sociedade, mesmo quando sua estrutura é construída sobre a alienação real de grande parte da comunidade por um pequeno grupo. Em outras palavras, essa alienação, de certa maneira (dialética), contribui para o progresso coletivo (faz a história).

Por aqui, as coisas não são assim.

RESUMO

O que acontece na História

- Transição do folclore vivido para a representação do conhecimento.

- Transição das crenças do folclore para a consciência da "cultura".

- Transição harmoniosa e não forçada.

- Motor: pulsão coletiva.

- Forma: não especializada, ou melhor, especializável.

- Fator: vínculos entre a elite e o povo.

Essa transição do folclore vivido para a cultura representada acontece como uma tentativa de desvelamento (que corrobora o movimento da crença para a consciência); não podemos pensar que o coro do teatro grego é antes um princípio de revelação dos mistérios esotéricos, elíticos de Elêusis? O desvelamento progressivo e opaco é o princípio da tragédia: a difícil jornada para a consciência. Para a consciência compartilhada.

Esse desvelamento é em si sua técnica. A Tragédia não recorre a nenhum artifício. Por outro lado, é uma elite que revela e compartilha (é obrigada a compartilhar) a força elitista da tradição. A crítica dessa elite surge mais tarde: quando Aristófanes ri de Ésquilo ou Sócrates (crítica de ideias), ou quando a sociedade é dissolvida ou refeita (crítica estrutural).

Tudo isso falta em nós: uma pulsão, uma representação, uma elite dialeticamente ligada a um povo, uma possibilidade interna de crítica e superação: uma liberdade.

B. ALIENAÇÃO E REPRESENTAÇÃO
(Em nossa história não expressa, não perceptível e não assumida)

(Deixemos, portanto, a História de lado para descer pela correnteza de nosso futuro - nosso difícil devir. Hegel não entra conosco.) A ruptura do tráfico de escravizados, e depois da escravização, introduz - entre a crença e a consciência - uma lacuna que não terminamos de preencher. A ausência de representação, de eco, de qualquer sinal, faz com que esse vazio esteja sempre aberto sob nossos pés. À margem de toda compreensão do processo de exploração (à margem de qualquer ação), devemos expressar o não expresso ao mesmo tempo que o superamos: as expressões de "crenças populares" são uma não posse que precisamos confirmar; até o ponto em que, reconhecendo-as como não posse, teremos de fato que lidar com elas, abandonando-as.

I

1. *As expressões de "crenças populares" na Martinica: são os rituais de festividades e cerimônias, as danças (bel-air, laghia ou damier etc.), os contos orais.*

2. *Essas formas de expressão não correspondem mais a "crenças", exceto de uma forma dramática e subjacente.*

3. *Essas formas de expressão foram constantemente desnaturadas. Elas são, portanto, manifestações dramáticas de uma herança cultural que foi desnaturada.*

A exploração de colônias desse tipo requer depersonalização. Durante a escravização, o escravizado, depois de deportado, deve ser mentalmente desenraizado. Em seguida, o antilhano é convencido de que é outro (para evitar que ele se represente). Em primeira instância, o objetivo imperialista é fazer de tudo para separar, primeiro, o escravizado de sua cultura anterior (os vestígios dessa cultura tornam-se sobrevivências) e, em seguida, para retirar o antilhano de seu verdadeiro mundo (vestígios da cultura se transformam em ornamento folclórico). Ambos os processos têm em comum uma ausência (cuidadosamente cultivada) de história. Tudo deve ser imobilizado para poder explorar tudo; a elite é encarregada de "praticar" esse imobilismo. É somente por meio da consciência histórica e sua fermentação que pode haver uma transição das crenças anteriores à ruptura para as realidades da deportação e para a consciência de um novo povo. É comum, por exemplo, que um membro da elite rejeite qualquer referência a sua história como a marca de um complexo ou de um sectarismo (ele dirá que é ao mesmo tempo indiano, europeu e africano, que essa história está ultrapassada): a exploração capitalista cria a ideologia do assimilado (a pessoa desculturada, assimilada). Abandonado, hesitante quanto seus próprios valores, um povo vai pouco a pouco e profundamente se afrancesando.

4. *Depois, a transição "harmoniosa" da representação das "crenças populares" para a da consciência coletiva foi difícil, para não dizer impossível: o nascimento espontâneo de um teatro estava fora de questão.*

5. *Pois não se pode superar com consciência (mesmo que seja apenas para ter uma visão oposta) aquilo que é apenas a expressão de uma ausência, de uma falta sofrida.*

6. *Compreendemos, a partir disso, a impossibilidade coletiva (imposta) de superar o folclore em teatro, a crença em consciência, a experiência vivida em ato pensado.*

Formas de expressão mais imediatas - como a poesia (o grito), o gesto ou a dança que transportam uma comunidade - nem sempre conseguem atingir a representação de si, ao contrário de formas mais elaboradas como o teatro (em sua articulação), a pintura, o ensaio, a reflexão. É mais fácil criar uma poesia alienada do que deturpar sistematicamente um teatro ou uma literatura. A elite "poetiza" alegremente, mas considera qualquer tipo de reflexão como desprezo pelo outro (ela se sente desprezada em uma reflexão que lhe foge). Mas essa reflexão vai permanecer formal enquanto o povo, que constitui a coletividade global, permanecer ausente do processo; ele é marcado pela carência de história, a descontinuidade e a esterilidade. No limite, podemos afirmar que somos incapazes de produzir um "teatro" porque (ainda) não agimos coletivamente.

II

1. *As crenças não são produtivas em termos culturais:*
   a) Elas são vivenciadas como exílio e sofrimento, não como presença e alegria. Isso ocorre porque são crenças, antes de tudo, de lembrança e de contestação, não de afirmação.
   b) Elas não encontram, ao longo do tempo, o apoio de uma consciência coletiva que, por sua vez, elas ajudariam a reforçar.

Além da ruptura inicial (tráfico de escravizados), as condições de povoamento agravaram o abandono da coletividade. Séculos de sofrimento e luta serão necessários para que comunidades de africanos transplantados nas Américas ousem afirmar que a nova terra lhes pertence. Em comunidades isoladas, reduzidas, as frequentes revoltas seriam invariavelmente minadas. No caso da Martinica, será imposta a transição das crenças africanas, gradualmente esvaziadas de conteúdo, para o desejo de ser francês, esvaziado de sentido. Talvez seja preciso notar que a pulsão de representação, se não for realizada na literatura, tende a se tornar parte do cotidiano. A vida do martinicano é certamente dramática, e o teatro está na rua.

2. *A expressão das crenças é mantida em seu nível elementar:*
   a) Por causa da violência da colonização, que aniquila o sentido de um passado compartilhado. Esse apagamento não significa que a nação tenha desaparecido junto com a memória. A nação foi aniquilada, ofuscada, não abolida.
   b) Por causa da sutileza do ato colonial, que criou com fantasia uma elite cujo papel é assumir funções de representação.

O sistema foi estabelecido e reforçado mantendo o vácuo dialético entre essas duas frações da coletividade. Temos motivos para nos perguntar se esse contato autônomo entre as massas e a elite já não existia na cidade de Saint-Pierre antes de 1902. (A dimensão de dependência do teatro em Saint-Pierre antes da erupção do monte Pelée, visível nos documentos da época, não nos impede de perceber nele uma espécie de originalidade turva, ou de autenticidade degradada – semelhante à definição de Alejo Carpentier do teatro colonial de Havana, por exemplo, nem de comparar com a miséria atingida pela assimilação de Fort-de-France em 1971. A antiga Saint-Pierre era um contexto no qual a elite e as massas se enfrentavam diretamente; talvez uma pesquisa sobre suas estruturas culturais possa mostrá-lo.)

(Elite e representação)

Toda elite é criada com base na diferenciação de classe, na qual um pequeno grupo explora a maioria. Essa exploração real é o que permite à elite reivindicar o direito de representação (nela e por meio dela) de todo o sistema social em que vive. A função da representação é como um coroamento, a consagração oficial e digna do privilégio material. (Assim, toda representação é a alienação do representado.) A elite antilhana francesa se define por sua função de representação que antecede a de exploração. Em outras palavras, ela foi metodicamente criada para assumir o controle – literalmente, para representar (na aplicação mais plena da noção de representação) – da alienação do corpo coletivo.

A elite explora as massas caribenhas, não porque seu dinamismo a move a isso, mas porque seu papel (de representar um suposto progresso) exige que ela se beneficie das migalhas coloniais. Em certa medida, a elite pratica uma espécie de exploração secundária.

A natureza frágil e absurda dessa elite nas Antilhas é baseada em sua capacidade de representar uma manifestação de "cultura", em oposição às massas "incultas":

– essa representação não apresenta nenhuma densidade material (visto que a elite não representa para si e não se representa realmente);

– essa representação é realizada apenas como paródia, uma vez que (apesar das afirmações tanto mais veementes quanto "defensivas" e compensatórias) a elite não é responsável pelo que representa: em outras palavras, ela não participa em nada (na elaboração) dessa "cultura" oficial que tem por missão representar formalmente;

– essa representação não desenvolve (antes esconde) com as massas "incultas" uma relação entre explorador e explorado que, se fossem claras, poderiam levar a uma transcendência coletiva. Porque aqui a elite não explora para ela mesma – embora goze de privilégios monstruosos – e permanece tão escravizada quanto senhora.

Uma consequência surpreendente desse estado de coisas é a "emancipação pela elite" ser radicalmente impossível.[69] A pretensa burguesia de vocação nacional é para nós uma aspiração elitista, e não uma realidade. Aliás, a estratégia do sistema consiste em colocar a elite numa posição em que ela deva dialogar com ele, em nome do povo.

III

1. *A expressão das crenças se limita, enquanto* performance, *ao cotidiano do povo, uma vida silenciosa.*

2. *As elites "(se) expressam"; o povo se cala.*

3. *A expressão das crenças diminui porque ela não encontra a interlocução que já mencionamos - a superação.*

Quando assumidas pela elite, as crenças são reduzidas ao entretenimento (e não mais uma atividade séria) que permite a elite se reconhecer apenas na medida em que reconhece de maneira complacente sua superioridade.

Assim, intelectuais deslocam-se da cidade para o interior para ouvir ("ou suscitar"?) o *bel-air*;[70] mas, como esse ato não é nunca suficientemente estruturado em suas intenções, o resultado mais óbvio é conseguir desenvolver grupos "oficiais" de dançarinos de *bel-air* para o prazer dos turistas (e pelo "renome"). Tudo aqui se "recupera".

Portanto, numa situação em que o povo não tem recursos (sociais ou culturais) para se expressar, as elites - que deveriam se encarregar tecnicamente de guiar essa sociedade, ou seja, de delinear para um período histórico específico as razões para ir do folclore à consciência

---

69 Para os membros da elite que desejam ajudar a fazer mudanças nas relações existentes, há uma obrigação absoluta de se negar como grupo para negar o sistema. Se eles declararem seu compromisso com a libertação sem também negar a si mesmos (se questionar) como grupo, eles não poderão combater o sistema que criou sua classe e apenas seguirão adiante dentro do sistema.

70 *Bel-Air*, ou *bélé* em crioulo, é um gênero musical martinicano de matriz africana, cantado em formato de dança de roda, com a presença de tambores, dançarinos e cantores que puxam o canto pela dinâmica dialógica pergunta e resposta. Para além de sua função de ritmar o trabalho, esses cantos permitiam contar a história da comunidade e dos conflitos com os colonos. (N.T.)

– são precisamente aquela fração da coletividade cuja função aqui é ser alienada e alienante.

4. *A expressão das crenças populares nunca "inclui" uma expressão global da coletividade, porque esta não tem perspectiva: não há mobilidade ou dinamismo.*

Ou seja, a comunidade se apresenta, mas não se elabora (não se representa): o folclore nunca é ultrapassado. Surge, na pior acepção da palavra, a folclorização. O que (dentro da "cultura") se transforma é o que vem de fora: dos carros alegóricos de Carnaval às técnicas de ensino. O resto não muda; só desaparece.

A frase "a comunidade não tem motivação nem dinamismo" significa que, em sua história desconhecida, a comunidade não conseguiu desenvolver um objetivo comum, e não que a pulsão (o motor popular) tenha faltado.

RESUMO

O que não acontece aqui

–*Transição harmoniosa das crenças para a consciência.*

– *Expressão da coletividade vivida ou pensada.*

– *Organização independente da sociedade e, consequentemente, de vínculos "produtivos" (dialéticos) entre suas várias classes.*

Sobre esse grande fracasso coletivo, uma vontade colonialista permanente: a de confirmar o hiato original. A própria natureza do colonialismo na Martinica (o insidioso) não requer que a originalidade martinicana ou antilhana seja grosseiramente negada, mas submersa, diluída em uma progressão "natural" habilmente construída. Assim se explica a defesa muito oficial do folclore. Foi mais astuto neutralizá-lo dando-lhe um apoio aparente do que excluí-lo: ele fica então açucarado, tolo, raso. A elite, que jamais contribuiu com a evolução positiva do folclore, ajudará a paralisá-lo.

IV

1. *O renascimento artificial da expressão das crenças será particularmente inapto e prejudicial enquanto:*

a) aqueles que vivem essas crenças não tiverem meios para defender sua verdadeira natureza;
b) as elites, que poderiam garantir a possibilidade de sua renovação técnica, não derem importância para elas.

Essa é aliás uma tática comum de despersonalização: colocar o povo e seu folclore alienado num mesmo estado de imobilidade. A questão é que, aqui, essa tática é facilitada por todos os tipos de conjuntura histórica conhecida, que já esboçamos. É o que vai determinar a importância que devemos dar à ação "cultural" no contexto de uma escolha política, e que não deve ser negligenciada (ou "precipitada"), alegando urgência. A urgência aqui é sempre fundamental e "inclui" o acontecimento.

2. *Assistimos a esse espetáculo:*
a) Um folclore em declínio (ou paralisado): o povo cada vez mais inseguro quanto à verdade de sua experiência.
b) Paródias folclóricas que florescem: a elite está cada vez mais afastada da dignidade das expressões folclóricas, que ela ignora.

O primeiro governante que chegar vai fazer apologia das manifestações culturais nativas e sua dimensão "encantadora". De modo similar, os martinicanos são todos vistos como agradáveis e acolhedores (é verdade que, quando são agrupados como uma elite, eles aplaudem qualquer discurso que lhes seja dado, justamente quando são insultados): essa fossilização de tudo é (está ligada a) a própria folclorização.

Portanto, as manifestações folclóricas nunca fazem parte de uma política para si, o que acaba minando sua vitalidade. Invariavelmente, o "artista", forçado a recorrer aos circuitos já estabelecidos ou com pressa de explorá-los, despolitiza sua arte (isto é, remove toda a expressão ou qualquer visão capaz de impedir o acesso a esses circuitos - vemos que esta despolitização não é uma escolha ideológica, o que é impossível neste caso, mas uma forma de amputação semelhante à autocastração) e, uma vez dentro desses circuitos, por sua vez, ele se folcloriza.

V

Porém a expressão "teatral" é necessária.
a) Na sua dimensão crítica: para contribuir com a liquidação das formas alienadas de representação.

b) Em seu aspecto dinâmico: para contribuir com o processo fundamental pelo qual um povo se livra da limitação da expressão folclórica a que foi reduzido.

É assustador constatar o que o sistema oferece ao público martinicano sob o nome de "teatro" e que vai muito além da simples mediocridade. É inútil afirmar que, afinal, trata-se de um entretenimento para as elites e que as massas populares não têm acesso às salas de teatros. Todo este estudo parte da opinião de que, neste caso, as condições objetivas impõem às massas a mesma alienação que as da elite. A *práxis* é para nós a única alternativa: a organização de um processo de representação em que a coletividade seja capaz de refletir, criticar e tomar forma.[71]

RESUMO

- O teatro "continua" folclórico (o folclore não se supera).

- A agressão e a exploração "fixam" o folclore.

- Há sinais visíveis de que a comunidade está ameaçada por um lento sufocamento e um desaparecimento imperceptível.

No notável processo de alienação cultural, que pode vir a ter sucesso aqui, cabe ressaltar que há uma celebração do folclore em todos os níveis (rádio, televisão, Carnaval, espetáculos turísticos), mas um folclore cuidadosamente despolitizado, isto é, isolado de qualquer complexidade ou significado abrangentes. Aliás, é curioso constatar ou mapear (nos jornais, ou mesmo nas estruturas dos poucos instrumentos culturais que temos) um esforço obstinado em indianizar o pano de fundo folclórico, o que corrobora a extrema repulsa, por parte do martinicano assimilado, por seu passado real (por causa da escravização). Essa indianização é totalmente compreensível: os indígenas caraíbas das ilhas francófonas morreram todos e os indígenas da Guiana Francesa não representam uma ameaça à existência do sistema. Portanto, a indianização também tem seus méritos: ela mascara o problema do futuro martinicano, faz um apelo à sensibilidade, oferece uma pseudo-história e a ilusão de uma estrutura cultural (pré-colombiana), tudo isso antecipadamente anestesiada (do ponto de vista

71 Toda atividade política é teatro (assim como toda a caricatura da vida política vira circo). Se a política para nós dá sentido àquilo que está sendo representado, o teatro pode ser considerado uma representação (ou a expressão significativa) da política.

de uma reivindicação coletiva), pela ruptura que foi a exterminação dos indígenas caraíbas. (A herança indígena nas culturas do Caribe e da América do Sul requer um exame aprofundado que tentaremos realizar em outro lugar.) Toda a política despersonalizante do sistema visa esvaziar as expressões da cultura popular de seu significado histórico: isolado do seu passado significativo, o folclore é neutralizado, estagnado. Portanto, ele contribui para o esquecimento coletivo.

C. TEATRO E AÇÃO
(Por um Teatro da desordem, movido pela ordem, nascente e revelador de nossa comunidade)

O vácuo cultural imposto cristaliza questões urgentes e, em particular, a mais desconcertante de todas: a ação política necessária e insubstituível pode de fato suscitar, em todos os casos, uma revolução cultural?

Sim. Quando essa ação política vem derrubar uma "ordem" cultural "estabelecida" ou restabelecer uma cultura nacional alienada. É criando condições para a revolução que a revolução cultural faz sentido e se torna possível.

Não. Quando a alienação se apoderou de um corpo coletivo sem estrutura cultural, sem referência estável capaz de estabilizar (isto é, capaz de levar até o fim) uma luta pela emergência. Então talvez seja necessário, ao mesmo tempo que se dá a ação política, explorar as fendas dessa estrutura cultural, ou pelo menos trabalhar nesse sentido. Entre o que vincula a emergência cultural e a prática política, o diálogo teatral (entre o orador e o ouvinte, o contador de histórias e o público) parece ser um dos mais apropriados.[72]

72 Trata-se certamente (contra um culturalismo excessivo) de uma escolha política que determina os rumos da cultura: que esta nunca poderia resultar de uma decisão da elite, mas de um processo que tem o acordo das massas populares. Mas também é evidente que a ação política que não se preocupa com essa questão cultural corre o risco de ser reduzida a abstrações mortais. Desse modo, a introdução de um teatro popular será *realmente* incorporada ao sistema social, ou seja, vai englobar (criticamente) essa matéria; mas (para responder à acusação de intemporalidade ou de desencarnação em meu argumento) esse processo deve ser implantado em cada *performance*, e não teoricamente decidido em uma perspectiva antecipadamente generalizante.

I

1. *Visto que a passagem "harmoniosa" (da crença para a consciência) não foi possível, é necessário criá-la à força.*

2. *Visto que o potencial de* performance *coletiva é subjacente, devemos visibilizar essa* performance *coletiva e sua capacidade e necessidade.*

3. *Visto que a pulsão coletiva - que permite a coletividade se representar na* performance *teatral - está ameaçada, devemos reanimar conscientemente essa pulsão em termos de representação.*

4. *Visto que a elite não "cumpre seu papel" como parte de um circuito natural, devemos questionar sua utilidade atual como classe social e declarar politicamente (e, portanto, culturalmente) seu perigo como grupo.*

Sabemos que uma certa visão coisificada, quase quantificável da "cultura" (que poderia ser importada como se fosse uma mercadoria), será aqui oficialmente e firmemente promovida; sabemos também que geralmente toda a produção artística na Martinica cai em uma espécie de deserto: ela é então resgatada para servir ao sistema. A vontade de se manter afastado de todo tipo de forma criada pelo sistema (por maior que seja esse afastamento) é, portanto, aqui uma das maneiras mais úteis de preparar uma produção criativa. Qualquer artista que não cumprir essa regra está condenado a neutralizar (conscientemente ou não) o que ele produz dentro do modelo colonialista implícito. Essa verdadeira reconfiguração não poupa as produções aparentemente (e de forma imediata) "engajadas". Pois é difícil estar sempre alerta, especialmente em uma situação geral quase sempre "estagnada", repleta de contradições tentadoras. Tal neutralização envolve uma descontinuidade paralisante; a continuidade seria política.

II

1. *Portanto, não é primeiramente na pesquisa técnica que será reconsiderada a necessária* performance *teatral.*

2. *(Exceto quando a técnica se basear no projeto central de pulsão de uma comunidade: por exemplo, caso se trate do estudo de uma linguagem gestual política, ou da oportunidade de uma arena ligada ao ritual popular da dança* lagghia.*)*

Se o teatro não é uma constante social (uma "emanação natural") e, ainda assim, se revela necessário, ele só pode ser "voluntário". É uma questão de romper o silêncio e a solidão de cada um. Isso significa que esse teatro não vai se contentar em ser o reflexo da vida coletiva, pois ele será apenas a expressão de um vazio, de uma ausência. Ele só poderá representar uma carência. Essa função já é negativamente atribuída às atuais paródias teatrais. O teatro popular, por meio de uma exploração, se necessária, rigorosa das razões e dos modos, deve contribuir para a superação dessa ausência e, dentro de seus limites, preencher o vazio.

Nesse sentido, a obra que não realça, em seu contexto e de maneira contínua, o motor da história serve apenas para reforçar a alienação. Recomeçar pelo primeiro navio negreiro desembarcando sua primeira carga e, a partir daí, preencher o vazio. Isso implica que a exploração econômica seja denunciada desde o início e de forma permanente. Essa denúncia está ligada ao esclarecimento da história. Sem isso, ela serve invariavelmente aos interesses da elite que se criou aqui, usurpadora das vitórias conquistadas pelas lutas populares.

(Sobre a palavra "voluntário")
Não saberíamos viver voluntariamente o folclore (ele é sempre o produto de um processo não planejado), mas podemos ajudar voluntariamente na transição do folclore vivido para a representação da consciência. Nossa tese (evidente) é de que o povo antilhano não nasce "inconscientemente para uma consciência de si mesmo", como teria sido o caso (é o que chamo de harmonia) de um povo que foi constituído nos tempos antigos. Nascemos para o sofrimento, é a nossa modernidade.[73] É o esforço voluntário em direção à consciência de si que produz a coletividade. O teatro deve apresentar esse processo, dar sentido a esse esforço.

73 Essa modernidade torna caduca toda nostalgia passadista: a reconquista da história não é andar para trás.

III

1. *O dinamismo não é (não deve ser) deste ou daquele, ou de um grupo, mas da totalidade (do coletivo como tal); e, consequentemente, não deve resultar de uma abordagem progressiva dos problemas, mas de uma repentina revolução cultural.*

2. *A forma específica dessa revolução cultural só pode ser para nós aquela que estabelece ou constitui uma cultura (de um combate para incitar a participação ativista de todos para uma expressão realmente coletiva).*

3. *Não adianta nada dizer que a elite é separada da massa. A elite também é alienada de si mesma. E a massa também sofre com a alienação produzida pela despersonalização. O que, neste caso como em outros, constitui a vantagem da força cultural do povo é, em primeiro lugar, o seu papel fundamental em qualquer produção; em segundo lugar, é viver e sofrer a expressão das crenças (em sua negatividade), enquanto a elite só faz parodiar essa expressão.*

Mesmo quando ele compartilha a alienação da elite, o povo não está sujeito às exigências suplementares da "representação cultural": além disso, ele não é obrigado a projetar (representar) essa alienação - que é a principal função da elite.

Por outro lado, ainda que decadentes, as formas e expressões das crenças comuns são vividas pelo povo, pelo menos dessa forma trágica da decadência. É o que explica o desapreço popular pelas manifestações coletivas que, como o Carnaval, constituem cada vez mais aglomerações e se reduzem cada vez mais a desfiles em que detectamos a representação alienada de que falamos e o sentido restrito, pejorativo, deformado, morto que se pode dar à palavra "teatro".

(Cenas do Carnaval martinicano: a corte de Louis XIV, Napoleão e Josefina etc. Devemos observar que cenas do mesmo tipo ocorrem em Carnavais aparentemente mais vivos, se não autênticos, como os do Brasil e de Trindade, por exemplo. É preciso examinar se também se trata de um fenômeno de assimilação ou se, pelo contrário, o motivo (a reprodução do mundo dos senhores) não é agora neutralizado por uma cultura densa e autêntica.) É preciso também salientar que o menor sinal de renascimento do Carnaval agonizante da Martinica é saudado pelos poderes públicos (rádio, televisão, jornais) como uma vitória, aliás, ele é incentivado de todas as maneiras possíveis. O Carnaval (que era quase sempre um foco implícito de retorno a si) torna-se um instrumento explícito de alienação.

Enfim, o dinamismo cultural do povo resulta, paradoxalmente, de sua repressão prolongada. Ele sofreu com a desculturação, como sofreu por não ter acesso à terra para a qual foi deportado. O direito à posse de terra é um direito adquirido: a propriedade coletiva da terra é conquistada com sofrimento e não com a lei. O dinamismo cultural é uma força sofrida e não enciclopedista.

IV

A questão de um teatro martinicano pode ser apresentada desta forma:

a) Participar de uma existência coletiva
   - voluntariamente concentrada, no plano teatral, na expressão de uma base comum.
   - voluntariamente chamada a superar, no mesmo plano teatral, essa forma espontânea de expressão.

b) Desenvolver não tanto os temas parcialmente críticos (o que permitiria insinuar todo o tipo de complacências: "análises", "alusões", "sutilezas" psicológicas, "palavras" espirituosas: o arsenal de um teatro inculcado), mas uma perspectiva crítica abrangente da situação (uma reinserção histórica).

c) Ser, por meio de sua dinâmica, a força motriz (na sua área) de um dinamismo coletivo que deve ser constantemente animado.

d) Não assumir nenhum caráter de pompa social, mas ser dotado de solenidade popular.

e) Buscar sua inspiração técnica na origem da existência coletiva (exemplos possíveis: dispensar o palco, valorizar a vocalidade em detrimento do diálogo), buscar sua inspiração teórica na força de uma expressão comum, não mais de crenças, mas das próprias razões de existir.

A sumária caricatura de nossas "salas de teatro" bastaria para produzir um movimento em favor da popularização da *performance* teatral. Essa popularização, que deve irromper estrategicamente longe das salas, torna-se vital quando se trata de combater as intrusões e imposições técnicas ou ideológicas, responsáveis por uma autocastração do martinicano. Uma arte genuinamente popular não é, portanto, apenas aquela que denuncia a realidade (qualquer paternalismo poderia estar em jogo aqui), mas uma arte capaz, pela forma como está inserida, de mudar essa realidade: de contribuir para a retomada histórica. Essa arte só pode ser obra dos martinicanos, comprometidos em um processo próprio.[74]

(Teatro e ação)
Ao contrário da imposição orquestrada do que acontece, tal teatro oferece, portanto, uma capacidade interna de recusa. O problema não é aplaudir ou vaiar um determinado ator, mas discutir o significado do espetáculo. (Para combater o que qualquer representação comporta como dose de alienação do representado?) Conversar sobre o espetáculo é dessacralizá-lo. Esse fenômeno talvez corresponda (para uma consciência moderna) ao que a cômica satírica representava no quarto ato da tetralogia grega: uma contestação feita por dentro.

Isso nos leva ao problema da "compreensão" (um teatro muito elaborado corre o risco de passar "por cima da cabeça do povo"). Típica pretensão intelectual! O problema não é se a forma é acessível ou não, mas se a representação é adequada ou não. Em termos de adequação, a representação não pode estar "acima" do representado. Na prática do teatro popular, sentimos que não há nada (na expressão, na forma, na complexidade) que o povo não possa dominar; e apenas sua contestação crítica (não a das elites) pode determinar a adequação das texturas e das inserções teatrais.

Um dos comentários mais frequentes (invariavelmente feito por intelectuais) diz respeito ao uso exclusivo e necessário do crioulo na elaboração de um tal teatro popular. Embora ninguém negue o valor dessa orientação, devemos ser cautelosos quanto a uma abordagem muito dogmática da questão. As condições objetivas da libertação do crioulo são determinadas pela revolução social e pela iniciativa popular: não se sabe se um uso profético e a priori do crioulo escrito ou declamado (em relação a uma verdadeira libertação) leve a condes-

74 Em termos de teatro, essa arte supõe uma determinação de expressar o que é (pois o medo de se criticar junta-se aqui, no mais das vezes, à tentação de se negar).

cendências folclorizadas, em que o maior risco de caricatura seria devido ao sentimentalismo populista, uma espécie de "doudouismo"[75] esquerdista. Na verdade, atitudes retrógradas e reacionárias podem se encaixar muito bem com a insistência dogmática no uso do crioulo, por trás do qual poderiam ser ocultadas. Em outras palavras: pode-se ficar tentado a insistir no crioulo (ou exigir aqui e agora seu uso exclusivo) simplesmente para ocultar uma inadequação real na análise da realidade existente. Desse modo, inadvertidamente, cai-se na armadilha de reproduzir as táticas "oficiais" de folclorização. A questão é suficientemente importante para merecer uma análise especial.

RESUMO

1. *É possível criar, aqui e agora, uma economia da nação?*

- Se a resposta for sim, a performance teatral torna-se desnecessária: a expressão coletiva se dissolve em outro lugar (daí, por vezes, uma concepção formal do internacionalismo) e a coletividade não precisa mais se representar.

2. *É possível alcançar uma "consciência" sem experimentá-la em uma pulsão coletiva?*

- Se a resposta for sim, um povo pode ser mantido sem prejuízos em uma imobilidade folclórica - e a despersonalização de todos não será mais alienante.

É possível compreender como o teatro serve para contestar a ideia de nação para uma comunidade que sofreu com os excessos da história nacionalista. Podemos rejeitar a nação, por já termos uma. Assim, a oposição entre teatro-comunicação (o sagrado) e teatro-objetivação (o sacrilégio) terá diferentes colorações a depender do ponto de vista assumido, seja de uma sociedade superdesenvolvida ou de uma sociedade subdesenvolvida. Mas a natureza da representação (e a alienação sempre possível dos representados) nos obrigam aqui, em um país subdesenvolvido, a criar a comunhão a partir da objetivação, e a

75 "*Doudouisme*", no original, se refere a uma visão estereotipada e folclórica das Antilhas na literatura. (N.T.)

participação coletiva a partir da crítica coletiva. A força e o impulso que então se desenvolvem exaltam o destino comum e favorecem, ao mesmo tempo e a todo momento, a transcendência (mas consciente, consequente e consentida) do que poderia surgir e do que necessariamente surgirá como "limitação" (ou sectarismo) da nação.

NOTA

Sobre o trágico moderno que não exige mais o sacrifício do herói

Sim, o homem contemporâneo aprendeu a não abusar da esperança coletiva (e das tensões resultantes), a ponto de oferecer em seu nome o sacrifício ritual de heróis. O trágico rito do sacrifício tem como base a confiança em uma oposição dialética (indivíduo-comunidade), cuja resolução é considerada benéfica. A modernidade pressupõe a ruptura dessa dialética: ou o indivíduo se desespera e a História retorna em pura negação; ou as comunidades se ampliam e há um novo padrão de histórias que transmitem (conscientemente) a História. Em ambos os casos, o papel mediador do sacrifício heroico torna-se inútil. A consciência política não precisa desse vetor de vitimização que a consciência ingênua (ou implícita) precisava. É por isso que os longos períodos de crise política e revolucionária não produziram, como deveriam, grandes obras trágicas.

Dessa forma, houve no Ocidente uma transição da "representação" do sacrifício trágico para uma "reflexão" política implícita na modernidade. Em princípio, o distanciamento em Brecht é uma marca dessa transição. *Mãe Coragem* não é uma vítima propiciatória, tampouco uma heroína exemplar, ela representa uma fase da consciência alienada que se "desenvolve" por meio das situações.

Nossa comunidade não alcançará essa transição progressiva da tragédia sacrificial para a tragédia política. Isso porque todo teatro trágico requer, exceto na racionalidade do teatro clássico francês (em que o elemento trágico é subsumido à busca por uma verdade universal), um herói que *tome para si* o destino da comunidade. Nosso drama (que não é tragédia) é negarmos e esquecermos coletivamente o herói que, em nossa verdadeira história, *tomou para si* nossa resistência: o quilombola. Essa ocultação histórica leva à ausência trágica.

Assim, tampouco nós exploramos essas espécies de abismo, essa dimensão febril do sagrado, que são caminhos entre o trágico e o político. Nem a liberdade desmedida de Cyrano, nem a rigidez atormentada de Artaud. A esse respeito, só vimos a banalidade folclórica da representação de si.

Um teatro da "comunidade política" rechaçaria tal banalidade. Ele tem emergido por toda a América do Sul, com as mesmas características temporárias: uma concepção esquemática dos "personagens" (não há um exame psicológico "profundo"), situações exemplares, dimensão histórica, conversas com o público, cenários e figurinos básicos, importância do gestual. Se esse processo (regularmente relatado na revista cubana de teatro *Conjunto*) for mantido, é possível que uma nova arte esteja se formando. Na Relação, o trágico seria um dos gêneros que mais facilmente se renovam. O Uno planetário não é sua força motriz, mas sua antiga memória. É preciso definitivamente abandoná-lo. Para reencontrá-lo, talvez, num futuro distante, naquelas zonas desconhecidas onde os átomos nunca morrem.

79. Sobre uma prática

Não podemos negar nosso desejo ardente de enfim constituir o que se chama de corpus literário em língua crioula. Mas muitos aspectos da situação nos impediram de fazê-lo.

Começamos representando o crioulo nos cavaletes das feiras livres, nos pátios das escolas, no interior, em volta de fogueiras.[76] Criamos o texto, conforme a necessidade, e batucamos seu ritmo. A necessidade de transcrevê-lo nos contrariou. Aí reside a armadilha da tangência. Caímos como patinhos. Escrevemos de primeira *ainmin* para *inmin*, por causa de *aimer* [amar], é claro. Lutamos, começamos de novo. Impasses de quem copia. Primeiro o entusiasmo, depois a hesitação e a dúvida.

---

76 O grupo de teatro do Instituto Martinicano de Estudos produziu, de 1968 a 1971, entre outros: *Histoire de Nègre* [História de Negro], montagem coletiva, *Chant du fantoche lusitanien* [Canção da marionete lusitana], de Peter Weiss, *Ventres pleins, Ventres creux* [Ventres cheios, ventres vazios], de Daniel Boukman. Todos são espetáculos "crioulizados".

É surpreendente pensar quantas línguas no mundo estão vivendo este episódio histórico ao mesmo tempo: ter que se consolidar. Os problemas são idênticos, desencadeando a mesma impaciência, ainda que os do crioulo sejam considerados mais delicados, devido ao pano de fundo da língua francesa.

No fim, regras se impõem, uma estrutura é delineada. Mas ainda sentimos uma certa limitação no exercício de princípios mais avançados. O que se perde em imagens, na astúcia do desvio, nessa passagem organizada do oral ao escrito? Uma grande confusão não seria aqui mais benéfica para a poética da língua? Essas perguntas não serão respondidas por uma única pessoa, uma única língua. A síntese proposta pelos linguistas funciona bem aqui. Independentemente do que pensem do trabalho deles, o desejo de escrever a língua crioula *a sua maneira* permanece em cada um - quer se tente refreá-lo ou não.

80. Sobre o escrito falado

O movimento se faz, portanto, em direção à escrita. Infelizmente, ele é acompanhado de um movimento inverso: a língua falada tende a se estereotipar. A prática do imagético, da parábola, desaparece pouco a pouco do crioulo do dia a dia. Se este é o preço a ser pago para entrar na escrita, nos perguntamos se vale a pena.

Uma língua desajeitada, que renuncia à sua poética do desvio, que literaliza a frase francesa; ou então uma língua erudita, carregada de palavras do velho crioulo que há muito caíram em desuso *e que não respondem a nada do real*: tal seria a alternativa.

Pode piorar. A ideologia prosseguiu. Quando observamos uma língua se debatendo dessa forma, somos tentados a querer recuperá-la por uma boa causa. Foi assim que se anunciou a teoria da França crioula (que talvez pudesse ser também a França em crioulo) e que dialoga com a da teoria da crioulidade.

Nem uma nem outra. A língua crioula, ao entrar na Relação por meio da escrita, não deve se ancorar em posições fixas. O que ela precisa fazer é voltar a ser funcional, para que nós possamos trabalhar e criar com ela e por ela. Nem os estreitamentos folclóricos nem os sectarismos herdados devem ameaçá-la. É preciso falar a língua com gravidade, escrevê-la com ímpeto, mas, principalmente, inscrevê-la em nossos atos.

81. Sobre a escrita crioula

O romance *Dezafi*, do haitiano Franketienne, é organizado em uma série de explosões. Quase não há episódios longos. A linguagem jorra e se esparrama em espumas.

Eu me pergunto se isso é uma obrigação: o incômodo da linguagem em perdurar, ou se é uma poética natural: a tendência a estourar, a jorrar.

Coloco isso em paralelo com os textos produzidos na Martinica, que me parecem mais limitados. Sentimos até um peso aplicado. Nada é mais fascinante do que examinar esses ensaios, de se investir pessoalmente neles.

Descobrimos então uma das virtudes do crioulo, que é essencial: o ritmo assonante. A consecução no som. Fico surpreso de encontrar a mesma prática na escrita francesa de Damas, ou na inglesa de Braithwate, ou na espanhola de Guillén.

Mas esse ritmo assonante só mantém sua força na língua crioula se não for separado do desvio imagético, pelo qual a língua escapa das facilidades folclóricas. As línguas orais estão sem dúvida, em todo o mundo, enfrentando este mesmo problema: frente às exigências da escrita e às novas alegrias do ritmo que se fixa, não abdicar do sentido profundo da sua poética, que é longo e difícil de descobrir, e de manter.

LIVRO IV

o futuro antilhano

pela antilhanidade

referências

EM FORMA DE RESPOSTA E OFERENDA

Para Guadalupe. Para sua separação igual entre a terra plana onde sopra o vento e a terra curva onde os bosques se aglomeram. Para seus humores impenetráveis, arqueados com um sorriso. Para os mapas cinzentos esfolados pelo vento nas falésias da Grande Vigie. Para Delgrès, sem dúvida o mais martinicano de Guadalupe. Para tantas enseadas escondidas, onde a maré nunca chega. Para a Lézarde e o Lamentin, em cada borda um recomeço. Para o povo hindu de Grande-Terre, que organizou tão bem a sobrevivência. Para os ouassous, que nunca se esgotem. Para Guadalupe e para as antigas rivalidades. Para os jovens que morreram aqui, como morrem os de Lorrain. Para a areia dourada de Pointe des Châteaux. Para o mar ao longe na frente de Sainte-Anne, onde o infinito te agarra pelos tornozelos. Para o primeiro sindicato nacional de trabalhadores agrícolas. Para o local chamado Malendure, onde, sem dúvida, a morte gritou. Para Paul Níger. Para os poemas crioulos e os batedores de gros-ka. *Para a Guadalupe onde, misteriosamente, nenhuma cobra sobreviveu.*

82. O desejo, a realidade

Em 1969

A noção de antilhanidade surge de uma realidade que teremos que questionar, mas também corresponde a um desejo cuja legitimidade devemos esclarecer e demonstrar.

Uma positividade frágil (a antilhanidade vivida, tecida de uma margem à outra do Caribe) entrelaçada a uma forma de negatividade imperiosa (a antilhanidade como desejo, para sempre rejeitado, muitas vezes adiado, uma presença obscura e obstinada em nossas reações).

Essa realidade é virtual: densa (inscrita nos fatos), mas ameaçada (não inscrita nas consciências).

Este desejo é necessário, mas não evidente.

I

O real é inegável: culturas derivadas do sistema de Plantações; civilização insular (onde o mar do Caribe se dispersa, enquanto, por exemplo, consideramos que um mar igualmente civilizador, o Mediterrâneo, tinha principalmente potencial de atração e concentração); povoamento piramidal com uma origem africana ou hindu na base e europeia no topo; línguas de compromisso; fenômeno cultural geral de crioulização; vocação para o encontro e a síntese; persistência da presença africana; culturas da cana-de-açúcar, do milho e da pimenta; local de combinações de ritmos; povos de oralidade.

Essa realidade é virtual. O que falta à antilhanidade é passar da vivência compartilhada à expressão consciente; transcender as pretensões intelectuais dominadas pela elite do saber e se alicerçar na afirmação coletiva, baseada no ativismo dos povos.

Nossa realidade como antilhanos é uma opção. Ela nasce de nossa experiência natural, mas, em nossas histórias, foi apenas uma "capacidade de sobreviver".

Sabemos o que ameaça a antilhanidade: a balcanização histórica das ilhas, a aprendizagem de línguas veiculares diferentes e muitas vezes "opostas" (a briga entre o francês e o inglês), os cordões umbilicais que mantêm, de forma rígida ou flexível, muitas dessas ilhas dentro da esfera de influência de uma determinada potência metropolitana, a presença de vizinhos preocupantes e poderosos, o Canadá e principalmente os Estados Unidos.

Este isolamento adia em cada ilha a tomada de consciência de uma antilhanidade e, ao mesmo tempo, afasta cada comunidade de sua verdade interior.

II

Esse desejo ainda é absurdo no plano político.

Sabemos que a primeira tentativa de federação, a das ilhas anglófonas, foi logo abortada. O conflito de interesses entre a Jamaica e Trindade, sua recusa em "suportar o peso" das pequenas ilhas, fez com que esse projeto generoso fracassasse. O que ficou foi uma séria aversão por parte dos antilhanos anglófonos por toda a generalização desse tipo. Esta federação havia sido decidida por políticos de alto escalão, em vez de ser sentida como necessária ou imposta pelo povo.

Seria tolo tentar juntar, sob algum tipo de legislação, Estados com regimes políticos, estruturas sociais e potencial econômico hoje tão variados, senão antagônicos.[1]

As Antilhas de língua espanhola, e em particular Cuba, estão totalmente voltadas para a América Latina: com esperança na intensidade da luta revolucionária naquele continente, com ceticismo quanto ao potencial das pequenas Antilhas.

O desejo é limitado na esfera cultural.

Os intelectuais da região se conhecem e, aos poucos, se encontram. Mas os antilhanos não estão em condições de entender de fato as obras que seus filhos, os que escaparam das malhas da opressão, realizam. A paixão dos intelectuais poderá se tornar ação transformadora quando for levada adiante pela vontade do povo.

---

1 Assim, em 1980, para dar apenas um exemplo, Barbados é geralmente apresentado, com o consentimento tácito dos Estados Unidos, como "a polícia das pequenas Antilhas contra a entrada do comunismo".

III

Sempre que vemos um programa político, por mais radical que seja, hesitar diante da escolha da identidade antilhana, diagnosticamos sem titubear um desejo camuflado de permanecer nos limites impostos pela não história, um alinhamento mais ou menos vergonhoso com os valores (de uma metrópole) que não podemos, e por boas razões, assumir, uma incapacidade fatal de decidir seus próprios valores.

A essa altura surge a eterna questão. E depois? O que faremos? Como? Perguntas que o economismo severo resume assim: as estruturas do país vão desabar. Como se elas não estivessem realmente desabando no exato momento em que falamos.

A abertura longínqua e incerta do Caribe é capaz de levar nosso povo à sua renovação e de dotá-lo de uma ambição nova, tornando-o presente em seu espaço e em sua relação vivida (a antilhanidade está presente nele) e tornando-o presente àqueles que compartilham o mesmo espaço (ele está presente na antilhanidade).

IV

Mas a antilhanidade não deve ser vivida como um último recurso, produto de uma fraqueza que se teme enfrentar sozinho. Vista dessa forma, ela seria outro tipo de refúgio e substituiria uma covardia por outra. Não se é martinicano por querer ser antilhano: tornamo-nos realmente antilhanos por querermos ser martinicanos.

Civilizações insulares irradiaram para depois adquirirem uma dimensão continental. O sonho mais antigo da cultura ocidental está relacionado, por exemplo, a uma ilha-continente, a Atlântida. A esperança cultural antilhana não deve ser barrada pelo não acesso do nosso povo à independência, de modo que, tal qual a nova Atlântida, nossa antilhanidade, ameaçada e ao mesmo tempo necessária, desapareça para nós antes mesmo de ganhar corpo.

As questões da antilhanidade não fazem parte de um exercício intelectual, mas antes da partilha e da comunidade, não da elaboração de doutrinas, mas de esperanças discutidas, e não de nós primeiramente, mas antes de tudo de nossos povos.

Em 1979

Tendo sido convidado para uma reunião no Panamá, dediquei uma noite para conhecer um grupo de panamenhos de origem trinitária e jamaicana. Eles falavam inglês e espanhol. Várias teorias foram debatidas sobre a Negritude, a luta de classes, o fortalecimento da nação panamenha. Na tarde seguinte, depois dos seminários que tinha de apresentar, fui convidado pelo historiador martinicano René Achéen (que assume de bom grado sua queda pelo país mexicano) para visitar uma senhora idosa da Martinica, que havia se mudado com seus pais para o Panamá, na época em que o canal foi concluído. Encontramos a casa dela em um bairro residencial. A senhora Andreas del Rodriguez, com seus quase noventa anos, falava, sem vacilar e sem sotaque, o delicado crioulo da gente "do bem" do início do século. O Panamá é a minha pátria, ela nos disse, mas a Martinica é a minha mãe. Ela nos mostrou preciosas fotografias amareladas e nos ofereceu a amável hospitalidade de antigamente. Ela nos contou sua história e compartilhou conosco sua angústia. Ela ainda procurava seu filho, nascido em Saint-Esprit (Martinica) em 28 de janeiro de 1913, durante uma visita que ela havia desejado fazer em sua terra natal. O senhor Gatien Ernest Angeron, esse era seu nome, deixado na Martinica com uma tia, já falecida, escreveu para ela até 1936. Ela culpa as desordens da Segunda Guerra Mundial por seu desaparecimento. Com certeza ele morreu, disse ela, caso contrário, como poderia se esquecer de sua mãe? Mas ela ainda tem esperança, ela publicou anúncios nos jornais martinicanos em 1960, e nos implorou para que fizéssemos alguma coisa. Pretendia mesmo, com sua maneira serena, entregar-nos os documentos e as fotografias, que nos recusamos a levar: com medo da grande responsabilidade que isso implicava. O sol poente iluminava um canto da sala onde ela nos havia recebido. Os lápis de seu segundo marido, desenhista aposentado, estavam cuidadosamente dispostos sobre uma pequena escrivaninha de madeira branca. Prometemos voltar. Ela nos abraçou de novo e de novo.

Em abril de 1980, realizou-se no Panamá o segundo Congresso Latino-Americano das Culturas Negro-Africanas, ao qual, infelizmente, não pude comparecer. Os intelectuais, que hoje se beneficiam do privilégio exorbitante de serem convidados em toda a região caribenha, têm a responsabilidade de *erguer a voz* em favor daqueles que não podem ver o país antilhano em sua diversidade ou ouvir a palavra cantada ali mesmo, bem ao lado deles.

83. Sobre "Legítima Defesa"

I

Este manifesto foi publicado em 1932 por um grupo de jovens intelectuais martinicanos e assinado por: Étienne Léro, Thélus Léro, René Ménil, Jules-Marcel Monnerot, Michel Pilotin, Maurice-Sabas Quitman, Auguste Thésée, Pierre Yoyotte. Escolhemos este documento como matéria de reflexão sobre a busca de identidade nas Antilhas francófonas. Não é mais necessário enfatizar sua importância; também nos sentimos muito à vontade para fazer uma análise crítica dele. Julgamos necessário fazer um levantamento junto aos únicos participantes da revista que vivem atualmente na Martinica: Thélus Léro e René Ménil, e comparamos os resultados deste trabalho com os dados de nossa análise textual. O texto do manifesto, no único número da revista de mesmo nome (*Légitime Défense*), é seguido de outros textos mais específicos e também de poemas (Léro, Ménil, Monnerot, Yoyotte) que estudamos.

O manifesto pode ser lido em três direções, segundo três óticas (ou vetores, ou campos).

1. Uma dogmática. Com isso quero dizer que os autores expressam com violência, sem hesitação ou incerteza, proposições que são para eles verdades irremediáveis.
2. Um problemática. Não se compreende a palavra em seu sentido de perspectiva aberta ao questionamento. Ela sugere que outra parte do texto seja desenvolvida com cautela e reticência, não no nível do significado, mas na própria letra.
3. Uma prática. Os manifestantes afirmam então o que desejam tirar, como conclusão de ação, de suas análises.

Notemos os centros de interesse a que se refere a parte dita "dogmática" do texto. São tomadas de posição violentas contra a ignomínia, contra o mundo capitalista, a favor do Partido Comunista, do Surrealismo (apelo à leitura de obras surrealistas, referências a Hegel, Sade, Lautréamont, Rimbaud), de Freud (necessidade de "ver claramente em nosso sonhos e ouvir a sua voz", para embarcar no "trem infernal da sinceridade"), contra a burguesia e o cristianismo, contra os "sentimentos", a favor de Salvador Dali ("Pássaros do amor, que podem ser tinteiros, sapatos ou pedacinhos de pão, esvoaçam para longe das convenções assassinadas") e, enfim, como se fosse um momento crucial junto ao segundo campo que identificamos, a afirmação (com a qual nem todos os signatários parecem concordar) da *indiferença ao particularismo*. O texto afirma que os signatários são indiferentes ao acaso de nascer antilhanos de língua francesa. Essa frase fundamental nos leva à parte em que o manifesto hesita entre os termos e se torna "problemático".

Do que se trata essa hesitação? A ideia era falar de "jovens antilhanos franceses", de "jovens negros", da burguesia e do proletariado negro. Curiosamente, o texto deixa de ser deliberado, ele se torna aleatório. A respeito dos jovens antilhanos: "*estamos longe* de subestimar suas possibilidades de revolta"; a respeito dos jovens negros: "*eles parecem* ter potencial"; sobre os filhos da burguesia negra: estamos nos voltando àqueles que "não estão *marcados*", que "reivindicam a *vida*"...

Assim, a afirmativa sem reservas dizia respeito a tudo o que esses intelectuais aprenderam na Europa, sem uma única referência à realidade antilhana; e o texto só se torna vago na hora de abordar esse real. O "se", o "parece", os qualificativos vagos marcam claramente que o texto abandona então a certeza deliberada, chegando a aplicar essa dimensão aleatória à própria visão que seus autores têm dele: "este manifesto, *se* ele se volta *em grande parte* para os jovens negros..." Em suma, a hesitação é antilhana; a certeza, europeia.

A *prática* do texto será igualmente reveladora. O que os declarantes decidirão na ação possível? Primeiro, a prática surrealista da confissão, combinada com o fascínio da análise freudiana. E então, nos deparamos com a única frase alambicada do texto, repleta de rodeios; enquanto todo o resto é limpo, nítido, sem recuo.

"Contrapomos a isso, no âmbito da investigação intelectual, a sinceridade. É ela que permite ao homem detectar, por exemplo, em seu amor, uma ambivalência capaz de eliminar a contradição que, por decreto da lógica, nos força a sentir, por um determinado objeto afetivo, ou um sentimento chamado *amor*, ou um sentimento chamado *ódio*". Essa evasão, esse "ou isto ou aquilo" expressam, na verdade, a ambivalência e a contradição do intelectual das Antilhas; o amor *e* o ódio ao mundo ocidental, ao mundo branco, do qual este intelectual é, aos seus próprios olhos, o desafio. Dá-se então, como para exorcizar a contradição, para compensar a hesitação e a obscura confusão, uma das frases mais violentas do texto: "E é rangendo horrivelmente os dentes que suportamos o abominável sistema de limites e restrições, do extermínio do amor e da limitação do sonho que geralmente é designado como civilização ocidental." Este anátema final realmente significa na verdade a contradição vivida por esses intelectuais antilhanos. Desconforto de pessoas que pressentem o real antilhano, mas se sentem incapazes de reivindicá-lo.[2]

II

Jean-Paul Sartre e depois dele muitos comentaristas acabaram com os poemas de Étienne Léro, comparando-os com o que estava por vir: os textos de Aimé Césaire, por exemplo. Existe aí, a meu ver, não uma injustiça, mas uma impropriedade. Os poemas de *Légitime Défense* (incluindo os de Léro), em seu Surrealismo ingênuo, em sua delicadeza frágil, em sua moda logo ultrapassada, transmitem-me esse mesmo impossível, esse mesmo desconforto, e não tenho certeza se os brilhantes sucessos poéticos que se seguirão carreguem uma defesa tão comovente. Existem desconfortos constrangedores que são mais "positivos", se não mais reveladores, do que as facilidades triunfantes. Vejamos, pois, esses poemas.

Encontrei neles esta frase: "... quando os que faziam branco e os que faziam preto se pendurarem todos nas mesmas esperanças..."

---

2 Vão me dizer que nessa mesma época um cortador de cana exausto pela exploração não tem o que fazer com essas brigas de intelectuais. Mas o cortador de canas, uma vez que sua produção secar, viverá cedo ou tarde em meio à ambivalência e à incerteza.

(J.-M. Monnerot), que merece uma longa exegese. Caso notável de desvio. *Fazer branco* e *fazer preto* em poesia nos dispensa de enfrentar nosso bruto problema. Percebe-se aí uma dor lancinante e íntima atrelada a um desejo desesperado de transcendência pelo universal.

O estudo cuidadoso desses poemas nos leva às seguintes considerações:

– A presença das estações, ou "De algumas palavras que me são *impostas* misteriosamente". A referência sistemática, em poucas páginas, às variações sazonais não é indiferente. Cabe supor que essa referência significa primeiro (em René Ménil) uma necessidade inconsciente de redescobrir seu ritmo apropriado: "Quando meus olhares apagam/ a primavera nas janelas", ou "O verão girando em torno de seu núcleo/ Desdobra o lenço da inconsciência". Mas essa referência vira simbolismo alienante nos poemas de Léro ou Monnerot. Por exemplo, em um poema aliás intitulado *Premier poème de l'été* [Primeiro poema do verão]: "O verão é muito útil para a compreensão mútua dos seres." Pelo menos três ou quatro outros trechos testemunham a insistência do tema. O que isso mostra? A elisão dramática, em uma palavra, da paisagem que deveria carregá-la.[3]

– A ausência da paisagem antilhana. Ela não existe nem como lembrança, nem mesmo como fantasma. E esses poetas foram sensíveis o suficiente para renunciar a elas como decoração. Seus textos praticam, em um único movimento, uma mesma operação: o apagamento expresso de qualquer relação com uma dada paisagem. "Aos silêncios carregados de paisagens", "Porque a transparência anula a paisagem", "Os nossos dias ignoram a luz/ Os nossos olhos ignoram as cores", "Para quem tem medo da paisagem" etc. É descenessário revelar o nome autor: o impulso é comum a todos. A renúncia à poética da paisagem antilhana transporta o ser para um não país essencial, transparente.

– Transparência. Ela está em todo o texto, em cristal, em limpidez. A transparência é o país de quem renuncia à sua paisagem. Ele fornece uma garantia universal de reconforto.

3 Esse drama parece ter marcado a vida de Étienne Léro, poeta maldito, isto é, de palavra impossível. Ele morreu de pleurisia em um hospital de Paris, pouco antes da guerra (ainda não existiam antibióticos), por ter dormido por muito tempo em uma praia da Bretanha. Ele não encontrou sua paisagem, uma paisagem o matou.

Esses temas são confirmados pelas outras tendências desses poemas: o apelo ao silêncio, a mudez, a aspiração ao alto (o céu, o arco, o pássaro, o voo) e a expectativa ("com uma angústia com uma espera", "esperando pelo crime salvador", "o tão esperado" etc.). Como não ver que aqui se expressa uma insatisfação fundamental que se transmuta em apelos à elevação, à transparência, ao silêncio, à espera dolorosa (tantos vazios como recompensas) antes de se exaltar, em um último tema, um último apelo: aquele do incêndio que certamente purificará o ser de sua falta?

Subpoesia surrealista talvez, mas que expressa, de qualquer maneira, o que os autores de *Légitime Défense* viveram sem que isso parecesse um drama: a ausência de uma poética própria. Portanto, se o texto passa por uma pseudorruptura ideológica em que se misturam, sem ordem, todos as modas do tempo, o que ele nos deixa entrever é de outra importância: a medida inconsciente de uma ruptura real, impossível e desejada, que não deixa trégua para aqueles que são o lugar dela.

NOTA COMPLEMENTAR
Sobre o Surrealismo

Os trabalhos do seminário de pesquisa, ao qual este texto serviu de introdução muito geral, também abordaram a relação dos poetas antilhanos com o Surrealismo (e, consequentemente, as diferenças de conteúdo entre *Légitime Défense* (Paris, 1932) e *Tropiques* (Fort-de-France, 1943).

O Surrealismo aparecia "positivamente" como trazendo: uma contestação da sociedade ocidental, uma liberação verbal, uma potência de escândalo. "Negativamente" como fator de passividade (André Breton como mestre), lugar de referências vagas (a vida, o fogo, o poeta), ausência de pensamento crítico no social, crença no homem eleito. A relação foi enfatizada pela potência do imaginário, do irracional, da loucura, às potências negras do "elementar" (*Tropiques*). Mas a opinião geral era que o Surrealismo tende a reduzir as "particularidades" e a especificidade, que tende a rasurar o problema racial por meio da simples negação, que ele alimenta, paradoxalmente (e por uma generalização generosa, mas abusiva), uma tendência ao eurocentrismo.

84. Saint-John Perse e os antilhanos

I

Nota-se que, na obra de Perse, quanto mais cresce a errância, mais a expressão poética se "fixa". A ponto de tentar mineralizar um Universal sem falhas, para evitar se aproximar dele (intimidá-lo ou pervertê-lo) com dados hesitantes de um único ponto de vista. Como se a pura arquitetura das palavras fosse a primeira resposta, a única, ao vazio da errância. O mundo está no Oeste e o Oeste é linguagem; é aí que Perse fundará sua verdadeira morada. A soleira desta casa impossível, que surge repentinamente por fora das frágeis variações, é a palavra; e a palavra também é seu teto. A carne regressa ao Verbo. Desta forma, Perse alcança a expressão última e "total" do Ocidente; é o último arauto de um mundo sistematizado. A esse respeito, ele se contrapõe a Segalen: a diversidade é apenas seu acidente, sua tentação, não seu vocábulo.

II

Tal projeto foi possível não apenas e nem tanto para um antilhano quanto para um homem nascido nas Antilhas. Se Perse tivesse vindo para um outro mundo, se tivesse vindo ao mundo em outro lugar, certamente teria sido contido por enraizamentos, atavismos, por um apego à terra que o teria fincado firmemente. Pelo contrário, o nascimento nas Antilhas o deixa aberto à errância. O universo para o errante não se apresenta como mundo limitado pelo concreto, mas como paixão pelo universal ancorada ao concreto. Não se tem ideia de como Perse revive ali o dilema do crioulo branco, dilacerado entre uma história de uma metrópole que muitas vezes não o "compreende" (e da qual, por sua vez, ele reclama com energia e minúcia o legítimo parentesco) e uma natureza antilhana que o marca com feridas que ele talvez precise rejeitar. Apesar disso, Perse viveu essa distorção em um grau insuspeito, tanto por seus pares crioulos quanto por seus partidários franceses que por fim o consagram. Não é de estranhar que, para aqueles antilhanos que, ao contrário, se dedicam a reconciliar – para além da desordem colonial – natureza e cultura antilhanas, a relação com Perse seja ambígua, reticente. Como reconhecer sua natureza caribenha, quando ele se desvencilha de nossa história e a renega?

Existe, no entanto, uma frágil antilhanidade. Ou seja, existe nele aquela parte de nós que se esvai. Também nós estremecemos com a imposição de ficar e a tentação de ir embora. Perse compartilha conosco apenas essa tentação, a qual ele sucumbiu. Sem dúvida, uma ilhota na enseada de um porto é o abrigo mais seguro do errante. A Ilet-les-Feuilles, no porto de Pointe-à-Pitre. Uma pequena ilha no ancoradouro de uma ilha maior, delimitada não por praias arenosas entremeadas de manguezais, mas pelo rabisco de grandes navios que sempre a abandonam. Para quem gosta da obra de Perse, nada é tão comovente como este lugar fechado onde o poeta se coloca à margem de seu nascimento. Para um antilhano, nada é tão óbvio quanto essa separação irremediável, na qual Perse nos ignora e nos encontra.

A Ilet-les-Feuilles. Mar e floresta. Essa natureza que produz e rege o estilo. A obra de Perse é feita de marés turbulentas, de ondas vivas que irrompem, de tendas que perderam seus mastros, de céus sempre futuros em Estradas varridas pelo vento: o ir-se, o frágil, o fluido, o Mar. Ao mesmo tempo, uma desmedida arquitetada, apodrecimentos vegetais, luzes de sal fincadas em raízes violetas: o que cresce e permanece, a gordura, a raiz, a Floresta. Perse é antilhano pelo crescimento primitivo e entrecruzado de seu estilo. É a natureza que fala primeiro em nós. Sua natureza é a palavra como vegetação; mas sua história é a errância como puro projeto.

Pois ele não é antilhano. Ele não está implicado nessa história, ele foi livre para se afastar dela. A imposição do entorno não exigia que a criança que ele era permanecesse ali. Foi a vocação de partir. Perse escolheu partir sem rumo, "partir rumo ao oeste", ali onde o Ocidente já não é um dado concreto, mas um Ideal. Perse alcança o que Dante veio a ser. Ele sublima natureza e história na única História do Verbo. *Éloges* [Louvores] ainda é a palavra; *Amers* [Marcas Marinhas] é o Verbo.

Não devemos nos ressentir por isso. Que não quisesse ser antilhano, ele, que seus inimigos políticos difamavam como "o mulato do Quai d'Orsay"; que tenha justificado as depredações dos conquistadores, considerando suas obras como unificadoras; que sua poética tenha se cristalizado (de *Anabase* a *Amers*) em um universal sem particular – o que há de mais óbvio? O escritor de hoje, nessas Antilhas que ainda não nasceram, é logicamente um produto de exportação; ali onde Perse, por escolha contínua, se afasta e se eleva. Assim, ele transforma em ambição de vida o que para nós é fonte de angústia. Mas é a mesma paixão que nos move.

III

Percebemos que estas duas leituras são culpadas por deixarem algo de inexplicado em Perse: a de querer arrastá-lo de volta e com toda a força ao seu terreno antilhano (ele, o errante fundamental); a de teimar em embranquecer sua crioulidade, uma distorsão que o fez, tenho certeza, sofrer secretamente. Na primeira hipótese, atribuímos a ele uma história que não poderia conceber (ele caminha na História); na segunda, nós o despojamos de uma natureza que, mesmo sublimada, universalizada pelos Ventos do absoluto a que ele enfim se deu, nem por isso deixa de ser a pedra fundamental da sua palavra. A grandeza de Perse é que ele quer sintetizar pela transcendência o hiato entre a história e a natureza. O exemplo de Perse demonstra a face dupla do Ocidente, repentinamente confrontado com um mundo que não é mais feito à sua imagem.

IV

Pois, como colono do universo, Perse não sofre de má consciência, mas, ao contrário, significa (pelo afastamento e pela errância) a dupla ambiguidade de sua relação com o mundo; a ponto de fazer disso uma relação pura com a palavra do absoluto.

V

Essa poética do afastamento e da errância abre o poeta ao "movimento" do mundo. Ele sabe que deve expandir a palavra hoje e amanhã. Mas a nostalgia de um lar impossível (a surgir de repente, das próprias palavras) obriga-o a virar as costas a esse mesmo movimento.

Ocupado com os gloriosos deslocamentos (essas movimentos de eternidade, que nos impedem de nos mexer), talvez ele opta por ignorar a vegetação humilde ou medíocre que "permanece" e, no entanto, muda. Ele vê, ao longe, o que vai mudar no mundo, mas não a obra daqueles por quem ele vai mudar. O último arauto do mundo-em--sistema; sem dúvida Hegel teria gostado da paixão pela "totalidade" em Perse. Mas o mundo não pode mais ser moldado em um sistema. Muitos Outros e Alhures perturbam a superfície plácida. Contra esse turbilhão, Perse tenta "fixar". Fixar na palavra o que por ela se esparrama e estilhaça por tantos fragmentos desconexos. Uma vez que o universal está ameaçado até suas próprias raízes, Perse transcende com um salto a luz do universal.

A tentativa obstinada de fazer da linguagem uma casa (da palavra, uma realidade) é a sua resposta para a "desestrutura" do mundo, ao mesmo tempo que se recusa corajosamente a negligenciar seu modesto emaranhado. Perse percebe o que está acontecendo com o mundo (privilégio de poeta); porém, ele escolhe não aceitar, não fazer parte disso.

VI

A fixidez. A exigência de reter a polpa e a carne da palavra. Percebo no transe do Ocidente essas duas pulsões: rejeitar o mundo negando o sal da terra, se retirar do mundo marcando de absoluto a carne do mundo. Esquematizamos ou sacralizamos. Aí reside uma generosidade radical: por recusa ou transcendência, a inteligência ocidental admite que o Outro o chacoalhe. Saint-John Perse está presente no mundo, mesmo que seja para deslumbrá-lo de glória. No drama do mundo moderno, sua obra, que é construir na linguagem um elemento puro (que geraria então todos os elementos possíveis), é tão marcante quanto a ambição de quem deseja elaborar o elemento da linguagem. Como eles, ele rejeita a erupção das histórias; mas ele o faz glorificando a História. A errância é o lugar dessa glorificação. Aquele que vive partindo, cujo caminho é o Mar, e que desenlaça as ondulações amontoadas dos Altiplanos, é ele que respira dentro da única História. Sim. Quanto mais intensa a errância, mais a palavra se comove por fixidez.

VII

Os antilhanos percebem claramente que essa "fixar" diz respeito a eles; mas que talvez ainda tenham que inventar uma sintaxe, explorar uma linguagem que não lhes é *dada aqui e agora* – antes de poderem esculpir seu brilho. Assim como Perse aparece frequentemente na clareira das minhas palavras. Penso também que, se por acaso pensou nos guadalupenses ou nos martinicanos, de quem tão pouco sabia (ele que tão raros elogios dedicou às nossas terras), foi certamente com arrogância, mas também com remorso. As histórias fissuram a História; elas expulsam para as margens irremediáveis aqueles que não tiveram tempo de se ver através um emaranhado de cipós.

VIII

Para além disso, Saint-John Perse continua sendo vital para todos, e esta é a homenagem mais justa a ser feita ao poeta. Quando, no mais denso florescimento das línguas e da trama de incontáveis linguagens, o homem quiser voltar às fontes de luz, ele compreenderá que esta luz, do fundo da língua francesa, conseguiu criar (estendendo Segalen, o Dividido, superando Claudel, o Católico) uma referência de estabilidade, um modelo de perenidade, de que o nosso Diverso (sem se esgotar nisso) um dia sem dúvida precisará para melhor se expandir.

NOTA

É verdade que as generalizações retóricas das últimas obras de Perse nos permitem pensar que a poética do universal nada ganha ao se proclamar como tal. No entanto, foi essa poética do universal que Roger Caillois estudou em Perse.

"Não me inclino sobre os abismos", diz Roger Caillois. "Reflito sobre o uso do artigo ou do advérbio. Esse exercício é mais modesto e, consequentemente, mais seguro, embora também possa conduzir suavemente aos abismos; mas, justamente, ele conduz e não nos joga de repente – bastante em vão."

Assim, não tem muita importância meditar sobre a análise crítica de Roger Caillois, embora o detalhe dessa análise (mais de um terço do livro dedicado ao léxico e à gramática, às orações, mutações etc. na escrita do poeta) seja importante. O negócio é saber se essa análise é conclusiva, quer dizer, se, a partir dela, Roger Caillois conseguiu mostrar a poética que mencionamos. Ora, parece-me que há, na passagem da análise ao que lhe serve de conclusão e ao que se poderia chamar de tentativa de síntese, um hiato que o crítico não soube preencher. A falha é tão óbvia que o autor, ao tratar dessa poética de Perse no que ela tem de essencial (de transcendente em relação à organização da escrita), não pode fazer melhor do que abandonar-se a uma escolha de textos de Perse, escolha que parece mitigar uma certa incapacidade de compreender a obra deste ponto de vista.

Mas Roger Caillois valida seu método pelos resultados muito positivos que alcança; embora suas conclusões possam parecer "tendenciosas" tal é o grau em que refletem a personalidade de seu autor. A poesia de Perse se apresenta, de fato, no fim da obra do crítico, como:

- uma poesia que "prova seu objeto" (isso contra a gratuidade poética);
- uma ciência da percepção (contra a anarquia da visão poética);
- um elogio que imortaliza a coisa elogiada ("a fuga contínua das coisas pede uma arte que saiba fixá-las e retê-las");
- uma poesia da realidade ("Nesta obra onde tudo se transpõe, podemos afirmar sem medo que quase nada é inventado. Nenhuma fantasia, nenhum delírio");
- uma poesia enciclopédica ("ele dobrou a história com uma espécie de ciência nova que é o tema de sua poesia").

O teórico suplantou o leitor, e Roger Caillois é muito visível aqui. Mas, pela sensação que ele provoca de penetrar realmente na carne do poema, ele milita a favor de uma poesia cuja abordagem pode parecer difícil, e a obscuridade, repulsiva: "Esta obscuridade... não vem da confusão, do absurdo ou do mistério; ela caminha para uma revelação diferida." Assim, o livro de Roger Caillois pode, por sua vez, "acomodar a nossa visão" e nos tornar capazes, que é em última análise um de seus propósitos, de nos elevar até esse ponto em que a poesia se libera do mundo cotidiano para reencontrá-lo em um nível diferente, em que a poesia chega à total falta de unidade sem se submeter a ela.

Mas se o autor ganhou a partida nesse terreno, sob outro ponto de vista, parece que ele nem chegou a jogar. A obra de Perse não se vê aqui vinculada a nada que a autorize e a nada que, por sua vez, ela crie no saber poético. A empreitada foi demasiadamente sistemática, conduzida muito esquematicamente, para que pudesse demonstrar as próprias flutuações desta obra, este movimento (de acentuação retórica que veio ao longo do tempo, por exemplo) que nos impede de amar *Vents* [Ventos] tanto quanto *Anabase*. Ao nos concentrarmos demais no detalhe, na gramática, de forma tão exclusiva, corremos o risco de ignorar a intenção poética, que fundamenta o detalhe. Uma poética é talvez uma ambição (realizada ou não) tanto (isto é, ao mesmo tempo) quanto uma organização de palavras. E, quando a intenção toma a si mesma como objeto, ela aventura as palavras ao esplendor vazio de um universal excessivamente suficiente.

85. Identidade cultural

Resumo em forma de litania os elementos da nossa identidade. A litania convém aqui muito mais do que o discurso.

O tráfico de escravizados como desenraizamento da matriz
(a mãe inacessível)

A escravização como combate sem testemunha
(as palavras sussurradas nos casebres)

A perda da memória coletiva
(a vertigem do tempo)

A evidência do outro
(a transparência do "universal")

A armadilha folclórica
(o não projeto intelectual)

A armadilha do estado civil
(a assombração do nome)

A armadilha linguística
(a dominação)

A não responsabilidade técnica
(a ferramenta, estranha)

O imediatismo
(a repercussão direta das pressões)

A "suspensão" política
(o medo do vínculo com o mundo)

O consumo passivo
(a importação exacerbada)

O aniquilamento
(não fazer nem crer)

O sistema de troca
(a Martinica, terra de passagem)

A astúcia do desvio
(a "sabedoria" popular)

A sobrevivência pela subsistência
(a vida beirando os limites)

A abertura multilíngue
(ao cabo da diglossia)

A abertura caribenha
(o limiar do espaço-tempo)

O passado reconhecido
(as faltas ultrapassadas)

A nação lancinante
(a resolução autônoma do conflito de classes)

O oral - o escrito
(a liberação das inibições)

Um povo que se exprime
(o país que se junta)

Um povo político
(o país que age)

e, ao fim da nossa errância enraizada, a vontade sem reserva de propor para essa ação caminhos específicos, tramados no nosso real e não caídos do céu das ideologias; a vontade não menos forte de não nos fecharmos em sectarismos *a priori* daqueles que não refletem na Relação dos povos; para essa junção, a audácia criadora coletiva, para a qual cada um vai contribuir.

Não é um amém que encerra a litania: porque nós vemos, esparsa dentro da falta, longe, no fundo da derrisão, essa nova noite dos casebres em que reuniremos, primeiro por sussurros raspados do fundo da garganta, nossas vozes.

86. A estação única

Sim, o imaginário está ancorado no desejo. Mas, quando o desejo é proibido porque seu objeto se faz subterraneamente impossível, o imaginário bate asas mecânicas. O uso da palavra "verão" em textos antilhanos, incluindo os que escrevi tempos atrás, ilustra tal mecanismo. Pois esta palavra, "*été*" [verão], não o particípio, mas a estação,[4] preencheu-me de seu vago rumor: vago para mim. Vejo nela, ao revés, o sinal nada vago de uma perdição. Eu escrevia automaticamente "*été*" como sinônimo de fogo, calor, ardor. Então, um dia, *descobri* a palavra em *La Lézarde* e fiquei estupefato. Quando tomei conhecimento do texto de *Légitime Défense*, um dos sinais da alienação me pareceu ser o uso indiscriminado dessa palavra, numa terra em que temos uma única estação. Mas como isso é possível? Eles haviam migrado faz tempo. O inverno deixa marcas. A voz flexível corre no vento das ruas. O sol fechou sua salina. Aprendemos a medir o tempo que faz. A palavra "verão" traz a esperança necessária. Não é para pensar nela.

Segundo minha experiência, já disse que a diferença entre a estação única e o verão está toda no frescor do outono que, no mais secreto calor do verão, estremece. Lembrei-me de que essa esperança de intensidade (o apelo da palavra "verão") seguiu seu curso cego, deu seu grito ardente, em *Le sel noir* [O sal negro]. Eu quis ver de perto; reli o texto. Alienação, sem dúvida: esperança que não passa de esperança; apesar do pretexto do poema, sua peripécia, que supõem generalidade. Mais tarde, procurei a mesma palavra em meus poemas "martinicanos": *Boises*; *Pays rêvé pays réel*: não consegui encontrar. Isso me lembra que uma informação fornecida à sra. Maude Mannoni por Georges Payote diz respeito à diferença que ele estabelece entre as quatro estações na Europa e as duas estações antilhanas, às quais ele não dá nome e que são não exatamente estações: a temporada seca e a temporada chuvosa.

O que o imaginário do poema nos diz dessa maneira mecânica? O desejo impossível do outro país. Uma leitora martinicana me criticou um dia, se não me engano em *Malemort*, por ter colocado muitas referências ao "país de antes", que ela pensou se referir à França. Mas ela estava enganada; o texto designava, sem sombra de dúvida, a África. Um desejo impossível, escondido no recôndito mais profundo da minha leitora, havia mecanizado seu imaginário. Ela havia lido o que temia e sonhava ler.

Assim como a ação política molda realidades, a poética é um combate contra sombras que rondam em nós. Não aquela em que se ra-

4 No original, "*été*" pode ser tanto o substantivo masculino referente à estação do ano (verão), quanto o particípio passado do verbo "ser". (N.T.)

sura um texto para lhe conferir autenticidade; mas o longo trabalho intenso no qual nos dedicamos inteiramente ao projeto de dizer algo, transformando-o sem renunciar a sua essência. Quando reencontramos nossa paisagem, o desejo pelo outro país deixa de ser uma forma de alienação. Certa vez, sonhei com um personagem na encosta de uma montanha e o chamei de Ichneumon. Sem dúvida, essa palavra me atravessou. Soube muito mais tarde que é o nome egípcio (tão, tão antigo?) para se referir ao mangusto. Como ele, mas na fenda do sonho, "ele buscava a travessia".

E, como é preciso retomar esse propósito sem cessar, abordá-lo por todos os caminhos possíveis, reproduzo aqui as anotações encontradas em meus papéis como uma forma de recapitulação.

1. *A criação da nação nas Antilhas e a criação das Antilhas como nação possível*

Quando se considera a contribuição do artista para a criação da nação nas Antilhas, surge imediatamente a questão da criação das Antilhas como nação possível.

Pode-se de fato pensar que os países das Antilhas desenvolverão uma cultura original do tipo afro-caribenha, cuja realidade se afirma desde já.

O problema é que essa realidade cultural foi ativada ao mesmo tempo que foi fragmentada, se não totalmente estilhaçada, pelas influências antagônicas das nações europeias no Caribe. O artista expressa essa realidade ameaçada, mas também explora o mecanismo muitas vezes oculto desse processo de fragmentação.

Se atualmente os países antilhanos vivem ou estão submetidos a regimes sociais, políticos e econômicos muito opostos entre si, a "superação artística" permite tecer, para além disso, os laços da unidade. A nação não surge então como o eco de um sectarismo, mas como a promessa de uma futura partilha com outros.

2. *Criação intelectual e criação popular*

Essa ambição artística nunca passaria de um projeto se não fizesse parte da realidade vivida pelas pessoas.

Construir uma nação significa hoje pensar, antes de mais nada, nos sistemas de produção, de trocas comerciais lucrativas, em melhores condições de vida, elementos sem os quais a nação se tornaria em pouco tempo uma ilusão.

Mas descobrimos diariamente no mundo que também é preciso um senso de personalidade coletiva, do que se chama de dignidade ou especificidade, sem as quais a nação estaria justamente vazia de sentido.

Nos países em desenvolvimento, onde a lógica da eficiência técnica e dos lucros ainda não dominou todas as áreas da vida, o trabalho de produção artística continua a ter uma importância vital.

É isso que queremos dizer quando afirmamos que os primórdios de todos os povos (da *Ilíada* ao *Antigo Testamento*, do *Livro dos mortos* dos egípcios às canções de gesto ocidentais) são poéticos. Ou seja, é preciso uma voz que articule um projeto comum, enquanto nos empenhamos em ações concretas, sem as quais esse projeto não passaria de um sonho.

3. *A poética da resistência e a poética da expressão natural*

A palavra do artista antilhano não provém, portanto, da obsessão de celebrar sua intimidade interior; esse eu interior é inseparável do devir da comunidade.

Mas o que o artista expressa, revela e sustenta em sua obra, os povos não deixaram de viver na realidade. O problema é que essa vida coletiva foi restringida pela tomada de consciência; o artista adquire uma capacidade de reativação. É por isso que ele é seu próprio etnólogo, historiador, linguista, pintor de afrescos, arquiteto. A arte não conhece aqui a divisão de gêneros. Esse trabalho voluntário prepara para as florações comuns. Se for um esboço, ele torna possível o pensamento crítico; se obtiver sucesso completo, ele pode inspirar.

87. Galáxias de imagens se organizam em ilhas

I

É preciso mergulhar nos meandros da memória para apreciar melhor a poesia de Henri Corbin. A leitura nos leva primeiro a um mundo de imagens: o fervor mais imediato enfrenta um instinto sábio do ritmo. Sentimos que esse mundo é tecido por claridades novas, nutrido pelo contato com tudo que ao nosso redor nos prepara às iluminações, aos mergulhos, à efervescência do mar e das areias. Mas vemos também que esses toques delicados são sustentados não pelo conhecimento carente que rege os homens de letras, mas por uma lógica das profundezas, a mesma que organiza o universo das coisas, o movimento e a força, a graça das árvores tocadas pela luz.

Então esquecemos, fingimos esquecer o texto. Então surge uma outra lógica e um outro movimento toma forma. Esse elemento puro, essa transparência inspirada, não são apenas a inocência nem o dom de ver que os geram. Nós sentimos em nossa lembrança que a poesia de Corbin é antilhana. Ela é um dos sinais desse mar pontilhado de ilhas que se abre constantemente para o irrompido [*irrué*] do mundo. Ela soletra essa palavra que pouco a pouco organiza o conto do que está dado. Só quero os temas dos últimos poemas como garantia, em que uma descrição quase realista do quadro antilhano se confunde com uma visão desmantelada do mundo de hoje.

Por muito tempo, Henri Corbin errou por afloramentos universais. Ele agora nos fala do que o cerca e o convence, sem trégua, em seu país. Só existe um caminho. Assim como em nossa memória o poema se comuta, é também na memória (na história) do país antilhano, inscrita nas rochas e na terra ofendida, que a beleza percebida por um só irradia ao fim em conhecimento partilhado.

II

"A lâmpada cativa"

Esta é a oportunidade de questionar o "encantamento" dessa palavra. Translúcida, como um sopro que hesita o tempo todo em passar pelo sol, pela chuva, pelas nuvens. Uma ternura das coisas vem aqui enxertar, à beira da falésia, entre o céu e a noite, o seu segredo. Há muito me surpreendi que tal transparência, e tal tormento evaporado, pudessem tocar o poeta e me manter em sua casa, antilhanos que somos, inclinados aos esforços e às naturezas duras e rígidas desse país das Antilhas que procuramos e que talvez já esteja em nós. Vejo passar o outono pela paisagem de "A lâmpada cativa" - e o outono não é nossa estação. Os lírios crescem lá nas calçadas - e nossos poços são abruptos. Terá Henri Corbin esquecido, na espuma das estações, o fogo sem trégua da nossa única estação? Não. Esse é o brilho da errância: para quem explora, desacostumado com as velhas cores da solidão, essas regiões sem limites que abrem *o país mais essencial*. É a errância que nos obriga a esgotar a distância entre o desejo e o duro despertar, e a preencher esse espaço, esse instante, com estrelas, pássaros, feridas e véus. Quem melhor do que ele terá conhecido a errância? Esse vão que amarra, numa vertigem sem luz, o exílio interior?

A graça de Henri Corbin em escrever, graça muito particular que ele não compartilha com ninguém, é ter se voltado antes de tudo para a "insônia da rosa", cadernos infantis bordados de lua, essa maneira de empurrar ou realizar, com ideias ou sonhos, realidades ali ameaçadas. Isso se chama inocência; pela qual o poeta se liberta das distâncias que o separam de seu "arbusto de ébano". Tal é a soma desses poemas, os primeiros que ele guardou.

A antologia, que sem dúvida não estava destinada a vir à luz no momento em que foi segredada, que tinha antes a vocação de exalar por muito tempo o segredo de sua luz, antes de encontrar sua própria claridade, hoje ressoa para nós uma transparência tão contínua, resumindo de forma viva essa errância.

Resta dizer que Henri Corbin teve que deixar o exílio esclarecedor, para se refugiar em instantes mais fecundos. "Voltar para seu país", esse país que é o dele. Mas ele já o fez. Os poemas aqui apresentados transmitem a luz perturbadora e penetrante com a qual o poeta exorcizou a noite de outras terras, e suas suspensões.

III

Também vi surgirem outros jovens poetas, por exemplo, Joël Girard, em Guadalupe. A paisagem antilhana fala por meio deles, e desses lugares obscuros onde nossa história se tece. Eles olham para o Caribe, nomeiam as mulheres e os homens que encontraram. Assim, o silêncio estéril que brotou do grito original se desmorona. Nomear esses poetas é entrar com eles na esperança comum.

88. A partir de *Boises*

Ao desembarcar, essa linguagem. A resina de nossas palavras, truncadas na boca, desenterradas da noite. De algum modo, ainda se espera algo desses milhafres do povo. Todo um crioulo à deriva, retorcido nas profundezas turvas do mangue.

Além disso, essa outra língua, em que nos calamos. (É o pavor dos falares do Uno.) Depená-la. Entrelaçá-la, não com um falso verdejar, mas com nossa lei nua e contraditória.

Inédita (sempre ousada) derrota da Relação! Por ela, de uma ilha em ventania, você irrompe pela rádio do mundo, com suas gargantas de mandioca seca, e um vestígio tão leve de terra na testa.

II

Vegetações. Terras queimadas que é preciso secar para poder lavrar. Terra que deriva em sua derrisão. Ofegar a folha que incha, que, explode. Morte da escrita trêmula e uma medida oculta: é toda história.

Do Norte, os azuis sombrios da chuva. Do Centro, a terra que brota nas rochas, e o cheiro. Do Sul, a miragem de espinhos dissimulados como areia. A ortiga difratada.

A narrativa não elege mortos em nossa boca. Ficamos de boca aberta sob o sol feito bagaço, calados do além. Enchemos nossas luas de cerimônias sem fogo.

III

O contador de histórias dá um grito de rocha. Ele cava no lugar mais profundo, é lá que reside sua verve. Nem verdade fechada, nem sumo do instante. Mas o rastro coletivo, do qual precisamos desenterrar o vento.

Depurar o sopro até o sabor áspero da paisagem: dedicar ao sopro a morte das rochas e dos abismos.

Aqueles que semearam as tribos; exilados afogados quando as fontes se secam; desviados de seus dias, com encenação e alegria. Aqueles que estendem, com o cérebro em chamas, uma mão muito oficial. Aqueles que moem até o nada. Até o sol e o ar que bebemos.

IV

Os textos fechados de *Boises* lembram a fórmula dos jogos de *Tim-tim boisèche*: "- Um barril sem fundo? - Aliança!" Eles traçam a falta, com explosões muito medidas. A nossa estação única fechou-se sobre si mesma, pelo desvio da assimilação. As ilhas agora estão se abrindo. A palavra requer espaço e um ritmo novo. "Vejo avançando pela terra, o povo *inspirado* que seremos."

89. Sete paisagens para as esculturas de Cárdenas

Entrei pela *Porta do Sol*, que abre uma das principais passagens da América. Sinto o vento correr e me preencher. Ele engole nossa história estilhaçada, que agita o ar gelado das cidades piramidais; estende-se até a planície infernal das favelas, no litoral. Cárdenas esculpiu essa Porta, que não atende as demandas estreitas de um indivíduo, mas nomeia o infinito a cada objeto erguido pelo escultor. Ali, a vertigem enrola nosso espaço. Os Andes onde Tupac Amaru resistiu ao arranco de quatro cavalos, as Granadinas que concentram suas areias estupefatas no Caribe. Desvio e retorno, movimento fixo do olho no entroncamento onde se desdobra o arrebatamento. Você gira em torno da evidência, que te olha e brinca com você. É o que chamam de Altura.

Também vi se espalhar diante de mim uma selva de tocos, raízes, bulbos. A arte de amarrar a noite na revelação. Mas não aclamamos a estatura irremediável de uma única árvore, nós enaltecemos essa floresta que é a palavra. A escultura de Cárdenas não é um grito, é discurso: incessante e deliberado, que está sempre gerando e a cada passo *estabelece*. Em nossas terras, e até onde vai o calor, essas profundezas se enraízam. Sob a proteção do Caminho traçado, entre a estrada de Deux-Choux que fura os céus e a estrada tortuosa que serpenteia em direção a Saint-Pierre, listras azuis e lilás brilham no silêncio pesado. Pude vislumbrar nessa sombra o mármore esculpido por Cárdenas, o presságio deslumbrante que ele plantou na lama primordial.

Há quanto tempo esperamos, nos Altos Planaltos, que esta Porta nos acolha? O objeto diante de nós (uma obra de arte: um *signo que se move*) nos transporta, do vazio escancarado do passado aos nossos projetos do meio-dia. Sua intensa ambiguidade percorre o tempo e o sintetiza. Tornar nossa história visível é, portanto, o trabalho árduo em que Cárdenas se esculpe. A paisagem interior, que nos une. De Trindade ou de Antígua, homem e mulher (o *casal antilhano*) são ventilados em um rastro que se espalha, na profusão de um transplante, na incerteza de um discurso; eles esperam para *revirar os olhos*. Com Cárdenas, de fato, viramos nossos rostos em direção a esse vento. Quero dizer que ele nos revitaliza. Sim. Ele revela em nós uma energia ofuscada. Cárdenas é nossa saúde. O mármore que ele espumou enraíza-se no ar. O bronze que ele projetou está suando um sangue novo.

Não há dúvida de que ele também precisou do esforço dilatado, da graça obstinada que regeram e definiram a arte do Ocidente. Não hesitem em nomear aqui os traços sintáxicos de seu estilo, de Arp e de Brancusi, por exemplo. A arte moderna no Ocidente está cheia de rostos cegos do sonho que os povos de outros lugares tinham dentro de si, ela refletiu aquela luz estilhaçada que hoje nos permite ver o mundo. Cárdenas está na confluência. O encontro entre este movimento das formas e essa existência apaixonada colocou-o numa destas encruzilhadas, marcadas pelo invisível, que nas profundezas de Guadalupe se chama simplesmente, numa expressão literal e misteriosa, de quatro caminhos. A terra vermelha é margeada por densos canaviais; seu rastro é laminado de maneira uniforme por carros de boi e caminhões a diesel. O calor faz brotar fumaças rasteiras, que nossos zumbis frequentam. Os bronzes de Cárdenas se entrelaçam ali, mostrando-nos um novo caminho a seguir.

Tenho uma grande escultura dele, que ele fez aqui na Martinica. Ele tinha vindo para a festa da comunidade e para ver onde crescem essas helicônias cujos *coração três vezes palpitante* foi escrutinado por

André Breton, e cujo caule delicado e áspero, com suas protuberâncias enfeitadas, ele tantas vezes escondeu em uma forma esculpida. Mas só conseguimos encontrar, para ele trabalhar, pedaços altos e estreitos de mogno que coletamos no alto do Morne Pitault, logo acima da planície de Lamentin, onde o rio Lézarde escorre em agonia. Não tivemos tempo de arranjar para ele pedaços grossos de madeira ou pedra, que, aliás, talvez nunca teríamos encontrado. Nossas terras não contêm tesouros que possam ser transformados. Abandonamos nossas árvores enormes; elas ficam velando em picos inacessíveis. Nossas colinas estão repletas de acácias mortas e mognos sem vida. Não somos mais espessos que os finos talos da cana-de-açúcar. Primeiro Cárdenas falou brincando: "Eu havia pedido madeira. Madeira é algo grosso, ocupa espaço, se estende!" Mas suas mãos não resistiram por muito tempo ao mogno duro e castanho, ainda que sem espessura daquela vez, e ele evocou logo a presença irrefutável de um *Ancestral que se quebra sem gritar*. Ali, o platô da madeira original se fez paciência e transparência, a pequena abertura tornou-se *o olho da linhagem*, o tempo tumultuado tomou forma em nossa consciência. Gosto que esta obra tenha assim nascido de uma dupla necessidade. Os que a admiram perguntam instintivamente: "É africano?" A aberração formal de tal pergunta pressupõe uma série de respostas bem concretas. Essa escultura, espírito de madeira ritmando nosso tempo recomposto, atua nos mármores e bronzes que a transformam diante de nossos olhos.

Agora o contador de histórias faz uma pausa. O farfalhar dos galhos na palavra, quando, à noite, o cheiro paciente das toras sobe dos abismos queimados. O homem que canta domou com a mão uma fumaça de palavras. Ele se torna escultura fluída, que nos semeia. Ele não nos solta mais. Sua cadência preenche o espaço em que estremecemos ao ouvir elevarem-se as idades primitivas. A poética de Cárdenas tece essa duração, em que se força a unicidade da coisa esculpida. Ela se conecta com a tradição das festas orais, o ritmo do corpo, a continuidade dos afrescos, o dom da melopeia. De uma obra a outra, é o mesmo texto que é dito. Que uma arte do único se organize a esse pinto em discurso, é aí que Cárdenas nos captura. Ele associa assim uma retórica da duração: o instante escolhido dá lugar à cadência da voz. A memória é forçada a esgotar seus desvios, em que a forma surpreendida se enrola e, de repente, emerge. Da mesma forma, o contador de histórias de repente nos arrebata com seu gesto: mas é porque ele nos trouxe de muito longe. E ele nos toca com seu encantamento, cujo sentido perdemos, mas cuja força permanece entre nós.

Lembro-me também (será uma miragem?) da poeira branca que, em certas ruas de nossas cidades, à beira de encostas mal construídas, sugere tanto cuidado e asseio. Foi atravessando um bairro de Havana, aonde eu ia visitar a família do escultor. O pai, com a confiança contida de quem recebe o amigo do filho, que nós compreendemos e não compreendemos. A apresentação à família, a barreira do idioma, a dificuldade de encontrar o vínculo de filiação. Mas também esse sentir-se em casa instantâneo. Uma calma não afetada, como parentes que se encontram uma vez por ano. A luz rendada do sol atravessando a sala. E, para além do que tentávamos dizer tranquilamente, o ímã daquele silêncio a que tanto queríamos nos entregar. Cárdenas conhece esse silêncio. Vemos que ele o utiliza nas formas que faz surgir. Talvez ele se proteja desse silêncio, mas ele alimenta sobretudo seu trabalho e, por vezes, nos contagia. É a pontuação do discurso. É a paisagem mais essencial. Talvez eu o tenha levado comigo quando deixei aquela casa, onde nos reconhecemos tão naturalmente como sendo da mesma terra e da mesma raça. Terra de convergências, raça de ideias. Lá fora, o sol batia como sempre seu tambor, e Cuba festejava suas palmeiras.

90. Dispersos

Toda mimese supõe que o representado seja o "verdadeiro real". Quando ela incide sobre duas realidades, em que uma se destina a reproduzir a outra, inevitavelmente quem faz parte do processo se considera em permanente estado de irrealidade. Esse é o nosso caso.

*

Hoje "naturalizamos" o Barroco, mediante uma superação desestimulada de antigos "excessos". Os desvios tornam-se cada vez mais secretos. Os discursos de rua estão agora presos na garganta.

*

A obsessão pela “consideração” deu lugar a pulsões do discurso público delirante. É mais insidioso. Se você quiser trabalhar com alguém, comece com uma exibição ostensiva de sua estima por essa pessoa. Caso contrário, o trabalho vai minguando.

*

Essa paixão não autoriza a fuga para a frente, essa reação típica de quem já não sabe o que fazer, que consiste na desqualificação “proletária” dos “intelectuais”. Em nosso contexto, o trabalho do intelectual é insubstituível. Apenas sua pretensão à liderança seria condenada.

*

Estou em um carro com amigos e, de repente, um deles diz: “Que país enorme.” O que ele queria dizer é que não cessamos de o descobrir dentro de nós.

*

Mas e a Guiana? Um espaço inesgotável que imaginamos repleto de rios e matas. Os guianeses pedem aos martinicanos e guadalupenses que os deixem em paz. Nós “colonizamos” boa parte daquela área. Porém, é como se existisse em nós um vínculo secreto com o continente. Um vínculo poético, ainda mais caro porque a ele renunciamos. Ainda mais forte que a marca dos guianeses em suas terras. Canções como corredeiras rio acima, poemas como tantas florestas sem fim.

*

Os martinicanos de origem hindu chegaram aqui em grande parte com suas famílias. Afirma-se que seu senso de solidariedade coletiva é maior do que o dos afrodescendentes.

*

Devemos, no entanto, pensar em sistematizar de uma forma nova as antigas técnicas de sobrevivência. Criar no país uma rede com o maior número possível de unidades produtivas. Juntá-las. Mantê-las uma pela outra.

*

O pensamento mágico se estabelece a partir de crenças escondidas no passado coletivo. Faz parte do presente. Mas também prolifera porque o presente escapa, esquiva-se de você. Não sabemos bem qual desses motivos é a nossa sorte.

*

A teoria da "mudança lenta" pela educação progressiva de um povo. Tal educação fortalece pouco a pouco o processo de se acostumar com a dependência.

*

Nós amamos beterraba. É doce, é vermelha como sangue.

*

Não ousamos admitir que gostamos de furacões. Eles nos dão tanto. O estremecimento periódico que vem de lá do fundo do mar, o anúncio que se segue de que estamos oficialmente em estado de "catástrofe".

*

O terremoto nos apavora. Em primeiro lugar, ele é imprevisível: não é anual, nem decenal. Em seguida, dura muito pouco tempo para ser compreensível. Acessoriamente, pode causar muitos danos.

*

A mimese funciona como um terremoto. Há algo em nós que luta contra ela, e nos deixa desconcertados.

91. Sobre a literatura

Trazemos, portanto, a questão da escrita, fazemos uma pergunta à escrita, e cada vez é por meio de um livro. Dessa forma, vamos arrastando nosso próprio discurso sobre a oralidade. Será que algum dia inventaremos aquelas formas de expressão que vão deixar o livro para trás, vão transformá-lo, vão adaptá-lo? O que havíamos dito das técnicas de expressão oral, da poética do crioulo, por exemplo? Repetição, tautologia, eco, todo o dizível acumulado. Ousaremos aplicar isso não a um discurso proferido aos quatro ventos, mas a livros que corrigimos, trituramos, cuidamos? Ou, então, abandonaremos o livro e por quê?

Se eu retomar os poetas que surgiram em nosso meio, tenderia a escolher uma oralização da escrita. Seu ritmo é o do conto popular. Sua palavra descreve com humor palavras que cantamos. Além disso, há todo esse caos de nossa relação com o tempo, com a história arruinada, que devemos fixar, recompor. O livro é a ferramenta da poética forçada; a oralidade incide sobre as poéticas naturais. Seria o escritor para sempre prisioneiro de uma poética forçada? A literatura, na medida em que produz livros e é gerada por eles, está afastada das germinações naturais, anônimas, que emergem repentinamente da terra úmida. Mas é exatamente isso que desejamos: uma literatura que não precise forçar o seu florescimento.

Quanto a mim, há muito tempo me esforço para conquistar uma duração que se esvai, para viver uma paisagem que se multiplica, para celebrar uma história que não está documentada em lugar nenhum. Alternadamente, o épico e o trágico me seduziram com suas promessas de revelação lenta. Uma poética restrita. Fúria da língua. Nós todos escrevemos para desnudar mecanismos ocultos.

Mas e se a escrita crioula conciliasse o que há de regrado na literatura e o que há de exuberante e irreprimível na "oralitura"? É muito cedo para responder, e as inúmeras publicações que pude ler não abandonaram, na maioria das vezes, as facilidades do folclorismo ingênuo. Mas aqueles que persistem nesse experimento estão sem dúvida preparando seu caminho.[5]

5 Os jovens martinicanos não demonstram apenas mimetismo em sua linguagem ("super", "é sensas", "duro, duro" etc.). Identificamos aí fenômenos de criação contínua, a partir da porosidade sistematizada entre o crioulo, o francês e também o inglês ou o espanhol. Este é um exemplo banal. A partir da expressão francesa: "para de fazer circo", o crioulo dá: "*pa fe sic épi moin*" ("não faz circo comigo", tradução literal). Mas como a palavra "*sic*" pode significar tanto "circo" quanto "açúcar" (nós não pronunciamos os "r" intermediários!), os estudantes martinicanos empregam frequentemente a expressão forjada por eles: "*Don't make sugar with me!*" Esse anglicismo culmina na expressão "*stop sicking!*", que é, portanto, a mais recente transformação do francês: "*arrête ton char*".
Tais caminhos são divertidos, talvez apaixonantes, para serem explorados. Existe aí uma derrisão das línguas, mas a presciência de uma linguagem apropriada.

Situado na confluência do oral e do escrito, esse discurso sobre o discurso procurou adaptar sua maneira à sua proposta. Ele ecoou em mim como uma melopeia, foi retomado como um canto solene, estagnou como um grande tambor e às vezes fluiu como o som agudo e ardente dos *ti-bois*[6] no bojo do tambor.

92. Acontecimento

Uma enorme fantasia coletiva abalou a imprensa francesa entre março e abril de 1980. Inúmeros artigos surgiram. A preocupação cresceu. Antilhanos que viviam na França telefonaram angustiados para seus familiares. O país está em chamas e em sangue. O que está acontecendo? – Não está acontecendo nada. Algumas greves com suas ruas ocupadas (mas Paris já havia visto muito mais que isso, *naquele mesmo período*), tensões sociais agudas, a resistência de funcionários a desistir de seu subsídio de 40% relativo ao custo de vida. A máquina do poder se movimentou, as declarações desastrosas se multiplicaram, enquanto a maioria dos martinicanos seguia frequentando os grandes centros comerciais. "Lá no fundo" da opinião pública francesa, algo havia mudado sutilmente em relação às Antillhas. Nada está acontecendo? Cego seria aquele que se deixa levar por essa calma. A pressão intolerável de nossas contradições está aí. Nós nos acostumamos a viver assim. Mas surgem rachaduras ameaçando romper e hoje sentimos que em breve teremos que dar um passo adiante. O fantasma da opinião pública, que não tem base na realidade, não é tão infundado quanto parece.

Comparo-o com a cegueira sistemática. Fiquei surpreso ao ouvir um casal de funcionários públicos franceses, pessoas encantadoras, admitir, com suspiros complacentes, que vivia muito bem na Martinica e que não conseguia entender que todo mundo falasse com tanta preocupação sobre o clima social e os conflitos no país. O reflexo colonialista bem integrado produz essas espécies de inocência.

---

6 Instrumento antilhano tradicional, composto por um bambu e que se bate com baquetas. (N.T.)

Outra reação "clássica" dessa população de origem francesa é a objetividade. "Os problemas são os mesmos em Ardèche ou no Roussillon. São os efeitos do afastamento da autoridade central. Os estudantes de Savoie são tão deculturados quanto os daqui."

O que nos leva suavemente ao humanismo, nova moagem. Em 1979, foi fundada uma filial martinicana da LICA, "contra todos os racismos, brancos ou negros". Um jovem martinicano, Jovignac, foi morto? Lemos nas paredes de Fort-de-France: "Jovignac poderia ter sido branco!" "Martinicanos, metropolitanos, o mesmo racismo! Parem com o massacre." Como diz o ministro, "somos irmãos".

aberturas

referências

O FIM DA “ESCRITA”

O problema não é tanto decidir um modo de transcrição (fonético, etimológico, interdialetal) para o crioulo, mas liberar, na Martinica, a prática do crioulo por meio de uma revolução das estruturas do funcionamento social.

O problema não é, de forma alguma, crioulizar o francês, mas introduzir na Martinica um uso guiado por uma economia (de meios) própria: uma prática criadora.

Toda prática de uma linguagem só consegue construir um pleno domínio se for fundada a partir de uma base de responsabilidade técnica. (A língua é ferramenta de criação.)

É preciso se perguntar sobre o “fim” da “escrita” (ou da ideologia que dá suporte à transcendência *da escrita) no mundo atual: talvez sobre o fim do universal generalizante; ali onde brilha em todos o sentido a* Relação dos Diversos.

93. O consumo

Instigado pelo economista sr. Michel Louis, que está escrevendo uma obra sobre o consumo na Martinica, e pelo sr. Jacques Arcade, engenheiro que trabalha com as análises estruturais a partir da informática, organizamos um grupo de estudos que funcionou durante um ano no Instituto Martinicano de Estudos. Nosso projeto visava estabelecer uma lista de variáveis sobre o tema do consumo na Martinica, a construção de uma lista de sequências dentro dessas variáveis, a apuração e interpretação dos resultados fornecidos por uma máquina depois que ela tivesse processado esses dados. Não cabe a mim relatar aqui o conjunto dessa pesquisa de fôlego, mas, com autorização de meus colegas pesquisadores, gostaria de destacar alguns aspectos que dizem respeito à minha contribuição (teórica) sobre esse assunto. O escritor de nossos países se esforça para penetrar o mais profundamente possível no conjunto dos mecanismos em ação entre nós (e em nós).

Eu vejo o consumo "normal" como uma incitação ao desejo, a partir das próprias necessidades sociais sugeridas ou aceleradas por uma organização social, uma determinada estrutura de sociedade. Não me interessa discutir a legitimidade da noção de necessidade, tomada nesse sentido. Eu parto do princípio que, a partir das necessidades fisiológicas, toda sociedade desenvolve entre seus membros, em função de seu "nível" técnico e de acordo com a natureza das hierarquias sociais, necessidades que deixam de incidir sobre o fisiológico, sem deixar de remeter a ele. A natureza do consumo moderno seria exacerbar essas necessidades em desejos, isto é, introduzir o indivíduo num movimento ou numa espiral ascendente, de tal modo que, a cada nível da hierarquia social, não apenas ele deseje (conscientemente ou não) satisfazer ao máximo as suas necessidades sociais correspondentes a esse nível, mas que deseje ainda, e com força, acessar a satisfação das necessidades que correspondem *ao nível superior*.[7]

Afirmo que esse processo desencadeado pela inclinação ao consumo é "normal", porque está acompanhado, nas sociedades desen-

7 É um dos argumentos do capitalista. Ele dirá que tem necessidades (e consequentemente "obrigações") que o operário não tem. O que é necessário para o capitalista se torna um luxo do desejo pouco razoável para o operário.

volvidas, de dois incidentes principais. Primeiro, o consumo é feito no contexto de uma produção. Do fato de ela ser alienada ou não em sua "forma" (a produção capitalista aliena o operário, a produção nacional é alienada pelas multinacionais capitalistas) resulta um clima psicológico geral, assegurando o consumidor. Este tende, inconscientemente, a acreditar que ele consome o que produz, mesmo que o produto venha com a menção *made in Japan*. O outro incidente é que, de um modo provavelmente alienado, o consumidor terá a impressão de "conhecer" tecnicamente o produto a ser consumido. Ele frequenta os grandes *salões* anuais, pesquisa nos jornais especializados, chega a comparar os méritos respectivos dos produtos de consumo. Essa "competência técnica", que é quase sempre ilusória, é suficiente, em todo caso, para manter o desejo dentro dos limites que raramente são ultrapassados de forma extravagante.

Essa relativa racionalidade na produção do desejo é confortável para todos: para a sociedade, que não se encontra brutalmente ameaçada por um fluxo de desejos irracionais; para o indivíduo, que tem, no entanto, a possibilidade de "saltar" um ou dois degraus da escada de equivalências entre estatuto social e possibilidades (natureza) de seu consumo. Esse indivíduo é "mediatizado" por um conjunto de produtos e meios técnicos cuja superabundância pode, algumas vezes, desencadear problemas que serão apenas, justamente, individuais.

A condição do consumidor martinicano é totalmente diferente. Ele não consome num contexto de produção, isto é, o produto consumido nunca é percebido como produto próprio nem como produto de troca (*made in Japan* contra *made in France*), mas como o resultado de uma troca (fundos públicos contra benefícios privados), ainda que o consumidor não tenha nenhuma consciência dessa troca nem dos termos reais da troca que ele estabelece. Um vazio se abre diante do consumidor e dentro dele. Nesse contexto, a ilusória competência técnica explode pelos ares. Ou nem se apresenta. Não é o excesso de intermediários técnicos a sua volta que desequilibra o martinicano, é a ausência total de qualquer mediação técnica, de qualquer competência que poderia livrá-lo, sem recorrer à repercussão "imediata", total, que não difere dos produtos que lhe são fornecidos. Assim, o consumidor martinicano se vê "entregue" ao objeto que ele possui (creio que esse é um dos aspectos que Michel Louis desenvolve em sua obra). A escolha do objeto não obedecerá nem a uma apreciação técnica (em geral, tudo que é importado é considerado "bonito", tudo que é fabricado no país, "inferior") nem a um desejo racional de aubir um ou dois degraus na equivalência status-consumo que já mencionamos. Dois critérios vão decidir sobre a escolha: o tempo levado para obter o objeto (o medo da "ruptura de estoque" é permanente), a impressão que ele dará no vizinho. Essa impressão não será vista dentro dos "limites". Não existem limites onde não há racionalidade estabilizante. Nesse ponto, a sociedade martinicana não precisa de estabilizador: diante desse cenário esboçado, o consumidor, que não é um produtor, nada pode reivindicar. Ele é totalmente passivo. Esse consumo "anormal" convém muito bem para o sistema estabelecido.

"Anormal": porque, a partir das necessidades sociais, o que essa sociedade exacerba no indivíduo não é um desejo, é uma pulsão. Quero dizer que, numa sociedade desenvolvida, a publicidade vai suscitar no indivíduo, a partir de seu desejo de consumo, pulsões quase sempre incontroláveis sobre os objetos. O que faz o caráter do consumo passivo na Martinica é que a pulsão invadiu uniformemente e estruturou o campo de atividades do consumidor, e que, consequentemente, a incitação publicitária (sobretudo no modo "técnico") torna-se, nessas condições, praticamente inútil. A pulsão é *a priori* e não depende da aparição, da necessidade nem da beleza do objeto em si.

De fato, esse consumo tem um motor de origem: a prática da troca, que marcou o sistema produtivo martinicano desde seus primórdios históricos (troca de produtos agrícolas tropicais por produtos acabados) e que se manteve depois do desaparecimento desse sistema (hoje, a troca de serviços por produtos acabados). E um motor de entretenimento: o desejo de integração ao "modelo branco", desejo não racional (pulsão) que determina o segundo critério importante da escolha do objeto: a impressão produzida nos vizinhos. É preciso mostrar que integramos o modelo.

Lamento não poder desenvolver aqui todas as implicações de tal estudo. É preciso, entretanto, considerar que o problema do consumo passivo é uma das chaves da situação na Martinica. Organizado de forma a satisfazer os indivíduos (os meios de aquisição são inúmeros, a renovação é permanente, o dinheiro que circula constitui uma massa enorme), o consumo passivo desperta também reações coletivas de insatisfação que vão muito além de uma morosidade generalizada. Mas como pedir para os indivíduos renunciarem a pulsões que se tornaram reflexos? E quais soluções globais de substituição propor a uma coletividade da qual exigimos tal renúncia? Num país onde a riqueza é concebida como pura aparência, onde os benefícios sociais são considerados como renda, onde não existe nenhum sistema de produção nacional, onde o martinicano não tem nenhuma função real na produção-pretexto existente, onde a pressão dos fatores de "assimilação" é constante, pungente e passa desapercebida, parece difícil despertar reações limitativas no processo de consumo passivo. Entretanto, será necessário que os "políticos" estudem essa questão, sabendo que nenhuma solução parcial terá efeito aqui e que será necessário, nesse caso, propor "sistema por sistema".[8]

94. Povo e linguagem

Sabemos e já dissemos que, antes da chegada de Colombo, o arco das Antilhas foi constantemente percorrido por um movimento de comunicações, do continente às ilhas do norte, das ilhas ao continente pelo sul.

Sabemos e dissemos que foi a colonização que balcanizou as Antilhas, que foi o colonizador que exterminou o povo Caraíba nas ilhas, interrompendo essa relação.

Assim, a escravização foi acompanhada de uma coisificação: qualquer história parecia acabar no Caribe, e os povos ali transplantados não tiveram alternativa senão sujeitar-se à História com H maiúsculo,

8 A coexistência de um consumo exacerbado e uma produção aniquilada se apresenta, de fato, como uma anomalia dificilmente concebível numa racionalidade econômica e que, dentro dos fatos, desenvolve uma passividade prazerosa da comunidade. Vemos então aparecer uma forma inédita de organização social que um jovem filósofo martinicano define como "o gulag feliz". Transformar (por choque e colisão?) a mentalidade coletiva, convertê-la nas severidades da autossuficiência, do equilíbrio sempre projetado entre produção e consumo, não haveria aí uma necessidade, ao mesmo tempo que o princípio do impossível? É isso que os martinicanos precisam vencer neles e em torno deles. É significativo que as formas de violência militante que surgiram em Guadalupe (1980, atentados e bombas) tenham acontecido, justamente, nesses lugares típicos do consumo: supermercados, marina, aeroporto.

todos igualmente submetidos à hegemonia da Europa. A coisificação foi sistematizada no racismo: "Todos os negros se parecem; o único índio bom é um índio morto."

Meu trabalho pretende demonstrar o que os povos do Caribe criaram e preservaram contra essa opressão; por exemplo, essas histórias particulares, que eles contrapuseram à suposta História com H maiúsculo e cujo encontro hoje contribui para a criação de uma civilização caribenha.

Não vou me estender sobre as circunstâncias que já foram examinadas aqui: as partes integrantes da população caribenha, as estruturas do mundo da escravização, os episódios das lutas de nossos povos e sua resistência, os avatares de nossa elite. Vou me concentrar, para começar, em alguns traços comuns que são inegavelmente compartilhados. Com base nisso, podemos estabelecer mais claramente as diferenças entre nossas situações.

A natureza rígida da Plantação desencadeou formas de resistência, duas das quais são constitutivas de nossas culturas: a fuga maliciosa durante o Carnaval, que eu sinto ser uma forma desesperada de sair do mundo confinado da Plantação, e a fuga combativa do quilombo, que é o ato de contestação absolutamente generalizado em toda essa zona de civilização que estamos abordando.

Não é de se admirar que, para nós, a música, o gesto, a dança sejam formas de comunicação tão importantes quanto a fala. Foi por meio dessa prática que conseguimos sair da Plantação pela primeira vez; é a partir dessa oralidade que precisamos estruturar a expressão estética de nossas culturas. Não se trata de afirmar que a escrita é inútil para nós, e temos consciência da necessidade dramática de alfabetização e circulação de livros em nossos países. Para nós, trata-se de reconciliar enfim os valores das civilizações da escrita e as tradições dos povos da oralidade, por muito tempo inferiorizadas. No passado, nas trevas da escravização, a palavra era proibida, o canto era proibido, mas também a aprendizagem da leitura, sob pena de morte.

Durante muito tempo também, a arrogância e o imperialismo monolinguístico acompanharam a expansão ocidental. O que é multilinguismo? Não é apenas a capacidade de falar várias línguas, o que muitas vezes não acontece na nossa região, onde às vezes não podemos sequer falar a nossa língua materna oprimida. O multilinguismo é o desejo apaixonado de aceitar e compreender a língua do vizinho, e de enfrentar a enorme força niveladora da língua, continuamente imposta pelo Ocidente – ontem com o francês, hoje com o inglês americano – a partir de uma multiplicidade de línguas e sua intercompreensão.

Essa prática de mestiçagem não faz parte de um humanismo vago, no qual seria permitido fundir-se no outro. Ela põe em Relação, de forma igualitária e inédita, histórias que sabemos hoje no Caribe que são convergentes. A civilização da mandioca, da batata-doce, da pimenta e do tabaco está voltada para o futuro dessa Relação; por isso luta para reaver a memória de suas histórias rasuradas.

Sabemos hoje, no Caribe, que as diferenças fecundas entre nossas culturas provêm da presença de diversos fatores.

– O desaparecimento mais ou menos definitivo do povo ameríndio.

– A existência ou não de uma estrutura cultural "atávica" ou, o que dá no mesmo, o sucesso sistematizado das técnicas de sobrevivência.

– A existência ou não de um extenso interior físico, ou seja, o sucesso da acumulação cultural, cujo fundamento teria sido o quilombo.

– A possibilidade ou não de criar ou manter um sistema autônomo de produção.

– A presença ou não de línguas de compromisso, acompanhando a sobrevivência das línguas vernaculares e o desenvolvimento das línguas veiculares.

Essas diferenças, acentuadas pela vontade de isolamento do colonizador, orientam hoje as diversas estratégias de luta que os povos do Caribe estão desenvolvendo. Em todo caso, o resultado é uma nova concepção da nação. A nação não se baseia na separação; é uma forma da relação, não alienada, com o outro, que assim se torna um outro.

*

Chegou o momento de voltar ao Barroco, de que muitas vezes falamos aqui. Não havíamos observado que, na errância de nossa retórica, o Barroco aparece primeiro como o signo de uma falta; o enfeite na língua francesa bordado por nossos letrados desesperados? Não deveríamos abandonar esse Desvio? Mas, para nós, hoje, já não se trata de um excesso que se enrolava em torno de um vazio. O esforço inconsciente da retórica barroca no mundo colonial antilhano empenhava-se, em sua busca pela língua francesa, em exacerbar a obsessão pela pureza. Talvez venhamos a comprometer essa língua em relações insuspeitas. É o espaço inédito dessas relações que tece, ao mesmo tempo que desmonta a concepção de língua padrão, a "naturalidade" de um novo Barroco, o nosso. A libertação surgirá dessa composição. A "função" das línguas crioulas, que devem resistir à tentação da unidade, passa por essa operação, muito distante da imagem da fusão (facetas ligadas, fascínio) do *melting pot*. Também sabemos que no fundo de toda palavra, e por mais longe que levemos nosso querer-dizer, e por mais que nos esforcemos para dar peso às nossas ações, resta a matéria obscura de algo não formulado.

95. 22 de maio

Os partidos políticos de oposição vêm tentando há algum tempo transformar o dia 22 de maio em um "feriado nacional". Por quê? Porque, nesse dia, os escravizados de Saint-Pierre na Martinica se insurgiram exigindo o decreto da abolição da escravização, o que havia sido decidido em Paris desde o dia 27 de abril daquele mesmo ano de 1848, mas cuja aplicação foi adiada em nosso país. Vamos ler novamente o decreto do sr. Husson, datado de 31 de março.

Embora se queira discutir sua importância histórica, a revolta dos escravizados na Martinica em maio de 1848 é um fato estabelecido. Porém, ocorreram outras revoltas de escravizados. Penso que a escolha da data de 22 de maio corresponde, na realidade, a um fantasma coletivo, que dissimula o sentido real da "libertação". Qual seu conteúdo real?

– A óbvia transição do capitalismo escravista para uma forma de capitalismo em que o trabalhador não é mais um bem de produção e passa a receber um salário. A persistência oculta do que denomino sistema de troca está sendo germinada nessa transição e, consequentemente, a impossibilidade de formação de um sistema de produção nacional. Nosso atual sistema de câmbio está implícito na "libertação" de 1848.

– A apropriação da realidade da "libertação" pela ideologia da assimilação, cuja arma ideológica será por algum tempo o schoelcherismo.

– A adoção, sem crítica global, dos *slogans* e dos conteúdos dessa ideologia: a cidadania francesa, o ideal republicano etc.

– A concessão de uma cidadania inevitavelmente precária a uma população analfabeta, conjuntamente despersonalizada por essa atribuição.

A "libertação" de 1848, paradoxalmente, nada tem a ver com a comunidade. Esta se vê hesitante quanto a sua organização e seu futuro; incapacitada, durante muito tempo, de se conceber como coletividade. A resistência e a revolta dos escravizados, *como em todas as outras vezes*, não terão uma "continuidade" como vontade coletiva, como sentimento de nação, mas serão gradativamente desviadas para a perspectiva da ascensão social individual.

É possível que essa escolha deliberada da data de 22 de maio como dia de uma "festa nacional" reflita uma hesitação surda e inconsciente; uma impossibilidade, novamente, das elites "políticas" conceberem a radicalidade da nação. Isso seria certamente um fantasma por compensação, ainda mais reconfortante pelo fato de ter escolhido uma data que evidencia um combate.

Naturalmente, um fantasma que talvez seja produtor de história. A lembrança solenemente renovada das lutas de maio de 1848 poderia contribuir para manter a emergência da coletividade dos martinicanos. Mas acredito que um tal fantasma só poderia funcionar no contexto de uma situação que não seja ela própria fantasmática. Se não, ela não passaria de uma tautologia e não "reproduziria" nada. Esse é o risco que corremos.

O 22 de maio é um dia de festa para nosso povo. O "feriado nacional" dos martinicanos ainda está por vir: no dia em que eles fundarem a realidade de sua nação.[9]

---

9 Podemos nos perguntar, como um amigo martinicano – um psiquiatra, é verdade – se não devemos colocar aqui a questão do *sagrado*. Meu amigo argumenta assim: "Do que poderíamos ter medo, como martinicanos, do que puder nos unir e nos levar adiante", já que o céu não pode cair sobre nossas cabeças? Meu principal argumento, em relação a esse ponto, visa mostrar que a própria questão do *sagrado* não é aplicável para nós. Nesse sentido, os povos "compósitos" são autorizados a economizar em tamanha dimensão, e sua unanimidade passa mais pelo senso da *Relação mundial*, como poética da diversidade reconhecida. A Poética da Relação difunde a unicidade do sagrado, ao mesmo tempo que o recupera.

96. Resoluções, resolução

Tivemos a teimosia e talvez a coragem de analisar o máximo possível o que consideramos ser a estrutura da realidade martinicana. Temos tentado fazê-lo, muitas vezes de forma coletiva, porque estamos convictos de que se trata de uma realidade ofuscada, de difícil apreensão para quem a vive. Planejei por algum tempo a ampla pesquisa que está neste livro porque senti que inúmeras modalidades do processo de escrita, considerado como forma de produção, de expressão particular de uma força de criatividade, são esclarecidas (na medida em que toda criação pode ser) por essa análise.

A estética assim projetada é esta do Diverso não universalizante, tal qual me pareceu se revelar da Relação planetária desde que os povos do mundo passaram a conhecer e exigir o direito de se expressar. Uma estética não essencialista, ligada ao que chamo de emergência da oralidade: não porque esta triunfa no audiovisual, mas por sintetizar e ampliar o gesto e a fala de povos novos.

As Antilhas constituem, de fato, um campo de relações com equivalências recíprocas que tentei apontar. Uma realidade ameaçada que, no entanto, persiste teimosamente. E, nesse real, Guadalupe e Martinica parecem ainda mais ameaçadas por esse fenômeno surpreendente da Relação que chamamos de assimilação: desviadas de seu curso natural de desenvolvimento, zumbificadas em seu contexto, mas com uma força incomensurável de resistência diante dos meios postos em prática para concluir essa assimilação.

A colonização não foi, portanto, tão bem-sucedida quanto parece à primeira vista. A irresistível pulsão mimética se choca com focos de resistência que apresentam o inconveniente de não se manterem unidos por nada, num contexto literalmente fragmentado. Aqui, toda ação cultural deve favorecer a ação política, a única capaz de concretizar a unificação desses focos de resistência implícitos ou explícitos. A ação política só vai conseguir essa consolidação de forças se for baseada em análises conjuntas em uma teoria dessa realidade. Eu não denomino de teoria do conjunto uma construção uniforme que dá soluções, mas uma visão polivalente capaz de explicar ou compreender os aspectos contraditórios, ambíguos ou imperceptíveis, que surgiram nessa experiência (martinicana) da Relação mundial.

O motivo central dessa obra é justamente que, assim como o real martinicano só pode ser compreendido a partir de todos os possíveis, abortados ou não, dessa Relação, e da capacidade de superá-los, também as poéticas multiplicadas do mundo são destinadas apenas àqueles que tentam entendê-las em termos de semelhanças que não *unificam*. Essas poéticas são indissociáveis do devir de um povo, do seu tempo de pertencimento e imaginação.

Uma preocupação permanente, subjacente aos meus esforços, tem sido de não sucumbir ao otimismo ingênuo que se deixa levar pelo brilho fácil de uma poética "natural", arranjada ou tramada num mundo uniforme e confiante. O mundo está devastado, povos inteiros estão morrendo de fome ou sendo exterminados, técnicas sem precedentes são aperfeiçoadas para garantir a dominação ou a morte: essas são algumas evidências cotidianas de que a poética da Relação precisa sempre levar em conta. Além disso, não se pode inscrever essa nova sensibilidade em um contexto neutro, onde as perspicácias políticas estranhamente desaparecem e onde ninguém ousa mencionar a luta de classes, exceto em voz baixa e abafada.

É porque as realidades sociais e políticas na Martinica estão camufladas de todas as formas possíveis - pela mimese e pela despersonalização, por ideologias impostas, por comodidades mortais -, que me parece indispensável examinar a nós mesmos primeiro, o que cresceu em nós de indizível ou irreparável. Essa visão é uma poética.

Falei muito sobre o sistema em que estamos presos. Mas essa é uma noção que eventualmente se tornará confortável demais. E quanto a nós? Não teríamos dado a mão a quem nos usurpou?

Portanto, se tenho insistido tanto na produção e na produtividade, na técnica e na responsabilidade técnica, não é simplesmente para modernizar meu discurso nem para sugerir que todas as "soluções" passem por isso. Existe uma urgência em descontruir a necessidade "técnica", e em pensar os modos de uma etnotécnica: de um chamado para a relação dos fins com os meios, de uma adaptação dos níveis tecnológicos com o entorno. Mas apenas uma comunidade totalmente livre para agir, e também para desejar, poderia realizar tal desvio. A independência da Martinica é vital para esse processo. Ela é uma produção e ela esconde sua técnica; é aqui que se origina um senso coletivo de responsabilidade. Quanta energia frustrada, quantos homens e mulheres discutem com suas sombras nas encruzilhadas das ruas, quantos delírios, tudo isso porque nos falta esse senso de responsabilidade.

Essa responsabilidade não pode ser delegada às camadas dominantes de vocação sem função. O futuro desse país não depende da habilidade de quem está no poder (sabemos que tipos de catástrofes surgem normalmente desse tipo de habilidade), mas da profundidade da revolução nas mentalidades e de sua realidade nas estruturas sociais. Acredito no futuro dos "pequenos países".[10] Talvez seja possível realizar formas modernas de democracia direta, por mais que se desconfie dessa forma de governo quando se consideram as terríveis aberrações que ela produziu no passado.

A necessidade dessa unanimidade, não imposta por alguma ideologia pré-fabricada, dentro das condições de possibilidades antilhanas, dita a escolha dos militantes martinicanos: não há alternativa para a união de todos os que lutam pela independência.

Ao dizer isso, terei me afastado da estética da Relação? Não. Ela supõe a voz de todos os povos, o que chamei de sua opacidade, que nada mais é, afinal, do que a expressão de sua liberdade. A transparência da falsa mimese deve ser eliminada de uma só vez.

Se o leitor leu esta obra até esse ponto, desejo que, por meio do emaranhado de minhas abordagens do real antilhano, ele tenha captado esse tom que emerge de tantos lugares despercebidos: sim, que ele o tenha *ouvido*.[11]

---

10 Consideremos, por exemplo, a desproporção entre a massa esfarelada dos países antilhanos e o crescente impacto de sua existência na consciência moderna, sem levar em consideração seu papel na política mundial. Mas não é esse papel nem esse impacto que fundamentam minha crença.

11 No original: "*qu'il l'ait entendu*". No francês, o verbo "*entendre*" tem os sentidos de "compreender" e de "escutar". Essa frase final deixa em aberto a ambiguidade do termo para ampliação interpretativa de que o leitor possa ter tanto compreendido quanto escutado bem esse "tom". (N.T.)

anexos

quadro da diáspora

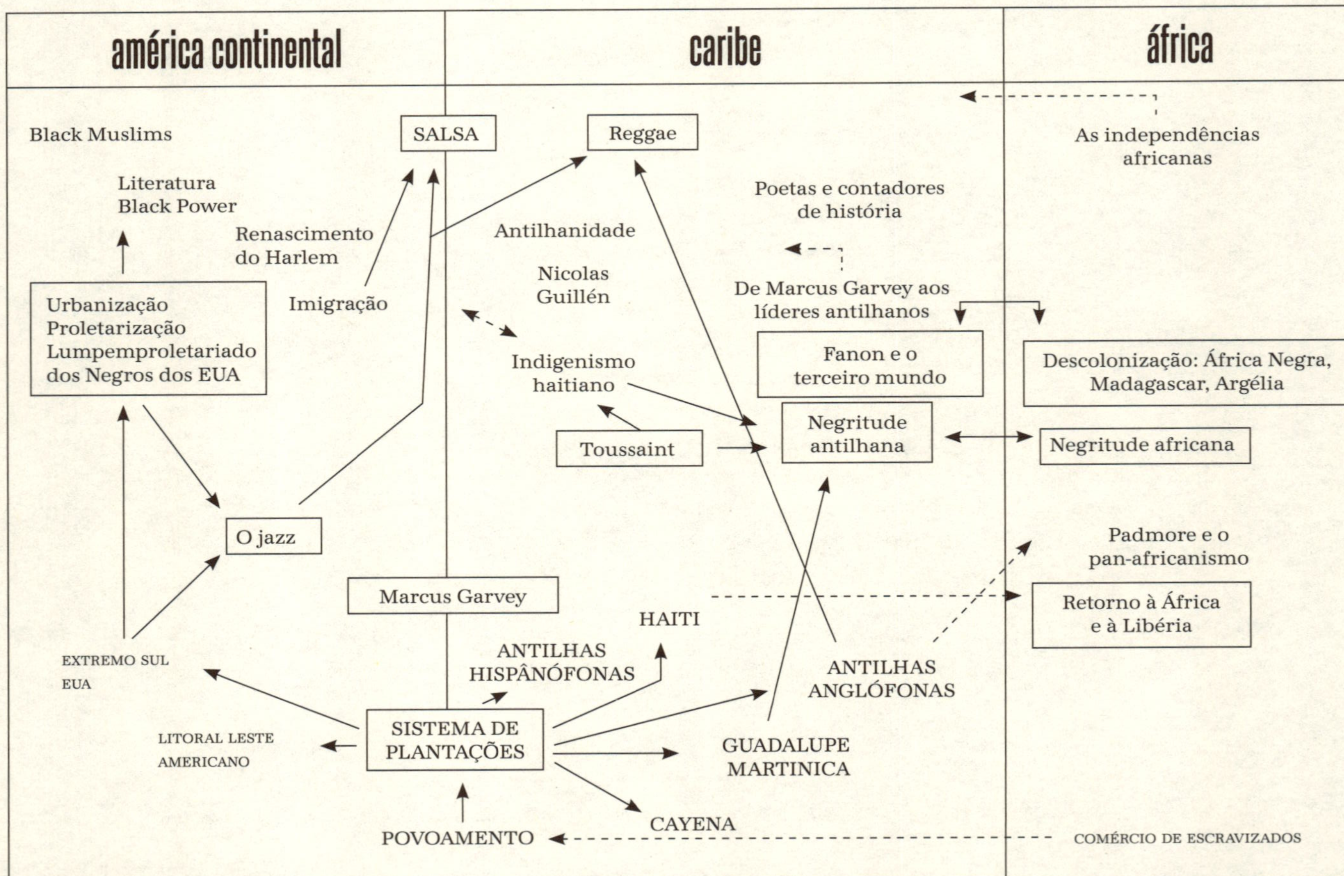

américa continental
caribe
áfrica
Black Muslims
Literatura
Black Power
Renascimento
do Harlem
Imigração
Urbanização
Proletarização
Lumpemproletariado
dos Negros dos EUA
O jazz
EXTREMO SUL
EUA
LITORAL LESTE
AMERICANO
SALSA
Reggae
Antilhanidade
Nicolas
Guillén
Indigenismo
haitiano
Toussaint
Marcus Garvey
HAITI
ANTILHAS
HISPÂNÓFONAS
SISTEMA DE
PLANTAÇÕES
POVOAMENTO
GUADALUPE
MARTINICA
CAYENA
ANTILHAS
ANGLÓFONAS
Poetas e contadores
de história
De Marcus Garvey aos
líderes antilhanos
Fanon e o
terceiro mundo
Negritude
antilhana
As independências
africanas
Descolonização: África Negra,
Madagascar, Argélia
Negritude africana
Padmore e o
pan-africanismo
Retorno à África
e à Libéria
COMÉRCIO DE ESCRAVIZADOS

nota sobre os métodos de transcrição

O interesse da compilação, ainda que parcial, das propostas sobre a escrita crioula e sua consolidação é mostrar que cada sistema contém sua parte de verdade, mas também de arbitrariedade.

Aqui observamos um grande número de encontros: por exemplo, a adoção de um princípio fonético e não um etimológico ou ainda a especialização de certas letras (a letra "g" geralmente não aceita o valor do "j" como na palavra francesa "*manger*").

A partir disso, surge uma variedade infinita de axiomas, cujas contradições são óbvias de um sistema para outro. Seria inútil elaborar uma lista. Além disso, as várias proposições de transcrição devem ser lidas em correlação umas com as outras. Seu único encontro lança luz sobre os problemas inerentes à consolidação do crioulo.

Esse encontro também permite comparar indiretamente os dialetos crioulos (Haiti, Guadalupe, Martinica ou Reunião). Perceberemos que o crioulo da Reunião se afasta bastante dos crioulos das Antilhas. Que o crioulo haitiano apresenta particularidades que, sob certos aspectos, o distinguem mais da língua francesa. É óbvio que uma das vantagens de tentar consolidar o crioulo é levar a elaborar uma tabela comparativa dos encontros e das variantes entre seus dialetos e, portanto, coordenar os esforços e talvez identificar regras gerais, por um lado, e dados específicos, por outro. O trabalho dos srs. Valdman e Jean Bernabé segue nessa direção.[12]

Mas nós já apontamos que a simples oportunidade de consolidação gerou controvérsia. Não haveria aí um risco de estagnação de uma língua tão surpreendentemente ligada à prática oral? No contexto das culturas contemporâneas, as regras de consolidação podem ser propostas de forma prévia? O esforço dos linguistas é precioso para estabelecer quadros comparativos e sintéticos, mas ele não acabará por restringir a dinâmica autônoma dos diversos dialetos da língua? Esse processo não criaria uma espécie de pedantismo, levando a condenar supostas "falhas" e "erros?" O erro não seria ir contra o projeto fonético global, na medida em que há muitas maneiras de *entender*[13] um falar?

Portanto, para dizer o mínimo, surge a questão das liberdades na criação em oposição aos métodos sistemáticos de análise das estruturas.

Em relação às referências fonéticas e etimológicas geralmente recomendadas, é preciso sobrepor a abordagem de uma poética da língua, pela qual a metalinguística não seria apenas uma gramática. Os desvios do imaginário, as coerências ou contradições internas, os processos de formação ou de deformação importam aqui. Essa poética do crioulo não foi discutida em nenhum lugar. Os dados da linguística tradicional nativa não são suficientes. Faz falta a intuição criativa que permite "esmiuçar" a língua.

Essa mesma intuição deveria inspirar os roteiristas crioulos de hoje. Com muita frequência, na passagem do oral para o escrito, o texto crioulo conforma-se a uma *tonalidade* (agradável ou não) sugerida pelo idioma francês. Temos a impressão de uma tradução mais ou menos bem-sucedida. A atual massa de textos crioulos (políticos, sociais, educacionais, literários) evoluirá sem dúvida em direção a uma exploração cada vez mais *desinteressada* (ou seja, tomando a si própria como seu fim último) do que pode ser expresso. A dificulda-

---

12 Ver também o trabalho da sra. e do sr. Maurice Bricault, Ina Césaire, D. Bébél-Jislè, Grupo Kima-Futiésa, Axel Gauvin, RaPhael Confian, sem contar os "clássicos" do gênero.

13 Ver nota 49 do "Livro III" (N.T.)

de é que esse desinteresse supõe que a língua seja antes uma língua de funcionamento. Essas são as contradições do que é chamado de modernidade: teremos que exercer o crioulo no prazer de sua prática pura, mas esse lazer está hoje sujeito à exigência severa da reconquista política e econômica.

textos do dogma de cam

Eu havia lido os folhetos distribuídos pelo sr. Suffrin. Acostumado com a retórica de seus discursos, recusava-me a cair na gargalhada durante a leitura desses textos em que, tão obviamente, se abusa da língua francesa. Estudava-os com "seriedade", com a intenção, isso é verdade, de ilustrar algumas das teorias que concebia sobre o delírio verbal (sem conotação pejorativa) na Martinica.

Foi então que precisei, para escrever este livro, compilar esses folhetos, classificá-los, escolher alguns. Dessa seleção irrompeu o brilho absolutamente insólito de uma linguagem de júbilo. Quão ronronante (sim, todo arredondado) me parece o estilo de nossos letrados, em comparação com um transbordamento desse? Eu havia observado que os tipógrafos encarregados da execução técnica desses comunicados, certamente zombando às escondidas desses disparates, não se haviam dado ao trabalho de corrigir os "erros" mais flagrantes. Não importa. Não vou multiplicar aqui os "sic". Da confluência desses gritos surge a evidência de que não é necessário "possuir" uma língua, ou seja, pretender dirigir suas perfeições para criar nela uma linguagem. Porque o que diz o sr. Suffrin, crioulo e francês misturados e deslocados, tem a cor exata de nossas errâncias. Quando o vejo passar, irredutível, no meio dos nossos supermercados, das nossas pretensões absurdas, dos nossos Carnavais, penso que é isto o estilo: uma firmeza infalível para articular uma voz. Já disse que em muitos lugares esse homem viu e sentiu com mais precisão do que muitos dos nossos políticos. Sua linguagem é ao mesmo tempo, no que diz respeito à relação com a língua francesa, errática e fixa. É uma desviância, mas que não se enxerga como tal, e que perdura. Se o considerei como um dos arquétipos de delírio verbal costumeiro, certamente não é por causa desse desvio da língua, mas porque as construções do *Dogma de Cam* são uma resposta patética e incontrolável à erradicação econômica. O delírio verbal costumeiro é um substituto do poder econômico aniquilado. É uma verdade notável que a vida do sr. Suffrin se confunde com a luta que ele trava para fazer valer que a *terra em volta de sua casa* não pertence àqueles que dizem ser os proprietários, mas à coletividade martinicana. Ninguém pode ajudá-lo nesta luta. Nem a coletividade, porque ela não tem certeza desse direito; nem os "políticos", porque não têm certeza da coletividade. O sr. Suffrin está fadado a constantemente teatralizar seu gesto. A partir de sua prática "imperfeita" da língua francesa, ele propaga sem medo e sem freio o que lhe resta como arma: a subversão infinita de uma língua que não é a sua; a enorme unidade de uma linguagem que ele forjou para si sozinho, e que não se reduz a nada de conhecido ou analisável. Mas quantos Suffrins existem em nossos países: cada vez que uma língua imposta vem reforçar ou sancionar uma opressão aparentemente sem falhas.

Texto I

Bem amados

Façam seu ORÁCULO mensalmente. - Sua NOVENA Anualmente. Testemunhem com renovação da verdade e da fé sobre o representante de Cristo na obra efetiva: é edificar, exortar, consolar-se no espírito, na profecia com a revelação de Deus para os seus louvores e as suas glórias.

Suffrin Edmond Evrard
Autodidata da Oniromancia - Artista em mitologia
Faz reza - novena oráculo - canto - canto - Banho de renovação

Atende todas as segundas e sextas - No DOGMA DE CAM:
Feito no DOGMA DE CAM, domingo, 1º de maio de 1955.
Joana d'Arc, (Lamentin) - Martinica.
Declaração Renovada, nº 31 de janeiro de 1963.

Texto 2

O Oráculo do Camismo

No Camismo, o casamento é polígamo e o adultério é livremente consentido, é a unidade do sangue humano que renova a generalogia da RAÇA NEGRA. E renova a humanidade a cada dia na terra. No lema da RAÇA NEGRA (porque ela é uma) o homem que se faz DEUS. A religião de DEUS que se fez homem, encontrou-se com o lema da religião do homem que se fez Deus "A Raça Negra".

"Vida-Amor-Palavra-Espírito-Luz"

Visível e invisível saindo do vazio dos fenômenos de involução e evolução da NATUREZA pelo poder de nossa fé no credo universal do Camismo.

Deus é amor, é a máxima e a doutrina da Raça Negra, quem vai além não permanece na doutrina. Sua natureza, suas leis, seus caminhos. Tudo para ele é AMOR-VIDA-VERBO-ESPÍRITO. Luz para a caridade, aquele que habita na Máxima e na Doutrina do homem e na religião do homem que gerou o homem universal para a eternidade. Bem-amado, ainda que eu tivesse muitas coisas para lhe dizer, para que você soubesse do dom gratuito de Deus que é a Vida Eterna, a Saúde, os Mandamentos São Santos e Justos, Justos e Bons. E ainda, a Lei é Boa. Certamente, se você acredita na palavra de Deus que é a única Lei. Espero ir a tua casa, e falar-te de oráculo de boca a boca da lei divina; com o Espírito Santo.

Para que nossa alegria seja perfeita para a Máxima e a doutrina para evitar que não haja variação, nem sombra de mudança no poder criativo de nossa "UNIDADE". Existindo simbolizado por nosso sangue e nossa Vida religiosa de Camismo com o Cristianismo, renovado para Vida Nova na eternidade.

Se o seu testemunho é: sim-sim ou não-não de seus oráculos e de suas graças obtidas.

Tomem meus irmãos meus amados amigos como exemplo de sofrimento e paciência os profetas que falaram por Revelação em nome de Jesus Cristo.

Meu Êxodo Metempsicose

Meus amigos e bem amados, conhecer os outros é sabedoria, conhecer a si mesmo é sabedoria superior, também é inteligência. Impor a própria vontade aos outros é força para si mesmo. É a força superior na submissão. Caso contrário, é estupidez.

Manifestem suas revelações e testemunhar sua fé sob a influência comum do Espírito Santo com coragem e confiança. Fica em paz com a vontade, com a paciência, com a caridade que te fará conhecer a VERDADEIRA substituição que te diz respeito pessoalmente daquilo que foste e do que viste dos meus oráculos. "As palavras acima são profecias ou revelações bíblicas. Portanto Deus garantirá o cumprimento delas, Ele diz, sim o destino que está fixado será cumprido, e, o que eu decidi será cumprido". Eu peço com preces o respeito absoluto da Liberdade aos malvados de dizer com arrogância que não há Deus. E, no entanto, para o que ele não criou, ele o destrói, E não pode criar nada por si mesmo, nem o impedir.

Veja o mundo é como o solteiro que não consegue evitar que seus pensamentos se voltem constantemente para o sexo oposto, não se resolve em seu coração, é por isso que ele faz unidade com a mulher? Da mesma forma, as Revelações, os Oráculos, as palavras Proféticas são escandalosas, loucuras, mentiras para todos aqueles que não possuem o Espírito Santo e não creem em seu batismo em Jesus Cristo. Mas a Sabedoria está na Vida e no Coração com a alegria de todos aqueles que querem se salvar com a Ressurreição de Jesus Cristo.

Meus amados amigos ninguém é obrigado a trazer presentes para o representante de Cristo ou para aquele que vier em NOME DE DEUS. Mas sua graça será retirada daquele que não o faz. Meus irmãos estejam sempre alegres, repito a vocês. Vivam em liberdade com amor de mulher para nossa alegria com cantos, danças, caridade consciente de que tudo isso faz bem, benevolente para com seus semelhantes em todas as circunstâncias de tempo e lugar. Aqui está o VOTO da Unidade Renovada, que a esperança os encha de alegria. Sede pacientes nas tribulações e perseverantes na Oração que vos escrevi, *para obterem a caridade de*

Deus. A todos os meus benfeitores, rogo a Deus e dou-lhe glória para todos por suas boas ações para comigo, para que os desejos de seus corações se tornem realidade com fé em seu batismo com o Espírito Santo.

Texto 3

MÁXIMA VERDADEIRA

Valsa

Letra e canção de SUFFRIN *Edmond Évrard*

(Autodidata)

I QUADRA

Bandeira do Negro incarna o Camismo (bis)

Símbolo do amor da vida e liberdade

Hinos, Fotos e reclamações
Deve testemunhar fatos presentes e passado.

II QUADRA

Tribo Cam, Exército invisível (bis)

Sempre combate para nossos Continentes

Com o Deus de nossos Pais
Criador desse Negrismo que nos [engendrou

I REFRÃO

Tenham paciência (ter)
Com esperança
Minha oração fervorosa
Caridade revelada

II REFRÃO

Máxima Verdadeira (ter)
Sejamos todos orgulhosos
Dever de todos
Amem e respeitem

....

Senhoras, senhoritas, senhores,

Meus amigos e amados,

É em testemunho e em memória de minha ação e minha exclusão e excomunhão de Páscoa pela autoridade religiosa Esseniana para a Bandeira da Raça Negra, para meu nascimento de união humana poligâmica, poliandria, matriarcal, poliginia e adúltera anteriormente fiel e livremente consentida do qual sou o objeto. Contra o egoísmo e a ingratidão do Amor humano para louvar a Deus nas minhas danças, dedico esta valsa inédita à sua meditação sem ódio nem ressentimento.

Amor para isso jamais!... ela me havia dito.

NEGRISMO

....

Texto 4

Máxima da Raça Negra:

UNIÃO – HUMANIDADE – LIBERDADE

Uma única fé com consciência contra a tempestade da divisão, do ódio, do perjúrio da hipocrisia dita progresso, da sociedade moderna, da civilização superior ou da fraternidade humana, cúmplices sanguinários da guerra de amanhã de um mundo inteiro.

Uma única ideia com o Espírito inexpugnável e inatingível contra o egoísmo, o sofrimento, a injustiça abusiva de todo um Universo Eterno.

DOGMA DE CAM

Texto 5

Meus amados amigos

REVELAÇÃO

Cabe a vocês se examinarem para ver se estão na fé. É a si mesmo que você deve colocar à prova na máxima. Vocês não reconhecem que Jesus Cristo está em vocês? pois eu vos declaro irmãos, irmãs, adúlteros, polígamos, meus amados amigos, que o evangelho que lhes tenho pregado não tem nada do homem, pois não foi de um homem que o recebi ou aprendi, mas das REVELAÇÕES de Jesus Cristo com o santo espírito para o benefício comum de nossa

RENOVAÇÃO ETERNA

5 de outubro de 1961

EGO CAM

Suffrin Edmond Evrard

Texto 6

PARA A HUMANIDADE

Feliz Natal - Feliz Ano Novo

Metempsicose Êxodo do meu oráculo.

Filiação Divina do Camismo (Palavra negra)

Uma jovem mãe châmica, nascida virgem ADÚLTERA POLIGÂMICA consentiu livremente em dar à luz, vivendo o Rei cujo Nome é Eterno, a Máxima universal para ela as alegrias da maternidade da máxima simbolizada se unem, para a glória da virgindade humana destinada única seja sem paralelo com o passado glorioso e o futuro.

Exortai-vos, Glória-Aleluia-Hosana, com a alegria da máxima da vida, Palavra-Amor-Espírito-Luz-Visível e invisível, com verdadeira virtude, bondade, dignidade, fidelidade, na fé, temperança, sobriedade, liberalidade, benevolência na esperança.

E pureza, renúncia, abnegação, paciência, bondade, pureza na caridade.

24/11/69

Suffrin Edmond Évrard (camareiro)

Texto 7

Suffrin Edmond Evrard

(Ato nº 347-cj. nº 402)

Consulta todas as segundas e sextas-feiras no Dogma de Cam
e outro dia por agendamento em casa
Fundador do Camismo
Construtor de Simbolismo da máxima ideal de:

VIDA – AMOR – VERBO – ESPÍRITO

CULTO POLÍGAMO – ADÚLTERO

P-C-Nº Nº 213 -1469 -16-4 -1968-A-P-Nº 50-273/1 1-8-3 -1960

para a renovação da Raça Negra e a coordenação da execução de congratulação humana e universal. Declaro e rezo para qualquer um que duvidar da minha pessoa, minha oração, meus oráculos, minhas revelações, está livre para não me consultar sobre este fato.

DOGMA CAM

Lamentin, (Martinica)
25/11/69

Texto 8

CANTO-BIGUINE[14]

Meu oráculo

1940 ao ano 2000

14 Dança 4/4 originária das Antilhas, caracterizada por um balanço dos quadris, mantendo os ombros imóveis. (N.T.)

Memória afro-asiática - europeísmo supranacional soviético-americano e euroáfrica monogâmica
Discurso de Suffrin Edmond Évrard (autodidata)
Aos Polígamos - Adúlteros livremente consentidos

1ª QUADRA

Pra esses negros aí a Europa não mudou
Na Ásia preta desprezada
América sem igualdade
E nunca nem direito Fraternidade

2ª QUADRA

Olhaí Sacrificado negro na terra
Já afogaram negro no oceano
Já queimaram negro nos ares
Hoje é pra a África preta lá

3ª QUADRA

Exilado forçado era nêgo aí
Grande aventura pra matar o nêgo aí
Impostos altos feitos pra preta aí
E pra trabalhos gratuitos esses casais aí

4ª QUADRA

Sol nêgo lá brilhante quente
Simbolismos preta desmitificou
Máxima raça santificou bem ela
Toda União Divinizada

Refrão

Nêgoaí esses nêgoaí
Já falei negro flutua bandeiras
Nêgo aí e preta aí
Defende nossas moedas moles
Nêgo aí esses negros aí
fala nêgo no barco
Nêgo aí e preta aí
Fala nêgo no avião
Nêgo aí e preta aí
Fala nêgo faz religião
Acaba que Papa da Itália dominou o Negro (bis)

As leis naturais ordinárias fazem parte das leis universais internacionais?

O Camismo

Texto 9

RAÇA NEGRA

Máxima

UNIÃO – HUMANIDADE – LIBERDADE

DOGMA DE CAM

Declaração ao Judiciário francês pelo autodidata SUFFRIN Edmond-Évrard, internado na França de 18 de março a 10 de agosto de 1943 por propaganda sediciosa antinacional da Liberdade Humana e discursos realizados, sendo delegado do Dogma de Cam na Assembleia Geral e na Confederação Mundial em 27 de abril de 1948 renovada em 29 de outubro de 1950 para a União Francesa e para a França.

DECLARAÇÃO SOLENE ÀS NAÇÕES UNIDAS.

27 de abril de 1948, aniversário do Centenário da Abolição da Escravatura da Raça Negra nos territórios da soberania francesa, era uma violação flagrante do Direito e dever de liberdade de procriação humana.

A raça tem seu Criador, tem várias centenas de milhões de habitantes no mundo deve ter suas moedas e sua bandeira incarnadas em seu ideal nacional para sua representação mundial. A máxima da raiz negra é: UNIÃO – UMANIDADE – LIBERDADE e será organizado em Doutrina REPÚBLICA – REINO – MONARQUIA – LAICA – SOCIAL – RELIGIOSO – POLÍTICO – INDESCRITÍVEL – DEMOCRÁTICO e INDIVISÍVEL NO MUNDO.

O hino patriótico e nacional da raça negra é o hino patriótico da liberdade do Dogma de Cam. A bandeira do Consórcio de Cam é a que personifica o ideal da raça negra e sua representação mundial.

A bandeira da raça negra tem uma forma retangular a partir de sua rampa, 1/10 de sua cor azul, forma retangular, simboliza a mulher imaculada sonhada no primeiro grau do céu 1/10 de sua cor branca forma retangular simboliza a sol, luz da humanidade e Deus Essenianos estrela de 4 triângulos dentro do branco, simboliza o Oriente em uma sonhada cruz negra substituindo o Cristianismo do Ocidente sobre uma esfera redonda formando a terra onde figuram os continentes da raça negra, culto da última e da primeira civilização humana e universal ao longo dos séculos, 8/10 de sua cor forma quadrado vermelho simbolizando o AMOR É DEUS *universal da raça negra, para a caridade de seu espírito comum por seu ideal de vida encarnada - Redentor - Eterno.*

Acabam de renascer - para a igualdade da representação mundial e única a máxima a Bandeira e a Moeda da Raça Negra.

SUFFRIN EDMOND EVRARD
Autodidata de nascimento humano, Polígamo
Fundador do Dogma de Cam

Seria irracional pensar sobre a história da vida
da minha raça humana

1635 - A Martinica torna-se francesa, perde a liberdade e o direito à sua eventual independência.
1830 - Conquista da Argélia e do continente africano e daqueles de Raça Negra à força, herança de nossos avós generalógicos e estabelecimento ancestral da escravidão forçada e mantida.
1848 - Abolição da escravidão material forçada admitida pela própria administração histórica de seus próprios autores.
1860 - Conclusão da unidade territorial francesa e europeia em vista da dominação da Raça Negra pelas guerras mundiais.
1848 - Abolição da escravidão material humana em substituição a que a Raça Negra não quer mais ser o objeto em memória das injustiças, abusos de autoridade e excessos de poder da qual já é vítima e até metade do Século X *que ainda é objeto de tutela perante o mundo.*

2ª Retrospectiva

"Já derramaram seu sangue e deram sua vida, agora lhes negam a liberdade". Interrupção.

O Camismo

À memória do 31º aniversário da Libertação
Sexta-feira, 10 de agosto de 1973

glossário

ABOLIÇÃO ("LIBERTAÇÃO DOS ESCRAVIZADOS"). 1848. A Segunda República delega Schoelcher para tratar dessa questão. É o novo "pai", substituto sublimado do colono. De Schoelcher a De Gaulle, haverá sempre um pai para os martinicanos criarem seus fantasmas. Essa alienação tem origem nas modalidades da Abolição de 1848. É por isso que sempre me refiro a ela como a suposta libertação, com aspas.

ACOMA (ACOMAT). Uma das árvores desaparecidas da floresta martinicana. Não devemos nos apegar tanto a essa árvore, ela nos faria esquecer a floresta. Mas lembremo-nos dela. A revista *Acoma,* em 1972-1973.

A GRANDE PÁTRIA E A PEQUENA PÁTRIA. Esta é uma das criações mais surpreendentes da elite, na época de sua formação ideológica. A divisão hierárquica da noção de Pátria só pode ser concebida no quadro ambíguo e entremeado desta construção elitista. Essa divisão foi finalmente abandonada. La Petite Patrie tornou-se um departamento.

ALIKER (ANDRÉ). Secretário do Partido Comunista na Martinica. O mar rejeitou seu cadáver amarrado a uma prancha. Ele queria denunciar as fraudes fiscais dos grandes colonos. A conclusão geral é a de que foi um suicídio (1936).

ANTILHAS. Talvez estejamos vivendo a conjunção de suas culturas, o anúncio de uma civilização. Creio que o mar das Antilhas não contrai, ele difrata. Ele não impõe o Uno, ele resplandece o Diverso.

ANTILHAS ANGLÓFONAS. Tão semelhantes e tão diferentes. Desconfiamos da antilhanidade enquanto teoria, mas nos esforçamos para transformá-la em ação. As histórias dos povos convergem até ela mais sensivelmente do que para nós. Os antilhanos desses países talvez sejam tão anglicizados quanto nós somos afrancesados. Mas eles não querem ser ingleses.

ANTILHAS FRANCÓFONAS. Confete, dançarinas, pesadelos, arquipélago inacabado, poeiras etc. É assim que nos veem. Martinica. Guadalupe. É que ainda não impusemos ao outro a imagem de nossa realidade.

ANTILHANIDADE. Mais que uma teoria, uma visão. A força é tamanha que falamos qualquer coisa a seu respeito. Já ouvi em duas ou três ocasiões proporem a antilhanidade (sem outra especificação) como solução global para problemas reais ou fantasmáticos. Quando uma palavra se torna assim um *coringa*, presume-se que ela tenha atingido o real.

ARAWAKS. CARAÍBAS. Os primeiros habitantes das ilhas. Massacrados sem exceção. Alguns milhares encerrados na Ilha Dominica. Durante o período de formação da elite martinicana, era de bom tom para os martinicanos que viviam na França fingir que descendiam de uma liderança indígena caraíba. O que deixava subentendido que não eram tão africanos quanto pareciam.

ASSIMILAÇÃO. O princípio de toda assimilação é o contato direto e a fusão por osmose. O delirante na teoria da assimilação nas Antilhas (francófonas) é que aquilo a que o antilhano pretende se assimilar – a realidade francesa – é apenas o eco um tanto desnaturalizado dessa realidade, um zumbi de cultura e de devir. O que, por sua vez, zumbifica o postulante. Não há outro recurso senão clamar fantasmaticamente a "verdade" de uma operação incessantemente não realizada.

AUTONOMIA. Não se sabe muito bem se é um ideal ou uma etapa. Seria como "dirigir seus negócios" contando com o outro para equilibrá-los.

BÉHANZIN. Rei do Daomé, ele se contrapôs à penetração francesa na África. Exilado na Martinica, despertou grande curiosidade entre nós. Creio que ele ainda ronda em nossos inconscientes.

BETERRABA. É impressionante como esse tubérculo dominou sorrateiramente a história das Antilhas francófonas. O que aconteceu nas planícies brumosas do norte da França mudou a paisagem tropical da Martinica.

BOSSAL. No Haiti, o africano recém-chegado. Eu traduzo como: o novo iniciado.

CALIBÃ. Canibal. Shakespeare nos deu a palavra, nossos escritores a refizeram.

CARÊME (QUARESMA). Estação seca (de fevereiro a outubro). Cada vez mais úmida, pois o tempo aqui se transforma. Crença popular: os americanos limpam seus corredores aéreos em torno do Cabo Canaveral e jogam todos os destroços de suas tempestades, chuvas e ciclones sobre nós. Por isso a variação do tempo. A estação chuvosa (setembro a janeiro) é chamada de inverno.

CARIFESTA. A maior aglomeração cultural do Caribe (Guiana 1972, Cuba 1979, Barbados 1982). Preocupa bastante as autoridades.

CARNAVAL. Ele finalmente ressuscitou em 1980. Está tudo bem no país. Mas todos continuam correndo atrás do carnaval de Trindade, ou do Rio.

CASTELO DUBUC. Na costa leste da Martinica, na Ponta de Caravela. É onde mantinham os escravizados recém-desembarcados. Sem dúvida, eles eram ali traficados sem nenhum controle, longe das autoridades do Forte-Real.

CÓDIGO NEGRO. Editado por Colbert em 1665, ele regulamentava a vida dos escravizados. A depender de seu otimismo, você pode considerá-lo uma obra humanitária ou um monumento do cinismo colonialista.

COMPADRE COELHO (LEÃO, TIGRE, ELEFANTE). Uma das particularidades do conto antilhano é colocar em cena animais (geralmente africanos) inexistentes no país, mas que existem.

CONHECIMENTO DO LESTE. O título de Claudel é simbólico da caminhada de tantos homens do Oeste que buscavam a alteridade absoluta, sem que deixassem de ser, antes de tudo, ocidentais. Apenas Victor Segalen, o iniciante, ousa ir até o fim nessa aventura, até a morte.

COOLIES. J. Ivor Case critica os escritores antilhanos de língua francesa por não terem se debruçado sobre a questão dos hindus transbordados a partir de 1850. Estes últimos preservam seus costumes; durante muito tempo eles sofreram o racismo dos negros. O apelo é quase sempre considerado injurioso. A presença hindu traz problemas, pela rivalidade com o grupo dos africanos (ou inversamente) em grande parte da Antilhas anglófonas. Os hindus são chamados de malabars em Guadalupe.

CRIOULIDADE. Teoria que pretende reunir os povos falantes do crioulo (inclusive da Ilha da Reunião) e desenvolver o uso exclusivo da língua. A crioulidade adota o que nossa língua sofreu (o monolinguismo discriminatório) e ignora as histórias antilhanas: o que nos une aos jamaicanos e aos porto-riquenhos, para além das barreiras das línguas.

CROIX-MISSION. Nos aldeamentos. Em princípio, a primeira cruz plantada pelos missionários, e a praça ao redor. Local privilegiado das conversas de rua. O nome permanece, mas sua função foi abolida.

DA. A ama de leite negra, que tem seu equivalente em toda a região do Caribe e no sul dos Estados Unidos. Personagem de romance ideal (vitimário). Negra, escravizada e, *no entanto*, amorosa e heróica.

DELGRES (Louis). Levando à morte uma parte dos 6 mil soldados franceses que o sitiavam, ele explodiu com mais trezentos homens nos barris de pólvora do Forte Matouba, em Guadalupe. Há um debate se ele foi mesmo um herói que recusou (em 1802) o retorno da escravização, ou, já intoxicado pelas ideias "republicanas", não ousou conclamar a insurreição total e preferiu a morte ao invés do colapso de seu ideal.

DEPARTAMENTALIZAÇÃO. O que era um "progresso jurídico e administrativo" se tornou um ideal em si. Nota-se a insistência lancinante com a qual o discurso oficial designa a Martinica na mídia, apenas pelas expressões: o departamento, nosso departamento. A gente acaba se acostumando.

DIABOS. Figuras do Carnaval. Eles eram extravagantes e esfarrapados: aterrorizantes. Nós os uniformizamos. Hoje se vende em todas as lojas roupas de diabos, pequenas e grandes.

DOMINICA. Ao norte da Martinica. Tornou-se independente depois de ter sido colônia inglesa. Os martinicanos comparam com muito gosto sua renda per capita com a dos dominicanos. Para concluir que é melhor "continuar francês". Veja também: Santa Lúcia, ao sul.

ECOLOGIA. (MEIO AMBIENTE: "PARQUE NATURAL"). Uma moda recente, herdada como as outras. Será que ela é mais "operatória"? Os organismos diretores ou motores estão todos em Paris.

ELITE. Como em quase todo o Terceiro Mundo, o que assusta, dado seu baixo peso, é sua segurança, seu mau gosto silencioso, seu sereno servilismo, sua improdutividade crônica.

EMIGRAÇÃO. Combinado com o declínio sistemático da taxa de natalidade e da imigração da Europa. Em quarenta anos, a população martinicana terá diminuído cerca de 100 mil habitantes e terá aumentado o mesmo número de europeus (dos 350 mil moradores atuais). Haverá então 150 mil martinicanos vivendo na França. É o que o partido político do senhor Aimé Césaire (PPM) chama de "genocídio por substituição".

FACÃO. Fazer a história desse instrumento que é também uma arma. Usado nas revoltas, ele serve também para a autoagressão, para a "violência sem causa" entre os martinicanos.

FEITOR. Na hierarquia do trabalho servil ou no sistema de Plantações, é o chefe em contato mais direto com os trabalhadores agrícolas. Acima dele, o gestor e o gerente.

FERRO-DE-LANÇA. É a serpente trigonocefálica altamente venenosa da Martinica. Assombra nossos inconscientes. No interior dizem: o inimigo, a besta longa. Chegamos ao ponto de chamá-la (para não pronunciar a palavra "serpente") de gravata.

GOREIA. Ilha do Senegal de onde embarcavam os escravizados apanhados no Continente. Todos nós sonhamos com Gorée, como sonhamos com a matriz da qual fomos excluídos: sem realmente conhecê-la.

GRIÔ. Contador de histórias e cantor africano. O griô tem um status social, é um "profissional", ao contrário do contador de histórias antilhano, que geralmente é um trabalhador rural cuja arte de contar histórias é puramente recreativa.

HAITI (SÃO DOMINGO). Provavelmente a nova "mãe terra". Porque ali, e só ali, se reuniram as condições de sobrevivência organizada e de afirmação política (revolucionária) que dela decorre. O excesso de subdesenvolvimento e os excessos macúticos fizeram com que esse país regredisse abaixo de qualquer avaliação possível. Mas o Haiti mantém uma força nascida da *memória histórica*, da qual todos os antilhanos um dia precisarão.

INDEPENDÊNCIA. O maior medo dos martinicanos. Mas que diminui ante os embates do real-em-contradição. Disseram-me que as autoridades do Terceiro Mundo zombam (na ONU, por exemplo) quando falamos da Martinica. Não sabemos o que a crise, que aqui é inevitável, nos anuncia.

Laghia (damier). Dança em forma de luta. Os dois dançarinos estão em um "roda" de espectadores dispostos a partir do tambor. Encontramos a mesma dança no Brasil. A *laghia* é, sem dúvida, uma forma derivada da iniciação. Há sempre um Major (um campeão) desafiado por um candidato. Exercício em regressão. A *laghia* estava ligada à produção de cana-de-açúcar.

LAMENTIN. Antigo centro fundamental da economia da Martinica. É significativo observar que ali se encontram hoje o aeroporto, as zonas pseudoindústrias etc. O Lézarde, um rio caudaloso que antes desembocava no mar, hoje não passa de um filete de água. Seu delta está entupido. Sua fauna desapareceu.

LAREINTY. Uma das usinas de açúcar mais importantes da Martinica, localizada na planície do Lamentin. Uma das últimas também. Sua agonia é infinita. Vemos nossa imagem invertida no que chamo de má produção.

Cadáver que a noite corta, lava
agachada, naufraga
aberta à urtiga do vento, seu coração
O encarregado de cera, sábio de um olho só, selou
O relâmpago por decreto: "morte
De morte natural."

LEGBA (E OGUM, DAMBALLAH ETC.). Deuses ou lwas do vodu, cada um com sua personalidade, sua função. Muitos martinicanos se iniciam no Haiti.

LORRAIN (O). Grande cidade no norte da Martinica. Os trabalhadores das bananas de lá apoiaram uma greve persistente (1974), pontuada por um fuzilamento das forças policiais. Um dos líderes desta greve, o sr. Ilmany, morreu lá. No mesmo dia, eles descobriram na foz do rio Capote o cadáver torturado de um jovem cujos assassinos ainda estão foragidos (ou vivem tranquilos).

MARRONS (MARRONAGEM) Experimentaram fortunas variadas de acordo com o tamanho geográfico das ilhas onde estiveram. Em Cuba, em 1979, foram descobertos sítios de antigos acampamentos de *marrons* contendo objetos valiosos para pesquisa (cachimbos da terra, facões etc.). No Haiti, os Dokos eram uma comunidade de *marrons*. Na Guiana, os Bonis e os Saramakas ainda hoje são comunidades específicas. Na Jamaica, a epopéia de Trelawny e dos Windwards Maroons foi comandada por lideranças excepcionais: Juan de Bolas, The Great Traitor; o maior de todos, Cudjoe, The Mountain Lion; Quao, The Invisible Hunter. Derrotados pela negociação e não pelas armas, os marrons da Jamaica foram deportados primeiro para Halifax, no Canadá (1796), depois para Freetown, em Serra Leoa (1800), onde negros livres vindos da Inglaterra se estabeleceram desde 1787. Em Serra Leoa existe uma variante do crioulo, o *krio*.

METROPOLITANO; METRÓPOLE. Eu sempre digo: francês, França, o que choca meus interlocutores martinicanos e geralmente deixa os próprios franceses indiferentes.

OUTRA AMÉRICA. Aquela de Juarez, de Bolívar e de Martí. Aquela de Neruda. Mas principalmente aquela dos povos indígenas. A ideia da Outra América (formulada por José Martí) faz contrapeso cultural com a América anglo-saxã. Mas a Outra América não é "latina", podemos pensar que esse apelo vai desaparecer aos poucos.

PÓYOS. Pequenas bananas verdes, cultivadas principalmente em Guadalupe, que nunca amadureceram. Ficamos muito felizes em receber algumas na Martinica. A palavra passou a simbolizar a escassez, até mesmo a fome endêmica.

QUÉCHUAS. Talvez os indígenas da América do Sul que mais falam à imaginação: por seu silêncio histórico e sua presença obstinada.

QUIABO. Um dos legumes mais comuns na área de cultivo da Plantação, desde o sul dos Estados Unidos até as ilhas e o continente sul-americano.

QUIMBISERO. Em Cuba, o *quimbisero* tem as funções do quimbandeiro, mas ele cuida apenas do "*daño*": o mal que se quer fazer aos outros.

RAZIÉ. Talvez a palavra francesa mais apropriada seja *hallier* [moita].

REGGAE. "Reggae é um tipo de música que surgiu em meados dos anos 1960, baseada no ska e geralmente com um ritmo pesado de quatro tempos usando o baixo, a guitarra elétrica e a bateria, com o guiro entrando no fim do compasso, e atuando como acompanhamento de canções emocionais que expressam a rejeição da cultura estabelecida (do homem branco: ou da Babilônia)." Definição proposta por Frederick Cassidy (1976) e relatada por Rex Nettleford em *Caribbean Cultural Identity* (p. 22, n. 40). Ska é uma música urbana da Jamaica dos anos 1950 inspirada nos discos pop americanos, música tradicional e ritmos rastafari.

SCHOELCHERISMO. Doutrina que certamente está na origem do pensamento assimilacionista. Schoelcher "nos libertou". Existe, portanto, uma forma "francesa" de emancipação e evolução.

SOLIDARIEDADE NACIONAL. É a modesta expressão sob a qual se escondem as injeções de créditos públicos destinadas, por sua vez, a camuflar os termos reais do intercâmbio entre a França e os Departamentos Ultramarinos.

STATUS. Departamento, Região Autogerida, Nação Independente. A questão do "status" é irrisória, enquanto ainda não estiver "em ação".

TIM-TIM BOISÈCHE. Jogo de adivinhação ritualizado, que se dá no início de uma noite de contação de histórias.

TRE (TRAY). Local onde se vendem mercadorias.

TUPAC-AMARU. Este herói da revolta indígena nos Andes nos fascina. Um de seus primeiros companheiros foi um africano. Hoje, o movimento dos Tupamaros reivindica simbolicamente sua presença.

VAVAL. O rei do Carnaval, que é queimado na noite de quarta-feira de cinzas. Foi anteriormente símbolo de um acontecimento (candidato derrotado em eleições, indivíduo com aventuras incríveis etc.). Tornou-se lugar-comum até ser apenas um bonecão sem caráter.

VERTIÉRES. Uma das últimas lutas da guerra de independência no Haiti. O general Capoix-la-Mort do exército de Dessalines conquistou com sua bravura a admiração dos oficiais racistas do exército francês, que logo depois tiveram que se render e deixar a ilha.

VEVÈS. Figuras desenhadas por sacerdotes vodus, antes ou durante as cerimônias.

ZOREILL ou ZOREYE ou ZOREY. Os brancos são assim designados na Martinica. Talvez porque tenham orelhas vermelhas sob o efeito do sol? O nome se popularizou a ponto de não ter mais conotação pejorativa.

datas e locais

3. Projeto de apresentação de *Intenção poética* (1967).

4. Projeto de apresentação de *Malemort* (1974).

5. Baseado em artigo publicado na revista *Esprit* (edição especial "*Les Antilles avant qu'il soit trop tard*", 1962).

8, 9, 15, 22, 23, 38, 41, 52, 73, 74, 75 e 78. Da revisão de *Acoma*, publicada em 1971-1973.

12 e 18. Reunião da UNESCO, Panamá, 1979.

13. De um simpósio organizado pelo Instituto Martinicano de Estudos, 1968.

20. Colóquio sobre Saúde Mental, Trindade, 1969, e Seminário IME, 1972.

21. Colóquio do Cédif (Centre d'études, diffusion, d'information et de formation familiale), Fort-de-France, 1972.

27. *Carifesta*, Jamaica, 1976.

29. Centro de Estudos Literários, Fort-de-France, 1978.

33. Publicado no *Le Monde diplomatique*, junho de 1977.

34. Havana, 1976; Santiago de Cuba, 1979.

35 e 36. Simpósios da revista *Liberté*, Montreal, 1975 e 1974, e publicações na revista.

36. Boston, 1976.

44. Colóquio Milwaukee, 1975, e publicação em versão inglesa na revista *Alcheringa* (tradução inglesa de Michel Bena-mou, 1976).

45. Papers (Madison, Pittsburgh, Toronto, 1973; Halifax, 1974).

54. Colóquio Bloomington, 1973.

55 e 59. Grupo de pesquisa do Instituto Martinicano de Estudos, 1973, 1977.

56. Colóquio Medical Centre Médical de Trinité, Martinica, 1978.

61. Conferência Quebec, 1972, e publicação de *Aupelf* (Associação de universidades parcialmente ou totalmente francófonas).

65 e 66. Apresentações para a Associação de Pais de Lamentin, Martinica, 1976.

79, 80 e 81. Atividades do Grupo Teatral do Instituto Martinicano de Estudos, 1970-1972.

82. Instituto Vizioz de Direito, Fort-de-France, Martinica, e Centro de Estudos Literários de Pointe-à-Pitre, Guadalupe, 1969.

83. Colóquio do Instituto Martinicano de Estudos, Lamentin, 1972.

84. Publicado no New NRF, "*Tribute to Saint-John Perse*", 1976.

85. *Carifesta*, Cuba, 1979.

87. Prefácios para coleções de poemas de Henri Corbin, 1979.

88. Sobre *Boises*, 1979.

89. Catálogo da exposição Cárdenas na galeria "Point Cardinal", Paris, 1979.

93. Participação em grupo de trabalho sobre Consumo na Martinica, Fort-de-France, 1979.

As *notas* (sobre Alexandre Dumas, Jean Paris, Georges Büchner, Roger Caillois...) apareceram na revista *Les Lettres nouvelles*, e as considerações sobre a pintura de Hultberg e Petlin como prefácio de exposições na galeria Dragon.

Todo esse trabalho foi objeto de um curso público no Instituto Martinicano de Estudos, de outubro de 1978 a maio de 1979.

O caráter proliferativo da bibliografia da Antilhas proíbe qualquer tentativa de indicar suas referências. Cem páginas adicionais não seriam suficientes. Escolhemos o silêncio em vez de um ensaio fatalmente insatisfatório.

bibliografia de
Édouard Glissant

ENSAIOS

Soleil de la conscience. (*Poétique I*). Paris: Éditions du Seuil, 1956.

L'intention poétique. (*Poétique II*). Paris: Éditions du Seuil, 1969.

Le discours antillais. Paris: Éditions du Seuil, 1981. [Ed. bras.: *O discurso antilhano.* Rio de Janeiro: Bazar do Tempo, 2025]

Poétique de la Relation. (Poétique III). Paris: Gallimard, 1990. [Ed. bras.: *Poética da Relação.* Rio de Janeiro: Bazar do tempo, 2021.]

Discours de Glendon. (Seguido de bibliografia de escritos de Édouard Glissant feita por Alain Baudot). Toronto: Éditions du GREF, 1990.

Introduction à une Poétique du Divers. Montréal: Presses de l'Université de Montréal, 1995/ Paris: Gallimard, 1996. [Ed. bras. *Introdução à uma poética da diversidade.* Juiz de Fora: Editora da UFJF, 2005].

Faulkner, Mississippi. Paris: Stock, 1996. Paris: Gallimard (folio), 1998.

Traité du Tout-Monde. (*Poétique IV*). Paris: Gallimard, 1997. [Ed. bras.: *Tratado do Todo-Mundo.* São Paulo: N-1 Edições, 2024.]

La cohée du Lamentin. (*Poétique V*), Paris: Gallimard, 2005. [Ed. bras.: *O pensamento do tremor - La Cohée du Lamentin.* Juiz de Fora: Editora da UFJF, 2014].

Une nouvelle région du monde. (*Esthétique I*). Paris: Gallimard, 2006.

Mémoires des esclavages. Paris: Gallimard, 2007.

Quand les murs tombent. L'identité nationale hors-da-loi? (Com Patrick Chamoiseau). Paris: Galaade, 2007.

La Terre magnétique: les errances de Rapa Nui, l'île de Pâques. (Com Sylvie Séma). Paris: Éditions du Seuil, 2007.

L'intraitable Beauté du monde. Adresse à Barack Obama. (Com Patrick Chamoiseau). Paris: Galaade, 2009.

Les entretiens de Baton Rouge. (Com Alexandre Leupin). Paris: Gallimard, 2008.

Philosophie de la Relation. Paris: Gallimard, 2009.

10 mai: mémoires de la traite négrière, de l'esclavage e de leurs abolitions. Paris: Galaade / Institut Tout-Monde, 2010.

L'Imaginaire des langues. Entretiens avec Lise Gauvin (1991-2009). Paris: Gallimard, 2010.

Manifestes. (Com Patrick Chamoiseau). Paris: La Découverte / Éditions de l'Institut du Tout-Monde, 2021.

POESIA

*Un champ d'*îles. Paris: Éditions Instance, 1953.

La terre inquiète. Paris: Éditions du Dragon, 1955.

Le sel noir. Paris: Éditions du Seuil, 1960.

Les Indes, Un champ d'îles, La Terre inquiète. Paris : Éditions du Seuil, 1965.

Boises, histoire naturelle d'une aridité. Fort-de-France: Acoma, 1979.
Le sel noir, Le sang rivé, Boises. Paris: Gallimard, 1983.
Pays rêvé, pays réel. Paris: Éditions du Seuil, 1985.
Fastes. Toronto: Éditions du GREF, 1991.
Poèmes complets (*Le sang rivé, Un champ d'îles, La terre inquiète, Les Indes, Le sel noir, Boises, Pays rêvé, pays réel, Fastes, Les Grands chaos*). Paris: Gallimard, 1994.
La Terre le feu l'eau et les vents: une anthologie de la poésie du Tout-monde. Paris: Galaade, 2010.

ROMANCE

La Lézarde. Paris: Paris: Éditions du Seuil, 1958. (Prêmio Renaudot)
Le quatrième Siècle. Paris: Éditions du Seuil, 1964. (Prêmio Veillon)
Malemort. Paris: Éditions du Seuil, 1975.
La case du commandeur. Paris: Éditions du Seuil, 1981.
Tout-Monde. Paris: Gallimard, 1995.
Sartorius: le roman des Batoutos. Paris: Gallimard, 1999.
Ormerod. Paris: Gallimard, 2003.

TEATRO

Monsieur Toussaint. Paris: Éditions du Seuil, 1961.
Le monde incréé: Conte de ce que fut la Tragédie d'Askia, Parabole d'un Moulin de Martinique, La Folie Célat. Paris: Gallimard, 2000.

"Do grito fixo daqui, desenrole uma palavra árida, difícil.
Ofereça sua voz à duração do mundo. Saia da pele de seu grito.
Entre na pele do mundo por seus poros. Sol em carne viva."

Édouard Glissant

CIP-Brasil. Catalogação na Publicação
Sindicato Nacional dos Editores de Livros, RJ

G476d
Glissant, Édouard, 1928-2011
O discurso antilhano / Édouard Glissant; tradução Thiago Florencio. – 1. ed. – Rio de Janeiro: Bazar do Tempo, 2025.

Tradução de:
ISBN 978-65-85984-68-3

1. Estudos caribenhos. 2. Literatura caribenha (Francês) – História e crítica. 3. Martinica, Ilha – Civilização. 4. Negros – Identidade racial. 5. Nacionalismo e literatura -Antilhas Francesas. I. Florencio, Thiago. II. Título.

25-100640.1 CDD: 972.982 CDU: 94(729)

Carla Rosa Martins Gonçalves – Bibliotecária – CRB-7/4782

Este livro foi editado pela Bazar do Tempo
na cidade de São Sebastião do Rio de Janeiro
na primavera de 2025, e impresso nas fontes
URW Antiqua e Steelfish, em papel pólen bold
70g/m², na gráfica Rotaplan.